Dar

Vladimir Nabokov
Dar

przełożyła z rosyjskiego
Eugenia Siemaszkiewicz

posłowiem opatrzył
Leszek Engelking

Warszawskie Wydawnictwo Literackie MUZA SA

Tytuł oryginału: **Дар**
Projekt okładki: *Tamara Romaniuk*
Redakcja techniczna: *Zbigniew Katafiasz*
Korekta: *Anna Karczmarczyk*

ISBN 83-7079-983-3

Warszawskie Wydawnictwo Literackie
MUZA SA
Warszawa 2003

Pamięci mojej matki

Dąb jest drzewem. Róża jest kwiatem. Jeleń jest zwierzęciem. Wróbel jest ptakiem. Rosja jest naszą ojczyzną. Śmierć jest nieuchronna.

P. Smirnowski,
Podręcznik gramatyki rosyjskiej

Rozdział pierwszy

Chmurnego, ale świetlistego dnia, gdy przed czwartą po południu pierwszego kwietnia 192... roku (zagraniczny krytyk stwierdził pewnego razu, że choć wiele powieści, na przykład wszystkie niemieckie, rozpoczyna się od daty, jedynie autorzy rosyjscy – co wynika ze swoistej rzetelności naszej literatury – nie dopowiadają końcowych liczb), koło domu pod siódemką przy Tannenbergstrasse w zachodniej części Berlina zatrzymał się bardzo długi i bardzo żółty furgon meblowy, ciągniony przez równie żółty traktor o przerośniętych tylnych kołach i odsłoniętej bardziej niż szczerze budowie anatomicznej. Na czole furgonu widniała gwiazda wentylatora, przez całą zaś boczną ścianę biegła nazwa firmy przewozowej, wypisana niebieskimi metrowej wysokości literami, z których każda, z kwadratową kropką włącznie, była od lewej strony czarno cieniowana, co stanowiło nierzetelną próbę przedostania się do następnej klasy wymiaru. Tuż obok, przed domem (w którym zamieszkam), najwyraźniej wyszedłszy na spotkanie własnym meblom (mam w walizce więcej rękopisów niż bielizny), stały dwie osoby. Mężczyzna odziany w zielonobury lodenowy płaszcz, z lekka podwiewany przez wiatr, był wysokim starcem o gęstych brwiach, siwizna zaś jego brody i wąsów nabierała wokół ust, w których z przyzwyczajenia trzymał wygasły, na wpół spopielały niedopałek cygara, rudawego odcienia. Kobieta, krępa i niemłoda, o krzywych nogach i dość ładnej, trochę jakby chińskiej twarzy, miała na sobie karakułowy żakiet; wiatr, przemknąwszy koło niej, wionął dość dobrymi, choć duszącymi perfumami. Oboje, nieruchomi i skupieni, tak czujni, jakby ktoś ich tu chciał oszukać na wadze, przyglądali się, jak trzech ubranych w granatowe fartuchy osiłków o czerwonych karkach pora się z ich meblami.

„Tak właśnie, po staroświecku, powinienem rozpocząć kiedyś jakąś dużą rzecz" – przemknęła mu przez głowę lekko ironiczna myśl, najzupełniej zresztą zbędna, ponieważ ktoś wewnątrz niego, w jego zastępstwie, pomijając go, wszystko to już pochwycił, zapisał i zmagazynował. Sam przeprowadził się bardzo niedawno i teraz, w oficjalnej randze mieszkańca, z którą jeszcze się nie oswoił, wybiegł bez okrycia, żeby coś kupić. Ulicę i cały rejon znał: pensjonat, z którego się wyprowadził, znajdował się nieopodal; dotychczas jednak owa ulica wirowała i przemykała niczym z nim niezwiązana, dzisiaj zaś zatrzymała się naraz, zastygając już jako projekcja jego nowego miejsca pobytu.

Wysadzona średniej postury lipami, na których krople deszczu rozmieściły się na obfitych, czarnych gałązkach według schematu przyszłych liści (jutro w każdej kropli pojawi się zielona źrenica), wyposażona w smolistą gładziznę jezdni szerokości około jedenastu metrów i różnobarwne, ręcznie układane (co schlebia nogom) trotuary, biegła niemal niepostrzeżenie w dół, zaczynając się od budynku poczty, kończąc zaś na kościele, niczym powieść epistolarna. Doświadczonym spojrzeniem szukał w niej tego, o co musiałby co dzień zahaczać, co mogłoby stać się dla zmysłów codzienną torturą, ale niczego takiego chyba tam jednak nie było, a rozproszone światło wiosennego szarego dnia nie tylko nie wydawało się podejrzane, lecz zdolne było złagodzić ten czy inny szczegół, który w pełni słońca na pewno by się objawił; tym szczegółem mogło być wszystko: na przykład kolor domu, od razu wzbudzający w ustach niemiły posmak owsianki lub nawet chałwy; detal architektoniczny, za każdym razem agresywnie rzucający się w oczy; drażniąca obłuda kariatydy-rezydentki, a nie podpory, którą o wiele mniejsze brzemię przemieniłoby natychmiast w gipsowy pył; albo też przymocowany zardzewiałą pinezką do pnia drzewa, ocalały na zawsze skrawek nieaktualnego, ale niezdartego do końca, ręcznie wypisanego ogłoszenia – rozmazany atramentowy kontur zaginionego psa; albo przedmiot w oknie, albo zapach, w ostatniej chwili odmawiający krystalizacji wspomnienia, o którym, zdawałoby się, gotów był krzyczeć, i pozostający na swoim rogu jako zatrzaśnięta w sobie tajemnica. Nie, niczego takiego tu nie było (jeszcze nie było), przydałoby się jednak, pomyślał, zbadać w wolnej chwili układ przemienności trzech czy czterech rodzajów sklepików i sprawdzić, czy słusznie przypuszczał, że układ ten podporządkowany jest określonym zasadom kompozycji, tak że odkrywszy najczęstsze kombinacje, można ustalić przeciętny rytm ulic danego miasta – powiedzmy: trafika, apteka, sklep warzywny. Na Tannenbergstrasse ta trójca była rozłączona, sklepy znajdowały się na różnych rogach, może jednak ów rytm jeszcze się tu nie wyklarował, w przyszłości zaś, podporządkowując się zasadzie kontrapunktu, stopniowo (w miarę plajt lub przenosin właścicieli) zaczną się zbliżać:

sklep warzywny ostrożnie przemknie przez ulicę, ażeby ulokować się o siedem albo nawet o trzy domy od apteki – podobnie jak w reklamówce filmowej pomieszane ze sobą litery odnajdują swoje miejsca, przy czym na ostatek jedna z nich jeszcze się jakoś zabawnie przekręca, pośpiesznie stając na nogi (postać komiczna, niczym Jaś Niezguła w szeregu rekrutów); razem będą teraz wyczekiwać, kiedy zwolni się miejsce obok, a potem zerkając z ukosa, mrugną porozumiewawczo do trafiki – wskakujże tutaj; i oto stoją już wszystkie uformowane w typowy szereg. Mój Boże, jakże nienawidzę tego wszystkiego, sklepików, przedmiotów za szkłem, tępej fizjonomii towarów, a zwłaszcza ceremoniału transakcji, wymiany mdłych uprzejmości przed i po niej! A te opuszczone rzęsy przystępnej ceny... szlachetność opustu... życzliwe zatroskanie reklamy... całe to niesmaczne naśladownictwo dobroci i życzliwości, dziwnie wciągające ludzi poczciwych: Aleksandra Jakowlewna wyznała mi na przykład, że kiedy idzie po sprawunki do znajomych sklepów, przenosi się moralnie do szczególnego świata, w którym upaja ją wino uczciwości, słodycz wzajemnych przysług; na ołowiany uśmiech sprzedawcy odpowiada tam uśmiechem promiennego zachwytu.

O charakterze sklepu, do którego wszedł, świadczył dostatecznie stojący w rogu stolik z telefonem, narcyzami w wazonie i dużą popielniczką. Papierosów z rosyjskimi ustnikami, które zazwyczaj palił, tu nie trzymano, więc odszedłby z niczym, gdyby właściciel trafiki nie miał cętkowanej kamizelki z perłowymi guzikami i łysiny o odcieniu dyni. Przez całe życie będę odbierał w naturze niewielki, potajemny ekwiwalent za nieustannie przepłacany, wmuszany mi towar.

Przechodząc przez jezdnię do apteki, bezwiednie odwrócił głowę (błysnęło rykoszetem od skroni) i dostrzegł

– z tym szybkim uśmiechem, z jakim witamy tęczę albo różę – jak z furgonu wyładowywano teraz równoległościan białego, oślepiającego nieba, szafę z lustrem, przez które, niby przez ekran, przesunęło się nienagannie czyste odbicie gałęzi, chwiejąc się i kołysząc nie z właściwym drzewom, ale ludzkim wahaniem, uwarunkowanym przez naturę tych, co nieśli owo niebo, gałęzie, umykającą fasadę.

Ruszył dalej, kierując się w stronę sklepu, lecz to, co przed chwilą zobaczył – czy dlatego, że sprawiło mu przyjemność pokrewnego rodzaju, czy że przez zaskoczenie wywołało wstrząs (jak w stodole wypełnionej sianem, gdy dzieci spadają z wysoka w ustępliwą ciemność) – wyzwoliło w nim jakieś uczucie przyjemności, które już od kilku lat obecne było na ciemnym dnie każdej jego myśli i ogarniało go z lada powodu: ukazał się mój tomik; i kiedy ni stąd, ni zowąd tak właśnie spadał, to znaczy przypominał sobie tych pięćdziesiąt świeżo wydanych wierszy, w mgnieniu oka przebiegał myślą całą książkę, tak że w trwającej przez chwilę mgle jej szaleńczo przyśpieszonej muzyki nie sposób było rozróżnić dającego się przecież odczytać sensu przemykających wierszy – znajome słowa pędziły, wirując w gwałtownej pianie (przemieniającej kipiel w potężny pędzący nurt, jeśli śledziło się ją spojrzeniem, jak to czyniliśmy niegdyś, wpatrując się w nią z dygocącego pomostu wodnego młyna dopóty, dopóki pomost nie przemieniał się w pokład okrętu: żegnaj!) – ta piana i migotanie, i osobno mknący wers wołający z oddali w szaleńczym uszczęśliwieniu, przyzywający zapewne do domu, wszystko to, złączone ze śmietankową białością okładki, zespalało się w poczucie niezwykle czystego szczęścia... „Co ja właściwie robię!” – opamiętał się, gdyż resztę otrzymaną przed chwilą w trafice wysypał od razu na gumową wysepkę pośrodku szklanej lady, przez którą od dołu prześwitywało podwodne złoto płaskich flakoników, podczas gdy wyrozumiałe wobec jego dziwactwa oko sprzedawczyni kierowało się ciekawie ku roztargnionej ręce, płacącej za przedmiot jeszcze nawet nienazwany.

„Proszę o mydło migdałowe" – powiedział z godnością. Potem wciąż tym samym sprężystym krokiem wrócił do domu. Na trotuarze nie było teraz nic, jeśli nie liczyć trzech, jakby zsuniętych przez dzieci, bławatkowych krzeseł. Wewnątrz furgonu zaś leżało nieduże brązowe pianino, związane tak, żeby nie mogło dźwignąć grzbietu, i unoszące ku górze dwie małe, metalowe podeszwy. Na schodach spotkał tragarzy zbiegających w dół z szeroko rozstawionymi kolanami, a kiedy zadzwoniwszy, czekał pod drzwiami nowego mieszkania, słyszał na górze głosy i stukanie młotka. Właścicielka mieszkania wpuściła go i oznajmiła, że klucze zaniosła do jego pokoju. Ta rosła, zachłanna Niemka miała dziwne nazwisko; pozorna forma narzędnika przydawała mu charakteru sentymentalnego zapewnienia – nazywała się Klara Stoboy (s toboj, a więc „z tobą").

Oto podługowaty pokój, gdzie stoi cierpliwa walizka... i nagle wszystko się odmieniło: nie daj, o Boże, nikomu zaznać tej okropnej, poniżającej nudy – doznawanej po raz kolejny niemożności zniesienia przymusu urządzania się na nowym miejscu, niemożności życia na oczach całkowicie obcych przedmiotów, nieuchronnej bezsenności na tej właśnie kanapie!

Postał trochę przy oknie: niebo wyglądało jak zsiadłe mleko; w miejscu, gdzie przepływało ślepe słońce, pojawiały się z rzadka opalizujące wgłębienia, a wówczas w dole, na szarym, okrągławym dachu furgonu, gwałtownie usiłowały objawić się delikatne cienie lipowych gałęzi. Dom naprzeciwko osłonięty był w połowie rusztowaniami, zdrowa zaś część ceglanej fasady obrosła bluszczem, który wpełzał do okien. U końca ścieżki rozdzielającej ogródek czerniał szyld mieszczącej się w suterenie węglarni.

Wszystko to stanowiło osobny widok, pokój też istniał osobno; znalazł się jednak pośrednik, i teraz był to już widok z tego właśnie pokoju. Pokój przejrzał, wcale na tym nie zyskując. Różowe tapety w szaroniebieskie tulipany trudno będzie przemienić w stepową dal. Pustynię biurka przyjdzie długo uprawiać, nim wzejdą na niej pierwsze linijki. Długo też trzeba będzie sypać popiół pod fotel i w jego pachwiny, żeby nadawał się do podróży.

Gospodyni weszła, aby wezwać go do telefonu, więc uprzejmie pochylony ruszył za nią do stołowego. „Po pierwsze – powiedział Aleksander Jakowlewicz – dlaczegóż to, łaskawco, w pańskim poprzednim pensjonacie tak niechętnie podają pański nowy numer? Pewno wyprowadził się pan z trzaskiem? A po drugie, chcę panu pogratulować... Jak to – jeszcze pan nie wie? Słowo? («On jeszcze nic nie wie» – zwrócił się Aleksander Jakowlewicz, kierując głos w inną stronę do kogoś poza telefonem). Niech się pan wobec tego weźmie w garść i słucha, a ja przeczytam: «Świeżo wydany tom wierszy nieznanego dotychczas autora Fiodora Godunowa-Czerdyncewa wydaje się zjawiskiem tak świetnym, talent poetycki autora jest tak oczywisty...» Wie pan, przerwijmy na tym, a wieczorem prosimy do nas i dostanie pan cały artykuł. Nie, panie Fiodorze drogi, teraz nie powiem panu ani gdzie, ani kto – a jeśli chce pan wiedzieć, co o tym sądzę, niech się pan nie obrazi – on pana przechwalił. A więc przyjdzie pan? Doskonale, czekamy".

Wieszając słuchawkę, omal nie strącił stalowej linki z ołówkiem na uwięzi; chciał ją przytrzymać, ale właśnie wtedy spadła; potem uderzył biodrem o kant kredensu, potem upuścił papierosa, którego po drodze wyjął z pudełka, wreszcie trzasnął drzwiami, źle obliczywszy zamaszysty gest, tak że Frau Stoboy przechodząca korytarzem ze spodeczkiem mleka wyrzekła lodowato: ups! Chciał powiedzieć, że jej różowa suknia w szaroniebieskie tulipany jest piękna, że przedziałek w karbowanych włosach i drżące woreczki policzków przydają jej królewskiej godności George Sand; że jej jadalnia to szczyt doskonałości; ograniczył się jednak do promiennego uśmiechu i niemal upadł na tygrysie prążki, które nie nadążyły za odskakującym kotem, ale nigdy przecież nie wątpił, że tak się stanie, że świat uosobiony przez kilkuset miłośników literatury, co porzucili Petersburg, Moskwę i Kijów, niezwłocznie oceni jego dar.

Mamy przed sobą nieduży tomik zatytułowany *Wiersze* (zwyczajna frakowa liberia, od kilku lat równie obowiązująca jak niedawne galony – od „księżycowych marzeń" po symboliczną łacinę), zawierający około pięćdziesięciu dwunastowersowych utworów poetyckich poświęconych w całości jednemu tematowi – dzieciństwu. Komponując je z nabożeństwem, autor z jednej strony usiłował zuniwersalizować wspomnienia, wydobywając to, co zawsze cechuje każde udane dzieciństwo: stąd ich pozorna oczywistość; z drugiej pozwalał przeniknąć do wierszy jedynie temu, co w pełni i bez żadnej przymieszki było tylko nim: stąd ich pozorne wyszukanie. Musiał jednocześnie wkładać wiele wysiłku zarówno w to, by nie stracić panowania nad grą, jak i nie zatracić poczucia gry. Strategia natchnienia i taktyka rozumu – ciało poezji i widmo przejrzystej prozy – oto określenia, które naszym zdaniem właściwie oddają charakter twórczości młodego poety.

Tak, zamknąwszy się na klucz i wydobywszy swoją książkę, padł z nią na tapczan – musiał niezwłocznie przeczytać ją jeszcze raz, zanim ostygnie wzruszenie, aby jednocześnie sprawdzić doskonałość tych wierszy i przewidzieć wszystkie szczegóły wysokiej oceny, dokonanej przez mądrego, miłego, jeszcze nieznanego arbitra. I teraz wypróbowując i aprobując je, dokonywał pracy przeciwnej niż dokonana niedawno, kiedy błyskawicznie przebiegał myślą książkę. Teraz czytał jakby w sześcianie, piastując każdy wiersz, uniesiony i ze wszystkich stron owiewany cudownym, miękkim wiejskim powietrzem, tak skłaniającym pod wieczór do snu. Innymi słowy, czytając, posługiwał się znowu całym materiałem nagromadzonym już kiedyś przez pamięć, żeby wydobyć zeń te właśnie wiersze, i wszystko to odtwarzał niby podróżnik, kiedy po powrocie dostrzega w oczach sieroty nie tylko uśmiech jej matki, którą znał w młodości, ale także aleję z żółtym prześwitem u wylotu i brązowy liść na ławce, i wszelki inny szczegół. Tomik otwierał wiersz *Zgubiona piłka* – i zaczynał kropić deszcz. Posępny, chmurny wieczór, jeden z tych, w których tak do twarzy jest naszym północnym świerkom, zgęstniał wokół domu. Aleja wróciła na noc z parku, a jej wylot zasnuła mgła. Oto skrzydła białych okiennic oddzieliły pokój od mroku na zewnątrz, dokąd już zdążyły powędrować, rozmieściwszy się prowizorycznie na różnych wysokościach w bezradnie czarnym ogrodzie, najjaśniejsze fragmenty znajdujących się w pokoju przedmiotów. Już niebawem czas spać. Zabawa niemrawieje, psuje się. A ona jest stara i stęka z wysiłku, przyklękając powoli, na trzy tempa.

Piłka mi wpadła pod komodę
Niani, a na podłodze cienia

17

Krańce ujmując, świeca w różne
Ciągnie go strony – piłki nie ma.
Potem pogrzebacz zakrzywiony
Hałasy tam wyprawia wartko,
Ale wytrąca tylko guzik
I jeszcze potem pół sucharka.
Lecz oto piłka wyskakuje,
Toczy się w ciemność rozedrganą
Przez cały pokój, potem wpada
Pod niedostępną otomanę.

Dlaczego niezbyt mi odpowiada epitet „rozedrganą"?
Czyżby olbrzymia dłoń poruszającego marionetkami aktora pojawiła się na mgnienie wśród istot, w których
wzrost oczy już uwierzyły (tak że pierwszym wrażeniem
widza po skończonym przedstawieniu jest: jak strasznie
urosłem)? A przecież pokój naprawdę cały drgał i owa
migotliwość, karuzelowe przesuwanie się cieni po ścianie,
gdy rośnie płomień albo ukształtowany z cienia wielbłąd
na suficie porusza monstrualnymi garbami, gdy niania
zmaga się z ciężkim i wywrotnym trzcinowym parawanem
(którego rozpościeralność jest odwrotnie proporcjonalna
do stabilności) – to wspomnienia najwcześniejsze, najbardziej zbliżone do oryginału. Często dociekliwie zastana-
wiam się nad tym oryginałem – odwrotną stroną nicości;
tak więc mglistość niemowlęctwa wydaje mi się zawsze
powolnym zdrowieniem po okropnej chorobie, oddala-
niem się od pierwotnego niebytu, które się przemienia
w zbliżenie, gdy do ostateczności natężam pamięć, ażeby
zaznać owego mroku i wykorzystać to doświadczenie dla
wstąpienia w mrok przyszły; ustawiając jednak swoje
życie do góry nogami, tak że moje narodziny stają się
śmiercią, nie widzę na skraju tej odwrotności umierania
niczego, co odpowiadałoby bezgranicznej zgrozie, jakiej
doznaje podobno nawet stuletni starzec przed rzeczywis-

tym zgonem – niczego oprócz bodaj wspomnianych już cieni, które wzniósłszy się skądś z dołu, kiedy płomień świecy przygasa, by zniknąć (przy czym cień lewej gałki z przeciwległej strony łóżka przesuwa się niczym czarna, ogromniejąca głowa), zawsze zajmują nad moim posłaniem te same pozycje.

Nocą po kątach butne stwory
Snują się, ledwie naśladując
Swe prawowite pierwowzory.

W szeregu zniewalających szczerością... nie, bzdura, kogo się tu zniewala? Kto jest tym idącym w niewolę czytelnikiem? Nie trzeba go tutaj. W szeregu doskonałych... a nawet więcej, bo znakomitych wierszy autor opiewa nie tylko owe budzące lęk cienie, ale i jasne chwile. Bzdura, powiadam, bzdura! Nie tak przecież pisze ten mój bezimienny, mój nieznany admirator – przecież tylko dla niego przeniosłem do wierszy wspomnienie o dwóch kosztownych, staroświeckich chyba zabawkach: pierwszą była pękata malowana doniczka ze sztuczną tropikalną rośliną, na której siedział, jakby za chwilę miał frunąć, sztuczny egzotyczny ptaszek, czarno upierzony, o ametystowej piersi; kiedy duży klucz wyproszony u Iwonny Iwanowny i wsunięty w ściankę doniczki został kilkakroć obrócony z życiodajnym wysiłkiem, mały malajski słowik rozwierał... nie, nie rozwierał nawet dziobka, bo coś dziwnego działo się z mechanizmem, z jakąś jego sprawną, choć złośliwą sprężyną: ptak nie chciał śpiewać, jeśli się jednak o nim zapomniało i przypadkiem, po tygodniu, przechodziło obok wysokiej szafy, tajemniczy wstrząs pobudzał go nagle do czarodziejskiego kląskania – i jakże cudownie, jak długo zanosił się śpiewem, wypinając pierś o pomierzwionych piórkach; kończył, gdy odchodząc, stąpnęło się na inną deskę podłogi, i na ostatek, osobno, wydawał jeszcze jedno urwane w pół nuty świśnięcie. Podobnie, ale z błazeńskim cieniem naśladownictwa – tak jak parodia towarzyszy zawsze prawdziwej poezji – zachowywała się druga z uwiecznionych zabawek, znajdująca się w innym pokoju, także na wysokiej półce. Był to pajac w atłasowych szarawarach opierający się rękami na dwóch pobielonych drążkach, którego mimowolne pchnięcie wprawiało w ruch

Przy muzyce miniaturowej
O tak rozśmieszającym brzmieniu,

co podzwaniała gdzieś pod jego estradką, podczas gdy on ledwie dostrzegalnym wymachem unosił coraz wyżej nogi w białych pończochach i pantoflach z pomponami – i nagle wszystko się urywało, a pajac zastygał w niezdarnej pozycji. Czyż nie tak samo moje wiersze?... Jednakże prawdzie porównań i wniosków łatwiej przetrwać czasem po tej stronie słów.

Stopniowo spod warstw tych opowiastek wyłaniał się portret niezwykle wrażliwego chłopca, żyjącego w prawdziwie idealnych warunkach. Nasz poeta urodził się dwunastego lipca 1900 roku w rodowym majątku Godunowów-Czerdyncewów-Leszyno. Chłopiec, zanim poszedł do szkoły, przeczytał sporo książek z biblioteki ojca. Pewien autor interesujących zapisków wspomina, jak mały Fiedia ze starszą o dwa lata siostrą z przejęciem uczestniczyli w przedstawieniach teatralnych dla dzieci, sami układając nawet scenki... Mój drogi, to kłamstwo. Teatr nigdy mnie nie interesował; pamiętam zresztą, że były w naszym domu jakieś tekturowe drzewa i blankowany pałac z okienkami barwy malinowego kisielu, przez które przeświecało światło jak z Wiereszczagina, gdy wewnątrz zapalano świecę; za jej sprawą zresztą, nie bez naszego udziału, gmach ten spłonął. O, w wyborze zabawek byliśmy z Tanią bardzo wybredni! Osoby obojętne, które nas obdarowywały, dostarczały często nader mizernych prezentów. Wszystko, co okazywało się płaskim, tekturowym pudełkiem ozdobionym z wierzchu jakimś malunkiem, zapowiadało katastrofę. Jednemu takiemu wieczku poświęciłem swego czasu trzy wymagane przez konwencję strofy, ale wiersz jakoś nie nabrał życia. Przy okrągłym stole w blasku lampy zasiada rodzinka: chłopiec w nieznośnej marynarskiej bluzie z czerwonym krawatem, dziewczynka w czerwonych sznurowanych bucikach; oboje z minami wyrażającymi najżywszą rozkosz nawlekają na słomki różnokolorowe paciorki, robiąc koszyczki, klatki, pudełka; w zajęciu tym z równym jak oni zapałem uczestniczą ich na wpół obłąkani rodzice – ojciec z imponującą brodą wokół zadowolonej twarzy, matka z potężnym biustem; pies też patrzy na stół, w tle zaś widać siedzącą na fotelu babcię, którą zżera zawiść. Te właśnie dzieci, dziś dorosłe, spotykam często na reklamach; on, z plamą światła na połyskliwie opalonych policzkach, z rozkoszą zaciąga się papierosem albo trzyma w krzepkiej dłoni, odsłaniając przy tym w uśmiechu zęby drapieżcy, kanapkę z czymś czerwonym („jedzcie więcej mięsa"), ona uśmiecha się do własnej pończochy na nodze lub z rozpustną uciechą polewa namiastką śmietany konserwowane owoce; z czasem oboje przemienią się w dziarskich, rumianych, żarłocznych staruszków, a potem będą jeszcze czarne, infernalnie piękne dębowe trumny, stojące w witrynie pośród palm... Tak, towarzysząc nam krok w krok, jako złowieszczo wesoły akompaniator naszego bytowania, rozwija się świat pięknych demonów; piękny demon jednak ma w sobie zawsze potajemną skazę, wstydliwą brodawkę na tyłku uosobienia doskonałości: lakierowane łakomczuchy z reklam, opychające się żelatyną, nie znają cichych radości smakoszy, a ich modne ubiory (trwające na murach, wtedy gdy przechodzimy) zawsze pozostają odrobinę w tyle za modą rzeczywistą. Jeszcze kiedyś pomówię o odwecie, godzącym w ten właśnie słaby punkt, w którym pozornie koncentruje się sedno i siła rażonej istoty.

Ponad spokojne gry przedkładaliśmy, Tania i ja, takie, podczas których każdy musi się zgrzać – wyścigi, chowanego, bitwy. Jakże zdumiewająco takie słowa jak *srażenije*[*] i *rużejnyj*[**] oddają dźwięk powstający, gdy naciska się przy wsuwaniu do karabinka pomalowaną pałeczkę (pozbawioną, żeby boleśniej raziła, gumowej nakładki), która następnie z hałasem trafiając w złotą blachę kirysu (należy wyobrazić sobie skrzyżowanie kirasjera z czerwonoskórym), wybija honorowy dołeczek.

> I znów ładujesz karabinek
> Mocno, że aż sprężyna zgrzyta,
> Nacisk podłogę aż ugina.
> Widzisz, że tuż za drzwiami błyska
> W lustrze ten drugi, co tam stoi –
> I sterczą kolorowe pióra
> Przepaski, w którą się ustroił.

Autor krył się (teraz będziemy mówić o domu Godunowów-Czerdyncewów przy istniejącym do dziś bulwarze Angielskim) w portierach, pod stołami, za oparciami jedwabnych otomanek i w szafie na ubranie, gdzie pod stopami chrzęściła naftalina i skąd, samemu nie będąc widzianym, można było przez szczelinę obserwować wolno

---

[*] *Srażenije* (ros.) – bitwa (przyp. tłum.).
[**] *Rużejnyj* (ros.) – karabinowy (przyp. tłum.).

22

przechodzącego służącego, przedziwnie odmienionego, obdarzonego osobliwym życiem, pachnącego herbatą i jabłkami; krył się także

W kręconych schodów zakamarkach,
Lub za kredensem zapomnianym,
Co w pustym został sam pokoju

i na którego zakurzonych półkach wegetowały: naszyjnik z wilczych zębów, bożek z almatolitu z obnażonym brzuchem; drugi – porcelanowy, wysuwający w tradycyjnym powitaniu swego ludu czarny język, szachy z wielbłądami w roli gońców, wieloczłonowy drewniany smok, sojocka[*] tabakierka z mlecznego szkła, druga – agatowa, bęben szamana i przynależna doń zajęcza łapka, but ze skóry ściągniętej z nóg marala z wyściółką z kory wiciokrzewu lazurowego, tybetański pieniążek w kształcie miecza, filiżanka z kerujskiego nefrytu, srebrna broszka z turkusem, lampka lamy i wiele jeszcze podobnych rupieci, które – niczym kurz, niczym przywieziony z wód niemieckich *Gruss* z masy perłowej – mój nieznoszący etnografii ojciec przywoził niekiedy ze swoich bajecznych podróży. Za to trzy zamknięte na klucz sale, w których znajdowały się jego zbiory, jego muzeum... o tym jednak w leżących przed nami wierszach nie ma nic: mocą szczególnej intuicji młody autor przewidział, że kiedyś jeszcze przemówi inaczej, nie poprzez wiersze z dewizkami i repetytorem, ale zupełnie innymi, mężnymi słowami mówić będzie o swoim słynnym ojcu.

Znów coś się zepsuło i słychać familiarnie fałszywy głosik recenzenta (być może nawet płci żeńskiej). Poeta z cichą miłością wspomina pokoje rodzinnego domu, wśród których upływało jego dzieciństwo. Zdołał nasycić

---

[*] Sojotowie – lud mieszkający w górnym biegu Jeniseju (przyp. tłum.).

liryzmem poetyckie opisy przedmiotów... Gdy się wsłuchać... My wszyscy, delikatnie i czule... Melodia przeszłości... Tak na przykład opisuje abażury lamp, litografie na ścianach, swój uczniowski pulpit, pojawianie się froterów (pozostawiających po sobie zapach stanowiący mieszaninę „mrozu, potu i mastyksu") i regulowanie zegarów:

> W czwartki uprzejmy wchodzi starzec
> Przysłany tu przez zegarmistrza
> I bez pośpiechu w całym domu
> Nakręca zegar za zegarem.
> Na swój zegarek spojrzy skrycie,
> W ściennym wskazówkę pchnie lub cofnie.
> Wchodzi na krzesło i tak czeka,
> Aby bez reszty wyszło z niego
> Całe południe. I pomyślnie,
> Przyjemne kończąc zatrudnienia
> Krzesło odstawia bezszelestnie,
> A zegar trochę gderząc – idzie[*],

mlaskając niekiedy i dziwnie posapując, zanim zacznie bić. Jego tykanie, niczym kreskowana w poprzek taśma centymetra, w nieskończoność odmierzało moje bezsenności. Było mi równie trudno usnąć jak kichnąć bez szczypty tytoniu w nosie albo popełnić samobójstwo bez żadnych po temu środków (chyba że połykając własny język). Na początku męczeńskiej nocy ratowałem się tym, że zagadywałem Tanię, której łóżko stało w sąsiednim pokoju. Nie bacząc na zakaz, uchylaliśmy drzwi, a potem, kiedy guwernantka wchodziła do swojej sypialni, obok sypialni Tani, jedno z nas po cichutku zamykało je: błyskawiczne przebiegnięcie na bosaka i skok do łóżka. Z pokoju do pokoju długo zadawaliśmy sobie nawzajem szarady, milknąc (dziś jeszcze słyszę

---

[*] Niektóre z wierszy ze względu na konieczność zachowania wszystkich elementów opisu, tłumaczę, nie rymując (przyp. tłum.).

ton tego zdwojonego milczenia w ciemności), ona – żeby odgadnąć moją, ja żeby wymyślić nową. Moje były zawsze najdziwaczniejsze i najgłupsze. Tania natomiast trzymała się klasycznych wzorów

Mon premier est un métal précieux,
Mon second est un habitant des cieux,
Et mon tout est un fruit délicieux.

Czasami zasypiała, podczas gdy ja ufnie czekałem, sądząc, że biedzi się nad moją zagadką, i ani błaganiem, ani pogróżkami nie udawało mi się już jej obudzić. Z godzinę jeszcze podróżowałem w ciemnościach łóżka, naciągając na siebie prześcieradło i kołdrę, tak aby uformowały sklepienie jaskini, u której dalekiego, dalekiego wylotu przebijało z boku różowe światło, niemające nic wspólnego z pokojem, z nocą nad Newą, z obfitymi, na wpół przejrzystymi fałdami ciemnych zasłon. Jaskinia, którą penetrowałem, kryła w swych załomach i wgłębieniach rzeczywistość tak nasyconą udręczeniem, wypełniała się taką dusznością i tajemniczością, że w piersiach i w uszach zaczynało mi coś walić niby głuchy bęben; w głębi zaś, gdzie mój ojciec odkrył nowy gatunek nietoperza, rozróżniałem kości policzkowe wykutego w skale bożka, a gdy wreszcie zapadałem w sen, dziesiątki rąk powalały mnie i ktoś z okropnym chrzęstem dartego jedwabiu rozpruwał mnie od góry do dołu, po czym zwinna dłoń wślizgiwała się we mnie i mocno ściskała mi serce. Albo też przemieniałem się w konia krzyczącego mongolskim głosem: kamowie rozdzierali mnie, chwytając arkanami za pęciny, tak że moje nogi, łamiąc się z chrzęstem, tworzyły kąt prosty z tułowiem; leżałem przywarty piersią do żółtej ziemi, a ogon powiewał jak pióropusz, znamionując krańcowe umęczenie; potem ogon opadał, ja zaś budziłem się.

Już pora wstawać. Po błyszczącym
Piecu wędruje dłoń palacza,
Ażeby zbadać, czy już ogień
Dorósł do samej góry. Dorósł.
Dudnieniu gorącego pieca
Dzień odpowiada ciszą ranną,
Lazurem z różowawym cieniem
I bielą swą niepokalaną.

Ciekawe, jak woskowieje wspomnienie, jak podejrzanie
pięknieje cherubin w miarę ciemnienia ikonowej sukienki
– coś dziwnego, bardzo dziwnego dzieje się z pamięcią.
Wyjechałem siedem lat temu; obce strony utraciły posmak
zagraniczności, tak jak własne przestały być geograficz-
nym przyzwyczajeniem. Siedem lat. Wędrowny fantom
państwa zaakceptował od razu tę rachubę, podobną innej,
którą niegdyś żarliwy obywatel Francji wprowadził dla
uhonorowania nowo narodzonej wolności. Rachunek jednak rośnie i honory nie cieszą; wspomnienie albo topnieje,
albo nabiera martwego połysku, tak że zamiast cudownych wizji pozostaje nam wachlarz kolorowych pocztówek.
Nie pomoże tu żadna presja, żaden stereoskop wyłupiaście
i w groźnym milczeniu przydający takiej wypukłości
kopule i tak szatańską podobizną przestrzeni osnuwający
postacie spacerujące z karlsbadzkimi dzbanuszkami, że
sny po tej optycznej rozrywce dręczyły mnie bardziej niż
opowieści o mongolskich torturach: aparat stał w gabinecie dentysty, Amerykanina Lawsona, którego współtowa-
rzyszka życia, madame Ducamp, siwowłosa harpia, przy
swym biurku wśród flakoników krwiście czerwonego
eliksiru Lawsona, zaciskając wargi i drapiąc się w głowę,
rozważała pośpiesznie, gdzie nas z Tanią wpisać, i wreszcie
z wysiłkiem i skrzypieniem wpychała pryskające pióro
pomiędzy *la princesse* Toumanoff z kleksem na końcu
i monsieur Danzasa z kleksem na początku. Oto opis

wyprawy do owego dentysty, który poprzedniego dnia zapowiadał, że *that one will have to come out*...

> I jakże będę w tym powozie
> Znów siedział w pół godziny później?
> Jak będę patrzył na śnieżynki
> I na gałęzie czerniejące?
> Jakże ten słup w wacianej czapie
> Znowu oczyma odprowadzę?
> Jak będę już w powrotnej drodze
> Jazdę w tę stronę przypominał?
> (Co chwila namacując chustkę;
> Z odrazą czułej ostrożności,
> Bo w nią troskliwie zawinięto
> Breloczek jakby rżnięty w kości).

„Waciana czapa" – przecież w dodatku dwuznaczna – zupełnie nie wyraża tego, co trzeba: chodziło o śnieg na słupkach połączonych łańcuchem gdzieś w pobliżu pomnika Piotra. Gdzieś! Mój Boże, j u ż z trudem składam części minionego, j u ż zapominam o wzajemnym układzie i związku jeszcze istniejących w pamięci przedmiotów, które tym samym skazuję na wymarcie. Jakże obelżywą drwiną jest wobec tego pewność, że

> Wrażenie więc, które minęło,
> W zlodowacenia trwa harmonii.

Cóż zatem skłania mnie do pisania wierszy o dzieciństwie, jeśli tak czy inaczej piszę nadaremnie, chybiając słowem jednocześnie albo kładąc zarazem tygrysa i łanię rozpryskowym pociskiem „celnego" epitetu. Nie trzeba jednak tracić ducha. Skoro tamten powiada, że jestem prawdziwym poetą, to znaczy, że warto było wychodzić na polowanie.

Jest więc jeszcze dwanaście wersów o tym, co udręczało chłopca – przykrościach zimy w mieście; o tym na przykład, że pończochy ocierają pod kolanami, albo o chwili, kiedy na dłoń leżącą na szafocie sklepowej lady ekspedientka naciąga niesamowicie płaską rękawiczkę. Przypominajmy dalej: zdwojone (za pierwszym razem wyślizgnęła się) uszczypnięcie haftki, kiedy zapinają ci futrzany kołnierz, a ty stoisz z rozłożonymi rękami; za to jakaż następuje interesująca zmiana akustyki, gdy kołnierz jest podniesiony: oto niezapomniana muzyka jedwabnego zacisku przy zawiązywaniu (podnieś brodę) tasiemek nauszników. Wesoło jest dziatkom na mrozie. U wejścia do ośnieżonego parku stoi niczym widmo sprzedawca balonów. Nad nim, trzykrotnie odeń większe, wznosi się olbrzymie, szeleszczące grono. Spójrzcie, dzieci, jak mienią się i ocierają o siebie balony, pełne czerwonego, niebieskiego, zielonego słoneczka! Ależ to śliczne! Ja poproszę ten największy (biały z kogutem na boku, z czerwonym maleństwem pływającym wewnątrz, które po zabiciu samicy wzbije się pod sufit, a nazajutrz opadnie na dół pomarszczone i całkiem oswojone). Oto uszczęśliwione dzieciaki kupiły balon za rubla, poczciwy handlarz zaś wyciągnął go ze stłoczonego stada. Poczekaj, urwisie, nie ciągnij, pozwól go odciąć. Następnie sprzedawca znowu włożył rękawice, sprawdził, czy jest mocno przewiązany sznurem ze zwisającymi nożycami, i odbiwszy się piętą, zaczął się, jak gdyby nigdy nic, na stojąco wznosić w błękitne niebo, coraz to wyżej i wyżej; oto jego grono nie większe już jest od winnego – pod nim zaś dymy, złocistości, szron Sankt Petersburga, odrestaurowanego niestety tu i ówdzie wedle najlepszych obrazów naszych malarzy.

Żarty na bok: było bardzo pięknie, bardzo cicho. Drzewa w parku udawały własne widma i czyniły to nadzwyczaj udatnie. Oboje, ja i Tania, kpiliśmy z sanek naszych rówieśników, zwłaszcza jeśli obite były dywanową tkaniną ozdobioną frędzelkami, miały wysokie siedzenie (nawet zabezpieczone barierką) i wodze, które jeździec ściągał, hamując walonkami. Takie nigdy nie docierały do ostatniej zaspy, lecz wypadłszy prawie od razu z prostej, bezradnie kręciły się wokół własnej osi, zjeżdżając nadal z bladym, pełnym powagi dzieckiem, zmuszonym, gdy one już nieruchomiały, pchnięciami własnych stóp posuwać je do przodu, ażeby dotrzeć do końca wyślizganego toru. Tania i ja mieliśmy ciężkie sanki od Sangallego do zjeżdżania na brzuchu: prostokątną, obitą aksamitem poduszkę na żeliwnych, wyokrąglonych płozach. Nie trzeba ich było za sobą ciągnąć, bo same sunęły z tak niecierpliwą lekkością po śniegu niepotrzebnie posypanym piaskiem, że uderzały nas z tyłu po nogach. A oto górka:

Wspiąć się na pomost rozelśniony...

(ci, którzy wnosili wiadra z wodą do polewania górki, rozchlapywali wodę, tak że stopnie obrośnięte były warstwą lśniącego lodu, ale tego wszystkiego nie zdążyła objaśnić poczciwa aliteracja) –

Wspiąć się na pomost rozelśniony,
Z rozpędu brzuchem paść na płaskie
Sanki, ażeby teraz z chrzęstem
Ruszyć w niebieskość... No a potem,
Gdy się roztacza wizja inna
I gdy w dziecinnym mrocznie płonie
Przedwigilijna szkarlatyna
Albo dyfteryt wielkanocny,
Zjeżdżać po lśniącym już łamliwie
Wyogromniałym lodowisku
W jakimś ogrodzie tropikalnym
Na poły i na wpół Taurydzkim

– dokąd z naszego Ogrodu Aleksandryjskiego wolą rozgorączkowanej wyobraźni przenosił się wraz ze swym kamiennym wielbłądem generał Mikołaj Michajłowicz

Przewalski, przemieniający się od razu w posąg mojego ojca, który w tym czasie znajdował się gdzieś, powiedzmy, pomiędzy Kokandem a Aszchabadem albo na zboczach gór Xining. Jakże oboje z Tanią chorowaliśmy! To razem, to po kolei; jakże mi było straszno usłyszeć pomiędzy stuknięciem odległych drzwi a powściągliwie ściszonym odgłosem otwierania innych jej kroki i wysoki śmiech, rozbrzmiewający niebiańską wobec mnie obojętnością, rajskim zdrowiem, nieskończenie dalekim od mojego grubego ceratowego kompresu, obolałych nocy, ociężałości i nieruchawości ciała; jeśli jednak chorowała ona – jakże czułem się ziemski i tutejszy, byłem piłką futbolową, gdy spoglądałem na nią, leżącą w łóżku, nieobecną, jakby zwróconą do wewnątrz, a wobec mnie odsłaniającą cały swój bezwład. Opiszmy ostatnią próbę obrony przed kapitulacją: nie wypadłszy jeszcze z rytmu dnia, sam przed sobą ukrywasz gorączkę, łamanie w kościach, otulając się jak Meksykanin w poncho, maskując zabawą to, że już czujesz dreszcze, w pół godziny później zaś, gdy wreszcie uległeś i leżysz w łóżku, własne ciało nie wierzy już, że przed chwilą bawiłeś się, czołgałeś po podłodze salonu, i my toniemy my to nie my. Opiszmy pytający, trwożny uśmiech matki, która właśnie wsuwa mi termometr pod pachę (nie powierzała nigdy tej czynności służącej ani guwernantce). „Coś tak oklapł" – mówi, jeszcze usiłując żartować. A po chwili: „Ja już wczoraj wiedziałam, że masz gorączkę, mnie nie oszukasz". I znowu po chwili: „Jak ci się zdaje, ile masz?". I wreszcie: „Chyba już możesz wyjąć". Unosi rozpalony termometr ku światłu, ściąga śliczne selskinowe brwi, które odziedziczyła po niej Tania, i długo wpatruje się w skalę... a potem bez słowa powoli strząsa termometr i wkładając go do futerału, spogląda na mnie, jakby nie całkiem pewna, czy to ja, ojciec zaś zamyślony jedzie stępa przez wiosenną, zupełnie niebieską od irysów równinę; opiszmy tę malignę, kiedy rozsadzając mózg, rosną jakieś ogromne liczby, którym towarzyszy nieustanne, docierające skądś z boku, pośpieszne mamrotanie, tak jakby w ciemnym ogrodzie przy domu obłąkanych, którym jest zbiór zdań, na poły (a ściślej w pięćdziesięciu siedmiu stu jedenastych) wychyliwszy się ze świata oddanego na procent – przerażającego świata, który z woli losu mają uosabiać – sprzedawczyni jabłek, czterej robotnicy kopiący ziemię i ktoś, kto zapisał dzieciom w spadku karawanę ułamków, rozmawiali przy nocnym poszumie drzew o czymś bardzo zwyczajnym i niemądrym, ale tym straszniejszym, tym nieuchronniej utożsamionym nagle z tymi właśnie liczbami – owym niepowstrzymanie rozrastającym się wszechświatem (co rzuca w moim przekonaniu dziwne światło na makrokosmiczne hipotezy współczesnych fizyków). Opiszmy też wyzdrowienie, kiedy już nie warto strząsać termometru i można niedbale odkładać go na stół, gdzie sterta książek, które zjawiły się z życzeniami powrotu do zdrowia, i kilka nowych, ciekawych zabawek wypiera na wpół opróżnione flaszeczki mętnych mikstur.

Ozdobną tekę papeterii
Najdokładniej teraz widzę;
Przyozdobiona jest podkową,
A także moim monogramem.
Już smakowałem w inicjałach,
Pieczątkach, zasuszonych kwiatach
(Dziewczynki z Nicei prezencik),
Czerwonych i brązowych lakach.

Do wiersza nie weszło pewne dziwne zdarzenie, które spotkało mnie po szczególnie ciężkim zapaleniu płuc. Kiedy wszyscy przeszli do bawialni, jeden z mężczyzn, który milczał przez cały wieczór... W nocy gorączka opadła, wydostałem się na ląd. Byłem, proszę państwa, słaby, rozkapryszony i przezroczysty niczym kryształowe jajko. Matka pojechała, żeby kupić mi... co, nie wiedziałem – ot, jeden z tych dziwacznych przedmiotów, w które od czasu do czasu wpatrywałem się z łapczywością ciężarnej kobiety – po czym zupełnie o nich zapominałem, matka jednak notowała owe *desiderata*. Leżąc plackiem w łóżku, pośród niebieskawych warstw zapadającego w pokoju zmierzchu, piastowałem w sobie niebywałą jasność, jaka następuje, gdy pomiędzy chmurami wieczoru smuży się dalekie pasmo promiennie bladego nieba; widać tam jakby przylądek i płycizny Bóg wie jak odległych wysp – i wydaje się, że jeśli odrobinę pofolgować własnemu lekko biegnącemu oku, dostrzeże się połyskliwą łódkę wciągniętą na wilgotny piasek i niknące w dali ślady stóp, pełne jaskrawo błyszczącej wody. Sądzę, że w owej chwili osiągnąłem ostateczną granicę ludzkiego zdrowia: myśl moja odświeżyła się, zanurzona niedawno w niebezpiecznie odmienną od ziemskiej, najczarniejszą ciemność; i oto leżąc nieruchomo i nawet nie mrużąc oczu, widzę jasno, jak matka w szynszylach i woalce z muszkami wsiada do sań (zawsze wydają się tak małe w porównaniu ze steatopygią rosyjskiego stangreta owych czasów), jak para wronych w błękitnych siatkach unosi ją, a ona przyciska do ust puszystą, popielatą mufkę. Ulica po ulicy otwiera się przede mną bez najmniejszego wysiłku; bryłki kawowego śniegu uderzają o przodek. Oto sanie zatrzymały się. Foryś Wasilij zeskakuje ze stopnia, odpinając jednocześnie niedźwiedzią derę, i moja matka szybko wchodzi do sklepu, którego nazwy i wystawy nie zdążyłem dostrzec, ponieważ w tej właśnie chwili przechodzi tamtędy i woła coś do niej (ale ona już znikła) mój wuj, a jej brat, i kilka kroków mimo woli mu towarzyszę, usiłując przypatrzyć się twarzy pana, z którym rozmawia; spostrzegłszy się jednak, zawracam i pośpiesznie wpływam do sklepu, gdzie matka płaci już dziesięć rubli za całkiem zwyczajny zielony faberowski ołówek, starannie przez dwóch subiektów zapakowany w brązowy papier i wręczony Wasilijowi, który niesie go za moją matką do sań, już znowu pędzących takimi a takimi ulicami z powrotem do naszego coraz bliższego domu; tu jednak kryształowo przejrzysty nurt mego jasnowidzenia został przerwany przez Iwonnę Iwanownę, która niesie filiżankę bulionu z grzankami: byłem tak słaby, że musiała mnie podeprzeć, abym mógł usiąść w łóżku, dała sójkę poduszce i ustawiła przede mną w poprzek ruchliwej kołdry specjalny stoliczek na karłowatych nóżkach (z wieczyście lepkim okręgiem w południowo-zachodnim rogu). Nagle otwarły się drzwi i uśmiechnięta matka weszła z brązowym pakunkiem, długim niczym berdysz. Był w nim faberowski ołówek długości półtora arszyna i odpowiednio gruby: reklamowy gigant, poziomo zawieszony na wystawie, który wzbudził kiedyś moje wariackie pożądanie. Trwałem jeszcze zapewne w stanie błogości, kiedy to każda dziwność niby półbóg zstępuje ku nam, ażeby nierozpoznana zmieszać się z niedzielnym tłumem, w tamtej bowiem chwili wcale nie zdumiał mnie fakt, że dostałem ów ołówek, i tylko mimochodem pomyślałem, jak bardzo omyliłem się co do rozmiarów przedmiotu; potem jednak, nabrawszy sił i zalepiwszy chlebem wszystkie szpary, z zabobonną udręką rozmyślałem nad tą chwilą przezierczości (nigdy się już zresztą nie powtórzyła), której wstydziłem się tak bardzo, że zataiłem ją nawet przed Tanią, i omal się nie rozpłakałem z zażenowania, kiedy spotkaliśmy, ledwie zacząłem wychodzić, dalekiego krewnego matki, niejakiego Gajdukowa, a on powiedział: „Szedłem niedawno z bratem pani i widzieliśmy panią koło Treumanna".

Tymczasem aura wierszy pocieplała, a my wybieramy się z powrotem na wieś, dokąd, nim wstąpiłem do szkoły (a wstąpiłem dopiero, mając lat dwanaście), przenosiliśmy się czasami już w kwietniu.

Do rowu spełzł już śnieg z pagórków
I jest już petersburska wiosna
Pełna wzruszenia, anemonów,
Motyli pierwszy raz widzianych.
Ale ja nie chcę zeszłorocznych
Cytrynków, co są nic nie warte,
Mknących przez przezroczysty las.
Wypatrzę za to niezawodnie
Na białym pniu, wśród jego plam
Cztery tiulowe i prześliczne
Brzozaka delikatne skrzydła.

Jest to ulubiony wiersz autora, który nie włączył go do zbioru znowu dlatego, że temat ma związek z ojcem, a ekonomia twórczości nakazywała na razie go nie tykać. Zamiast tego odtworzone zostały takie wiosenne wrażenia jak pierwsze odczucia od razu po wyjściu ze stacji: miękkość ziemi, jej kontakt ze stopą, wokół głowy zaś – powietrze opływające ją bez przeszkód. Dorożkarze, gorliwie polecając jeden przez drugiego swe usługi, wstając z kozła, wymachując wolną ręką, bez bata, przeplatając pokrzykiwania głośnym „prr... prr...", nawoływali wczesnych letników. Nieopodal oczekiwał nas otwarty samochód, pąsowy z zewnątrz i wewnątrz, idea szybkości wpłynęła już na nachylenie kierownicy (nadmorskie drzewa zrozumieją mnie), jednakże cały jego wygląd zachowywał jeszcze – chyba dzięki fałszywemu poczuciu przyzwoitości – przypochlebny związek z kształtem powozu, ale jeśli to była nawet próba mimikry, niweczył ją całkowicie ryk silnika, przy otwartym tłumiku tak potworny, że na długo zanim pojazd stał się widoczny, chłop zeskakiwał z jadącego naprzeciw wozu i zawracał konia – a wówczas zdarzało się, że wszyscy błyskawicznie lądowali w rowie albo w polu, gdzie po chwili, zapomniawszy już o nas i straszliwym huku, znowu wznosiła się świeża, delikatna cisza z maleńkim prześwitem na śpiew skowronka.

Może kiedyś, na zagranicznych podeszwach i od dawna ściętych obcasach, czując się – mimo idiotycznej materialności izolatorów – duchem, wyjdę jeszcze z tej stacji i bez widzialnych towarzyszy podróży przebędę pieszo ścieżką wzdłuż szosy dziesięć wiorst do Leszyna. Słupy telegraficzne, w miarę jak będę się przybliżał, rozhuczą się jeden po drugim. Na wielkim kamieniu przysiądzie wrona i poprawi źle ułożone skrzydło. Pogoda będzie pewnie nijaka. Zmiany w okolicy, których nie mogę sobie wyobrazić, i najstarsze jej elementy, o których jakoś zapomniałem, będą spotykać mnie kolejno, czasem się nawet ze sobą mieszając. Wydaje mi się, że idąc, będę wydawał, słupom do wtóru, coś w rodzaju jęku. Kiedyś dotrę do miejsc, w których wyrosłem, i zobaczę to czy owo – albo też wskutek pożaru, przebudowy, wyrębów, niedbalstwa natury nie zobaczę ani tego, ani tamtego (ale jednak coś nieskończenie i niezachwianie mi wiernego dostrzegę – choćby dlatego, że tworzywem moich oczu jest tamtejsza szarość, przejrzystość, wilgotność), to po wszystkich wzruszeniach doznam jakiegoś zaspokojenia w cierpieniu, być może na granicy szczęścia, o którym za wcześnie mi wiedzieć (wiem tylko, że będzie ono miało pióro w ręce). Nie odnajdę jednak z pewnością tego, co nadawało sens wygnaniu: mojego dzieciństwa i jego owoców. Jego owoce, tak – oto one, dzisiaj, tutaj – już dojrzałe; ono samo zaś odeszło w dal odleglejszą niż północnorosyjska.

Autor odnalazł właściwe słowa, ażeby oddać wrażenia towarzyszące przenosinom na wieś. Jak wesoło mówi, że

Nie trzeba tu nakładać czapki
Ani bucików letnich zmieniać,
Ażeby wiosną wybiec znowu
Na rdzawe ogrodowe ścieżki.

Gdy miałem dziesięć lat, przybyła mi nowa rozrywka. Jeszcze w mieście wprowadził się do mnie i początkowo długo wodziłem go za rogatą kierownicę z pokoju do pokoju; ileż miał w sobie nieśmiałego wdzięku, sunąc po parkiecie, póki nie natknął się na pinezkę! W porównaniu z trójkołowym dziecinnym, pobrzękującym i żałosnym, o tak wąskich obręczach, że grzązł nawet w piasku parkowego placyku, nowy poruszał się z nieziemską wprost lekkością. Poeta dobrze wyraził to w następujących wierszach:

O pierwszy w życiu rower, jego
Wspaniałość i wysokość; napis
Na ramie „Dux" albo „Pobieda";
Cisza napompowanych opon,
Dygot i ślady kół w alei,
Gdzie światło ślizga się po rękach
I gdzie czernieją kretowiska,
Grożąc upadkiem jadącemu.
A jutro na wskroś ją przejeżdżasz,
I jak we śnie, nic cię nie trzyma.
Ufając tej oczywistości,
Rower nie pada.

Pojutrze zaś nieuchronnie zaczyna rozwijać się marzenie o „wolnym biegu" – połączenie słów, które, ilekroć je słyszę, sprawia, że przy wtórze ledwie uchwytnego szemrania gum i leciutkiego mruczenia szprych miga mi przed oczyma pasmo łagodnie nachylonej, gładkiej, przyczepnej ziemi. Przejażdżki rowerem i łódką, jazda konna, gra w *lawn-tennis* i w słupki, „krokiet, kąpiele, pikniki", ponęta młyna i szopy na siano – oto, ogólnie rzecz biorąc, tematy żywo poruszające naszego autora. Cóż można powiedzieć o formalnej stronie jego wierszy? Są to oczywiście miniatury, ale wykonane z tym niebywale subtelnym mistrzostwem, kiedy wyraźnie widać każde pociągnięcie, nie dlatego że wszystko wyszło spod zbyt kaligraficznego pędzla, lecz dlatego że rzetelność i niezawodność talentu, gwarantującego, iż autor dotrzyma wszystkich punktów artystycznej umowy, mimowolnie sugeruje czytelnikowi obecność najdrobniejszych szczegółów. Można sprzeczać się o to, czy warto w ogóle przywracać do życia sztambuchowe formy i czy płynie jeszcze krew w żyłach naszego słynnego czterostopowca (któremu już Puszkin, sam puściwszy go wolno, groził, wołając przez okno, że odda go uczniom do zabawy), nie można jednak zaprzeczyć, że w zakresie sobie wyznaczonym Godunow-Czerdyncew prawidłowo rozwiązał swoje zadanie. Surowość jego męskich rymów doskonale uwydatnia swobodny strój żeńskich; jego jamb, wykorzystując wszelkie subtelności odstępstw w rytmie, pozostaje jednak całkowicie wierny sobie. Każdy jego wers tęczuje jak arlekin. Kto ceni w poezji maksymalnie nasyconą malowniczość, polubi ten tomik. Do ślepca z kruchty nie zdoła on przemówić. Jakże znakomity wzrok ma ten autor! Obudziwszy się rano, wie już, jaki będzie dzień, bo szpara w okiennicy

Błękitnieje najbłękitniej
I zrównuje się błękitem,
Z tym, zawartym we wspomnieniu.

Przymrużonym okiem spogląda wieczorem na pole, którego jedną stronę zagarnął już cień, podczas gdy druga odleglejsza

Od głazu

Pośrodku aż do skraju lasu
Jak w dzień jest jeszcze oświetlona.

Sądzimy nawet, że może właśnie malarstwo, a nie literaturę, zapowiadało dzieciństwo autora, i nie wiedząc nic o tym, kim jest on dziś, wyobrażamy sobie bardzo dokładnie chłopca w słomkowym kapeluszu, w okropnie niewygodnej pozie siedzącego na ogrodowej ławce ze swoimi akwarelami i malującego świat przekazany mu w spadku przez przodków.

> Miodem porcelanowych plastrów
> Jest błękit, czerwień, także zieleń.
> Najpierw się z kresek ołówkowych
> Złoży chropawo cały ogród.
> Brzozy i balkon oficyny,
> Trwają w słonecznych plamach. Teraz
> Umoczę w żółci oranżowej
> Pędzelek i nabiorę gęsto.
> Tymczasem napełniony puchar
> W szlify świetlisty promień chwyta.
> Jakimiż błyska kolorami,
> I jakaż radość tu rozkwita!

Taki jest tomik Godunowa-Czerdyncewa. Na zakończenie dodajmy... Cóż jeszcze? Cóż jeszcze? Podpowiedz mi, wyobraźnio. Czyż naprawdę wszystko to, co czarownie drżące i migotliwe śniło i śni mi się skroś moje wiersze, ostało się w nich i zostało dostrzeżone przez czytelnika, którego opinię jeszcze dziś usłyszę? Czyżby doprawdy wszystko zrozumiał, zrozumiał, że prócz sławetnej „malowniczości" zawierają one ów szczególny poetycki sens (kiedy to zagubiony w przemądrzałościach rozum powraca z muzyką), który jest ich jedynym twórcą? Czy przestrzenie między słowami czytał tak, jak należy czytać wiersze? A może, ot, po prostu, przeczytał je, spodobały mu się, pochwalił, a ponieważ czas jest w modzie, podkreślił jako modny rys współczesnej poezji znaczenie ich przemienności: tom otwierają bowiem wiersze o „zgubionej piłce", zamykają zaś o „piłce odnalezionej".

> Tylko obrazy i kioty
> W tym roku miejsca nie zmieniły,
> Kiedy wyrośliśmy i z domem
> Coś się zdarzyło: wszystkie naraz
> Pokoje śpiesznie zamieniały
> Pomiędzy sobą różne meble,
> Szafy i parawany, tłumy
> Wszelakich nieruchawych sprzętów.
> I wtedy właśnie, pod tapczanem,
> Gdy się podłoga obnażyła,
> W samym się odnalazła kącie,
> Ona, ruchliwa i tak miła.

Tomik wygląda przyjemnie.

Wycisnąwszy zeń ostatnią kroplę słodyczy, Fiodor Konstantinowicz przeciągnął się i wstał z kanapki. Poczuł, że jest bardzo głodny. Wskazówki jego zegarka od niedawna znarowiły się, ruszając nagle pod prąd czasu, tak że nie sposób było na nich polegać, ale sądząc według światła, dzień, zbierając się w drogę, przysiadł na chwilę z domownikami i zamyślił się. Kiedy zaś Fiodor Konstantinowicz wyszedł na ulicę, owiał go (dobrze, że włożył...) wilgotny chłodek; podczas gdy on dumał nad swoimi wierszami, spadł zapewne deszcz, wypolerowawszy ulicę aż po najdalszy kraniec. Furgonu już nie było, a tam gdzie niedawno stał jego ciągnik, tuż przy trotuarze, pozostała tęczująca plama oleju z przewagą purpury, podobna w zarysie do pióra: papuga asfaltu. Jak brzmiała nazwa firmy przewozowej? Max Lux. Cóż to masz tutaj, baśniowy ogrodniku? *Mak-s*. A tu? *Łuk-s**, jaśnie panie.

---

* *Łuk* (ros.) – cebula (przyp. tłum.).

„Czy wziąłem klucze?" – pomyślał nagle Fiodor Konstantinowicz, zatrzymując się i wsuwając rękę do kieszeni prochowca. Tam, wypełniając dłoń, uspokajająco i ciężko brzęknął metal. Kiedy przed trzema laty, gdy był tu jeszcze jako student, matka przeniosła się do Tani do Paryża, pisała, że nie może się w żaden sposób przyzwyczaić do tego, iż wolna jest od nieustannego ucisku łańcucha przywiązującego berlińczyka do zamka w drzwiach. Wyobraził sobie, jak cieszy się, czytając artykuł o nim, i na mgnienie poczuł sam wobec siebie macierzyńską dumę; więcej, macierzyńska łza sparzyła mu brzegi powiek. Cóż mi po uznaniu za życia, jeśli nie mam pewności, że aż po ostatnią najciemniejszą swą zimę, zdumiewając się niczym starucha Ronsarda, świat będzie o mnie pamiętał? A jednak! Daleko mi jeszcze do trzydziestki, ale dziś oto zostałem uznany. Uznany! *Błagodariu tiebia, otczizna, za czistyj...* Wyśpiewawszy te słowa, przemknęła bardzo blisko liryczna możliwość. Dziękuję ci... ta, ta, ojczyzno, za czysty i ta, ta, ta dar. Tyś jak szaleństwo... Słowo *priznan* już mi wcale nie jest potrzebne: rytm tchnął ogień w wers, ale rym sam odpadł. *Błagodariu tiebia, Rossija, za czistyj i...* Drugiego przymiotnika nie zdążyłem dostrzec w rozbłysku – a szkoda. Szczęśliwy? Bezsenny? Skrzydlaty? Za czysty, uskrzydlony dar. *Za czistyj i kryłatyj dar. Ikry**, *Łaty***. Skąd się wziął ten Rzymianin? Nie, nie, wszystko uleciało, nie zdążyłem nic zatrzymać.

Kupił kilka pasztecików (jeden z mięsem, drugi z kapustą, trzeci z sago, czwarty z ryżem, piąty... na piąty mu nie starczyło w rosyjskiej jadłodajni, stanowiącej jakby muzeum rodzimej gastronomii) i szybko się z nimi uporał, przysiadłszy na wilgotnej ławce skweru.

---

* *Ikry* (ros.) – łydki (przyp. tłum.).
** *Łaty* (ros.) – zbroja (przyp. tłum.).

Deszcz zaczął padać żwawiej, jakby ktoś nagle przechylił niebo. Trzeba się było schować w okrągłej budce przystanku tramwajowego. Tam na ławce dwaj mężczyźni z teczkami omawiali transakcję, i to z takimi dialektycznymi szczegółami, że istota towaru zatracała się, tak jak przy pobieżnym czytaniu gubi się oznaczony tylko skrótem (duża litera z kropką) hasła przedmiot w encyklopedii. Potrząsając krótko obciętymi włosami, weszła do budki dziewczyna z podobnym do ropuchy małym sapiącym buldogiem. Dziwna rzecz – *otczizna* i *priznan* znowu są razem i coś w nich uporczywie podzwania. Ale nie połaszczę się na to.

Ulewa ustała. Bardzo zwyczajnie, bez śladu patosu i bez żadnych ·sztuczek, zapłonęły wszystkie latarnie. Zdecydował, że można już wyruszyć do Czernyszewskich, tak aby przyjść na dziewiątą. Kiedy w dziwnym stanie ducha przechodził przez jezdnię, jakaś siła czuwała nad nim niby nad pijakiem. W mokrym promieniu latarni dygotał silnik pracującego samochodu: krople na masce wszystkie co do jednej drżały. Kto to napisał? Fiodor Konstantinowicz nie mógł się zdecydować. Ten był rzetelny, ale nie utalentowany; tamten bez skrupułów, ale zdolny, trzeci – pisał wyłącznie o prozie, czwarty tylko o przyjaciołach, piąty... Fiodor Konstantinowicz ujrzał w wyobraźni tego piątego: jego rówieśnik, może nawet o rok młodszy, który w owych latach opublikował w tych samych emigracyjnych czasopismach nie więcej niż on (tu wiersze, tam artykuł), który jednak jakimś niepojętym sposobem, z niemal fizjologiczną naturalnością swoistej emanacji, z wolna otoczył się obłokiem nieuchwytnej sławy, tak że jego nazwisko wymawiano może niezbyt często, ale zupełnie inaczej niż nazwiska innych młodych; człowiek, którego każdą nową linijkę on, gardząc sobą, z obrzydzeniem, pośpiesznie i zachłannie połykał gdzieś

41

w kącie, usiłując samym procesem czytania zniszczyć w niej cud – po czym przez dwa dni nie mógł się uwolnić ani od tego, co przeczytał, ani od poczucia własnej bezsilności i skrywanego bólu, jakby w walce z kimś zranił najtajniejszą cząstkę samego siebie; samotny niesympatyczny krótkowidz ze skrzywioną łopatką. Wszystko jednak wybaczę, jeśli okaże się, że to ty.

Wydawało mu się, że zwalnia kroku, że się wlecze, ale zegary, które napotykał po drodze (boczne wypustki sklepów zegarmistrzowskich), szły jeszcze wolniej, a kiedy, tuż u celu, przyśpieszywszy na chwilę, dogonił Lubow Markownę, która też szła do Czernyszewskich, zrozumiał, że przez całą drogę niecierpliwość niosła go jak ruchome schody, co nawet stojących przemieniają w szybkobiegaczy.

Dlaczego ta niemłoda tęgawa kobieta w pince-nez, której nikt nie kocha, maluje jednak oczy? Szkła wyolbrzymiały nieumiejętny, przesadny i prymitywny makijaż, co sprawiało, że najniewinniejsze spojrzenie przybierało pozór takiej dwuznaczności, iż nie sposób było się od niego oderwać: omyłka wprost hipnotyzowała. W ogóle niemal wszystko w tej kobiecie opierało się na nieporozumieniu – i któż wie, czy jej przeświadczenie, że po niemiecku mówi jak Niemka, że Galsworthy to wybitny pisarz albo że Gieorgij Iwanowicz Wasiljew ma do niej patologiczną wprost słabość, nie było nawet rodzajem obłędu. Była jedną z najwierniejszych bywalczyń zebrań literackich, które Czernyszewscy wspólnie z Wasiljewem, tęgim, starym dziennikarzem, urządzali w soboty, dwa razy na miesiąc; dziś był dopiero wtorek i Lubow Markowna żyła jeszcze wrażeniami z poprzedniej soboty, szczodrze się nimi dzieląc. Tak się składało, że mężczyźni w jej towarzystwie stawali się roztargnieni i nieuprzejmi.

Fiodor Konstantinowicz sam to czuł, na szczęście jednak do wejścia pozostawało zaledwie kilka kroków, a tam czekała już z kluczem do windy pokojówka Czernyszewskich, wysłana tu ze względu na Wasiljewa, który cierpiał na bardzo rzadką chorobę zastawek – uczynił sobie z tego nawet uboczną profesję i czasami przychodził do znajomych z anatomicznym modelem serca i demonstrował, na czym polega owa dolegliwość, objaśniając wszystko szczegółowo i z upodobaniem. „My nie potrzebujemy windy" – powiedziała Lubow Markowna i ruszyła schodami w górę, mocno przytupując, ale jakoś bardzo płynnie i bezgłośnie wykręcając na podestach; Fiodor Konstantinowicz szedł za nią spowolnionymi zygzakami, tak jak robi to czasami pies: idzie, wysuwając głowę raz z prawej, raz z lewej strony obcasa swego pana.

Otworzyła im sama Aleksandra Jakowlewna, i zanim Fiodor spostrzegł dziwny wyraz twarzy kobiety (jakby czegoś nie pochwalała albo chciała szybko czemuś zapobiec), do przedpokoju wyskoczył gwałtownie na krótkich, grubych nóżkach jej mąż, potrząsając przy tym gazetą.

– Proszę bardzo – krzyknął, gwałtownie ściągając ku dołowi kącik ust (tik po śmierci syna) – proszę, niech pan zobaczy!

– Kiedy za niego wychodziłam – powiedziała Czernyszewska – spodziewałam się po nim subtelniejszych żartów.

Fiodor Konstantinowicz ze zdziwieniem spostrzegł, że gazeta jest niemiecka, i niepewnie wziął ją do ręki.

– Data! – krzyknął Aleksander Jakowlewicz. Niech pan spojrzy na datę, młody człowieku!

– Widzę – powiedział Fiodor Konstantinowicz z westchnieniem i nie wiedzieć czemu złożył gazetę. – A najważniejsze, że doskonale pamiętałem!

Aleksander Jakowlewicz wybuchnął złowrogim śmiechem.

– Niech się pan na niego nie gniewa – ze smutkiem prosiła Aleksandra Jakowlewna, lekko kołysząc biodrami i łagodnie ujmując dłoń młodego człowieka. Lubow Markowna zatrzasnęła torebkę i pożeglowała do bawialni.

Był to nieduży, pospolicie umeblowany i źle oświetlony pokój z mrocznym cieniem tkwiącym w kącie i zakurzoną tanagryjską wazą na niedosiężnej półce; kiedy wreszcie zjawił się ostatni gość i Aleksandra Jakowlewna na chwilę – jak się to zwykle zdarza – upodobniona do swego własnego, połyskliwie niebieskiego czajnika, zaczęła nalewać herbatę, ciasnota tego pomieszczenia przemieniła się w rodzaj wzruszająco prowincjonalnej przytulności. Na kanapie wśród poduszek w nieapetycznych, zaspanych kolorach, przygniatając jedwabną lalkę o perskim wykroju oczu i bezkostnych nogach anioła, rozsiedli się wygodnie: olbrzymi brodaty Wasiljew w przedwojennych, ozdobionych strzałkami skarpetkach i chudziutka, uroczo wymoczkowata panienka o różowych powiekach, przypominająca białą mysz; na imię miała Tamara (co bardziej pasowałoby do lalki), nazwisko jej zaś przywodziło na myśl niemieckie górskie landszafty, wiszące u ramiarzy. Obok półki z książkami siedział Fiodor Konstantinowicz, i choć gardło miał ściśnięte, usiłował okazywać dobry humor. Inżynier Kern, który dobrze znał nieżyjącego już Aleksandra Błoka, z lepkim cmokaniem wyjmował daktyl z podłużnego pudełka. Lubow Markowna, przyjrzawszy się uważnie ciastkom z cukierni ułożonym na dużym talerzu ze źle namalowanym trzmielem, raptem, naruszając kompozycję, wybrała takie, na jakim zazwyczaj widnieje ślad nieznanego palca: pączka. Gospodarz opowiadał o prehistorycznym primaaprilisowym figlu medyka z pierwszego roku w Kijowie... Ale osobą najbardziej interesującą w całym towarzystwie był młodzieniec siedzący nieco dalej, przy rogu biurka, i nieuczestniczący w ogólnej rozmowie, której się jednak przysłuchiwał ze spokojną uwagą... Może rzeczywiście przypominał trochę Fiodora Konstantinowicza – nie rysami twarzy, które teraz trudno było dojrzeć, ale kolorytem całej postaci, jasnoszarawym odcieniem krótko ostrzyżonej, okrągłej głowy (co zgodnie z regułami późnopetersburskiej romantyki było stosowniejsze dla poety niż rozwichrzona czupryna), przejrzystością dużych, delikatnych, trochę odstających uszu, cienkością szyi i cieniem wgłębienia na karku. Siedział w takiej samej pozie, jaką zwykle przybierał Fiodor Konstantinowicz: lekko opuszczona głowa, skrzyżowane nogi i dłonie wtulone pod pachy, jakby marzł, tak że nieruchomość ciała wyrażała się raczej w ostrych uskokach (kolano, łokcie, wątłe ramię) i ściśnieniu wszystkich członków niż w złagodzeniu zarysu sylwetki, które następuje zazwyczaj, gdy człowiek spokojnie słucha. Cień dwóch tomów ustawionych na stole wyobrażał mankiet i róg wyłogu, cień zaś trzeciego tomu, pochylonego ku tamtym, mógł ujść za krawat. Młodzieniec był około pięciu lat młodszy od Fiodora Konstantinowicza i, sądząc ze zdjęć na ścianach pokoju i w przyległej sypialni (na stoliku pomiędzy dwoma płaczącymi po nocach łóżkami), być może w ogóle nie byli do siebie podobni, jeśli pominąć wydłużony owal twarzy, wydatność kości czołowej i ciemną głębię źrenic, określaną przez fizjonomistów jako pascalowska – i bodaj jeszcze coś wspólnego w zarysie szerokich brwi... ale nie, nie chodziło o zwyczajne podobieństwo, lecz o wspólnotę duchowej rasy dwóch na różny sposób niezręcznych, kanciastych i wrażliwych ludzi.

Młodzik, nie podnosząc oczu, z lekko przekornym skrzy-
wieniem ust, siedział skromnie i niezbyt wygodnie na
krześle, które wokół siedzenia nabijane było mosiężnymi
gwoździkami, po lewej stronie zarzuconego książkami
biurka, Aleksander Jakowlewicz zaś, jakby tracąc panowanie nad sobą, z gorączkowym wysiłkiem odwracał od
młodzieńca spojrzenie, po czym opowiadał żywo dalej
o różnych zabawnych głupstwach, odwracając w ten
sposób uwagę od swojej choroby.

– Ale recenzje na pewną będą – zwrócił się do Fiodora
Konstantinowicza, mimowolnie puszczając oko – niech
pan będzie spokojny, wycisną panu wszystkie wągry.

– À propos – zapytała Aleksandra Jakowlewna – co to
takiego „pętle w alei", tam gdzie mowa o rowerze?

Fiodor Konstantinowicz raczej gestami niż słowami
objaśnił: wie pani – to kiedy ktoś uczy się jeździć i robi
pętle, ósemki.

– Dziwaczne określenie – zauważył Wasiljew.

– Najbardziej mi się podobało to o dziecięcych chorobach – powiedziała Aleksandra Jakowlewna, kiwając
głową na potwierdzenie swoich słów – tak, to dobre, ta
bożonarodzeniowa szkarlatyna i wielkanocny dyfteryt.

– A dlaczego nie na odwrót? – zapytała Tamara.

Boże, jakże on kochał poezję! Oszklona biblioteczka
w sypialni pełna była jego książek – Gumilow i Hérédia,
Błok i Rilke – ileż wierszy znał na pamięć! A zeszyty...
Trzeba się będzie kiedyś zdobyć na odwagę i przejrzeć to
wszystko. Ona może, a ja nie mogę. Jakie to dziwne, że
odkładam tę sprawę z dnia na dzień. Wydawałoby się
przecież, że to takie błogie zajęcie – niepowtarzalne i pełne
gorzkiego szczęścia – przeglądać rzeczy zmarłego, a przecież nadal leżą one nietknięte (czyżby zbawcze lenistwo
duszy?); nie do pomyślenia jest, aby tknął je ktoś obcy,

cóż by to była jednak za ulga, gdyby niespodziewany pożar zniszczył drogocenną małą szafkę. Aleksander Jakowlewicz wstał i jakby przypadkiem tak przestawił krzesło przy biurku, aby ani ono, ani cień książek nie mogły w żaden sposób przybrać kształtu tamtego widma. Rozmowa tymczasem zeszła na jakiegoś sowieckiego działacza, który po śmierci Lenina utracił władzę.

– „W latach, kiedy go widywałem, u szczytu sławy był” – mówił Wasiljew, stosownie do swego zawodu przekręcając cytat[*].

Młody chłopiec podobny do Fiodora Konstantinowicza (do którego Czernyszewscy dlatego właśnie tak bardzo się przywiązali) znalazł się teraz przy drzwiach; tam też, zanim wyszedł, zatrzymał się na chwilę, wpół obrócony do ojca – i pomimo że stanowił jedynie wytwór umysłu, o ileż był w tej chwili bardziej cielesny od wszystkich zebranych w pokoju osób! Poprzez Wasiljewa i bladą panienkę przeświecała kanapa, inżyniera Kerna uosabiało jedynie lśnienie pince-nez, podobnie jak Lubow Markownę, sam Fiodor Konstantinowicz trwał wyłącznie przez wzgląd na niejasne podobieństwo do zmarłego – Jasza jednak był prawdziwie realny i żywy; tylko instynkt samozachowawczy nie pozwalał wpatrzyć się w jego rysy.

„A może – pomyślał Fiodor Konstantinowicz – może to wszystko wygląda inaczej i on (Aleksander Jakowlewicz) wcale nie wyobraża sobie teraz zmarłego syna, ale naprawdę zaprzątnięty jest rozmową, a oczy biegają mu po prostu dlatego, że jest w ogóle nerwowy, Bóg z nim! Czuję jakiś ciężar, nudę, wszystko to brzmi fałszywie i sam nie wiem, po co tu siedzę i wysłuchuję bredni”.

---

[*] Z Puszkina (przyp. tłum.).

A jednak siedział, palił i kołysał czubkiem stopy – a poprzez to wszystko, co mówili inni, co sam mówił, usiłował, jak wszędzie i zawsze, wyobrazić sobie wewnętrzne przezroczyste poruszenia innego człowieka, ostrożnie moszcząc się w rozmówcy jak w fotelu, tak aby łokcie tamtego służyły mu za oparcie, a dusza weszła w tę nie swoją duszę – wtedy zmieniał się nagle koloryt świata i przez chwilę był rzeczywiście Aleksandrem Jakowlewiczem, Lubow Markowną albo Wasiljewem. Czasami do chłodku i lekkich narzanowych ukłuć wyobraźni przyłączała się prawdziwie sportowa satysfakcja; pochlebiało mu, kiedy przypadkowe słowo zręcznie potwierdzało logiczny tok myśli, który odgadywał u kogoś innego. On, dla którego tak zwana polityka (cała ta idiotyczna przeplatanka paktów, konfliktów, zaostrzeń, tarć, rozbieżności, upadków, przeistoczeń najniewinniejszych miasteczek w miejsca międzynarodowych układów) nie znaczyła nic, pogrążał się czasem, z odrazą i ciekawością, w rozległe głębie osobowości Wasiljewa i przez chwilę żył poddany jego mechanizmowi wewnętrznemu, gdzie obok przycisku „Locarno" istniał przycisk „lokaut" i gdzie do fałszywie mądrej, fałszywie interesującej gry wprowadzano różnego kalibru symbole, takie jak: „pięciu kremlowskich władców" albo „powstanie Kurdów", albo zupełnie pozbawione ludzkiego oblicza nazwiska: Hindenburg, Marks, Painlevé, Herriot – pękate, twarde „e"[*], które zaczęło żyć tak samodzielnym życiem na łamach „Gazety" Wasiljewa, że gotowe było oderwać się całkowicie od francuskiego pierwowzoru; był to świat natchnionych przepowiedni, przeczuć, tajemniczych kombinacji, świat w istocie po

---

[*] Po rosyjsku nazwisko Herriot pisze się przez tzw. e *oborotnoje* (odwrócone, przyp. tłum.).

stokroć bardziej widmowy niż najbardziej abstrakcyjne marzenie. Kiedy zaś Fiodor Konstantinowicz przysiadał się do Aleksandry Jakowlewny Czernyszewskiej, trafiał do duszy, gdzie nie wszystko było mu obce, jednak wiele rzeczy zdumiewało go, jak wzgardliwego podróżnika dziwić mogą obyczaje zamorskiego kraju, bazar o świcie, nagie dzieci, rejwach, niezwykłych rozmiarów owoce. Czterdziestopięcioletnia, nieładna, senna kobieta, straciwszy przed dwoma laty jedynego syna, nagle się obudziła: żałoba ją uskrzydliła, a łzy odmłodziły – tak przynajmniej uważali ci, co znali ją przedtem. Pamięć o synu, która u męża przerodziła się w chorobę, w niej rozpłomieniła się w rodzaj ożywczej namiętności. Nie byłoby słuszne twierdzić, że namiętność ta wypełniała ją całkowicie; nie, wykraczała ona daleko poza granice życia duchowego Aleksandry Jakowlewny, niemal uszlachetniając bezsens owych dwóch umeblowanych pokojów, do których wraz z mężem przeniosła się po śmierci syna z dużego starego berlińskiego mieszkania (gdzie jeszcze przed wojną mieszkał jej brat z rodziną). Swoich znajomych mierzyła teraz wyłącznie miarą zrozumienia dla straty, jaką poniosła, a ponadto, dla porządku, przypominała sobie albo wyobrażała sąd Jaszy o tej czy innej osobie, z którą się stykała. Ogarnęła ją gorączka działania, potrzeba znalezienia jak najszerszego odzewu. Syn w niej rósł i wydobywał się na zewnątrz. Kółko literackie, które w ubiegłym roku założył razem z Wasiljewem Aleksander Jakowlewicz, żeby siebie i żonę czymś zająć, wydało jej się najlepszym sposobem pośmiertnego uczczenia syna-poety. Wówczas ujrzałem ją po raz pierwszy i byłem dość zakłopotany, kiedy nagle ta pulchna, okropnie ruchliwa kobieta o oślepiająco błękitnych oczach, rozmawiając ze mną, nagle zalała się łzami; wyglądało to, jakby bez żadnego powodu rozpadło się raptem napełnione po brzegi kryształowe naczynie; nie spuszczając ze mnie rozbieganego spojrzenia, śmiejąc się i pochlipując, powtarzała raz po raz: „Mój Boże, jakże mi go pan przypomina, jakże mi go pan przypomina". Szczerość, z jaką podczas następnych spotkań rozmawiała ze mną o synu, o wszystkich szczegółach jego śmierci, o tym, jak on się jej teraz śni (że jest z nim, już dorosłym, w ciąży, nosi go w łonie, sama będąc przezroczysta jak flakon z cienkiego szkła), ta szczerość wydała mi się wulgarnym bezwstydem, który odczułem tym niemilej, że dowiedziałem się od kogoś, iż poczuła się n i e c o u r a ż o n a, gdy nie odpowiedziałem jej odpowiednią wibracją, a zagadnięty o m o j e nieszczęście, m o j ą stratę, zmieniłem po prostu temat rozmowy. Bardzo szybko jednak spostrzegłem, że ten pełen egzaltacji żal, w którym nieustannie trwała (dziw, iż nie przyprawił jej o pęknięcie aorty), zaczyna mnie w pewien sposób anektować i czegoś ode mnie żądać. Znacie państwo ten charakterystyczny gest, kiedy ktoś wręcza komuś fotografię bliskiej sobie osoby i w napięciu wyczekuje reakcji... Wtedy długo, z czcią wpatrując się w niewinną, bez myśli o śmierci, uśmiechniętą twarz na zdjęciu, nieszczerze zwlekamy ze zwróceniem go, nieszczerze wstrzymujemy spojrzeniem własną rękę, oddając fotografię z ociąganiem, tak jakby niestosownością było nagłe z nią rozstanie. Całą tę serię gestów ja i Aleksandra Jakowlewna powtarzaliśmy bez końca. Aleksander Jakowlewicz siedział przy swoim biurku oświetlonym stojącą w rogu lampą i od czasu do czasu pochrząkując, pracował – układał słownik rosyjskich terminów technicznych, zamówiony przez niemieckie wydawnictwo. Było cicho i nieprzyjemnie. Na spodeczku ślady wiśniowych konfitur mieszały się z popiołem. Im więcej Aleksandra Jakowlewna opowiadała mi o Jaszy, tym mniej mnie on pociągał – o nie, nie byliśmy wcale tak bardzo podobni (o wiele mniej, niż sądziła, rzutując na życie wewnętrzne pewne zbieżności naszego wyglądu; wynajdywała ich zresztą więcej, niż istniało naprawdę, w istocie bowiem bardzo niewiele z tych widomych odpowiadało wewnętrznym); nie sądzę, bym zaprzyjaźnił się z Jaszą, gdybym się z nim wcześniej zetknął. Jego pochmurny nastrój, przerywany gwałtowną, hałaśliwą wesołością, cechującą ludzi pozbawionych poczucia humoru, sentymentalizm jego intelektualnych porywów, jego czystość, czy raczej tchórzliwość uczuć, a przy tym chorobliwie wysubtelnione ich odczytywanie, jego odczuwanie Niemiec, jego niesmaczne rozterki („przez tydzień chodził jak oczadziały", ponieważ przeczytał Spenglera), wreszcie jego wiersze... słowem wszystko, co dla matki Jaszy pełne było uroku, mnie tylko odstręczało.

Poetą, moim zdaniem, był bardzo miernym; nie tworzył, zaledwie w i ą z a ł w poezji koniec z końcem, jak to czyniło tysiące rozgarniętych młodzieńców jego pokroju; jeśli jednak nie ginęli taką czy inną mniej lub bardziej bohaterską śmiercią, niemającą absolutnie nic wspólnego z rosyjską literaturą, którą zresztą znał znakomicie (o, te zeszyty Jaszy pełne układów rytmicznych – trójkątów, trapezów!) – to po pewnym czasie odchodzili od literatury, a skoro rzeczywiście byli uzdolnieni, znajdywało to wyraz w jakiejś dziedzinie nauki, karierze zawodowej czy też po prostu w umiejętności ułożenia sobie życia. W wierszach pełnych modnych banałów opiewał Jasza „gorzką" miłość do Rosji – jesieninowską jesień, rozniebieszczenie bagien jak u Błoka, świeży śnieg na szczytach akmeizmu i ów granit nabrzeży Newy, na których ledwie już widać ślad łokcia Puszkina. Jego matka recytowała mi te wiersze, myląc się ze wzruszenia, z nieporadną intonacją gimnazjalistki, niepasującą zupełnie do tych patetycznych czterosylabowców – peonów, które sam Jasza recytował zapewne w śpiewnym zapamiętaniu, rozdymając nozdrza, rozkołysany, w dziwnej poświacie jakiejś lirycznej wyniosłości, po czym od razu tracił całą energię, stawał się cichy, bez wyrazu, zamknięty w sobie. Epitety, które żyły w jego ustach: „niezwykły", „chłodny", „piękny" – epitety z upodobaniem używane przez młodych poetów jego pokolenia (zwiodło ich to, że archaizmy, prozaizmy albo po prostu zubożałe niegdyś słowa, jak na przykład „róża", opisawszy pełny krąg życia, teraz w wierszach zyskiwały jakby niespodziewaną świeżość, powracając z drugiej strony) – w potykających się wargach Aleksandry Jakowlewny opisywały jeszcze jeden półokrąg, znowu się rozsypując, znowu objawiając całe swe żałosne ubóstwo i odsłaniając oszukaństwo stylu. Oprócz liryki patriotycznej pisał Jasza wiersze o jakichś marynarskich tawernach, o ginie i jazzie – słowo to wymawiał na sposób niemiecki *yatz*; były tam również wiersze o Berlinie; próbował w nich rozbudzić dźwięk niemieckich słów, odwołując się do sposobu, który sprawia, że nazwy włoskich ulic brzmią w rosyjskich wierszach podejrzanie miłym kontraltem; pisywał też wiersze poświęcone przyjaźni, bez rymu, rytmu, pełne zawiłości, mgliste, lękliwe, pokrętne – a do przyjaciela zwracał się per pan, niczym chory Francuz do Boga albo młoda rosyjska poetka do ukochanego. Wszystko to wyrażone bezbarwnie, byle jak, z mnóstwem błędów w akcentowaniu – rymowało się u niego *priedan* i *pieriedan, obiezliczit'* i *otliczit', oktiabr'* zajmował w wersie trzy miejsca, zapłaciwszy zaledwie za dwa, *pożariszcze*, a więc pogorelisko, oznaczało wielki pożar, a prócz tego zapamiętałem „freski

Wrublowa" – prześliczną hybrydę, raz jeszcze dowodzącą, że nie jesteśmy podobni – nie mógł kochać malarstwa tak jak ja. Ukrywałem przed Aleksandrą Jakowlewną, co naprawdę sądzę o jego poezji, ona zaś owe wymuszone słowa niewyraźnej aprobaty, które wybąkiwałem gwoli przyzwoitości, brała za chaos zachwytów. Rozpromieniona, wśród łez, podarowała mi na urodziny najlepszy krawat Jaszy – świeżo wyprasowany, ze staromodnej mory, opatrzony widocznym jeszcze petersburskim emblematem Jockey Clubu – sądzę, że Jasza nie nosił go często. W zamian za wszystko, czym się ze mną podzieliła, za pełny i drobiazgowy portret zmarłego syna oraz jego wiersze, hipochondrie, sentymenty, Aleksandra Jakowlewna władczo żądała swoistej twórczej współpracy; powstawała dziwna symetria: jej mąż, dumny ze swego od stu lat znanego nazwiska i obszernie wyjaśniający znajomym jego historię (jego dziadka za Mikołaja Pierwszego ochrzcił – zdaje się w Wolsku – ojciec słynnego Czernyszewskiego – tęgi, energiczny duchowny, skwapliwie nawracający żydów i obdarzający ich nie tylko dobrami duchowymi, lecz także własnym nazwiskiem), przekonywał mnie po wielekroć: „A może by pan napisał w formie *biographie romancée* książkę o naszej wielkiej postaci lat sześćdziesiątych – niechże się pan nie krzywi, rozumiem wszystkie możliwe zastrzeżenia, ale proszę mi wierzyć, zdarza się przecież, że wielkość czynu ludzkiego więcej waży niż literackie zakłamanie, a to był prawdziwy męczennik, i gdyby zechciał pan opisać jego życie, mógłbym opowiedzieć panu wiele ciekawych rzeczy". Nie miałem ochoty pisać o wielkiej postaci lat sześćdziesiątych, a tym bardziej o Jaszy, jak mi doradzała z uporem Aleksandra Jakowlewna (w sumie stanowiło to zamówienie na całą historię ich rodu). Mimo tego jednak, że śmieszyły mnie i drażniły te roszczenia do wytyczania drogi mojej muzie, czułem, że jeszcze chwila, a Aleksandra Jakowlewna zapędzi mnie w ślepy zaułek, z którego się nie wymknę, i tak jak musiałem bywać u niej w krawacie Jaszy (zanim wreszcie zdobyłem się na wykręt, że się boję go zniszczyć), tak będę musiał zasiąść do pisania opowieści o jego losach. Miałem nawet chwilę słabości (albo, przeciwnie, odwagi), kiedy to w myśli przymierzałem się, jakby się do tego zabrać – a gdyby tak, a gdyby owak... Jakiś tandeciarz intelektualny, beletrysta w rogowych okularach – lekarz domowy Europy i sejsmograf wstrząsów społecznych – znalazłby w tej historii, o czym nie wątpię, wiele elementów niezwykle znamiennych dla „nastrojów młodzieży w latach powojennych" – już zestawienie tych słów (nie mówiąc o samej idei) wprawiało mnie w niebywałą wściekłość – dostawałem mdłości, kiedy czytałem lub słuchałem kolejnej bredni, wulgarnej, ponurej bredni o znakach czasu i tragedii młodzieży. A ponieważ tragedia Jaszy nie mogła mnie rozpłomienić (choć Aleksandra Jakowlewna sądziła, że tak właśnie jest), mimo woli ugrzązłbym właśnie w głębinowej i zalatującej freudowskim smrodkiem beletrystyce. Z zamierającym sercem, ćwicząc wyobraźnię, tak jakbym czubkiem stopy wypróbowywał błyszczącą niby mika warstewkę lodu na kałuży, doprowadzałem się do tego, że widziałem siebie, jak przepisuję i przynoszę Czernyszewskim swój utwór, jak sadowię się tak, ażeby lampa oświetlała z lewej strony drogę mego przeznaczenia (dziękuję, widzę doskonale), i po wygłoszeniu krótkiego wstępu na temat, jakie to było trudne, co to za ogromna odpowiedzialność... w tym miejscu jednak wszystko przesłaniał pąsowy opar wstydu. Na szczęście nie wykonałem zamówienia – nie wiem, co mnie od tego właściwie ustrzegło: długo zwlekałem i przypadek zdarzył, że w naszych kontaktach nastąpiły jakieś fortunne przerwy, a i samej Aleksandrze Jakowlewnie, być może, nieco się znudziłem jako słuchacz; tak czy owak, pisarz nie wykorzystał całej tej historii – a była to historia w gruncie rzeczy bardzo zwyczajna i smutna.

W tym samym niemal czasie znaleźliśmy się na uniwersytecie berlińskim. Jaszy jednak nie znałem, choć zapewne minęliśmy się niejeden raz. Odmienność kierunku studiów – on zajmował się filozofią, ja zaś wymoczkami – zmniejszała szanse kontaktu. Gdybym wrócił teraz do tej przeszłości wzbogacony tylko o jedno – o świadomość dnia dzisiejszego – powtórzyłbym dokładnie wszystkie pętle moich ówczesnych szlaków, jednakże od razu wychwyciłbym jego twarz tak znaną mi teraz z fotografii. To zabawne: jeśli w ogóle możliwe jest wyobrażenie sobie powrotu do przeszłości z ciężarem kontrabandy czasu teraźniejszego, jakże dziwaczne byłoby spotkanie tam, w nieoczekiwanych miejscach, zupełnie młodych i świeżych prawzorów dzisiejszych naszych znajomych, w jakimś świetlistym obłędzie nierozpoznających również nas; często wszak okazuje się, że kobieta, którą pokochałem, powiedzmy, wczoraj, jako dziewczynka stała tuż obok mnie w przepełnionym pociągu, przechodzień zaś, który piętnaście lat temu zapytał mnie o drogę, pracuje dziś w tym samym co ja biurze. W natłoku minionego czasu tę anachroniczną doniosłość zyskałoby może z dziesięć osób: blotki całkowicie przeistoczone blaskiem atutu. Z jakże ogromną pewnością wówczas... Niestety, kiedy nawet zdarza się, że odbywamy taką podróż we śnie, to na granicy przeszłości cała nasza obecna wiedza ulega deprecjacji; w koszmarnej scenerii klasy szkolnej, zaimprowizowanej na chybcika przez prymitywnego scenografa, znów nie umiemy lekcji – i doznajemy dawnych, zapomnianych już, wyrafinowanych uczniowskich tortur.

Na uniwersytecie Jasza zaprzyjaźnił się ze studentem Rudolfem Baumannem i studentką Olą G. – rosyjskie gazety podawały tylko inicjał jej nazwiska. Była to panienka w jego wieku, z jego środowiska, pochodząca nieomal z tego samego miasta co on. Rodziny ich zresztą nie znały się. Raz tylko, jakieś dwa lata po śmierci Jaszy, zobaczyłem ją na wieczorze literackim i zapamiętałem jej niezwykle wysokie, czyste czoło, oczy barwy morskiej wody, duże czerwone usta z czarnym puszkiem nad górną wargą i dużą brodawką z boku; Olga stała z rękami złożonymi na miękkich piersiach, co przebudziło od razu we mnie całą literaturę przedmiotu, gdzie był i kurz rozsłonecznionego wieczoru, i karczma przy trakcie, i spostrzegawcza kobieca nuda. Rudolfa zaś nie widziałem nigdy i tylko z tego, co mi o nim mówiono, wiem, że miał bardzo jasne włosy, szybkie ruchy i był przystojny – podobny w swojej suchej, sprężystej budowie do wyżła. Tak więc wobec każdej z trzech wymienionych tu osób stosuję inną metodę badawczą, co wpływa na kształt ich cielesności i barwę, nim w ostatniej chwili nie runie na nie, zrównując je w tym olśnieniu, ulewa jakiegoś mojego własnego, nawet dla mnie niepojętego słońca.

W swym dzienniku Jasza trafnie ujął wzajemne stosunki swoje, Rudolfa i Oli jako „trójkąt wpisany w koło”. Koło stanowiła owa zwyczajna, jasna, „euklidesowa”, jak to określił, przyjaźń, łącząca wszystkich troje, tak że gdyby na niej poprzestać, związek ich pozostałby związkiem szczęśliwym, beztroskim i nie uległby rozerwaniu. Wpisanym weń trójkątem było złączenie przez inne stosunki, skomplikowane, udręczające, kształtujące się przez dłuższy czas, żyjące własnym życiem zupełnie niezależnie od trwałego kręgu przyjaźni. Był to banalny trójkąt tragedii, zrodzony w idyllicznym pierścieniu, i już samo istnienie tak podejrzanie zręcznej konstrukcji, że nie wspomnę o modnych wariantach jej rozwinięcia – nie pozwoliłoby mi nigdy na wykorzystanie jej w opowiadaniu, powieści – słowem, książce.

„Jestem szaleńczo zakochany w duszy Rudolfa – pisał Jasza swym pełnym emfazy, neoromantycznym stylem. – Jestem zakochany w jej zrównoważeniu, jej zdrowiu, w jej radości życia. Jestem szaleńczo zakochany w tej obnażonej, ogorzałej, gibkiej duszy, która ma na wszystko odpowiedź i idzie przez życie jak pewna siebie kobieta przez salę balową. Potrafię jedynie wyobrazić sobie w niezwykle złożonym, abstrakcyjnym porządku, w porównaniu z którym Kant i Hegel to wręcz igraszki, ową dziką rozkosz, której bym doznał, gdyby... Gdyby co? Co mogę począć z jego duszą? Ta właśnie niewiedza, ów brak jakiegoś tajemniczego narzędzia (to trochę tak, jak z Albrechtem Kochem, któremu marzyła się «złota logika» w świecie obłąkanych) – to właśnie moja śmierć. Kiedy zostajemy sam na sam, krew się we mnie burzy, a ręce mi lodowacieją jak u pensjonarki, i on o tym wie, nabiera do mnie obrzydzenia i nie ukrywa swego wstrętu. Jestem szaleńczo zakochany w jego duszy – a jest to równie jałowe jak zakochać się w Księżycu".

Łatwo zrozumieć odrazę Rudolfa – z drugiej jednak strony... wydaje mi się czasem, że namiętność Jaszy wcale nie była tak znów nienormalna, że jego emocje były w ostatecznym rachunku bardzo podobne do emocji niejednego rosyjskiego młodzieńca z połowy ubiegłego wieku, drżącego ze szczęścia, gdy nauczyciel o matowym czole, przyszły przywódca i męczennik, zwracał się do niego, unosząc jedwabiste rzęsy... Bardzo zdecydowanie odrzuciłbym opinię o nieodwracalnej naturze odchylenia („Księżyc, wojska krok równany – dźwięczna wiola płci zbłąkanej..." – jak ktoś w poemacie Konczejewa p r z e - ł o ż y ł „I step, i noc, i księżyc świeci..."), gdyby tylko Rudolf był w najmniejszej bodaj mierze nauczycielem, męczennikiem i przywódcą – w gruncie rzeczy bowiem był tym, kogo zwie się „burszem" – burszem, co prawda, z lekkim bzikiem, ze skłonnością do mrocznych wierszy, chromej muzyki, wykoślawionego malarstwa – co nie wykluczało istnienia w nim owej głęboko zakorzenionej solidności, która zniewalała Jaszę albo o której myślał, że go zniewala.

Syn czcigodnego durnia-profesora i córki urzędnika chował się w zamożnym mieszczańskim domu, pomiędzy świątyniopodobnym kredensem i grzbietami uśpionych książek. Był dobroduszny, ale nie dobry, towarzyski, a jednak trochę odludek, skłonny do egzaltacji, jednocześnie wyrachowany. W Oli zakochał się ostatecznie, odbywszy z nią i Jaszą rowerową wycieczkę po Szwarcwaldzie, wycieczkę, która, jak zeznawał później w śledztwie, „otworzyła nam trojgu oczy", zakochał się ślepo, szczerze i niecierpliwie, napotkał jednak zdecydowany opór, spotęgowany i tym jeszcze, że żyjąca w bezczynności, wymagająca, skłonna do ponurych nastrojów Ola „zrozumiała z kolei (tam właśnie, w świerkowych lasach nad okrągłym jeziorem), że pokochała" Jaszę, któremu ciążyło to tak samo jak jego własne zapały – Rudolfowi, i jak zapały Rudolfa – Oli, tak że geometryczna zależność ich wpisanych w koło uczuć była zupełna; przywodziła na myśl tajemniczą funkcjonalność określeń *personarum dramatis* u starych francuskich dramaturgów; taka a taka aktorka – *amante*, z owoczesnym odcieniem znaczeniowym imiesłowu czynnego.

Dopiero z nastaniem zimy, a była to już druga zima ich związku, osiągnęli dokładne rozeznanie swojej sytuacji; zimę strawili na analizowaniu jej beznadziejności. Z pozoru wszystko wyglądało jak najpomyślniej: Jasza nieustannie czytał, Rudolf grał w hokeja, z prawdziwym mistrzostwem tocząc krążek po lodzie, Ola zgłębiała tajniki historii sztuki (zważywszy na epokę, brzmi w tym, podobnie jak w tonacji całego dramatu, nuta nieznośnej typowości); wewnątrz zaś związku toczyła się bez ustanku niewidzialna, wytężona, chorobliwa praca, przemieniona – gdy wreszcie troje młodych zaczęło znajdować upodobanie w swej trójtorturze – w żywioł zniszczenia.

Przez dłuższy czas na mocy cichego porozumienia (każdy o każdym wszystko od dawna bezwstydnie i beznadziejnie wiedział), gdy byli we troje, nie napomykali ani słowem o swych przeżyciach, wystarczyło jednak, żeby którekolwiek z nich się oddaliło, a dwoje pozostałych w tej samej chwili zaczynało omawiać jego namiętność i cierpienia. Nowy Rok witali, nie wiadomo czemu, w bufecie jednego z berlińskich dworców – być może dlatego, że na dworcach czas ma szczególny, niezwykle intensywny wymiar – potem zaś wyszli, ażeby powłóczyć się, mimo rozedrganej różnymi kolorami słoty, po okropnych, odświętnie udekorowanych ulicach, i Rudolf wzniósł ironiczny toast za odarcie przyjaźni ze złudzeń – od tej pory też, najpierw powściągliwie, później zaś upojeni własną szczerością, razem, w pełnym składzie, analizowali swe uczucia. Wówczas to trójkąt zaczął przeżerać okrąg, w który był wpisany.

Czernyszewscy, podobnie jak rodzice Rudolfa i matka Oli (rzeźbiarka, tęga, czarnowłosa, przystojna jeszcze kobieta o niskim głosie, podwójna wdowa, nosząca zawsze na szyi jakieś długie miedziane łańcuchy), nie tylko nie przeczuwali nadciągających wydarzeń, lecz gdyby wśród aniołów już nadlatujących, już krzątających się gorączkowo wokół kołyski, w której spoczywał nowo narodzony, ciemnej barwy rewolwer, znalazł się taki, co pyta bez potrzeby – utrzymywaliby z absolutną pewnością, że wszystko jest w porządku, że wszyscy są najzupełniej szczęśliwi. Potem za to, gdy rzecz już się stała, okradziona pamięć dokładała wszelkich starań, żeby w monotonnym nurcie minionych, jednakowo zabarwionych dni odnaleźć zapowiedzi i oznaki przyszłości – i, o dziwo, odnajdywała je, tak że pani G., składając, jak się wyrażała, wizytę kondolencyjną Aleksandrze Jakowlewnie, wierzyła najzupełniej w swoją opowieść: że przeczuwała nieszczęście od dawna – od dnia gdy weszła do na wpół zaciemnionego salonu, gdzie na kanapie w milczącym bezruchu, przybrawszy wyrażające smutek pozy, w jakich przedstawia się alegoryczne postacie na nagrodzonych płaskorzeźbach, zastygli Ola i dwaj jej przyjaciele; było to mgnienie, zaledwie jedno mgnienie owej harmonii cieni, lecz pani G. to mgnienie rzekomo uchwyciła, a raczej odsunęła od siebie, żeby po kilku miesiącach wyciągnąć je na światło dzienne.

Na przedwiośniu znaczenie rewolweru wzrosło. Był własnością Rudolfa, przez dłuższy czas jednak niepostrzeżenie przechodził z rąk do rąk pośród trójki przyjaciół, niczym rozgrzany w dłoni pierścionek na sznurku albo też karta z Czarnym Piotrusiem. Dziwne to może, ale pomysł odejścia we troje, ażeby już w sferze pozaziemskiej odrodziło się niejako idealne i bezgrzeszne koło, z coraz większym zapałem rozpracowywała Ola, choć trudno teraz ustalić, kto i kiedy po raz pierwszy rzucił ten projekt; poetą przedsięwzięcia stał się Jasza, którego sytuacja wydawała się najbardziej beznadziejna, ponieważ mimo wszystko była najbardziej wysublimowana;

są jednak smutki, których śmierć nie uleczy, o wiele łatwiej bowiem leczy je życie i przemienność jego marzeń: kula jako taka ich się nie ima, doskonale za to radzi sobie z bardzo konkretną namiętnością, jaka przepełniała serca Rudolfa i Oli.

Znaleziono zatem wyjście z sytuacji i rozmowy na ten temat stały się szczególnie pasjonujące. W połowie kwietnia, w ówczesnym mieszkaniu Czernyszewskich (rodzice najspokojniej poszli do kina po drugiej stronie ulicy), zdarzyło się coś, co stało się najwidoczniej ostatecznym impulsem do rozstrzygnięcia sprawy. Rudolf ni stąd, ni zowąd podpił sobie, rozochocił się, Jasza siłą musiał go odrywać od Oli, a wszystko to działo się w łazience; potem Rudolf, szlochając, zbierał monety, które nie wiadomo kiedy wypadły mu z kieszeni spodni. Bardzo im było wszystkim wstyd i ciężko – jakże więc kuszącą ulgą wydawał się finał wyznaczony na następny dzień.

W czwartek po południu, osiemnastego, a zarazem w osiemnastą rocznicę śmierci ojca Oli, zaopatrzeni w bardzo już dorosły i samowystarczalny rewolwer (pogoda była trochę niepewna, wiał wilgotny zachodni wiatr, a na wszystkich skwerach rdzawiły się i fioletowiały bratki), wyruszyli tramwajem numer 57 do Grunewaldu, ażeby tam, w głuchym zakątku lasu, kolejno popełnić samobójstwo. Stali na tylnej platformie, wszyscy troje w prochowcach, wszyscy też mieli blade, obrzmiałe twarze; Jasza wyglądał jakoś dziwnie prostacko w starej czapce z dużym daszkiem, której nie nosił już bodaj od czterech lat, a którą dziś nie wiedzieć czemu włożył; Rudolf był bez czapki, wiatr rozwiewał jego jasne, sczesane do tyłu włosy; Ola, oparta plecami o ściankę, trzymając się czarnej poręczy białą, mocną dłonią z dużym pierścionkiem na wskazującym palcu, spoglądała przymrużonymi oczyma na przemykające szybko ulice i raz po raz nadeptywała niechcący na dźwigienkę delikatnego dzwonka umieszczoną w podłodze (przeznaczoną dla kamiennej stopy motorniczego, gdy tył wagonu stawał się przodem). Tę właśnie grupę dojrzał z wnętrza wagonu, przez niedomknięte drzwi, Julij Filippowicz Posner, dawny korepetytor stryjecznego brata Jaszy. Wysunąwszy głowę – był to energiczny i pewny siebie jegomość – dał Jaszy ręką znak, by się zbliżył, i Jasza, poznawszy go, wszedł do wagonu.

„Świetnie się składa, że pana spotkałem – oświadczył Posner i wyjaśnił rzeczowo, że wraz z pięcioletnią córeczką (która siedziała osobno przy oknie i przyciskała do szyby miękki jak z gumy nos) jedzie, aby odwiedzić żonę w izbie porodowej, wyjął portfel, a z niego wizytówkę, i wykorzystując przypadkowy postój wagonu (na zakręcie spadł z przewodów pantograf), przekreślił wiecznym piórem dawny adres i wpisał nowy. – Proszę – powiedział – oddać to pańskiemu kuzynowi, gdy tylko wróci z Bazylei, i proszę mu przypomnieć, że ma u siebie jeszcze kilka moich książek, które są mi potrzebne, i to nawet bardzo".

Tramwaj sunął przez Hohenzollerndamm, Ola i Rudolf, nadal zachowując surowe milczenie, stali na wietrze, nastrój jednak w zagadkowy sposób uległ zmianie: przez to, że Jasza zostawił ich na chwilę samych (Posner z córką bardzo niedługo wysiedli), związek trojga uległ jakby zachwianiu, zrodził się dystans między tamtymi dwojgiem a Jaszą, tak że kiedy wrócił do nich na platformę, nie wiedząc o tym, podobnie jak nie wiedzieli oni, był już zupełnie odosobniony, przy czym niewidzialne pęknięcie – nieodwracalne, jak wszystkie pęknięcia – nadal rosło i poszerzało się.

W pustym wiosennym lesie, gdzie mokre, brązowe brzozy, zwłaszcza te mniejsze, stały obojętne, zwrócone ku własnemu wnętrzu, nieopodal szaroniebieskiego jeziora (na długim brzegu nie było nikogo prócz maleńkiej sylwetki mężczyzny ciskającego rozdokazywanemu psu kij do wody), bez trudu znaleźli dogodny, głuchy zakątek i natychmiast przystąpili do dzieła; a raczej przystąpił do niego Jasza: miał w sobie tę rzetelność ducha, która najbardziej nierozsądnemu postępkowi nadaje walor najzwyklejszego prostego działania. Oznajmiwszy, że prawem starszeństwa zastrzeli się pierwszy (był o rok starszy od Rudolfa i o miesiąc od Oli), dzięki temu błahemu argumentowi odsunął cios brutalnego losu, który i tak zapewne ślepo spadłby na niego; zrzucił więc płaszcz i nie żegnając się z przyjaciółmi – co w przewidywaniu tej samej trasy było zupełnie naturalne – bez słowa, w milczącym pośpiechu zszedł śliskim zboczem pomiędzy sosnami do parowu, gęsto porośniętego dębczakami i tarniną, które mimo swej kwietniowej przejrzystości całkowicie skryły go przed pozostałą dwójką.

Tych dwoje długo wyczekiwało strzału. Papierosów nie mieli, ale Rudolf domyślnie wsunął rękę do kieszeni płaszcza Jaszy, gdzie znalazł nienapoczęte pudełko. Niebo się zachmurzyło, sosny szumiały ostrożnie i z dołu wydawało się, że ich ślepe gałęzie usiłują coś wymacać. Wysoko, z baśniową szybkością, przeleciały w pewnej odległości od siebie dwie dzikie kaczki o wyciągniętych długich szyjach. Matka Jaszy pokazywała później wizytówkę: *Dipl. Ing.* Julius Posner, na której odwrocie Jasza napisał ołówkiem: „Mamuśku, tatusiu, jeszcze żyję, ale bardzo mi straszno, nie gniewajcie się na mnie". Wreszcie Rudolf nie wytrzymał i także zszedł na dół, żeby zobaczyć, co się dzieje. Jasza siedział na wystającym korzeniu, wśród zeszłorocznych, jeszcze pozbawionych swych replik liści, nie odwrócił się jednak, tylko powiedział: „Zaraz będę gotów". W jego plecach widać było jakieś napięcie, jakby przemagał silny ból. Rudolf wrócił do Oli, zanim jednak do niej dotarł, oboje usłyszeli wyraźnie suchy trzask wystrzału; w pokoju Jaszy zaś przez kilka jeszcze godzin, jak gdyby nigdy nic, trwało życie, skórka banana leżała na talerzu, *Cyprysowa szkatułka* i *Ciężka lira** na krześle obok łóżka, na kanapie pingpongowa rakietka; zabił się od razu, jednakże, żeby przywrócić mu życie, Rudolf i Ola przeciągnęli ciało przez zarośla ku sitowiu i tam rozpaczliwie skrapiali Jaszę wodą i rozcierali, tak że potem, kiedy policja znalazła zwłoki, cały był powalany ziemią, krwią i iłem. Potem zaczęli wołać o pomoc, ale nikt nie odpowiedział – architekt Ferdynand Stockschmeisser dawno już odszedł znad jeziora razem ze swym mokrym seterem.

Wrócili na miejsce, gdzie oczekiwali na strzał, i od tej chwili sprawa już się zaciemnia. Jasne jest tylko to, że Rudolf, być może dlatego, że otworzył się przed nim pewien wakat życiowy, a może z tej przyczyny, że był po prostu tchórzem, całkowicie stracił ochotę na samobójstwo, Ola zaś, jeśli nawet obstawała przy owym zamiarze, i tak nie mogła go zrealizować, bo Rudolf natychmiast schował rewolwer. W lesie, gdzie było chłodno, ciemno i gdzie z szelestem mżył ślepy deszcz, pozostali bez żadnego powodu bardzo długo, do absurdalnie późnej godziny. Mówiono potem, że właśnie wówczas rozpoczął się ich związek, ale to byłoby nazbyt trywialne. Około północy na rogu ulicy, lirycznie nazwanej Bzową, wachmistrz z niedowierzaniem wysłuchał ich straszliwej, ale wartko i sugestywnie przedstawionej relacji... Istnieje pewna odmiana histerii, która przybiera formę smarkaczowskiej nonszalancji.

---

* Tomiki wierszy Annienskiego i Chodasiewicza (przyp. tłum.).

Gdyby Aleksandra Jakowlewna spotkała się z Olą bezpośrednio po wypadku, być może obie znalazłyby w tym jakiś uczuciowy sens. Na nieszczęście nastąpiło to w kilka miesięcy później, po pierwsze dlatego, że Ola była nieobecna, po drugie zaś – że rozpacz Aleksandry Jakowlewny nie od razu przybrała ten aktywny, a nawet egzaltowany charakter, jaki znał Fiodor Konstantinowicz. Ola miała w pewnym sensie pecha: odbywały się właśnie zaręczyny jej przyrodniego brata, w domu było pełno gości, i kiedy Czernyszewska bez uprzedzenia, w grubym żałobnym welonie, z najcenniejszymi eksponatami ze swego archiwum boleści (fotografie, listy) w torebce, w pełnej gotowości do obopólnych szlochów zjawiła się w mieszkaniu Oli, powitała ją chmurnie uprzejma, zniecierpliwiona panna w na wpół przezroczystej sukni, o krwiście umalowanych wargach i wydatnym białym nosie, a za ścianą bokówki, do której wprowadziła niespodziewanego gościa, jękliwie śpiewał gramofon i z rozmowy oczywiście nic nie wyszło. „Tylko przeciągle na nią popatrzyłam" – opowiadała Czernyszewska, po czym starannie z wielu małych fotografii wycinała zarówno Olę, jak i Rudolfa, choć ten odwiedził ją zaraz po śmierci Jaszy, rzucił się jej do nóg i walił głową o miękki róg wyściełanej kanapki, po czym oddalił się swym wdzięcznym, lekkim krokiem zbłękitniałą od wiosennej ulewy Kurfürstendamm.

Najdotkliwiej śmierć Jaszy ugodziła jego ojca. Całe lato spędzić musiał w lecznicy, ale nie wrócił do zdrowia: przegroda oddzielająca pokojową temperaturę rozsądku od bezbrzeżnie ohydnego, zimnego, widmowego świata, do którego przeniósł się Jasza, nagle się zawaliła i nie sposób jej było odbudować, tak że należało ten wyłom maskować jakąś zasłoną, usiłując nie patrzeć na jej kołyszące się fałdy. W życie Czernyszewskiego od tej pory przesączało się wszystko, co nieziemskie; nieustanne jednak przestawanie z duszą Jaszy, o czym opowiedział żonie w daremnej nadziei, że unieszkodliwi w ten sposób żywiące się tajemnicą widmo – nadal trwało: tajemnica zapewne znów zogromniała, gdyż wkrótce musiał zwrócić się ponownie do lekarzy, szukając ratunku w ich nudnej, zwodniczej, ampułkami i gumą znaczonej pomocy. Tak więc na poły tylko żyjąc w naszym świecie, czepiał się go tym zachłanniej i rozpaczliwiej – słuchając zaś jego mlaskającej wymowy i patrząc na regularne rysy twarzy, trudno było wyobrazić sobie wykraczające poza realność doświadczenia tego tak na pozór zdrowego, okrągłego, łysego mężczyzny, z resztkami włosów po bokach głowy; tym bardziej jednak zaskakiwał skurcz wykrzywiający nagle tę twarz; to zaś, że Czernyszewski niekiedy przez całe tygodnie nie zdejmował z prawej dłoni szarej fildekosowej rękawiczki (cierpiał na egzemę), stanowiło coś w rodzaju aluzji do budzącej pewną grozę tajemnicy; jakby ojciec Jaszy, brzydząc się nieczystego dotyku życia, a może sparzony ogniem innego świata, rezerwował uścisk nagiej dłoni na jakieś nieludzkie, niedostępne wyobraźni spotkania. Tymczasem po śmierci Jaszy czas się nie zatrzymał i działo się wiele rzeczy interesujących: w Rosji powszechne się stały zabiegi aborcyjne i powrót do tradycyjnych wyjazdów na letnisko, w Anglii odbywały się jakieś strajki, w końcu umarł Lenin, zmarli też Duse, Puccini, France, na szczycie Everestu zginęli Irvine i Mallory, a stary Dołgoruki w skórzanych łapciach wędrował po Rosji, żeby patrzeć na biało kwitnącą grykę, podczas gdy w Berlinie pojawiły się – żeby wkrótce znów zniknąć – cyklonetki do wynajęcia, pierwszy balon powoli przekoczował za ocean, wiele pisano o Couém, Czang Tso-Linie, Tutenchamonie, pewnej

66

niedzieli zaś młody berliński kupiec ze swym przyjacielem ślusarzem wybrali się na podmiejską wycieczkę dużym, solidnym, ledwie tylko zalatującym krwią wozem, pożyczonym od sąsiada rzeźnika: w ustawionych na wozie obitych pluszem fotelach siedziały dwie zażywne pokojówki i dwoje małych dzieci kupca, pokojówki śpiewały, dzieci płakały, kupiec razem z przyjacielem trąbili piwo i zacinali konie, pogoda była wspaniała, tak że weseli i podochoceni najechali umyślnie na zręcznie osaczonego rowerzystę, w rowie dotkliwie go pobili, podarli jego tekę (był malarzem) i ruszyli dalej bardzo z siebie zadowoleni; malarz, odzyskawszy przytomność, popędził za nimi i odnalazł ich w ogródku traktierni, policjantów jednak, którzy usiłowali wylegitymować wesołków, ci również pobili, po czym ogromnie z siebie radzi, ruszyli szosą dalej; zobaczywszy, że doganiają ich policyjne motocykle, zaczęli strzelać z rewolwerów i podczas starcia, jakie się wywiązało, zabity został trzyletni synek zawadiackiego niemieckiego kupca.

– Ależ proszę państwa, trzeba zmienić temat rozmowy – powiedziała cicho Czernyszewska. – Boję się takich tematów w obecności męża. Napisał pan pewnie jakieś nowe wiersze? Fiodor Konstantinowicz będzie recytował wiersze! – zawołała. Wasiljew jednak, półleżąc i trzymając w jednej dłoni gigantyczną cygarniczkę z papierosem beznikotynowym, drugą zaś w roztargnieniu tarmosząc lalkę, która na jego kolanie wykonywała jakieś niespokojne ewolucje, opowiadał jeszcze chyba przez pół minuty o tym, jak wczoraj rozpatrywano w sądzie to zabawne wydarzenie.

– Nie przyniosłem żadnych wierszy i nic nie umiem na pamięć – powtórzył kilkakrotnie Fiodor Konstantinowicz.

Czernyszewski szybkim ruchem odwrócił się do niego i położył mu na rękawie małą, owłosioną dłoń.

– Czuję, że pan wciąż się jeszcze na mnie dąsa. Słowo, że nie? Dopiero później zrozumiałem, jakie to było okrutne. Wygląda pan nietęgo. Co u pana słychać? W końcu nie dowiedziałem się od pana, dlaczego właściwie zmienił pan mieszkanie.

Wytłumaczył więc: do pensjonatu, gdzie mieszkał przez półtora roku, wprowadzili się niespodziewanie jego znajomi – bardzo mili, bezinteresownie natrętni, którzy wciąż „wpadali pogadać". Okazało się, że mają pokój obok niego, i wkrótce Fiodor Konstantinowicz poczuł, że ściana między nimi jak gdyby się rozpłynęła, a on jest bezbronny. Ojcu Jaszy jednak nie pomogłaby żadna przeprowadzka.

Olbrzym Wasiljew, pogwizdując, z lekka pochylony, przepatrywał grzbiety książek na półkach; wyciągnął jedną, otworzył ją i przestał gwizdać, za to z mocnym przydechem zaczął czytać pod nosem pierwszą stronę. Jego miejsce na kanapie zajęła Lubow Markowna, trzymając torebkę: uwolniła od pince-nez zmęczone oczy, zapadła się w sobie i niezbyt zadbaną dłonią głaskała teraz Tamarę po złotowłosej potylicy.

– Tak! – rzucił ostrym tonem Wasiljew, zatrzaskując książkę i wtłaczając ją w pierwszą lepszą szczelinę.

– Wszystko na świecie ma swój koniec. Ja osobiście muszę wstać jutro o siódmej.

Inżynier Kern rzucił okiem na przegub dłoni.

– Ach, posiedźcie jeszcze – rzekła Czernyszewska, błagalnie pobłyskując błękitem oczu, i zwróciła się do inżyniera, który wstał z krzesła i odsunął je o kilka centymetrów na bok (tak jak kto inny, ugasiwszy pragnienie, odwróciłby do góry dnem szklankę na spodeczku). Zaczęła mówić o odczycie, który inżynier zgodził się wygłosić w następną sobotę – odczyt nosił tytuł *Błok na wojnie.*

– Na zawiadomieniach przez omyłkę napisałam *Błok a wojna* – usprawiedliwiała się Aleksandra Jakowlewna.

– Ale to przecież nie ma znaczenia?

– Nie, przeciwnie, ma, i to nawet bardzo duże – z uśmiechem na wąskich wargach, ale z morderczym błyskiem w oku za powiększającymi szkłami okularów odpowiedział inżynier, nie rozłączając splecionych na brzuchu rąk.

– Tytuł *Błok na wojnie* wyraża to, o co chodzi – a są to własne, indywidualne obserwacje prelegenta, natomiast *Błok a wojna* to, proszę mi wybaczyć, już filozofia.

W tej chwili wszyscy zaczęli powoli blaknąć, rozsnuwać się w mimowiednym falowaniu mgiełki i zupełnie zanikać; zarysy postaci, wijąc się i skręcając, rozpływały się w powietrzu, ciągle jednak jeszcze tu i ówdzie pobłyskiwały rozświetlone punkty: iskra życzliwości w oku, błysk światła na bransoletce; na chwilę wychynęło jeszcze zmarszczone czoło Wasiljewa, ściskającego czyjąś topniejącą już dłoń, na ostatku zaś przepłynęła pistacjowa słomka usiana jedwabnymi różyczkami (kapelusz Lubow Markowny), i oto zniknęło wreszcie wszystko, a do pełnego dymu salonu, zupełnie bezgłośnie, w rannych pantoflach wszedł Jasza, sądząc, że ojciec jest już w sypialni; z czarodziejskim podzwanianiem, przy świetle czerwonych latarni na skraju placu jacyś niewidzialni naprawiali czarny bruk, Fiodor Konstantinowicz zaś, który nie miał na tramwaj, szedł pieszo do domu. Zapomniał pożyczyć od Czernyszewskich dwie czy trzy marki, co pozwoliłoby mu dociągnąć do następnej wypłaty. Sprawa ta wcale by mu nie zaprzątała głowy, gdyby nie łączyła się, wzmagając gorycz owego połączenia, z przykrym rozczarowaniem (w nazbyt pięknych barwach wyobraził sobie sukces swego tomiku), z odczuciem wilgoci w lewym bucie i z lękiem przed spędzeniem nocy w nowym mieszkaniu. Czuł zmęczenie, niechęć do siebie samego – zmarnował czuły początek nocy; miał wrażenie, że czegoś w ciągu dnia nie domyślał do końca – i teraz nigdy tego nie nadrobi.

Szedł ulicami, które dawno już narzuciły mu się ze znajomością, co więcej, liczyły, że je polubi; z góry nawet kupiły sobie w jego przyszłym wspomnieniu miejsce obok Petersburga – mały grobek w sąsiedztwie; szedł tymi polśniewającymi ciemno ulicami, wygaszone kamienice cofały się, jedne tyłem, inne bokiem, w szarobure niebo berlińskiej nocy, gdzie jednak trafiały się czasem grząskie miejsca, niemal topniejące pod spojrzeniem, które zyskiwało w ten sposób parę gwiazd. I oto wreszcie skwer, gdzie zjedliśmy kolację, wysoka, ceglana kircha i zupełnie jeszcze przejrzysta, bezlistna topola, przypominająca unerwienie olbrzyma, tuż obok publiczny szalet, podobny do piernikowego domku baby-jagi. W mroku skweru, ledwie tkniętego wachlarzem ulicznych świateł, piękność, która już od ośmiu chyba lat wciąż odmawiała nowej inkarnacji (tak żywa była wciąż pamięć o pierwszej miłości), siedziała na szarej ławce, kiedy się jednak przybliżył, zobaczył, że siedzi tam cień drzewnego pnia. Skręcił w swoją ulicę i pogrążył się w nią niczym w zimną wodę – z taką czynił to odrazą, tyle smutku zapowiadał ów pokój, niechętna szafa, kanapa. Znalazłszy swoją bramę (odmienioną przez ciemność), wydobył klucze. Żaden z nich jednak nie pasował.

– Co się dzieje... – wymamrotał gniewnie, spoglądając na pióro klucza, i znów, z narastającą wściekłością, zaczął go wpychać do dziurki. – Co, u diabła! – zawołał, cofnął się o krok, zadarł głowę i sprawdził numer domu. Nie, wszystko się zgadzało. Znów pochylił się ku zamkowi i naraz doznał olśnienia: były to oczywiście klucze pensjonatowe, które, przeprowadzając się dziś, zabrał niechcący ze sobą w kieszeni płaszcza, nowe zaś zostały zapewne w pokoju, do którego teraz zapragnął się dostać o wiele goręcej niż przed chwilą.

W owych latach berlińscy odźwierni byli to na ogół ludzie zamożni, mający zażywne żony, prostacy, z mieszczańskiego wyrachowania należący do partii komunistycznej. Rosyjscy lokatorzy drżeli przed nimi; przyzwyczajeni do poddaństwa, wszędzie widzimy nadzorców. Fiodor Konstantinowicz rozumiał doskonale, jak głupio jest bać się starego durnia z wystającą grdyką, a mimo to na obudzenie go po północy, wyciągnięcie spod gigantycznej pierzyny, na wykonanie tego jednego ruchu – naciśnięcie dzwonka (choć bardzo prawdopodobne, że nawet gdyby nie wiem jak dzwonił, nikt by nie zareagował) nie mógł się zdobyć, zwłaszcza że nie miał monety, bez której nie sposób było przejść obok wpół rozwartej dłoni, czekającej na wysokości biodra jak ponura paszczęka – dłoni nieuchronnie oczekującej na należną daninę.

– To ci historia, to ci historia – szeptał, odchodząc; czuł, jak z tyłu, od potylicy po pięty, zwala się na niego brzemię bezsennej nocy, sobowtór z żelaza, którego nie ma dokąd ponieść. – Jakie to głupie – dodał wymawiając zamiast „głupie" „glupie", z francuska, jak zwykł to czynić z kpiącym roztargnieniem jego ojciec, gdy coś go zbiło z tropu.

W rozterce, co zrobić – czy czekać, aż go ktoś wpuści, czy ruszyć na poszukiwanie nocnego stróża w czarnej pelerynie, pilnującego bram na niektórych ulicach, czy też zmusić się do wysadzenia dzwonkiem domu w powietrze – Fiodor Konstantinowicz zaczął spacerować po chodniku, do rogu i z powrotem. Ulica była życzliwa i zupełnie pusta. Wysoko w górze, na każdym z biegnących poprzecznie przewodów wisiała mlecznobiała latarnia; pod najbliższą, na wilgotnym asfalcie, kołysał się w rytm wiatru widmowy krąg. I to rozchwianie, które wydawało się nie mieć z Fiodorem Konstantinowiczem nic wspólnego, ono właśnie, z dźwięcznym pobrzękiem tamburynu, strąciło coś ze skraju jego duszy, gdzie się owo coś ulokowało, i już nie – jak poprzednio – odległym wołaniem, lecz głośnym bliskim dudnieniem ozwało się i przetoczyło: „*Dziękuję ci, rodzinny kraju...*". I zaraz, niby odbitą falą: „*za oddalenie złe, dziękuję...*". I znowu pomknęło po odpowiedź: „*... przepełniasz, nie uznając...*". Fiodor Konstantinowicz gadał sam ze sobą, maszerując po nieistniejącym chodniku; nogami rządziła lokalna świadomość – prawdziwy zaś i w istocie jedynie ważny Fiodor Konstantinowicz zaglądał już do drugiej, rozkołysującej się o kilka sążni dalej zwrotki, która winna była zrodzić jeszcze nieznaną, ale zarazem solenniej przyrzeczoną harmonię. „*Dziękuję ci...*" – zaczął znów na głos, nabierając jeszcze raz rozpędu, nagle jednak trotuar pod nogami skamieniał, wszyscy dookoła od razu zagadali, a on, otrzeźwiony w mgnieniu oka, rzucił się ku drzwiom swego domu, za nimi bowiem świeciło się teraz światło.

Niemłoda pani o wydatnych kościach policzkowych, w narzuconym i spełzającym z ramion karakułowym żakiecie, wypuszczając kogoś, zatrzymała się jeszcze na chwilę w drzwiach. „Niech więc pan nie zapomni, złotko" – prosiła odchodzącego znużonym głosem, gdy podbiegł rozpromieniony Fiodor Konstantinowicz, który natychmiast ją rozpoznał: dziś rano odbierała tu wraz z mężem swoje meble. Gościa zresztą też poznał – był to młody malarz Romanow: ze dwa razy chyba spotkali się w redakcji. Z wyrazem zdziwienia na subtelnej twarzy, której helleńską doskonałość niweczyły pociemniałe, krzywe zęby, Romanow przywitał się z Fiodorem Konstantinowiczem, ten po chwili, niezręcznie się ukłoniwszy kobiecie przytrzymującej dłońmi żakiet na ramionach, olbrzymimi susami ruszył po schodach w górę, fatalnie potknął się na zakręcie i pobiegł dalej, już trzymając się poręczy. Zaspana gospodyni w szlafroku, pani Stoboy, wyglądała okropnie, trwało to jednak tylko chwilę. W swoim pokoju z trudem namacał wyłącznik. Na stole błyszczały klucze i bielał tomik. „Koniec z tym" – pomyślał Fiodor. Tak niedawno rozdawał znajomym egzemplarze z powściągliwymi dedykacjami, prosząc o szczery osąd, teraz zaś wstyd mu było wspominać i tamte dedykacje, i to, że przez ostatnie dni żył szczęściem książki. A przecież nie wydarzyło się nic szczególnego; dzisiejszy zawód nie wykluczał jutrzejszego czy pojutrzejszego zadośćuczynienia, w jakimś sensie jednak Fiodor Konstantinowicz przesycił się marzeniem, i teraz tomik leżał na stole, całkowicie pogrążony w sobie, do siebie tylko ograniczony i zamknięty, nie emanując już, jak poprzednio, promieni radości.

Gdy Fiodor Konstantinowicz wreszcie się położył, a jego myśli ledwie zaczęły układać się na spoczynek, serce zaś zapadać w śnieg snu (zasypiając, odczuwał zawsze przypływ niepokoju), zaryzykował powtórzenie niedokończonego wiersza, po prostu żeby się nim raz jeszcze ucieszyć przed senną rozłąką; był jednak zmęczony, a wersy szamotały się, chciwe życia, tak że po chwili wzięły nad nim górę: po jego skórze przebiegło mrowienie, głowę wypełnił jakiś boski poszum; wówczas zapalił znowu światło, wziął papierosa i leżąc na wznak – okryty prześcieradłem po szyję, ze stopami wyprostowanymi, niczym *Sokrates* Antokolskiego – poddał się bez reszty dyktatowi natchnienia. Były tu rozhowory z tysiącem rozmówców, spośród których tylko jeden był prawdziwy i tylko tego jednego trzeba było wyłuskać, by nie stracić ani słowa. *Jak mi jest ciężko i jak dobrze... I w tej rozmowie ta...*

ta... nocy, wprost sama dusza ta... ta... ton... szaleństwo,
szalo, szalony... temu tam tamu, muzykon....

Po trzech godzinach niebezpiecznego dla życia natchnienia i nasłuchiwania – wyklarowało się wreszcie
wszystko do ostatniego słowa, jutro można będzie zapisać... Na koniec spróbował wyrecytować półgłosem te
dobre, ciepłe, jeszcze parujące wiersze:

> Dziękuję ci, rodzinny kraju,
> Za oddalenie złe, dziękuję!
> Przepełniasz mnie, a nie uznajesz,
> Więc sam ze sobą dialoguję.
> I w tej rozmowie każdej nocy
> Już dusza sama nie wymierzy,
> Czy to mój obłęd coś mamrocze,
> Czy twoja muzyka się szerzy...

– i dopiero teraz pojąwszy, że zawierają określony sens,
prześledził je z zainteresowaniem i – zaakceptował. Osłabły, uszczęśliwiony, z lodowatymi piętami, wierząc jeszcze
w dobro i wagę tego, co się stało, wstał, żeby zgasić
światło. W podartej koszuli, z obnażoną chudą piersią
i długimi owłosionymi nogami o turkusowych żyłach,
zabawił chwilę przed lustrem, wciąż z tym samym poważnym zaciekawieniem przypatrując się sobie i niezupełnie
siebie poznając – szerokie brwi, czoło z kosmykiem krótko
ostrzyżonych włosów. W lewym oku pękło naczynko
i wybiegający z kącika rdzawy połysk przydawał ciemnemu blaskowi źrenicy czegoś cygańskiego. O Boże, jakże
podczas tych nocnych godzin obrosły zapadłe policzki
– jakby znój i gorączka wierszopisania wzmagały także
porost włosów! Przekręcił kontakt, w pokoju jednak
zabrakło materii, która mogłaby zgęstnieć, a blade i prze-
marznięte sprzęty stały tak, jakby przed chwilą spotkały
się na zasnutym dymem peronie.

Długo nie mógł zasnąć: skorupki wyłuskanych słów zaśmiecały i dręczyły mózg, kłuły w skroniach, nie sposób było się ich pozbyć. Tymczasem w pokoju zupełnie się rozwidniło i gdzieś tam pewnie w bluszczu – rozszalały się wróble, wszystkie naraz, jeden przez drugiego, dźwięcznie, do ogłupienia: jak na dużej przerwie u pierwszaków. Tak nastąpiły jego osiedliny w nowym miejscu. Gospodyni nie mogła przyzwyczaić się do tego, że Fiodor Konstantinowicz sypia do pierwszej w południe, nie wiadomo jak i gdzie się stołuje, a kolacje jada z przesiąkniętych tłuszczem papierków. O jego tomiku nikt słowa nie napisał – nie wiadomo dlaczego myślał, że stanie się to jakoś samo przez się, i nawet nie zadał sobie trudu rozesłania go po redakcjach – jeśli nie liczyć krótkiej notki (dziennikarza od spraw ekonomicznych), współpracującego z „Gazetą" Wasiljewa, zawierającej optymistyczną opinię co do jego przyszłości literackiej i jednozwrotkowy cytat z bielmem drukarskiego błędu. Z Tannenbergstrasse zawarł bliższą znajomość, ulica odsłoniła mu wszystkie swe najwartościowsze tajemnice: tak więc w kamienicy obok mieszkał na dole stary szewc nazwiskiem Kanarienvogel, no i rzeczywiście w oknie, wśród starannie wyreperowanego obuwia, stała klatka, choć nie było w niej różowożółtego więźnia; jednakże ów szewc, spojrzawszy na Fiodora Konstantinowicza spond drucianych okularów, przypisanych swemu cechowi, odmówił naprawy jego butów, tak że trzeba było pomyśleć o kupieniu nowych. Fiodor dowiedział się również, jak się nazywają lokatorzy z góry: wbiegłszy kiedyś przez pomyłkę o piętro wyżej, przeczytał na tabliczce: „Carl Lorentz, *Geschichtsmaler*", a spotkany na rogu Romanow, który do spółki z Lorentzem wynajmował pracownię w innej części miasta, coś niecoś o nim Fiodorowi opowiedział: ów pracowity malarz-mizantrop i konserwator, który przez całe życie malował parady wojskowe, bitwy, zjawę z gwiazdą i wstęgą w ogrodach Sans-Souci, teraz zaś, w republice, bez mundurów, zubożały i prawdziwie ponury – cieszył się do wojny 1914–1918 zaszczytnym rozgłosem, jeździł do Rosji, żeby malować spotkanie kajzera z carem, i tam właśnie, spędzając zimę w Petersburgu, poznał młodą wówczas jeszcze i pełną wdzięku rysującą, malującą i muzykującą Margaritę Lwownę. Spółka, w jaką wszedł z rosyjskim malarzem, wyniknęła z przypadku, dzięki ogłoszeniu w gazecie: Romanow był człowiekiem zupełnie innego pokroju i Lorentz darzył go posępnym przywiązaniem, lecz od pierwszej wystawy Rosjanina (był to okres, kiedy ten sportretował hrabinę d'X: hrabina zupełnie naga, z odciśniętymi na brzuchu śladami gorsetu, stała, trzymając na rękach siebie samą trzykrotnie pomniejszoną) uważał go za obłąkańca i oszusta. Wielu jednak zwiódł osobliwy, brutalny talent Romanowa, rokowano mu niezwykłe sukcesy, niektórzy nawet upatrywali w nim protoplastę szkoły nowego naturalizmu: zaliczywszy wszystkie ponęty modernizmu (jak się wyrażano), doszedł do odnowionego – interesującego, dość chłodnego fabularyzmu. W jego wczesnych pracach pojawiała się pewna skłonność do karykatury – na przykład w jego *Coïncidence*, gdzie na słupie reklamowym, pokrytym jaskrawymi, zdumiewająco zgranymi ze sobą kolorystycznie afiszami, można było pośród astralnych nazw kin i innych przejrzyście różnobarwnych ogłoszeń przeczytać inserat o zgubieniu (na znalazcę czeka nagroda) diamentowego naszyjnika, który leżał właśnie na chodniku, u podnóża słupa, niewinnie połyskując ogniem szlifów. W jego *Jesieni* za to – gdzie leżący w rowie, wśród przepychu klonowych liści, czarny krawiecki manekin z dziurą w boku osiągnął wyrazistość wyższego rzędu – znawcy dostrzegali bezmiar smutku. Najlepszym jednak dotychczas dziełem Romanowa był obraz zakupiony już przez bogatego konesera i wielokrotnie reprodukowany *Czterej obywatele chwytający kanarka* – wszyscy czterej w czerni, barczyści, w melonikach (za to jeden, nie wiadomo dlaczego, boso), przedstawieni w pełnych uniesienia, a zarazem wyczekujących pozach pod niewiarygodnie rozsłonecznioną zielenią przyciętej w prostokąt lipy, w której gąszczu ukrył się ptaszek, zbiegły, być może, z klatki mojego szewca. To dziwne, piękne, a jednak zjadliwe malarstwo niepojęcie mnie poruszało. Wyczuwałem w nim jakieś u p r z e d z e n i e w obu znaczeniach tego słowa: wyprzedziwszy daleko moją własną sztukę, oświetlało zarazem niebezpieczeństwa drogi. Jednakże sam artysta wydawał mi się obrzydliwie nudny – mówił ogromnie szybko, okropnie przy tym sepleniąc, czemu towarzyszyło zupełnie niezwiązane z treścią słów mimowolne błyskanie promiennych oczu – nie mogłem tego wprost znieść. „Wie pan co – powiedział kiedyś Romanow, strzyknąwszy mi śliną na podbródek – poznam pana z Margaritą Lwowną, dobrze? Kazała mi kogoś przyprowadzić, niech pan przyjdzie, urządzamy takie, wie pan, wieczorki w pracowni, z muzyką, kanapkami, czerwonymi abażurkami, bywa dużo młodzieży, Połońska, bracia Szydłowscy, Zina Mertz...".

Nazwiska te nic mi nie mówiły, nie miałem najmniejszej ochoty spędzać wieczorów w towarzystwie Wsiewołoda Romanowa, żona Lorentza o płaskiej twarzy też mnie zupełnie nie interesowała, nie tylko więc nie przyjąłem zaproszenia, ale zacząłem od tej pory wręcz unikać malarza.

Z podwórza co rano dobiegał wysoki i powściągliwie śpiewny głos: *Prima Kartoffel* – jakże drży serce młodej jarzyny! – albo też pozagrobowy bas obwieszczał: *Blumenerde!*. W huk trzepanych dywanów wplątywała się czasem katarynka, brązowa, na ubogich kołach od drewnianego wózka i z okrągłym malunkiem na bocznej ściance, przedstawiającym idylliczny strumyk; zręczny kataryniarz, kręcąc korbą to prawą, to lewą ręką, wypompowywał z katarynki soczyste *O sole mio*, które od razu zapraszało na skwer. Tam młodziutki kasztan podparty palikiem (tak jak osesek nie umie chodzić, tak on jeszcze nie umiał rosnąć bez pomocy) wystąpił nagle z kiścią kwiatu większą niż on sam. Bzy za to długo nie rozkwitały; kiedy zaś wreszcie zdecydowały się na to, pewnej nocy, która pozostawiła pod ławkami bezlik pozornych niedopałków, otoczyły park pienistą wspaniałością. Na cichej uliczce za kościołem w chmurny czerwcowy dzień osypywały się przekwitające akacje i ciemny asfalt wzdłuż chodnika wyglądał jak upaćkany kaszą manną. Na klombie wokół posągu spiżowego szybkobiegacza róże z gatunku „Chwała Holandii" rozprostowały brzeżki czerwonych płatków, a w ślad za nimi podążył „Generał Arnold Janssen". W lipcu, w wesoły bezchmurny dzień, odbył się bardzo udany wyrój mrówek; samice wzlatywały i wróble pożerały je w powietrzu; tam zaś, gdzie nikt im nie przeszkadzał, długo pełzały po żwirze, wyzbywając się swych słabych, nieprawdziwych skrzydeł. Z Danii donoszono, że na skutek niezwykłych upałów obserwuje się tam wiele przypadków obłędu: ludzie zdzierają z siebie ubranie i rzucają się do kanałów. Samce jedwabnika nieparzystego miotały się szaleńczymi zakosami. Lipy przeszły wszystkie swoje skomplikowane, śmiecionośne, wonne i bałaganiarskie metamorfozy.

Fiodor Konstantinowicz spędzał większą część dnia na ciemnoniebieskiej ławce skweru, bez marynarki, w starych płóciennych pantoflach włożonych na bose nogi i z książką w długich opalonych palcach; kiedy zaś słońce atakowało za mocno, odchylał głowę na rozgrzany brzeg oparcia i długo siedział ze zmrużonymi oczyma; widmowe koła miejskiego dnia przetaczały się przez bezdenną głębię wewnętrznej purpury, przelatywały iskry dziecięcych głosów i coraz bardziej ciążyła na kolanach otwarta, z każdą chwilą coraz mniej będąca sobą książka; oto jednak napływała ciemniejsza czerwień – wówczas odrywał od oparcia spoconą głowę, otwierał oczy i znów widział park, gazon ze stokrotkami, świeżo zroszony żwir, dziewczynkę, która sama ze sobą gra w klasy, niemowlę w wózku, składające się z pary oczu i różowej grzechotki, wędrówkę ślepnącego, tchnącego żarem i promienistego dysku przez obłok – a potem wszystko na nowo się rozjarzało, wzdłuż parku, plamistą, wysadzaną falującymi drzewami ulicą przejeżdżała z łoskotem wioząca węgiel ciężarówka; czarny węglarz na wysokim chybotliwym siedzeniu trzymał w zębach za ogonek błyszczący szmaragdowo liść.

Pod wieczór Fiodor Konstantinowicz szedł na lekcję – do biznesmena o wyblakłych rzęsach, który spoglądał nań z nieżyczliwym zdumieniem w przymglonych oczach, gdy lekkomyślnie czytał mu Szekspira; albo do gimnazjalistki w czarnym blezerze, którą czasami miał ochotę pocałować w pochylony żółtawy kark; albo do tryskającego wesołością krępego oficera marynarki, który mówił „tak jest", „pogłówkować" i szykował się, żeby „dać dyla do Meksyku" w tajemnicy przed swą konkubiną, sześciopudową, namiętną i smutną staruchą, z którą przypadkiem znalazł się w jednych saniach, uciekając do Finlandii, i która od tamtej pory prawem wieczystej, rozpaczliwej zazdrości karmiła go kulebiakami, konfiturką, grzybkami... Zdarzały się prócz tego intratne przekłady: jakieś sprawozdanie na temat słabego przewodzenia dźwięków przez płyty podłogowe albo rozprawa o łożyskach kulkowych; wreszcie nieduże, ale szczególnie cenne dochody przynosiły wiersze, które tworzył w natchnieniu, nieodmiennie pełne patriotyczno-lirycznego patosu, przy czym jedne nie osiągały ostatecznego kształtu i ulegały rozproszeniu, użyźniając tajemne głębie, inne zaś, w pełni oporządzone i wyposażone we wszystkie przecinki, wiezione były do redakcji – najpierw koleją podziemną z błyskami odbić szybko wspinających się po miedzianych pionach, potem – olbrzymią i dziwnie pustą windą na siódme piętro, gdzie na końcu szarego jak plastelina korytarza, w wąskiej klitce przepełnionej zapachem „rozkładającego się trupa aktualności" (jak żartował pierwszy dowcipniś redakcji), siedział sekretarz, księżycopodobny flegmatyk, bez wieku i bez płci, który nieraz ratował sytuację, gdy jacyś niezadowoleni z tej czy innej notatki lokalni płatni jakobini, bądź swojacy, rodzimi szuani, krzepcy łajdacy o mistycznych skłonnościach, grozili, że zdemolują lokal.

Grzmiał telefon, metrampaż przechodził, powiewając zadrukowanymi płachtami gazety, w rogu recenzent teatralny nie odrywał się od przybłąkanej z Wilna gazetki. „Czy coś się panu należy? Nic podobnego" – mówił sekretarz. Z pokoju po prawej, gdy otwierały się wiodące doń drzwi, rozlegał się dyktujący z lubością głos Geca lub pokaszliwanie Stupiszyna, wśród stukotu zaś kilku maszyn można było rozróżnić drobne, szybkie uderzenia Tamary.

Na lewo znajdował się gabinet Wasiljewa; lustrynowa marynarka opinała jego tęgie ramiona, gdy stojąc za pulpitem i sapiąc niczym potężna maszyna, pisał swym niechlujnym pismem, sadząc szkolne kleksy, artykuł wstępny: *Z godziny na godzinę trudniej* albo *Sytuacja w Chinach*. Zamyśliwszy się na chwilę, z odgłosem, jaki wydaje metalowy skrobak, drapał się jednym palcem w duży, obrośnięty brodą policzek, podciągnięty ku przymrużonemu oku, nad którym nawisła charakterystyczna, dotychczas jeszcze w Rosji pamiętna, czarna, bez jednego bodaj siwego włosa, zbójecka brew. Koło okna (za którym widniał identyczny, wiele biur mieszczący dom, remontowany na takich podniebnych wysokościach, że wydawało się, iż można by przy okazji wyremontować szarą, strzępiaście rozwartą chmurę) stała patera, a na niej półtorej pomarańczy i apetyczny kubeczek bułgarskiego jogurtu, w bibliotecznej szafie zaś, w dolnej, zamkniętej jej części, schowano zakazane cygara i duże błękitno-czerwone serce. Sterty starych sowieckich czasopism, jakieś książki o szczeklliwych tytułach, listy z prośbami, ostrzeżeniami, inwektywami, wyciśnięte połówki pomarańcz, płachta gazety z oknem wyciętym na Europę, spinacze, ołówki zawalały biurko, nad tym wszystkim zaś górowała niezachwianie, odbijając ślepo padające z okna światło, duża fotografia mieszkającej w Paryżu córki Wasiljewa, młodej kobiety o czarujących ramionach i puszystych włosach, nieudanej gwiazdy filmowej, o której zresztą kronika filmowa „Gazety" wspominała dość często: „nasza utalentowana rodaczka Silvina Lee...", choć rodaczki tej nie znał nikt.

Wasiljew, przyjmując z całą dobrodusznością wiersze Fiodora Konstantinowicza, zamieszczał je nie dlatego, że mu się podobały (zazwyczaj nawet ich nie czytał), lecz dlatego, że było mu absolutnie wszystko jedno, czym wypełni niepolityczną część „Gazety". Ustaliwszy raz na zawsze pewien poziom, poniżej którego dany współpracownik z natury nie jest zdolny zejść, Wasiljew zostawiał mu całkowitą swobodę, nawet jeśli ów poziom ledwie przekraczał zero. Wiersze zaś, jako nieistotne drobiazgi, przechodziły niemal w ogóle bez kontroli, przesączając się tam, gdzie zatrzymana by została tandeta większej wagi i rozmiarów. Jakiż za to rozlegał się rozradowany, pełen przejęcia krzyk we wszystkich naszych poetyckich wylęgarniach pawi od Łotwy po Riwierę, gdy ukazywał się numer gazety! Opublikowali moje! I moje! Sam Fiodor Konstantinowicz, uważając, że ma tylko jednego rywala – Konczejewa (który, nawiasem mówiąc, do „Gazety" nie pisywał) – nie traktował sąsiadów z góry, lecz cieszył się ze swoich wierszy tak jak inni. Niekiedy nie mógł się doczekać wieczornej poczty, z którą dostarczano egzemplarz, ale kupował go o pół godziny wcześniej na ulicy, i bezwstydnie, odszedłszy ledwie parę kroków od kiosku, wychwytując czerwonawe światło koło stoisk, gdzie w siności wczesnego zmierzchu płonęły góry pomarańcz, rozkładał gazetę – i, zdarzało się, nie znajdował swego wiersza, który został wyparty przez inny tekst; jeśli zaś znajdował, składał poręczniej płachtę gazety i idąc chodnikiem, czytał swój utwór po kilkakroć, na różne sposoby; po kolei wyobrażał sobie, jak jego wiersz będą odczytywali, a może czytają w tej właśnie chwili, ci wszyscy, których zdanie było dla niego ważne – odczuwał przy tym niemal fizycznie, jak podczas każdego takiego przeistoczenia zmienia mu się kolor oczu, dno oka i smak w ustach – i im bardziej jemu samemu podobało się dzieło *de jour*, tym lepiej i z większą przyjemnością udawało mu się odczytać je w imieniu innych.

Przebałaganiwszy w ten sposób lato, w czasie którego porodził, wyniańczył i znielubił na wieki ze dwa tuziny wierszy, pewnego jasnego i chłodnego dnia, w sobotę (wieczorem miał pójść na zebranie), wybrał się, żeby dokonać ważnego zakupu. Opadłe liście leżały na trotuarze nie płasko, lecz przywiędłe, nastroszone, tak że pod każdym krył się zakątek granatowego cienia. Z piernikowej chatki o landrynkowych oknach wyszła staruszka z miotłą, w czystym fartuchu; miała drobną twarzyczkę o ostrych rysach i niezmiernie wielkie stopy. Tak, to już jesień! Szedł dziarsko, wszystko układało się doskonale! Poranek przyniósł list od matki, która zamierzała odwiedzić go na Boże Narodzenie, poprzez zaś rozlatujące się letnie buty niezwykle żywo wyczuwał ziemię, gdy przechodził niebrukowanymi odcinkami ulicy wzdłuż pustych, zalatujących dymem palonych liści ogródków między domami, zwróconymi ku tym działkom ostro ściętą czernią ścian nośnych; przed ażurowymi altankami widziało się i kapustę osypaną bisiorem drobnych kropli, i niebieskawe łodygi przekwitłych goździków, i słoneczniki z ciężko opadającymi łbami. Dawno już chciał w jakiś sposób wyrazić, że odczucie Rosji ma w stopach, że mógłby ją całą wymacać i rozpoznać piętami, jak ślepiec dłońmi. I żal mu było, kiedy skończył się pas tłustawej, brunatnej ziemi i znów trzeba było iść po odpowiadających dźwięcznym echem trotuarach.

Młoda kobieta w czarnej sukni, o lśniącym czole i bystrych, roztargnionych oczach, po raz ósmy przysiadła u jego nóg bokiem na taborecie, zręcznie wydobyła z szeleszczącego wnętrza tekturowego pudełka wąski bucik, szeroko rozstawiła łokcie, po czym odgięła z lekkim skrzypnięciem jego brzegi, szybko rozluźniła sznurowadła, rzuciła krótkie spojrzenie w bok, a następnie, wydobywszy z wnętrza buta prawidło, zwróciła się ku dużej, zawstydzonej, licho wycerowanej stopie Fiodora Konstantinowicza. Stopa gładko wsunęła się do buta, ale znalazłszy się tam, zupełnie oślepła: poruszenia palców nie odbijały się zupełnie na zewnętrznej gładkiej powierzchni mocnej czarnej skóry. Sprzedawczyni z fenomenalną zręcznością zawiązała końce sznurowadła i dotknęła czubka buta dwoma palcami.

– W sam raz! – powiedziała. – Nowe zawsze troszeczkę...
– ciągnęła śpiesznie, wzniósłszy ku klientowi brązowe oczy. – Oczywiście, jeśli pan sobie życzy, można podłożyć pod piętę korek. Ale są w sam raz, przekona się pan!

I podprowadziwszy go do rentgenoskopu, wskazała, gdzie należy postawić nogę. Spojrzał w dół przez wizjer i zobaczył na jasnym tle swoje własne, ciemne, w należytej wygodzie leżące kosteczki. I właśnie tym stąpnę na brzeg, gdy zejdę z Charonowej łodzi! Włożył także lewy but i przechadzał się tam i na powrót po wąskim dywaniku, spoglądając w sięgające kostek lustro, które odbijało jego wyszlachetniały krok i postarzałą o dziesięć lat nogawkę.

– Tak, są dobre – powiedział małodusznie.

Pamiętał z dzieciństwa, że zadrapywano haczykiem lśniącą czarną podeszwę, żeby się nie ślizgała. Poszedł na lekcję, niosąc buty pod pachą, wrócił do domu, zjadł kolację, włożył je, przyjrzał się im jeszcze raz z lękliwym podziwem i wyruszył na zebranie.

Jak na niedobry początek, wydawało się, że są całkiem znośne.

Zebranie odbywało się w niedużym, rozczulająco luksusowym mieszkaniu krewnych Lubow Markowny. Ruda panna w zielonej, niesięgającej kolan sukience, pomagała estońskiej pokojówce (porozumiewającej się z nią głośnym szeptem) roznosić herbatę. Wśród tłumu znajomych, gdzie niewiele było nowych twarzy, Fiodor Konstantinowicz od razu dostrzegł Konczejewa, po raz pierwszy obecnego w tym kółku. Spoglądając na pochyloną, jakby nawet garbatą sylwetkę tego nieprzyjemnie milkliwego człowieka, którego tajemniczo rozwijający się talent mógłby unicestwić jedynie dar Izory[*] – człowieka wszystko rozumiejącego, z którym nie udało mu się jeszcze ani razu tak naprawdę pogadać – a jakże tego pragnął i w którego obecności on sam, cierpiąc, denerwując się i beznadziejnie przywołując na pomoc własne wiersze, czuł się jedynie jego

---

[*] Czyli trucizna w kielichu z winem (przyp. tłum.).

współczesnym – otóż spoglądając na tę młodą, riazańską, niemal prostaczą, nawet staromodnie prostaczą twarz, od góry obramowaną czupryną, a od dołu wykrochmalonym kołnierzykiem, Fiodor Konstantinowicz przygasł... Uśmiechały się jednak do niego z kanapy trzy panie, Czernyszewski z daleka kłaniał mu się po turecku, Gec niczym sztandarem powiewał przyniesionym dla niego numerem czasopisma z *Początkiem poematu* Konczejewa i artykułem Christofora Mortusa *Głos Puszkinowskiej Meri w wierszach współczesnych*. Ktoś za jego plecami powiedział z wyjaśniającą intonacją: „Godunow-Czerdyncew". „No nic, nic – pomyślał szybko Fiodor Konstantinowicz, z uśmieszkiem przyglądając się drewnianej, ozdobionej orłem papierośnicy i postukując o nią papierosem – nic, jeszcze się popróbujemy, zobaczymy, czyje będzie na wierzchu". Tamara wskazywała mu wolne krzesło, a on przesuwając się na to miejsce, znów jak gdyby dosłyszał dźwięk swego nazwiska. Gdy zdarzało się, że młodzi ludzie w jego wieku odprowadzali go tym szczególnym spojrzeniem, które prześlizguje się niczym jaskółka po zwierciadlanym sercu poety, odczuwał chłodek rześkiej, życiodajnej dumy: był to błysk zwiastujący jego przyszłą sławę, istniała jednak inna jeszcze sława – ziemska – wierny odblask przeszłości: nie mniej niż zaciekawieniem rówieśników szczycił się zainteresowaniem starych ludzi, którzy widzieli w nim syna słynnego podróżnika, odważnego dziwaka, badacza fauny Tybetu, Pamiru i innych błękitnie odległych krain.

– Poznajcie się, proszę – powiedziała ze swoim rosistym uśmiechem Aleksandra Jakowlewna.

Chodziło o niejakiego Skworcowa, który niedawno opuścił Moskwę; Skworcow był pełen życzliwości, miał promieniste zmarszczki koło oczu, okrągły nos i rzadką bródkę, a także schludną, dość młodą z wyglądu, śpiewnie mówiącą żonę w jedwabnej chuście – słowem, tworzyli stadło owego półprofesorskiego typu, który Fiodor Konstantinowicz znał tak dobrze ze wspomnień o ludziach, jacy przewijali się wokół ojca. Skworcow uprzejmie i rozsądnie zaczął mówić o tym, jak go zaskakuje tu, za granicą, zupełna niewiedza na temat okoliczności śmierci Konstantego Kiriłłowicza.

– Myśleliśmy – wtrąciła żona – że jeśli u nas ludzie o tym nie wiedzą, jest to normalne.

– Tak – kontynuował Skworcow – z niezwykłą wyrazistością przypominam sobie, jak pewnego razu zdarzyło mi się być na obiedzie wydanym na cześć pańskiego ojca; Kozłow, Piotr Kuzmicz, wyraził się dowcipnie, że Godunow-Czerdyncew uważa Azję Środkową za tereny łowieckie. Tak... Sądzę, że wówczas nie było pana jeszcze na świecie.

Tu Fiodor Konstantinowicz przychwycił nagle skierowane nań żałobnie przenikliwe, ciężkie od współczucia spojrzenie Czernyszewskiej, i oschle przerwawszy Skworcowi, jął bez zaciekawienia wypytywać go o Rosję.

– Jakby to panu powiedzieć... – zaczął tamten.

– Dzień dobry, panie Fiodorze, dzień dobry, mój drogi! – wykrzyknął ponad jego głową, choć ściskał mu już dłoń ruchliwy, wszędobylski adwokat, przypominający przekarmionego żółwia – i już witał się z kimś innym. Oto jednak wstał z krzesła Wasiljew, lekkim dotknięciem palców, charakterystycznym dla sprzedawców i mówców, musnął przelotnie blat stołu i ogłosił, że otwiera zebranie.

– Pan Busch – oznajmił – przeczyta nam swoją nową tragedię filozoficzną.

Herman Iwanowicz Busch, sympatyczny, niemłody, nieśmiały, mocno zbudowany mężczyzna, niegdyś mieszkaniec Rygi, z twarzy podobny do Beethovena, usiadł przy empirowym stoliku, dźwięcznie odchrząknął i rozwinął rękopis; ręce mu drżały, drżały zresztą przez cały czas, gdy czytał. Już na samym początku wytyczony został szlak klęski. Dziwaczna wymowa czytającego nie dawała się pogodzić z tajemniczym sensem dzieła. Gdy jeszcze w prologu pojawił się kroczący drogą Samotny Towarzysz Podróży, Fiodor Konstantinowicz żywił płonną nadzieję, iż jest to metafizyczny paradoks, nie zaś zdradziecki lapsus. Naczelnik Straży Miejskiej, nie wpuszczając idącego, kilkakrotnie powtórzył, że ten „na pewno nie przejdzie". Miasteczko leżało nad morzem (Towarzysz Podróży wędrował z Hinterlandu) i oddawała się tam pijaństwu załoga greckiego statku. Przy ulicy Grzechu toczyła się następująca rozmowa:

PIERWSZA PROSTYTUTKA
Wszystko jest wodą. Tak powiadał mój gość Tales.
DRUGA PROSTYTUTKA
Wszystko jest powietrzem, rzekł mi młody Anaksymenes.
TRZECIA PROSTYTUTKA
Wszystko jest liczbą. Mój łysy Pitagoras nie może się mylić.
CZWARTA PROSTYTUTKA
Heraklit, pieszcząc mnie, szepcze: wszystko jest ogniem.
PODRÓŻNY (wchodzi)
Wszystko jest losem.

Ponadto były tam dwa chóry, z których jeden jakimś sposobem uosabiał falę fizyka de Broglie i logikę historii, drugi zaś – dobry, toczył z nim spór. „Pierwszy Marynarz, Drugi Marynarz, Trzeci Marynarz", nerwowym, wilgotno podpłyniętym basikiem wyliczał Busch osoby uczestniczące w rozmowie. Pojawiła się jakaś Sprzedawczyni Lilii, Sprzedawczyni Fiołków, Sprzedawczyni Różnych

Kwiatów. Nagle coś zaszeleściło: publiczność zaczęła tracić płatki.

Wkrótce przez cały rozległy pokój zaczęły przebiegać w różnych kierunkach linie sił – połączone spojrzenia trzech, czterech, potem pięciu czy sześciu, a nawet dziesięciu osób, co stanowiło niemal jedną czwartą zgromadzenia. Konczejew wolno i ostrożnie wziął z etażerki, przy której siedział, dużą księgę (Fiodor Konstantinowicz dostrzegł, że był to album perskich miniatur), i równie powoli obracając ją na kolanach to w jedną, to w drugą stronę, zaczął ukradkiem, krótkowzrocznie przeglądać. Czernyszewska miała zdziwiony i urażony wyraz twarzy, jednak potajemny przymus etyczny, związany w pewien sposób z pamięcią syna, zmuszał ją do słuchania. Busch czytał szybko, jego błyszczące kości policzkowe były w ciągłym ruchu, w czarnym krawacie płonęła podkówka, stopy pod stolikiem zwrócone były palcami do środka – im zaś głębsza, bardziej skomplikowana i mniej zrozumiała stawała się idiotyczna symbolika tragedii, tym przeraźliwiej domagał się ujścia powściągany z udręką, wydobywający się jakby z podziemi bulgot, i już wiele osób pochylało się, umykając spojrzeniem; kiedy jednak na placu rozpoczął się Taniec M a s k ó w, ktoś – chyba Gec – nagle zakaszlał, a wraz z kaszlem wyrwało mu się jakieś dodatkowe chlipnięcie. Wówczas Gec ukrył twarz w dłoniach, po chwili zaś wyłonił się spoza nich z bezmyślnym, promiennym uśmiechem i mokrą łysiną, natomiast za plecami Lubow Markowny, na kanapie, Tamara po prostu pokładała się i wiła w porodowych mękach, a Fiodor Konstantinowicz, nie mając żadnej osłony, zalewał się łzami, osłabły z wysiłku, by nie dać głośnego upustu temu, co się w nim działo. Nagle Wasiljew tak ciężko odwrócił się na krześle, że aż trzasnęło, noga się złamała; Wasiljew zachwiał się, zmieniony na twarzy, ale nie upadł – i to niezbyt zabawne wydarzenie stało się pretekstem do jakiegoś zwierzęcego, ekstatycznego wybuchu, który przerwał czytanie. Podczas gdy Wasiljew przesiadał się na inne krzesło, Herman Iwanowicz Busch, marszcząc wspaniałe, lecz kryjące zupełny brak zmysłu do interesów czoło, coś notował w rękopisie ołóweczkiem. Pośród pełnej ulgi ciszy jakaś pani coś jeszcze zamamrotała, lecz Busch przystępował już do dalszej lektury:

> SPRZEDAWCZYNI LILII
> Jesteś dziś, siostrzyczko, czemuś smutna.
> SPRZEDAWCZYNI RÓŻNYCH KWIATÓW
> Tak, wróżka przepowiedziała mi, że moja córka wyjdzie za mąż za mężczyznę, który tędy wczoraj przechodził.
> CÓRKA
> Ach, nawet go nie zauważyłam.
> SPRZEDAWCZYNI LILII
> I on jej nie zauważył.

„Słuchajcie, słuchajcie!" – wtrącił się chór, jakby to był angielski parlament.

Znów nastąpiło niewielkie poruszenie: przez cały pokój wędrowało puste pudełko po papierosach, na którym gruby adwokat coś napisał; wszyscy obserwowali etapy tej wędrówki, napisane zaś zostało na pudełku na pewno coś bardzo śmiesznego, nikt jednak nie czytał, pudełko uczciwie przekazywane z rąk do rąk kierowało się w stronę Fiodora Konstantinowicza, i kiedy wreszcie do niego dotarło, przeczytał: „Muszę później pomówić z Panem o pewnej drobnej sprawie".

Ostatni akt dobiegł końca. Fiodor Konstantinowicz, którego niepostrzeżenie opuściło bóstwo śmiechu, w zamyśleniu przyglądał się swemu błyszczącemu butowi. Z promu na chłodny, jasny brzeg. Prawy cisnął mocniej niż lewy. Konczejew z półotwartymi ustami kończył przeglądać album.

– Kurtyna! – zawołał Busch z lekkim akcentem na pierwszej sylabie.

Wasiljew ogłosił przerwę. Większość słuchaczy wyglądała na rozespanych, jak po nocy spędzonej w wagonie trzeciej klasy. Busch, zwinąwszy tragedię w gruby rulon, stał w odległym kącie i wydawało mu się, że w rozgwarze głosów wciąż się rozchodzą kręgi słów, które przed chwilą odczytał; Lubow Markowna zaproponowała mu herbatę i wówczas jego potężne oblicze przybrało nagle wyraz bezradnej dobroci. Oblizał się łakomie i pochylił ku podanej szklance. Fiodor Konstantinowicz spoglądał na to z daleka z pewnym przestrachem, za sobą zaś słyszał:

– Proszę mi powiedzieć, co to w ogóle jest? (Gniewny głos Czernyszewskiej).

– No cóż, zdarza się, wie pani... (Pełen poczucia winy, dobroduszny – Wasiljewa).

– Ale ja pana pytam, co to jest?

– Cóż ja, proszę pani, na to poradzę?

– Ale przecież czytał pan to wcześniej, on to panu przyniósł do redakcji? Mówił pan przecież, że to poważny, ciekawy, znaczący utwór.

– Oczywiście, na pierwszy rzut oka; przejrzałem to, wie pani, ale nie wziąłem pod uwagę, jak to zabrzmi... Pomyliłem się! Sam się dziwię. Niechże pani jednak podejdzie do niego, pani Aleksandro, i coś mu powie.

Adwokat ujął Fiodora Konstantinowicza powyżej łokcia.

– Właśnie pana szukam. Przyszło mi na myśl, że to coś dla pana. Zwrócił się do mnie klient, któremu trzeba przetłumaczyć na niemiecki jakieś dokumenty niezbędne do sprawy rozwodowej, nieprawdaż. Tam, u tych Niemców, którzy prowadzą jego sprawę, pracuje jakaś rosyjska panna, ale zdaje się, że ona może wykonać tylko część tej roboty, ktoś jej musi pomóc. Czy podjąłby się pan tego? Zaraz sobie zapiszę pański telefon. *Gemacht.*

– Proszę państwa, proszę zająć miejsca – rozległ się głos Wasiljewa. – Zaraz zacznie się dyskusja nad tekstem, który usłyszeliśmy. Proszę chętnych o zgłaszanie się do głosu.

Fiodor Konstantinowicz zobaczył nagle, że Konczejew, przygarbiony, z ręką wsuniętą w wycięcie marynarki, krętym szlakiem zmierza ku wyjściu. Ruszył w ślad za nim, omal nie zapomniawszy swego czasopisma. W przedpokoju dołączył do nich stary Stupiszyn, który często zmieniał mieszkania, ale wynajmował je zwykle w takiej odległości od miasta, że te zmiany, tak dla niego istotne i pełne komplikacji, dokonywały się jakby w eterze, poza horyzontem codziennych trosk. Zarzuciwszy na szyję pasiasty szary szalik, rosyjskim zwyczajem przytrzymał go podbródkiem, wbijając się w płaszcz równie charakterystycznymi poruszeniami pleców.

– Ubawiłem się, nie ma co mówić – rzucił, gdy schodzili ze schodów, odprowadzani przez pokojówkę.

– Przyznam, że nieuważnie słuchałem – rzekł Konczejew.

Stupiszyn odszedł, by czekać na jakiś niemal mityczny tramwaj o rzadkim numerze. Godunow-Czerdyncew zaś i Konczejew ruszyli razem w przeciwną stronę, do rogu.

– Co za ohydna pogoda – powiedział Godunow-Czerdyncew.

– Tak, dość chłodno – zgodził się Konczejew.

– Paskudnie... W jakich stronach pan mieszka?

– W Charlottenburgu.

– To niezbyt blisko. Pan na piechotę?...

– Na piechotę, na piechotę. Zdaje się, że powinienem tu...

– Tak, musi pan skręcić w prawo, a ja idę dalej prosto. Pożegnali się. Tfu, co za wiatr...

– ... Niech pan zaczeka, odprowadzę pana. Z pana pewno nocny marek i nie mnie uczyć pana mrocznego czaru spacerów po kamiennym mieście. Więc nie słuchał pan biednego autora?

– Tylko z początku, i to jednym uchem. Ale wcale nie uważam, żeby to było takie straszne.

– Oglądał pan perskie miniatury. Czy nie zauważył pan tam jednej – co za uderzające podobieństwo! – ze zbiorów petersburskiej biblioteki publicznej? Malował ją, zdaje się, Reza Abbasi, chyba ze trzysta lat temu: klęczy tam, walcząc z małymi smokami, nosaty i wąsaty... Stalin.

– Tak, to bodaj najlepsze. À propos, wpadło mi dziś w oko w „Gazecie”, nie wiem, kto to popełnił: „Weź sobie, Boże, co mnie nie pomoże”. Uważam, że jest to wyniesienie żebraków do boskości.

– Albo wspomnienie ofiary Kaina.

– Zgódźmy się, że to szachrajstwo wołacza, i pomówmy lepiej „o Schillerze, bohaterstwie i sławie” – jeśli daruje pan mały amalgamat. Czytałem zbiorek pańskich naprawdę doskonałych wierszy. Właściwie są to po prostu modele pańskich przyszłych powieści.

– Tak, marzę o tym, żeby napisać kiedyś taką prozę, w której by się „myśl i muzyka tak złożyły, jak fałdy życia we śnie”.

– Dziękuję za uprzejmy cytat. Naprawdę lubi pan literaturę?

– Myślę, że tak. Moim zdaniem, istnieją tylko dwa rodzaje książek – tych, co na stole, i tych, co pod stołem. Pisarza albo lubię do obłędu, albo odrzucam w ogóle.

– O, jest pan surowy. Czy to nie niebezpieczne? Proszę nie zapominać, że bądź co bądź cała literatura rosyjska jest literaturą jednego stulecia, liczy sobie po najłagodniejszej selekcji co najwyżej trzy lub trzy i pół tysiąca arkuszy drukarskich, z czego niespełna połowa zasługuje na miejsce nie tylko na półce, ale na stole. Przy takim ubóstwie ilościowym trzeba pogodzić się z tym, że nasz Pegaz jest srokaty i że u kiepskiego pisarza nie wszystko jest kiepskie, a u dobrego nie wszystko dobre.

– Proszę o przykłady, żebym mógł oponować.

– Proszę bardzo: kiedy otwieramy Gonczarowa albo...

– Chwileczkę. Czy zamierza pan dobrze mówić o *Obłomowie*? „Rosję zgubili dwaj Iljicze" – tak? Albo zamierza pan może mówić o obrzydliwej higieniczności ówczesnych upadków miłosnych? Krynolina i wilgotna ławeczka? A może chodzi o styl? Czy pamięta pan, jak Rajskiemu w chwilach zadumy wzbiera w ustach różowa ciecz? Czy nie tak samo bohaterowie Pisiemskiego w chwilach wielkiego wzburzenia wewnętrznego pocierają sobie dłonią pierś?

– Tu pana mam. Czy nie czytał pan właśnie u Pisiemskiego, jak lokaje w przedpokoju podczas balu przerzucają się brudnym, straszliwie zdeptanym pluszowym damskim bucikiem? No właśnie. A w ogóle, skoro zeszliśmy już do tego drugiego garnituru... Co pan na przykład sądzi o Leskowie?

– No, cóż... Zdarzają mu się w składni zabawne anglicyzmy, jak choćby „rzecz była zła" zamiast „sprawy wyglądały źle". No i różne tam wymyślne słówka... – nie, proszę mi wybaczyć, wcale mnie to nie śmieszy. A wielosłowie... Mój Boże: *Soborian* można byłoby bez uszczerbku skrócić do rozmiarów dwóch gazetowych odcinków. I nie wiem, co jest gorsze, czy jego cnotliwi Brytyjczycy, czy cnotliwi popi.

– A jednak. Galilejskie widmo, chłodne i spokojne, w długiej szacie koloru na wpół dojrzałej śliwki? Albo rozdziawiony psi pysk, wewnątrz sinawy, jakby naoliwiony? Albo błyskawica w nocy tak rozświetlająca pokój, że widać osad magnezji na srebrnej łyżce?

– Zauważyłem, że ma on łacińskie poczucie błękitu: to *lividus*. Lew Tołstoj – ten skłaniał się raczej do fioletu – i co za rozkosz razem z gawronami przejść się boso po zoranej ziemi. Oczywiście że nie powinienem był ich kupować.

– Ma pan rację. Cisną okropnie. Ale przeszliśmy do pierwszej gildii. Czy nie znajdzie pan tam słabych rzeczy? *Rusałka*.

– Proszę nie tykać Puszkina: to złoty skarbiec naszej kultury. O tam, w koszyku Czechowa, starczy prowiantu na wiele lat naprzód, jest i skomlący szczeniak, i flaszka krymskiego wina.

– Niech pan zaczeka. Cofnijmy się do dziadków. Gogol? Myślę, że weźmiemy go w całości. Turgieniew? Dostojewski?

– Przeistoczenie Bedlamu w Betlejem – to jest, proszę pana, Dostojewski. „Z zastrzeżeniem", jak to ujmuje Mortus. W *Braciach Karamazow* jest na ogrodowym stole okrągły ślad po mokrym kieliszku – i to, jeśli przyjąć pański punkt widzenia, warto zachować.

– Czyżby więc u Turgieniewa było wszystko w porządku? Niech pan sobie przypomni to głupie *tête-à-tête* wśród akacji. Wrzaski i nerwy Bazarowa? Jego zupełnie nieprzekonująca krzątanina przy żabach? A w ogóle nie wiem, czy wytrzymuje pan szczególną intonację Turgieniewowskiego wielokropka i minoderyjne zakończenia rozdziałów. Może wybaczymy mu to wszystko w zamian za szary połysk czarnych jedwabi, za ruskie polegiwanie niektórych fraz?

– Mój ojciec wynajdywał u niego i Tołstoja skandaliczne błędy w opisach przyrody, a o Aksakowie, mawiał, nie ma co nawet gadać – to po prostu wstyd i obraza boska.

– Może, skoro uprzątnęliśmy nieboszczyków, zabierzemy się do poetów? Jak pan sądzi? À propos nieboszczyków. Czy nigdy nie przyszło panu do głowy, że u Lermontowa strasznie śmieszny jest ten „znajomy trup", bo chciał on przecież powiedzieć „trup znajomego" – przecież inaczej nie można tego zrozumieć: kontekst nie uzasadnia pośmiertnej znajomości.

– U mnie ostatnio coraz częściej nocuje Tiutczew.

– To sympatyczny współlokator. A co pan sądzi o jambie Niekrasowa – nie kusi to pana?

– A jakże. Niechże usłyszę to łkanie w głosie! Zdaje się, że daktyliczny rytm z nadmiaru uczuć sam mu wyśpiewałem – podobnie jak gitarzyści biorą szczególny, przeciągły pasaż. U Feta tego nie ma.

– Myślę, że ukryta słabość Feta – jego racjonalizm i uwydatnianie przeciwieństw – nie uszła pana uwagi?

– Nasi społecznie usposobieni durnie rozumieli go inaczej. Nie, przebaczam mu wszystko za „rozdźwięczało się w zmroczniałej łące", za „rosę szczęścia", za „poruszającego skrzydłami motyla".

– Przechodzimy do następnego stulecia: proszę uważać, tu jest stopień. Obaj wcześnie straciliśmy głowę dla wierszy, prawda? Proszę mi przypomnieć, jak to było! „Jak drżą leciutko chmur obrzeża"... Mój Boże...

– Albo oświetlone z drugiej strony „obłoki niezwykłej słodyczy". O, tutaj grymasy byłyby czymś niewybaczalnym. Moja ówczesna świadomość przyjmowała z zachwytem, wdzięcznością, w całości i bez krytycznych zapędów wszystkich pięciu na literę „B" – pięć zmysłów nowej poezji rosyjskiej.

– Ciekawe, któremu przyznaje pan smak. Tak tak, wiem, że są aforyzmy, które, podobnie jak samoloty, utrzymują się w powietrzu dopóty, dopóki są w ruchu. Ale mówiliśmy o początkach... Od czego się to u pana zaczęło?

– Od objawienia alfabetu. Przepraszam, to brzmi przesadnie, ale idzie o to, że od dzieciństwa mam niezwykle silne i precyzyjne *audition colorée*.

– Więc i pan mógłby...

– Tak, ale z odcieniami, które mu się nawet nie śniły – i nie sonet, ale gruby tom. Na przykład dużo rozmaitych „a" w czterech językach, które znam, widzę niemal w tak wielu odcieniach – od połyskliwie czarnych do szorstkawoszarych – ile ma ich drewno do snycerki. Polecam panu moje różowe flanelowe „m". Nie wiem, czy zwrócił pan kiedyś uwagę na watę, którą u Majkowa wyjmowano z ram okiennych? Taka właśnie jest litera „y", tak brudna, że słowa ze wstydu nie zaczynają się od niej. Gdybym miał pod ręką farby, tak bym zmieszał tu panu sjenę paloną z sepią, że uzyskałbym kolor gutaperkowego „cz", i oceniłby pan też zapewne moje połyskliwe „s", gdybym mógł zsypać panu w dłoń jasne szafiry, których dotykałem jako drżące i nic nierozumiejące dziecko, kiedy moja matka w balowej sukni, głośno szlochając, wysypywała swoje niebiańskie klejnoty z otchłani na dłoń, ze szkatułek na aksamit i nagle wszystkie je z powrotem zamykała, i nie jechała nigdzie, nie bacząc na gniewne już namowy swego brata, który chodził po pokojach, rozdając szczutki meblom i wzruszając epoletami, kiedy zaś w bocznym oknie odsunęło się zasłonę, można było zobaczyć w granatowej czerni nocy wzdłuż ciągnących się nabrzeżem fasad zdumiewająco nieruchome, groźne, diamentowe monogramy i kolorowe wieńce...

– Słowem, *Buchstaben von Feuer*... Tak. Znam to na pamięć. Jeśli pan chce, dokończę tę banalną i wzruszającą opowieść. O tym, jak się pan upajał pierwszymi wierszami, które wpadły panu w ręce. Jak mając dziesięć lat, pisał pan dramaty, a piętnaście – elegie, wszystkie zaś o zachodach, zmierzchach... „Powoli między pijakami przechodząc...”*. À propos, kim ona właściwie była?

– Młodą zamężną kobietą. Trwało to niecałe dwa lata, aż do ucieczki z Rosji. Była taka ładna, taka miła – wie pan, duże oczy i trochę za szczupłe ręce – że aż do dziś jestem jej wierny. Od wierszy żądała tylko „Hejwoźnicopoganiajswekonie”, uwielbiała grać w pokera, a umarła na tyfus plamisty, Bóg wie gdzie i jak...

– A co będzie teraz? Czy sądzi pan, że warto ciągnąć to dalej?

– Ależ oczywiście. Aż do końca. Teraz na przykład też jestem szczęśliwy, choć haniebnie bolą mnie nogi. Prawdę rzekłszy, znów naszedł mnie ten ruch, niepokój... Znów będę przez całą noc...

– Niech pan pokaże. Zobaczmy, jak to się staje: z poczerniałego promu tym skroś (wiecznie?) cicho padający śnieg (w ciemności, w niezamarzłą wodę pionowo padający śnieg) w letejską (swojską tak?) pogodę, tym właśnie stąpnę na ów brzeg. Niech pan tylko nie zmarnuje wzruszenia.

– To nic... No i jakże, niech pan powie, nie czuć się szczęśliwym, kiedy czoło aż płonie...

– ... jak od nadmiaru octu w sałatce jarzynowej. Wie pan, o czym pomyślałem? Przecież rzeka jest właściwie Styksem. No dobra. Dalej. Gdy prom przybija, Charon z brzegu, u drąga nawilgłego (wygiętego)...

---

* *Nieznajoma* Aleksandra Błoka. Przełożył Mieczysław Jastrun (przyp. tłum.).

– Wolno się prom obraca. Czarno... Do domu. Prędzej do domu. Chcę dzisiaj składać to z piórem w ręku. Co za księżyc, jak pachnie spoza tych kutych ogrodzeń liśćmi i ziemią!

– Tak. Szkoda, że nikt nie podsłuchał olśniewającej rozmowy, którą chciałbym z panem odbyć.

– Nic nie pójdzie na marne. Nawet się cieszę, że tak wyszło. Co to kogo obchodzi, że rozstaliśmy się na pierwszym rogu i że to ja sam ze sobą prowadzę wymyślony dialog według samouczka natchnienia.

Rozdział drugi

Polatywał jeszcze deszcz, a już z nieuchwytną raptownością anioła spłynęła tęcza: różowo-zielona, z fiołkowym nalotem na wewnętrznym skraju, dziwiąc się samej sobie, zawisła nad skoszonym polem, nad i przed dalekim laskiem, którego rozedrgany fragment przeświecał przez nią. Rzadkie strzały deszczu, który utracił regularność, ciężar i szumność, bez ładu, każda sobie, rozbłyskiwały w słońcu. W umytym niebie, połyskując wszystkimi detalami niesłychanie skomplikowanego urzeźbienia, rozrastał się upajająco biały obłok.

„No i przeleciał" – powiedział półgłosem i wyszedł spod osłony osik, które stłoczyły się tam, gdzie tłusta, gliniasta „powiatowa" (cóż za wybój sterczał z tej nazwy!) droga schodziła do parowu, zebrawszy w tym miejscu wszystkie koleiny w wydłużony rowek, napełniony po brzegi gęstą kawą ze śmietanką.

O moja miła! Próbko elizejskich barw! Pewnego razu, na wyżynie Ordos, ojciec, wspinając się po burzy na pagórek, wszedł przypadkiem w podstawę tęczy – niezwykle rzadki wypadek! – i znalazł się w barwistym powietrzu, w rozmigotanym, rajskim świetle. Postąpił o krok – i wyszedł z raju.

Bladła już. Deszcz ustał zupełnie, przypiekało słońce, na rękawie usiadł mu bąk o jedwabistych oczach. W zagajniku zakukała kukułka, bezmyślnie, trochę pytająco: dźwięk wzdymał się, tworząc banieczkę, potem następną, nie rozwiązując frazy. Biedny, tłusty ptak przefrunął zapewne gdzieś dalej, wszystko bowiem powtórzyło się od początku w pomniejszonym jakby odbiciu (czy szukał miejsca, gdzie zabrzmi to ładniej, smutniej?). Ogromny, o płasko rozpostartych skrzydłach motyl, granatowoczarny z białą przewiązką, opisał nadnaturalnie płynny łuk, sfrunął na wilgotną ziemię i złożył skrzydła – a więc znikł. Takiego motyla przynosi czasem zasmarkany wiejski chłopak, obydwiema dłońmi zaciskając go w czapce. Taki wzlatuje spod stukających drobno kopyt posłusznego lekarskiego konika, gdy pan doktor, trzymając na kolanach niepotrzebne niemal lejce, a nawet zaczepiwszy je o przodek, w zamyśleniu jedzie zacienioną drogą do szpitala. Z rzadka zaś cztery czarno-białe skrzydła o ceglastym podbiciu znajduje się na leśnej ścieżce rozsypane niczym karty do gry; resztę zjadł niewiadomy ptak.

Przeskoczył kałuże, gdzie dwa żuki gnojaki, nawzajem sobie przeszkadzając, czepiały się słomki, i na skraju drogi zostawił odcisk buta: wieloznaczny ślad stopy, spoglądający wciąż w górę, wciąż śledzący człowieka, który znikł. Idąc polem, sam pod fantazyjnie płynącymi chmurami, przypomniał sobie, jak z pierwszymi papierosami w pierwszej papierośnicy podszedł tu do starego kosiarza i poprosił o ogień. Chłop wyjął zza chudej pazuchy pudełko zapałek i podał mu je bez uśmiechu – wiał jednak wiatr, zapałki, ledwie zapłonąwszy, gasły jedna po drugiej, i po każdej następnej było mu coraz bardziej wstyd, kosiarz zaś spoglądał z jakimś bezosobowym zaciekawieniem na skwapliwe palce rozrzutnego panicza.

Wszedł do lasku; dróżka prowadziła przez mostki, czarne, śliskie, oblepione rdzawymi baziami i listkami. Któż to upuścił surojadkę, która stłukła sobie biały wachlarzyk? Nagle rozległo się nawoływanie: dziewczynki zbierały grzyby, czarne jagody, które w koszu wydawały się o wiele ciemniejsze niż na krzaczkach. Pośród brzóz była jedna od dawna znajoma – o podwójnym pniu, brzoza-lira, a obok niej stał stary słup z tabliczką, na której nie można było rozróżnić nic prócz śladów kul – kiedyś strzelał do niej z browninga angielski guwerner, też Browning, potem zaś ojciec wziął z jego ręki rewolwer, błyskawicznie go załadował i siedmioma kulami wystrzelał precyzyjnie literę K.

Opodal, na bagienku, kwitł po prostu podkolan, dalej trzeba było przeciąć jezdny trakt, i tu na prawo bielała już furtka i wejście do parku. Park bramowany był od zewnątrz paprociami, od wewnątrz bogato podbity wiciokrzewem i jaśminem, tu przymroczony igliwiem świerków, tam rozświetlony listowiem brzóz, ogromny, gęsty, o wielu ścieżkach, związany w doskonałą całość dzięki równowadze słońca i cieni, które od nocy do nocy tworzyły przemienną, ale w swej przemienności tylko jemu właściwą harmonię. Jeśli w alei, pod stopami, falowały pierścienie gorącego światła, to w oddali nieodmiennie przebiegało poprzeczne, szerokie, aksamitne pasmo, za nim widniało oranżowe sito, dalej zaś, już zupełnie w głębi, trwała gęsta, żywa czerń, która, gdy ją malowano, zadowalała oko akwarelisty jedynie dopóty, dopóki farby nie wyschły, aby więc utrzymać piękno – w jednej chwili umierające – należało nakładać warstwę na warstwę. Wszystkie ścieżki prowadziły do domu wbrew jednak zasadom geometrii, najbliższą drogą wydawała się nie prosta aleja, smukła i wypielęgnowana, o wrażliwym cieniu (jakby była ślepa i wstawała na twoje spotkanie, by nim jak rękami obmacać ci twarz), eksplodująca szmaragdowym słońcem na krańcu, lecz każda z sąsiednich, krętych i nieplewionych. Szedł ku niewidocznemu jeszcze domowi swoją ulubioną ścieżką obok ławki, na której wedle ustalonej już tradycji siadywali rodzice w przededniu każdej wyprawy ojca: ojciec siedział, rozstawiwszy kolana i obracał w dłoniach okulary lub goździk; głowę w kanotierze zsuniętym z czoła trzymał opuszczoną i milczał z odrobinę kpiącym uśmiechem wokół przymrużonych oczu i w kącikach miękkich warg, skąd wyrastała bródka; matka mówiła coś do niego z boku, z dołu, spod dużego, kołyszącego się kapelusza, lub końcem parasolki wydłubywała z chrzęstem dołki w cierpliwym piasku. Minął głaz, porośnięty małymi jarzębinkami, które się na niego wdrapały (jedna się odwróciła, żeby podać rękę najmniejszej), trawiastą polankę, co za czasów dziadka była małym stawem, niskie świerczki; te zimą, pod brzemieniem śniegu, robiły się całkiem okrągłe: śnieg padał prostopadle i powoli, mógł tak padać trzy dni, pięć miesięcy czy dziewięć lat. I oto już przed nim w nakrapianym białymi muszkami prześwicie zarysowywała się, coraz bliższa, mętna żółta plama, która nagle znalazłszy się w ognisku soczewki, drgnąwszy i okrzepłszy, przemieniła się w wagon tramwaju, i mokry śnieg zaczął sypać ukosem, oblepiając lewy bok szklanego słupka przystanku, asfalt jednak był nadal czarny i nagi, jakby ze swej istoty niezdolny przyjąć nic białego, a wśród migających w oczach, początkowo nawet jakby niezrozumiałych szyldów nad aptekami, składami materiałów piśmiennych i sklepami kolonialnymi jedna jedyna tylko nazwa mogła ostatecznie ujść za napisaną po rosyjsku:

Kakao – podczas gdy wszystko, ledwie przed chwilą odpomniane z tak obrazową wyrazistością (podejrzaną już z samej swej natury, tak jak jaskrawe barwy snu o niewłaściwej porze dnia albo po środkach nasennych), blakło, rozsypywało się, rozpraszało i jeśli się człowiek obejrzał, to – niczym w bajce, gdy za plecami tego, kto wchodzi po schodach, nikną stopnie – wszystko zapadało się i ginęło – pożegnalny ordynek drzew, stojących niby ci, co odprowadzają, i już umykających w dali, wypełzły w praniu strzępek tęczy, ścieżka, po której pozostała tylko pamięć płynnego zakrętu, trójskrzydły, pozbawiony tułowia motyl na szpilce, goździk na piasku w cieniu ławki – i jeszcze jakieś ostatnie, trwalsze detale. W następnej chwili jednak wszystko to bez walki ustąpiło Fiodora Konstantinowicza jego własnej teraźniejszości, on zaś ze wspomnienia (nagłego i szalonego, niczym atak śmiertelnej choroby dopadający człowieka w pierwszej lepszej chwili i na pierwszym lepszym rogu) prosto z rajskiej oranżerii przeszłości przesiadł się najzwyczajniej do berlińskiego tramwaju.

Jechał na lekcję, spóźniał się jak zawsze, i jak zawsze narastała w nim mętna, obrzydliwa, przytłaczająca nienawiść do ociężałej powolności tego najbardziej tępego ze wszystkich sposobów przemieszczania się, do beznadziejnie znanych, beznadziejnie brzydkich ulic, przesuwających się za mokrą szybą, a przede wszystkim do nóg, tułowi, potylic tutejszych pasażerów. Rozsądek mówił mu, że są wśród nich, być może, istoty prawdziwie ludzkie, doświadczające bezinteresownych uczuć, czystych smutków, obdarzone nawet przebijającymi przez teraźniejszość wspomnieniami – wydawało mu się jednak z jakiegoś powodu, że wszystkie te prześlizgujące się po nim chłodne źrenice co popatrywałyby na niego tak, jakby przewoził bezprawnie przywłaszczony skarb (tak istotnie było), należą wyłącznie do ohydnych kumoch i paskudnych handlarzy. Panująca wśród Rosjan opinia, że w małej liczbie Niemcy są trywialni, a w dużej trywialni nie do zniesienia, była, o czym wiedział, osądem niegodnym artysty, a jednak ciarki go przechodziły; jedynie ponury konduktor o spojrzeniu osaczonego zwierzęcia, z plastrem na palcu, w wieczystym udręczeniu próbujący zachować równowagę, by mimo spazmatycznych szarpnięć wagonu przecisnąć się wśród stłoczonych jak bydło stojących ludzi, wydawał mu się jeśli nie człowiekiem, to przynajmniej ubogim krewnym człowieka. Na drugim przystanku przed Fiodorem Konstantinowiczem zajął miejsce szczupły mężczyzna w kurtce z kołnierzem z lisa, zielonym kapeluszu i zniszczonych getrach – siadając, potrącił go kolanem i kantem grubej teczki ze skórzaną rączką, przemieniając tym samym jego irytację w jakąś rozjarzoną wściekłość: Fiodor Konstantinowicz, spojrzawszy uważnie na siedzącego, odczytawszy jego rysy, błyskawicznie skupił na nim całą swą grzeszną nienawiść (do żałosnego, ubogiego, ginącego narodu) i wiedział dokładnie, za co go nienawidzi: za niskie czoło, za blade oczy; za *Vollmilch* i *Extrastark* – bo to dawało wyraźnie do zrozumienia, że legalnie istnieje też coś rozwodnionego i podrobionego; za poliszynelową elegancję ruchów, za grożenie dzieciom palcem, nie tak jak u nas wzniesionym na znak przypomnienia Sądu na niebiosach, lecz stanowiącym symbol kija, którym się wymachuje: za paluch, a nie palec, za upodobanie do ogrodzenia, szeregu, zrównania; za kult biura; za to, że jeśli wsłuchać się, co takiemu gada w duszy (albo w dowolną rozmowę na ulicy), usłyszy się z pewnością liczby (znów pieniądze!); za ciężki, toporny humor i łechotliwy śmiech; za rozległe tyłki zarówno mężczyzn, jak i kobiet – nawet jeśli taki osobnik nie jest w pozostałych miejscach otyły; za niebrzydzenie się niczym; za pozory czystości

– lśnienie garnków w kuchni i barbarzyński brud w łazienkach; za skłonność do drobnych świństw, za akuratność w tych świństwach, za obrzydliwą gumkę starannie wciśniętą za ogrodzenie skweru; za kota sąsiada, z zemsty na właścicielu przebitego na wylot drutem, zręcznie na końcu zakrzywionym; za okrucieństwo we wszystkim, zadowolone z siebie, bo uznane za oczywiste; za niezwykłą, pełną entuzjazmu usłużność, z jaką pięciu naraz przechodniów pomaga ci zbierać rozsypane grosiwo; za... Żarliwie nizał punkty oskarżenia, patrząc na siedzącego naprzeciw jegomościa – dopóki tamten nie wyjął numeru „Gazety" Wasiljewa z obojętnym kaszlnięciem, pobrzmiewającym rosyjską intonacją.

„A to dobre" – pomyślał w zachwycie Fiodor Konstantinowicz, niemal się uśmiechając. Jakie mądre, przemyślne, chytre i w gruncie rzeczy dobre jest życie! W rysach czytającego gazetę dostrzegał rodzimą łagodność – zmarszczki biegnące od oczu, duże nozdrza, z rosyjska przystrzyżone wąsy – od razu też aż rozśmieszająca i niepojęta stała się jego własna omyłka. Myśli podczas tego niespodziewanego popasu nabrały rześkości i popłynęły już inaczej. Uczeń, do którego jechał, niewykształcony, ale ciekawy wszystkiego stary Żyd, jeszcze w zeszłym roku zapragnął raptem nauczyć się „gawędzić po francusku", co wydawało się staremu człowiekowi i łatwiejsze do osiągnięcia, i bardziej stosowne dla jego lat, charakteru i doświadczenia życiowego niż studiowanie oschłej gramatyki: „ci hrabiowie przepłynęli te rzeki". Na początku każdej lekcji, nieodmiennie, stękając i mieszając mnóstwo rosyjskich i niemieckich słów ze szczyptą zaledwie francuskich, opowiadał, jaki jest zmęczony po całym dniu pracy (kierował dużą fabryką papieru), i od tych przewlekłych utyskiwań przechodził, wpadając nagle z głową w beznadziejne

105

ciemności, do omawiania – po francusku! – polityki międzynarodowej, przy czym żądał cudu: żeby te wszystkie dziwaczne, zawiłe, przytłaczające niby kamienie przewożone po rozmokłej drodze wypadki przemieniły się naraz w przejrzystą koronkę słów. Pozbawiony całkowicie zdolności zapamiętywania wyrazów (i lubiący rozprawiać o tym nie jak o wadzie, lecz jak o interesującej właściwości swojej natury), nie tylko nie czynił żadnych postępów, lecz w ciągu roku nauki zdążył nawet zapomnieć tych kilka francuskich zwrotów, które znał na początku; stary łudził się, że na ich fundamencie zbuduje w ciągu trzech czy czterech wieczorów własny, lekki, żywy, przenośny Paryż. Niestety, czas biegł, nie przynosząc rezultatów, dowodząc daremności wysiłku i niedościgłości marzenia – uczeń trafił zresztą na niedoświadczonego nauczyciela, który gubił się całkowicie, gdy nieszczęsny fabrykant pragnął niezwłocznej informacji (na przykład jak po francusku jest „niedoprzęd"), z której zresztą natychmiast najdelikatniej rezygnował, i obaj popadali w chwilowe zakłopotanie, niby w staroświeckiej sielance młodzieniec i panna, gdy się niechcący dotknęli. Sytuacja powoli stawała się nieznośna. Uczeń z coraz większą udręką tłumaczył się przemęczeniem umysłowym i coraz częściej odwoływał lekcje (o niebiański głosie jego sekretarki w telefonie – melodio szczęścia!). Fiodorowi Konstantinowiczowi wydawało się zatem, że fabrykant uznał wreszcie, iż wybrał niewłaściwego nauczyciela, z litości jednak dla jego wysłużonych spodni przedłuża i będzie przedłużał po grób tę wzajemną torturę.

Również teraz, siedząc w tramwaju, z niezwykłą wyrazistością ujrzał, jak za siedem czy osiem minut wejdzie do znajomego, z berlińskim bestialskim przepychem umeblowanego gabinetu, zasiądzie w głębokim skórzanym fotelu przy niskim metalowym stoliku z otwartą (dla niego) szklaną, napełnioną papierosami szkatułką i lampą w kształcie globusa, zapali, z udaną dziarskością założy nogę na nogę i napotka oczyma pełne słabości, pokorne spojrzenie beznadziejnie tępego ucznia; tak żywo usłyszał jego westchnienie i niezniszczalne „nu, uj", którymi tamten przetykał swoje odpowiedzi, że niemiłe uczucie, iż się spóźni, zmieniło się w duszy Fiodora Konstantinowicza w stanowcze i jakieś radośnie bezczelne postanowienie – nie pojawi się w ogóle na lekcji, nie wysiądzie z tramwaju na następnym przystanku i wróci do domu, do niedoczytanej książki, do ponadpowszednich trosk, do owej błogiej, rozkosznej mgły, pośród której płynie jego prawdziwe życie, do trudnego, pełnego radości, zbożnego wysiłku, któremu poświęcał się od mniej więcej roku. Wiedział, że otrzymałby dziś zapłatę za kilka lekcji, wiedział, że bez tych pieniędzy trzeba będzie znów pożyczać na papierosy i obiady, całkowicie się jednak z tym godził w imię owego czynnego lenistwa (w tym połączeniu zawiera się wszystko), w imię wzniosłych wagarów, na które sobie przyzwalał. Przyzwalał nie po raz pierwszy. Nieśmiały i surowy, zawsze dążący pod górę, tracący wszystkie siły na tropienie niezliczonych, przebłyskujących w nim istnień, jakby się to działo o świcie w mitycznym gaju, nie potrafił już zmusić się do obcowania z ludźmi dla zarobku albo rozrywki, i dlatego pozostawał ubogi i samotny. I jakby na przekór losowi, który uczynił zeń piechura, miło było wspomnieć, jak to pewnego razu latem nie wybrał się na wieczór „w podmiejskiej willi" tylko dlatego, że Czernyszewscy uprzedzili go, iż będzie tam ktoś, „kto może być dla niego użyteczny", albo jak ubiegłej jesieni nie raczył skontaktować się z kancelarią adwokacką prowadzącą sprawy rozwodowe, gdzie potrzebowano tłumacza, ponieważ pisał akurat dramat wierszem i ponieważ adwokat, który naraił mu ten zarobek, był natrętny i głupi, ponieważ wreszcie zbyt długo rzecz odkładał i nie mógł się później zdecydować. Wyszedł na platformę wagonu. Wiatr natychmiast zrewidował go brutalnie, więc Fiodor Konstantinowicz mocniej zaciągnął pasek płaszcza, poprawił szalik – jednakże nieduży zasób tramwajowego ciepła został mu już odebrany. Śnieg przestał padać, a gdzie przepadł, nie wiadomo: pozostała tylko wszechobecna wilgoć, którą słychać było i w szeleście opon samochodowych, i w jakimś po świńsku przenikliwym, drażniącym słuch szlochu klaksonów, i w mroku dnia dygocącego z zimna, smutku, obrzydzenia do samego siebie, i w osobliwym, żółtym odcieniu oświetlonych już okien wystawowych, w odbiciach, odblaskach, przepływie świateł – w całej tej bolesnej niestałości światła elektrycznego. Tramwaj wjechał na plac i zahamował, zatrzymując się z wysiłkiem, ale zatrzymał się niejako wstępnie, gdyż na przedzie, przy murowanej wysepce, gdzie przypuszczali do niego szturm stłoczeni ludzie, uwięzły dwa inne numery, oba z przyczepnymi wagonami – w tym przymusowym postoju też odbijała się jakby zgubna niedoskonałość świata, w którym Fiodor Konstantinowicz wciąż jeszcze trwał. Nie mógł już dłużej wytrzymać, wyskoczył i ruszył przez śliski plac ku innej linii tramwajowej, którą oszukańczym sposobem mógł wrócić do swojej dzielnicy z tym samym biletem – ważnym na jedną przesiadkę, ale nie na drogę powrotną; jednakże rzetelne, urzędowe rachuby, że pasażer będzie jechał w jednym tylko kierunku, zawodziły w pewnych wypadkach, bowiem znając trasę, można było bezpośrednią marszrutę przemienić w łuk, wygięty ku punktowi wyjścia. Ten przemyślny system (przynoszący miłą satysfakcję z powodu pewnego specyficznie niemieckiego błędu

w rozplanowaniu linii tramwajowych) Fiodor Konstantinowicz stosował chętnie, jednak przez roztargnienie, przez
to, że nie potrafił długo cieszyć się przewidywaną korzyś-
cią, myśląc już o czym innym, często machinalnie płacił na
nowo za bilet, na którym zamierzał oszczędzić. A jednak
oszukaństwo kwitło, i to nie on, ale zarząd komunikacji
miejskiej ponosił straty – w dodatku na o wiele, wiele
większą sumę (nord-ekspresową!), niż można się było
spodziewać; Fiodor Konstantinowicz przeciął plac, skręcił
w boczną ulicę i ruszył ku przystankowi tramwajowemu
przez niewielki na pierwszy rzut oka zagajnik choinek,
które zgromadzono tu na sprzedaż przed niedalekim już
Bożym Narodzeniem: między drzewkami powstało coś na
kształt alejki; wymachując ręką w takt kroków, końcami
palców muskał mokrą świerczynę; wkrótce jednak alejka
rozszerzyła się, buchnęło słońce, a on wyszedł na środek
ogrodu, gdzie na miękkim, czerwonym piasku można było
rozróżnić znaki letniego dnia: ślady psich łap, paciorkowe
odbicia łapek pliszki, dunlopowską koleinę roweru Tani,
faliście rozdwojoną przy skręcie, i zagłębienie po obcasie,
tam gdzie lekkim, pewnym ruchem – ćwierć piruetu
– zsunęła się z siodełka na bok i od razu ruszyła, trzymając
rower za kierownicę. Stary drewniany dom jak z bożonaro-
dzeniowych opowiastek, pomalowany na bladozielony
kolor, z zielonymi rynnami i rzeźbionym okapem, z wysokim murowanym fundamentem (gdzie w szarej zaprawie
zwidywały się okrągłe różowe zady zamurowanych koni),
duży, krzepki i niezwykle wyrazisty dom z balkonami na
wysokości lipowych gałęzi i oszklonymi werandami (tu
i ówdzie ozdobna, drogocenna szybka), oblatywany przez
jaskółki, sunął mu na spotkanie, szybując na markizach,
kreśląc coś odgromnikiem na niebie i na otwierających
w nieskończoność ramiona jaskrawobiałych obłokach. Na

kamiennych stopniach sterczącej niby nos środkowej werandy, oświetlonej bijącym wprost na nią słońcem siedzą: ojciec, najwyraźniej po kąpieli, z głową owiniętą w turban włochatego ręcznika, tak że nie widać – a jakżeby chciał! – ciemnych, krótko strzyżonych, siwiejących gdzieniegdzie włosów; matka, cała w bieli, spoglądająca wprost przed siebie i dziwnie młodzieńczym ruchem obejmująca rękami kolana; obok nich Tania w luźnej bluzce, z czarnym warkoczem przerzuconym na pierś, z równym przedziałkiem na pochylonej głowie i z jamnikiem na ręku uśmiechającym się z gorąca od ucha do ucha; wyżej – Iwonna Iwanowna, która nie wiadomo dlaczego źle wyszła, rysy ma zatarte, widać jednak dobrze cienką talię, żakiecik, łańcuszek zegarka; poniżej, zwrócony bokiem, na wpół leży z głową wspartą na kolanach krągłolicej panny (kokardki, aksamitka) uczący Tanię muzyki brat ojca, tęgi lekarz wojskowy, kpiarz i przystojniś, jeszcze niżej dwaj skwaszeni, spode łba patrzący gimnazjaliści, cioteczni bracia Fiodora: jeden w kaszkiecie, drugi z gołą głową – ten bez czapki zginął w siedem lat później pod Melitopolem; bardzo nisko, już na piasku, widać samego Fiodora, takiego, jakim był wówczas – mało zresztą od tamtej pory zmienionego: jest białozęby, czarnobrewy, krótko ostrzyżony, w rozpiętej pod szyją koszuli. Nie pamiętał, kto robił wtedy zdjęcie, jednakże ta migawkowa fotografia, wyblakła, nienadająca się nawet do zreprodukowania i w ogóle mało znacząca (ileż było o wiele lepszych!) jedna jedyna cudem ocalała i stała się bezcenna, dojechawszy do Paryża w rzeczach matki, która na ubiegłe Boże Narodzenie przywiozła mu ją do Berlina – teraz bowiem, wybierając coś na prezent dla syna, kierowała się już nie tym, co najtrudniej zdobyć, lecz tym, z czym najtrudniej się rozstać.

Wówczas, po trzech latach rozłąki, przyjechała do niego na dwa tygodnie i w pierwszej chwili, kiedy upudrowana do śmiertelnej bladości, w czarnych rękawiczkach i czarnych pończochach, w rozpiętym starym foczym futerku, zeszła z żelaznych stopni wagonu, rzucając na przemian szybkie spojrzenia to pod nogi, to na syna, nagle, z twarzą wykrzywioną udręką szczęścia, przypadła do Fiodora z jękiem błogości. Całowała go na oślep, w ucho, w szyję – a jemu się wydało, że jej uroda, z której był tak dumny, spłowiała, w miarę jednak jak jego wzrok przystosowywał się do zmierzchu teraźniejszości, rozpoznawał w matce znów wszystko, co kochał: czysty owal twarzy, zwężającej się ku podbródkowi, zmienny blask zielonych, brązowych, żółtych cudownych oczu pod aksamitnymi brwiami, lekki, wydłużony krok, zachłanność, z jaką w taksówce zapaliła papierosa, bystre spojrzenie – nie oślepiło więc jej wzruszenie spotkania, choć każda inna na jej miejscu by oślepła – którym zarejestrowała, podobnie jak on, groteskową scenkę: motocyklista z całym spokojem wiózł w małej przyczepie popiersie Wagnera; kiedy zbliżyli się już do domu, dawne światło dogoniło światło dzisiejsze, przesyciło je do ostatnich granic chłonności, i wszystko stało się takie, jakim bywało również tu, w Berlinie, przed trzema laty, jakim bywało kiedyś, w Rosji, jakim bywało i będzie zawsze.

U Frau Stoboy znalazł się wolny pokój i tam, od razu pierwszego wieczoru (otwarty neseser, na marmurze umywalki zdjęte pierścionki), leżąc na kanapie i z niesłychaną szybkością zajadając rodzynki, bez których nie mogła przeżyć ani dnia, zaczęła mówić o tym, ku czemu już dziewiąty rok nieustannie powracała; powtarzała znów – mętnie, smutno, wstydliwie, odwracając wzrok, jakby przyznawała się do jakiejś potwornej tajemnicy, że coraz mocniej wierzy, iż ojciec Fiodora żyje, jej żałoba jest nonsensem, że niejasnej wieści o jego śmierci nikt nigdy nie potwierdził, że on na pewno tkwi gdzieś w Tybecie, w Chinach, w niewoli, w więzieniu, w jakimś rozpaczliwym wirze kłopotów i nieszczęść, że wraca do zdrowia po długiej, bardzo długiej chorobie – i nagle, z hałasem otwarłszy drzwi, przytupnąwszy w progu, wejdzie. Od tych słów jeszcze bardziej niż dawniej robiło się Fiodorowi i dobrze, i straszno. Przywykł mimo woli przez te wszystkie lata uważać ojca za zmarłego, wyczuwał więc w możliwości jego powrotu jakąś grozę. Czy wolno sądzić, iż życie może dokonać nie po prostu cudu, lecz cudu pozbawionego w ogóle (to warunek konieczny, inaczej rzecz byłaby nie do zniesienia) bodaj cienia nadnaturalności? Cudowność tego powrotu zawierałaby się w jego ziemskiej naturze, w możliwości jego racjonalizacji, w niezwłocznym usytuowaniu nieprawdopodobnego zdarzenia pośród konwencjonalnych, zrozumiałych związków powszedniości; im bardziej jednak z latami narastało pragnienie takiej naturalności, tym życiu trudniej było mu sprostać – teraz zaś straszne było wyobrazić sobie nie po prostu widmo, lecz widmo, które nie wzbudzałoby strachu. Bywały dni, gdy Fiodorowi wydawało się, że nagle na ulicy (są w Berlinie takie zaułki, gdzie o zmroku dusza jakby się rozpływa) podejdzie do niego, niczym w bajce, siedemdziesięcioletni starzec, nędzarz w łachmanach, mrugnie i powie, jak mawiał niegdyś: witaj, o synu! Ojciec często zjawiał mu się we śnie: zawsze wracał z jakiejś straszliwej katorgi, zniósł tortury, o których zakazano mu mówić, przebrał się już w czystą bieliznę – o ciele, które ona okrywa, nie wolno myśleć – i z nigdy dawniej nieznaną u niego miną, nieprzyjemną, zagadkową, chmurną, spocony, z odsłoniętymi w lekkim grymasie zębami, siedzi w kręgu przycichłej rodziny. Gdy zaś, przemagając poczucie fałszu zawarte w samym stylu, który narzucony został losowi, zmuszał się mimo wszystko, by wyobrazić sobie przyjazd żywego ojca, postarzałego, ale najniewątpliwiej bliskiego, a także najbardziej przekonujące, rzeczowe wyjaśnienie jego milczącej nieobecności – ogarniało go nie szczęście, ale mdły strach, który jednak, gdy odsuwał to spotkanie poza granice życia, znikał natychmiast i ustępował miejsca poczuciu pełnej harmonii.

Z drugiej jednak strony zdarza się, że przez długi czas zapowiada się wielkie powodzenie, w które najpierw człowiek nie wierzy, bo tak niepodobne jest do innych darów losu, a jeśli czasem nawet o nim myśli, to jakby czyniąc wyrozumiałe ustępstwo wobec fantazji: gdy jednak wreszcie pewnego najbardziej powszedniego dnia, kiedy wieje zachodni wiatr, nadchodzi wiadomość, zwyczajnie, błyskawicznie i ostatecznie niwecząca wszelką na owo powodzenie nadzieję, człowiek uświadamia sobie ze zdumieniem, że nie wierząc wprawdzie, żył nią cały czas; nie zdawał sobie sprawy z trwałej, zadomowionej obecności marzenia, które dawno dojrzało i usamodzielniło się, tak że już nie sposób wypchnąć je z życia, nie tworząc w nim wyrwy. Tak też Fiodor Konstantinowicz, wbrew rozsądkowi nie ważąc się pomyśleć o unicestwieniu starego marzenia o powrocie ojca, żył tym marzeniem, tajemnie upiększającym życie i wynoszącym je jakby nad poziom życia ludzi z jego otoczenia, dzięki czemu roztaczały się przed nim rozległe i niezwykłe widoki, takie jak wówczas, gdy jego – malca ojciec podnosił za łokcie, żeby mógł zobaczyć coś ciekawego za płotem.

Odświeżywszy pierwszego wieczoru nadzieję i przekonawszy się, że w synu ta nadzieja również trwa, Elżbieta Pawłowna już więcej słowem o niej nie wspomniała, lecz była ona jakby w domyśle obecna we wszystkich ich rozmowach, zwłaszcza że niezbyt wiele właściwie rozmawiali: zdarzało się często, że po kilku chwilach ożywionego milczenia Fiodor spostrzegał nagle, iż przez cały czas oboje doskonale wiedzieli, czego dotyczą dwa odrębne, jakby pod ziemią wygłaszane monologi, wydobywające się nagle na powierzchnię we wspólnym strumieniu, w zrozumiałym dla obojga słowie. Zdarzało się, że bawili się w taką oto grę: siedzieli obok siebie i w milczeniu wyobrażali sobie, że każde odbywa taki sam spacer po Leszynie: wychodzili z parku, szli ścieżką wzdłuż pola (na lewo za olszyną płynie rzeczka), przez zacieniony cmentarz, gdzie krzyże pokryte plamami słońca wyznaczały ramionami coś bardzo dużego i gdzie jakoś niezręcznie było zrywać maliny, dalej przez rzeczkę, znów pod górę, przez las, znów ku rzeczce, ku Pont des Vaches, i dalej przez sośniak po Chemin du Pendu – bliskie, nierażące ich rosyjskiego słuchu nazwy, wymyślone jeszcze wówczas, gdy ich dziadowie byli dziećmi. Nagle, wpośród tej bezgłośnej przechadzki, którą odbywały dwie myśli, posługując się zgodnie z regułami gry miarą ludzkiego kroku (choć w okamgnieniu mogli obiec wszystkie swe włości), oboje zatrzymywali się i mówili, gdzie się które znajduje, a gdy się okazywało – zdarzało się to często – że jedno nie wyprzedziło drugiego, zatrzymawszy się w tym samym lasku, matka i syn przez wspólną łzę uśmiechali się tym samym uśmiechem.

Bardzo szybko weszli znów w swój wewnętrzny rytm wspólnego życia, bo niewiele w nim było nowego; wszystko właściwie wiedzieli o sobie z listów. Ona dorzuciła jeszcze parę szczegółów na temat niedawnego ślubu Tani, która teraz z nieznanym Fiodorowi mężem, rzeczowym, spokojnym, bardzo uprzejmym i niczym szczególnym niewyróżniającym się panem, „pracującym gdzieś w radiu", wyjechała do Belgii; tam ma pozostać aż do stycznia, a gdy wrócą, ona zamieszka wraz z nimi w nowym mieszkaniu w ogromnym domu przy jednej z rogatek Paryża: chętnie wyprowadzi się z małego hoteliku, gdzie są ciemne, kręte schody i gdzie dotychczas mieszkały z Tanią w małym, lecz za to wielokątnym pokoju, całkowicie wchłoniętym przez lustro i nawiedzanym przez różnego kalibru pluskwy – od przejrzyście różowych maleństw po brązowe, twardopokrywe grubasy, żyjące całymi rodzinami to za ściennym kalendarzem z pejzażem Lewitana, to bliżej terenu działalności – za pazuchą podartych tapet, wprost nad dwuosobowym łóżkiem; ciesząc się jednak z przenosin, zarazem się ich obawiała; zięć nie przypadł jej do serca, był też jakiś fałsz w raźnym, ostentacyjnym uszczęśliwieniu Tani: „no cóż, rozumiesz, on jest niezupełnie z naszej sfery" – wycedziła pewnego razu przez zaciśnięte szczęki, ze spuszczonymi oczyma – nie była to jednak cała prawda, Fiodor zresztą wiedział już o tym innym mężczyźnie, którego Tania kochała i który jej nie kochał.

Wychodzili z domu dość często, Elżbieta Pawłowna, jak zwykle, jakby czegoś szukając, szybko omiatała świat polotnym spojrzeniem zmiennobarwnych oczu. Niemieckie święta okazały się dżdżyste, trotuary wydawały się dziurawe od kałuż, w oknach bezmyślnie płonęły świeczki choinek, gdzieniegdzie na rogu reklamowy Święty Mikołaj o głodnych oczach, ubrany w czerwony kożuch, rozdawał karteluszki. Jakiś łajdak wpadł na pomysł, żeby w witrynie domu towarowego pod gwiazdą betlejemską ustawić na sztucznym śniegu manekiny w strojach narciarskich. Któregoś dnia napotkali skromny komunistyczny pochód – po błocku, z mokrymi sztandarami, szli w nim przeważnie ludzie skrzywdzeni przez los, kulawi, garbaci, cherlawi, było sporo kobiet i kilku solidnych mieszczan. Oni wyprawili się wtedy, żeby odwiedzić dom i mieszkanie, gdzie we trójkę przeżyli dwa lata, lecz portier był już inny, dawny właściciel umarł, w znajomych oknach wisiały cudze firanki i nic jakoś nie wzbudziło w nich serdecznego odzewu. Byli w kinie, gdzie wyświetlano rosyjski film, w którym ze szczególnym szykiem serwowano winne grona potu spływającego z błyszczących twarzy robotników fabrycznych – fabrykant zaś przez cały czas palił cygaro. Fiodor zaprowadził też matkę, rzecz oczywista, do Aleksandry Jakowlewny.

Wizyta niezbyt się udała, Czernyszewska powitała gościa ze smutną serdecznością, wyraźnie akcentując, że nieszczęścia, których zaznały, łączą je mocno i od dawna; Elżbietę Pawłownę zaś interesowało najbardziej, co Czernyszewska sądzi o wierszach Fiodora i dlaczego nikt o nich nie pisze.

– Czy mogę panią ucałować? – zapytała Czernyszewska i już wspinała się na palce – była o głowę niższa od Elżbiety Pawłowny, która też pochyliła się ku niej z jakimś niewinnym i radosnym uśmiechem, niweczącym całkowicie sens objęć. – No cóż, trzeba to wytrzymać – powiedziała Aleksandra Jakowlewna, wyprowadzając ich na schody i osłaniając szyję skrajem angorowej chusty, w którą była zatulona. – Trzeba to wytrzymać – ja tak się tego wyuczyłam, że mogłabym udzielać lekcji znoszenia nieszczęścia, sądzę jednak, że pani też przeszła z powodzeniem tę szkołę.

– Wiesz – odezwała się Elżbieta Pawłowna, ostrożnie i lekko schodząc ze schodów i nie odwracając do syna pochylonej głowy – chyba po prostu kupię gilzy i tytoń, bo papierosy dla mnie są za drogie – i od razu dodała tym samym tonem: – Boże, jak mi jej żal!

Rzeczywiście, nad Aleksandrą Jakowlewną trudno się było nie użalić. Jej mąż już czwarty miesiąc zamknięty był w zakładzie dla ludzi o zaburzonej psychice, w „żółtawym domu"*, jak się sam filuternie wyrażał, gdy odzyskiwał na krótko jasność widzenia. Pewnego dnia, jeszcze w październiku, Fiodor Konstantinowicz odwiedził go tam. W praktycznie umeblowanym pokoju szpitalnym siedział tęższy, różowy, dokładnie wygolony i zupełnie obłąkany Aleksander Jakowlewicz w gumowych pantoflach i nieprzemakalnym płaszczu z kapturem. „Cóż to, czy pan umarł?" – brzmiało jego pierwsze pytanie; był w nim raczej odcień niezadowolenia niż zdziwienia. Jako „prezes towarzystwa do walki ze zjawiskami nadprzyrodzonymi" wymyślał wciąż różne sposoby nieprzepuszczania widm (lekarz, stosując nowy system logicznej akceptacji, nie sprzeciwiał się temu) i teraz, polegając najwidoczniej na innego rodzaju nieprzepuszczalności, wypróbowywał gumę, lecz wyniki, które dotychczas uzyskał, były raczej negatywne, gdy bowiem Fiodor Konstantinowicz chciał sobie przysunąć stojące opodal krzesło, Czernyszewski powiedział z irytacją: „Proszę je zostawić, czy nie widzi pan, że tam siedzą już dwie osoby?". Owe „dwie osoby", szeleszczący, wzdymający się przy każdym ruchu płaszcz, milcząca obecność pielęgniarza, jakby to było widzenie w więzieniu, i cała rozmowa wydały się Fiodorowi Konstantinowiczowi nieznośnie karykaturalną, sprymitywizowaną wersją owego subtelnego, przejrzystego, jeszcze szlachetnego, choć już na poły szalonego stanu duszy, dzięki któremu Aleksander Jakowlewicz tak niedawno przestawał z utraconym synem. Tym samym chwacko-błazeńskim tonem, który niegdyś zachowywał dla swoich dowcipów – a którym teraz posługiwał się, mówiąc serio – zaczął rozwlekle ubolewać, przez cały

---

* *Żołtyj dom* (żółty dom) to po rosyjsku synonim szpitala dla umysłowo chorych (przyp. tłum.).

117

czas nie wiedzieć czemu po niemiecku, nad tym, że ludzie trwonią siły na wymyślanie dział przeciwlotniczych i lotnych trucizn, nie troszczą się zaś o to, by prowadzić inną, milionkroć ważniejszą walkę. Fiodor Konstantinowicz miał na skroni zaschnięty strupek – rano uderzył się czołem o żeberko kaloryfera, chcąc w pośpiechu wydobyć spod niego zdjętą z tubki zakrętkę, która się tam zatoczyła, Aleksander Jakowlewicz urwał jakieś zdanie w połowie i z pełnym odrazy niepokojem wskazał palcem na jego skroń. *Was haben Sie da?* – zapytał, krzywiąc się jak z bólu, potem zaś uśmiechnął się nieprzyjemnie i coraz bardziej gniewnie, w coraz większym podnieceniu zaczął mówić, że nikt go nie nabierze – od razu rozpozna świeżego samobójcę. Pielęgniarz zbliżył się do Fiodora Konstantinowicza i poprosił go, żeby wyszedł. Idąc przez cmentarnie bujny ogród, obok tłustych klombów, gdzie w błogim uśpieniu kwitły w mrocznej, basowej tonacji ciemnoczerwone peonie, ku ławce, na której oczekiwała go Czernyszewska – nigdy nie wchodziła do męża, lecz całe dnie spędzała w bezpośredniej bliskości jego schronienia, zatroskana, energiczna, zawsze z pakuneczkami – idąc więc po wielobarwnym żwirze pomiędzy przypominającymi meble krzewami mirtu i biorąc spotkanych po drodze odwiedzających za paranoików, Fiodor Konstantinowicz rozmyślał niespokojnie o tym, że nieszczęście Czernyszewskiego stanowi jakby szyderczy wariant jego własnego, przeniknietego nadzieją bólu – i dopiero później zrozumiał całą elegancję motywacji i perfekcję kompozycyjną, z jaką ten uboczny motyw wpleciony został w jego życie.

Na trzy dni przed wyjazdem matki w dużej, dobrze znanej berlińskim Rosjanom sali, należącej, sądząc po spoglądających ze ścian portretach dostojnych stomatologów, do stowarzyszenia dentystów, odbył się wieczór literacki, w którym uczestniczył również Fiodor Konstantinowicz. Zebrało się niewiele osób, było zimno, przy drzwiach zaciągali się papierosami wciąż ci sami przedstawiciele lokalnej rosyjskiej inteligencji – i Fiodor Konstantinowicz, jak zawsze, zobaczywszy tę czy inną znajomą, przyjemną mu twarz, kierował się ku niej ze szczerą sympatią, która przemieniała się w nudę, gdy wygasał pierwszy impet rozmowy. Do Elżbiety Pawłowny ulokowanej w pierwszym rzędzie przysiadła się Czernyszewska; sądząc z tego, jak matka zwracała głowę to tu, to tam, poprawiając z tyłu fryzurę, krążący po sali Fiodor zorientował się, że towarzystwo sąsiadki niezbyt ją interesuje. Wreszcie zaczęło się. Najpierw czytał coś znany pisarz, drukowany swego czasu we wszystkich rosyjskich periodykach, siwy, wygolony, trochę podobny do dudka starzec, o zbyt łagodnych jak na literata oczach; przeczytał z intonacją powszedniego, mówionego języka opowieść z życia Petersburga w przededniu rewolucji, z bohaterką wąchającą eter, eleganckimi szpiegami, szampanem, Rasputinem i apokaliptyczno-apoplektycznymi zachodami słońca nad Newą. Po nim czytał niejaki Kron, piszący pod pseudonimem Rostisław Stranny, uczęstował publiczność długim opowiadaniem o romantycznej przygodzie w mieście stuokim, pod niebiosy obcymi: dla większej piękności epitety umieszczone były po rzeczownikach, czasowniki też się gdzieś unosiły i nie wiedzieć czemu z dziesięć razy powtarzało się słowo „przeczujnie": „ona przeczujnie uśmiech uroniła", „rozkwitały przeczujnie kasztany". Po przerwie ruszyli ławą poeci: wysoki młodzieniec z twarzą jak guzik, drugi bardzo niski, ale z ogromnym nosem, panienka, ktoś niemłody w pince-nez, znów panienka, znów młody, wreszcie Konczejew, który w przeciwieństwie do zwycięskiej, metalicznej dobitności innych cicho i mdło wymamrotał swoje wiersze, lecz w tych wierszach samoistnie żyło tyle muzyki, w niejasnym na pozór wersie rozwierała się taka otchłań znaczeń, tak ufało się dźwiękom i tak było zdumiewające, że oto z tych samych słów, które nanizywali wszyscy, nagle powstawała, przelewała się i znikała, nie nasyciwszy do końca pragnienia, jakaś niepodobna do słów, niepotrzebująca słów samorodna doskonałość, że po raz pierwszy w ciągu wieczoru oklaski były nieobłudne. Jako ostatni występował Godunow-Czerdyncew. Z wierszy napisanych w ciągu lata przeczytał te, które Elżbieta Pawłowna tak lubiła – rosyjski:

> W błękitnym niebie milkną żółte brzozy...

i berliński, zaczynający się od zwrotki:

> Wszystko tu płaskie i łamliwe,
> I księżyc jest tak źle zrobiony,
> Choć aż z Hamburga go troskliwie
> Przez umyślnego sprowadzono...

i ten wzruszający ją najbardziej, choć nie łączyła go jakoś ze wspomnieniem młodej kobiety, już dawno umarłej, w której kochał się Fiodor, gdy miał szesnaście lat:

> Pod wieczór staliśmy – tam byłaś
> Ze mną na starym, ciemnym moście,
> Powiedz, spytałem, do mogiły
> Będziesz pamiętać tę, co w locie,
> Jaskółkę? Pewnie! – przyświadczyłaś.
> Jakże płakaliśmy – tak było!
> I życie zakrzyczało w locie...
> Do jutra, zawsze, do mogiły –
> Kiedyś na starym, ciemnym moście...

Zrobiło się jednak późno, wiele osób przesuwało się ku wyjściu, jakaś pani wkładała płaszcz odwrócona plecami do estrady, oklaski były mizerne... Na ulicach czerniała wilgotna noc, wiatr był wściekły: nigdy, przenigdy nie dobrniemy do domu. Tramwaj jednak nadjechał i Fiodor Konstantinowicz, uczepiony rzemiennej pętli, zawisłszy w przejściu nad matką w milczeniu siedzącą przy oknie, z przytłaczającym wstrętem myślał o wierszach, które dotychczas napisał, o szczelinach słów, o wysączaniu się poezji, a jednocześnie z jakąś radosną, dumną energią, ze straszliwą niecierpliwością wypatrywał już możliwości stworzenia czegoś nowego, jeszcze nieznanego, w pełni odpowiadającego darowi, który czuł jak brzemię.

W przededniu jej wyjazdu zasiedzieli się we dwójkę do późna w jego pokoju; ona w fotelu, bez wysiłku i zręcznie, cerowała i zeszywała jego ubogą garderobę, on zaś, na kanapie, gryząc paznokcie, czytał grubą, zniszczoną książkę; dawniej, w latach chłopięcych opuszczał niektóre stronice *Angela, Podróży do Erzerum*, lecz ostatnimi czasy one właśnie dostarczały mu szczególnej przyjemności, i właśnie natrafił na słowa: „Granica była dla mnie czymś tajemniczym; od lat dziecinnych podróże były moim ulubionym marzeniem"*, gdy nagle poczuł mocne i słodkie ukłucie. W tej właśnie chwili matka, nie unosząc głowy, powiedziała: „Wiesz, co mi się przed chwilą przypomniało? Śmieszne dwuwiersze o motylach, które razem układaliście podczas spacerów – pamiętasz? «*Fraxini* na dany znak włożył niebieski frak»".

„Tak – odpowiedział Fiodor – niektóre były wprost epickie: «To nie liść, co dał go Boreasz, tu siedzi *arborea*.»" Cóż się wtedy działo! Najnowszy okaz ojciec przywiózł właśnie z pierwszej podróży po Syberii – nawet go jeszcze

* Cytaty z *Podróży do Erzerum* Puszkina w przekładzie Mariana Toporowskiego (przyp. tłum.).

nie zdążył opisać – i nazajutrz po przyjeździe, w parku leszyńskim, o dwa kroki od domu, nie myśląc w ogóle o motylach, spacerując z żoną i dziećmi, rzucając jamnikom tenisową piłkę, ciesząc się powrotem, zdrowiem i wesołością rodziny, nieświadomie jednak doświadczonym okiem łowcy dostrzegając po drodze każdego owada, końcem laski wskazał Fiodorowi tęgiego, rudawego, o faliście wygiętych skrzydłach jedwabnika z rodzaju liściopodobnych, który spał sobie na źdźble pod krzakiem, chciał go minąć – w tym rodzaju gatunki są do siebie podobne – nagle jednak przykucnął, zmarszczył czoło, obejrzał znalezisko i powiedział bardzo głośno: „Well I'm damned! Warto też było pchać się tak daleko". – „Zawsze ci to mówiłam" – ze śmiechem wtrąciła matka. Włochaty, miniaturowy potwór to była właśnie nowość, którą przywiózł i gdzie na niego trafił? – W guberni petersburskiej, której fauna zbadana jest tak dokładnie! Jak się to jednak często zdarza, rozpędzona siła zbieżności na tym nie poprzestała, starczyło jej na jeszcze jedno okrążenie – po kilku dniach bowiem okazało się, że ten nowy motyl został właśnie niedawno opisany, także na podstawie okazów z okolic Petersburga, przez jednego z uczonych kolegów ojca – Fiodor przepłakał wtedy całą noc: kto inny zdobył pierwszeństwo!

I oto odjeżdżała znów do Paryża. Czekając na pociąg, stali długo na wąskim peronie, przy podnośniku do bagażu, na innych torach zaś zatrzymywały się na chwilę w pośpiechu trzaskające drzwiami, smutne podmiejskie pociągi. Wpadł pędem paryski pośpieszny. Matka wsiadła i natychmiast, uśmiechnięta, wychyliła się z okna. Przy sąsiednim, solidnym wagonie sypialnym stała, odprowadzając jakąś prostą kobietę, staruszkę, blada piękność o czerwonych ustach, w czarnym jedwabnym płaszczu z wysokim futrzanym kołnierzem, i słynny lotnik-akrobata: wszyscy patrzyli na niego, na jego szalik, na plecy, jakby szukali tam skrzydeł.

– Chcę ci coś zaproponować – wesoło powiedziała matka na pożegnanie. – Zostało mi około siedemdziesięciu marek, nie są mi w ogóle potrzebne, ty powinieneś lepiej się odżywiać, nie mogę patrzeć, że taki z ciebie chudzielec. Weź.

– *Avec joie* – odpowiedział, wyobraziwszy sobie od razu roczną kartę wstępu do biblioteki państwowej, mleczną czekoladę i zachłanną młodą Niemkę, jaką czasami w przypływie brutalnej potrzeby zamierzał sobie wyszukać.

Zamyślony, roztargniony, niejasno udręczony myślą, że nie powiedział chyba matce tego, co najważniejsze, Fiodor Konstantinowicz wrócił do siebie, zdjął obuwie, ułamał róg czekolady razem ze strzępem sreberka, przysunął sobie leżącą na kanapie otwartą książkę... „Zboże falowało w oczekiwaniu na sierp". Znów to boskie ukłucie! A jakże przyzywały, jak p o d p o w i a d a ł słowa o „groźnym Tereku" czy raczej jeszcze dokładniej, jeszcze bliżej: o tatarskich kobietach: „Siedziały na koniach tak pookrywane czadorami, że widać było tylko oczy i obcasy".

Wsłuchiwał się tak właśnie w najczystszy dźwięk Puszkinowskiego kamertonu i wiedział już, czego ten dźwięk od niego żąda. Mniej więcej w dwa tygodnie po wyjeździe matki napisał jej o tym, co pomógł mu zamyślić przejrzysty rytm *Erzerumu*, ona zaś odpowiedziała tak, jakby już o tym wiedziała. „Dawno nie byłam tak szczęśliwa, jak z Tobą w Berlinie – pisała – uważaj jednak, nie jest to łatwe przedsięwzięcie, czuję całą duszą, że wspaniale je wykonasz, pamiętaj jednak, że trzeba Ci wielu dokładnych informacji i bardzo mało rodzinnych sentymentów. Jeśli to będzie potrzebne, powiem Ci wszystko, co wiem, ale o specjalistyczną wiedzę musisz zatroszczyć się sam, a to sprawa zasadnicza, weź Jego książki i książki Grigorija Jefimowicza, książki wielkiego księcia i jeszcze różne inne. Ty się oczywiście w tym zorientujesz, no i koniecznie zwróć się do Wasilija Germanowicza Krügera, odszukaj go, jeśli jest jeszcze w Berlinie, o ile pamiętam, odbywali wyprawy razem, a także do innych, sam będziesz lepiej wiedział do kogo, napisz do Awinowa, do Veritiego, napisz do Niemca, który przyjeżdżał do nas przed wojną – Benhaas? a może Banhaas? Napisz do Stuttgartu, do Londynu, w ogóle wszędzie, *débrouille-toi*, przecież ja sama zupełnie się na tym nie znam, tylko mi dźwięczą w uszach te nazwiska, a jestem przekonana, mój kochany, że sobie poradzisz". Wciąż jednak wyczekiwał – od tego, co zamyślił, tchnęło szczęście, bał się zniszczyć je pośpiechem, bał się też ogromu odpowiedzialności, nie był jeszcze gotów podjąć tej pracy. Przez całą wiosnę, nie ustając w treningu, karmił się Puszkinem, wdychał Puszkina – temu, kto czyta Puszkina, zwiększa się pojemność płuc. Ucząc się celności słowa i maksymalnej czystości związków słownych, doprowadzał przejrzystość prozy do jambu, a potem go przełamywał – żywym przykładem było mu:

Nie dopuść, Boże, ujrzeć bunt rosyjski,
Bezmyślny, bezlitosny bunt.

Wyrabiając muzie mięśnie, chadzał na spacery – niczym z żelazną laską – z wykutymi na pamięć całymi stronicami *Pugaczowa*. Szła mu naprzeciw Karolina Schmidt, mocno uróżowana młoda dziewczyna, ta, co kupiła łóżko, na którym umarł Schoning. Za Lasem Grünewaldzkim nadzorca podobny do Simeona Wyrina palił w oknie fajkę, i stały tam także doniczki z balsaminką. Lazurowy sarafan panny-włościanki migał pośród zarośli olszyny. Fiodor znajdował się w takim stanie serca i ducha, kiedy rzeczy istniejące, ustępując marzeniom, zlewają się z nimi w niejasnych wizjach pierwszego snu.

Puszkin wchodził mu w krew. Z głosem Puszkina zespalał się głos ojca. Całował gorącą, małą dłoń, biorąc ją za inną dużą dłoń, pachnącą śniadaniową bułeczką. Pamiętał, że nianię wzięto do nich stamtąd, skąd pochodziła Arina Rodionowna – z Sujdy za Gatczyną: było to o godzinę drogi od ich stron; i ona też mówiła z przyśpiewem. Słyszał, jak o rześkim, letnim poranku, kiedy schodzili do kąpalni, na której deskach złociło się przelewnie odbicie wody, ojciec z klasycznym patosem powtarzał wiersze, które uważał za najpiękniejsze, jakie kiedykolwiek na świecie napisano: *Tut Apołłon – idieał, tam Niobeja – pieczal*, i niobe migała rdzawym skrzydłem i macicą perłową nad driakwiami przybrzeżnej łączki, gdzie na początku czerwca trafiał się z rzadka mały, „czarny" apollo.

Teraz bez odpoczynku, w upojeniu (w Berlinie, z poprawką na trzynaście dni, też był początek czerwca) zabierał się do pracy jak należy, gromadził materiały, czytał do świtu, studiował mapy, pisał listy, widywał się z różnymi ludźmi. Od prozy Puszkina przeszedł do jego życia, tak że początkowo rytm Puszkinowskiej epoki mieszał się z rytmem życia ojca. Dzieła naukowe (z obecną zawsze na dziewięćdziesiątej dziewiątej stronie pieczęcią biblioteki berlińskiej), znajome tomy *Podróży przyrodnika* w nieznajomej czarno-zielonej oprawie leżały obok starych rosyjskich czasopism, w których szukał odblasku Puszkina. Tam też pewnego razu natknął się na znakomite *Szkice z przeszłości* Suchoszczokowa, w których znalazł zresztą dwie czy trzy strony na temat swego dziadka Kiriłła Iljicza (ojciec swego czasu wspominał o nich z niechęcią), i to, że pamiętnikarz poruszał jego rodzinne sprawy w przypadkowym związku z rozważaniami o Puszkinie, wydało mu się teraz jakoś szczególnie znaczące, niezależnie od tego, że tamten opisał Kiriłła Iljicza jako samochwałę i nic dobrego.

„Podobno – pisał Suchoszczokow – człowiek, któremu odcięto nogę do biodra, długo ją jeszcze czuje, poruszając nieistniejącymi palcami i napinając nieistniejące mięśnie. Tak właśnie Rosja długo jeszcze będzie odczuwać żywą obecność Puszkina. W jego losie jest coś kuszącego niczym przepaść, sam on zresztą czuł, że z losem pisane mu były i będą szczególne rozrachunki. Był nie tylko poetą czerpiącym poezję ze swej przeszłości, lecz odnajdywał ją poza tym w tragicznych rozmyślaniach o przyszłości. Dobrze znał prostą formułę ludzkiej egzystencji: niepowrotność, niespełnienie, nieuchronność. A jakże pragnął żyć! Do wspomnianego już imionnika mojej «akademickiej» ciotki własną ręką wpisał wiersz, który wciąż pamiętam mózgiem i oczyma, tak że widzę nawet, jak jest rozmieszczony na stronicy:

Nie, mnie się życie nie sprzykrzyło,
Ja pragnę żyć, ja kocham życie.
Duszy, gdy młodość utraciła,
Chłód nie ogarnął w lat zenicie.

Los jeszcze kiedyś mnie ogrzeje,
Upoję się geniusza słowy,
Mickiewicz jeszcze niech dojrzeje,
Sam też się zajmę tym i owym.

Żaden poeta, jak się zdaje, tak często, to żartem, to zabobonnie, to z natchnioną powagą nie wpatrywał się w przyszłość. U nas, w kurskiej guberni, żyje wciąż jeszcze przeszło stuletni starzec, którego pamiętam już jako niemłodego człowieka, przygłupiego i niesympatycznego – a Puszkina nie ma pomiędzy nami. W ciągu swego długiego życia, spotykając się z wielkimi talentami i przeżywając niezwykłe wydarzenia, zastanawiałem się często nad tym, jak on odniósłby się do tego czy owego: mógłby przecież dożyć zniesienia pańszczyzny, mógłby przeczytać *Annę Kareninę*!... Powracając teraz do tych swoich marzeń, przypominam sobie, że w młodości zostało mi dane pewnego razu przeżyć coś w rodzaju wizji. Ten psychologiczny epizod związany jest ze wspomnieniem o osobie, którą oznaczę literą Cz. – mam nadzieję, że ów ktoś nie będzie miał do mnie żalu za ożywienie odległej przeszłości. Nasze rodziny utrzymywały ze sobą stosunki, mój dziadek przyjaźnił się niegdyś z jego ojcem. Ów Cz. jako młodzik (miał niespełna siedemnaście lat), bawiąc w trzydziestym szóstym roku za granicą, pokłócił się z rodziną, przyśpieszywszy tym podobno zgon swego ojca, bohatera wojny narodowej, i w towarzystwie jakichś kupców z Hamburga najspokojniej w świecie popłynął do Bostonu, stamtąd zaś trafił do Teksasu, gdzie z powodzeniem zajmował się hodowlą bydła. Upłynęło około dwudziestu lat. Zdobyty majątek przegrał w *ecarté* na płynącym po Missisipi parowcu, odegrał się potem w spelunkach Nowego Orleanu, znów wszystko przepuścił i po jednym z tych ohydnie długich, głośnych pojedynków w pełnym dymu, zamkniętym lokalu, co w Luizjanie należało wówczas do szyku, po wielu zresztą innych przygodach zatęsknił do Rosji, gdzie, nawiasem mówiąc, czekał nań majątek ziemski, wrócił do Europy z taką samą lekkomyślną gotowością, z jaką ją opuścił. Pewnego zimowego dnia 1858 roku zjawił się niespodziewanie w naszym domu nad Mojką; ojca nie było, gościa przyjmowała młodzież. Spoglądając na tego zamorskiego wykwintnisia w czarnym, miękkim kapeluszu i ciemnym stroju, od którego romantycznej czerni szczególnie odcinała się jedwabna koszula ze

127

wspaniałymi plisami i fiołkowo-błękitno-różowa kamizelka z diamentowymi guzikami, ledwie obaj z bratem zdołaliśmy powściągnąć śmiech i natychmiast postanowiliśmy wykorzystać to, że przez wszystkie te lata Cz. nic, najzupełniej nic, nie słyszał o ojczyźnie, jakby się nie wiedzieć gdzie zapadła, tak że teraz, ocknąwszy się jako czterdziestoletni Rip van Winkle w odmienionym Petersburgu, chciwie chłonął wszelkie informacje; zaczęliśmy mu ich obficie udzielać, łżąc przy tym, ile wlezie. Na przykład na pytanie, czy żyje Puszkin i co pisze, odpowiedziałeś świętokradczo, że «a jakże, w tych dniach nawet wydał nowy poemat». Tegoż wieczoru zaprowadziliśmy naszego gościa do teatru. Wypadło to zresztą niezbyt fortunnie. Zamiast uczęstować go nową rosyjską komedią, pokazaliśmy mu *Otella* ze znakomitym czarnoskórym tragikiem Aldridge'em w roli głównej. Naszego plantatora najpierw jakby rozśmieszyło pojawienie się na scenie prawdziwego Murzyna. Niezbyt się chyba przejął czarodziejską siłą jego aktorstwa, zajęty też był przede wszystkim przypatrywaniem się publiczności, zwłaszcza naszym petersburskim paniom (z jedną z nich wkrótce się ożenił), które w owej chwili z całego serca zazdrościły Desdemonie.

– Proszę spojrzeć, kto siedzi obok nas – zwrócił się nagle do Cz. mój braciszek. – Tam, na prawo.

W sąsiedniej loży siedział starzec... Niewysoki, w podniszczonym fraku, żółtawo-smagły, o pomierzwionych popielatych baczkach, z siwizną w rzadkich, rozwichrzonych włosach, w sposób arcyniekonwencjonalny napawał się grą Afrykanina: grube wargi mu drgały, nozdrza miał rozdęte, przy niektórych frazach aż podskakiwał i z zadowolenia postukiwał w tabakierkę, połyskując pierścieniami.

– Kto to? – zapytał Cz.

– Jak to, nie poznaje pan? Proszę się dobrze przyjrzeć.

– Nie poznaję.

Wtedy mój brat zrobił wielkie oczy i wyszeptał:

– Przecież to Puszkin!

Cz. spojrzał... a po chwili już coś innego pochłonęło jego uwagę. Śmiech mnie bierze, kiedy przypominam sobie, jak dziwny ogarnął mnie wówczas nastrój: żart, jak się to niekiedy zdarza, ukazał mi się od innej strony, i lekkomyślnie wywołany duch nie chciał zniknąć; nie byłem w stanie oderwać oczu od sąsiedniej loży, patrzyłem na te ostro rysujące się zmarszczki, na szeroki nos, duże uszy... po grzbiecie przebiegały mi mrówki, cała zazdrość Otella nie mogła oderwać mnie od tego zjawiska. A co, jeśli to naprawdę Puszkin sześćdziesięcioletni, Puszkin, którego oszczędziła kula zesłanego przez los nicponia, Puszkin we wspaniałej jesieni swego geniuszu?... To on, ta oto żółta dłoń trzymająca małą damską lornetkę napisała *Anczara*, *Hrabiego Nulina*, *Noce egipskie*... Odsłona skończyła się; zagrzmiały oklaski. Siwy Puszkin wstał porywczo i, uśmiechając się wciąż jeszcze jasnym blaskiem młodych oczu, szybko wyszedł z loży".

Suchoszczokow nie ma racji, przedstawiając mego dziadka jako wartogłowa i szczęściarza. Interesował się on po prostu czym innym niż imaginacyjny świat młodego petersburskiego literata-dyletanta, jakim był wówczas nasz pamiętnikarz. Jeśli nawet Kiriłł Iljicz w młodości był nie lada gagatkiem, to po ożenku nie tylko się ustatkował, ale objął państwową posadę, jednocześnie podwajając pomyślnymi operacjami odziedziczony majątek, potem zaś, gdy osiadł w swojej wsi, wykazał znakomite umiejętności gospodarskie, wyhodował nawet nowy gatunek jabłoni, pozostawił interesujące *Zapiski* (owoc zimowych wolnych godzin) „o równości wobec prawa w królestwie zwierząt" i projekt przemyślnej reformy pod modnym wówczas, wymyślnym tytułem *Sny egipskiego biurokraty*, a jako stary już człowiek objął ważne handlowo-dyplomatyczne stanowisko w Londynie. Był dobry, odważny, prawdomówny, miał swoje dziwactwa i pasje – czego chcieć jeszcze? W rodzinie pozostał przekaz, że wyrzekłszy się gry, nie był w stanie – fizycznie – przebywać w pokoju, gdzie znajdowała się talia kart. Staroświecki kolt, który nieraz dobrze mu się przysłużył, i medalion z portretem tajemniczej kobiety przyciągały w sposób niepojęty moje chłopięce marzenia. Spokojnie dokonał żywota, w którym do końca zachował rześkość jego burzliwych początków. Powróciwszy w roku 1883 do Rosji, już nie jako pojedynkowicz z Luizjany, lecz rosyjski wyższy urzędnik, zmarł pewnego lipcowego dnia na skórzanej otomanie, w małym niebieskim narożnym pokoju, gdzie trzymałem potem swoją kolekcję motyli, zmarł bez cierpień, w agonii mówiąc nieustannie o światłach i muzyce na jakiejś wielkiej rzece.

Mój ojciec urodził się w 1860 roku. Zamiłowanie do motyli wszczepił mu niemiecki guwerner (nawiasem mówiąc: gdzie podziali się teraz owi dziwacy – zielona siatka, puszka na sznurku, kapelusz cały w przyszpilonych motylach, długi uczony nos, niewinne oczy za szkłami okularów – którzy uczyli rosyjskie dzieci przyrody: gdzie oni są, gdzie są ich kosteczki – czyżby to był szczególny gatunek Niemców stworzonych na rosyjskie potrzeby? A może źle się rozglądam?). Ukończywszy petersburskie gimnazjum wcześnie, bo w roku 1876, studiował w Anglii, w Cambridge, gdzie pod kierunkiem profesora Brighta zajmował się biologią. Pierwszą podróż dookoła świata odbył jeszcze przed śmiercią swego ojca i od tego czasu do roku 1918 całe jego życie składało się z podróży i prac naukowych. Najważniejsze z tych prac to: *Lepidoptera Asiatica* (osiem tomów ukazujących się od 1890 do 1917 roku), *Łuskoskrzydłe Cesarstwa Rosyjskiego* (pierwsze cztery tomy z planowanych sześciu wyszły w latach 1912–1916) i najbardziej znane szerokiej publiczności *Podróże przyrodnika* (siedem tomów w latach 1892–1912). Prace te jednogłośnie uznano za klasyczne, on zaś jeszcze jako młody człowiek cieszył się opinią jednego z najpoważniejszych badaczy fauny rosyjskiej Azji, porównywany z prekursorami tej dziedziny nauki – Fischerem von Waldheimem, Menetriés'em, Eversmannem.

Pracował w ścisłym kontakcie ze swymi znakomitymi rosyjskimi współcześnikami. Chołodkowski nazywał go „konkwistadorem entomologii rosyjskiej". Był współpracownikiem Charles'a Oberthura, wielkiego księcia Mikołaja Michajłowicza, Leecha i Seitza. Po pismach specjalistycznych rozsiane są setki jego artykułów, z których pierwszy *O szczególnych warunkach pojawienia się niektórych motyli w guberni petersburskiej* („Horae Soc. Ent. Ross.") napisany został w roku 1877 – ostatni zaś *Austautia simonoides n. sp., a Geometrid Moth Mimicking a Small Parnassius* („Trans. Ent. Soc:" London) – w 1916. Ostro merytorycznie polemizował ze Staudingerem, autorem słynnego *Katalogu*. Był wiceprezesem Rosyjskiego Towarzystwa Entomologicznego, członkiem rzeczywistym Moskiewskiego Towarzystwa Badaczy Natury, członkiem Cesarskiego Rosyjskiego Towarzystwa Geograficznego, honorowym członkiem wielu naukowych towarzystw zagranicznych.

Pomiędzy rokiem 1885 a 1918 przemierzył niewiarygodnie ogromne przestrzenie, fotografując wzdłuż wielu tysięcy wiorst swoje szlaki i gromadząc zdumiewające kolekcje. W ciągu tych lat odbył osiem wielkich ekspedycji trwających w sumie osiemnaście lat; pomiędzy nimi było jeszcze ponadto mnóstwo drobnych wypraw i – jak je nazywał – „dywersji", przy czym za drobne uważał nie tylko podróże do najmniej zbadanych państw europejskich, ale również wyprawę dookoła świata, którą odbył w młodości. Wziąwszy się na serio do Azji, przebadał wschodnią Syberię, Ałtaj, Ferganę, Pamir, Chiny Zachodnie, „wyspy morza Gobi i jego brzegi", Mongolię, „niepodlegający zmianom" obszar Tybetu i w precyzyjnych, ważkich słowach opisał swe podróże.

Taki jest ogólny zarys biografii mego ojca przepisany z encyklopedii. Jeszcze brak jej śpiewności, ale słyszę w niej już żywy głos. Trzeba tylko dodać, że w 1898 roku, licząc sobie trzydzieści osiem lat, ożenił się z Elżbietą Pawłowną Wieżyn, dwudziestoletnią córką znanego polityka, że miał z nią dwoje dzieci, że w przerwach między swymi podróżami...

Dręczące jest, ledwie dające się wyrazić słowami i w jakiś sposób świętokradcze pytanie: czy dobrze się jej żyło z nim, podczas rozłąki i razem? Czy dotknąć tego wewnętrznego świata, czy też ograniczyć się do opisu dróg – *arida quaedam viarum descriptio*? „Kochana Mamo, mam do Ciebie wielką prośbę. Dziś ósmy lipca, Jego urodziny. Kiedy indziej nie odważyłbym się o to poprosić. Napisz mi coś o nim i o sobie. Nie to, co mogę znaleźć w naszej wspólnej pamięci, ale coś, co tylko Ty czułaś i zachowałaś". A oto fragment odpowiedzi: „Wyobraź sobie podróż poślubną, Pireneje, cudowną radość płynącą ze wszystkiego – słońca, strumieni, kwiatów, ośnieżonych szczytów, nawet z obecności much w hotelach – i z tego, że jesteśmy bezustannie razem. I oto któregoś dnia, czy to rozbolała mnie głowa, czy upał był już nazbyt wielki – powiedział, że przed śniadaniem przespaceruje się pół godzinki. Nie wiem czemu, zostało mi to w pamięci, że siedziałam na hotelowym balkonie (było zupełnie cicho, były góry, cudowne skały), a ja po raz pierwszy czytałam książkę nie dla panienek, *Une vie* Maupassanta, która, pamiętam to, bardzo mi się wtedy spodobała. Spojrzałam na mały zegarek, był już czas śniadania, od jego wyjścia upłynęła przeszło godzina. Czekam. Najpierw jestem trochę rozgniewana, potem zaczynam się niepokoić. Przynoszą mi śniadanie na taras, a ja nie mogę przełknąć kęsa. Wychodzę na gazon przed hotelem, wracam do siebie, znów wychodzę. Po godzinie czuję już nieopisaną zgrozę, niepokój, Bóg, wie co jeszcze. Była to moja pierwsza podróż, byłam niedoświadczona i strachliwa, a tu na dodatek *Une vie*... Myślałam już, że mnie porzucił, przychodziły mi do głowy najgłupsze i najokropniejsze myśli, dzień upływał, wydawało mi się, że służba spogląda na mnie z jakąś złośliwą uciechą – wprost nie potrafię Ci opisać, co się ze mną działo! Zaczęłam nawet upychać suknie w walizkach, żeby natychmiast wracać do Rosji, a potem pomyślałam nagle, że on umarł, wybiegłam jak obłąkana, zaczęłam coś bełkotać do ludzi, wysyłać ich na policję. Nagle patrzę, a on idzie przez gazon, twarz ma rozpromienioną, nigdy go jeszcze takim nie widziałam, choć przez cały czas był wesół, idzie, macha do mnie jak gdyby nigdy nic, na jasnych spodniach ma wilgotne zielone plamy, bez panamy na głowie, marynarka z boku rozdarta... Myślę, że już rozumiesz, co się stało. Chwała Bogu przynajmniej, że go wreszcie złapał – w chusteczkę, na stromej skale – bo przecież, jak mi to z całym spokojem oznajmił, inaczej zanocowałby w górach. Teraz chcę opowiedzieć Ci o czymś z trochę późniejszych czasów, kiedy już wiedziałam, czym jest prawdziwa rozłąka. Byliście wtedy całkiem mali, szło Ci na trzeci roczek, nie możesz tego pamiętać. Na wiosnę wyjeżdżał do Taszkentu. Stamtąd pierwszego czerwca zamierzał wyruszyć na ekspedycję, a jego nieobecność miała potrwać co najmniej dwa lata. Była to już w naszym wspólnym życiu jego druga duża wyprawa. Myślę teraz często, że gdyby dodać do siebie wszystkie lata, które od dnia naszego ślubu spędził beze mnie, w sumie nie dadzą one więcej niż jego teraźniejsza nieobecność. Przychodzi mi na myśl, że wtedy wydawało mi się czasem, iż jestem nieszczęśliwa, i że to nieszczęście było jedną z barw szczęścia. Słowem, nie wiem, co się ze mną tamtej wiosny stało, zawsze, kiedy wyjeżdżał, byłam jak szalona, wtedy jednak coś mnie naszło, zachowywałam się wręcz nieprzyzwoicie. Postanowiłam nagle, że go dopędzę i będę jeździć z nim przynajmniej do jesieni. W tajemnicy przed wszystkimi zakupiłam tysiące rzeczy, zupełnie nie wiedziałam, co jest potrzebne, ale wydawało mi się, że wszystko, co kupuję, jest odpowiednie i w dobrym gatunku. Pamiętam lornetkę, laskę góralską, łóżko polowe, kask przeciwsłoneczny, kubrak zajęczy jak z *Córki kapitana* i inkrustowany masą perłową pistolecik, jakąś brezentową konstrukcję, której się bałam, i strasznie skomplikowaną manierkę, której nie mogłam otworzyć. Jednym słowem, przypomnij sobie ekwipunek Tartarina z Taraskonu. Co się stało, że zdecydowałam się zostawić was – maleństwa, jak się z wami żegnałam – wszystko to uprzytamniam sobie niby przez mgłę i nie pamiętam już, w jaki sposób wymknęłam się spod nadzoru stryja Olega i dotarłam do stacji. Było mi straszno i jednocześnie wesoło, czułam, że jestem niezwykle dzielna, na stacjach zaś wszyscy patrzyli na mój angielski kostium z krótką (*entendons nous*: po kostki) kraciastą spódnicą, na lornetkę przewieszoną przez jedno ramię i specjalną torebkę – przez drugie. Tak wyekwipowana wyskoczyłam z tarantasu w osiedlu za Taszkentem, gdzie w pełnym słońcu – nigdy tego nie zapomnę – zobaczyłam o sto kroków od drogi Twego ojca: stał z nogą opartą o biały kamień, a łokciami o ogrodzenie, i rozmawiał z dwoma kozakami. Puściłam się biegiem po żwirze, z krzykiem i śmiechem, on odwrócił się powoli, i kiedy nagle jak ogłupiała zatrzymałam się przed nim, przyjrzał mi się i wyrzekł okropnym, nieznajomym głosem tylko trzy słowa: marsz do domu. A ja od razu zrobiłam w tył zwrot i ruszyłam do swojego powozu, wsiadłam i zobaczyłam, jak zupełnie tak samo postawił stopę na kamieniu, tak samo oparł się rękami o ogrodzenie i wrócił do rozmowy z kozakami. I oto jechałam z powrotem odrętwiała, skamieniała, i tylko gdzieś głęboko we mnie trwały już przygotowania do gwałtownych łez. No a kiedy przejechałam ze trzy wiorsty (tu przez linijkę słów przebija nagle uśmiech), dopędził mnie, w tumanach kurzu, na białym koniu, i pożegnaliśmy się już zupełnie inaczej, tak że potem jechałam z powrotem do Petersburga równie dziarsko, jak wyruszałam, i tylko przez cały czas niepokoiłam się o was, ale nic, wyście byli zdrowiuteńcy".

Tak – nie wiem, czemu wydaje mi się, że jednak wszystko to pamiętam, może dlatego, że potem często o tym mówiliśmy. Całe nasze życie było zresztą przesycone rozmowami o ojcu, niepokojem o niego, oczekiwaniem na jego powrót, ukrywanym smutkiem pożegnań i szaleńczą radością powitań. Odblask jego pasji kładł się na nas wszystkich, rozmaicie zabarwiony, rozmaicie odbierany, ale nieustanny i obecny na co dzień. Jego domowe muzeum, zawierające ustawione w rzędach wąskie dębowe szafy z wysuwanymi szklanymi szufladami pełnymi rozpiętych motyli (resztę – rośliny, chrząszcze, ptaki, gryzonie i węże – przekazywał do zbadania kolegom), gdzie pachniało, tak jak zapewne pachnie w raju, i gdzie pod ogromnymi oknami pracowali przy stołach preparatorzy, było jakby tajemniczym ześrodkowującym ogniskiem, oświetlającym od wewnątrz cały nasz petersburski dom – a jego ciszę przeniknąć mógł tylko huk działa z twierdzy Pietropawłowskiej.

Nasi krewni, nieentomologiczni przyjaciele, służba, pokornie-obrażalska Iwonna Iwanowna mówili o motylach nie jak o czymś, co istnieje naprawdę, lecz jak o swoistym atrybucie mego ojca, istniejącym o tyle, o ile istnieje on sam, lub o chorobie, z którą wszyscy od dawna się liczą, tak że entomologia stawała się u nas osobliwą, spowszedniałą halucynacją, rodzajem nieszkodliwego domowego widma, które nie budząc już zdziwienia, przysiada co wieczór przy kominku. Jednocześnie nikt spośród naszych niezliczonych wujów i ciotek nie tylko nie interesował się dziedziną badań ojca, ale nie przeczytał chyba tej jego ogólnie dostępnej pracy, którą czytały, wciąż do niej powracając, dziesiątki tysięcy rosyjskich inteligentów. Ja i Tania od najwcześniejszego dzieciństwa doceniliśmy ojca – wydawał się nam kimś bardziej czarodziejskim od Haralda, który walczył z lwami na arenie Carogrodu, tropił rozbójników w Syrii, kąpał się w Jordanie, wziął szturmem osiemdziesiąt twierdz w Afryce, „Błękitnej Krainie", ratował Islandczyków od głodu i sławny był od Norwegii po Sycylię i od Yorkshire po Nowogród. Potem, kiedy motyle oczarowały i mnie, coś się w mojej duszy otworzyło i przeżywałem wszystkie podróże ojca, jakbym sam je odbył, widziałem we śnie wijącą się drogę, karawanę, różnobarwne góry i zazdrościłem ojcu szaleńczo, z udręką, do łez, gorących i gwałtownych, którymi nagle wybuchałem przy stole, gdy przedmiotem rozmowy stawały się jego listy z podróży albo nawet gdy po prostu wspominano bardzo odległą miejscowość. Każdego roku z nastaniem wiosny, przed przenosinami na letnisko czułem w sobie mizerną cząstkę tego, czego doświadczałbym przed wyruszeniem do Tybetu. Na Newskim Prospekcie w ostatnich dniach marca, gdy gładzizna brukowych kostek niebieszczała od wilgoci i słońca, nad powozami wzdłuż fasad domów, obok Dumy Miejskiej, lip skweru, pomnika Katarzyny przelatywał wysoko pierwszy żółty motyl. W klasie otwarte było duże okno, wróble siadały na parapecie, nauczyciele nie przychodzili na lekcje, zostawiając zamiast nich jakby kwadraty błękitnego nieba z wypadającą z niebieskości piłką futbolową. Nie wiem czemu, miałem zawsze kiepski stopień z geografii, a przecież z jakim wyrazem twarzy nasz geograf wymieniał, bywało, nazwisko mego ojca, jak zwracały się przy tym ku mnie zaciekawione oczy moich kolegów, jak od powściąganego zachwytu i lęku przed jego okazaniem przypływała i odpływała mi krew z głowy – i dziś, gdy myślę o tym, jak mało wiem, jak łatwo, opisując badania ojca, mogę się w czymś po kretyńsku pomylić, przypominam sobie ku pożytkowi i pocieszeniu jego ogromnie rozbawiony śmieszek, gdy zajrzawszy mimochodem do książki, zaleconej nam w szkole przez tego właśnie geografa, znalazł uroczy lapsus, popełniony przez kompilatorkę (niejaką panią Lalin), która w swej niewinności, opracowując Przewalskiego dla szkół średnich, żołnierską bezpośredniość stylu w jednym z jego listów potraktowała zapewne jako szczegół ornitologiczny: „Mieszkańcy Pekinu wylewają pomyje na ulicę, i kiedy przechodzi się ulicami, zawsze, to po lewej, to po prawej, widzi się siedzące orły".

Na początku kwietnia, otwierając sezon łowiecki, członkowie Rosyjskiego Towarzystwa Entomologicznego wyruszali, zgodnie z tradycją, za Czarną Rzeczkę, gdzie w brzozowym zagajniku, jeszcze nagim i wilgotnym, jeszcze w łysiznach porowatego śniegu, przemieszkiwał, przywarłszy do brzozowej kory przejrzystymi, słabymi skrzydełkami ulubiony przez nas przedstawiciel tej guberni. Raz czy dwa zabrali mnie ze sobą. Wśród tych niemłodych ojców rodzin, w pełnym ostrożności skupieniu odprawiających w kwietniowym lasku stosowne czary, byli: stary krytyk teatralny, lekarz ginekolog, profesor prawa międzynarodowego i generał – z jakiegoś też powodu szczególnie wyraziście zapamiętałem postać owego generała (A.W. Baranowskiego – kojarzył mi się jakoś z nastrojem Świąt Wielkanocnych), nisko pochylającego tłuste plecy, za które zakładał jedną rękę, obok postaci ojca, z jakąś osobliwą lekkością, na sposób wschodni przykuclniętego; obaj z uwagą przypatrywali się wykopanej przez larwę garsteczce rudej ziemi i dotychczas jeszcze ciekawi mnie, co sobie myśleli o tym wszystkim czekający na drodze stangreci.

Zdarzało się, że letnim rankiem wpływała do naszego pokoju lekcyjnego babcia, Olga Iwanowna Wieżyn, tęga i świeża, w mitenkach i koronkach. „Bonjour, les enfants – wyśpiewywała dźwięcznie, a potem, silnie akcentując przyimki, oznajmiała: – Je viens de voir dans le jardin, près de cèdre, sur une rose un papillon de toute beauté: il était bleu, vert, pourpre, doré – et grand comme ça. Bierz szybko siatkę – ciągnęła, zwracając się do mnie – i idź do ogrodu. Może go jeszcze zastaniesz" – po czym odpływała, nie rozumiejąc zupełnie, że gdyby trafił mi się tak bajeczny owad (nie warto nawet zgadywać, co to za pospolity okaz z ogrodu tak ubarwiła jej wyobraźnia), to bym umarł – bo pękłoby mi serce. Zdarzało się, że nasza Francuzka, chcąc sprawić mi szczególną przyjemność, wybierała dla mnie do nauczenia się na pamięć bajkę Floriana o równie nienaturalnie strojnym petit maître – panu motylku. Czasami któraś z ciotek ofiarowywała mi książkę Fabre'a, którego popularne prace, pełne gadaniny, nieścisłych obserwacji i po prostu błędów ojciec traktował lekceważąco. Pamiętam też, że pewnego razu zacząłem

138

rozglądać się za swoją siatką, wyszedłem w jej poszukiwaniu na werandę i spotkałem wracającego skądeś, z nią właśnie na ramieniu, rozczerwienionego, z życzliwym i figlarnym uśmieszkiem na malinowych wargach ordynansa mego stryja. „Nałapałem ich panu tyle, że hej" – powiadomił mnie z zadowoleniem, składając na podłogę sak, którego siatka została przewiązana pod obręczą jakimś sznureczkiem, tak że uformował się worek; szeleściło w nim i burzyło się wszelkie żywe stworzenie – i, o Boże, cóż tam były za paskudztwa: ze trzydzieści koników polnych, kwiatek rumianku, dwie ważki, kłosy, piasek, bielinek poobijany tak, że aż nierozpoznawalny, i do tego jeszcze podgrzybek, dostrzeżony po drodze i dołączony do zbiorów na wszelki wypadek. Rosjanin z ludu zna i kocha rodzimą przyrodę. Ileż kpin, ile przypuszczeń i pytań słyszałem, gdy, przezwyciężając poczucie zażenowania, szedłem przez wieś ze swoją siatką! „To jeszcze nic – powiadał ojciec – gdybyś zobaczył twarze Chińczyków, kiedy pewnego razu zbierałem okazy do kolekcji na jakiejś świętej górze, albo jak spojrzała na mnie postępowa nauczycielka w mieście Wiernyj, gdy wyjaśniałem jej, czym się zajmuję w parowie!".

Jakże opisać radość naszych wędrówek z ojcem po lasach, polach, torfowiskach albo nieustanne w lecie myślenie o nim, jeśli był na wyprawie, i wieczyste marzenie dokonania jakiegoś odkrycia, powitania go tym odkryciem – jakże opisać uczucie, którego doznawałem, gdy pokazywał mi te wszystkie miejsca, gdzie sam w dzieciństwie łowił to czy tamto – belkę na wpół zbutwiałego mostku, gdzie w siedemdziesiątym pierwszym złowił pawie oczko, pochyłość drogi prowadzącej ku rzece, gdzie kiedyś padł na kolana, płacząc i modląc się: chybił, a on od razu odfrunął! Ileż uroku było w tym, jak mówił, w jakiejś szczególnej harmonijności i potoczystości stylu, kiedy snuł rozważania dotyczące swojej dziedziny wiedzy, jak czule precyzyjne były ruchy palców skręcających śrubę rozpinadła lub mikroskopu, jakże czarodziejski zaiste świat otwierały jego lekcje! Wiem, że nie należy tak pisać – poprzez te eksklamacje nie sposób dotrzeć w głąb – mojemu pióru jednak nie weszło jeszcze w nawyk podążanie za zarysami jego postaci, mnie samemu wstrętne są te wspomagające fiorytury. Nie spoglądaj na mnie, moje dzieciństwo, tymi wielkimi, wystraszonymi oczami. O słodyczy lekcji! Ciepłym wieczorem prowadził mnie nad stawek, żebym zobaczył, jak osinowy zawisak majaczy tuż nad wodą, zanurzając w niej koniuszek odwłoku. Pokazywał mi, jak preparuje się narządy rozrodcze, ażeby określić gatunki zewnętrznie nierozróżnialne. Ze szczególnym uśmiechem zwracał mi w naszym parku uwagę na czarne motyle, które wdzięcznie i niespodzianie pojawiały się wyłącznie w latach parzystych. Mieszał dla mnie melasę z piwem, ażebym w straszliwie chłodną, straszliwie deszczową jesienną noc mógł chwytać wokół wysmarowanych pni połyskujących w świetle lampy naftowej mnóstwo dużych, nurkujących ciem, w milczeniu śpieszących ku przynęcie! To podgrzewał, to ochładzał złociste kokony moich pokrzywnic, żebym mógł otrzymać z nich korsykańskie, polarne i zgoła niezwykłe, jakby ubrudzone smołą z przywartym jedwabistym puszkiem. Uczył mnie, jak rozebrać mrowisko, żeby znaleźć gąsienicę modraszka, który zawarł z jego mieszkańcami barbarzyński pakt, i widziałem, jak mrówka, pożądliwie łaskocząc czułkami jeden z segmentów jej nieruchawego ślimakokształtnego tułowia, zmusiła ją do wydalenia kropli odurzającego soku, który od razu pochłonęła, podsuwając jej za to jako pożywienie własne larwy, tak jakby krowy dawały nam likier Chartreuse, my zaś im na pożarcie niemowlęta. Jednakże silna gąsienica pewnego egzotycznego gatunku nie zniża się do tej wymiany, pożerając po prostu mrówcze dzieci, a potem przemieniając się w nieprzenikalny kokon – który wreszcie, gdy już ma się z niego wykluć motyl, otaczają mrówki (te niedouki bez doświadczenia), oczekując na pojawienie się pomarszczonego osobnika, żeby się na niego rzucić; rzucają się więc, ale on mimo to nie ginie. „Nigdy się tak nie śmiałem – mówił ojciec – jak wtedy, gdy przekonałem się, że natura wyposażyła go w kleistą substancję, zlepiającą czułki i nóżki zawziętych mrówek, już krzątających się i biegających wokół niego, podczas gdy skrzydła owada obojętnego i niepokonanego – krzepły i schły".

Opowiadał o zapachach motyli – zapachach piżma i wanilii, o ich głosach; o przenikliwym dźwięku wydawanym przez potworkowatą gąsienicę malajskiej zmierzchnicy – wydoskonalonym mysim pisku naszej trupiej główki; o małym, dźwięcznym uchu środkowym niektórych niedźwiedziówek; o sprytnym motylku z brazylijskich lasów, naśladującym świergot pewnego tamecznego ptaszka. Opowiadał o niebywałym, pełnym dowcipu artystycznym zmyśle mimikry, niedającej się wytłumaczyć walką o byt (ordynarnym pośpiechem prymitywnych sił ewolucji), nazbyt wyszukanej, jakby chodziło jedynie o zmylenie przypadkowych wrogów, pierzastych, łuskowatych i innych (mało wybrednych i nie tak znowu łasych na motyle), jakby wymyślonej przez malarza-dowcipnisia tylko dla mądrych oczu człowieka (domysł, który mógłby daleko zaprowadzić ewolucjonistę obserwującego żywiące się motylami małpy); opowiadał o magicznych maskach mimikry; o olbrzymiej ćmie, która w stanie spoczynku przybiera kształt spoglądającej na was żmii;

o pewnym tropikalnym miernicowatym, ubarwionym ściśle na podobieństwo określonego rodzaju zorzaka, nieskończenie od niego odległego w systemie natury, przy czym, dla żartu, iluzja oranżowego podbrzusza, którym odznacza się jeden, formuje się u drugiego z oranżowych par dolnych skrzydeł; i o swoistym haremie słynnego afrykańskiego kawalera, którego samica fruwa w kilku mimicznych odmianach, ubarwieniem, kształtem, a nawet lotem naśladując motyle innych gatunków (rzekomo niejadalnych), stanowiących model dla mnóstwa naśladowców. Opowiadał o migracji, o tym, jak przesuwa się po błękicie długi obłok złożony z milionów bielinków, obojętny wobec kierunku wiatru, zawsze w takiej samej odległości od ziemi, łagodnie i płynnie wznosząc się nad wzgórzami i znów opadając w doliny, spotykając się przypadkiem z obłokiem innych motyli, żółtych, przenikając przezeń bez zwalniania lotu i skalania swej białości i szybując dalej, a przed nocą osiadając na drzewach, które do rana stoją jak pod śniegiem – i znów wzlatując, żeby lecieć dalej – dokąd? po co? Tego natura jeszcze nie dopowiedziała albo już zapomniała. „Nasz osetnik – opowiadał – *the painted lady* u Anglików i *la belle* u Francuzów – w odróżnieniu od spokrewnionych z nim gatunków nie zimuje w Europie, lecz rodzi się na afrykańskiej sawannie; tam o świcie podróżny, jeśli mu szczęście dopisze, może usłyszeć, jak cała sawanna, lśniąc w pierwszych promieniach słońca, trzeszczy i chrzęści od niebywałej mnogości rozpękających się kokonów...". Stąd bez zwłoki wyrusza osetnik na północny szlak, wczesną wiosną osiągając brzegi Europy, nagle na jeden lub dwa dni ożywiając ogrody Krymu i tarasy Riwiery; nie zatrzymując się, lecz wszędzie pozostawiając osobniki na letnie rozmnożenie, przenosi się dalej, na północ, i w końcu maja już w pojedynkę osiąga Szkocję, Helgoland, nasze strony, a potem tereny północne: chwytano go na Islandii! Wybrawszy sobie suchy płat ziemi, ten wyblakły, ledwie rozpoznawalny, oszalały motyl dziwnym osobliwym lotem kołuje między leszyńskimi świerkami, pod koniec zaś lata wśród ostów, na astrach, rozkoszuje się już życiem jego różowawe potomstwo. „Najbardziej wzruszające – dodawał ojciec – jest to, że z nadejściem pierwszych chłodów obserwuje się odwrotne zjawisko, odpływ: motyl podąża na południe, na zimowisko, lecz ginie oczywiście, nie dotarłszy do cieplejszych stron".

Równocześnie z Anglikiem Tuttem, który w miastach Szwajcarii obserwował to samo co on w Pamirze, ojciec mój odkrył prawdziwą funkcję zrogowacenia pojawiającego się na podbrzuszu zapłodnionych samiczek apolla i wyjaśnił, że to małżonek, posługując się parą łopatokształtnych wyrostków, nakłada małżonce ulepiony przez siebie pas cnoty o kształcie innym u każdego gatunku tego rodzaju, przybierający formę łódeczki lub ślimaka – albo też – jak u niezwykle rzadkiego ciemnopopielatego *orpheus Godunov* – maleńkiej liry. Nie wiedzieć czemu miałbym ochotę jako frontyspis obecnej mojej pracy przedstawić tego właśnie motyla – jak o nim mówił, jak wyjmował z sześciu grubych trójkątnych kopert sześć przywiezionych egzemplarzy, przybliżał do brzuszka jedynej samiczki lupę, wciśniętą w oko, i z jakim nabożeństwem jego preparator rozmiękczał suche, lśniące, mocno zwarte skrzydła, ażeby później z łatwością przebić szpilką tułów motyla, wetknąć go w szczelinę korka i szerokimi pasmami na wpół przezroczystego papieru umocnić na deseczkach rozpostarte z jakąś jawnie bezbronną gracją piękno, i jeszcze podetknąć pod brzuszek odrobinę waty, i wyprostować czarne czułki – ażeby w tej postaci zastygł na wieki. Na wieki? W berlińskim muzeum wiele złowionych przez ojca motyli wygląda dziś równie świeżo jak w latach osiemdziesiątych i dziewięćdziesiątych. Motyle z kolekcji Linneusza przechowywane są w Londynie od wieku osiemnastego. W praskim muzeum znajduje się ten sam okaz popularnego atlasa, którym zachwycała się Katarzyna Wielka. Dlaczego ogarnął mnie taki smutek?

Jego trofea, obserwacje, ton głosu, gdy wypowiadał naukowe terminy – myślę, że to wszystko zachowam. Ale to wciąż bardzo niewiele. Chciałbym z równie względną trwałością uwiecznić to, co być może najbardziej w nim kochałem: jego pełną żywotności odwagę, nieugiętość i niezależność, chłód i żar jego osobowości, panowanie nad wszystkim, czego tknął. Jakby dla zabawy, jakby chcąc mimochodem wywrzeć piętno swej siły na wszystkim, to tu, to ówdzie wybierając sobie problem spoza entomologii, pozostawiał ślad w niemal wszystkich dziedzinach przyrodoznawstwa: wśród zebranych przezeń roślin znalazła się tylko jedna, którą opisał, za to jest to cudowny gatunek brzozy; jeden ptak – niezwykły bażant; jeden nietoperz, ale największy na świecie. We wszystkich dziedzinach przyrodoznawstwa niezliczoną ilość razy rozbrzmiewa nasze nazwisko, inni bowiem badacze nazywali na cześć ojca jeden – pająka, drugi – rododendron, trzeci – szczyt góry, co go zresztą gniewało. „Dotrzeć do dawnej, tubylczej nazwy przełęczy i zachować ją – pisał – to zawsze bardziej stosowne w nauce i szlachetniejsze niż przytłoczyć ją nazwiskiem dobrego znajomego".

Podobała mi się – dopiero teraz rozumiem, jak bardzo mi się podobała – ta szczególna, pełna swobody zręczność, którą objawiał, gdy miał do czynienia z koniem, psem, bronią, ptakiem albo chłopskim dzieckiem z calową drzazgą w plecach – wiecznie przyprowadzano do niego ludzi poranionych, skaleczonych, a nawet chorych, ba, ciężarne baby, biorąc najwidoczniej jego tajemnicze zajęcie za znachorstwo. Podobało mi się, że w przeciwieństwie do większości nierosyjskich podróżników, na przykład Svena Hedina, nigdy podczas wyprawy nie zmieniał ubrania na chińskie; w ogóle w sposobie bycia był niezależny, w stosunkach z tubylcami aż do przesady surowy i stanowczy, w niczym nie folgując mandarynom i lamom; na postojach ćwiczył się w strzelaniu, co znakomicie chroniło go przed wszelkimi zaczepkami. Etnografia w ogóle go nie interesowała, co nie wiadomo dlaczego irytowało niektórych geografów, wielki zaś jego przyjaciel, orientalista Krawcow, niemal z płaczem wyrzucał mu: „Żebyś, Konstanty Kiriłłowiczu, przywiózł bodaj jedną piosenkę weselną, żebyś choć odrysował jakiś przyodziewek!". Był w Kazaniu pewien profesor, który szczególnie go atakował; wychodząc z jakichś humanistyczno-liberalnych zasad, oskarżał ojca o arystokratyzm naukowy i wyniosłą pogardę dla człowieka, o lekceważenie zainteresowań czytelników, o niebezpieczne dziwaczenie i wiele jeszcze innych rzeczy. Pewnego razu zaś, na międzynarodowym bankiecie w Londynie (ten epizod podoba mi się najbardziej), Sven Hedin, siedzący obok ojca, zapytał go, jak to się stało, że poruszając się bez żadnych przeszkód po zakazanych obszarach Tybetu, bardzo blisko Lhasy, nie zwiedził jej, na co ojciec odpowiedział, że nie chciał poświęcić ani godziny łowów na to, by obejrzeć jeszcze jedno cuchnące miasteczko (*one more filthy little town*), i wyraźnie widzę, jak mówiąc to, przymrużył oczy.

Miał zrównoważone usposobienie, był wytrwały, miał też silną wolę, ogromne poczucie humoru; kiedy się gniewał, gniew jego był jak nagłe nadejście mrozu (babcia za jego plecami mawiała wtedy, że „wszystkie zegary w domu stanęły"), a ja dobrze pamiętam milczenie znienacka zapadające przy stole i pojawiający się na twarzy matki wyraz osobliwego roztargnienia (niechętne jej członkinie naszej rodziny twierdziły, że „drży przed Kostią"), i to, jak u końca stołu ta czy inna guwernantka pośpiesznie przykrywała dłonią szklankę, gdy przypadkiem brzęknęła. Przyczyną jego gniewu mogło być czyjeś uchybienie, błąd rządcy (ojciec dobrze orientował się w gospodarstwie), lekkomyślnie wydany sąd o kimś mu bliskim, pospolitactwo polityczne w jarmarczno-patriotycznym stylu, które wygłaszał gość, i wreszcie – jakieś moje przewinienie. On, który w życiu zabił niezliczoną ilość wszelkiego ptactwa, on, który pewnego razu przywiózł świeżo ożenionemu botanikowi Bergowi całą wielkości pokoju wielobarwną okrywę roślinną górskiej łąki (tak ją sobie właśnie wyobrażałem – zwiniętą w skrzyni niczym perski dywan), położonej gdzieś na ogromnych wysokościach wśród nagich skał i śniegów – nie mógł darować mi leszyńskiego wróbla, ustrzelonego bez sensu z wiatrówki, albo młodej osiki znad stawu, którą posiekałem pałaszem. Nie znosił ociągania się, niepewności, rozbieganych oczu kłamstwa, nie znosił niczego, co obłudne i mdłe, i jestem przekonany, że gdyby przyłapał mnie na fizycznym tchórzostwie, toby mnie wyklął.

Nie powiedziałem jeszcze wszystkiego; przybliżam się może do tego, co najważniejsze. W moim ojcu i wokół niego, wokół tej jasnej, prostolinijnej siły, było coś, co trudno oddać słowem, mgiełka, tajemnica, zagadkowe niedomówienie, które wyczuwałem to słabiej, to znów mocniej. Było to tak, jakby tego prawdziwego, bardzo prawdziwego człowieka owiewało coś jeszcze niewiadomego, lecz być może najprawdziwszego w nim samym. Nie dotyczyło to bezpośrednio nas ani mojej matki, ani zewnętrznej strony życia, ani nawet motyli (choć ich może najbardziej); było to nie zamyślenie i nie smutek – nie mam sposobu, żeby objaśnić wrażenie, jakie wywierała na mnie jego twarz, gdy podpatrywałem go z zewnątrz przez okno gabinetu; zapomniawszy nagle o pracy (czułem całym sobą, jak o niej zapominał – jakby coś się nagle zapadało lub milkło), lekko odwróciwszy od biurka dużą mądrą głowę i podparłszy ją pięścią, tak że od policzka ku skroni biegła szeroka fałda, nieruchomiał może na minutę. Teraz wydaje mi się czasem, że kto wie, może wyprawiając się w swoje podróże, nie tyle czegoś szukał, ile od czegoś uciekał, a potem, po powrocie, przekonywał się, że owo coś jest wciąż jeszcze z nim i w nim niezniszczalne i nie do wyczerpania. Nie mogę uchwycić jego tajemnicy, wiem tylko, że stąd brało się owo szczególne – nie radosne i nie ponure, zupełnie nieodnoszące się do zewnętrznej warstwy doznanych w życiu uczuć – osamotnienie, do którego ani moja matka, ani wszyscy entomolodzy świata razem wzięci nie mieli przystępu. I dziwne, może stróż z naszego majątku, sękaty starzec, dwukrotnie porażony nocną błyskawicą, jedyny w naszym wiejskim otoczeniu, który nauczył się bez pomocy ojca (i wyszkolił w tym cały pułk azjatyckich myśliwych) chwytać motyle, nie zamieniając ich w miazgę (co oczywiście nie przeszkadzało mu doradzać mi rzeczowo, abym na wiosnę nie kwapił się do łowienia drobnych motyli, „drobiazgu" jak się wyrażał, lecz doczekał lata, kiedy podrosną), właśnie on, szczerze, bez lęku i zadziwienia, przeświadczony, że mój ojciec wie coś takiego, czego nie wie nikt, miał na swój sposób rację.

Teraz w każdym razie jestem przekonany, że nasze życie przenikała jakaś nieznana innym rodzinom magia. Rozmowy z ojcem, marzenia, gdy był nieobecny, sąsiedztwo tysięcy książek pełnych rysunków zwierząt, drogocenne lśnienie kolekcji map, cała ta heraldyka natury i kabalistyka łacińskich nazw przydawała życiu takiej czarnoksięskiej lekkości, że zdawało się, iż za chwilę

147

wyruszę w podróż. To stamtąd zapożyczam po dziś dzień skrzydła. W gabinecie ojca, pomiędzy starymi, oswojonymi rodzinnymi fotografiami w pluszowych ramkach, wisiała kopia obrazu *Marco Polo opuszcza Wenecję*. Wenecja była rumiana, woda zaś jej lagun – lazurowa, a łabędzie dwakroć większe niż łodzie – do jednej z nich schodzili po trapie mali fioletowi ludzikowie, mający wsiąść na okręt, który czekał opodal ze zwiniętymi żaglami; od tego tajemniczego piękna, starych kolorów płynących przed oczyma jakby w poszukiwaniu nowych kształtów nie mogę się uwolnić i teraz, gdy wyobrażam sobie przygotowania ojcowskiej karawany w Przewalsku, dokąd zazwyczaj przybywał osobiście pocztowymi końmi z Taszkentu, wyprawiwszy przodem ładunki zapasów na trzy lata. Jego kozacy kupowali w sąsiednich wioskach konie, osły, wielbłądy; szykowano skrzynie do juków i sakwy (czegóż to nie było w tych przez stulecia używanych sartyjskich jagtanach i skórzanych workach – wszystko od koniaku do grubo mielonego grochu, od płytek srebra po gwoździe do podków); po nabożeństwie ku czci Przewalskiego odprawianym nad jeziorem przy stanowiącej jego grobowiec skale uwieńczonej orłem z brązu, wokół którego bez lęku sadowiły się miejscowe bażanty – karawana wyruszała w drogę.

Widzę potem, jak nie zagłębiwszy się jeszcze w góry, kluczy pomiędzy wzgórzami, ubarwionymi zielenią raju, tyleż zależną od porastającego je gatunku trawy, ile od połyskliwych jak jabłko łupkowatych skał, z których są zbudowane. Idą więc gęsiego, podzielone na eszelony, mocne, krępe kałmuckie konie: parzyste, równej wagi juki są po dwakroć ściągnięte arkanem, tak by nic wewnątrz się nie przesuwało, każdym zaś eszelonem kieruje kozak prowadzący konie za wodze. Na przedzie karawany, ze strzelbą na ramieniu i trzymaną w pogotowiu siatką na motyle, w okularach, w płóciennej bluzie, na białym kłusaku jedzie ojciec w towarzystwie dżygita. Za oddziałem zaś – geodeta Kunicyn (tak to widzę), majestatyczny starzec, który niewzruszenie przewędrował pół stulecia ze swymi instrumentami w futerałach – chronometrami, busolami, sztucznym horyzontem – i kiedy zatrzymuje się, żeby wprowadzić oznaczenia albo zapisać w dzienniku współrzędne, konia trzyma mu preparator, drobny, anemiczny Niemiec Iwan Iwanowicz Viskott, niegdyś aptekarz w Gatczynie, którego mój ojciec nauczył swego czasu preparowania ptasich skórek i który odtąd uczestniczył we wszystkich jego wyprawach dopóty, dopóki latem 1903 roku nie zmarł na skutek gangreny w Dyn-Kou.

Potem widzę góry: łańcuch Tien-szanu. W poszukiwaniu przełęczy (oznaczonych na mapie według ustnych opisów, ale po raz pierwszy zbadanych przez ojca) karawana wspina się stromiznami, wąskimi półkami, ześlizguje się na północ, w stepy pełne małych sumaków, i znowu idzie w górę, na południe, tu przechodząc w bród przez strumienie, ówdzie usiłując przebyć głęboką wodę – w górę, po ledwie dostępnych ścieżkach. Jakże grały słoneczne blaski! Suche powietrze sprawiało, że granice światła i cienia były niebywale ostre: światło dawało taką eksplozję blasku, tyle lśnienia, że chwilami nie sposób było patrzeć na skałę, na strumień, w cieniu zaś panował pochłaniający szczegóły mrok, tak iż każdy kolor żył czarodziejsko pomnożonym życiem, a maść koni zmieniała się w cieniu topoli.

Łoskot wody w wąwozie przyprawiał o obłęd: pierś i głowę przepełniało jakieś elektryzujące pobudzenie: woda pędziła ze straszliwą siłą, choć zachowywała gładkość roztopionego ołowiu, nagle jednak, dosięgnąwszy krawędzi, wzdymała się potwornie, piętrząc różnobarwne fale, z wściekłym rykiem spadając po lśniących czołach kamieni, i spod tęczowiska z wysokości trzech sążni waląc się w ciemność, pomykała dalej, ale już inaczej: z bulgotem, cała błękitnoszara i biała od piany, uderzając to w jedną, to w drugą stronę wielowarstwicowego kanionu, tak że wydawało się, iż nie wytrzyma tego huczący masyw góry, na której zboczach tymczasem w błogiej ciszy kwitły irysy – i nagle ze świerkowej czerni na oślepiającą halę wypadało stado marali, zatrzymywało się rozedrgane... nie, to tylko powietrze drgało – one już znikły.

Ze szczególną jasnością wyobrażam sobie – w tej przejrzystej i zmiennej aurze – najważniejsze i stałe zajęcie mego ojca, zajęcie, dla którego właśnie podejmował te ogromne wyprawy. Widzę, jak wychylony z siodła, wśród łoskotu obsuwających się kamieni, siatką na długim kiju z rozmachem zagarnia i szybkim obrotem dłoni zamotuje (tak by pełen szeleszczącego popłochu koniec tiulowego saka przerzucony został przez obręcz) jakiegoś królewskiego krewniaka naszych apollinów, pędzącego lotem zwiadowczym nad niebezpiecznymi osypiskami; nie tylko ojciec, ale i inni jeźdźcy (na przykład młodszy kapral Siemion Żarkoj albo Buriat Bujantujew, albo wreszcie mój reprezentant, którego przez wszystkie lata chłopięce posyłałem za ojcem), nieulękle pnąc się po skałach, tropią białego, bogato zdobionego pawimi oczkami motyla, chwytają go wreszcie – i oto już jest w palcach ojca, martwy, z zagiętym ku dołowi, żółtawym, włochatym, podobnym do wierzbowej bazi tułowiem, z krwawym znamieniem u nasady złożonych skrzydeł, od spodu lśniących i kruchych.

Ojciec unikał postojów, a zwłaszcza noclegów, w chińskich zajazdach, których nie lubił za „bezduszną krzątaninę", a właściwie pokrzykiwania bez śladu śmiechu; dziwne jednak – później w jego pamięci zapach tych gospód, ów szczególny zapach miejsca zamieszkanego przez Chińczyków – gorzkawa mieszanina kuchennego swędu, dymu ze spalanego nawozu, opium i stajni mówiła mu więcej o jego umiłowanych łowach niż cudowne wonie górskich hal, które wspominał.

Posuwając się wraz z karawaną przez Tien-szan, widzę teraz, jak przybliża się wieczór, naciągając ciemność na górskie zbocza. Odłożywszy do rana trudną przeprawę (przez burzliwą rzekę przerzucono chwiejny most – kamienne płyty ułożono na pniach, po drugiej zaś stronie podejście było strome, a co istotniejsze, gładkie jak szkło), karawana zatrzymała się na nocleg. Jeszcze na powietrznych piętrach nieba trwają kolory zachodu; odbywają się przygotowania do kolacji, kozacy, zdjąwszy ze zwierząt potniki i wojłokowe podkładki, przemywają im rany powstałe od juków. W dogasającym powietrzu, ponad bujnym poszumem wody, słychać dźwięczny odgłos kucia podków. Zapadła już ciemność. Ojciec wspiął się na skałę, szukając miejsca na umocowanie lampy karbidowej do połowu ciem. Stąd, w chińskiej perspektywie (z góry), w głębokim wąwozie widać przejrzystą w mroku czerwień ogniska; poprzez obrzeża jego pełzających płomieni jakby przepływają, wciąż zmieniając kontury, barczyste ludzkie cienie, i czerwony poblask drży, ale trwa w tym samym miejscu na wrzącej wodzie rzeki. W górze zaś jest cicho i ciemno, z rzadka tylko dźwięczy dzwonek: to pomiędzy złomami granitu chodzą konie, które już się wystały i otrzymały należne porcje suchej paszy. Nad głową, strasznie, a zarazem zachwycająco blisko, rozgwieździło się niebo, każda gwiazda jest osobno, niczym żywa ośródka, wyraźnie odsłaniając swą kulistość. Zaczynają się loty ciem, znęconych światłem lampy: ćmy opisują wokół niej szalone kręgi, dźwięcznie uderzając w reflektor, padają, pełzają w kręgu światła po rozłożonym płótnie, siwe, z płonącymi węgielkami oczu, trzepocząc, podrywając się i znów opadając – a nieśpieszna, zręczna, duża, wyrazista dłoń o migdałokształtnych paznokciach wprowadza je jedną po drugiej do zatruwarki...

Czasami ojciec był zupełnie sam – pozbawiony nawet sąsiedztwa ludzi śpiących w namiotach i na wojłokach dookoła wielbłąda ułożonego na wygasłym palenisku. Wykorzystując długie postoje w miejscach obfitujących w paszę dla zwierząt karawany, wyjeżdżał na kilkudniowe rekonesanse, przy tym zaś, upędzając się za jakąś nową odmianą pierydy, niejednokrotnie łamał zasady górskich łowów: nigdy nie wyruszać drogą, z której nie ma odwrotu. Dziś nieustannie zadaję sobie pytanie, o czym wtenczas myślał samotną nocą: żarliwie usiłuję wyczuć w mroku nurt jego myśli i idzie mi to o wiele gorzej niż próby wyobrażenia sobie miejsc, których nigdy nie widziałem. O czym, o czym myślał? O okazach, które niedawno schwytał? O przyrodzonej dziwności ludzkiego życia, której poczucie tajemniczo mi przekazał? A może niepotrzebnie narzucam mu ex post tajemnicę, którą nosi teraz ze sobą, gdy na inny, nowy sposób ponury, pełen troski, ukrywając ból niewiadomej rany i śmierć jak coś wstydliwego, pojawia się w moich snach, tajemnicę wówczas nieistniejącą – może był po prostu szczęśliwy pośród jeszcze nie w pełni nazwanego świata, w którym na każdym kroku nadawał imię temu, co bezimienne.

Spędziwszy w górach całe lato (nie jedno, lecz kilka, w różnych okresach, które nakładają się na siebie przejrzystymi warstwami), nasza karawana skierowała się na wschód i wyszła przez wąwóz na kamienistą pustynię. Tam stopniowo znikało i łożysko strumienia, rozpościerając się niczym wachlarz, i do ostatecznych granic wierna

152

podróżnikowi roślinność: wątły saksaul, ostnica, przęśl skrzypowata. Objuczywszy wielbłądy wodą, zapuściliśmy się w te widmowe gęstwiny, gdzie duże kamyki pokrywają tu i ówdzie grząską, czerwonobrunatną glinę pustyni, upstrzonej w różnych miejscach nalotami brudnego śniegu i wykwitami soli, które z daleka braliśmy za mury poszukiwanego miasta. Droga była niebezpieczna ze względu na straszliwe burze; w południe przesłaniała wszystko słona, brązowa mgła, huczał wiatr, w twarz uderzały drobne kamyczki, wielbłądy się kładły, a nasz brezentowy namiot darty był na strzępy. Burze te sprawiały, że powierzchnia ziemi ulegała niezwykłym przemianom, formując przedziwne zarysy jakichś zamków, kolumnad, schodów; albo też huragan wywiewał wądół, jakby tu, na tej pustyni, działały jeszcze gwałtowne, żywiołowe siły kształtujące świat. Zdarzały się jednak także dni cudownego uciszenia, gdy małe skowronki (ojciec trafnie nazywał je „śmieszkami") wywodziły mimetyczne trele, a naszym wychudłym zwierzętom towarzyszyły stada zwykłych wróbli. Zdarzało się, że popasaliśmy w samotnych wsiach, składających się z dwóch czy trzech zagród i zrujnowanej świątyni. Zdarzały się napady Tangutów w baranicach i czerwono-błękitnych filcowych butach; trwający mgnienie barwny epizod podróży. Pojawiały się też miraże, przy czym natura, ta bajeczna zwodzicielka, posuwała się do prawdziwych cudów: wizje wody były tak wyraziste, że odbijały się w nich sąsiednie rzeczywiste skały.

Potem były spokojne piaski Gobi, wydma za wydmą szły jak fale, otwierając krótkie horyzonty w tonacji ochry, w aksamitnym powietrzu zaś słychać było tylko ciężkie, przyśpieszone oddechy wielbłądów i szuranie ich szerokich kopyt. Karawana szła, to wspinając się na szczyty wydm, to się zapadając, pod wieczór zaś jej cienie ogromniały. Na zachodzie pięciokaratowy diament Wenus znikał wraz z wieczorną zorzą, która odmieniała wszystko białawym, oranżowym i fioletowym światłem. Ojciec lubił opowiadać, jak pewnego razu, w porze takiego właśnie zachodu w 1893 roku, w martwym sercu pustyni Gobi napotkał, najpierw biorąc ich za widma powstałe z gry promieni słonecznych – dwóch rowerzystów w chińskich sandałach i okrągłych pilśniowych kapeluszach – Amerykanów Sachtlebena i Allena, najspokojniej odbywających sportową wyprawę przez całą Azję do Pekinu.

Wiosna oczekiwała nas w górach Tien-szanu. Wszystko ją zapowiadało: szmer wody w strumykach, odległy grzmot rzeki, świstanie pełzaczy żyjących w norkach na śliskim, mokrym zboczu i śliczny śpiew miejscowej odmiany skowronka, i „mnóstwo dźwięków, których źródło trudno sobie uzmysłowić" (zdanie z zapisków przyjaciela mego ojca, Grigorija Jefimowicza Grum-Grzymajły, które zapamiętałem na zawsze, dźwięczące zdumiewającą prawdą, właśnie dlatego, że mówi to nie ignorant-poeta, lecz genialny badacz przyrody). Na południowych stokach można już było napotkać pierwszego interesującego motyla – Potaninowską odmianę bielinka Butlera, w dolinie zaś, w którą zeszliśmy łożyskiem strumienia, zastaliśmy już pełnię lata. Wszystkie stoki tkane były w anemony i prymule. Strelców kusiły gazele Przewalskiego i bażanty Straucha. A jakież bywały tam wschody słońca! Tylko w Chinach poranna mgła jest tak pełna czaru – wszystko drga – fantastyczne zarysy chat, rozświetlające się skały... Rzeka niczym w odmęt pogrąża się w mgłę przedświtowej szarówki, która trwa jeszcze w wąwozach; wyżej zaś, wzdłuż pędzącej wody, wszystko skrzy się, wszystko drga – a na wierzbach przy młynie obudziło się już całe towarzystwo błękitnych srok.

154

Eskortowani przez piętnastu chyba chińskich piechurów uzbrojonych w halabardy i niosących olbrzymie, idiotycznie jaskrawe proporce, przecięliśmy po wielekroć łańcuch górski, poruszając się przełęczami. Choć to pełnia lata, nocami jest tam bardzo mroźno, rankiem kwiaty pokryte są szronem i tak kruche, iż łamią się pod stopami z niezwykłym, cichym chrzęstem, w dwie godziny później zaś, ledwie tylko przygrzeje słońce, wspaniała wysokogórska flora znów tchnie olejkami i miodem. Przywierając do stromizn, posuwaliśmy się pod skwarnym błękitem; spod naszych stóp pierzchały koniki polne, psy biegły z wywieszonymi językami, szukając ochrony przed skwarem w krótkim cieniu, jaki rzucały konie. Woda w studniach pachniała prochem. Drzewa wydawały się botanicznymi majakami: biała z alabastrowymi owocami jarzębina albo brzoza o czerwonej korze.

Postawiwszy nogę na kamieniu, wspierając się lekko o obręcz siatki, ojciec spogląda z lodowcowych głazów Tanegmy na jezioro Kuku-nor – ogromny obszar ciemnobłękitnej wody. Tam w dole, w złocistych stepach, przemyka ławica kiangów, a po skałach sunie cień orła; w górze zaś – trwają niezmącone niczym spokój, cisza, przejrzystość... I znów zadaję sobie pytanie, o czym myśli ojciec, kiedy nie poluje, a ot, tak, znieruchomiały, stoi... pojawiając się jakby na wysokiej fali mego wspomnienia, dręcząc mnie i zachwycając – do bólu, do szaleńczego zachwytu, zazdrości i miłości, jątrząc mi duszę swoją nieprzeniknioną samotnością.

Płynąc w górę Żółtej Rzeki i jej dopływów, cudownego wrześniowego ranka w nadbrzeżnych zaroślach i plątaninie lilii łowiłem wraz z nim pazia królowej, czarne cudo o kopytkowato rozszerzonym u końca odwłoku. Przed zaśnięciem, w słotne wieczory, czytywał Horacego, Montaigne'a, Puszkina – trzy książki, które ze sobą zabrał.

Pewnego razu w zimie, przechodząc przez rzekę po lodzie, dostrzegłem z daleka przegradzający ją w poprzek szereg ciemnych przedmiotów, duże rogi dwudziestu dzikich jaków, które podczas przeprawy uwięziło nagłe zlodowacenie; przez gruby kryształ lodu widać było ciała zwierząt zastygłych, gdy płynęły; wzniesione nad lodem piękne łby wyglądałyby jak żywe, gdyby ptaki nie wydziobały im już oczu; nie wiedzieć czemu przypomniał mi się tyran Xiuxin, który z ciekawości rozpruwał ciała brzemiennych kobiet, pewnego zaś chłodnego ranka, zobaczywszy tragarzy przechodzących w bród przez strumień, rozkazał odciąć im golenie, żeby zobaczyć, co się dzieje z ich szpikiem kostnym.

W Zhangu podczas pożaru (płonęło drewno przeznaczone na budowę misji katolickiej) widziałem, jak niemłody Chińczyk w bezpiecznej od ognia odległości, pracowicie, starannie, niezmordowanie polewał wodą o d b l a s k płomienia na ścianie swego domostwa; przekonawszy się, że nie sposób mu wytłumaczyć, iż jego dom nie płonie, pozostawiliśmy go przy tym jałowym zajęciu.

Częstokroć musieliśmy iść przebojem, nie słuchając chińskich przestróg i zakazów: celność w strzelaniu jest najlepszym paszportem. W Tajienlu po krzywych i wąskich ulicach kręcili się lamowie o wygolonych głowach, rozpowszechniając pogłoskę, iż porywam dzieci, żeby z ich oczu sporządzać wywar, którym żywi się mój kodak. Tam, na stoku ośnieżonych gór, oblanych bujną, różową pianą olbrzymich rododendronów (ich gałęziami podsycaliśmy nocą nasze ogniska), znalazłem w maju ciemnoszarą, o oranżowych plamach, larwę niepylaka imperatora i jego kokon, przymocowany jedwabnym oprzędem do spodu kamienia. Pamiętam, że tego samego dnia zabity został biały niedźwiedź tybetański i odkryta nowa żmija odżywiająca się myszami, przy czym mysz, którą wydobyłem z jej wnętrzności, też należała do nieopisanego jeszcze gatunku. Od rododendronów i pokrytych wzorzystymi liszajami sosen szedł narkotyczny zapach żywicy. Nie opodal jacyś znachorzy zbierali na własne, zyskowne potrzeby chiński rabarbar, którego korzeń jest niezwykle podobny do gąsienicy, z jej odnóżkami i tchawkami włącznie – ja zaś tymczasem, przewróciwszy kamień, podziwiałem gąsienicę nieznanej ćmy, będącą już nie w sensie ogólnej idei, lecz w najkonkretniejszym zarysie kopią owego korzenia, tak że nie było zbyt oczywiste, kto kogo naśladuje i po co.

W Tybecie wszyscy kłamią; piekielnie trudno było wydobyć od ludzi dokładną nazwę miejscowości i wywiedzieć się o właściwe drogi; mimo woli i ja też oszukiwałem: nie umiejąc odróżnić jasnowłosego Europejczyka od siwego tubylca, brano mnie, młodego mężczyznę o spłowiałych od słońca włosach, za starca. Wszędzie na granitowych głazach można było przeczytać „mistyczną formułę" – szamańskie układanki słów: niektórzy poetycznie wyrobieni podróżnicy przekładają je „literacko" jako: o, perło w lotosie, o! Nasyłano mi z Lhasy jakichś urzędników, którzy mnie na coś zaklinali i czymś grozili – nie zwracałem na nich zbyt wiele uwagi; pamiętam zresztą pewnego szczególnie dokuczliwego durnia w żółtych jedwabiach i pod czerwonym parasolem: dosiadał muła, którego przyrodzony smętek potęgowały wielkie lodowe sople pod oczami, powstałe z zamarzniętych łez.

Z dużej wysokości widziałem ciemną, błotnistą kotlinę rozedrganą od blasków niezliczonych źródeł, co przypominało nocny nieboskłon usiany gwiazdami; tak się zresztą to miejsce nazywało – Gwiaździsty Step. Przełęcze wspinały się nad obłoki, przeprawy były trudne. Rany jucznych zwierząt smarowaliśmy mieszaniną jodoformu i wazeliny. Zdarzało się, że zanocowawszy w zupełnym pustkowiu, nagle rano zastawaliśmy wyrosłe wokół nas w ciągu nocy, niczym czarne grzyby, jurty rozbójników, które bardzo szybko jednak znikały.

Spenetrowawszy płaskowyż Tybetu, ruszyłem nad Łob-nor, ażeby już stamtąd powrócić do Rosji. Tarym zagarniany przez pustynię tworzy ostatkiem sił z resztek swych wód rozległe, porośnięte sitowiem bagnisko, dziś Kara-Koszuk-kul, Łob-nor Przewalskiego i Łob-nor z epoki chanatów – bez względu na to, co o tym powiada Ritthofen. Otoczone jest ono solniskami, woda jednak jest słona tylko przy brzegach – sitowie nie rosłoby zresztą wokół słonego jeziora. Pewnego razu wiosną objechałem je w ciągu pięciu dni. Wśród wysokich na trzy sążnie trzcin udało mi się odkryć wspaniałego półwodnego motyla o pierwotnym użyłkowaniu. Kępiaste solnisko usiane było muszlami mięczaków. Wieczorami, w zupełnej ciszy, można było dosłyszeć pełną harmonii melodię łabędzich lotów; od tła żółtawych trzcin szczególnie wyraźnie odbijała matowa białość ptaków. W tych okolicach w 1862 roku przez sześć miesięcy żyło około sześćdziesięciu starowierców z żonami i dziećmi: następnie starowiercy powędrowali do Turfanu, a gdzie się podziali później – nie wiadomo.

Dalej rozpościerała się pustynia Łob: kamienista równina, tarasy glinianych urwisk, szklistosłone rozlewiska; w szarym powietrzu biała plamka: unoszony przez wiatr samotny bielinek Roborowskiego. W tej pustyni zachowały się ślady starożytnej drogi, którą sześć stuleci przede mną przebył Marco Polo: jej drogowskazy ułożone są z kamieni. Podobnie jak w tybetańskim wąwozie słyszałem przypominający bicie w bęben intrygujący łoskot, który wzbudzał lęk naszych pierwszych pielgrzymów, tak na pustyni, podczas burz piaskowych, widziałem i słyszałem to samo co Marco Polo: „naszeptywanie duchów sprowadzających na manowce", w dziwnie zaś migotliwym powietrzu – nieustannie zdążające nam naprzeciw powietrzne wiry, karawany i pułki duchów, tysiące widm, bezcieleśnie napierających, przenikających poza nas i rozpływających się nagle. W latach dwudziestych czternastego stulecia, gdy wielki podróżnik umierał, zgromadzeni przy jego łożu błagali, by wyrzekł się tego, co im się w jego opisach wydawało nieprawdopodobne, i by dokonując rozsądnych skreśleń, ujął nieco rozmaitych cudowności, on zaś odpowiadał im, że w swoich opowieściach nie zawarł ani połowy tego, co widział.

Wszystko to trwało w swej magii, w pobliżu – pełne życia i ruchu, w dalekościach – wyraziste; potem, niczym dym pod powiewem wiatru, ulegle się rozpierzchło – Fiodor Konstantinowicz znów zobaczył martwe i nieznośne dla oczu tulipany tapet, w popielniczce sypki pagórek niedopałków i odbicie lampy w czarnej okiennej szybie. Otworzył okno. Leżące na stole zapisane arkusiki drgnęły, jeden zwinął się, drugi płynnie ześliznął się na podłogę. W pokoju od razu zrobiło się wilgotno i zimno. W dole pustą ciemną ulicą powoli przejeżdżał samochód – i, dziwna rzecz, właśnie ten powolny ruch przypomniał Fiodorowi Konstantinowiczowi mnóstwo drobnych, niemiłych spraw – miniony dzień, opuszczoną lekcję – kiedy zaś uprzytomnił sobie, że rano trzeba będzie zadzwonić do starego człowieka, który czekał na próżno, paskudne przygnębienie przyprawiło go od razu o ściśnienie serca. Ledwie jednak zamknął okno i, już ponownie czując pustkę w zgiętych palcach, obrócił się ku cierpliwie wyczekującej lampie, ku rozrzuconym brudnopisom i jeszcze ciepłemu pióru, które niepostrzeżenie wśliznęło się do ręki (zarazem tłumacząc i wypełniając pustkę), od razu trafił znów do świata, który był mu równie przyrodzony jak śnieg bielakowi, jak woda Ofelii.

Z niesłychaną wyrazistością, jakby ten słoneczny dzień przechował się w aksamitnym futerale, pamiętał ostatni powrót ojca w lipcu 1912 roku. Elżbieta Pawłowna już dawno wyjechała na spotkanie męża do odległej o dziesięć wiorst stacji; zawsze witała go sama i zawsze tak się składało, że nikt nie wiedział dokładnie, z której strony domu nadjadą, z prawej czy z lewej, były bowiem dwie drogi, jedna dłuższa i gładsza – szosą przez wieś, druga krótsza i bardziej wyboista – przez Pieszczankę. Fiodor na wszelki wypadek włożył bryczesy i kazał osiodłać sobie konia – nie mógł się jednak zdecydować, żeby wyjechać na spotkanie ojca, w obawie, że się rozminą. Na próżno usiłował się uporać z rozdętym, zogromniałym czasem. Rzadki motyl, schwytany kilka dni temu wśród bagiennych łochyń, jeszcze nie wysechł na rozpinarce, Fiodor końcem szpilki wciąż dotykał jego odwłoka – niestety, okaz ciągle był miękki, nie można więc było zdjąć papierowych pasków, zakrywających całe skrzydła, które tak pragnął pokazać ojcu w pełni ich urody. Włóczył się po całym dworze, przepełniony bolesnym, chorobliwym wzruszeniem, zazdroszcząc innym tego, jak przeżywali te duże, puste chwile. Znad rzeki docierały przeraźliwe krzyki kąpiących się wiejskich chłopaków, i ten gwar, zawsze rozlegający się w głębi letniego dnia, brzmiał teraz niczym odległe owacje. Tania z pełnym entuzjazmu rozpędem huśtała się na stojąco na ogrodowej huśtawce; po fruwającej białej spódnicy fioletowy cień listowia przemykał z taką szybkością, że aż ćmiło się w oczach; jej bluzka z tyłu to wydymała się, to przywierała do pleców, uwydatniając zagłębienie między ściągniętymi łopatkami, jeden foksterier szczekał na nią z dołu, drugi uganiał się za pliszką, radośnie poskrzypywały liny i zdawało się, że Tania wzbija się tak wysoko, żeby spoza drzew dostrzec drogę. Francuzka osłonięta parasolką z mory niezwykle uprzejmie dzieliła się swymi obawami (że pociąg się spóźni, być może, o dwie godziny albo w ogóle nie przyjedzie) z Browningiem, którego nienawidziła, ten zaś stał, uderzając się szpicrutą po sztylpach – nie był poliglotą. Iwonna Iwanowna wychodziła to na jedną, to na drugą werandę z tym niechętnym wyrazem – drobnej twarzy, którym witała zawsze każde radosne wydarzenie. Koło zabudowań gospodarskich panowało szczególne ożywienie: pompowano wodę, rąbano drwa, ogrodnik niósł poziomki w dwóch czerwono poplamionych łubiankach. Żaksybaj, stary, przysadzisty Kirgiz o pełnej twarzy, po której biegła od oczu powikłana sieć zmarszczek, ten, co w dziewięćdziesiątym drugim roku uratował Konstantemu Kiriłłowiczowi życie (zastrzelił atakującą go niedźwiedzicę), a teraz, cierpiąc na przepuklinę, mieszkał sobie na dożywociu w domu w Leszynie, włożył swój granatowy beszmet z kieszeniami w kształcie półksiężyców, buty ze lśniącej skóry, czerwoną, naszywaną cekinami tiubietiejkę, przepasał się jedwabnym pasem z frędzlami, usiadł koło kuchennego ganku i długo tak siedział w słońcu z błyszczącym na piersiach srebrnym łańcuszkiem zegarka, pogrążony w spokojnym, odświętnym oczekiwaniu.

Nagle, biegnąc ciężko po łukowatej ścieżce prowadzącej w dół, ku rzece, pojawił się z głębi cienia, z dzikim błyskiem w oku, z już krzyczącymi, ale jeszcze bezdźwięcznymi ustami stary służący Kazimierz, przyozdobiony siwymi bakami: nadbiegł z wiadomością, że za najbliższym zakrętem usłyszał na moście tętent (szybkie, urywane bębnienie kopyt po drewnie) – zapowiedź, że oto zaraz po miękkiej drodze wzdłuż parku przemknie powóz. Fiodor rzucił się w tamtą stronę, biegł pomiędzy pniami drzew, po mchu i czarnych jagodach – tam zaś, za ostatnią ścieżką, ślizgając się z szybkością widma nad niskimi świerkami, przemykała głowa stangreta i jego bławatkowe rękawy. Fiodor pędem zawrócił – w ogrodzie kołysała się jeszcze porzucona huśtawka, a przed werandą stał pusty powóz z pomiętym podróżnym pledem; matka wchodziła po stopniach, wlokąc za sobą przezroczysty szal – Tania wisiała na szyi ojca, który wyjąwszy wolną ręką zegarek, sprawdzał godzinę, bo zawsze lubił wiedzieć, ile czasu zabrał przejazd ze stacji do domu.

Następnego roku pochłonięty był pracą naukową i nigdzie nie wyjeżdżał, wiosną zaś 1914 roku już zaczął przygotowywać się do nowej wyprawy do Tybetu, którą planował wspólnie z ornitologiem Pietrowem i angielskim botanikiem Rossem. Wojna z Niemcami nagle wszystko przerwała.

Wojnę potraktował ojciec jako przeszkodę, z czasem coraz bardziej irytującą. Cała dalsza rodzina nie wiadomo dlaczego była przekonana, że Konstanty Kiriłłowicz natychmiast wyruszy na front na czele oddziału jako ochotnik: uważano go co prawda za dziwaka, ale odważnego dziwaka. W istocie zaś Konstanty Kiriłłowicz, który rozpoczął szósty krzyżyk z niewyczerpanym zasobem życia, ruchliwości, rześkości i sił, i z większym chyba jeszcze niż dawniej zapałem gotów był pokonywać góry, Tangutów, niepogodę i tysiące innych niebezpieczeństw, o jakich ludziom zasiedziałym nawet się nie śniło – teraz nie tylko utknął w domu, ale usiłował ignorować wojnę, a jeśli nawet o niej wspominał, to z pełną pogardy niechęcią. „Mój ojciec – pisał Fiodor Konstantinowicz, powracając do owego okresu – nie tylko wiele mnie nauczył, lecz nadto według własnych reguł ustawił mój sposób myślenia, tak jak ustawia się głos lub rękę. Wobec okrucieństw wojny okazywałem pewną obojętność; dopuszczałem nawet, że można znaleźć upodobanie w celnym strzelaniu, w niebezpieczeństwach zwiadu, w zręczności manewru; te jednak drobne przyjemności (lepiej zresztą reprezentowane przez różne dyscypliny sportu, jak polowanie na tygrysa, podchody, zawodowy boks) nie równoważyły towarzyszącego każdej wojnie posmaku ponurego zidiocenia.

Tymczasem bez względu na „niepatriotyczną postawę Kosti" – jak wyrażała się ciocia Ksenia (która skutecznie i zręcznie dzięki „ogromnym stosunkom" utrzymywała męża-oficera na tyłach) – zamęt wojny przenikał do domu. Elżbietę Pawłownę wciągnięto do pracy w lazarecie, przy czym mówiło się, że swą energią nadrabia ona bezczynność męża, „któremu bardziej zależy na azjatyckich żuczkach niż na chwale rosyjskiego oręża"; tak to właśnie dziarsko ujęła pewna gazeta. Zawirowały gramofonowe płyty z romansem *Mewa* przyobleczonym w wojskowy mundur („... Tam porucznik młody z plutonem piechoty..."), w domu pojawiły się jakieś siostrzyczki z loczkami wymykającymi się spod chusteczek; nim zapaliły papierosa, szykownie postukiwały nim o papierośnicę; syn odźwiernego, rówieśnik Fiodora, uciekł na front i Konstantego Kiriłłowicza proszono, by spowodował jego powrót; Tania chadzała do lazaretu matki, gdzie uczyła czytać i pisać po rosyjsku spokojnego brodacza ze Wschodu, któremu – ścigając się z gangreną – coraz wyżej amputowano nogę. Iwonna Iwanowna dziergała nadgarstniki, w święta aktor Fieona zabawiał żołnierzy farsowymi piosenkami; na amatorskich przedstawieniach grano *Wowa wie już co i jak*; w czasopismach drukowano wierszyki poświęcone wojnie:

Tyś biczem losu dziś Ojczyźnie naszej miłej,
Lecz w oczach Rosjan wnet radości zalśni blask,
Bo ujrzą, że się gnie germański kark Attyli
Skruszony hańbą, gdy nadejdzie czas!

163

Na wiosnę 1915 roku, zamiast przenieść się do Leszyna, co wydawało się zawsze czymś równie naturalnym i niewzruszonym jak kolejność miesięcy w kalendarzu, wyjechaliśmy do majątku na Krymie, położonego nad morzem, między Jałtą a Ałupką. Na pochyłych polankach rajsko zielonego ogrodu Fiodor, z grymasem bólu na twarzy (ręce mu się trzęsły z radosnego podniecenia), łowił południowe motyle; nie tam jednak, pośród mirtów, nieszpułek i magnolii, lecz o wiele wyżej, w górach pomiędzy skałami Aj Petri i na falującej od traw Jaile, można było natrafić na prawdziwe krymskie osobliwości: w ciągu lata ścieżkami sosnowych lasów nieraz wspinał się z nim ojciec, aby z uśmiechem pobłażania wobec europejskiej błahostki wskazać mu opisanego niedawno przez Kuzniecowa satyra, który przefruwał z kamienia na kamień właśnie w miejscu, gdzie jakiś odważny dureń wydrapał na stromej skale własne nazwisko. Spacery te stanowiły wyłączną rozrywkę Konstantego Kiriłłowicza. Nie można powiedzieć, żeby był posępny lub skłonny do irytacji (te niezbyt pojemne określenia nie przystawały do jego formatu duchowego), lecz mówiąc po prostu, nie mógł sobie miejsca znaleźć – a Elżbieta Pawłowna i dzieci doskonale rozumiały, co go nęci. Nagle, w sierpniu, wyjechał na krótko – nikt prócz najbliższych nie wiedział dokąd: swoją wyprawę tak zakonspirował, że mógłby mu pozazdrościć każdy podróżujący terrorysta; śmiech i zgroza ogarniały na myśl, jak załamałaby ręce rosyjska opinia publiczna, gdyby dotarło do jej wiadomości, że podczas gdy na całego toczy się wojna, Godunow-Czerdyncew jedzie do Genewy, by spotkać się z grubym, łysym, niezwykle jowialnym profesorem (przybył tam również trzeci spiskowiec, stary Anglik w cienko oprawionych okularach i obszernym popielatym garniturze). Wszyscy trzej zeszli się w pokoiku skromnego hotelu i odbyli tam naradę naukową, ustaliwszy zaś, co było do ustalenia (chodziło o pewną wielotomową edycję, nadal mimo wojny ukazującą się w Stuttgarcie; mieli w niej swój udział zagraniczni uczeni, specjalizujący się w różnych grupach motyli), rozjechali się spokojnie każdy w swoją stronę. Podróż ta jednak nie poprawiła ojcu humoru – potajemny napór przytłaczającego go nieustannie marzenia wzmógł się jeszcze bardziej. Jesienią cała rodzina wróciła do Petersburga. Pracował z wytężeniem nad piątym tomem *Łuskoskrzydłych Cesarstwa Rosyjskiego*, rzadko wychodził z domu, grał w szachy z owdowiałym niedawno botanikiem Bergiem – gniewniej reagując na błędy przeciwnika niż na własne; z uśmieszkiem przeglądał gazety; brał Tanię na kolana, zamyślał się nagle, a jego ręka na jej okrągłym ramieniu też się zamyślała. Pewnego razu w listopadzie podano mu przy stole depeszę, otworzył ją, przeczytał, sądząc z ruchu oczu, przeczytał ponownie, odłożył, wypił łyk porto i niezmącenie prowadził dalej rozmowę z ubogim krewniakiem, staruszkiem o pokrytej piegami czaszce, który dwa razy w miesiącu przychodził na obiad i zawsze przynosił Tani ciągutki. Kiedy goście wyszli, ojciec usiadł w fotelu, zdjął okulary, przesunął dłonią po twarzy od góry do dołu, po czym spokojnym tonem oznajmił, że stryj Oleg został poważnie ranny w brzuch odłamkiem granatu (pracował pod kulami na punkcie opatrunkowym) – i od razu w duszy Fiodora, rozdzierając ją krawędziami, wyrysował się ostro jeden z niezliczonych, rozmyślnie głupawych dialogów, które bracia tak niedawno jeszcze prowadzili przy stole:

STRYJ OLEG (*kpiąco*)
Powiedz, Kostia, czy nie zdarzało ci się na uroczysku Wie zobaczyć ptaszka so-was?
OJCIEC (*oschle*)
Nie zdarzało się.

STRYJ OLEG (*rozochocony*)
A czy nie widziałeś, Kostia, jak mucha Popowa
ucięła konia Popowskiego?
OJCIEC (*jeszcze oschlej*)
Nie widziałem.
STRYJ OLEG (*w absolutnym upojeniu*)
A czy nie zdarzało ci się na przykład zaobserwować
ukośnego ruchu entoptycznych gromad?
OJCIEC (*patrząc mu prosto w oczy*)
Zdarzało się.

Tej samej nocy pojechał po stryja do Galicji, przywiózł
go niezwykle szybko i z wszelkimi wygodami, wystarał
się o najznakomitszych lekarzy – Gerszenzona, Jeżowa,
Millera-Mielnickiego, obecny był osobiście przy dwóch
długo trwających operacjach... Na Boże Narodzenie brat
był zdrów. I wtedy coś się nagle zmieniło w nastroju
Konstantego Kiriłłowicza: oczy mu złagodniały i błyszczały żywiej, znów można było usłyszeć melodyjne pomruki, które wydawał, chodząc, gdy był z czegoś szczególnie zadowolony, wyjeżdżał dokądś, odbierał i wyprawiał
jakieś paki, w domu wyczuwało się, że wokół tajemniczego
rozweselenia gospodarza narasta niejasne, wyczekujące
zdumienie – pewnego zaś razu Fiodor, przechodząc przypadkiem przez złocisty, zalany wiosennym słońcem salon,
dostrzegł nagle, jak drgnęła, ale nie ustąpiła, mosiężna
klamka białych drzwi prowadzących do gabinetu ojca,
jakby nią ktoś od wewnątrz bezsilnie szarpał, nie naci-
skając, nagle jednak drzwi się cicho otworzyły i wyszła
z nich matka z roztargnionym, łagodnym uśmiechem na
zapłakanej twarzy i przechodząc obok Fiodora, dziwnie
machnęła ręką... Zapukał do ojca i wszedł do gabinetu.
„O co chodzi?" – zapytał Konstanty Kiriłłowicz i nie
podnosząc głowy, dalej coś pisał. „Weź mnie ze sobą"
– powiedział Fiodor.

166

To, że w niezwykle niespokojnym okresie, gdy kruszyły się granice Rosji, a jej wnętrze ulegało rozdarciu, Konstanty Kiriłłowicz nagle zdecydował się opuścić rodzinę na dwa lata, żeby odbyć daleką wyprawę naukową, wydawało się większości ludzi z jego otoczenia dziwaczną zachcianką, objawem przerażającej wprost lekkomyślności. Powtarzano nawet, że rząd „nie dopuści do zakupów", że szaleniec nie pozyska towarzyszy podróży i nie zdobędzie jucznych zwierząt. Już jednak w Turkiestanie prawie nie czuło się specyficznego odorku epoki: przypominał o niej chyba tylko toj – uroczyste zgromadzenie organizowane przez administrację tych terenów, na którym zjawiali się goście z darami na rzecz wojny – nieco później wybuchło wśród Kirgizów i Kozaków powstanie związane z poborem do pomocniczych robót na rzecz wojska. Tuż przed wyjazdem, w czerwcu 1916 roku, Godunow-Czerdyncew zjawił się w Leszynie, by pożegnać się z rodziną. Fiodor aż do ostatniej chwili marzył, że ojciec jednak weźmie go ze sobą – kiedyś zapowiadał, że uczyni tak, gdy tylko syn ukończy piętnaście lat. „W innych czasach zabrałbym cię" – powiedział teraz, jakby zapomniawszy, że dla niego czas był zawsze i n n y.

To ostatnie pożegnanie na pozór nie różniło się niczym od poprzednich. Po wypracowanej przez rodzinny obyczaj harmonijnej serii objęć rodzice, włożywszy jednakowe żółte okulary z zamszowymi osłonami, wsiedli do czerwonego otwartego samochodu, dookoła zgromadziła się służba: stary stróż wsparty na kiju stał opodal, obok rozdartej przez piorun topoli; niski, tęgi szofer o rudej potylicy, z topazem na pulchnej, białej dłoni, okrągły, w welwetowej liberii i oranżowych sztylpach, z ogromnym wysiłkiem szarpnął korbą raz i drugi i zapalił silnik (ojciec i matka, siedząc w samochodzie, wzdrygnęli się), szybko usiadł za kierownicą, przesunął dźwignię, nałożył rękawice, obejrzał się. Konstanty Kiriłłowicz skinął mu w zamyśleniu, samochód ruszył, foksterier zaniósł się szczekaniem, rozpaczliwie usiłując się wywinąć z rąk Tani, przewracając się na grzbiet i wysuwając głowę ponad jej ramieniem; czerwona karoseria znikła za zakrętem i już spoza świerków, gdy wóz z rykiem wspinał się pod górę, dał się słyszeć odgłos zmiany biegów, a potem pełen ulgi, oddalający się warkot; wszystko ucichło, ale za ćwierć minuty od wsi za rzeką znów dotarł zwycięski ryk silnika, powoli cichnącego – na zawsze. Iwonna Iwanowna, zalewając się łzami, poszła po mleko dla kota. Tania, podśpiewując z udaną beztroską, wróciła do chłodnego, odbrzmiewającego pustką domu. Cień Żaksybaja, który umarł poprzedniej jesieni, ześliznął się z przyzby i wrócił do swego spokojnego, pięknego raju, obfitującego w róże i barany.

Fiodor ruszył przez park, otworzył śpiewnie skrzypiącą furtkę, przeciął drogę, na której widniały odciśnięte przed chwilą ślady grubych opon. Z ziemi wzbił się płynnie i opisał szeroki krąg znajomy czarno-biały pięknis, także biorąc udział w pożegnaniu. Fiodor skręcił do lasu i cienistą drogą, gdzie w poprzecznych promieniach drżały zawieszone w locie złote muszki, doszedł do ulubionej polanki – pełnej wzgórków, kwitnącej, wilgotno połyskującej w skwarnym słońcu. Boskości przydawały tej polance motyle. Każdy znalazłby tu coś dla siebie. Letnik posiedziałby chwilę na pieńku. Malarz przyglądałby się, zmrużywszy oczy. Nieco głębiej jednak przenikała w jej istotę miłość pomnożona przez wiedzę: szeroko rozwarte źrenice.

Świeże i jakby przez tę świeżość roześmiane, niemal oranżowe seleny zdumiewająco płynnie przefruwały na rozpostartych skrzydłach, bardzo rzadko nimi poruszając – jak złota rybka płetwą. Nieco uszkodzony, bez jednej ostrogi, ale silny jeszcze paź królowej, potrząsając rynsztunkiem, wylądował na rumianku, wzleciał, jakby się cofając, a porzucony kwiat wyprostował się i zachwiał. Leniwie polatywały niestrzępy głogowce, niektóre zakapane posoką poczwarek (której plamy na białych murach miast przepowiadały naszym przodkom zagładę Troi, morowe powietrze, trzęsienie ziemi). Pierwsze czekoladowe przestrojniki podskakujące w chybotliwym biegu fruwały tuż nad trawą; wylatywały z niej, od razu opadając z powrotem, blade mole. Na driakwi ulokował się w towarzystwie meszki czerwono-granatowy kraśnik z granatowymi czułkami, podobny do przebranego chrabąszcza. Samica kapustnika, pośpiesznie opuściwszy łąkę i usiadłszy na liściu olchy, dziwnym podciągnięciem odwłoka i płasko złożonymi skrzydłami (co przypominało stulone uszy) dała znać swemu wyszarzałemu prześladowcy, że została już zapłodniona. Dwa miedziane, podbarwione fioletem motylki (samice ich jeszcze się nie wykluły) spotkały się w błyskawicznym locie, wzbiły i wijąc jeden wokół drugiego, walczyły zaciekle. Wznosiły się coraz to wyżej i nagle odprysnęły od siebie, znów wracając ku kwiatom. Lazurowy modraszek mimolotem uczepił się pszczoły. Wśród dostojek selene mignęła smagła freya. Mały zawisak o tułowiu trzmiela i szklistych, tak szybko się poruszających, że aż niewidocznych skrzydłach, z powietrza wysondował długą ssawką kwiat, jeden, drugi, trzeci. Cały ten zachwycający świat, z którego dzisiejszego układu można było określić bezbłędnie i porę lata (z dokładnością niemal co do dnia), i geograficzne usytuowanie okolicy, i skład roślinny łąki, wszystko to żywe, rzeczywiste, nieskończenie drogie Fiodor ogarnął w okamgnieniu, jednym doświadczonym, uważnym spojrzeniem. Nagle przyłożył pięść do pnia brzozy i, pochyliwszy się ku niemu, zaszlochał.

Choć ojciec nie lubił zbytnio folkloru, powtarzał niekiedy pewną wspaniałą kirgiską bajkę. Jedyny syn wielkiego chana, zabłądziwszy podczas polowania (od czego zaczynają się najlepsze bajki i czym się kończą najlepsze żywoty), dostrzegł pomiędzy drzewami jakiś blask. Kiedy się zbliżył, zobaczył, że to zbierająca chrust dziewczyna w sukni z rybich łusek; nie był jednak pewien, czy jaśnieje tak jej twarz, czy suknia. Udał się wraz z dziewczyną do jej starej matki i zaofiarował jako okup za narzeczoną bryłę złota wielkości końskiego łba. „Nie – powiedziała narzeczona – weź tylko ten woreczek – widzisz, że jest nie większy niż naparstek, i napełnij go". Królewicz roześmiał się („nawet jedna moneta powiedział – tu się nie zmieści"), wrzucił do woreczka monetę – jedną, drugą, trzecią, wreszcie wszystkie, które miał przy sobie. Wtedy zakłopotany udał się do ojca. Wszystko chan bogactwo zebrał, wrzucił w mieszek złoto, srebro, skarbiec cały swój wyłożył, do dna ucho wraz przyłożył, dodał jeszcze przygarść całą – mało co na dnie dźwięczało. Zawołano starą kobietę. „To jest – powiedziała – ludzkie oko, które chce pochłonąć wszystko na świecie", po czym wzięła szczyptę ziemi i od razu napełniła woreczek.

Ostatnią wiarygodną informację o moim ojcu (nie licząc jego własnych listów) odszukałem w notatkach francuskiego misjonarza (i uczonego botanika) nazwiskiem Berraud, który przypadkiem spotkał go w górach Tybetu (latem 1917 roku) koło wsi Czetu. „Ujrzałem ze zdumieniem – pisze Berraud («Exploration Catholique», rok 1923) – pędzącego przez górską halę białego osiodłanego konia, po czym spomiędzy skał wyszedł mężczyzna w europejskim ubraniu, który powitał mnie po francusku – był to słynny rosyjski podróżnik Godunow. Nie widziałem Europejczyka już przeszło osiem lat. Spędziliśmy kilka niezwykle miłych chwil na murawie, w cieniu skały, rozmawiając o pewnych subtelnościach nazewniczych, związanych z naukowym określeniem rosnącego nieopodal miniaturowego błękitnego irysa. Następnie, pożegnawszy się przyjaźnie, rozeszliśmy się – on ruszył do swoich towarzyszy wyprawy nawołujących go z wąwozu, ja do ojca Marcina umierającego w odległym zajeździe". Dalej rozpościerała się mgła. Sądząc z ostatniego listu ojca, jak zawsze zwięzłego, ale tym razem pełnego niepokoju, listu, który cudem dotarł do nas na początku 1918 roku, wkrótce po spotkaniu Berrauda wyruszył on w drogę powrotną. Dowiedziawszy się o wybuchu rewolucji, prosił nas w liście, byśmy przenieśli się do Finlandii, gdzie ciotka miała dom na wsi, i pisał, że według jego wyliczeń „śpiesząc się maksymalnie", z początkiem lata dotrze do domu. Czekaliśmy na niego dwa lata, do zimy 1919 roku. Mieszkaliśmy to w Finlandii, to w Petersburgu. Dom nasz już dawno obrabowano, muzeum ojca jednak – dusza tego domu – zachowując jakby nietykalność świętego miejsca, ocalało, przeszedłszy następnie pod zarząd Akademii Nauk, i radość, że tak się stało, całkowicie wynagradzała nam zniknięcie znajomych od dzieciństwa krzeseł i stołów. Mieszkaliśmy w Petersburgu w dwóch pokojach w mieszkaniu babci, którą nie wiedzieć czemu dwukrotnie doprowadzano na przesłuchanie. Przeziębiła się wtedy i umarła. W kilka dni po jej śmierci, jednego ze strasznych, zimowych wieczorów, głodnych i beznadziejnych, mających tak złowrogo bezpośredni udział w powszechnym zamęcie, przybiegł do mnie nieznany mi młody chłopiec w pince-nez, niepozorny i niezbyt rozmowny, prosząc, bym natychmiast poszedł do jego wuja, geografa Bieriezowskiego. Nie wiedział albo nie chciał powiedzieć, w jakiej sprawie, we mnie jednak wszystko się wtedy jakby oberwało i działałem machinalnie. Teraz, po kilku latach, spotykam czasem owego Miszę w Berlinie, w rosyjskiej księgarni, gdzie pracuje – za każdym też razem, gdy go widzę, choć niezbyt wiele z nim rozmawiam, czuję przebiegający wzdłuż kręgosłupa gorący dreszcz, i całym sobą przeżywam naszą wspólną wtedy, krótką drogę. Kiedy przyszedł ów Misza (jego imię też zapamiętałem na zawsze), matki nie było w domu, spotkaliśmy ją jednak, schodząc ze schodów; nie znając mego towarzysza, zapytała z niepokojem, dokąd idę. Odpowiedziałem, że po maszynkę do strzyżenia włosów, o której zdobyciu akurat mówiliśmy w tych dniach. Często mi się potem śniła ta nieistniejąca maszynka, przybierając najrozmaitsze postacie – góry, przystani, trumny, katarynki – zawsze jednak przeczucie w tym śnie mówiło mi, że to ona. „Poczekaj!" – krzyknęła matka, byliśmy już jednak na dole. Szliśmy ulicą szybko i w milczeniu, on mnie nieco wyprzedzał. Patrzyłem na maski domów, na garby zasp i starałem się przechytrzyć los, wyobrażając sobie (i z góry w ten sposób unicestwiając jego możliwość) jeszcze nieogarnięte rozumem, czarne, świeże nieszczęście, które idąc z powrotem, poniosę do domu. Weszliśmy do pokoju, który nie wiadomo dlaczego zapamiętałem jako zupełnie żółty, i tam stary człowiek o spiczastej bródce, w starym frenczu i długich butach, oznajmił mi bez ogródek, że według nie sprawdzonych jeszcze wiadomości ojciec mój nie żyje. Matka czekała na mnie na dole, na ulicy pod domem.

Przez pół roku (zanim stryj Oleg niemal przemocą przewiózł nas za granicę) usiłowaliśmy dowiedzieć się, jak i gdzie zginął – i czy zginął. Oprócz tego, że wydarzyło się to na Syberii (Syberia jest ogromna!), w drodze powrotnej z Azji Środkowej, nie dowiedzieliśmy się niczego. Czyżby ukrywano przed nami miejsce i okoliczności jego zagadkowej śmierci – i czyż ukrywa się je nadal? (Biografia w encyklopedii sowieckiej kończy się po prostu słowami: „Zmarł w 1919 roku".) Czy rzeczywiście sprzeczność niejasnych pogłosek nie pozwalała udzielić wyraźnej odpowiedzi? Już w Berlinie z różnych źródeł i od różnych osób dowiedzieliśmy się dodatkowo tego i owego, uzupełnienia te jednak okazały się jedynie nawarstwieniami niepewności, a nie rozdzierającymi ją prześwitami. Dwie chwiejne wersje, o charakterze raczej dedukcyjnym (przy czym z żadnej nie wynikała najważniejsza wiadomość: jak właściwie zginął, jeśli zginął), nieustannie się ze sobą krzyżowały, nawzajem sobie zaprzeczając. Według jednej wiadomość o jego śmierci dostarczył do Semipałatyńska jakiś Kirgiz, wedle drugiej – jakiś kozak do Ak-Bułatu. Którędy szedł? Czy jechał z Siedmiorzecza na Omsk (przez porośnięty ostnicą step, z przewodnikiem na srokatym koniku), czy z Pamiru na Orenburg przez obwód turgujski (przez step piaszczysty, z przewodnikiem na wielbłądzie, on sam na koniu, z nogami w brzozowych strzemionach – coraz dalej na północ, od studni do studni, unikając ludzkich siedlisk i torów kolejowych)? Jak przedzierał się przez zawieruchę wojny chłopskiej, jak wymykał się czerwonym – nie mogę się w tym absolutnie rozeznać – jaka zresztą czapka niewidka mogłaby mu się nadać – jemu, który i taką czapkę wkładałbym na bakier? Czy ukrywał się w chatach rybaków (jak przypuszcza Krüger) w pobliżu stacji „Morze Aralskie", wśród pełnych godności uralskich starowierców? A jeśli zginął, to jak? „Jakie jest twoje zajęcie?" – zapytał Pugaczow astronoma Lowitza. I usłyszał: „Obliczanie toru gwiazd". No więc powiesił go, żeby tamten miał bliżej do gwiazd. Jak, jak zginął? Z choroby, z zimna, z pragnienia, z ludzkiej ręki?

A jeśli z ręki, to czy możliwe, że ręka ta żyje po dziś dzień, bierze chleb, ujmuje szklankę, odgania muchy, porusza się, wskazuje, przywołuje, spoczywa nieruchomo, ściska dłonie innych ludzi? Czy długo się ostrzeliwał, czy zachował dla siebie ostatnią kulę, czy wzięli go żywcem? Czy doprowadzono go do jakiegoś oddziału karnego (widzę przerażający parowóz opalany suszonymi rybami), biorąc za białego szpiega (co tu gadać, z Ławrem Korniłowem objechał kiedyś w młodości Step Rozpaczy, a później spotykał się z nim w Chinach)? Czy rozstrzelano go w damskiej poczekalni jakiejś zapadłej stacji (rozbite lustro, poobdzierany plusz), czy też wyprowadzono ciemną nocą do ogrodu i czekano, aż wyjrzy księżyc? Jak czekał w ciemnościach wraz z nimi? Z uśmieszkiem lekceważenia? I jeśli białogłowa ćma majaczyła w ciemności łopianów, również w owej chwili, w i e m o tym, odprowadził ją takim samym aprobującym spojrzeniem, jakim kiedyś w ogrodzie Leszyna, wieczorami, paląc po kolacji fajkę, witał różowych gości przyfruwających do bzów.

Czasami wydaje mi się, że wszystko to jest bezsensowną pogłoską, nieskładną legendą, że ułożono ją z tych samych wątpliwych ziaren wiedzy przybliżonej, którą posługuję się, gdy moje marzenie zabrnie w dziedziny znane mi tylko ze słyszenia i z książek, tak że każdy bywały człowiek, który naprawdę widział owe okolice w tamtych latach, od razu wszystkiemu zaprzeczy, wyśmieje egzotyczność moich pomysłów, wzgórza mego żalu, urwiska wyobraźni i w moich domysłach odnajdzie tyleż topograficznych omyłek, ile anachronizmów. Tym lepiej. Jeśli pogłoska o śmierci ojca jest zmyśleniem, czy nie należy przyjąć, że sama jego droga powrotna z Azji została sztucznie doczepiona do zmyślenia (niczym ów latawiec, którego młody Griniew kleił z mapy) i że, być może, z nieznanych jeszcze powodów mój ojciec, jeśli rzeczywiście wyruszył w tę drogę powrotną (a nie spadł w przepaść, nie utknął w niewoli u mnichów buddyjskich), obrał całkiem inny szlak. Słyszałem nawet przypuszczenia (brzmiące jak spóźniona rada), że mógł przecież pójść na zachód do Ladaku, stamtąd do Indii albo wyruszyć do Chin, z nich zaś na jakimkolwiek okręcie dopłynąć do któregokolwiek portu świata.

Tak czy inaczej, wszystkie materiały dotyczące jego życia już zgromadziłem. Z mnóstwa brulionów zawierających długie cytaty, ledwie czytelnych szkiców na różnych karteluszkach, pisanych ołówkiem notatek, rozmnożonych po marginesach jakichś innych moich prac, z na wpół przekreślonych zdań, urwanych słów i nieprzewidująco sprowadzonych do skrótu, zapomnianych już nazw, które w pełnym kształcie kryły się przede mną wśród papierów – z wątłej statyki niemożliwych do odtworzenia informacji, miejscami zniweczonych już zbyt pośpiesznym biegiem myśli, rozproszonych z kolei w pustce – z tego wszystkiego muszę teraz zrobić składną, jasną książkę. Chwilami czuję, że już ją gdzieś napisałem, że ona tylko jeszcze się ukrywa w mateczniku kałamarza, że trzeba jedynie jej poszczególne części wyzwolić z mroku, a same się złożą... Cóż mi jednak po tym, gdy ów wysiłek wyzwalania wydaje mi się teraz tak wielki i skomplikowany – lękam się bardzo, że skalam go zbyt efektownym słowem, zatracę w przenośni – iż wręcz powątpiewam, czy rzeczywiście napiszę książkę. Sama wiesz dobrze, z jakim nabożeństwem i przejęciem przygotowywałem się do niej. Sama pisałaś mi, jakie wymagania musiałbym spełnić, aby sprostać pracy tego rodzaju. Teraz sądzę, że bym im nie sprostał. Nie zarzucaj mi słabości i tchórzostwa. Przeczytam ci kiedyś luźne, nieukończone fragmenty tego, co pisałem: jakież to niepodobne do mego posągowego marzenia! Przez całe miesiące, kiedy gromadziłem, notowałem, wspominałem, obmyślałem, byłem oszałamiająco szczęśliwy, byłem przekonany, że powstaje coś niebywale pięknego, że moje notatki to jedynie niewielka podpórka tego dzieła, że to, co najistotniejsze, rozwija się i kształtuje samo przez się, teraz jednak widzę, jakbym raptem obudził się na podłodze, że nic prócz tych żałosnych notatek nie istnieje. Co mam robić? Wiesz, kiedy czytam jego książki albo książki Grum-Grzymajły, słucham ich upajającego rytmu, analizuję układ słów niemożliwych do zastąpienia i nieprzesuwalnych, wydaje mi się, że gdybym rozwodnił to swoimi wtrętami, popełniłbym świętokradztwo. Jeśli chcesz, to ci się przyznam: ja przecież jestem tylko poszukiwaczem przygód ze słowem – wybacz mi więc, jeśli nie chcę polować na własne marzenie, tam gdzie swoje polowania odbywał ojciec. Widzisz, zrozumiałem, że nie sposób odtworzyć jego podróży, nie zarażając ich wtórną poezją, coraz bardziej odległą od tej, którą nasyciło je realne doświadczenie przyrodników – ich wrażliwość, znajomość rzeczy i nieskazitelność.

„Cóż, rozumiem i współczuję Ci – odpowiedziała matka. – Smutno mi, że Ci się to nie udaje, nie trzeba jednak nic sobie narzucać. Z drugiej strony jestem pewna, że trochę przesadzasz. Mam wrażenie, że gdybyś nie zastanawiał się tak bardzo nad stylem, trudnościami, tym, że pocałunek jest pierwszym krokiem do oziębłości itd., na pewno wyszłoby Ci wszystko bardzo dobrze, bardzo prawdziwie, bardzo ciekawie. Tylko w wypadku, kiedy wyobrażając sobie, że On czyta Twoją książkę i jest mu nieprzyjemnie, poczujesz wstyd, tylko w tym wypadku powinieneś ją rzucić. Wiem jednak, że to się nie może zdarzyć, wiem, że powiedziałby: to dobrze zrobione. Co więcej, jestem przekonana, że jednak tę książkę kiedyś napiszesz".

Pretekstem do przerwania pracy stały się dla Fiodora Konstantinowicza przenosiny do innego mieszkania. Trzeba przyznać jego gospodyni, że długo go znosiła – całe dwa lata. Kiedy jednak nadarzyła się od kwietnia idealna lokatorka – niemłoda panna, wstająca o wpół do ósmej, przesiadująca w biurze do szóstej, jadająca kolację u swojej siostry i kładąca się spać o dziesiątej, Frau Stoboy poprosiła Fiodora Konstantinowicza, by w ciągu miesiąca znalazł sobie inne mieszkanie. On zaś wciąż odwlekał te poszukiwania, nie tylko z lenistwa i optymistycznej skłonności przydawania darowanemu mu odcinkowi czasu kolistego kształtu nieskończoności, lecz również dlatego, że czuł nieprzeparty wstręt przed wdzieraniem się w cudze światy, by wypatrzyć tam miejsce dla siebie. Czernyszewska zresztą obiecała mu pomóc. Marzec dobiegł końca, gdy powiedziała mu:

– Zdaje mi się, że mam coś dla pana. Widział pan u mnie kiedyś panią Tamarę Grigorjewnę, Ormiankę. Wynajmowała dotychczas pokój u pewnych Rosjan i teraz chciałaby komuś go odstąpić.

– Musiało tam być kiepsko, skoro odstępuje – beztrosko zauważył Fiodor Konstantinowicz.

– Nie, ona po prostu wróciła do męża. Zresztą jeśli się tam panu z góry nie podoba, nie będę o to zabiegać – bardzo tego nie lubię.

– Ależ proszę, niech się pani nie obraża – rzekł Fiodor Konstantinowicz – przysięgam, że bardzo mi się podoba.

– Oczywiście, niewykluczone, że już to wynajęli, ale radziłabym mimo wszystko tam zadzwonić.

– Na pewno zadzwonię – obiecał Fiodor Konstantinowicz.

– Ponieważ dobrze pana znam – ciągnęła Aleksandra Jakowlewna, wertując już czarny notes – ponieważ wiem, że nigdy pan nie zadzwoni...

– Zadzwonię jutro – powiedział Fiodor Konstantinowicz.

– Ponieważ nigdy pan tego nie zrobi... Uhland czterdzieści jeden... zrobię to ja. Zaraz pana połączę i sam pan zapyta.

– Chwileczkę – zaniepokoił się Fiodor Konstantinowicz – nie mam w ogóle pojęcia, o co trzeba zapytać.

– Niech pan będzie spokojny, ona sama wszystko panu powie. – I Aleksandra Jakowlewna, szybko powtórzywszy szeptem numer, wyciągnęła rękę ku stolikowi z telefonem. Gdy tylko przyłożyła słuchawkę do ucha, jej ciało na kanapie przybrało zwykłą telefoniczną pozycję, z siedzącej przechodząc w półleżącą; nie patrząc, obciągnęła spódnicę, niebieskie oczy błądziły tu i tam w oczekiwaniu na połączenie. – Dobrze byłoby... – zaczęła, ale tu odezwała się telefonistka i Aleksandra Jakowlewna wymieniła numer z jakimś abstrakcyjnym naciskiem w głosie, przydając artykulacji kolejnych cyfr szczególny rytm, jakby 48 było tezą, a 31 antytezą, i dodała niczym syntezę: *jawohl.* – Dobrze byłoby – zwróciła się do Fiodora Konstantinowicza – gdyby ona poszła tam z panem. Jestem pewna, że pan nigdy w życiu... – Nagle z uśmiechem opuściwszy oczy, wzruszywszy pulchnym ramieniem i lekko skrzyżowawszy wyciągnięte nogi, zapytała odmienionym głosem, łagodnym i zachęcającym: – Czy Tamara Grigorjewna? – Zaśmiała się cicho, słuchając odpowiedzi, i skubnęła fałdę spódnicy. – Tak, to ja, ma pani rację. Wydało mi się, że jak zawsze nie poznaje mnie pani. Dobrze, powiedzmy – często. – Czyniąc intonację głosu jeszcze milszą, ciągnęła: – No, co u pani słychać?... – Wysłuchała odpowiedzi, mrugając oczyma, machinalnie

178

przesunęła bombonierkę z zielonymi marmoladkami w stronę Fiodora Konstantinowicza, potem czubki jej drobnych stóp w zniszczonych aksamitnych pantoflach zaczęły się lekko o siebie ocierać; przestały. – Tak, mówiono mi już o tym, sądziłam jednak, że on ma stałą praktykę. – Znów słuchała. W ciszy rozległy się niezwykle szybkie serie głosu z tamtej strony. – Ależ to głupstwa – powiedziała Aleksandra Jakowlewna – to zupełne głupstwa. A więc tak się mają pani sprawy – powiedziała przeciągle po chwili i potem, na szybkie pytanie, brzmiące dla Fiodora Konstantinowicza jak zminiaturyzowane szczekanie, odparła z westchnieniem: – Tak sobie, nic nowego. Aleksander Jakowlewicz jest zdrów, zajmuje się swoimi sprawami, teraz jest na koncercie, a ja, ot, nie robię nic szczególnego. Jest u mnie teraz... Oczywiście, zajmuje go to, nie może pani sobie jednak wyobrazić, jak marzę czasem, żeby wyjechać z nim bodaj na miesiąc. Co proszę? Nie, nie wiem dokąd. Czasem jest mi ciężko na sercu, a tak w ogóle – nic nowego. – Powoli obejrzała własną dłoń i znieruchomiała z uniesioną ręką. – Pani Tamaro, jest u mnie Godunow-Czerdyncew. À propos, on szuka pokoju. Czy pani gospodarze już wynajęli? Och, to cudownie. Chwileczkę, oddaję słuchawkę.

– Dzień dobry pani – zaczął Fiodor Konstantinowicz, kłaniając się telefonowi – Aleksandra Jakowlewna powiedziała mi...

Wyraźny, szybki głos, przy tym tak dźwięczny, że Fiodor aż poczuł łaskotanie w uchu środkowym, od razu zawładnął rozmową.

– Pokój nie jest jeszcze wynajęty – zaczęła mówić prędko przelotnie mu znana Tamara Grigorjewna – a oni bardzo chcą go wynająć właśnie Rosjaninowi. Zaraz panu powiem, kim oni są. Nazywają się Szczegolewowie, ale to nic panu nie powie, on był w Rosji prokuratorem, bardzo kulturalny i sympatyczny człowiek... Żona też niezwykle miła, ma córkę z pierwszego małżeństwa. A więc: mieszkają przy Agamemnonstrasse 15, to urocza dzielnica, mieszkanko jest małe, ale *hoch modern*, centralne ogrzewanie, łazienka – słowem, wszystko. Pokój, w którym będzie pan mieszkał, jest prześliczny, tyle że (z ociąganiem) z widokiem na podwórze, to oczywiście pewien minus. Powiem panu, ile za niego płaciłam – płaciłam trzydzieści pięć marek miesięcznie. Jest cicho, świetny tapczan. I tyle. Cóż mogę panu jeszcze powiedzieć? Stołowałam się u nich, było znakomicie, znakomicie, ale co do ceny musi się pan sam dogadać, bo ja byłam na diecie. Zrobimy tak. Mam właśnie być u nich jutro rano, około wpół do jedenastej, jestem bardzo punktualna, niech więc pan też tam przyjdzie.

– Chwileczkę – powiedział Fiodor Konstantinowicz (dla którego wstanie z łóżka o dziesiątej było tym, czym dla kogo innego o piątej) – chwileczkę. Zdaje się, że jutro... Może będzie lepiej, jeśli do pani...

Chciał powiedzieć: „zadzwonię", ale siedząca tuż przy nim Aleksandra Jakowlewna zrobiła takie oczy, że przełknąwszy ślinę, od razu się poprawił:

– Tak, zresztą mogę – powiedział bez entuzjazmu. – Dziękuję pani, przyjdę.

– No więc dobrze... więc Agamemnonstrasse 15, drugie piętro, jest winda. Tak właśnie zrobimy. Do jutra, bardzo mi będzie miło.

– Do widzenia pani – powiedział Fiodor Konstantinowicz.

– Chwileczkę – zawołała Aleksandra Jakowlewna – proszę nie rozłączać!...

Nazajutrz rano, kiedy z watą w mózgu, rozdrażniony i połowiczny (jakby jego druga połowa z powodu zbyt

180

wczesnej pory jeszcze się nie otwarła) zjawił się pod wskazanym adresem, okazało się, że Tamara Grigorjewna nie tylko nie przyszła, ale zadzwoniła, że nie może przyjść. Przyjął go sam Szczegolew (nikogo poza nim nie było w domu), który okazał się zwalistym, tęgim, karpiopodobnym w zarysie sylwetki, pięćdziesięcioletnim mniej więcej mężczyzną o jednej z tych otwartych rosyjskich twarzy, których otwartość jest już niemal nieprzyzwoita. Była to dość pełna owalna twarz z małą czarną bródką tuż pod dolną wargą. Nosił niezwykłą i też w jakiś sposób nieprzyzwoitą fryzurę: rzadkie czarne włosy, równo przyczesane i rozdzielone przedziałkiem wytyczonym niezupełnie pośrodku głowy, ale i nie z boku. Duże uszy, zwyczajne, męskie oczy, gruby, żółtawy nos i wilgotny uśmiech dopełniały miłego wrażenia.

– Godunow-Czerdyncew – powtórzył. – A jakże, a jakże, bardzo znane nazwisko. Znałem... za pozwoleniem – czy to nie pański ojciec: Oleg Kiriłłowicz? Ach, stryj. Gdzież on się teraz obraca? W Filadelfii? To niezbyt blisko. Patrzcie, patrzcie, dokąd to los rzuca naszych rodaków! Zdumiewające. Czy pan się z nim kontaktuje? Tak, tak. No cóż, nie do k ł a d a j ą c do ś w i ę t e g o N i g d y, pokażę panu apartament.

Z przedpokoju prowadziło w prawo krótkie przejście, skręcające zaraz pod kątem prostym również w prawo i w postaci zaczątków korytarza wiodące prosto do otwartych drzwi kuchni. Na lewej ścianie widniało dwoje drzwi, z których pierwsze Szczegolew otworzył z energicznym sapnięciem. Spojrzał na nich i zamarł podłużny pokój o pomalowanych ochrą ścianach, ze stołem pod oknem, kanapką pod jedną ścianą i szafą pod drugą. Fiodorowi Konstantinowiczowi wydał się odpychająco nieprzyjazny, zupełnie dla niego nieodpowiedni, nie do życia, jakby przesunięty (tak przerywaną linią wytycza się przesunięcie przy obrocie figury geometrycznej) w stosunku do tego wyobrażonego prostokąta, w którego obrębie mógłby spać, czytać, myśleć; jeśli jednak można byłoby cudem przystosować życie do tego wadliwie ustawionego pudła, to jego umeblowanie, kolor, widok z okna na wyasfaltowane podwórze były nie do zniesienia i Fiodor natychmiast zdecydował, że za nic czegoś takiego nie wynajmie.

– No i tyle – dziarsko powiedział Szczegolew – a obok jest łazienka. Trochę tu niesprzątane. Teraz, jeśli pan pozwoli... – Obrócił się w wąskim przejściu i mocno zderzył z Fiodorem Konstantinowiczem, po czym z przepraszającym „och" chwycił go za ramię. Wrócili do przedpokoju. – Tu jest pokój córki, a tu nasz – wyjaśnił, wskazując na dwoje drzwi, po lewej i po prawej stronie. – A tu jest stołowy. – Otworzył drzwi w głębi i przez kilka sekund, jakby robiąc zdjęcie na czas, trzymał je otwarte.

Fiodor Konstantinowicz prześliznął się spojrzeniem po stole, paterze z orzechami, kredensie... Przy odległym oknie, gdzie stał bambusowy stolik i wysoki fotel, w poprzek jego poręczy leżała lekko i swobodnie niebieskawa suknia z tiulu, taka, jakie wtedy noszono na balach, na stoliku zaś lśnił leżący obok nożyczek srebrzysty kwiat.

– I to wszystko – oznajmił Szczegolew, ostrożnie zamykając drzwi. – Widzi więc pan – jest przytulnie, rodzinnie, wszystko nieduże, ale wszystko jest. Jeśli chce pan się u nas stołować, proszę bardzo, pomówimy o tym z moją małżonką, ona zresztą nieźle gotuje. Za pokój będziemy po znajomości brać od pana tyle, ile od madame Abramow, nie ukrzywdzimy, będzie pan tu sobie żył jak Pan Bóg za piecem. – I Szczegolew roześmiał się soczyście.

– Tak, pokój chyba mi się podoba – powiedział Fiodor Konstantinowicz, usiłując ominąć wzrokiem jego spojrzenie. – Chciałbym, prawdę mówiąc, wprowadzić się już w środę.

– Ależ prosimy bardzo – zachęcił Szczegolew.

Czy zdarzyło ci się, czytelniku, doznać subtelnego smutku rozstania z nielubianym mieszkaniem? Serce nie pęka, jak przy rozstaniu z miłymi mu przedmiotami. Wilgotne spojrzenie nie błąka się dookoła, powstrzymując łzę, jakby chciało unieść w niej drżący odblask porzucanego miejsca; w najlepszym jednak zakątku duszy odczuwamy żałość dla rzeczy, w które nie tchnęliśmy życia, które ledwie dostrzegaliśmy i oto opuszczamy na wieki. Ten martwy już inwentarz nie wskrześnie później w pamięci: nie ruszy za nami łóżko, niosąc samo siebie; odbicie w lustrze szafy nie wstanie z grobu; tylko widok z okna przetrwa przez krótki czas na podobieństwo wprawionej w krzyż wypłowiałej fotografii starannie ostrzyżonego, patrzącego przed siebie pana w sztywnym kołnierzyku. Powiedziałbym ci „żegnaj”, nie usłyszałbyś jednak nawet mego pożegnania. Cóż, mimo wszystko – żegnaj, przeżyłem tu równo dwa lata, o wielu rzeczach tutaj myślałem, cień mojej karawany wędrował po tych tapetach, lilie rosły na dywanie z papierosowego popiołu – teraz jednak podróż się skończyła. Strumienie książek powróciły do oceanu biblioteki. Nie wiem, czy przeczytam jeszcze kiedyś szkice i notatki wetknięte już pod bieliznę w walizce, wiem jednak, że nigdy, przenigdy już tu nie zajrzę.

Fiodor Konstantinowicz zamknął walizkę, przysiadając na niej, obszedł pokój, na ostatek zajrzał do wszystkich szuflad, nic jednak nie znalazł: umarli nie kradną. Po szybie okiennej pełzła w górę mucha, zrywała się niecierpliwie, na wpół spadała, na wpół sfruwała w dół, jakby chciała coś strząsnąć, i znów zaczynała pełznąć. Dom naprzeciwko, który w pozaprzeszłym roku Fiodor zastał w rusztowaniach, teraz najwidoczniej znów potrzebował remontu: obok chodnika leżały przygotowane deski. Wyniósł rzeczy, poszedł pożegnać się z gospodynią, po raz pierwszy i ostatni uścisnął jej dłoń, która okazała się sucha, mocna, chłodna, oddał klucze i wyszedł. Odległość między starym a nowym mieszkaniem była mniej więcej taka jak gdzieś w Rosji od placu Puszkina do ulicy Gogola.

Rozdział trzeci

Każdego rana tuż po ósmej wyrywał go z drzemki wydobywający się zza cienkiej, odległej o może pół metra ściany identyczny dźwięk. Był to czysty ton okrągłego dna szklanki odstawianej na szklaną półeczkę; potem córka gospodarzy odchrząkiwała. Później następował gwałtowny terkot obracającego się wałka, spuszczenie wody, jękliwy, nagle urywający się zachłyśnięciem hałas, wreszcie zagadkowe, wewnętrzne zawodzenie kranu nad wanną, przemieniające się na koniec w szelest prysznica. Potem było brzęknięcie zasuwki i oddalające się kroki. Wychodziły im naprzeciw inne, ciężkie i smętne, trochę człapiące: to Marianna Nikołajewna śpieszyła do kuchni, by zaparzyć córce kawę. Słychać było, jak najpierw gaz pyka głośno, nie poddając się zapałce; ujarzmiony wybuchał i syczał monotonnie. Pierwsze kroki powracały już na obcasach; w kuchni zaczynała się pośpieszna, pełna gniewnej ekscytacji rozmowa. Podobnie jak niektórzy mówią z południowym albo moskiewskim akcentem, tak matka i córka rozmawiały nieodmiennie w tonacji kłótni. Głosy były podobne, oba o barwie ciemnej i gładkiej, jeden jednak bardziej szorstki i jakby bardziej zdławiony, drugi – swobodniejszy i czystszy. W dudniącym głosie matki była prośba, może nawet pewne poczucie winy; w coraz bardziej urywanych odpowiedziach córki dźwięczała irytacja. Pośród odgłosów tej niegroźnej porannej burzy Fiodor Konstantinowicz znów spokojnie zasypiał.

Poprzez rozwiewającą się miejscami drzemkę docierały do Fiodora odgłosy sprzątania: nagle waliła się na niego ściana: to szczotka do podłogi z rozpędu uderzała o jego drzwi. Raz w tygodniu gruba, ciężko sapiąca, woniejąca kwaśnym potem dozorczyni przychodziła z odkurzaczem i wtedy zaczynało się interno, świat rozpadał się na kawałki, piekielne zgrzyty przenikały aż do głębi duszy, unicestwiając ją, i wyganiały Fiodora Konstantinowicza z łóżka, z pokoju, z domu. Zwykle jednak około dziesiątej zajmowała łazienkę Marianna Nikołajewna, następnie, odkaszliwując po drodze, podążał tam Borys Iwanowicz. Wodę spuszczał po pięć razy; z wanny nie korzystał, zadowalając się gaworzeniem małej umywalki. Około wpół do jedenastej wszystko w domu ucichało: Marianna Nikołajewna wyruszała na gospodarskie zakupy, Szczegolew wychodził w swych niejasnych interesach. Fiodor Konstantinowicz zaś pogrążał się w rozkoszną otchłań, w której ciepłe resztki drzemki mieszały się z poczuciem szczęścia – wczorajszego i tego, które go dopiero czeka.

Dość często zaczynał teraz dzień od wiersza. Leżąc na wznak, z pierwszym smacznie zaspokajającym głód dużym i długim papierosem między spiekłymi wargami, znów, po prawie dziesięcioletniej przerwie, tworzył te szczególnego rodzaju wiersze, które najbliższego wieczoru same składają się w ofierze, ażeby znaleźć odbicie w fali, co je wyniosła. Porównywał strukturę jednych i drugich. Słowa tamtych zostały zapomniane. Tylko gdzieniegdzie, wśród zatartych liter, zachowały się jeszcze rymy, bogate na przemian z ubogimi: całując – czując, lip – skrzyp, jesieni – czerwieni (liści czy zachodzącego słońca). W tamtym, szesnastym roku swego życia po raz pierwszy zabrał się do pisania wierszy na serio; przedtem prócz entomologicznych rymowanek nie próbował niczego. Jednakże z atmosferą pisania był od dawna obeznany i zżył się z nią: w domu po trosze pisywali wszyscy – pisała Tania w albumiku z kluczykiem; pisała matka – wzruszająco bezpretensjonalne poemaciki prozą o pięknie rodzinnych stron; ojciec i stryj Oleg układali wierszyki okolicznościowe – okazje zdarzały się dość często; ciotka Ksenia pisała tylko po francusku, pełne temperamentu i „dźwięczne" wiersze, lekceważąc przy tym całkowicie subtelności sylabiki: jej wynurzenia poetyckie były bardzo popularne w wielkim świecie Petersburga, zwłaszcza poemat *La femme et la panthère*, a także przekład z Apuchtina:

Le gros grec d'Odessa, le Juif de Varsovie,
Le jeune lieutenant, le général âgé, ·
Tous ils cherchaient en elle un peu de folle vie,
Et sur son sein rêvait leur amour passager.

Był w gronie rodzinnym również jeden „prawdziwy" poeta, przyrodni brat matki, książę Wołchowski, który wydał gruby, drogi tom wierszy na welinowym papierze, drukowany piękną czcionką, cały w winogronach włoskich winiet, zatytułowany *Zorze i gwiazdy*, z dużą fotografią autora na początku i monstrualnym spisem błędów drukarskich na końcu. Wiersze ułożone były w cykle: *Nokturny, Motywy jesienne, Struny miłości*. Nad większością niczym herb widniało motto, pod każdym zaś dokładna data i miejsce powstania: „Sorrento", „Aj-Todor" albo „W pociągu". Nie pamiętam z tych utworów nic prócz często pojawiającego się słowa „ekstrakty", co wówczas kojarzyło mi się ze starymi drogami: „eks-trakty".

Mój ojciec niezbyt interesował się wierszami, czyniąc wyjątek tylko dla Puszkina: znał go tak, jak niektórzy znają kanon mszy świętej, i lubił recytować podczas spacerów. Wydaje mi się czasem, że *echo Proroka* rozbrzmiewa po dziś dzień w jakimś echonośnym azjatyckim wąwozie. Pamiętam, że cytował też niezrównanego *Motyla* Feta i *Błękitne cienie* Tiutczewa; to jednak, co tak się podobało naszym krewnym, wodnista, łatwo wpadająca w ucho liryka końca ubiegłego stulecia, wyczekująca niecierpliwie wyzwolenia z bladej niemocy słów i przełożenia na muzykę, zupełnie go nie poruszało. Najnowszą poezję zaś uważał za stek bzdur i raczej nie rozwodziłem się przy nim na temat swoich upodobań w tej dziedzinie. Kiedy pewnego razu, już z góry z ironicznym uśmieszkiem, przekartkował tomiki poetów rozłożone na moim biurku i trafił właśnie na najgorszy wiersz najlepszego z nich (ten, gdzie pojawia się niemożliwy do przyjęcia, nieznośny „gentleman"), zrobiło mi się tak przykro, że co prędzej podsunąłem mu *Puchar gromowrzący* Siewierianina, żeby raczej na nim wyładował pasję. W ogóle zaś wydawało mi się, że gdyby na jakiś czas zapomniał o tym, co z głupoty nazywałem „klasycyzmem", i bez uprzedzeń wczuł się w wiersze, które tak uwielbiałem, zrozumiałby nowe piękno powstałe w rosyjskiej poezji, piękno, jakie dostrzegałem w najbardziej bezsensownych jej utworach. Kiedy jednak próbuję sumować, co ocalało dla mnie z tej nowej poezji, widzę, że jest tego bardzo niewiele, a mianowicie to jedynie, co stanowi naturalną kontynuację Puszkina, podczas gdy wszelka pstrokacizna, marny fałsz, maski beztalencia i szczudła talentu – wszystko, co moja miłość kiedyś wybaczała lub tłumaczyła po swojemu i co

188

memu ojcu wydawało się istotą nowatorstwa – „mordą modernizmu" – jak mawiał – tak się teraz straszliwie zestarzało, tak gruntownie zostało zapomniane, że podobny los nie spotkał nawet wierszy Karamzina; kiedy na cudzej półce natrafiam na tomik poezji, który kiedyś był mi bratem, znajduję w nim tylko to, co wówczas, chłodno go szacując, znajdował mój ojciec. Jego błąd nie polegał na tym, że lżył zbiorowo całą „poezję moderny", lecz na tym, że nie zechciał dopatrzyć się w niej odblasku biegnącego z daleka, życiodajnego promienia swego ukochanego poety.

Poznałem ją w czerwcu 1916 roku. Miała dwadzieścia trzy lata. Mąż jej, nasz daleki krewny, był na froncie. Mieszkała na letnisku w obrębie naszego majątku i często do nas przyjeżdżała. Z jej powodu omal zapomniałem o motylach i całkowicie przegapiłem rewolucję rosyjską. W zimie 1917 roku wyjechała do Nowosybirska i dopiero w Berlinie dowiedziałem się przypadkiem o jej straszliwej śmierci. Była bardzo szczupła, kasztanowe włosy zaczesywała wysoko, duże czarne oczy spoglądały wesoło, na bladych policzkach rysowały się dołeczki, usta miała delikatne – podmalowywała je czerwonym, pachnącym płynem z flakonika, przytykając do warg szklany korek. W całym jej sposobie bycia było coś miłego, rozczulającego do łez, co wówczas trudno było określić, a co teraz wydaje mi się rodzajem patetycznej beztroski. Nie była mądra ani wykształcona, była banalna, a więc stanowiła twoje zupełne przeciwieństwo... nie, nie, wcale nie chcę powiedzieć, że kochałem ją bardziej niż ciebie albo że chwile spędzane z nią były szczęśliwsze niż nasze wieczorne spotkania... Wszystkie jednak jej wady topniały w fali takiego czaru, czułości, wdzięku, tyle uroku miało jej najśpieszniej nawet wypowiedziane, lekkomyślne słowo, że gotów byłem patrzeć na nią i słuchać jej wiecznie – a co byłoby teraz, gdyby zmartwychwstała, tego nie wiem, nie trzeba zadawać niemądrych pytań. Wieczorami odprowadzałem ją do domu. Te spacery kiedyś mi się przydadzą. W jej sypialni wisiał maleńki portret rodziny carskiej i pachniało heliotropem jak w powieściach Turgieniewa. Wracałem po północy, guwerner na szczęście wyjechał do Anglii i nigdy nie zapomnę owego uczucia lekkości, dumy, zachwytu i wściekłego nocnego głodu (szczególny apetyt miałem na zsiadłe mleko z czarnym chlebem), gdy szedłem naszą szemrzącą z oddaniem, a nawet przypochlebnie, aleją ku ciemnemu domowi (tylko u matki paliło się światło) i słuchałem szczekania spuszczonych z łańcucha psów. Wtedy właśnie zachorowałem na wiersze.

Zdarzało się, że siedziałem przy śniadaniu i nie widziałem nic wokół, poruszałem tylko wargami, a sąsiadowi, który poprosił o cukiernicę, podawałem własną szklankę lub kółko na serwetkę. Nie bacząc na właściwą niedoświadczeniu chęć przełożenia na wiersze wypełniającego mnie poszumu miłości (przypominam sobie stryja Olega, który mawiał, że gdyby wydał tomik, zatytułowałby go z pewnością *Poszumy serca*), skleciłem sobie wówczas ubogi i prymitywny warsztat słów. Jeśli chodzi o dobór przymiotników, wiedziałem już, że takie jak „tajemniczy" lub „zadumany" łatwo i poręcznie wypełniają ziejącą pustkę, spragnioną śpiewu przestrzeń od cezury do ostatniego wyrazu; że jako ów ostatni wyraz może posłużyć właśnie dodatkowy przymiotnik, krótki, dwusylabowy, tak by to brzmiało na przykład „tajemniczy oraz czuły" – formuła brzmieniowa stanowiąca skądinąd prawdziwą klęskę zarówno poezji rosyjskiej, jak i francuskiej; wiedziałem, że tych poręcznych przymiotników amfibrachicznego typu (czyli takich, które wizualnie można wyobrazić w formie kanapy o trzech poduszkach, przy czym środkowa jest trochę zapadnięta) istnieje nieprzebrane mnóstwo – ileż namarnowałem takich „żałobnych", „kochanych", „burzliwych"; choreicznych też niemało, daktylicznych zaś – o wiele mniej, a wszystkie przy tym są jakby odwrócone profilem; że wreszcie anapestów i jambów jest niedużo, przy tym wszystkie są dość nudne i sztywne, jak choćby „istny cud" czy „sto złud". Wiedziałem też, że do czterostopowego wiersza przychodzą z własną orkiestrą bardzo długie i przyjemnie brzmiące „nierzeczywiste" i „rozświetlające", połączenie zaś wyrazów „nieodgadniony i nieziemski" przydaje czterostopowemu wersowi połysku mory: ni to amfibrach, ni to jamb, a i to zależy, z której spojrzeć strony. Nieco później monumentalne studium Andrieja Biełego o rytmach zahipnotyzowało mnie swym systemem oznaczania i podliczania półakcentów, tak że wszystkie swe stare czterostopowe wiersze przeanalizowałem natychmiast pod tym kątem i okropnie zmartwiłem się tym, że przeważała w nich linia prosta przerywana łukami i pojedynczymi kropkami, nie było zaś w ogóle trapezów i prostokątów; od tej pory w ciągu niemal roku, paskudnego, grzesznego roku, starałem się pisać tak, aby schemat był możliwie skomplikowany i urozmaicony:

W beznadziei, w zadumaniu
Oddycha zapachem kwiat,
Nierealny w swym rozchwianiu
Na wpół oto więdnie sad...

i tak dalej w tym samym stylu: język się potykał, honor jednak był uratowany. Rysując strukturę rytmiczną tego monstrum, uzyskiwało się coś w rodzaju chwiejnej wieży z dzbanków do kawy, koszyków, tac, wazonów, którą balansuje klown, utrzymując ją na kijku, aż wreszcie dochodzi do bariery, a wówczas wszystko to przechyla się powoli nad krzyczącą przeraźliwie lożą, lecz gdy spada, okazuje się, że przedmioty są na bezpiecznej uwięzi. Siła napędowa mojej młodej szpulowej liryki była dość słaba i dlatego zapewne mniej interesowały mnie czasowniki i inne części mowy. Inaczej rzecz się miała z miarą i rytmem. Zwalczając w sobie naturalną skłonność do jambu, nadskakiwałem wierszowi trójstopowemu; potem pociągnęły mnie odstępstwa od metrum. Był to okres, kiedy Balmont, autor wiersza *Chcę być zuchwały*, wprowadził ów sztuczny, czterostopowy jamb z naroślą dodatkowej sylaby w środku wersu (innymi słowy, dwustopowy ośmiowiersz z żeńskimi końcówkami wszędzie, prócz czwartego i ostatniego wersu, napisany w formie czterowiersza), którym nigdy chyba nie został napisany żaden prawdziwie poetycki utwór. Pozwalałem temu tańczącemu garbusowi dźwigać zachód słońca albo łódkę i dziwiłem się, że jedno gaśnie, a drugie nie płynie. Łatwiej było z marzycielską zająkliwością rytmiki Błoka, ledwie jednak się nią posłużyłem, do mego wiersza zakradał się niepostrzeżenie błękitny paź, młody mnich albo królewna, tak jak do antykwariusza Stolza przychodził po swój trójgraniasty kapelusz cień Bonapartego.

Z czasem rymy, na które polowałem, ułożyły się w praktyczny system, rodzaj jakby swoistej kartoteki. Posortowane zostały na pokrewne grupy, tworzyły gniazda rymów, pejzaże rymów. „Uniesiony" od razu ciskał gromy i piętrzył ogromy ponad znikomy los. „Niebosklony" zwabiały muzę na balkony, wskazując jej klony. „Kwiecie" rozkwitało w sekrecie, w marzeń świecie, w który można ulecieć. „Rozświetlona", „ramiona", „otoczona" tworzyły ogólną atmosferę staroświeckiego balu, kongresu wiedeńskiego i imienin gubernatora. „Źrenice" pociągały za sobą krynice, nawałnice i diablice, i lepiej było ich nie tykać. Na „drzewa" z nudnym uporem spadała „ulewa", w grze w „miasta" Szwecję reprezentowały tylko dwa (a Francję dwanaście!). „Wiatr" był samotny. Zdarzały się też rzadkie egzemplarze z pustymi miejscami, zostawianymi dla innych przedstawicieli serii. Słowem, była to znakomicie posegregowana kolekcja, którą zawsze miałem pod ręką.

Nie wątpię, że nawet wówczas, choć znalazłem się w kręgu tej karykaturalnej i szkodliwej pasji (której nie uległbym chyba nigdy, gdybym był czystej wody poetą, zupełnie niepodatnym na pokusy harmonijnej prozy), wiedziałem jednak, czym jest natchnienie. Podniecenia, które mnie ogarniało, szybko okrywając płaszczem z lodu, ściskając stawy i wyłamując palce, lunatycznego błądzenia myśli, co nie wiadomo jakim sposobem odnajdywała wśród tysiąca drzwi te prowadzące do ponocnie szumiącego ogrodu, rozszerzania się i kurczenia duszy, osiągającej to rozmiary wygwieżdżonego nieba, to malejącej do objętości kropli rtęci, jakiegoś rozwierania się wewnętrznych ramion, klasycznego drżenia, mamrotania, łez – wszystkiego tego doświadczyłem naprawdę. W takiej jednak chwili, w pośpiesznej, nieumiejętnej próbie rozładowania napięcia, sięgałem po pierwsze lepsze wyświechtane słowa, po ich gotowe połączenia, tak że gdy tylko przystępowałem do aktu, który wydawał mi się twórczością i miał być sposobem wypowiedzi, żywą więzią pomiędzy moim świętym przeżyciem a moim ludzkim światem, wszystko gasło w zgubnym przeciągu słów, i nadal dopasowywałem epitety, mocowałem rymy, nie dostrzegając rozdarcia, poniżenia, zdrady – jak człowiek, który opowiada swój sen (jak każdy sen, nieskończenie swobodny, a zarazem zawiły, lecz po przebudzeniu ścinający się jak krew) i niepostrzeżenie dla siebie i słuchaczy wyokrągla go, porządkuje, przyodziewa wedle obowiązującej powszechnie mody bytowania; jeśli zaczyna tak: „Śniło mi się, że siedzę w swoim pokoju", straszliwie pospolituje zasadę marzeń sennych, każąc zakładać, że pokój ów umeblowany był zupełnie tak samo jak jego pokój na jawie.

Pożegnanie na wieki: w zimowy dzień, kiedy od rana sypały duże płatki śniegu, różnie: pionowo, ukośnie i nawet w górę. Jej niezgrabne botki i mała mufka. Uwoziła ze sobą absolutnie wszystko – między innymi park, gdzie się latem spotykali. Zostawał tylko jego rymowany opis i teczka pod pachą, zniszczona teczka ośmioklasisty, który zwagarował. Dziwne skrępowanie, pragnienie powiedzenia tego, co ważne, milczenie, roztargnione, błahe słowa. Miłość, powiedzmy to szczerze, powtarza przed ostateczną rozłąką muzyczny temat nieśmiałości poprzedzający pierwsze wyznanie. Dotknięcie słonych warg przez siatkę woalki. Na dworcu panował ohydny, zwierzęcy zamęt: był to czas, gdy hojnie rozsiewało się ziarno kwiatu szczęścia, słońca, wolności. Teraz kwiat zakwitł. Rosja jest cała w słonecznikach. To największy, najbardziej prostacki i najgłupszy kwiat.

Wiersze o rozłące, o śmierci, o przeszłości. Nie sposób określić dokładnie (zdaje się jednak, że stało się to już za granicą), kiedy zmienił się jego stosunek do wierszy – kiedy znudził mu się warsztat, klasyfikowanie słów, kolekcjonowanie rymów. Jakże żmudny okazał się jednak wysiłek przełamania, rozrzucenia, zapomnienia tego wszystkiego! Złe nawyki zakorzeniły się na dobre, sprzężone ze sobą słowa nie chciały się rozłączyć. Same w sobie nie były ani dobre, ani złe, jednak ich zespolenie w grupy, wzajemne ubezpieczanie się rymów, utuczone rytmy – wszystko to sprawiało, że stawały się straszne, nikczemne, martwe. Uznanie się za beztalencie nie było chyba lepszym wyjściem niż wiara we własną genialność: Fiodor Konstantinowicz powątpiewał w to pierwsze i dopuszczał drugie, co jednak najważniejsze, usiłował nie ulec diabelskiej beznadziei pustej kartki papieru. Skoro istniało coś, co pragnął wyrazić tak naturalnie i niepowstrzymanie, jak naturalnie zwiększają swą pojemność płuca przy oddychaniu – musiały znaleźć się słowa będące odpowiednikami oddechu. Częste u poetów skargi na to, że ach, brak im słów, słowa są blade i martwe, słowa w żaden sposób nie zdołają oddać ich uczuć (nad czym rozwodzą się sześciostopowym chorejem), wydawały mu się równie bezmyślne jak głębokie przekonanie najstarszego mieszkańca górskiej wioski, że na tamtą oto górę nikt nigdy nie wszedł i nie wejdzie; tymczasem pewnego pięknego, chłodnego ranka pojawia się wysoki, szczupły Anglik i pełen radosnej energii wspina się na szczyt.

Po raz pierwszy uczucia wyzwolenia doznał, gdy pracował nad tomem *Wiersze*, wydanym już przeszło dwa lata temu. Pozostał mu on w pamięci jako przyjemne ćwiczenie. Wśród tych pięćdziesięciu ośmiowierszy były co prawda takie, które budziły wyrzuty sumienia – na przykład o rowerze lub dentyście – ale znalazły się tam również rzeczy żywe i prawdziwe: dobrze wypadła zgubiona i odnaleziona piłka, przy czym wyrazistość zakłóconego w ostatnim wersie rymu cieszyła go jeszcze dziś natchnioną ekspresją. Książkę wydał za własne pieniądze (udało mu się sprzedać pozostałą z dawnych zasobów złotą papierośnicę z wydrapaną datą odległej letniej nocy – jakże skrzypiała mokra od rosy furtka!) w nakładzie pięciuset egzemplarzy, z których czterysta dwadzieścia dziewięć leżało po dziś dzień nierozcięte i zakurzone, w postaci równego płaskowyżu z jednym uskokiem, w magazynie wydawnictwa. Dziewiętnaście rozdał, jeden zostawił sobie. Czasami zastanawiał się, kim właściwie jest tych pięćdziesięciu i jeden nabywców jego tomiku? Wyobrażał sobie pomieszczenie, które wypełniali ci ludzie (coś w rodzaju zebrania akcjonariuszy – „czytelników Godunowa-Czerdyncewa"), wszyscy do siebie podobni, o myślących oczach i z białą książeczką w czułych dłoniach. Pewność zyskał co do losów jednego tylko egzemplarza: kupiła go dwa lata temu Zina Mertz.

Leżał, palił i w milczeniu układał wiersze, rozkoszując się fizycznym ciepłem łóżka, ciszą w mieszkaniu, leniwym upływaniem czasu. Marianna Nikołajewna tak szybko nie wróci, obiad zaś będzie nie wcześniej niż kwadrans po pierwszej. W ciągu przemieszkanych tu trzech miesięcy pokój został całkiem oswojony i jego ruch w przestrzeni był najzupełniej zbieżny z rytmem jego życia. Odgłos uderzeń młotka, burczenie pompy, hałas zapuszczanego silnika, niemieckie eksplozje niemieckich głosów – cała ta powszednia mieszanina dźwięków dochodzących każdego ranka z lewej strony podwórza, gdzie mieściły się garaże i warsztaty samochodowe, od dawna stała się czymś zwyczajnym i niewadzącym – ledwie zauważalnym ornamentem na ciszy, nie zaś jej zakłóceniem. Do niedużego stołu przy oknie można było sięgnąć czubkiem stopy, jeśli tylko wysunęło się nogę spod żołnierskiego koca, wyciągnąwszy zaś rękę w bok, dotykało się stojącej pod lewą ścianą szafy (która zresztą czasami otwierała się nagle bez żadnego powodu; z dziarską miną prostackiego aktora, co pojawia się na scenie nie wtedy, gdy powinien). Na stole stała fotografia z Leszyna, kałamarz, lampa osłonięta mlecznobiałym kloszem, spodek ze śladami konfitury, leżały pisma „Krasnaja Now", „Sowriemiennyje Zapiski" i świeżo wydany tomik wierszy Konczejewa

Komunikacje. Na dywaniku koło kanapki, na której Fiodor sypiał, poniewierała się wczorajsza gazeta i zagraniczne wydanie *Martwych dusz*. Nic z tego nie dostrzegał, wszystko jednak było obecne: niewielkie nagromadzenie przedmiotów, tak wytresowanych, że umiały stawać się niewidoczne, i w tym odnajdujących swe przeznaczenie, które mogło dokonać się jedynie w takim właśnie zespole. Przepełniało go poczucie ogromnej błogości: była to pulsująca mgła, z której naraz wydobywał się ludzki głos. Nic na świecie nie mogło równać się z takimi chwilami. *To kochaj tylko, co rzadkie i złudne, co samym pograniczem snu się skrada, co wrogie jest pospólstwu, głupcom – nudne, zmyśleniu jak ojczyźnie nie czyń zdrady. To nasza pora. Zasnąć nie jest dane tylko psom i kalekom. Letnia noc jest lekka. Samochód, który przejechał nad ranem, ostatniego lichwiarza już uwiózł na wieki. Nieopodal latarni, jak wśród maskarady, błyszczą zielonym żyłkowaniem liście. Przy tamtej bramie – cień krzywych Bagdadów, a tamta gwiazda nad Pułkowem wisi. Więc mi przysięgnij...*

Z przedpokoju zagrzmiał dzwonek telefonu. Wedle milczącej umowy pod nieobecność gospodarzy odbierał telefony Fiodor Konstantinowicz. No a jeśli nie wstanę? Telefon dzwonił i dzwonił, z niewielkimi przerwami na złapanie oddechu. Nie chciał zdechnąć. Trzeba go było zatłuc. Nie wytrzymawszy, klnąc ile wlezie, Fiodor Konstantinowicz jak duch przemknął do przedpokoju. Poirytowany rosyjski głos zapytał, kto mówi. Fiodor Konstantinowicz rozpoznał go natychmiast: był to nieznany abonent, zrządzeniem przypadku – rodak, który już wczoraj zadzwonił pod inny numer, niż zamierzał, a teraz znów z powodu podobieństwa numerów wpakował się w to samo niewłaściwe połączenie. „Proszę się wyłączyć, na litość boską" – powiedział Fiodor

197

Konstantinowicz i z pełnym obrzydzenia pośpiechem odłożył słuchawkę. Wszedł na chwilę do łazienki, wypił w kuchni filiżankę zimnej kawy i runął z powrotem do łóżka. *Jak ci na imię?* Na wpół *Mnemozyne* [W oryginale „Mnemozina" zawiera imię Zina, „połumiercanije" (na poły blask) zawiera nazwisko przyszłej ukochanej Fiodora Ziny Mertz], *na poły blaskiem świeci imię twoje. I dziwnie po zmroczniałym mi Berlinie z na poły widmem wędrować we dwoje. Lecz oto rozświetlona lipa, pod nią ławka. I ty odżywasz, płaczem się zanosząc. Widzę, jak dziwisz się dniowi, przechodniom, i widzę lekkie połśniewanie włosów. Znalazłem kiedyś porównanie, które wargi twe odda, z moimi złączone. To śnieg leżący na Tybetu górach, gorące źródło, kwiaty oszronione. Nasze ponocne włości ile warte? Płot i latarnia, asfalt zmyty deszczem. Postawmy więc na wyobraźni kartę, ażeby nocą odegrać się jeszcze. To nie obłoki, ale gór odnogi, ognisko w lesie, to nie lampy lśnienie... Przysięgnijże mi, że do końca drogi zostaniesz wierna jedynie zmyśleniu...*

W południe zgrzytnął klucz, następnie rozległo się znane mu już szczęknięcie zamka: Marianna Nikołajewna wróciła z targu; jej ciężkie kroki i towarzyszący im szelest prochowca przedźwigały obok drzwi i zaniosły do kuchni pudowej wagi siatkę z ż y w n o ś c i ą. Muzo prozy rosyjskiej, pożegnaj się na zawsze z kapuścianym heksametrem autora *Moskwy*. Zrobiło się nieprzyjemnie. Poranna chłonność czasu przepadła bez śladu. Łóżko przemieniło się w parodię łóżka. W odgłosach towarzyszących kuchennym przygotowaniom do obiadu czaił się niemiły wyrzut, perspektywa zaś mycia się i golenia wydawała się równie bliska i niemożliwa jak perspektywa u mistrzów wczesnego średniowiecza. Ale i z tym przyjdzie się kiedyś pożegnać.

Kwadrans na pierwszą, dwadzieścia na pierwszą, pół do... Pozwolił sobie na ostatniego papierosa w zatrzymującym go uporczywie, choć już nieprzyjemnym cieple łóżka. Anachronizm poduszki objawiał się coraz wyraźniej. Nie dopalił, wstał i od razu ze świata wielu interesujących wymiarów przeszedł do wymagającego świata ciasnoty, gdzie było inne ciśnienie, które sprawiło, że w ciele od razu narósł ciężar zmęczenia, a w głowie ból; do świata zimnej wody; gorącej dziś nie było.

Poetycki katzenjammer, znękanie, smutne zwierzę... Wczoraj zapomniał umyć maszynkę do golenia – piana zakrzepła między ostrzami, żyletka zardzewiała, a innej nie miał. Z lustra spoglądał blady autoportret o poważnym spojrzeniu wszystkich autoportretów. Z boku, na podbródku, w delikatnym i wrażliwym miejscu, wśród wyrosłych w ciągu nocy włosków (ile jeszcze metrów zgolę w życiu!) pojawił się żółtawy wrzodzik, który błyskawicznie stał się ześrodkowaniem całego Fiodora Konstantinowicza, punktem zbornym: zbiegły się w nim wszystkie niemiłe uczucia, bytujące w różnych częściach jego istoty. Wycisnął pryszcz, choć wiedział, że ten potem nabrzmieje w trójnasób. Jakie to wszystko okropne. Przez zimną mydlaną pianę prześwitywało czerwone oczko: *L'oeil regardait Caïh.* Tymczasem żyletka nie brała włosa, i obecność szczeciny, gdy sprawdzał skórę palcem, budziła poczucie beznadziejności z piekła rodem. W sąsiedztwie grdyki pojawiły się kropelki krwi, a włoski pozostawały nietknięte. Step rozpaczy. Było poza tym dość ciemno, a gdyby nawet zapalił światło, nieśmiertelnikowa żółtość zapalonej w dzień żarówki nic by tu nie pomogła. Dokończywszy jako tako golenia, wszedł, przemagając obrzydzenie, do wanny, jęknął pod lodowatym uderzeniem prysznica, potem pomylił ręczniki i pomyślał smętnie, że

199

przez cały dzień będzie pachniał Marianną Nikołajewną. Twarz płonęła obrzydliwą szorstkością z jednym szczególnie rozżarzonym węgielkiem z boku, na podbródku. Nagle ktoś mocno szarpnął za klamkę (to wrócił Szczegolew). Fiodor Konstantinowicz poczekał, aż kroki się oddalą, i przemknął do siebie. Wkrótce był już w stołowym. Marianna Nikołajewna nalewała zupę. Ucałował jej szorstką dłoń. Jej córka, która właśnie wróciła z pracy, zbliżyła się do stołu leniwymi kroczkami, zmęczona i jakby oczadziała od godzin spędzonych w biurze; usiadła z pełną wdzięku powolnością – papieros w długich palcach, puder na rzęsach, turkusowy jedwabny pulower, sczesane ze skroni jasne, krótko strzyżone włosy, pochmurność, milczenie, popiół. Szczegolew golnął sobie kieliszek wódki, wsunął serwetkę za kołnierzyk i zaczął jeść zupę, życzliwie i z lękiem spoglądając na pasierbicę. Ta powoli rozmieszała w barszczu biały wykrzyknik śmietany, potem wzruszyła ramionami i odstawiła talerz. Marianna Nikołajewna, obserwująca ją ponuro, rzuciła serwetkę na stół i wyszła z jadalni.

– Zjedz, Aido – powiedział Borys Iwanowicz, wydymając wilgotne wargi.

Nie odpowiedziawszy słowem, jakby go tu w ogóle nie było – drgnęły tylko nozdrza wąskiego nosa – obróciła się na krześle, lekko i swobodnie wygięła długą kibić, wzięła ze stojącego w tyle kredensu popielniczkę, postawiła przy talerzu, strząsnęła popiół. Marianna Nikołajewna z ponurym i urażonym wyrazem tłustej, niewprawnie umalowanej twarzy wróciła z kuchni. Córka położyła lewy łokieć na stole i lekko wsparta na nim zaczęła jeść zupę.

– No cóż, Fiodorze Konstantinowiczu – zaczął Szczegolew, zaspokoiwszy pierwszy głód – zdaje się, że sprawa się wyjaśnia! Całkowite zerwanie z Anglią, Chińca po łbie...

To, wie pan, już wygląda dość poważnie. Pamięta pan, jeszcze niedawno mówiłem, że wystrzał Kowerdy to pierwszy sygnał! To wojna! Trzeba wielkiej naiwności, żeby nie dostrzegać nieuchronności wojny. Niech pan sam powie, na wschodzie Japonia nie może tolerować...

I Szczegolew wdał się w rozważania o polityce. Jak wielu bezpłatnym gadułom, wydawało mu się, że wyczytane z gazet stwierdzenia płatnych gadułów potrafi ująć w efektowny schemat oraz że logiczny i trzeźwy umysł (jego umysł w każdym razie), idąc za tym schematem, może bez trudu wyjaśnić i przewidzieć mnóstwo wydarzeń na świecie. Nazwy państw i nazwiska ich czołowych przedstawicieli stawały się w jego wyobrażeniu czymś w rodzaju etykietek na mniej lub bardziej napełnionych naczyniach, których zawartość przelewał i mieszał na różne sposoby. Francja o b a w i a ł a się tego a tego, i dlatego za nic w świecie nie d o p u ś c i ł a b y, Anglia z a b i e g a ł a o to i oto. Ten działacz polityczny p r a g n ą ł zbliżenia, a ów zwiększał swój p r e s t i ż. Ktoś coś z a m y ś l a ł, ktoś inny zaś do czegoś d ą ż y ł. Słowem, świat, który kreował Szczegolew, objawiał się jako zgromadzenie ograniczonych, wyzutych z poczucia humoru, nijakich, wyabstrahowanych zabijaków, im więcej zaś znajdował w ich wzajemnie powiązanych działaniach mądrości, sprytu, zdolności przewidywania, tym głupszy, trywialniejszy i prostszy stawał się ów świat. Zgroza ogarniała, gdy natrafiał na innego podobnego sobie amatora politycznych przepowiedni. Był na przykład taki pułkownik Kasatkin, który czasem przychodził na obiad, a wówczas Anglia Szczegolewa ścierała się nie z innym krajem Szczegolewa, lecz z Anglią Kasatkina, równie nierealną, tak że wojny międzynarodowe w pewnym sensie przemieniały się w wewnętrzne, choć walczące strony znajdowały się na różnych, niemogących się zetknąć płaszczyznach. Słuchając teraz Szczegolewa, Fiodor Konstantinowicz dziwił się rodzinnemu podobieństwu istniejącemu między wymienianymi przezeń krajami a różnymi częściami ciała owego jegomościa: tak więc „Francja" odpowiadała jego ostrzegawczo uniesionym brwiom; jakieś „limitrofy" – włoskom w nozdrzach, „polski korytarz" przebiegał przez jego przewód pokarmowy; w nazwie „Danzig" słyszało się zgrzytanie zębów. Siedział zaś Szczegolew na Rosji.

Przegadał cały obiad (gulasz, kisiel), dłubiąc w zębach złamaną zapałką, po czym poszedł się zdrzemnąć. Marianna Nikołajewna, nim uczyniła to samo, zabrała się do zmywania. Córka, nie wypowiedziawszy do końca obiadu ani słowa, znów wyszła do biura.

Ledwie Fiodor Konstantinowicz zdążył ściągnąć pościel z kanapki, zjawił się jego uczeń, gruby blady chłopiec w rogowych okularach z wiecznym piórem w kieszonce na piersiach. Biedaczysko, ucząc się w berlińskim gimnazjum, tak przesiąkł tutejszością, że również w języku angielskim popełniał te same niemożliwe do wykorzenienia błędy, które popełniłby Niemiec z głową jak bila. Nie było na przykład siły, która mogłaby go zmusić do używania formy dokonanej czasu przeszłego zamiast niedokonanej, co każdą jego przypadkową wczorajszą czynność naznaczało piętnem jakiejś idiotycznej wprost stałości. Równie uparcie angielskiego *also* (także) używał jak niemieckiego *also* (a więc), i pokonując cierniste zakończenie w słowie oznaczającym odzież (*clothes*), nieodmiennie dodawał zbędną świszczącą sylabę, tak jakby ktoś, pokonawszy przeszkodę, potem się poślizgnął. Jednocześnie mówił dość swobodnie i wziął korepetycje jedynie dlatego, że chciał na egzaminie końcowym uzyskać wyższy stopień. Był zadowolony z siebie, rozsądny, tępy i jak typowy niemiecki nieuk, wszystko, czego nie wiedział, traktował ze sceptycyzmem: W najgłębszym przeświadczeniu, że śmieszna strona wszechrzeczy z dawien dawna rozpracowana została tam, gdzie należy – czyli na ostatniej stronie berlińskiego tygodnika ilustrowanego, nie śmiał się nigdy, ograniczając się co najwyżej do pobłażliwego chrząknięcia. Rozweselić go nieco mogła jedynie opowiastka o jakiejś sprytnej operacji finansowej. Całą filozofię życia zdołał sprowadzić do arcyprostego stwierdzenia: biedny jest nieszczęśliwy, a bogaty – szczęśliwy. Owo usankcjonowane prawnie szczęście składało się przymilnie – w takt najlepszej muzyki tanecznej – z różnych luksusowych urządzeń technicznych. Na lekcję starał się zawsze przyjść o kilka minut wcześniej i wyjść o tyleż później.

Śpiesząc na następny seans tortur, Fiodor Konstantinowicz wyszedł wraz z nim, uczeń zaś, towarzysząc mu do rogu, podjął próbę uzyskania za darmo kilku dodatkowych angielskich zwrotów, korepetytor jednak, kwitując to oschłym żartem, przeszedł na rosyjski. Rozstali się na skrzyżowaniu, w wietrznym, pełnym zawirowań miejscu, niedorosłym jeszcze do godności placu, choć był tu i kościół, i skwer, i apteka na rogu, i szalet osłonięty przez tuje, i nawet trójkątna wysepka z kioskiem, gdzie delektowali się mlekiem konduktorzy tramwajów. Mnóstwo ulic, które rozchodziły się we wszystkie strony, wyskakiwało zza rogów i otaczało wspomniane miejsca modlitwy i ochłody, przemieniając skrzyżowanie w jeden z owych schematycznych obrazków, na których ku pouczeniu początkujących automobilistów przedstawiono wszystkie żywioły miasta, wszystkie możliwości zderzenia. Na prawo widniała brama zajezdni tramwajowej, gdzie na cementowym tle delikatnie rysowały się trzy piękne brzozy, i gdyby na przykład roztargniony motorniczy nie zahamował koło kiosku na trzy metry przed oznaczonym przystankiem (przy czym jakaś kobieta z pakunkami zawsze usiłowała tu wysiąść, a wszyscy pasażerowie ją powstrzymywali), gdzie trzeba było końcem żelaznej wajchy przestawić szyny (niestety aż takie roztargnienie nie zdarzało się niemal nigdy), wagon skręciłby uroczyście pod szklaną kopułę, gdzie nocował i gdzie go naprawiano. Kościół, wznoszący się z lewej strony, był nisko przepasany bluszczem; na obrzeżu otaczającego kirchę gazonu ciemniało kilka rododendronów o fioletowych kwiatach, nocami zaś można tam było zobaczyć tajemniczą postać z tajemniczą latarką – ów ktoś szukał w trawie dżdżownic – na pokarm dla ptaków, które hodował, a może na przynętę dla ryb? Naprzeciwko kościoła, po drugiej stronie ulicy, zieleniał pod światłem strumienia, walcującego w miejscu z widmem tęczy w raźnych objęciach, podługowaty trawnik skweru wysadzanego po bokach drzewkami (był wśród nich srebrny świerk), z aleją jak pokój, w której najbardziej cienistym kącie znajdowała się piaskownica dla dzieci – my dotykamy tego tłustego piasku jedynie wówczas, gdy chowamy do grobu znajomych. Za skwerem znajdowało się zapuszczone boisko piłki nożnej, wzdłuż którego właśnie Fiodor Konstantinowicz ruszył w stronę Kurfürstendamm. Zieleń lip, czerń asfaltu, grube opony oparte o kratę płotu koło sklepu z akcesoriami samochodowymi, reklamowa dziewoja z olśniewającym uśmiechem prezentująca kostkę margaryny, niebieski szyld knajpy, szare fasady domów, coraz starszych, w miarę jak zbliżały się do głównej ulicy – wszystko to mignęło obok niego po raz setny. Jak zawsze, na kilka kroków przed Kurfürstendamm zobaczył przemykający przecznicą swój autobus: przystanek był tuż za rogiem, ale Fiodor Konstantinowicz nie zdążył dobiec i musiał czekać na następny. Nad portalem kina widniał czarny kartonowy potwór o wykręconych stopach, z piętnem wąsów na białej twarzy przesłoniętej melonikiem, trzymający w ręku giętką laseczkę. Na tarasie sąsiedniej kawiarni siedziało w trzcinowych fotelach grono ludzi interesu, jednakowo rozpartych i jednakowo trzymających przed sobą daszkowato złożone dłonie, mężczyzn o bardzo do siebie podobnych gębach i krawatach, ale różniących się zapewne możliwościami płatniczymi; tymczasem niewielki samochód o mocno uszkodzonych drzwiczkach, potłuczonych szybach i z zakrwawioną chustką na stopniu stał przy chodniku, przyglądało mu się chyba z pięciu gapiów. Wszystko było jaskrawe od słońca; na zielonej ławce, plecami do ulicy, wygrzewał się drobnej postury staruszek z farbowaną bródką i w pikowanych getrach, naprzeciw niego zaś na odległość trotuaru niemłoda, rumiana nędzarka, której amputowano nogi po biodra, ustawiona niczym popiersie pod ścianą, handlowała sznurowadłami. Pomiędzy domami widniał niezabudowany prześwit, gdzie skromnie i tajemniczo coś kwitło, tylne zaś, zwarte, czarne jak łupek ściany jakichś innych o d w r ó c o n y c h domów w głębi pokryte były dziwnymi, przyjemnymi dla oka i jakby samoistnymi białawymi wykwitami, przypominającymi bądź kanały na Marsie, bądź też coś tak odległego i na wpół zapomnianego jak przypadkowy fragment usłyszanej kiedyś bajki albo stare dekoracje do jakichś nieznanych dramatów.

Nadjechał autobus i z jego kręconych schodków zeszła para czarujących jedwabnych nóg: wiemy, że to wyrażenie zostało wyświechtane dzięki wysiłkom tysiąca piszących mężczyzn, nogi te jednak zeszły – i oszukały. Twarzyczka była okropna. Fiodor Konstantinowicz wszedł na górę, konduktor, który zabawił chwilę na imperiale, walnął dłonią w żelazną ścianę, dając tym znak kierowcy, że może ruszać. Po owym żelaznym boku, po umieszczonej na nim reklamie pasty do zębów przesunęły się z szelestem końce miękkich klonowych gałązek – przyjemnie byłoby spoglądać z wysokości na umykającą ulicę, uszlachetnioną przez perspektywę, gdyby nie zawsze obecna, chłodna myśl: oto szczególna, rzadka, jeszcze nieopisana i nienazwana odmiana człowieka, który zajmuje się Bóg wie czym, pędzi z lekcji na lekcję, marnuje młodość na nudne i bezsensowne zajęcia, na nieudolne nauczanie obcych języków, kiedy przecież ma własny i potrafi uczynić zeń, co mu się tylko zamarzy – i muszkę, i mamuta, i tysiące najrozmaitszych chmur. Powinien więc raczej przekazywać jakąś wiedzę tajemną i osobliwą, którą on jeden z dziesięciu, stu tysięcy, a może miliona ludzi posiadł: mógłby na przykład uczyć wielopłaszczyznowości myślenia: patrzysz na człowieka i widzisz go tak krystalicznie jasno, jakby to było szkło przed chwilą przez ciebie wydmuchane, zarazem jednak, zupełnie tej jasności nie niwecząc, spostrzegasz uboczny szczegół – jak bardzo cień słuchawki telefonicznej podobny jest do ogromnej, lekko skurczonej mrówki i tu (wszystko to jednocześnie) wchodzi trzecia myśl – wspomnienie o jakimś słonecznym wieczorze na przystanku kolejowym gdzieś w Rosji, o czymś niemającym żadnego rozumowego związku z rozmową, którą prowadzisz, osłaniając od zewnątrz każde własne słowo, od wewnątrz zaś – każde słowo rozmówcy. Albo – dojmującego współczucia wobec blaszanej puszki na pustaci, wdeptanego w błoto pudełka po papierosach z serii „Stroje narodowe", wobec przypadkowego, ubogiego słowa, gdy je powtarza dobry, słaby, kochający człowiek, którego ktoś niesłusznie zbeształ, wobec wszelakiego życiowego śmiecia, które drogą nagłej alchemicznej transformacji k r ó l e w s k i e g o d o ś w i a d c z e n i a staje się czymś bezcennym i wiecznym. Albo – nieustannego uczucia, że nasze dni tutaj to tylko niewielkie kieszonkowe, tylko groszaki pobrzękujące w ciemności, gdzieś poza tym zaś istnieje kapitał, od którego trzeba umiejętnie uzyskiwać za życia procenty w postaci słów, łez szczęścia, dalekich gór. Tego wszystkiego i wielu jeszcze innych rzeczy (począwszy od bardzo rzadkiego i dręczącego tak zwanego odczucia gwiaździstego nieba, o którym Parkers wspomina w jednej tylko rozprawie naukowej pod tytułem *Wędrówka ducha*, kończąc zaś na profesjonalnych subtelnościach z dziedziny literatury pięknej) mógł nauczyć, i to dobrze nauczyć, tych, którzy by tego zapragnęli, chętnych jednak nie było i być nie mogło, a szkoda, brałby na godzinę ze sto marek, jak biorą niektórzy nauczyciele muzyki. Jednocześnie bawiło go podważanie własnego sądu: wszystko to są głupstwa, cienie głupstw, wyniosłe mrzonki. Jestem po prostu ubogim młodym Rosjaninem, wyprzedającym nadmiar wielkopańskiej edukacji, a w wolnych chwilach pisującym wierszyki – oto cała moja mała nieśmiertelność. Nawet jednak tego migotania blasków wielokształtnej myśli, gry podejmowanej przez myśl z samą sobą nie miał kogo nauczyć.

Jechał i dojechał wreszcie do samotnej – w każdym sensie – młodej kobiety, bardzo mimo piegów ładnej, ubranej zawsze w czarną suknię odsłaniającą szyję, o wargach niczym lakowa pieczęć na liście, w którym nikt nic nie napisał. Spoglądała nieustannie na Fiodora Konstantinowicza z ciekawością, nie tylko nie wykazując żadnego zainteresowania dla znakomitej powieści Stevensona, którą czytał już z nią od trzech miesięcy (przedtem w tym samym tempie czytali Kiplinga), ale nie rozumiejąc tak naprawdę ani jednego zdania i zapisując słowa tak, jak zapisuje się adres kogoś, o kim wiemy, że nigdy go nie odwiedzimy. Nawet teraz – a raczej właśnie teraz – Fiodor Konstantinowicz, zakochany w innej, o niezrównanym wdzięku i inteligencji, z większym niż dawniej poruszeniem rozważał, co by się stało, gdyby położył dłoń na tej lekko drżącej, drobnej ręce o ostrych paznokciach, leżącej tak zachęcająco blisko – i ponieważ wiedział, co by się wtedy stało, serce nagle zaczynało mu bić i od razu wysychały wargi; błyskawicznie jednak i mimowiednie przywracała mu przytomność jakaś jej intonacja, śmieszek, powiew konkretnych perfum; zawsze nie wiedzieć czemu używały ich kobiety, którym się podobał, choć właśnie ten nieuchwytny, słodkawo brunatny zapach był mu nieznośny. Miał przed sobą niewiele wartą, chytrą kobietkę o ospałej duszy; nawet teraz jednak, gdy lekcja się skończyła i wyszedł na ulicę, ogarnęła go niejasna irytacja: wyobraził sobie o wiele wyraźniej niż niedawno u niej, jak ulegle i chętnie znalazłoby zapewne na wszystko odpowiedź jej nieduże, zwięzłe ciało, i z bolesną wyrazistością zobaczył w wyimaginowanym lustrze swoją rękę na plecach kobiety i jej odrzuconą do tyłu gładko uczesaną, o rudawych włosach głowę; potem lustro znacząco opustoszało i Fiodor doznał najbardziej na świecie trywialnego uczucia: ukłucia zmarnowanej okazji.

Nie, to nie tak – niczego nie zmarnował. Jedynym urokiem tych niespełnionych uścisków była łatwość wyobrażania ich sobie. W ciągu ostatnich dziesięciu lat samotnej i powściągliwej młodości, żyjąc na skale, gdzie zawsze było trochę śniegu i skąd długo trzeba było schodzić do podgórskiego miasteczka piwowarów, zżył się z myślą, że między oszukaństwem przygodnej miłostki a słodyczą jej pokusy rozpościera się pustka, zapadlina życia, więc nie podejmował żadnych realnych działań, tak że czasem, kiedy gonił spojrzeniem przechodzącą kobietę, przeżywał zarazem i wstrząsającą możliwość szczęścia, i wstręt do jego nieuchronnej niedoskonałości, wypełniając owo mgnienie rozwojem romansu, ale skracając jego tryptyk o część środkową. Wiedział zatem, że lektury Stevensona nigdy nie przerwie pauza rodem z Dantego, wiedział, że gdyby taka pauza nastąpiła, nie doznałby nic prócz morderczego chłodu, że wymagania wyobraźni są niewykonalne i że tępej obojętności spojrzenia, którą wybacza się pięknym, wilgotnym oczom, nieuchronnie towarzyszy wada dotychczas ukryta – niewybaczalnie obojętny wygląd piersi. Czasami zaś zazdrościł innym mężczyznom zwykłej miłosnej codzienności i tego, jak pogwizdując, zdejmują buty.

Przeszedłszy przez plac Wittenberski, gdzie niby w kolorowym filmie wokół starych schodów prowadzących do stacji kolei podziemnej drżały na wietrze róże, skierował się do rosyjskiej księgarni: między lekcjami powstał prześwit wolnego czasu. Jak zawsze, gdy tylko znalazł się na tej ulicy (zaczynającej się pod protektoratem olbrzymiego domu towarowego, gdzie sprzedawano wszelkiego rodzaju brzydactwa miejscowej produkcji, kończącej zaś, w odległości kilku skrzyżowań, mieszczańską zacisznością, cieniem topoli na asfalcie porysowanym przez dzieci kredą), spotkał starszego, chorobliwie rozdrażnionego petersburskiego literata, noszącego latem płaszcz osłaniający mizerię garnituru, wychudzonego, o wytrzeszczonych brązowych oczach, z pogardliwymi zmarszczkami wokół małpich ust i jednym, długim, skręconym włosem wyrastającym z czarnego wągra na szerokim nosie – ów szczegół bardziej zajął Fiodora Konstantinowicza niż rozmowa z tym mądrym intrygantem, który spotkawszy kogokolwiek, natychmiast rozpoczynał coś w rodzaju przypowieści, długą i oderwaną historyjkę z przeszłości, stanowiącą jedynie wstęp do zabawnej plotki o wspólnym znajomym. Ledwie Fiodor Konstantinowicz odczepił się od niego, gdy zobaczył dwóch innych literatów, dobrodusznie ponurego moskwianina, postawą i rysami twarzy przypominającego nieco Napoleona z jego okresu „wyspiarskiego", i poetę satyryka z „Gazety", cherlawego, poczciwie dowcipkującego jegomościa o cichym, schrypniętym głosie. Obu, podobnie jak poprzedniego, można było zawsze spotkać w tej okolicy, gdzie uprawiali nieśpieszne spacery, obfitujące w spotkania, tak jakby tu, na tej niemieckiej ulicy, błąkało się widmo ulicy rosyjskiej, albo przeciwnie: jakby to była ulica w Rosji, gdzie zażywa przechadzki kilku mieszkańców, a blade cienie niezliczonych obcoplemieńców przemykają wśród nich niby oswojone i ledwie dostrzegalne widma. Pogadali o spotkanym przed chwilą pisarzu i Fiodor Konstantinowicz pożeglował dalej. Po kilku krokach spostrzegł Konczejewa, który szedł powoli i z niezwykłym, anielskim uśmiechem na okrągłej twarzy czytał coś u dołu kolumny paryskiej „Gazety". Z rosyjskiego sklepu spożywczego wyszedł inżynier Kern, trwożliwie wpychając paczuszkę do teczki, którą przyciskał do piersi, u wylotu przecznicy zaś (było to niczym zbiegowisko ludzi we śnie albo w ostatnim rozdziale *Dymu* Turgieniewa) mignęła Marianna Nikołajewna Szczegolew z jakąś inną panią, wąsatą i bardzo tęgą, zdaje się, panią Abramow. Od razu po nich przeciął ulicę Aleksander Jakowlewicz – nie, to pomyłka – ktoś bodaj niezbyt do niego podobny.

Fiodor Konstantinowicz dotarł do księgarni. Na wystawie, wśród zygzaków, ostrokątów i liczebników sowieckich okładek (był to okres, gdy panowała moda na tytuły w rodzaju *Trzecia miłość*, *Szósty zmysł*, *Siedemnasty punkt*), widniało trochę emigracyjnych nowości: nowa, opasła powieść generała Kaczurina *Czerwona księżniczka*, *Komunikacje* Konczejewa, białe, czyste tomy dwóch znanych powieściopisarzy, *Antologia recytatora* wydana w Rydze, mały, wielkości dłoni, tomik młodej poetki, *Poradnik kierowcy* i ostatnia praca doktora Utina *Podstawy szczęśliwego małżeństwa*. Było tam także kilka starych petersburskich sztychów – jeden odwrócony jak w lustrze, na którym kolumna rostralna widniała po niewłaściwej stronie sąsiadujących z nią budowli.

Właściciela w sklepie nie było: wyszedł do dentysty, zastępowała go zaś jakaś nieznana panienka, w niewygodnej pozycji czytająca w rogu *Tunel* Kellermanna po rosyjsku. Fiodor Konstantinowicz podszedł do stolika, na którym wyłożono emigracyjne periodyki. Rozłożył literacki numer paryskiej „Gazety" i oblany nagłym chłodkiem zaskoczenia zobaczył duży felieton Christofora Mortusa poświęcony *Komunikacjom*. „Może go zjechał?" – zdążył pomyśleć z szaloną nadzieją, słysząc już zresztą w uszach zamiast melodii zarzutów nadciągający aplauz ogłuszających pochwał. Zaczął zachłannie czytać.

„Nie pamiętam kto, zdaje się Rozanow, powiada gdzieś..." – tak brzmiał chytry początek; Mortus, przytoczywszy najpierw niepewny cytat, a potem myśl wypowiedzianą przez kogoś w paryskiej kawiarni po czyimś odczycie, zaczął zacieśniać owe sztuczne kręgi wokół *Komunikacji* Konczejewa, przy czym aż do końca nie osiągnął środka, a jedynie z rzadka kierował ku niemu z wewnętrznego kręgu mesmeryczny gest – i dalej kołował. Przypominało to czarne spirale na kartonowych kręgach, które w szaleńczej ambicji zostania tarczą strzelniczą obracają się bez ustanku na wystawach berlińskich lodziarni.

Było to jadowicie lekceważące zjeżdżanie bez jednego bodaj rzeczowego zarzutu, bez żadnego przykładu – przy czym nie tyle słowa, ile cała maniera literacka krytyka przemieniała w żałosne widmo wątpliwej wartości książkę, którą przecież Mortus musiał przeczytać z przyjemnością, cytatów zaś unikał właśnie dlatego, żeby nie utrudniać sobie zadania, tak niewspółmierne było to, co pisał, z tym, o czym pisał; cały felieton był niby seans spirytystyczny, kiedy wywołuje się ducha, z góry jednak uznając całą sprawę jeśli nie za szarlatanerię, to za omam zmysłów. „Wiersze te – kończył Mortus – w pewien nieokreślony sposób, a zarazem nieprzeparcie odstręczają czytelnika. Amatorom talentu Konczejewa wydadzą się z pewnością cudowne. Nie sprzeczajmy się, może tak istotnie jest. Jednakowoż w naszych trudnych, na nowy sposób odpowiedzialnych czasach, gdy wprost unosi się w powietrzu subtelny niepokój moralny, niepokój będący niezaprzeczalnym znamieniem «autentyczności» współczesnego poety, pogrążone w abstrakcji, śpiewnie melodyjne utworki o półsennych widziadłach nikogo nie oczarują. Z jakąż doprawdy przyjemną ulgą przechodzi się od nich do jakiegokolwiek ludzkiego dokumentu, do tego, co można «wyczytać» u niektórych pisarzy sowieckich, choćby nawet nieutalentowanych, do prostackiej i gorzkiej spowiedzi, do osobistego listu dyktowanego rozpaczą i wzruszeniem".

Najpierw artykuł ten sprawił Fiodorowi Konstantinowiczowi wyraźną frajdę, niemal fizyczną przyjemność, która jednak od razu zgasła, ustępując dziwnemu uczuciu uczestniczenia w czymś chytrze pomyślanym i nieuczciwym. Przypomniał sobie uśmiech Konczejewa, który przed chwilą czytał oczywiście te właśnie zdania, i pomyślał, że uśmiech ten mógł odnosić się też do niego, do Godunowa-Czerdyncewa, który zawarł z krytykiem dyktowany zawiścią sojusz. Przypomniał też sobie, że sam Konczejew w swych przeglądach krytycznych nieraz wyniośle i w istocie równie nierzetelnie zaczepiał Mortusa (który, dodajmy przy okazji, był w życiu prywatnym kobietą w średnim wieku, matką dzieciom, publikującą w młodości w „Apołłonie" doskonałe wiersze, teraz zaś skromnie mieszkającą o dwa kroki od grobu Marii Baszkircew i cierpiącą na nieuleczalną chorobę oczu, co każdej linijce napisanej przez Mortusa przydawało tragicznej ceny). Kiedy Fiodor Konstantinowicz poczuł, jak nieskończenie pochlebna jest wrogość tego artykułu, zrobiło mu się przykro, że nikt tak o nim nie napisał.

Przejrzał jeszcze ukazujące się w Warszawie ilustrowane pisemko i znalazł recenzję tego samego tomiku, zupełnie jednak inną. Była to krytyka w stylu buffo. Tameczny Walenty Liniow, z numeru na numer kontynuujący swe amorficzne, dość prymitywne impresje literackie, słynął z tego, że nie tylko nie był zdolny zrozumieć książki, o której pisał, ale nigdy zapewne nie doczytywał jej do końca. Żwawo streszczał autora, z ogromnym dla tego zajęcia upodobaniem, szukając potwierdzenia niewłaściwych wniosków, wychwytywał poszczególne zdania, kiepsko rozumiał pierwsze strony, mijał następne, energicznie ruszając fałszywym tropem, i docierał do przedostatniego rozdziału w błogim nastroju pasażera, który nie wie jeszcze (w jego wypadku – do końca), że wsiadł do niewłaściwego pociągu. Zdarzało się nieodmiennie, iż przekartkowawszy pobieżnie długą powieść albo krótką opowiastkę (rozmiary nie miały tu znaczenia), narzucał książce własne zakończenie – będące zazwyczaj przeciwieństwem autorskiego zamysłu. Innymi słowy, gdyby na przykład Gogol był jego współczesnym i gdyby Liniow o nim pisał, zachowałby na zawsze niewinne przeświadczenie, że Chlestakow rzeczywiście jest rewizorem. Kiedy zaś, jak teraz, pisał o wierszach, prostodusznie stosował metodę tak zwanych p o - m o s t ó w m i ę d z y c y t a t a m i. Jego analiza tomu Konczejewa sprowadzała się do tego, że w imieniu autora odpowiadał na pytania jakiejś domniemanej ankiety (Pański ulubiony kwiat? Ulubiony bohater? Którą z cnót ceni pan najwyżej?). „Poeta – pisał o Konczejewie Liniow – lubi (tu następował łańcuszek cytatów, zniekształconych przymusem sąsiedztwa i koniecznością użycia bierników). Odstrasza go (znów kadłubki wierszy). Znajduje pociechę w (ta sama zabawa). Z drugiej jednak strony (trzy czwarte wiersza, przemienione użyciem cudzysłowu w trywialnie oczywiste stwierdzenie). Czasem mu się wydaje, że..." – Tu Liniow niechcący wydobywał coś, co mniej więcej stanowiło całość:

> *Winogrona dojrzały, błękitniały posągi w alejach,*
> *Niebo się wsparło na śnieżnych ramionach mych*
> *stron...*

– i było tak, jakby ponad patriarchalny bełkot kretyna wybił się nagle głos skrzypiec.

Na następnym stole, nieco dalej, leżały wydawnictwa sowieckie, i można było pochylić się nad odmętem moskiewskich gazet, nad piekłem nudy, i nawet podjąć próbę rozszyfrowania skrótów, przykro ścieśnionych początkowych liter, które przez całą Rosję wożono na ubój – ich straszliwe połączenia przypominały język wagonów towarowych (zderzenie buforów, łoskot, garbaty smarowniczy z latarnią, przejmujący smutek zapadłych stacji, drżenie rosyjskich szyn, pociągi nieskończenie dalekobieżne). Pomiędzy „Zwiezdą" a pismem „Krasnyj Ogoniok" (chwiejnie migocącym w dymach kolei żelaznej) leżał

numer szachowego pisemka „8 × 8"; Fiodor Konstantinowicz przejrzał je, ucieszony ludzkim językiem zadań,
i dostrzegł artykulik opatrzony portretem staruszka z mizerną bródką, patrzącego spode łba przez okulary – tytuł
artykuliku brzmiał: *Czernyszewski i szachy*. Fiodor pomyślał, że zajmie to może Aleksandra Jakowlewicza,
i częściowo dlatego, a po części z tej przyczyny, że w ogóle
lubił zadania, kupił pisemko; panienka, oderwawszy się
od Kellermanna, „nie umiała powiedzieć", ile ono kosz-
tuje, wiedząc jednak, że Fiodor Konstantinowicz i tak ma
tu długi, obojętnie pozwoliła mu zabrać nabytek. Odszedł
z miłym poczuciem, że będzie miał w domu rozrywkę.
Był nie tylko koneserem zadań, ale też umiał znakomicie
je układać, znajdując w tym i wytchnienie od pracy
literackiej, i tajemnicze objawienia. Jako literat płacił za
te ćwiczenia pewną cenę.

Autor zadań szachowych nie musi dobrze grać. Fiodor
Konstantinowicz grał miernie i niechętnie. Męczyła go
i złościła dysharmonia między wątłością jego szachowego
myślenia podczas walki a tą eksklamatywną świetnością,
ku której się ono wyrywało. Ułożenie zadania różniło się
dla niego od gry mniej więcej tak, jak dobrze skon-
struowany sonet różni się od publicystyki polemicznej.
Zaczynało się od tego, że z dala od szachownicy (jak
w innej dziedzinie – z dala od kartki papieru), gdy ciało
przybierało na tapczanie pozycję poziomą (to jest, gdy
stawało się odległą błękitną linią, horyzontem samego
siebie), nagle, pod wpływem wewnętrznego impulsu toż-
samego z poetyckim natchnieniem, objawiał mu się
dziwaczny sposób realizacji tego czy innego wyrafinowa-
nego pomysłu w zadaniu (powiedzmy, połączenia dwóch
tematów – indyjskiego i bristolskiego, albo stworzenia
zupełnie nowej idei). Przez pewien czas rozkoszował się

z zamkniętymi oczyma abstrakcyjną czystością jedynie zjawiskowo spełnionego zamysłu; potem otwierał gwałtownie safianową szachownicę i skrzynkę z ciężkimi figurami, rozstawiał je prowizorycznie, zamaszyście, i od razu okazywało się, że pomysł tak znakomicie ukształtowany w głowie, tu, na szachownicy wymaga – aby można go było wyłuskać z grubej, chropawej skorupy – niesłychanego wysiłku, najwyższego napięcia myśli, nieskończonych prób i starań, a co najważniejsze – tej konsekwentnej pomysłowości, z której, w szachowym tego słowa znaczeniu, powstaje prawda. Wymyślając warianty, na różne sposoby eliminując zbytnie obciążenia, kleksy i bielma pomocniczych pionków, zmagając się z rozwiązaniami pobocznymi, dążył do skrajnej precyzji, skrajnej oszczędności zharmonizowanych sił. Gdyby nie miał pewności (jaką miewał także w twórczości literackiej), że jego zamysł znalazł już urzeczywistnienie w jakimś innym świecie, z którego on przenosił go w ten, skomplikowana i żmudna praca nad szachownicą stałaby się nieznośnym obciążeniem dla mózgu dopuszczającego, że owo urzeczywistnienie jest zarówno możliwe, jak niemożliwe. Figury i pola zaczynały powoli żyć i wymieniać między sobą wrażenia. Brutalna siła hetmana przeistaczała się w wyrafinowaną moc, powściąganą i kierowaną systemem lśniących dźwigni: pionki nabierały rozumu, konie szły hiszpańskim krokiem. Wszystko było wiadome, a zarazem ukryte. Każdy twórca jest konspiratorem; wszystkie figury na szachownicy były tu konspiratorami i czarodziejami. Tajemnica ich odsłaniała się olśniewająco w ostatniej chwili.

Jeszcze dwa-trzy dotknięcia, jeszcze jedno sprawdzenie, i zadanie było gotowe. Klucz do niego, pierwszy ruch białych zamaskowany był pozornym brakiem sensu – właśnie jednak rozziew między owym nonsensem a oślepiającym rozbłyskiem sensu stanowił miarę artystycznej wartości zadania, fakt zaś, że jedna figura, niczym naoliwiona, gładko ustawiała się za drugą, przemknąwszy przez całe pole, by schronić się pod jej ramieniem, sprawiał niemal fizyczną przyjemność, dawał łaskotliwe poczucie koordynacji i ładu. Na szachownicy lśniło gwiaździście cudowne dzieło sztuki i planetarium myśli. Wszystko to cieszyło oko szachisty: przemyślność ataku i obrony, gracja ich wzajemnych poruszeń, czystość matów (tyle a tyle kul na tyle a tyle serc); każda figura wydawała się stworzona dla swego kwadratu; najbardziej jednak czarowna była cienka tkanina pozoru, wielość zwodniczych ruchów (których demistyfikacja miała w sobie dodatkową urodę), fałszywych tropów, starannie przygotowanych dla czytelnika.

Trzecią z kolei lekcję miał tego dnia u Wasiljewa. Redaktor berlińskiej „Gazety", nawiązawszy kontakt z niezbyt poczytnym angielskim pismem, zamieszczał tam co tydzień artykuł o sytuacji w Rosji Sowieckiej. Znał trochę język, pisał więc artykuł na brudno, zostawiając luki, wtrącając zdania po rosyjsku i żądając, by Fiodor Konstantinowicz dosłownie tłumaczył jego wstępniakowe porzekadła: żyje się raz, cudów nie ma, czy to pies, czy to bies, nieszczęścia chodzą parami, i wilk syty, i owca cała, pilnuj, szewcze, kopyta, wedle stawu grobla, potrzeba matką wynalazków, kto się lubi, ten się czubi, poszedł po rozum do głowy, kruk krukowi oka nie wykole, ślusarz zawinił, kowala powiesili, robota nie zając, nie ucieknie, biednemu zawsze wiatr w oczy, tu trzeba reformy, a nie reform. Bardzo często pojawiało się wyrażenie: „było to jak wybuch bomby". Do Fiodora Konstantinowicza należało dyktowanie Wasiljewowi wedle tego brudnopisu poprawionego tekstu wprost na maszynę – Gieorgijowi Iwanowiczowi wydawało się to niezwykle praktyczne, w istocie zaś uciążliwe pauzy sprawiały, że dyktowanie wlokło się niemiłosiernie. Dziwne jednak – zapewne metoda sięgania po moralistykę przysłów w swej skondensowanej postaci nadawała tekstowi odcień *moralités*, właściwy wszystkim świadomym przejawom władzy sowieckiej, gdyż czytając gotowy już artykuł, który w czasie dyktowania wydawał mu się stekiem bredni, Fiodor Konstantinowicz, mimo prymitywnego przekładu i gazeciarskich efektów, jakie stosował autor, dostrzegał konsekwencję i wyrazistość myśli logicznie zmierzającej do celu – i najspokojniej dającej w rogu mata.

Odprowadzając go potem do drzwi, Gieorgij Iwanowicz nagle groźnie zmarszczył wąsate brwi i zagadał szybko:

– Cóż, czytał pan, jak dołożyli Konczejewowi? Wyobrażam sobie, jak to na niego podziałało, taki cios, takie niepowodzenie.

– On gwiżdże na to, wiem o tym – powiedział Fiodor Konstantinowicz, a na twarzy Wasiljewa odbiło się przelotne rozczarowanie.

– To tylko taka gierka – zaryzykował domysł Wasiljew i poweselał. – Tak naprawdę jest pewnie zrozpaczony.

– Nie sądzę – zaoponował Fiodor Konstantinowicz.

– W każdym razie bardzo mi z jego powodu przykro – dokończył Wasiljew z taką miną, jakby wcale nie pragnął rozstać się ze swoim zmartwieniem.

Fiodor Konstantinowicz, zmęczony trochę, ale rad, że dzień roboczy się skończył, wsiadł do tramwaju i otworzył pisemko (znów mignęła pochylona twarz Mikołaja Czernyszewskiego, o którym wiedział tylko, że to „strzykawka z kwasem siarkowym" – jak go gdzieś określił bodaj Rozanow – i autor *Co robić?*, które myliło mu się zresztą z *Kto zawinił?* Zaczął uważnie przeglądać zadania i przekonał się wkrótce, że gdyby nie było wśród nich dwóch genialnych etiud starego rosyjskiego mistrza i kilku ciekawych przedruków z pism zagranicznych, nie warto byłoby kupować pisemka. Rzetelnie wypracowane, uczniowskie ćwiczenia młodych sowieckich autorów zadań były nie tyle „zadaniami", co „zagadnieniami"; potraktowany z solenną powagą taki czy inny mechaniczny temat (jakieś „zwarcie" i „rozwarcie") zatracał wszelką poezję; były to szachowe prymitywy, nic ponadto, a popychające się nawzajem figury czyniły swą uciążliwą powinność z proletariacką powagą, godząc się z pobocznymi rozstrzygnięciami w ospałych wariantach, które gromadziły tłumnie milicję pionków.

Fiodor, przegapiwszy przystanek, zdążył jednak wyskoczyć koło skweru, wykonał od razu obrót na obcasach, co zazwyczaj czyni każdy, kto gwałtownie opuszcza tramwaj, i ruszył wzdłuż kościoła przez Agamemnonstrasse. Zbliżał się wieczór, niebo było bezchmurne, nieruchomy i łagodny blask słońca przydawał każdemu przedmiotowi spokojnej, lirycznej odświętności. Rower, oparty o żółto oświetloną ścianę, stał w lekkim skręcie, niczym przyprzężny koń, lecz jeszcze doskonalszy niż on był jego przeświecający cień na ścianie. Niemłody, tęgawy jegomość, kręcąc kuprem, śpieszył na partię tenisa – był w zwykłych spodniach i fantazyjnej koszulce, w siatce miał trzy szare piłki, obok niego zaś szybko szła na gumowych podeszwach niemiecka dziewczyna o sportowym typie, z pomarańczową twarzą i złocistymi włosami. Za jaskrawo pomalowanymi pompami benzynopoju śpiewało radio, nad dachem zaś całego pawilonu na niebieskim tle nieba rysowały się stojące żółte litery – nazwa firmy samochodowej – przy czym na drugiej literze, na „A" (szkoda, że nie na pierwszej, „D" – bo powstałaby winieta), siedział żywy drozd – czarny z żółtym (dla oszczędności) dziobem i śpiewał głośniej niż radio. Dom, w którym mieszkał Fiodor Konstantinowicz, był narożny i wznosił się niczym ogromny, czerwony statek, utrzymujący na dziobie skomplikowaną, szklaną, wieżokształtną konstrukcję, tak jakby nudny, poważny architekt nagle zwariował i pozwolił sobie na podniebny wyskok. Na wszystkich balkonikach, które opasywały dom na poziomie wielu pięter, coś zieleniało i kwitło, i tylko balkon Szczegolewów był zaniedbany i pusty, z osieroconą doniczką na pokładzie i jakimś wietrzącym się właśnie wisielcem w zjedzonym przez mole futrze.

Zamieszkawszy tu, Fiodor Konstantinowicz, pragnąc (tak mu się zdawało) mieć wieczorami zupełny spokój, uzgodnił, że kolacje będzie jadał w swoim pokoju. Na stole pośród książek czekały teraz na niego dwie szare kromki z połyskliwą mozaiką kiełbasy, filiżanką wystygłej, zmętniałej herbaty i talerz różowego kisielu (ugotowanego rano). Pogryzając i popijając, otworzył znowu „8 x 8" (i znowu spojrzał nań spode łba, jakby miał go ubóść, M. G. Cz.) i zaczął spokojnie rozkoszować się ćwiczeniem, w którym nieliczne figury białych zdawały się wisieć nad przepaścią, a jednak w końcu osiągały cel. Potem znalazł jeszcze pełną wdzięku czwórchodówkę amerykańskiego mistrza; o jej uroku stanowiła nie tylko zręcznie ukryta, prowadząca do mata kombinacja, lecz również to, że gdy białe dokonywały kuszącego, ale na fałszywy trop skierowanego ataku, czarne metodą wciągania i osaczania własnych figur organizowały sobie hermetycznego pata. W jednym za to z zadań sowieckich (P. Mitrofanow, Twer) znalazł Fiodor przykład na to, jak można spudłować: czarne miały d z i e w i ę ć pionków – dziewiąty został zapewne dodany w ostatniej chwili, żeby uzupełnić powstałą nagle lukę, tak jakby pisarz pośpiesznie, już w korekcie, zamienił „z pewnością mu powiedzą" na elegantsze „niewątpliwie mu powiedzą", nie spostrzegłszy, że dalej następują słowa: „... o jej wątpliwej reputacji". Nagle zrobiło mu się przykro – dlaczegóż to w Rosji wszystko stało się takie marne, koślawe, szare, jak mogła Rosja tak zgłupieć i otępieć? Czy może w dawnym dążeniu „ku światłu" istniała fatalna skaza, w miarę naturalnego przybliżania się do celu coraz wyraźniejsza, aż się wreszcie okazało, że owo „światło" płonie w oknie więziennego nadzorcy, i tyle? Kiedy zaczęła się owa przedziwna zależność między spotęgowaniem pragnienia a zamąceniem źródła? Czy w latach czterdziestych? Czy w sześćdziesiątych? I „co robić" teraz? Czy nie należy raz na zawsze wyrzec się wszelkiej tęsknoty do ojczyzny, wszelkiej ojczyzny, prócz tej, która jest ze mną, we mnie, przywarta jak srebro morskiego piasku do podbicia, trwa w oczach, we krwi, przydaje głębi i dali drugiemu planowi każdej nadziei towarzyszącej życiu? Kiedyś, oderwawszy się od pisania, spojrzę w okno i zobaczę rosyjską jesień.

Jacyś znajomi, którzy niedawno wyjechali na lato do Danii, zostawili Borysowi Iwanowiczowi aparat radiowy. Słychać było, jak się z nim porał, przytłumiając piski, zgrzyty, przesuwając widmowe meble. Można się bawić i tak.

W pokoju tymczasem ściemniło się; nad sczerniałymi zarysami domów za podwórzem, gdzie już rozbłysły okna, niebo przybrało ton ultramaryny, w czarnych przewodach między czarnymi kominami lśniła gwiazda, którą, jak każdą gwiazdę, można było dostrzec, przestroiwszy wzrok, tak że wszystko inne znikało z ogniska soczewki. Podparł policzek pięścią i siedział przy stole, patrząc w okno.

W oddali jakiś duży zegar, którego położenie ciągle zamierzał ustalić, zawsze jednak o tym zamiarze zapominał – zwłaszcza że spoza warstwy odgłosów dnia nie było go słychać – wolno wybił dziewiątą. Czas było iść na spotkanie z Ziną.

Spotykali się zazwyczaj po drugiej stronie wykopu kolejowego, na spokojnej ulicy w pobliżu Grünewaldu, gdzie masywy domów (ciemne krzyżówki, w których żółte światło nie rozwiązało jeszcze wszystkiego) ustępowały raz po raz pustaciom, ogrodom, składom węgla („tematy i nuty ciemności" z wiersza Konczejewa), gdzie był między innymi wspaniały płot, sklecony najwyraźniej z rozebranego niegdyś w innym miejscu, a może w innym mieście, ogrodzenia wędrownego cyrku, deski jednak ułożone były teraz bez ładu i sensu, jakby przybijał je ślepiec, tak że wymalowane niegdyś na nich zwierzęta cyrkowe, przemieszawszy się podczas przenosin, rozpadły się na części składowe – tu noga zebry, tam grzbiet tygrysa, jakiś zad sąsiadujący z odwróconą łapą: obietnica zachowania życia po życiu została wobec płotu dochowana, jednakże rozłączenie na nim kształtów życia niweczyło ziemską wartość nieśmiertelności; nocą zresztą niewiele można było wypatrzyć, zogromniałe zaś cienie liści (w pobliżu stała latarnia) kładły się na deski płotu w logicznym porządku – stanowiło to pewną rekompensatę, zwłaszcza że w żaden sposób nie można ich było donikąd razem z deskami przenieść, gdyż to niweczyłoby i wikłało ornament – można je było na tym płocie przemieścić tylko w całości, wraz z całą nocą.

Oczekiwanie na jej przyjście. Zawsze się spóźniała – zawsze też przychodziła inną drogą niż on. Okazało się więc, że nawet Berlin może być tajemniczy. Pod kwitnącą lipą migoce latarnia. Jest ciemno, wonnie, cicho. Cień przechodnia przemyka po słupku jak soból po pniu. *Ponad pustacią brzoskwiniowe zorze, Wenecja w wodzie rozognionej błysła; ulica kończy się aż w Chinach może, a tamta gwiazda nad Wołgą zawisła. Przysięgnij mi, że wierzysz w niespełnienie, wierna zmyśleniom pozostaniesz sennym, że nie dasz duszy swej zamknąć w więzieniu, nie powiesz – mam przed sobą mur kamienny.*

Pojawiła się nagle jak cień, niespodziewanie dla oczu, wyłaniając się zawsze z ciemności, z żywiołu, do którego należała. Najpierw światło wydobywało tylko nogi, które stawiała tak blisko siebie, jakby szła po cienkiej linie. Miała na sobie krótką letnią sukienkę koloru nocy – koloru latarni, cieni, pni drzew, połyskującego trotuaru: bledszego niż jej ręce, a ciemniejszego od twarzy. Błok dedykował to Gieorgijowi Czułkowowi. Fiodor Konstantinowicz całował jej miękkie wargi, a potem ona na chwilę schylała głowę na jego ramię, po czym szybko ją podnosiła i szła obok niego, najpierw z takim smutkiem na twarzy, jakby w ciągu dwudziestu godzin ich rozłąki stało się jakieś wielkie nieszczęście, pomału jednak przytomniała, aż wreszcie uśmiechała się, tak jak nigdy nie uśmiechała się za dnia. Co go w niej zachwycało najbardziej? Jej doskonała bystrość, słuch absolutny na wszystko, co kochał. Rozmawiając z nią, można było obejść się bez wszelkich łączników; ledwie dostrzegł jakiś zabawny szczegół nocy, gdy ona już mu go wskazywała. Los, który bardzo się tu postarał, nie tylko przemyślnie i wdzięcznie stworzył Zinę na jego miarę, ale oboje, zespalając się we wspólny cień, stworzeni zostali na miarę czegoś, co niezupełnie było zrozumiałe, lecz cudowne, życzliwe i nieustannie ich otaczało.

Kiedy zamieszkał u Szczegolewów i zobaczył ją po raz pierwszy, miał poczucie, że wiele już o niej wie, że od dawna zna jej imię i jakby zarysy jej życia, jednakże nim doszło między nimi do rozmów, nie mógł sobie uświadomić, skąd i jakim sposobem wie to wszystko. Ledwie się do niego odzywała, choć niektóre oznaki – nie tyle źrenice, co lśnienie oczu jakby skierowane ku niemu – zdradzały Fiodorowi, że ona dostrzega każde jego spojrzenie, poruszając się tak, jakby cały czas ograniczały ją lekkie osłony wrażenia, jakie na nim wywarła; czuł, że niemożliwe jest dla niego uczestniczenie w jej egzystencji duchowej i życiu, cierpiał więc, kiedy wypatrzył w niej coś szczególnie czarującego, i doznawał pocieszającej ulgi, kiedy dostrzegał na mgnienie jakąś skazę jej urody. Blade włosy Ziny, świetliście i niepostrzeżenie przechodzące w słoneczną aurę wokół głowy, niebieska żyłka na skroni, druga na długiej i delikatnej szyi, wąska dłoń, ostry łokieć, wąskość bioder, słabość ramion i osobliwe przegięcie zgrabnej kibici, tak jakby podłoga, po której szła rozpędzona niby na łyżwach, schodziła zawsze lekko przechylona ku przystani krzesła lub stołu, gdzie znajdował się potrzebny przedmiot – wszystko to odebrane z dręczącą wyrazistością potem, w ciągu dnia, bez końca powtarzało się w jego pamięci, wracając coraz leniwiej, coraz bledsze i bardziej porozrywane, wyzbyte życia, przechodząc za sprawą mechanicznych powtórzeń rozpadającego się kształtu w jakiś spaczony, topniejący schemat, niezawierający już niemal nic z pierwowzoru; gdy tylko jednak znów ją zobaczył, cała ta nieświadoma praca mająca unicestwić jej obraz, którego władzy obawiał się najbardziej, okazywała się daremna, i znów rozbłyskiwało piękno – jej bliskość, straszliwa dostępność dla oczu, przywrócony związek wszystkich szczegółów. Gdyby w owych dniach przyszło mu stanąć przed wznoszącym się ponad zmysły sądem (czy pamiętacie, jak Goethe mawiał, wskazując laską rozgwieżdżone niebo: „Oto moje sumienie"?), nie poważyłby się powiedzieć, że ją kocha – dawno się bowiem domyślał, że nie jest zdolny oddać całkowicie duszy nikomu ani niczemu: kapitał obrotowy był mu zbyt potrzebny dla jego własnych przedsięwzięć; jednakże spoglądając na nią, od razu wznosił się (by za chwilę się stoczyć znowu w dół) na takie wyżyny czułości, namiętności i współczucia, do jakich rzadko sięga miłość.

Pośród nocy, zwłaszcza po długim wysiłku umysłowym, na wpół wynurzywszy się ze snu nie od strony rozsądku, lecz od zaplecza szaleństwa, z obłędnym, ociężałym upojeniem czuł jej obecność w pokoju na pośpiesznie i niechlujnie przygotowanym przez rekwizytora polowym łóżku, o dwa kroki od niego, jednak podczas gdy hołubił swoje wzruszenie, sycił się pokusą, napawał bliskością, rajską możliwością, w której nie było zresztą nic cielesnego (była natomiast jakaś błoga przemiana cielesności, wyrażająca się w języku półsnu), z powrotem wchłaniał go sen, a on wycofywał się bez ratunku, myśląc, że wciąż jeszcze utrzymuje zdobycz. Naprawdę nigdy mu się nie śniła, zadowalając się wysyłaniem jakichś swoich przedstawicielek i rówieśnic, wśród których zdarzały się zupełnie do niej niepodobne i wzbudzały w nim takie odczucia, że miał się prawie za wystrychniętego na dudka, czego świadkiem był błękitny świt.

Potem, już zupełnie rozbudzony, już pośród odgłosów poranka, od razu trafiał w samą gęstwinę uszczęśliwienia; zalewało mu ono serce, wypełniała go radość życia, a we mgle rysowało się cudowne wydarzenie, które lada chwila miało się stać rzeczywistością. Gdy tylko jednak wyobrażał sobie Zinę, widział jedynie wątły szkic, z którego jej głos za ścianą nie mógł wykrzesać życia. Za godzinę zaś lub dwie spotykał się z nią przy stole, wszystko powracało i znów rozumiał, że gdyby jej nie było, nie byłoby również tej porannej mgiełki szczęścia.

Pewnego razu, w dziesięć może dni po tym, jak się poznali, wieczorem zapukała nagle i weszła do niego wyniośle zdecydowanym krokiem, z niemal pogardliwym wyrazem twarzy, trzymając w ręku nieduży, obłożony w różowy papier tomik: „Mam do pana prośbę – powiedziała szybko i oschle – proszę mi to podpisać". Fiodor Konstantinowicz wziął tomik i rozpoznał w nim mile sfatygowany, mile rozluźniony dwuletnim używaniem (tej przyjemności jeszcze nie zaznał) zbiór własnych wierszy. Bardzo powoli zaczął otwierać kałamarz, choć kiedy indziej, gdy śpieszno mu było do pisania, korek wyskakiwał jak z butelki szampana; Zina zaś, spojrzawszy na jego mocujące się z korkiem palce, dodała pośpiesznie: „Proszę tylko o nazwisko, tylko nazwisko". Podpisał się, chciał dodać datę, ale nie wiedzieć czemu pomyślał, że mogłaby się w tym dopatrzyć czegoś wulgarnie dwuznacznego. „No to dziękuję" – powiedziała i wyszła, dmuchając na papier.

W dwa dni później, w niedzielę, około czwartej okazało się, że została w domu sama: czytał u siebie, ona była w stołowym i, z rzadka przechodząc przez korytarz i pogwizdując, dokonywała krótkich ekspedycji do swego pokoju; odgłos lekkich kroków Ziny zawierał w sobie topograficzną tajemnicę – bo przecież drzwi ze stołowego prowadziły bezpośrednio do jej pokoju. Czytamy jednak i czytać będziemy. „Dłużej, dłużej, możliwie najdłużej na obcej ziemi. I choć moje myśli, moje imię, moje prace należeć będą do Rosji, ja jednak, doczesny mój kształt, zostanę od niej oddalony" (a jednocześnie, odbywając w Szwajcarii spacery, ten, co t a k pisał, zabijał przemykające ścieżką jaszczurki – „pomiot diabelski" – z obrzydzeniem Ukraińca i zaciekłością fanatyka). Powrót jest niewyobrażalny! Ustrój? Przecież wszystko jedno, jaki jest. Za monarchii są flagi i bęben. Za republiki – flagi i wybory... Znowu przeszła. Nie, nie mógł czytać, przeszkadzał niepokój, przeszkadzało poczucie, że kto inny na jego miejscu wyszedłby i niewymuszenie, zręcznie do niej zagadał; kiedy zaś wyobrażał sobie, jak sam wynurzy się, wpakuje do stołowego i nie będzie wiedział, co powiedzieć, zaczynał pragnąć, żeby ona jak najszybciej sobie poszła albo żeby Szczegolewowie wrócili do domu. No i w tej właśnie chwili, gdy Fiodor Konstantinowicz postanowił nie nadstawiać dłużej ucha, lecz zająć się wyłącznie Gogolem, szybko wstał i wszedł do stołowego.

Siedziała przy drzwiach balkonu i z na wpół rozchylonymi lśniącymi wargami celowała nitką w uszko igły. Przez otwarte drzwi widać było mały, pozbawiony roślin balkon i słychać blaszane podzwanianie i stukot podskakujących kropli – padał ciężki, ciepły kwietniowy deszcz.

– Przepraszam – powiedział Fiodor Konstantinowicz obłudnie – nie wiedziałem, że pani tu jest. Chciałem tylko coś powiedzieć pani o swoim tomiku: to jeszcze nie to, to są kiepskie wiersze, to znaczy, nie wszystkie są kiepskie, ale tak w ogóle. To, co przez ostatnie dwa lata zamieszczałem w „Gazecie", jest o wiele lepsze.

– Bardzo mi się spodobało to, co pan kiedyś recytował na wieczorze poetyckim – powiedziała. – O jaskółce, która krzyknęła.

– Więc pani tam była? Tak. Ale mam jeszcze lepsze wiersze, zapewniam panią.

Zerwała się nagle z krzesła, rzuciła na jego siedzenie coś, co cerowała, i machając opuszczonymi rękami, pochylona ku przodowi, drobiąc jakby ślizgającymi się stopami, przeszła szybko do swego pokoju i wróciła z wycinkami z gazet – były tam wiersze jego i Konczejewa.

– Zdaje się jednak, że nie mam tu wszystkich – powiedziała.

- Nie wiedziałem, że to się w ogóle zdarza – zdziwił się Fiodor Konstantinowicz i dodał niezręcznie: – Poproszę teraz, żeby oddzielano je perforowaną linią, wie pani, tak jak w kuponach, aby łatwiej było odrywać.

Znów zajęła się pracowicie pończochą naciągniętą na grzybek, i nie unosząc oczu, uśmiechnąwszy się jednak, szybko i chytrze powiedziała:

- Wiem, że mieszkał pan przy Tannenbergstrasse siedem, często tam bywałam.

- Doprawdy? – zdumiał się Fiodor Konstantinowicz.

- Znam jeszcze z Petersburga żonę Lorentza – kiedyś uczyła mnie rysunków.

- Jakie to dziwne – powiedział Fiodor Konstantinowicz.

- A Romanow jest teraz w Monachium – ciągnęła – obrzydliwy typ, ale zawsze lubiłam jego rzeczy.

Pogadali o Romanowie i o jego obrazach. Wszedł w okres rozkwitu. Muzea go kupowały... Spróbowawszy wszystkiego, nagromadziwszy zasób doświadczeń, powrócił do wyrazistej, harmonijnej linii.

- Czy zna pan jego *Futbolistę*? O, tu właśnie jest pismo z reprodukcją.

Spocona, blada, napięta twarz zawodnika o wyszczerzonych zębach, namalowanego w naturalnej wielkości, który w pełnym biegu zaraz ze straszliwą siłą strzeli gola. Rozwiane rude włosy, plama błota na skroni, napięte mięśnie obnażonej szyi. Pomięta mokra fioletowa koszulka, przylegająca miejscami do ciała, zachodzi nisko na ubłocone spodenki; przecina ją po dziwnie biegnącej przekątnej potężna fałda. Po piłkę futbolista zabiega z boku, uniósłszy w górę jedną rękę, palce dłoni – współuczestniczki napięcia i zrywu – ma szeroko rozwarte. Najważniejsze jednak są nogi: lśniące białe uda, olbrzymie skaleczone kolano, grube, ciemne, obrzmiałe od błota buty, bezkształtne, a jednak obdarzone niezwykłą, pełną precyzji i gracji siłą; na rozwścieczonej, krzywej łydce osunęła się skarpeta, stopa wryła się w tłustą ziemię, druga szykuje się do kopnięcia – i to jakiego! – w czarną spotworniałą piłkę – a wszystko to na ciemnoszarym tle, nasyconym deszczem i śniegiem. Patrząc na ten obraz, słyszało się j u ż świst skórzanego pocisku i widziało desperacką obronę bramkarza.

– Wiem coś jeszcze – powiedziała Zina. – Miał mi pan pomóc w pewnym przekładzie, przekazał to panu Czarski, ale pan się z jakiegoś powodu nie pokazał.

– Jakie to dziwne – powtórzył Fiodor Konstantinowicz.

W przedpokoju trzasnęły drzwi – wróciła Marianna Nikołajewna – Zina nieśpiesznie wstała, zebrała wycinki i wróciła do siebie; Fiodor Konstantinowicz dopiero później zrozumiał, dlaczego uznała, że musi się tak zachować, wówczas jednak wydało mu się to nieuprzejme – kiedy pani Szczegolew weszła do stołowego, czuł się tak, jakby wyjadał cukier z cukiernicy.

W kilka dni później, wieczorem, podsłuchał ze swego pokoju gniewną rozmowę – za chwilę mieli przyjść goście i Zina musiała zejść do bramy z kluczem. Kiedy zeszła, po krótkiej walce wewnętrznej wymyślił, że mógłby się przejść, na przykład do automatu przy skwerze po znaczek pocztowy – włożył więc dla uprawdopodobnienia sytuacji kapelusz, choć prawie nigdy go nie nosił, i ruszył schodami w dół. Stała przy szklanych drzwiach, bawiąc się kluczem zawieszonym na palcu, stała w ostrym świetle – połyskiwały turkusowe sploty swetra, połyskiwały paznokcie, a na ręce powyżej dłoni – równe włoski.

– Otwarte – powiedziała, zatrzymał się jednak i oboje zaczęli patrzeć przez szybę na ciemną, wypełnioną ruchem noc, na latarnię gazową, na cień ogrodzenia.

– Jakoś nie nadchodzą – mruknęła, cicho brzęknąwszy kluczem.

– Długo pani czeka? – zapytał. – Mogę panią zastąpić...

– I w tej właśnie chwili zgasło światło. – Jeśli pani chce, zostanę tu całą noc – dodał w ciemności.

Uśmiechnęła się i westchnęła gwałtownie, jakby znudziło ją wyczekiwanie. Z ulicy przez szybę spływało na nich oboje popielate światło, cień żeliwnego ornamentu na drzwiach wyginał się poza nie i przecinał je ukośnie jak pendent, a na ciemnej ścianie kładła się pryzmatycznie tęcza. I tak jak to często z nim bywało, tym razem jednak głębiej niż kiedykolwiek, Fiodor Konstantinowicz odczuł nagle – w tej szklistej ciemności – dziwność życia, dziwność jego czaru, jakby na chwilę uchyliło rąbka, a on dostrzegł jego drugą, niezwykłą stronę. Tuż przy twarzy miał delikatnie popielaty, przecięty cieniem policzek, i gdy Zina nagle z tajemniczym zdumieniem w połyskujących rtęcią oczach zwróciła się ku niemu, cień zaś położył się w poprzek jej warg, dziwnie ją odmieniając, wykorzystał pełnię swobody w tym świecie cieni, by ująć ją za widmowe łokcie; wymknęła się jednak z ornamentu i szybkim ruchem palca nacisnęła kontakt, zapalając światło.

– Dlaczego? – zapytał.

– Wytłumaczę to panu innym razem – odpowiedziała, nie spuszczając zeń oczu.

– Jutro – rzekł Fiodor Konstantinowicz.

– Dobrze, jutro. Chcę pana jednak uprzedzić, że w domu nie będziemy prowadzili żadnych rozmów. To postanowione raz na zawsze.

– Wobec tego... – zaczął, lecz w tej właśnie chwili wyrośli za drzwiami przysadzisty pułkownik Kasatkin i jego wysoka wyblakła żona.

– Witaj, moja śliczna – powiedział pułkownik, rozpłatując noc jednym ciosem. Fiodor Konstantinowicz wyszedł na ulicę.

Następnego dnia postarał się, żeby spotkać Zinę na rogu, gdy wracała z pracy. Ustalili, że zobaczą się po kolacji, przy ławce, którą przedtem wypatrzył.

– Dlaczego więc? – zapytał, gdy usiedli.

– Z pięciu powodów – powiedziała. – Po pierwsze, nie jestem Niemką, po drugie, dopiero zeszłej środy rozstałam się z narzeczonym, po trzecie, to by nie miało sensu, po czwarte, bo mnie pan w ogóle nie zna, po piąte... – Zamilkła i Fiodor Konstantinowicz pocałował ją ostrożnie w rozpalone, topniejące, gorzkie usta. – Właśnie dlatego – powiedziała, ujmując kolejno i mocno ściskając jego palce.

Odtąd spotykali się co wieczór. Marianna Nikołajewna, która nie ważyła się nigdy o nic Ziny zapytać (już najbardziej nieśmiała próba wywołałaby dobrze jej znaną burzę), domyślała się oczywiście, że córka się z kimś spotyka, zwłaszcza iż wiedziała o istnieniu tajemniczego narzeczonego. Był to ktoś chorowity i niezrównoważony (takim przynajmniej wydawał się Fiodorowi Konstantinowiczowi z opowiadań Ziny – zresztą owi o p o w i e-d z i a n i ludzie mają zazwyczaj jedną zasadniczą cechę: są wyzbyci uśmiechu), kogo poznała, mając szesnaście lat, trzy lata temu, przy czym był od niej starszy chyba o dwanaście lat, w tym starszeństwie zaś też kryło się coś mrocznego, jakieś nieprzyjemne rozjątrzenie. Wedle jej relacji, spotkania z nim upływały bez jakichkolwiek oznak zakochania, a ponieważ nie wspomniała o bodaj jednym pocałunku, wyglądało to jak nieskończony szereg nudnych rozmów. Odmawiała stanowczo wymieniania jego nazwiska, a nawet rodzaju zajęcia (dając zarazem do zrozumienia, że był to ktoś na swój sposób genialny).

Fiodor Konstantinowicz był jej w głębi duszy wdzięczny za to, świadom, że widmo bez imienia i nazwiska łatwiej się rozpływa – a mimo wszystko czuł wobec niego ohydną zazdrość, której usiłował nie przyglądać się bliżej, ta jednak zawsze czyhała za rogiem; na samą myśl, że gdzieś, kiedyś napotka być może niespokojne, smutne spojrzenie owego kogoś, wszystko dokoła pogrążało się w noc, jak natura podczas zaćmienia słońca. Zina przysięgała, że nigdy go nie kochała, że ten mdły romans trwał, bo brak jej było silnej woli, i że gdyby nie pojawił się Fiodor Konstantinowicz, wszystko wlokłoby się nadal. On nie znajdował w niej jednak szczególnej słabości woli, dostrzegał raczej połączenie kobiecej nieśmiałości i niekobiecego zdecydowania we wszystkim. Przy skomplikowanej umysłowości zachowała nadzwyczajną prostotę, tak że mogła pozwolić sobie na wiele rzeczy, które innym były wzbronione, samo zaś tempo, w jakim się zbliżyli, w ostrym świetle jej bezpośredniości wydawało się Fiodorowi Konstantinowiczowi zupełnie naturalne.

W domu zachowywała się tak, że niepodobna wręcz było wyobrazić sobie wieczornego spotkania z tą obcą, chmurną panną, nie było w tym jednak obłudy, lecz również swoista prostota. Kiedy pewnego razu, żartem, zatrzymał ją w korytarzu, pobladła z gniewu i nie przyszła na spotkanie, a potem musiał zaklinać się i przysięgać, że to się nigdy nie powtórzy. Bardzo szybko zrozumiał powody: jej stosunki rodzinne były tak niskiej próby, że na ich tle mimolotne zetknięcie się dłoni lokatora i córki gospodarzy domu przemieniłoby się po prostu w „kombinowanie ze sobą".

Ojciec Ziny, Oskar Grigorjewicz Mertz, zmarł na *anginę pectoris* przed czterema laty, Marianna Nikołajewna zaś niezwłocznie po jego śmierci wyszła za mąż za kogoś, kogo Mertz nie wpuściłby za próg swego domu, za jednego z tych pełnych brawury rosyjskich pospolitaków, którzy gdy nadarzy się okazja, delektują się słowem „żydłak" jak dorodną figą. Kiedy zaś dusza-człowiek był nieobecny, w domu pojawiał się bez ceremonii jeden z jego mętnych wspólników od interesów, chudy inflancki baron, z którym Marianna Nikołajewna go zdradzała – i Fiodor Konstanti-nowicz, który raz czy dwa widział barona, usiłował wyobra-zić sobie z pełną obrzydzenia ciekawością, co mogła w sobie nawzajem znaleźć ta para – a jeśli znalazła, jaki jest jej *modus operandi* – podstarzałej pulchnej kobiety o ropu-szej twarzy i niemłodego szkieletu o zepsutych zębach.

Jeśli ciężko mu było czasem, gdy wiedział, że Zina jest w domu sama, wzbronić sobie wejścia – bo tak ustalili – do jej pokoju, to zupełnie innego rodzaju przykrości doznawał, kiedy w domu zostawał sam Szczegolew. Borys Iwanowicz nie znosił samotności, nudziło mu się, i Fiodor Konstantinowicz słyszał ze swego pokoju szeleszczące narastanie tej nudy, jakby mieszkanie powoli zarastały łopiany, sięgające już jego drzwi. Błagał los, żeby Szcze-golewa coś zajęło, jednakże (zanim pojawił się aparat radiowy) znikąd nie było ratunku. Nieuchronnie rozlegało się złowrogie, delikatne pukanie i Borys Iwanowicz bo-kiem, z przerażającym uśmiechem, wsuwał się do pokoju. „Czy pan spał? Czy panu nie przeszkadzam?" – pytał, widząc, że Fiodor Konstantinowicz leży na kanapce, i od razu wchodził, dokładnie zamykał za sobą drzwi i roz-siadał się w jego nogach, wzdychając. „Nudno, ach, jak nudno" – mówił i zaczynał coś opowiadać. W literaturze cenił wysoko *L'homme, qui assassina* Claude Farrcre'a, a w filozofii *Protokoły mędrców Syjonu*. O tych dwóch książkach mógł rozprawiać godzinami i wydawało się, że nic poza tym w życiu nie przeczytał. Sypał anegdotami z prowincjonalnej praktyki sądowej i dowcipami o Żydach.

Zamiast „wypili szampana i ruszyli w drogę" mówił „obalili flaszkę i jazda". Jak to się zdarza większości gadułów, zawsze mu się przypominał jakiś niezwykły rozmówca, który opowiadał niezliczoną ilość interesujących historyjek („Drugiego takiego mądrali w życiu nie spotkałem" – dodawał dość nieuprzejmie), a ponieważ nie sposób było wyobrazić sobie Borysa Iwanowicza jako milczącego słuchacza, należało przypuścić, że dokonywało się tu swoiste rozdwojenie jaźni.

Pewnego razu spostrzegłszy na stole u Fiodora Konstantinowicza zapisane arkusiki, powiedział, przybierając jakiś nowy, serdeczny ton: „Och, gdybym tylko miał czas, taką bym powieść wytrzaskał... Wprost z życia wziętą. Niech pan sobie wyobrazi sytuację: starszy facet, ale ciągle szukający szczęścia, poznaje wdówkę, a ta ma córkę, jeszcze dziewczynkę – wie pan, nic się u niej na razie nie ukształtowało, ale mała porusza się tak, że można zwariować. Blada, lekka, cienie pod oczami – no i oczywiście na starego dziada ani spojrzy. Co tu robić? Facet bez długich namysłów żeni się z wdową. Dobra jest. Mieszkają we troje. Tu można by opisywać bez końca – pokusę, nieustającą torturę, dreszczyk, szaleńczą nadzieję. W sumie – przeliczył się. Czas płynie, pędzi, on się starzeje, ona rozkwita – wszystko na nic. Czasem przechodząc obok, obrzuci go pogardliwym spojrzeniem. No co? Czuje pan tragedię jak z Dostojewskiego? Ta historia przydarzyła się jednemu z moich wielkich przyjaciół, za górami, za lasami, za króla Ćwieczka. Niezłe, co?". I Borys Iwanowicz, zwróciwszy w bok spojrzenie ciemnych oczu, odął wargi i wydał melancholijne cmoknięcie.

„Moja lepsza połowa – opowiadał kiedy indziej – ze dwadzieścia lat przeżyła z Izraelitą i obrosła całym kahałem. Musiałem sporo się napracować, żeby ten zapaszek zniknął. Zinka (pasierbicę nazywał na przemian to Zinką, to Aidą) nie ma w sobie nic charakterystycznego – ale gdyby pan zobaczył jej kuzynkę! Taka tłustawa brunetka z wąsikiem. Czasem przychodzi mi nawet do głowy myśl – a nuż moja Marianna Nikołajewna, kiedy była panią Mertz... Przecież musiało ją ciągnąć do swoich – niech panu kiedyś opowie, jak się dusiła w tej atmosferze, jaką miała rodzinkę – uś, Boże mój – przy stole rejwach, a Marianna nalewa herbatę: to nie żarty – matka była damą dworu, ona sama ukończyła Instytut Smolny, no i wyszła za żydłaka – dotychczas nie potrafi wytłumaczyć, jak to się stało. Bogaty był, powiada, a ja durna, poznaliśmy się w Nicei, uciekłam z nim do Rzymu i – wie pan, na swobodzie wszystko wyglądało lepiej, no a kiedy później osaczyła ją rodzinka, zrozumiała, że wpadła".

Zina mówiła o tym inaczej. W tym, co opowiadała, postać jej ojca nabierała cech Proustowskiego Swanna. Małżeństwo z jej matką i ich późniejsze życie przybierało przymgloną, romantyczną barwę. Z jej słów i z fotografii wyłaniał się człowiek wytworny, szlachetny, mądry i łagodny – nawet na tych sztywnych petersburskich zdjęciach ze złotymi napisami tłoczonymi na grubym kartonie (pokazywała je Fiodorowi Konstantinowiczowi w nocy pod latarnią) staroświecka bujność jasnych wąsów i wysokość kołnierzyka nie ujmowały subtelności rysom i otwartości uśmiechniętym oczom. Opowiadała o jego perfumowanej chustce do nosa, o namiętności do kłusaków i muzyki; o tym, jak kiedyś w młodości pokonał gościnnie występującego arcymistrza szachowego albo jak recytował z pamięci Homera: opowiadała, wybierając to, co mogło poruszyć wyobraźnię Fiodora, bo wydawało jej się, że ospale i ze znudzeniem przyjmuje te opowieści, czyli to, co miała najcenniejszego do pokazania. Sam zresztą dostrzegał w sobie tę dziwną powściągliwość odzewu.

W Zinie było coś, co go krępowało: jej dom rozwinął w niej chorobliwie wyostrzoną dumę, tak że nawet rozmawiając z Fiodorem Konstantinowiczem, natrącała o swym pochodzeniu z wyzywającą ostentacją, jakby podkreślając, że nie dopuszcza (a tym samym mimo wszystko dopuszczała), by on mógł odnosić się do Żydów jeśli nie z niechęcią, w mniejszym lub większym stopniu cechującą większość Rosjan, to z chłodnym uśmieszkiem wymuszonej życzliwości. Początkowo tak napinała tę strunę, że Fiodor, któremu najzupełniej obojętne było segregowanie ludzi według ras i wzajemne tych ras stosunki, czuł się za nią trochę niezręcznie, z drugiej jednak strony, pod naporem jej żarliwej, czujnej dumy odczuwał jakby osobiste zawstydzenie, że w milczeniu wysłuchuje obrzydliwych bzdur Szczegolewa i jego na gardłowe tony nastrojonej, umyślnie wykoślawianej ruszczyzny, którą tamten z lubością się posługiwał, zwracając się na przykład do przemoczonego gościa, zostawiającego mokre ślady na dywanie: „Uj, ale z pana naśladowiec!".

Przez pewien czas po śmierci jej ojca odwiedzali dom z nawyku dawni znajomi i krewni z jego strony; powoli jednak liczba ich topniała, wizyty ustawały... Tylko jedno stare małżeństwo pojawiało się jeszcze długo, współczując Mariannie Nikołajewnie, bolejąc nad minionym i usiłując nie dostrzegać, że Szczegolew umyka do swojej sypialni z herbatą i gazetą. Zina zaś zachowała związki ze światem, który matka jej zdradziła, i goszcząc u dawnych przyjaciół rodziny, niebywale się odmieniała, nabierała miękkości, łagodności (wiedziała o tym), gdy siedziała przy herbacie i słuchała starych ludzi spokojnie rozmawiających o chorobach, ślubach i literaturze rosyjskiej.

We własnej rodzinie czuła się nieszczęśliwa i gardziła tym nieszczęściem. Gardziła też swoją pracą, choć jej

236

szef był Żydem – niemieckim Żydem, to znaczy przede wszystkim Niemcem, wygadywała więc o nim obelżywości, nie krępując się wobec Fiodora. Tak żywo, z takim rozgoryczeniem i z tak jawnie okazywanym wstrętem opowiadała mu o tej kancelarii adwokackiej, gdzie pracowała już dwa lata, że wszystko to widział i odczuwał, jakby sam bywał tam co dzień. Atmosfera tego miejsca przywodziła mu na myśl Dickensa (w niemieckim co prawda wydaniu) – na wpół obłąkany świat ponurych drągali i odstręczających grubasów, kruczki prawne, mroczne cienie, straszliwe nosy, kurz, zaduch i łzy kobiet. Zaczynało się od ciemnych, stromych, potwornie zapuszczonych schodów, których znakomitym dopełnieniem była złowroga mizeria samego biura; nie dotyczyło to jedynie gabinetu właściciela, gdzie opasłe fotele i pokryte szkłem olbrzymie biurko kontrastowały z wyglądem innych pokoi. Kancelaria, duża, nijaka, o nagich, podzwaniających oknach dusiła się od nadmiaru brudnych, zakurzonych mebli – szczególnie przerażająco wyglądała spłowiała ciemnoczerwona kanapa o wyłażących sprężynach – straszliwy i nieprzyzwoity mebel, wyrzucony tu niczym na śmietnik, kiedy już przeszedł kolejno przez gabinety wszystkich trzech szefów – Trauma, Bauma i Käsebiera. Ściany zastawione były po sufit olbrzymimi regałami, w każdym ich przedziale znajdowała się sterta sinych teczek wysuwających długie etykietki, po których pełzała czasem głodna, pieniacka pluskwa. Przy oknach pracowały cztery maszynistki: jedna – garbuska wydająca całą pensję na stroje, druga – szczupła, lekkomyślna, załatwiająca wszystko „na jednej nodze" (jej ojca-masarza popędliwy syn zabił rzeźnickim hakiem), trzecia – bezbronna dziewczyna powoli gromadząca posag, i czwarta – okazała, zamężna blondynka, której myśl o własnym mieszkaniu zastępowała duszę; ta wyznawała z rozbrajającą szczerością, że po dniu uduchowionej pracy czuje tak wielką potrzebę odpoczynku przy pracy fizycznej, że wróciwszy wieczorem do domu, otwiera wszystkie okna i z radością zabiera się do prania. Kierownik biura, Hamekke (tłuste, brutalne zwierzę, któremu śmierdziały nogi, a na karku nieustannie ropiał czyrak, lubił wspominać, jak w czasach, gdy był sierżantem, zmuszał nierozgarniętych rekrutów do czyszczenia podłogi w koszarach szczoteczką do zębów), te dwie ostatnie gnębił szczególnie ochoczo – jedną dlatego, że utrata pracy oznaczałaby dla niej rezygnację z małżeństwa, drugą – bo od razu zaczynała szlochać; te obfite, głośne łzy, które tak łatwo wywoływał, sprawiały mu zdrową przyjemność. Prawie bez wykształcenia, nigdy za to niewypuszczający z pyska zdobyczy, chwytał w lot najmniej pociągający aspekt każdej sprawy i był wysoce ceniony przez szefów Trauma, Bauma i Käsebiera (cała niemiecka idylla ze stolikami wśród zieleni i ślicznym widokiem). Bauma widywało się rzadko; biurowe panienki uważały, że się świetnie ubiera – marynarka leży na nim jak na marmurowym posągu, każda fałdka jest na zawsze ustalona, przy kolorowej koszuli lśni biały kołnierzyk. Käsebier uniżenie i z szacunkiem traktował zamożnych klientów (z szacunkiem traktowali ich zresztą wszyscy trzej), kiedy zaś był zły na Zinę, mawiał, że zbytnio zadziera nosa. Główny szef Traum był niski, miał pożyczkę i przedziałek, profil jak zewnętrzna strona półksiężyca, małe rączki, nieforemny, raczej szeroki niż gruby korpus. Był zakochany w sobie namiętnie i z wzajemnością, ożenił się z bogatą, starszawą wdową, a mając w sobie coś z aktora, usiłował wszystko robić „efektownie", wydawał więc tysiące dla owego szyku, jednocześnie targując się z sekretarką o parę groszy; od pracowników żądał, by jego małżonkę tytułowali „szanowną panią" („pani dzwoniła", „pani prosiła"); ponadto pysznił się wyniosłą niewiedzą o tym, co się w biurze dzieje, choć w gruncie rzeczy wiedział dzięki Hamekkemu o wszystkim, do ostatniego kleksa. Jako jeden z radców prawnych ambasady francuskiej jeździł często do Paryża, a ponieważ jego cechą charakterystyczną była niesłychanie bezczelna uprzejmość, w dążeniu do rozmaitych korzyści energicznie nawiązywał tam użyteczne znajomości, bez skrupułów prosił o rekomendacje, był natarczywy, narzucał się, nie czując przy tym afrontów – skórę miał jak pancerz niektórych owadożernych. Żeby zyskać we Francji popularność, pisał o niej po niemiecku książki (na przykład *Trzy portrety* – o cesarzowej Eugenii, Briandzie i Sarze Bernhardt), przy czym gromadzenie materiałów służyło mu do pomnażania rozlicznych znajomości. Te pośpiesznie klecone kompilacje w straszliwym, modernistycznym stylu republiki niemieckiej (w istocie nieustępujące prawie pracom Ludwiga i Zweigów) dyktował sekretarce w przerwach między zajęciami zawodowymi, odgrywając przypływy natchnienia, które zresztą nachodziło go zawsze, gdy miał wolny czas. Pewien francuski profesor, z którym usiłował się zaprzyjaźnić, w odpowiedzi na jego najczulsze listy przysyłał mu krytyczne uwagi, nader jak na Francuza nieuprzejme: „Nazwisko Clemenceau pisze Pan to z *accent aigu*, to bez akcentu. Ponieważ pożądana tu jest określona jednolitość, byłoby dobrze, gdyby zdecydował Pan, jakiej zasady pragnie się Pan trzymać, aby już od niej nie odstępować. Gdyby zaś z niewiadomych powodów zapragnął Pan używać poprawnej wersji tego nazwiska, proszę je pisać bez akcentu". Traum odpowiedział na to niezwłocznie pełnym uniesienia i wdzięczności listem, nie przestając się narzucać. Ach, jakże potrafił wyokrąglać i lukrować swoje listy, jakie teutońskie pomruki i poświsty rozbrzmiewały w nieskończonych modulacjach grzecznościowych zwrotów rozpoczynających i kończących listy: „*Vous avez bien voulu bien vouloir...*".

Sekretarka Trauma, Dora Wittgenstein, która przepracowała u niego czternaście lat, dzieliła z Ziną nieduży, zatęchły pokój. Ta starzejąca się kobieta z workami pod oczyma, od której poprzez zapach taniej wody kolońskiej rozchodziła się woń padliny, pracowała zapamiętale, nie licząc godzin; wyschnięta w służbie Trauma, przypominała zajeżdżoną klacz o przemieszczonej muskulaturze i zaledwie resztce żelaznych ścięgien. Była niewykształcona, budowała życie na dwóch czy trzech ogólnie przyjętych banalnych prawdach, ale za to jeśli chodzi o język francuski, kierowała się najzupełniej własnymi. Kiedy Traum pisał kolejną „książkę", wzywał Dorę w niedzielę do swego domu, targował się z nią o zapłatę, zatrzymywał ponad ustalony czas; czasami z dumą oznajmiała Zinie, że szofer szefa ją odwiózł (ma się rozumieć, do tramwaju).

Zina musiała zajmować się nie tylko przekładami, ale podobnie jak inne maszynistki, przepisywaniem długich pozwów sądowych. Często zdarzało się jej także stenografować szczegółowe zeznania klientów, przeważnie dotyczące spraw rozwodowych. Były to historie dość obrzydliwe, błoto przemieszanych ze sobą świństw i głupoty. Jakiś jegomość z Cottbus, rozwodząc się z kobietą, jego zdaniem, nienormalną, oskarżał ją o współżycie z dogiem, głównym zaś świadkiem była dozorczyni, która rzekomo słyszała zza drzwi, jak kobieta głośno wyraża podziw dla pewnych szczegółów jego anatomii.

– Ciebie to tylko śmieszy – mówiła gniewnie Zina – słowo daję jednak, że już dłużej nie mogę, nie mogę – i rzuciłabym tę ohydę w jednej chwili, gdyby nie to, że w innym biurze będzie taka sama ohyda albo jeszcze gorsza. To wieczorne zmęczenie jest czymś wręcz niesamowitym, tego nie sposób opisać. Do czego się teraz nadaję? Od pisania na maszynie plecy tak mnie bolą, że chce mi się wyć. A co najważniejsze, to się nigdy nie skończy, bo gdyby się skończyło, nie mielibyśmy co jeść – mama przecież nic nie potrafi – nawet kucharką nie może zostać, bo zacznie płakać w kuchni u obcych ludzi i tłuc naczynia, a ta gadzina umie tylko bankrutować – według mnie był bankrutem już wtedy, kiedy się urodził. Nie masz pojęcia, jak ja go nienawidzę, tego chama, chama, chama...

– To go skreśl – powiedział Fiodor Konstantinowicz – ja też miałem nieprzyjemny dzień. Chciałem napisać dla ciebie wiersz, ale jakoś mi się jeszcze nie wyklarował.

– Mój miły, moja radości! – wykrzyknęła. – Czy to wszystko istnieje naprawdę – ten płot i ta zamglona gwiazda? Kiedy byłam mała, nie lubiłam rysować niczego, co nie ma końca, i dlatego nie rysowałam płotów, przecież na papierze nie mają końca, nie można wprost wyobrazić sobie płotu, który się kończy; zawsze rysowałam to, co było całością – piramidę, dom na wzgórzu.

– A ja najbardziej lubiłem horyzont i zmniejszające się kreski: wychodziło z tego słońce za morzem. A największą przykrością w dzieciństwie była dla mnie niezatemperowana albo złamana kolorowa kredka.

– Za to zatemperowane... Pamiętasz białą? Zawsze była najdłuższa – nie tak jak czerwona czy niebieska, bo mało używana. Pamiętasz?

– A tak bardzo chciała się podobać! To był dramat albinosa. *L'inutile beauté*. U mnie potem użyła sobie do syta. Właśnie dlatego, że rysowała to, czego nie widać. Można sobie było bardzo wiele wyobrazić. Możliwości były po prostu nieograniczone. Nie było tylko aniołów

– a jeśli trafił się anioł, miał ogromną klatkę piersiową i skrzydła, było to skrzyżowanie rajskiego ptaka z kondorem, a młodą duszę unosił nie w objęciach, lecz w szponach.

– Tak, ja też myślę, że nie wolno na tym poprzestać. Nie wyobrażam sobie, żebyśmy mogli nie istnieć. Nie chciałabym w każdym razie w nic się przemienić.

– A w rozproszone światło? Co ty na to? Widzę, że niezbyt ci się podoba ten pomysł. Co do mnie, jestem pewien, że oczekują nas niezwykłe niespodzianki. Szkoda, że tego, co jest nieporównywalne z niczym, nie można sobie wyobrazić. Geniusz to Murzyn, któremu śni się śnieg. Czy wiesz, co najbardziej zdumiewało pierwszych rosyjskich pielgrzymów, gdy wędrowali przez Europę?

– Muzyka?

– Nie, miejskie fontanny, mokre posągi.

– Przykro mi czasem, że nie czujesz muzyki. Mój ojciec miał taki słuch, że niekiedy, leżąc na kanapie, odśpiewywał całą operę, od początku do końca. Pewnego razu gdy tak leżał, do sąsiedniego pokoju ktoś wszedł i zaczął rozmawiać z mamą, a on powiada: „To głos tego a tego, dwadzieścia lat temu widziałem go w Karlsbadzie, i obiecał mi, że kiedyś tu przyjedzie". Taki miał słuch.

– A ja spotkałem dziś Liszniewskiego; opowiedział mi o jakimś swoim znajomym, który narzekał, że Karlsbad to już zupełnie nie to co kiedyś! Pije człowiek wodę, a obok stoi król Edward, piękny, postawny mężczyzna... Ubranie z prawdziwej angielskiej wełny... Czemu się nachmurzyłaś? O co chodzi?

– Och, mniejsza o to. Nigdy pewnych rzeczy nie zrozumiesz.

– Daj spokój. Dlaczego tu jest gorąco, a tu zimno? Zimno ci? Spójrz lepiej na tę ćmę koło latarni.

– Widzę ją od dawna.

– Czy chcesz, żebym ci opowiedział, dlaczego ćmy lecą do światła? Nikt tego nie wie.

– A ty wiesz?

– Zawsze mi się wydaje, że jeśli się dobrze zastanowię, to się domyślę. Mój ojciec mawiał, że to najbardziej przypomina utratę równowagi; w ten sam sposób niewprawnego rowerzystę przyciąga rów. Światło w porównaniu z ciemnością jest pustką. Jakże ona wiruje! Ale w tym jest coś jeszcze, i lada chwila to zrozumiem.

– Tak żałuję, że nie napisałeś jednak swej książki. Och, mam dla ciebie tysiące planów. Wyraźnie czuję, że kiedyś nabierzesz wspaniałego rozmachu. Napisz coś ogromnego, żeby wszyscy aż jęknęli.

– Napiszę – powiedział żartem Fiodor Konstantinowicz – biografię Czernyszewskiego.

– Napisz, co tylko chcesz. Ale żeby to było najprawdziwiej prawdziwe. Nie muszę ci powtarzać, jak bardzo lubię twoje wiersze, ale one są jakby zawsze nie na twoją miarę, wszystkie słowa są o numer mniejsze niż twoje prawdziwe słowa.

– Albo powieść. To dziwne, ale jakby pamiętam swoje przyszłe rzeczy, choć nawet nie wiem, o czym one będą. Przypomnę sobie na dobre i wtedy je napiszę. Ale z innej beczki: powiedz, jak to sobie wyobrażasz – czy przez całe życie będziemy przesiadywać na takich ławeczkach?

– O nie – odparła śpiewnie rozmarzonym głosem. – W zimie pojedziemy na bal, a już tego lata, kiedy dostanę urlop, wybiorę się na dwa tygodnie nad morze i przyślę ci pocztówkę z widokiem przypływu.

– Ja też pojadę na dwa tygodnie nad morze.

– Nie sądzę. A poza tym pamiętaj, że musimy spotkać się kiedyś w Tiergartn, w rozarium, tam gdzie stoi posąg księżniczki z kamiennym wachlarzem.

– To miłe perspektywy – orzekł Fiodor Konstantinowicz.

W kilka dni później zaś wpadło mu w ręce to samo co
poprzednio pismo szachowe, które przekartkował, szukając nierozwiązanych zadań, a kiedy okazało się, że wszystko zostało już zrobione, przebiegł oczyma dwuszpaltowy
urywek z młodzieńczego dziennika Czernyszewskiego:
przebiegł, uśmiechnął się i zaczął od nowa czytać z zainteresowaniem. Zabawnie rzeczowy styl, pracowicie wtrą-
cane przysłówki, namiętna skłonność do średnika, grzęź-
nięcie myśli w zdaniu i niezręczne próby wydobycia jej
stamtąd (przy czym grzęzła od razu w innym miejscu
i autor znów musiał parać się z jej wydobyciem), natrętny
klekot słów, sens posuwający się ruchem skoczka szachowego poprzez drobiazgowe wyjaśnianie najdrobniejszych
posunięć, męcząca niedorzeczność tych posunięć (jakby
dokonujące ich ręce umazane były stolarskim klejem,
a przy tym obie lewe), powaga, powolność, uczciwość,
ubóstwo – wszystko to tak się spodobało Fiodorowi Konstantinowiczowi, tak go poraziła i rozbawiła myśl, że
autor tego formatu umysłowego i stylistycznego mógł
wpłynąć kiedykolwiek na literackie losy Rosji, że już
następnego ranka zamówił sobie w bibliotece publicznej
utwory zebrane Czernyszewskiego. W miarę jak czytał,
zdumienie jego rosło, a w uczuciu tym była także swoista
błogość.

Kiedy w tydzień później przyjął telefoniczne zaproszenie Aleksandry Jakowlewny („Dlaczegóż pan zupełnie
znikł z horyzontu? Czy ma pan dzisiaj wolny wieczór?"),
to „8 x 8" ze sobą nie zabrał: pisemko zawierało już w jego
odczuciu drogocenną sentymentalną pamiątkę, wspomnienie o spotkaniu. U przyjaciół zastał inżyniera Kerna
i pokaźnych rozmiarów mężczyznę o nalanej, staroświec-

kiej twarzy – niezwykle gładko wygolonego i milczącego jegomościa nazwiskiem Goriainow, który znany był z tego, że doskonale parodiując (rozciągał wargi, pocmokiwał i mówił babskim głosem) pewnego starego nieszczęśnika-dziennikarza, dziwaka o nie najlepszej reputacji, tak się przyzwyczaił do tej postaci (która w ten sposób się na nim zemściła), że nie tylko tak samo ściągał w dół kąciki ust, naśladując innych swoich znajomych, ale nawet rozmawiając normalnie, zaczynał się do tamtego upodabniać. Aleksander Jakowlewicz, mizerny i wyciszony po chorobie – za cenę tego zszarzenia kupiwszy sobie na pewien czas zdrowie – wydawał się owego wieczoru bardziej ożywiony, wrócił mu nawet dawny tik, ale widmo Jaszy nie siedziało już w kącie, nie przeglądało, wsparte na łokciach, poprzez młyn książek.

– Jest pan więc nadal zadowolony z mieszkania? – zapytała Aleksandra Jakowlewna. – Bardzo się cieszę. Nie zaleca się pan do córki? Nie? Kiedyś zresztą przypomniałam sobie, że mieliśmy z Mertzem wspólnych znajomych – to był wspaniały człowiek, gentelman pod każdym względem – myślę jednak, że ona niezbyt chętnie przyznaje się do swego pochodzenia. Przyznaje się? No, nie wiem. Myślę, że się pan na tym kiepsko wyznaje.

– Panna w każdym razie ma charakter – powiedział inżynier Kern. – Widziałem ją raz na posiedzeniu komitetu balowego. Na wszystko kręciła nosem.

– A jaki jest ten nos? – zapytała Aleksandra Jakowlewna.

– Prawdę rzekłszy, niespecjalnie się jej przyglądałem, przecież każda panna uważa się za piękność. Nie bądźmy złośliwi.

Goriainow milczał z dłońmi splecionymi na brzuchu i tylko z rzadka dziwacznie unosił mięsisty podbródek i chrząkał cienko, jakby kogoś przywoływał. „Dziękuję bardzo" – mówił z ukłonem, gdy proponowano mu konfitury lub kolejną szklankę herbaty, jeśli zaś chciał powiedzieć coś sąsiadowi, przysuwał doń głowę bokiem, nie zwracając ku niemu twarzy; oznajmiwszy coś lub zadawszy pytanie, znów się powoli odsuwał. Gdy się z nim rozmawiało, powstawały w rozmowie dziwne luki, bo niczym nie podtrzymywał zdania rozmówcy i nie patrzył na niego, lecz błądził po pokoju brązowym spojrzeniem niedużych słoniowych oczu i coraz bardziej nerwowo odchrząkiwał. O sobie mówił zawsze z ponurym humorem. Cała jego postać budziła, nie wiedzieć czemu, takie skojarzenia jak na przykład: departament, zupa jarzynowa, kalosze, stylizowany obraz śniegu padającego za oknem, słup, Stołypin, statystyka.

– No cóż, bracie – obojętnie rzekł Czernyszewski – co pan powie dobrego? Wygląda pan nietęgo.

– Czy pamięta pan – zapytał Fiodor Konstantinowicz – że kiedyś, chyba ze trzy lata temu, doradził mi pan życzliwie, abym opisał życie pańskiego znakomitego imiennika?

– Absolutnie nie pamiętam – powiedział Aleksander Jakowlewicz.

– Szkoda, bo właśnie zamierzam się do tego zabrać.

– Naprawdę? Mówi pan serio?

– Najzupełniej serio – potwierdził Fiodor Konstantinowicz.

– A dlaczego wpadł pan na taki dziwaczny pomysł? – wtrąciła się Aleksandra Jakowlewna. – Mógłby pan opisać – no nie wiem – choćby życie Batiuszkowa albo Delwiga czy w ogóle kogoś z kręgu Puszkina, ale dlaczego właśnie Czernyszewskiego?

– Żeby ćwiczyć się w strzelaniu – powiedział Fiodor Konstantinowicz.

– Odpowiedź jest co najmniej zagadkowa – rzucił inżynier Kern i błysnąwszy nagimi szkłami pince-nez, spróbował zgnieść orzech w dłoniach. Goriainow przyciągnął i podał mu dziadka do orzechów.

– Cóż – powiedział Aleksander Jakowlewicz po chwili zamyślenia – zaczyna mi się to podobać. W naszych straszliwych czasach, gdy zdeptano osobowość człowieka i zdławiono myśl, ogromną radością winno być dla pisarza zanurzenie się w świetlanej epoce lat sześćdziesiątych. Proszę przyjąć wyrazy uznania.

– To jest mu przecież tak dalekie! – powiedziała Czernyszewska. – Nie ma tu kontynuacji, nie ma tradycji, mówiąc szczerze, niezbyt by mnie interesowało odtwarzanie tego wszystkiego, co czułam, kiedy byłam na kursach.

– Mój wuj – powiedział Kern, pstryknąwszy palcami – został wyrzucony z gimnazjum za czytanie Co robić?

– A jak pan się na to zapatruje? – zwróciła się Aleksandra Jakowlewna do Goriainowa.

Goriainow rozłożył ręce.

– Nie mam określonego poglądu – powiedział cienkim głosem, jakby kogoś naśladując. – Czernyszewskiego nie czytałem, ale jeśli się zastanowić... Boże odpuść, arcynudny jegomość!

Aleksander Jakowlewicz, stojąc, lekko wsparł się o oparcie fotela i z rozedrganą twarzą, to mrugając, to uśmiechając się, to znowu pochmurniejąc, powiedział:

– A ja mimo wszystko jestem pełen uznania dla pomysłu Fiodora Konstantinowicza. Oczywiście, różne rzeczy wydają się nam teraz śmieszne i nudne. Tamta epoka naznaczona jest jednak znamieniem pewnej świętości i ponadczasowości. Utylitaryzm, negowanie sztuki i tak dalej – wszystko to są zaledwie przypadkowe objawy, poza którymi trudno nie dostrzec cech zasadniczych:

szacunku dla całego rodzaju ludzkiego, kultu wolności, idei równości, zrównania praw. Była to epoka wielkiej emancypacji – wyzwolenia chłopów od właścicieli ziemskich, obywatela od państwa, kobiet z niewoli rodziny. Proszę przy tym pamiętać, że narodziły się wówczas najlepsze tradycje rosyjskiego ruchu wyzwoleńczego – pragnienie wiedzy, hart ducha, ofiarniczy heroizm – no i poza tym, właśnie w owej epoce, czerpiąc z niej na różne sposoby, kształtowali się tacy giganci jak Turgieniew, Niekrasow, Tołstoj, Dostojewski. Nie wspomnę już o tym, że sam Mikołaj Gawriłowicz był potężną, wszechstronną umysłowością, człowiekiem ogromnej twórczej woli, i że okrutne męczarnie, które znosił w imię idei, w imię ludzkości, w imię Rosji, okupują z naddatkiem pewną oschłość i prostolinijność jego poglądów krytycznych. Co więcej, twierdzę, że to był świetny krytyk – wrażliwy, uczciwy, odważny... Nie, to świetny pomysł, niech pan koniecznie napisze tę książkę!

Inżynier Kern, który już był wstał, przemierzał teraz pokój tam i z powrotem, kręcąc głową i usiłując coś wtrącić.

– O co chodzi? – wykrzyknął nagle, chwyciwszy za oparcie krzesła. – Kogo interesuje, co Czernyszewski myślał o Puszkinie? Rousseau był kiepskim botanikiem, za nic też w świecie nie poszedłbym do Czechowa jako do lekarza, Czernyszewski był przede wszystkim uczonym ekonomistą, i tak właśnie należy go traktować – a przy całym szacunku dla poetyckiego talentu Fiodora Konstantinowicza, mam pewne wątpliwości, czy zdoła on ocenić w pełni zalety i słabości *Komentarzy do Milla*.

– Pańskie porównanie jest zupełnie chybione – oświadczyła Aleksandra Jakowlewna. – To śmieszne! Czechow nie pozostawił w medycynie żadnego śladu, kompozycje muzyczne Rousseau to tylko ciekawostki, podczas gdy żadna historia literatury rosyjskiej nie może pominąć Czernyszewskiego. Nie rozumiem jednak czego innego – ciągnęła dalej szybko – co Fiodora Konstantinowicza skłania do opisywania ludzi i czasów tak bezgranicznie obcych jego osobowości? Nie wiem oczywiście, jak potraktuje temat. Jeśli jednak, mówiąc wprost, chce zdemaskować postępowych krytyków, szkoda jego wysiłków: Wołyński i Ajchenwald dawno już to zrobili.

– Skądże znowu – powiedział Aleksander Jakowlewicz – *das kommt nicht in Frage*. Młody pisarz zainteresował się jedną z najdonioślejszych epok historii Rosji i zamierza napisać biografię literacką jednego z jej największych działaczy. Nie widzę w tym nic dziwnego. Poznać temat nie jest zbyt trudno, lektur znajdzie tu aż nadto, reszta zaś to już sprawa talentu. Powiadasz – zależy, jak on to potraktuje. Jeśli jednak ma talent, wyklucza to *a priori* sarkazm, na który nie ma tu miejsca. Tak mi się przynajmniej wydaje.

– Czy pani czytała, jak w zeszłym tygodniu zjechano Konczejewa? – zapytał inżynier Kern i rozmowa przybrała inny obrót.

Na ulicy, kiedy Fiodor Konstantinowicz żegnał się już z Goriainowem, ten przytrzymał jego dłoń w swojej dużej i miękkiej dłoni i przymrużywszy oczy, powiedział:

– Ależ z pana filut, mój drogi. Niedawno umarł socjaldemokrata Bieleńkij – wieczysty, by tak rzec, emigrant; deportowali go i car, i proletariat; kiedy więc zdarzało mu się snuć reminiscencje, zaczynał tak: u nas w Genewie... Może pan o nim też napisze?

– Nie rozumiem? – z wahaniem zapytał Fiodor Konstantinowicz.

– Za to ja zrozumiałem doskonale. O Czernyszewskim zamierza pan pisać akurat tak, jak ja o Bieleńkim, ale za to wykołował pan słuchaczy i rozpętał interesującą dyskusję. Wszystkiego najlepszego, dobranoc. – I odszedł cichym, ciężkim krokiem, z lekko uniesionym jednym ramieniem, opierając się na lasce.

Fiodor Konstantinowicz zaczął prowadzić taki tryb życia, jaki sobie upodobał, kiedy studiował działalność swego ojca. Było to jedno z owych powtórzeń, jeden z g ł o s ó w, którymi – wedle wszelkich reguł harmonii – los wzbogaca życie człowieka spostrzegawczego. Teraz jednak, nauczony doświadczeniem, nie dopuszczał się, pracując nad źródłami, takiego jak dawniej niedbalstwa i najdrobniejszą notatkę opatrywał ścisłą metryką. Przed Biblioteką Państwową, obok kamiennego basenu, gruchając wśród stokrotek, spacerowały po chodniku gołębie. Zamówione książki przyjeżdżały wagonetką po szynach pochylni z głębi niedużego na pozór pomieszczenia, gdzie oczekiwały na rozdanie, przy czym wydawało się, że tam na półkach leży zaledwie kilka tomów, podczas gdy w istocie gromadziły się ich tysiące. Fiodor Konstantinowicz zgarniał swoją porcję i zmagając się z jej śliskim ciężarem, szedł do przystanku autobusowego. Już od początku obraz książki – jej tonacja i ogólny zarys – rysował mu się niezwykle wyraziście, miał uczucie, że dla każdego wyszperanego drobiazgu istnieje przygotowane już miejsce i że nawet praca nad wyławianiem materiałów ma barwę przyszłej książki, tak jak morze rzuca granatowy odblask na rybacką łódź, a owa łódź odbija się w wodzie wraz z tym poblaskiem. „Rozumiesz – tłumaczył Zinie – chcę utrzymać to wszystko jakby na krawędzi parodii... Znasz te kretyńskie *biographies romancées*, gdy Byronowi najspokojniej w świecie wmawia się sen zaczerpnięty z jego własnego poematu? Z drugiej strony, chcę jednak, żeby było tam mnóstwo spraw serio – żebym

250

poruszał się wąską granią pomiędzy własną prawdą a jej karykaturą. A najważniejsze, żeby wszystko stanowiło jeden zwarty ciąg myślowy. Tak jak się obiera jabłko jedną strużyną, nie odejmując noża".

W miarę studiowania tematu nabierał przeświadczenia, że aby osiągnąć pełnię, należy rozszerzyć pole operacyjne o dwadzieścia lat w każdą stronę. Tak więc objawiła mu się zabawna okoliczność – w istocie bagatelna, ale cenna jako wskazówka: w ciągu pięćdziesięciu lat istnienia postępowej krytyki, od Bielińskiego do Michajłowskiego, nie było takiego władcy serc i umysłów, który nie pokpiwałby sobie z poezji Feta. W jakież poza tym monstra metafizyczne przeistaczały się niekiedy najtrzeźwiejsze poglądy owych materialistów na tę czy inną kwestię, jakby słowo mściło się na nich za to, że zostało zlekceważone! Bieliński – ten sympatyczny nieuk, uwielbiający lilie i oleandry, ozdabiający swoje okno kaktusami (niczym Emma Bovary), przechowujący w futerale od dzieł Hegla pięciokopiejkówkę, korek i guzik oraz wygłaszający przed skonaniem skrwawionymi przez gruźlicę ustami przemowę do narodu rosyjskiego – zaskakiwał wyobraźnię Fiodora Konstantinowicza takimi perłami realistycznego myślenia jak na przykład: „W naturze wszystko jest piękne, z wyjątkiem jedynie tych odrażających zjawisk, które sama natura pozostawiła w stadium niezakończonym i ukryła w ciemności ziemi i wody (drobnoustroje, robaki, bakterie itp.)". Podobnie u Michajłowskiego łatwo wyłoniło się pływające brzuchem do góry porównanie w następującej wypowiedzi (o Dostojewskim): „Miotał się jak ryba pod lodem, pakując się czasami w niezmiernie poniżające sytuacje"; dla owej poniżonej ryby warto było przedzierać się przez całą pisaninę „referanta spraw dnia dzisiejszego". Istniało stąd bezpośrednie przejście do współczesnego leksykonu bojowego, do stylu Stiekłowa* („... raznoczyniec gnieżdżący się w porach życia rosyjskiego... taranem swej myśli piętnował rutyniarskie poglądy"), do stylu Lenina, który używa określenia „podmiot" w znaczeniu bynajmniej nie prawniczym, a „gentelman" bynajmniej nie w odniesieniu do Anglika, w zapale polemicznym zaś osiąga szczyt śmieszności: „Nie ma tu figowego listka... Idealista wyciąga dłoń bezpośrednio do agnostyka". O prozo rosyjska, ileż przestępstw popełnia się w imię twoje! „Twarze – to monstrualne i groteskowe twory, charaktery – chińskie cienie, wydarzenia zaś są nieprawdopodobne i bezsensowne" – pisano o Gogolu, a współbrzmiały z tym doskonale poglądy Skabiczewskiego i Michajłowskiego na „pana Czechowa"; te i inne, niczym zapalony wówczas lont, rozrywały teraz owych krytyków na drobne kawałki. Czytał Pomiałowskiego (uczciwość w roli tragicznej namiętności) i znajdował tam kompot ze słów: „malinowe wargi niczym wiśnie". Czytał Niekrasowa i wyczuwając swoistą skazę żurnalistyki i miejskości na jego (często zachwycającej) poezji, umiał sobie swoiście wytłumaczyć kupletowe prozaizmy („miło dzielić swe zachwyty z ukochanym człowiekiem"**, *Rosyjskie kobiety*); odkrywał, że mimo wiejskich przechadzek poeta nazywał szerszenia trzmielem (nad stadem „trzmieli nieposkromionych rój"), a o dziesięć wersów dalej – osą (konie „wśród dymu chronią się od os"). Czytał Hercena i znowu lepiej rozumiał wady (fałszywą świetność, powierzchowność) jego uogólnień, gdy spostrzegał,

---

* Jurij Michajłowicz Stiekłow (1873–1941) – rosyjski i radziecki publicysta, historyk, działacz państwowy i partyjny. Autor monografii o M.G. Czernyszewskim (przyp. tłum.).
** Przełożył Leopold Lewin.

252

że Aleksander Iwanowicz, kiepsko władający językiem angielskim (czego dowodem pozostała notka autobiograficzna rozpoczynająca się od śmiesznego galicyzmu (*I am born*), pomyliwszy brzmienie słowa „żebrak" (*beggar*) i „pederasta" (*bugger* – niezwykle rozpowszechnione angielskie przekleństwo), wyprowadził stąd błyskotliwy wniosek o angielskim poszanowaniu dla bogactwa.

Takie kryteria oceny w skrajnej postaci byłyby czymś jeszcze głupszym niż traktowanie pisarzy i krytyków jako wyrazicieli powszechnych poglądów. Cóż stąd, że Suchoszczokowowskiemu Puszkinowi nie podobał się Baudelaire, i czy słuszne jest odsądzanie od wszelkiej wartości prozy Lermontowa z tego powodu, iż dwukrotnie powołuje się on na jakiegoś niesamowitego „krokodyla" (raz w porównaniu żartobliwym, a raz w porównaniu na serio)? Fiodor Konstantinowicz powściągnął się w porę i miłego uczucia, że odkrył łatwe do zastosowania kryterium, nie zdążył zepsuć nieprzyjemnym posmakiem nadużycia.

Czytał bardzo wiele, więcej niż kiedykolwiek. Studiując opowiadania i powieści z lat sześćdziesiątych, zdumiewał się, ile uwagi poświęcano w nich temu, kto jak się ukłonił. Rozmyślając nad zniewoleniem rosyjskiej myśli, wieczyście płacącej daninę jakiejś tatarskiej ordzie, ekscytował się dziwacznymi zestawieniami. Podobnie jak w paragrafie 146 ustawy o cenzurze z 1826 roku, gdzie zalecano baczyć, ażeby „zachowana została czysta moralność, której nie mogą zastąpić same tylko powaby wyobraźni", wystarczyło słowo „czysta" zastąpić określeniem „obywatelska" albo jakimś podobnym, ażeby uzyskać milczącą akceptację radykalnych krytyków, tak pisemna propozycja Bułharyna przydania postaciom powieści, którą pisał, kolorytu odpowiadającego cenzorowi, przypominała przypochlebianie się opinii publicznej takich nawet autorów jak Turgieniew; Szczedrin więc, walący na oślep kłonicą, szydzący z choroby Dostojewskiego, czy też Antonowicz, który nazywał go „sponiewieranym i zdychającym stworzeniem", niezbyt różnili się od Burienina prześladującego nieszczęsnego Nadsona; w myślach Zajcewa, który pisał na długo przez Freudem, śmieszyła Fiodora antycypacja modnej dziś teorii, w myśl której „wszelkie poczucie piękna i temu podobne uwznioślające nas oszustwa to jedynie odmiany popędu płciowego..." – ten właśnie Zajcew nazywał Lermontowa „rozczarowanym idiotą", w Locarno na emigracji w wolnym czasie hodował jedwabniki, ciągle mu zresztą zdychające, i z powodu krótkowzroczności spadał często ze schodów.

Fiodor usiłował rozeznać się w mętnej mieszaninie ówczesnych idei filozoficznych i wydawało mu się, że w samym przywoływaniu nazwisk, w ich karykaturalnym współbrzmieniu, wyrażała się swoista przewina wobec myśli, jakaś z niej kpina, jakaś pomyłka epoki, w której ktoś jeden entuzjazmował się Kantem, drugi Comte'em, jeden Heglem, drugi zaś Schleglem. Z drugiej jednak strony zaczynał po trosze rozumieć, że ludzie pokroju Czernyszewskiego, choć często zabawnie, a zarazem przerażająco trafiali kulą w płot, stawali się mimo wszystko prawdziwymi bohaterami w walce z ustrojem państwa jeszcze bardziej niszczycielskim i trywialnym niż ich wywody krytycznoliterackie, i że liberałowie oraz słowianofile, ryzykując mniej, byli tym samym mniej warci od tych twardych jak żelazo zabijaków.

Szczerze mu się podobał Czernyszewski, kiedy jako przeciwnik kary śmierci wydrwiwał bezlitośnie świętoszkowatą i mdło górnolotną propozycję Żukowskiego, iżby wokół kary śmierci wytworzyć atmosferę mistycznej tajemniczości, tak aby obecni nie widzieli samej egzekucji (skazaniec wystawiony na widok publiczny zachowuje się z bezczelną brawurą, znieważając tym prawo), a jedynie słyszeli spoza ogrodzenia pobożne śpiewy, wykonywanie bowiem wyroku śmierci powinno budzić podniosłe uczucia. Fiodor Konstantinowicz przypomniał sobie wtedy, że jego ojciec mawiał, iż kara śmierci jest czymś przeciwnym naturze, co człowiek odczuwa przemożnie; stanowi ona tajemnicze i odwieczne odwrócenie działania, niczym w lustrzanym odbiciu, przemieniającym każdego w mańkuta: nie na próżno w katowskich sprawach wszystko czyni się na opak: kiedy Razina wieziono na kaźń, chomąto nałożono „do góry nogami", wino nalano oprawcy nie z ręki, lecz przez rękę; gdy zaś – wedle kodeksu szwabskiego – ktoś obraził igrca, ten mógł uzyskać satysfakcję, uderzając c i e ń znieważającego; w Chinach zresztą właśnie aktor, cień, pełnił obowiązki kata, co niejako zdejmowało odpowiedzialność z c z ł o w i e k a i przenosiło wszystko w świat odwróconego obrazu, na drugą stronę lustra.

Dojmująco odczuwał swego rodzaju etatystyczne oszukaństwo w poczynaniach „cara wyzwoliciela", któremu cała historia z przyznawaniem swobód znudziła się nader rychło; owa właśnie carska nuda nadawała ton reakcji. Po manifeście strzelano do ludu na stacji Biezdna (co znaczy przepaść) i epigramatyczny zmysł Fiodora Konstantinowicza drażniła niesmaczna pokusa, ażeby dalsze losy tych, co rządzili Rosją, traktować jako odległość pomiędzy stacjami Biezdna i Dno*.

Stopniowo wszystkie te wypady w przeszłość myśli rosyjskiej rozwinęły w nim nową, mniej związaną z pejzażem tęsknotę do Rosji, niebezpieczne pragnienie (które skutecznie w sobie zwalczał), aby się przed nią do czegoś

---

* Na stacji Dno car Mikołaj II zrzekł się tronu (przyp. tłum.).

przyznać i o czymś ją przekonać. Wyłuskując z góry nagromadzonej wiedzy własne gotowe dzieło, przypominał sobie jeszcze to i owo; stos kamieni na azjatyckiej przełęczy – kiedy wojownicy ruszali na wyprawę, każdy kładł kamień, kiedy wracali z wyprawy, każdy brał po kamieniu, te zaś, które pozostały na wieki, wyznaczały liczbę poległych w boju. Tak oto Tamerlan zawczasu w stercie kamieni przewidział pomnik.

Kiedy nadeszła zima, pisał już na dobre, niepostrzeżenie przeszedłszy od gromadzenia materiału do budowania. Zima, jak większość pamiętnych zim i jak wszystkie zimy wprowadzone do tekstu dla urody zdania – wypadła (te zimy zawsze „wypadają") chłodna. Wieczorami, gdy spotykali się z Ziną w małej, pustej kawiarence, gdzie bar pomalowany był na kolor indygo i na sześciu czy siedmiu stolikach płonęły niebieskie kapturki lamp, w udręce, symulując przytulność, czytał Zinie to, co napisał w ciągu dnia, a ona słuchała, wsparta łokciami o stolik, bawiąc się rękawiczką albo papierośnicą. Czasami podchodził do niej pies właścicielki – tłusta suka bez znamion jakiejkolwiek rasy, o nisko zwisających sutkach, i kładła głowę na jej kolanach; pod głaszczącą, uśmiechniętą ręką, ściągającą do tyłu skórę na jedwabistym, okrągłym czółku, oczy suki stawały się po chińsku skośne, a kiedy dawano jej kawałek cukru, brała go, nieśpiesznie, rozkołysanym krokiem szła do kąta, tam kładła się zwinięta w kłębek i gryzła kostkę ze straszliwym chrzęstem.

– Bardzo pięknie, tylko, moim zdaniem, tak się po rosyjsku nie mówi – stwierdzała czasami Zina, on zaś, po krótkim sporze, poprawiał wyrażenie, które uważała za złe. Czernyszewskiego dla skrótu nazywała Czernyszem i tak przyzwyczaiła się do myśli, że należy on do Fiodora, a po części do niej, że jego prawdziwe życie w przeszłości wydawało się jej rodzajem plagiatu. Uważała, że koncepcja Fiodora Konstantinowicza – skonstruowanie opisu życia Czernyszewskiego na kształt pierścienia zamkniętego apokryficznym sonetem, tak aby opis ten przybrał kształt nie tyle książki, w swojej skończoności sprzecznej z kolistą naturą wszystkiego, co istnieje, ile jednego zdania roz-wijającego się po obwodzie, to jest nieskończonego – nie da się zrealizować na równym i gładkim papierze, więc ucieszyła się tym bardziej, kiedy spostrzegła, że jednak formuje się tu pewien krąg. Nie obchodziło jej zupełnie, czy autor trzyma się ściśle prawdy historycznej – przyj-mowała to na wiarę – gdyby bowiem tak nie było, pisanie książki nie miałoby sensu. Inna za to prawda, ta, za którą on tylko był odpowiedzialny i do której on tylko mógł dotrzeć, była dla niej tak ważna, że najmniejsza niezręcz-ność albo niejasność słowa wydawały się jej zarodkiem kłamstwa, które należało natychmiast wyplenić. Obda-rzona niezwykle gibką pamięcią, owijającą się niby bluszcz wokół wszystkiego, co usłyszała, Zina powtarzała zestawienia słów, które szczególnie jej się spodobały, uszlachetniając je własną, potajemnie wykreśloną elipsą, a kiedy zdarzało się, że Fiodor Konstantinowicz z jakiegoś powodu zmieniał zwrot, który zapamiętała, ruiny portyku, niezdolne zniknąć, długo wznosiły się jeszcze na złocistym horyzoncie. Jej wrażliwość miała niezwykły wdzięk, który służył mu jako moderator, a może nawet niepostrzeżenie nim powodował. Czasami zaś, kiedy pojawiało się w ka-wiarence aż troje gości, do pianina w rogu siadała taperka w pince-nez i grała barkarolę Offenbacha jako marsz.

Zbliżał się już do końca pracy (czyli do narodzin bohatera), gdy Zina oświadczyła, że powinien się trochę rozerwać i że właśnie dlatego pójdą razem w sobotę na bal kostiumowy do mieszkania pewnego malarza – jej znajomego. Fiodor Konstantinowicz tańczył źle, nie znosił niemieckiej cyganerii, a poza tym kategorycznie odmówił wbijania fantazji w mundur, do czego w istocie sprowadzają się bale maskowe. Ustalili, że on pójdzie w półmasce i smokingu, który uszył sobie przed czterema laty i włożył dotychczas co najwyżej cztery razy.

– A ja pójdę... – zaczęła Zina marząco i urwała.

– Tylko błagam, nie jako bojarska córka i nie kolombina – powiedział Fiodor.

– A właśnie że tak – rzekła oschle. – Och, zapewniam cię, że będzie okropnie wesoło. – Ale po chwili, widząc, że posmutniał, dodała łagodnie: – Przecież tak naprawdę będziemy sami wśród wszystkich! Spędzimy całą noc razem i nikt nie będzie wiedział, kim jesteś, a ja obmyśliłam sobie kostium specjalnie dla ciebie.

Sumiennie wyobraził ją sobie z obnażonymi delikatnymi plecami i błękitnawymi ramionami – ale od razu wypłynęły obok obce, podniecone gęby, chamski jazgot głośnej niemieckiej wesołości, wnętrzności sparzył paskudny, mocny trunek, odbiło mu się gotowanym na twardo jajkiem kanapek, znów jednak poddając się muzyce, zdołał skupić myśli na jej przezroczystej skroni.

– Pewnie, że będzie wesoło, oczywiście, że pójdziemy – powiedział z przekonaniem.

Postanowili, że ona wyjdzie z domu o dziewiątej, a on w godzinę później. Zobligowany tą umową, nie zabrał się po kolacji do pracy, ale przemarudził czas nad nowym pismem, gdzie dwa razy mimochodem wspomniano nazwisko Konczejewa, i te przypadkowe wzmianki, świadczące o powszechnym już uznaniu, były cenniejsze od najżyczliwszej recenzji; jeszcze pół roku temu przyprawiłoby to Fiodora o męki Salieriego, teraz zaś sam się zdumiał, jak bardzo obojętna jest mu cudza sława. Spojrzawszy na zegarek, zaczął się powoli rozbierać, potem wyjął smoking, zamyślił się, w roztargnieniu wydobył nakrochmaloną koszulę, wpiął w nią umykające spinki, włożył ją, wzdrygnął się, bo była chłodna i sztywna, znieruchomiał na chwilę, odruchowo naciągnął czarne spodnie z lampasami i przypomniawszy sobie, że jeszcze rano postanowił usunąć ostatnie z napisanych wczoraj zdań, schylił się nad pokreślonym arkuszem. Przeczytawszy fragment, zastanowił się ponownie, czy nie zostawić jednak wszystkiego, tak jak jest, zrobił krzyżyk, wpisał dodatkowy epitet, zastygł nad nim i szybko przekreślił całe zdanie. Porzucenie jednak akapitu w takiej postaci, to znaczy w stanie zawieszenia nad przepaścią, z zabitym deskami oknem i zapadniętymi schodami – było fizyczną niemożliwością. Przejrzał przygotowane do tego fragmentu notatki, a pióro nagle drgnęło i pobiegło po papierze. Kiedy znów spojrzał na zegarek, była trzecia nad ranem, miał dreszcze, w pokoju wszystko pływało w tytoniowym dymie. Jednocześnie rozległ się szczęk małego amerykańskiego zamka. Przechodząc korytarzem, Zina zobaczyła go przez uchylone drzwi – pobladłego, z otwartymi ustami, w rozpiętej wykrochmalonej koszuli, ze zwisającymi do podłogi szelkami, w ręku pióro, na białych papierach czerniejąca półmaska. Z hałasem zamknęła za sobą drzwi własnego pokoju i znów zapanowała zupełna cisza. „A to dopiero – półgłosem powiedział Fiodor Konstantinowicz – co ja narobiłem?" Nigdy nie dowiedział się już, w jakim kostiumie Zina była na balu; książka jednak została ukończona.

W miesiąc później, w poniedziałek, przepisany na czysto rękopis zaniósł do Wasiljewa, który jeszcze jesienią, wiedząc o jego kwerendach, luźno zaproponował mu wydanie *Życia Czernyszewskiego* w wydawnictwie związanym z „Gazetą". We środę Fiodor Konstantinowicz był w redakcji, najspokojniej gawędził ze staruszkiem Stupiszynem, który w pracy wkładał ranne pantofle, z upodobaniem przyglądał się sekretarzowi; ten w gorzkim grymasie znudzenia wykrzywiał wargi, spławiając kogoś przez telefon... Nagle otworzyły się drzwi gabinetu i wypełniła je całkowicie masywna postać Gieorgija Iwanowicza, który przez chwilę wpatrywał się ponuro w Fiodora Konstantinowicza, po czym wyrzekł obojętnym tonem:

– Pan pozwoli do mnie – i odsunął się, by gość mógł się prześlizgnąć.

– No cóż – przeczytał pan? – zapytał Fiodor Konstantinowicz, siadając po przeciwnej stronie biurka.

– Przeczytałem – odparł Wasiljew ponurym basem.

– Bardzo bym chciał, żeby książka ukazała się na wiosnę – dziarsko oświadczył Fiodor Konstantinowicz.

– Oto pański rękopis – powiedział nagle Wasiljew, marszcząc brwi i podając mu tekturową teczkę. – Proszę go zabrać. Nie ma w ogóle mowy, abym przyczynił się do wydania tego. Sądziłem, że to poważne opracowanie, a tymczasem są to bezczelne, antyspołeczne, zuchwałe, niekontrolowane fantazje. Dziwię się panu.

– Zgódźmy się, że to bzdura – powiedział Fiodor Konstantinowicz.

– Nie, łaskawco, wcale nie bzdura! – ryknął Wasiljew, gniewnie przekładając przedmioty na biurku, turlając pieczątkę, zmieniając pozycje bezradnych, przypadkiem i bez żadnej nadziei na pomyślny los stowarzyszonych tu ze sobą książek „do recenzji". – Nie, łaskawco! Istnieją tradycje rosyjskiej myśli społecznej, z których uczciwy pisarz nie śmie się naigrawać. Jest mi najzupełniej obojętne, czy jest pan utalentowany, czy też nie, ja wiem tylko, że pisanie paszkwilu na człowieka, z którego

260

cierpień i trudu czerpały miliony rosyjskich inteligentów, jest czymś niegodnym talentu w ogóle. Wiem, że pan mnie nie usłucha, a jednak (tu Wasiljew skrzywił się z bólu i chwycił za serce) proszę pana jak przyjaciel, niech pan nie próbuje tego wydać, zniszczy pan sobie karierę literacką, popamięta pan moje słowa, wszyscy się od pana odwrócą.

– Kiedy ja wolę potylice – oświadczył Fiodor Konstantinowicz.

Wieczorem zaproszony był do Czernyszewskich, ale Aleksandra Jakowlewna w ostatniej chwili odwołała zaproszenie: mąż jej „leżał z grypą" i miał bardzo wysoką gorączkę. Zina poszła z kimś do kina, tak że spotkał się z nią dopiero następnego wieczoru.

– Pierwsze koty za płoty; tak zażartowałby twój ojczym – odpowiedział na jej pytanie o książkę i (jak pisano niegdyś) przedstawił jej pokrótce rozmowę w redakcji. Oburzenie, czułość wobec niego, pragnienie, ażeby natychmiast przyjść mu z pomocą, objawiły się u niej przypływem podniecenia i energicznej przedsiębiorczości.

– Więc to tak! – zawołała. – Dobrze. Zdobędę pieniądze na jej wydanie, tak właśnie zrobię.

– Dla dzieci na wieczerzę, dla ojca na trumienkę – powiedział; kiedy indziej obraziłaby się za ten nazbyt swobodny żart.

Pożyczyła gdzieś sto pięćdziesiąt marek, dodała siedemdziesiąt własnych, z trudem odłożonych na zimę – ale ta suma nie starczyła i Fiodor Konstantinowicz zdecydował się napisać do Ameryki, do stryja Olega, który stale wspomagał jego matkę i z rzadka również jemu przysyłał po kilka dolarów. Z napisaniem tego listu zwlekał z dnia na dzień, podobnie jak, mimo namów Ziny, nie podejmował próby umieszczenia swojej pracy w periodyku ukazującym się w Paryżu, ani też – zainteresowania nią tamecznego wydawnictwa, w którym ukazały się wiersze Konczejewa. Zina w wolnych chwilach zaczęła przepisywać rękopis na maszynie w biurze krewniaka, od którego wydębiła jednocześnie dalszych pięćdziesiąt marek. Gniewała ją ospałość Fiodora wynikająca z nienawiści do wszelkiej praktycznej, zapobiegliwej krzątaniny. On tymczasem beztrosko zajął się układaniem zadań szachowych, z roztargnieniem udzielał na mieście korepetycji i codziennie dzwonił do Czernyszewskiej: u Aleksandra Jakowlewicza grypa przeszła w ostre zapalenie nerek. W kilka dni później w księgarni spostrzegł wysokiego, krzepkiego jegomościa o dużej twarzy, w czarnym pilśniowym kapeluszu (sterczał spod niego kasztanowy kosmyk); mężczyzna spojrzał nań życzliwie, a nawet jakby zachęcająco: „Gdzie ja go spotkałem?" – pomyślał szybko Fiodor Konstantinowicz, usiłując omijać tamtego spojrzeniem. Mężczyzna podszedł i podał mu rękę, otwarcie, naiwnie i bezbronnie rozczapierzając dłoń, zaczął coś mówić, i Fiodor Konstantinowicz przypomniał sobie: to jest Busch, który dwa i pół roku temu czytał w kółku swoją sztukę. Wydał ją niedawno i teraz, popychając Fiodora Konstantinowicza bokiem, łokciem – z dziecięcym, trwożliwym uśmiechem na szlachetnej, zawsze spoconej twarzy – wydobył portfel, z portfela kopertę, z koperty wycinek: ubożuchną recenzję, która ukazała się w ryskiej gazecie.

– Wkrótce – oświadczył groźnie i wieloznacznie – ta rzecz wyjdzie także po niemiecku. Poza tym pracuję obecnie nad powieścią.

Fiodor Konstantinowicz usiłował mu umknąć, ale tamten wyszedł razem z nim z księgarni i zaproponował, że będzie mu towarzyszył, a ponieważ Fiodor Konstantinowicz szedł na lekcję i nie mógł zmienić marszruty, postanowił pozbyć się Buscha, przyśpieszając kroku, ale jego towarzysz zaczął mówić w takim tempie, że przerażony znowu zwolnił.

– Moja powieść – powiedział Busch, spoglądając w dal, i wysuniętą w bok, wystającą z rękawa czarnego płaszcza ręką w chrzęszczącym mankiecie powstrzymując lekko Fiodora Konstantinowicza (palto, czarny kapelusz i pasmo włosów upodabniały go do hipnotyzera, mistrza szachowego lub muzyka) – moja powieść to tragedia filozofa, który zgłębił formułę absolutu. Prowadzi on rozmowę i mówi (Busch niczym sztukmistrz wyczarował z powietrza brulion i zaczął czytać idąc): „Trzeba być zupełnym osłem, żeby z faktu istnienia atomu nie wydedukować, że wszechświat jest jedynie atomem albo trylionową częścią atomu. Już genialny Blaise Pascal wiedział to intuicyjnie. Lecz dalej, Luizo! (Na dźwięk tego imienia Fiodor Konstantinowicz drgnął i wyraźnie usłyszał marsza grenadierów: „Żegnaj, Luizo, niech żal przeminie, nie każdy żołnierz od kuli ginie"; muzyka dźwięczała dalej, jakby za szybą następnych słów Buscha). Proszę, skup się, moja droga. Najpierw wyjaśnię to na przykładzie fantazji. Zakładamy, że pewien fizyk wśród absolutnie niemożliwej do ogarnięcia wyobraźnią liczby atomów, z których skonstruowane jest wszystko, zdołał wykryć ten przesądzający o wszystkim atom, do którego stosuje się nasze rozumowanie. Istnieje domniemanie, że doprowadził drogą ułamkowania do najmniejszej esencji tego właśnie atomu, w chwili kiedy Cień Ręki (ręki fizyka!) pada na nasz wszechświat, a wynik tego jest katastrofalny, bo wszechświat jest właśnie ostatnią cząstką jednego, jak sądzę, centralnego atomu, takiego, z jakich się składa. Nie jest łatwo ten wywód zrozumieć, ale jeśli pani zrozumie, to już wszystko pani zrozumie. Trzeba się wyrwać z więzienia matematyki! Całość równa jest najdrobniejszej części całości, suma części równa jest części sumy. To jest właśnie tajemnica świata, formuła absolutu nieskończoności, kiedy jednak ludzkie indywiduum dokona takiego odkrycia, nie jest w stanie dłużej rozmawiać i spacerować. Zamknij usta, Luizo". To bohater mówi do pewnego dziewczęcia, swojej towarzyszki życia – z dobroduszną wyrozumiałością dodał Busch, wzruszając potężnym ramieniem.

– Jeśli ta rzecz pana interesuje, przeczytam ją panu kiedyś od początku – mówił Busch. – Temat jest kolosalny. A pan, że pozwolę sobie zapytać, co porabia?

– Ja – rzekł Fiodor Konstantinowicz z uśmieszkiem – ja też napisałem książkę, książkę o krytyku Czernyszewskim, i nie mogę znaleźć dla niej wydawcy.

– A! To ten popularyzator niemieckiego materializmu – zdrajców Hegla, grubiańskich filozofów! Bardzo szacowne przedsięwzięcie! Dochodzę coraz bardziej do przekonania, że mój wydawca chętnie weźmie pańską pracę. To komiczna postać i literatura stanowi dla niego zamkniętą księgę. Jestem jednak kimś w rodzaju jego doradcy i on mnie słucha. Proszę mi dać swój numer telefonu, jutro się z tym człowiekiem zobaczę i jeśli w zasadzie się zgodzi, przejrzę pański rękopis i mam nadzieję, że polecę mu go jak najprzypochlebniej.

„Co za bzdura" – pomyślał Fiodor Konstantinowicz i zdziwił się bardzo, gdy już następnego dnia ten wielkiej dobroci człowiek rzeczywiście zadzwonił. Wydawca okazał się tęgim mężczyzną o grubym nosie, zdradzającym nieokreślone podobieństwo do Aleksandra Jakowlewicza; miał takie same czerwone uszy i czarne włoski po bokach wyszlifowanej do połysku łysiny. Lista książek, które już wydał, była niedługa, ale niezwykle różnorodna: przekłady jakichś niemieckich powieści psychoanalitycznych, do-

konane przez wuja Buscha, *Trucicielka* Adelajdy Swieto-
zarowej, zbiór anegdot, anonimowy poemat *Az*[*] – ale
wśród tego śmiecia były dwie czy trzy prawdziwe książki,
jak na przykład piękne *Schody w chmurach* Hermanna
Landego i również jego *Metamorfozy myśli*. Busch wyraził
opinię, że *Życie Czernyszewskiego* to policzek wymierzony
marksizmowi (Fiodor Konstantinowicz, pisząc swoją książkę, nawet o tym nie myślał), i przy drugim spotkaniu
wydawca, człowiek najwyraźniej niezwykle sympatyczny,
przyrzekł, że książkę wyda około Wielkiejnocy, czyli za
miesiąc. Zaliczki żadnej nie płacił, od pierwszego tysiąca
sprzedanych egzemplarzy proponował pięć procent, za to
od następnych – po trzydzieści, co wydało się Fiodorowi
Konstantinowiczowi i sprawiedliwe, i hojne. Ta strona
sprawy była mu zresztą najzupełniej obojętna. Przepeł-
niały go inne uczucia. Uścisnąwszy wilgotną dłoń roz-
promienionego Buscha, wyszedł na ulicę jak baletnica
wyfruwająca na fiołkowo oświetloną scenę. Mżący deszcz
wydawał się oślepiającą rosą, szczęście dławiło go w gard-
le, wokół latarni tęczowały aureole, a książka, którą
napisał, mówiła do niego pełnym głosem, towarzysząc
mu przez cały czas niczym potok za domem. Ruszył do
biura, gdzie pracowała Zina; naprzeciwko tego poczerniałego, nachylonego ku niemu domu, o życzliwym wyra-
zie okien, odnalazł piwiarnię, o której mu mówiła.

– No i co? – zapytała, wchodząc szybkim krokiem.

– Nie, nie weźmie – powiedział Fiodor Konstantinowicz,
uważnie i z satysfakcją obserwując, jak gaśnie jej twarz,
bawiąc się swoją władzą nad tą twarzą i czując przedsmak
zachwycającego blasku, którym ją za chwilę rozświetli.

---

[*] W jęz. starosłowiańskim *az* znaczy „ja".

Rozdział czwarty

Niestety, choćby wnuk zaprzeczył oświecony,
Jednako wciąż na wietrze w odzieniu
                                powichrzonym
Ku własnym palcom Prawda pochyla głowę świętą.

Kobieco uśmiechnięta, dziecięco zatroskana,
Jak gdyby oglądała, co w dłoni ma pojmane,
Co nam niewidne – jej ramieniem zasłonięte.

Sonet jest niczym przeszkoda w drodze, a może przeciwnie, jest potajemną więzią, która wyjaśniłaby wszystko, gdyby tylko rozum ludzki był w stanie owo wyjaśnienie wytrzymać. Dusza błyskawicznie zapada w sen – i oto – ze szczególną, teatralną wyrazistością osób zmartwychwstałych wychodzą nam naprzeciw: ojciec Gabriel z długą laską, w jedwabnej sutannie barwy granatu, z haftowanym pasem na wielkim brzuchu, z nim zaś już oświetlony słońcem nader mile wyglądający chłopczyk: różowy, niezgrabny, delikatny. Zbliżyli się. Zdejmij kapelusz, Mikołajku. Włosy rudawe, czółko pokryte piegami, w oczach anielska czystość, znamienna dla małych krótkowidzów. Kiparisowowie, Paradizowowie, Złatorunni z pewnym zdziwieniem wspominali później (w ciszy swych odległych i ubogich parafii) jego wstydliwą urodę: niestety, jak się okazało, obrazek cherubinka naklejony został na twardy piernik, nie dla każdego do zgryzienia.

Przywitawszy się z nami, Mikołajek znów wkłada kapelusz – szary, włochaty cylinderek – i spokojnie odchodzi. Bardzo sympatycznie wygląda w swoim uszytym w domu surduciku i nankinowych spodenkach – podczas gdy jego ojciec, niezwykłej dobroci protojerej parający się po trosze sadownictwem, zabawia nas rozmową o zaletach saratowskich wiśni, śliw i gliw. Wszystko przesyca lotny, gorący kurz.

Jak to odnotowują na wstępie wszystkie biografie, chłopiec był pożeraczem książek. Uczył się jednak znakomicie. „Monarsze swemu bądź poddany, czcij go i bądź posłuszny prawom" – starannie wypisywał pierwsze kaligrafowane litery, i atrament już na zawsze przyciemnił mu pomarszczoną opuszkę wskazującego palca. Dobiegły końca lata trzydzieste i nastały czterdzieste.

Mając lat szesnaście, znał obce języki na tyle, że mógł czytać Byrona, Eugéne Sue i Goethego (po kres życia wstydząc się barbarzyńskiej wymowy); opanował już seminaryjną łacinę, jego ojciec był bowiem człowiekiem wykształconym. Ponadto niejaki Sokołowski uczył go polskiego, a pewien handlarz pomarańcz perskiego, namówiwszy przy tym chłopca do palenia tytoniu.

Wstąpiwszy do saratowskiego seminarium, Mikołaj dał się poznać jako uczeń pełen skromności, ani razu też nie dostał rózeg. Zyskał sobie przewisko „paniczyka", choć nie unikał wspólnych zabaw. Latem grał w klipę, lubił się kąpać; nigdy jednak nie nauczył się ani pływać, ani lepić wróbli z gliny, ani też splatać sieci na drobne rybki: oczka nie wychodziły mu równo, nici plątały się – łowić ryby jest trudniej niż poławiać dusze ludzkie (ale i dusze umknęły później przez oka). Zimą zaś, w śnieżnym mroku, dźwięcznie wyśpiewując heksametry, pędziła pod górę banda krzykaczy na ogromnych, chłopskich saniach, a policmajster w szlafmycy, odchyliwszy zazdrostkę, uśmiechał się przyzwalająco, zadowolony z tego, że igraszki seminarzystów odstraszają nocnych hultajów.

Zostałby, tak jak ojciec, duchownym i być może osiągnął wysokie godności – gdyby nie przykry incydent z majorem Protopopowem. Był to ziemianin, *bon vivant*, kobieciarz, zawołany psiarz; jego to syna właśnie ojciec Gabriel niebacznie wpisał do ksiąg metrykalnych jako dziecko z nieprawego łoża; okazało się tymczasem, że małżeństwo zostało zawarte, co prawda bez rozgłosu, ale rzetelnie – na czterdzieści dni przed narodzeniem się dziecka. Pozbawiony godności członka konsystorza, ojciec Gabriel popadł w melancholię, a nawet osiwiał. „Oto jak wynagradza się pracę ubogich duchownych" – powtarzała gniewnie popadia. Mikołajkowi zatem postanowiono dać świeckie wykształcenie. Co stało się później z młodym Protopopowem? Czy dowiedział się kiedyś, że to z jego powodu?... Czy zadrżał?... Czy też radością młodych dni szalonych wzgardziwszy wcześnie... w oddaleniu?...

À propos: krajobraz, który na krótko przedtem rozpościerał się cudnie i smętnie, sunąc naprzeciw nieśmiertelnej bryczce; wszystko to rosyjskie, podróżne, swobodne aż do łez; wszystko łagodne, co spogląda z pola, z pagórka, spomiędzy wydłużonych chmur; piękność prosząca, wyczekująca, gotowa rzucić się ku tobie na jedno skinienie i wraz z tobą zapłakać – krajobraz, mówiąc krócej, opiewany przez Gogola, przemknął niedostrzeżony mimo oczu osiemnastoletniego Mikołaja Gawriłowicza, który nieśpiesznie, nie zmieniając koni, jechał z matką do Petersburga. Przez całą drogę czytał książkę. Ponad widok kłosów chylących się ku pyłowi drogi przełożył, by tak rzec, wojnę na słowa.

Tu autor spostrzegł, że w niektórych napisanych już linijkach niezależnie od jego woli trwa ferment, wzrastanie, nabrzmiewanie ziarenka grochu – albo ściślej: w tym czy innym punkcie zawiera się dalsze rozwinięcie tematu – tematu „banału" na przykład: oto już jako student Mikołaj Gawriłowicz przepisuje ukradkiem: „Człowiek jest tym, co je" – zręczniej brzmi to po niemiecku, a jeszcze lepiej, jeśli napisane jest wedle zasad obowiązującej obecnie u nas pisowni. Rozwija się, dodajmy, również temat „krótkowzroczności", który zaczął się od tego, że Mikołaj jako chłopiec znał tylko te twarze, które całował, i dostrzegał tylko cztery z siedmiu gwiazd Wielkiej Niedźwiedzicy. Pierwsze druciane okulary włożył, gdy miał dwadzieścia lat. Nauczycielskie, oprawne w srebrny drucik okulary kupił za sześć rubli, żeby lepiej widzieć kadetów – swoich uczniów. Złote okulary włodarza dusz i serc nosił dopiero w dniach, gdy „Sowriemiennik" docierał do najbardziej baśniowych głuszy Rosji. Okulary, znowu druciane, kupił w zabajkalskim sklepiku, gdzie sprzedawano i walonki, i wódkę. Marzenie o okularach zawiera się w liście do synów pisanym z Jakucji – z prośbą o przysłanie szkieł dla krótkowidza (za pomocą kreski oznaczył, z jakiej odległości rozróżnia litery). Tu na razie temat okularów ulega zamąceniu... Prześledźmy inny: temat „anielskiej czystości". Rozwijał się on następująco: Chrystus umarł za ludzkość, bowiem kochał ludzkość, którą ja również kocham i za którą też umrę. „Bądź drugim Zbawicielem" – doradza mu najlepszy przyjaciel – i jakże on wybucha, nieśmiały! słaby! (w jego studenckim dzienniku pojawia się raz po raz niemal Gogolowski wykrzyknik). „Ducha Świętego" należy jednak zastąpić „Zdrowym Rozsądkiem". Przecież ubóstwo rodzi zło; przecież Chrystus powinien był najsampierw każdego obuć i uwieńczyć kwiatami, a dopiero potem głosić moralność. Drugi Chrystus położy przede wszystkim kres nędzy materialnej (pomoże w tym wynaleziona przez nas maszyna). I dziwne to, ale... coś niecoś się sprawdziło – tak, coś niecoś jakby się sprawdziło. Biografowie rozstawiają na jego cierniowej drodze ewangeliczne kamienie milowe. (Wiadomo, że im komentator bardziej lewicowy, tym większą zdradza słabość do wyrażeń w rodzaju „Golgota rewolucji"). Udręki Czernyszewskiego rozpoczęły się, gdy osiągnął wiek Chrystusowy. Oto rolę Judasza gra Wsiewołod Kostomarow, a rolę Piotra znakomity poeta, który uchylił się od spotkania z więźniem. Gruby Hercen, siedząc w Londynie, nazywa pręgierz „towarzyszem Krzyża". Również w wierszu Niekrasowa mowa jest o ukrzyżowaniu, o tym, że Czernyszewski zesłany został, ażeby „niewolnikom (królom) ziemi przypomnieć o Chrystusie". Wreszcie, kiedy już naprawdę umarł i obmywano zwłoki, jednemu z jego bliskich to wychudzenie, stromizna żeber, c i e m n a b l a d o ś ć skóry i długie palce stóp przypomniały niejasno *Zdjęcie z krzyża*, chyba Rembrandta. Ale również na tym temat się nie kończy: doszło jeszcze do zbezczeszczenia zwłok po śmierci, bez czego żaden świątobliwy żywot nie jest doskonały. Tak więc srebrny wieniec z napisem na wstędze: „Apostołowi prawdy od wyższych uczelni miasta Charkowa", został po pięciu latach wykradziony z żelaznej kapliczki, przy czym lekkomyślny świętokradca, stłukłszy ciemnoczerwoną szybę, odłamkiem jej wydrapał na ramie własne nazwisko i datę. Jest jeszcze trzeci temat, który rozwinie się lada chwila – i to, jeśli się go nie będzie kontrolować, rozwinie dość dziwacznie; temat „podróży", zdolny doprowadzić Bóg raczy wiedzieć dokąd – do tarantasu z niebiańskiej barwy żandarmem, a potem także do jakuckich sań zaprzężonych w szóstkę psów. Boże, toż przecież nazwisko isprawnika w Wiluju brzmi P r o t o p o p o w! Na razie jednak wszystko jest w porządku. Toczy się wygodny podróżny powozik: matka Mikołaja, Eugenia Jegorowna, drzemie, osłoniwszy twarz chustą, a syn, leżąc obok, czyta książkę – wybój więc traci znaczenie wyboju, stając się jedynie typograficzną nierównością, podskokiem linijki – i oto znowu biegną słowa, przesuwają się drzewa, cień ich przemyka po stronicach. Wreszcie – Petersburg.

Newa spodobała mu się, że taka błękitna i przejrzysta – jakże zasobna w wodę jest ta stolica, jakże czysta w niej woda (od razu zaszkodziła mu na żołądek); szczególnie jednak spodobał mu się harmonijny rozrząd wody, rozumny zamysł kanałów: jakież to wspaniałe, kiedy można połączyć ten z tamtym albo z tym; łączność jako przesłanka dobra. Rankiem, otwarłszy okno, z nabożeństwem spotęgowanym jeszcze przez kulturalność widoku żegnał się znakiem krzyża, spoglądając na prześwitujący poblask kopuł: sobór Świętego Izaaka, który właśnie budowano, stał w osłonie rusztowań – napiszemy więc do ojczulka o wyzłoconych ogniem kopułach, a do babci o parowozie... Tak, widziałem na własne oczy pociąg – o którym jeszcze tak niedawno marzył nieszczęsny Bieliński (poprzednik), kiedy wyczerpany gruźlicą, w dreszczach, straszny, całymi godzinami przez łzy obywatelskiego szczęścia przypatrywał się, jak wyrasta dworzec – ów dworzec, na którego peronie w niewiele lat później na wpół obłąkany Pisariew (następca) w czarnej masce i zielonych rękawiczkach zdzielił pejczem po twarzy pięknego rywala.

Wyrastają mi nadal (powiedział autor) bez mojej zgody i wiedzy idee i tematy – niektóre dosyć krzywo – a ja wiem, co im przeszkadza: przeszkadza „maszyna"; trzeba wyłowić ten nieporęczny drobiazg z jednego ukształtowanego już zdania. To wielka ulga. Chodzi o *perpetuum mobile*.

Perpetuum mobile zajmował się około pięciu lat, do roku 1853, kiedy to już jako nauczyciel gimnazjalny i narzeczony spalił w końcu list ze szkicami, które pewnego razu sporządził, w obawie, że umrze (na modny anewryzm), nie obdarzywszy świata dobrodziejstwem wiecznego i jakże taniego ruchu. W opisach jego absurdalnych doświadczeń, w jego komentarzach do nich, w tej mieszaninie ignorancji i rozsądku można już dostrzec ową ledwie uchwytną, ale złowróżbną wadę, która później przydawała jego wystąpieniom nieco osobliwej szarlatanerii; szarlanterii pozornej, nie zapominajmy bowiem, że mamy do czynienia z człowiekiem rzetelnym i twardym jak pień dębu, „najuczciwszym z uczciwych" (określenie żony); taki już jednak był los Czernyszewskiego, że wszystko obracało się przeciw niemu bez względu na to, czego się tknął – powolutku, ze złośliwą nieuchronnością, objawiało się coś diametralnie przeciwnego pojęciu, jakie miał o owym przedmiocie. Opowiadał się, powiedzmy, za syntezą, za siłą przyciągania, za żywą więzią (czytając powieść, ze łzami całuje stronice, na której autor odwołuje się do czytelnika), a tymczasem odpowiedzią był rozpad, samotność, wyobcowanie. Głosił potrzebę rozumnej myśli i sensu we wszystkim, a tu, jakby za czyimś drwiącym poduszczeniem, osaczali go w życiu nicponie, narwańcy, szaleńcy. Za wszystko przychodzi zapłata „negatywnie ustokrotniona", jak trafnie zauważył Strannolubski, własna dialektyka za wszystko wymierza Czernyszewskiemu kopniaki, za wszystko mszczą się na nim bogowie: za trzeźwy stosunek do abstrakcyjnych róż, za dobro w ujęciu beletrystycznym, za wiarę w poznanie – a jakże przy tym nieoczekiwane, jakże podstępne formy przybiera ów odwet! Cóż z tego, jeśli na przykład w 1848 roku zamarzyło mu się, aby do termometru rtęciowego przymocować ołówek, tak by poruszał się zgodnie z wahaniem temperatury? Wychodząc z założenia, że temperatura jest czymś odwiecznym... Za pozwoleniem jednak, któż to, któż zapisuje szyfrem skrzętną kombinację? Młody wynalazca, nieomylny w mierzeniu na oko, obdarzony wrodzonymi zdolnościami do sklejania, łączenia, spajania martwych części, z których rodzi się cud ruchu – a tu – patrzeć – furkoczą już mechaniczne krosna albo parowóz z wysokim kominem i maszynistą w cylindrze wyprzedza rasowego kłusaka. Tu właśnie tkwi jądro odwetu – ten bowiem rozsądny młodzieniec, który, nie zapominajmy, troszczy się wyłącznie o dobro całej ludzkości, oczy ma jak kret, a jego białe, ślepe ręce poruszają się w innej płaszczyźnie niż trafiająca palcem w niebo, ale uparta i muskularna myśl. Wszystko, czego dotknie, rozpada się. Przykro jest czytać w jego dzienniku o urządzeniach, którymi próbował się posługiwać – koromysłach, soczewkach, korkach, miednicach – ale nic nie chce się kręcić, a jeśli się nawet kręci, to na zasadzie przekornych praw w przeciwną stronę, niż on sobie tego życzy: odwrotny ruch wiecznego silnika – to przecież prawdziwy k o s z m a r, abstrakcja abstrakcji, nieskończoność ze znakiem ujemnym i rozbity dzbanek na dokładkę.

Świadomie wybiegliśmy w przyszłość; powróćmy do tego truchtu, do owego rytmu życia Mikołajka, z jakim oswoił się już nasz słuch.

Obrał sobie wydział filologiczny. Matka chodziła do profesorów, aby ich życzliwie usposobić: głos jej tremolował przypochlebnie, aż wreszcie zaczynała pochlipywać. W Petersburgu spośród wszystkiego, co widziała, największy jej podziw wzbudziły kryształy. Wreszcie matka wybrali się z powrotem do Saratowa. (Mikołajek zawsze mówił o matce z uszanowaniem, używając zdumiewającej rosyjskiej liczby mnogiej, która, podobnie jak później jego estetyka, „usiłuje wyrazić jakość przez ilość"). Na drogę kupili sobie olbrzymią rzepę.

Mikołaj Gawriłowicz zamieszkał początkowo z przyjacielem, a później dzielił mieszkanie z kuzynką i jej mężem. Plany tych kwater, podobnie jak wszystkich innych swoich życiowych stancji, szkicował w listach. Lubił zawsze precyzyjnie określać wzajemny stosunek przedmiotów, pociągały go plany, kolumny cyfr, poglądowe przedstawianie rzeczy, zwłaszcza że nużąca rzeczowość jego stylu nie zdołała nigdy zastąpić nieosiągalnej dlań plastyczności literackiej. Jego listy do krewnych to listy młodzieńca przykładnego: usłużna dobroć zastępująca wyobraźnię podpowiadała mu, co komu jest miłe. Wielebnemu podobały się wszelkie ciekawe wydarzenia, wypadki zabawne albo przerażające. Syn regularnie odżywiał go tą strawą przez kilka lat. Rozrywki Islera, jego sztuczne karlsbady; „minerałki", gdzie wzbijają się w balonach odważne petersburskie panie; tragiczny wypadek na Newie, kiedy łódka dostała się pod statek, a wśród ofiar znalazł się pewien pułkownik obarczony liczną rodziną: cyjanek, który miał posłużyć jako trutka na myszy, a trafił do mąki, przy czym zatruciu uległo ponad sto osób; no i oczywiście, oczywiście wirujące stoliki; zdaniem obydwu korespondentów – przejaw łatwowierności i oszustwa. Podobnie jak w mrocznych latach syberyjskich, jedną z głównych strun w jego epistolografii stanowiło skierowane do żony i syna zapewnienie, stale na równie wysokiej, niezbyt czysto brzmiącej nucie, że pieniędzy mu wystarczy, żeby mu ich nie przysyłali – tak i w młodości prosi rodziców, by się o niego nie martwili, i jakimś sposobem utrzymuje się za dwadzieścia rubli miesięcznie:

z tego około dwóch i pół wychodzi na bułki; ciasteczka (zawsze musiał mieć coś do herbaty, no i do lektury – czytając książkę lubił coś pogryzać: *Klub Pickwicka*, czytał jedząc pierniczki, „Journal des Débats" – sucharki), a jeszcze świece, pióra, pasta do butów i mydło czyniły miesięcznie rubla; był z niego zresztą niechluj i niedbaluch, zmężniał przy tym prostacko, a tu w dodatku marne jadło, nieustanne kolki i nerwowe zmagania z cielesnością, kończące się potajemnym kompromisem – wyglądał więc chorowicie, oczy mu zagasły i nie zostało śladu po chłopięcej urodzie, chyba tylko wyraz przedziwnej bezradności opromieniający czasem jego rysy, kiedy człowiek, którego czcił, traktował go dobrze („był serdeczny wobec mnie, młodzieńca nieśmiałego i bezbronnego" – pisał później o Irinarchu Wwiedieńskim ze wzruszającą łacińską intonacją: *animula vagula, blandula...*); sam zaś był przekonany, że nie jest pociągający, i godził się z tą myślą, ale unikał lustra; czasem jednak, wybierając się z wizytą, zwłaszcza do swoich najlepszych przyjaciół Łobodowskich albo pragnąc poznać przyczynę czyjegoś niechętnego spojrzenia, przypatrywał się ponuro własnemu odbiciu, widział rudawy puch jakby przylepiony do policzków, liczył nabrzmiałe krosty – od razu też brał się do ich wyciskania, i to z taką zaciekłością, że później nie śmiał pokazać się nikomu na oczy.

Łobodowscy! Ślub przyjaciela wywarł na naszym dwudziestoletnim bohaterze niezwykłe wrażenie, które pośród nocy każe mu w samej bieliźnie zasiąść do pisania dziennika. Ten cudzy ślub, który go tak poruszył, odbył się 19 maja 1848 roku; tego samego dnia, w szesnaście lat później, dokonała się śmierć cywilna Czernyszewskiego. Zbieżność rocznic, kartoteka dat. Tak w przewidywaniu potrzeb biografa sortuje je los; chwalebna to oszczędność sił.

Było mu na tym ślubie wesoło. Co więcej, ucieszyła go przy tym własna radość („a więc zdolny jestem odczuwać czyste przywiązanie do kobiety") – zawsze przecież usiłował pokierować sercem w taki sposób, aby jedną stroną odbijało się w szybie rozsądku, albo też, jak to określa najlepszy jego biograf, Strannolubski, „destylował własne uczucia w alembikach logiki". Któż jednak mógłby powiedzieć, że nurtowała go w owej chwili myśl o miłości? W wiele lat później Wasilij Łobodowski w swoich barwnych *Szkicach obyczajowych* dopuścił się z niedbalstwa pomyłki, twierdząc, że ówczesny jego drużba, student „Kruszedolin", zachowywał taką powagę, iż „na pewno wszechstronnie analizował w myśli wydane w Anglii i przeczytane właśnie dzieła".

Francuski romantyzm dał nam poezję miłości, niemiecki zaś – poezję przyjaźni. Uczuciowość młodego Czernyszewskiego to ustępstwo na rzecz epoki, w której przyjaźń była wielkoduszna i skora do łez. Czernyszewski płakał chętnie i często. „Spłynęły trzy łzy" – notuje w dzienniku z właściwą sobie dokładnością – a czytelnik mimochodem dręczy się uboczną myślą, czy liczba łez może być nieparzysta, czy też tylko parzystość ich źródeł sprawia, że domagamy się liczby parzystej? „Nie miej mi za złe głupich łez, którem lał często zawstydzony, swą bezczynnością udręczony" – zwraca się Mikołaj Gawriłowicz do swojej ubogiej młodości i przy wtórze Niekrasowowskiego, godnego raznoczyńców rymiku rzeczywiście roni łzę: „w tym miejscu na oryginał kapnęła łza, pozostawiając ślad na papierze" – wyjaśnia pod tą linijką jego syn Michał. Ślad innej łzy, jeszcze gorętszej, gorzkiej i kosztowniejszej, zachował się na jego słynnym liście z twierdzy, przy czym opis tej drugiej grzeszy u Stiekłowa, jak wskazuje Strannolubski, pewną nieścisłością – o czym potem. Następnie na zesłaniu i w twierdzy wilujskiej...

Ale dość: temat łez niedopuszczalnie się rozrasta... Wróćmy więc do jego punktu wyjścia. Oto na przykład odprawiane są egzekwie za studenta. W pomalowanej na niebiesko trumnie leży woskowy młodzieniec, a student Tatarinow, który pielęgnował chorego, ale ledwie go przedtem znał, żegna się z nim, przeciągle nań spogląda, całuje go, znów patrzy i patrzy... Student Czernyszewski, notując to, sam topnieje z rozczulenia; Strannolubski zaś, komentując napisane na ten temat zdania, przeprowadza paralelę pomiędzy nimi a smutnym fragmentem Gogola z *Nocy w willi**.

Prawdę rzekłszy jednak... marzenia młodego Czernyszewskiego o miłości i przyjaźni nie odznaczają się elegancją – a im gorliwiej im się oddaje, tym wyraźniejsza jest ich skaza – rozsądek; najgłupsze mrzonki umiał Czernyszewski wygiąć w łuk logiki. Snując bardzo szczegółowe marzenia o tym, jak to Łobodowski, którego wielbił, zachoruje na gruźlicę, a Nadieżda Jegorowna pozostanie młodą wdową, bezradną i ubogą, zmierza do osobliwego celu. Figura zastępcza jest mu niezbędna, by mógł usprawiedliwić swoje zakochanie, podstawia więc w jego miejsce współczucie dla ofiary, to znaczy przydaje zakochaniu przesłanki utylitarne. Inaczej przecież nie da się udręk serca uzasadnić ograniczonymi środkami topornego materializmu, któremu już bez reszty dał się uwieść. To nic, że jeszcze wczoraj, kiedy Nadieżda Jegorowna „siedziała bez chusty, a domowa suknia miała oczywiście nieduże rozcięcie z przodu i widać było pewną część ciała poniżej szyi" (jest to styl niezwykle podobny do sposobu wyrażania się współczesnego miejskiego prostaka-literata), z rzetelnym

---

niepokojem sam sobie zadawał pytanie, czy spoglądałby na „tę część" w pierwszych dniach po ślubie przyjaciela. I oto powolutku utrupiwszy w marzeniach przyjaciela, z westchnieniem, niechętnie, jakby idąc jedynie za głosem obowiązku, decyduje się ożenić z młodą wdową, zawrzeć smutne, cnotliwe małżeństwo (a wszystkie te figury zastępcze powtarzają się jeszcze dokładniej, kiedy już później stara się o rękę Olgi Sokratowny). Uroda nieszczęsnej kobiety budzi w nim pewne wątpliwości; od samej zaś metody, którą obrał, ażeby sprawdzić jej czar, bez reszty uzależnił się w przyszłości jego stosunek do pojęcia piękna.

Najpierw ustalił najlepszy wzorzec wdzięku Nadieżdy Jegorowny: przypadek zainscenizował dlań żywy obraz w stylu sielankowym, choć cokolwiek przyciężki. „Wasilij Pietrowicz ukląkł na krześle twarzą do oparcia; ona podeszła i zaczęła przechylać krzesło, przechyliła nieco i przytuliła twarzyczkę do jego piersi... Na stoliku do herbaty stała świeca... Znalazła się więc w dość dobrym oświetleniu, to jest w półświetle, ponieważ padał na nią cień męża, ale w jasnym półświetle". Mikołaj Gawriłowicz przyglądał się uważnie, usiłując wypatrzyć coś, co nie byłoby jak należy; nic niestosownego nie znalazł, ale jeszcze się wahał.

Jak tu postąpić? Stale porównywał jej rysy z rysami innych kobiet, lecz niedoskonałość wzroku utrudniała mu zdobywanie żywych modeli niezbędnych do przeprowadzenia porównań. Chcąc nie chcąc, trzeba było zdać się na piękno uchwycone i utrwalone przez innych, na preparaty piękna, to jest na portrety kobiece. Tak więc pojęcie sztuki od początku stało się dla niego, materialisty-krótkowidza (połączenie w istocie absurdalne), czymś utylitarnym, stosowanym, pomocą naukową, i teraz metodą doświadczalną można już było sprawdzić to wszystko, co podszeptywało mu uczucie: wyższość urody Nadieżdy Jegorowny (którą mąż nazywał „Lubeńką" i „Laleczką"), czyli życia, nad urodą wszystkich innych „główek kobiecych", czyli sztuki (sztuki!). Na Newskim Prospekcie w witrynach wystawowych Junkera i Daziaro wystawione były poetyczne portreciki kobiet. Przestudiowawszy je dokładnie, wracał do domu i zapisywał swoje spostrzeżenia. I o cudzie! Metoda porównawcza dawała zawsze pożądany rezultat. Na sztychu nie udał się nos kalabryjskiej piękności: „nie udało się zwłaszcza siodełko nosa i części przylegające do nosa, tam gdzie staje się on najbardziej wydatny". Po tygodniu, wciąż jeszcze nie mając pewności, że prawda została dostatecznie zgłębiona, a może pragnąc znowu zaznać spogliwości doświadczenia, znów szedł na Newski, żeby spojrzeć, czy w witrynie nie ma nowej ślicznotki. W pieczarze, klęcząc przed czaszką i krzyżem, modliła się Maria Magdalena i twarz jej w świetle lampki oliwnej była wdzięczna, ale o ileż ładniej wyglądała na wpół oświetlona twarz Nadieżdy Jegorowny! Oto biały taras nad morzem, a na tarasie dwie młode dziewczyny: pełna gracji blondynka siedzi na kamiennej ławce, całując się z młodzieńcem, a pełna gracji brunetka, dając baczenie, czy ktoś nie nadchodzi, spogląda na odsuniętą malinową zasłonę „oddzielającą taras od innych części domu", zawsze bowiem, jak odnotowujemy w dzienniku, lubimy ustalić, w jakim związku pozostaje dany szczegół z rozumowo poznanym otoczeniem. Nadieżda Jegorowna ma oczywiście wdzięczniejszą szyjkę. Wynika stąd ważny wniosek: życie jest wdzięczniejsze (a tym samym lepsze) od malarstwa, czym bowiem jest malarstwo, poezja i sztuka w ogóle w najczystszej swej postaci? To purpurowe słońce zanurzające się w lazurowym morzu; to „piękne" fałdy sukni; to różowe cienie, które niepoważny pisarz trwoni na iluminowanie swoich wymuskanych rozdziałów; to girlandy kwiatów, fryny, fauny, feerie... Im dalej, tym ciemniej: idea-chwast rozrasta się. Wspaniałość kobiecych kształtów na obrazie jest napomknieniem o wspaniałości w znaczeniu ekonomicznym. Uosobieniem „fantazji" staje się dla Mikołaja Gawriłowicza zjawiskowa, ale bujnopierśna sylfida, która bez gorsetu, prawie naga, owiana lekką szatą przyfruwa do poetycznie poetyzującego poety. Dwie albo trzy kolumny, dwa albo trzy drzewa – ni to cyprysy, ni topole – jakaś niezbyt ciekawa urna – i wyznawca czystej sztuki bije brawo. Jest godzien pogardy! Pusty! Istotnie, jakże nad wszystkie te bzdury nie przełożyć rzetelnego opisu współczesnego bytowania, goryczy obywatela, z serca płynących rymowanek?

Śmiało można stwierdzić, że w chwilach gdy przywierał do wystawowej szyby, ukształtowała się ostatecznie jego niezbyt skomplikowana rozprawa *Estetyczny stosunek sztuki do rzeczywistości* (nic dziwnego, że w przyszłości napisał ją od razu na czysto, za jednym zamachem, w ciągu trzech nocy; bardziej zdumiewające jest to, że otrzymał jednak na jej podstawie, choć po sześcioletniej zwłoce, stopień magistra).

Zdarzały się pełne niejasnych zamyśleń wieczory, kiedy leżał na wznak na swojej okropnej, obitej skórą kanapie – wyboistej, podziurawionej, o niewyczerpalnych (można było wyciągać a wyciągać) zasobach końskiego włosia – a „serce biło jakoś tak dziwnie, poruszone pierwszą stroną Micheleta, poglądami Guizota, teorią i językiem socjalistów, myślą o Nadieżdzie Jegorownie i wszystkim tym jednocześnie", i oto zaczynał śpiewać przeciągle i fałszywie – śpiewał „pieśń Małgorzaty", rozmyślając jednocześnie o wzajemnych stosunkach Łobodowskich, łzy zaś „po trochu spływały mu z oczu". Zrywał się gwałtownie, zdecydowany natychmiast się z nią zobaczyć. Był, tak to sobie wyobraźmy, październikowy wieczór, pędziły chmury, z warsztatów rymarskich i kaletniczych w suterenach ponurych żółtych kamienic ciągnęła kwaśna woń, kupcy w długich sukiennych kaftanach i baranicach, z kluczami w ręku, zamykali już sklepy. Jeden nawet potrącił Mikołaja, ale on szybko go wyminął. Grzechocząc po bruku ręcznym wózkiem, latarnik w podartej odzieży podtaczał olej do lamp pod mętną, zawieszoną na drewnianym słupie latarnię, przecierał jej szybki wytłuszczoną szmatą i poskrzypując wózkiem ruszał ku następnej, dość odległej. Zaczynał mżyć deszcz. Mikołaj Gawriłowicz biegł żwawym kłusem, charakterystycznym dla ubogich bohaterów Gogola.

Po nocach długo nie mógł spać, dręcząc się wątpliwościami, czy Wasilijowi Pietrowiczowi uda się dostatecznie wykształcić żonę, aby stała mu się pomocna w pracy, i czy nie należałoby na przykład, celem ożywienia jego uczuć, wysłać do niego anonimowego listu, który rozznieciłby mężowską zazdrość. Zapowiada to już sposoby, jakich imać się będą bohaterowie powieści Czernyszewskiego. Takie właśnie, bardzo precyzyjnie wykalkulowane, ale dziecinnie absurdalne plany snuje zesłaniec Czernyszewski, a potem Czernyszewski postarzały, zmierzając do osiągnięcia najbardziej wzruszających ideałów. I proszę, jak temat ten korzysta z każdej chwili nieuwagi, aby się rozwinąć. Zatrzymaj się, zwiń! Po co zresztą sięgać tak daleko. W studenckim dzienniku odnajdziemy taki oto przykład kalkulacji: wydrukować fałszywy manifest (o zniesieniu poboru do wojska), ażeby tym oszukańczym sposobem wzburzyć chłopów; ten pomysł Czernyszewski sam sobie jednak od razu wyperswadował – świadom, zarówno jako dialektyk, jak też

281

chrześcijanin, że wewnętrzny rozkład zżera wzniesioną budowlę i że szlachetny cel, usprawiedliwiając niegodne środki, zdradza jedynie własne z nimi złowróżbne pokrewieństwo. Tak oto polityka, literatura, malarstwo, a nawet sztuka wokalna splatały się przyjemnie z miłosnymi przeżyciami Mikołaja Gawriłowicza (wróciliśmy więc do punktu wyjścia).

Jakże był on ubogi, jakże niechlujny, jak bezładnie żył, jak dalekie mu były pokusy luksusu... Uwaga! Była to nie tyle proletariacka czystość myśli, ile naturalne lekceważenie, z jakim męczennik traktuje szorstki dotyk nigdy niezdejmowanej włosiennicy i osiadłe w niej na stałe pchły. Włosiennicę jednakże też trzeba czasem wyreperować. Asystujemy przy tym, jak pomysłowy Mikołaj Gawriłowicz zamierza wycerować sobie stare spodnie; nie miał czarnych nici, więc te, które znalazł, zaczął nurzać w atramencie; tuż obok leżał tom niemieckich wierszy otwarty na pierwszych wersach *Wilhelma Tella*. Ponieważ Czernyszewski wymachiwał nićmi (aby wyschły), na stronicę tę spadło kilka kropel atramentu, a była to książka od kogoś pożyczona. Znalazłszy w papierowej torebce za oknem cytrynę, usiłował wywabić plamy, ale tylko pobrudził cytrynę i parapet, na którym pozostawił złośliwe nici. Wtedy próbował posłużyć się nożem i zaczął podskrobywać plamy (książka z podziurawionymi stronicami znajduje się w lipskiej bibliotece uniwersyteckiej; nie udało się niestety ustalić, jakim sposobem tam się znalazła). Atramentem też (atrament był w gruncie rzeczy przyrodzonym żywiołem Czernyszewskiego, który dosłownie, dosłownie w nim się nurzał) zasmarowywał pęknięcia trzewików, kiedy zabrakło mu czernidła; albo, aby zamaskować dziurę w bucie, owijał stopę czarnym krawatem. Tłukł szklanki, wszystko brudził, wszystko psuł; jego umiłowanie przedmiotów pozostało nieodwzajemnione. Później, na katordze, okazał się nie tylko niezdolny do wykonywania jakiejkolwiek konkretnej katorżniczej pracy, ale wręcz zasłynął z nieumiejętności zrobienia czegokolwiek własnymi rękami (stale przy tym napraszając się z pomocą bliźniemu; „niech się pan nie wtrąca w nie swoje sprawy, filarze cnót", opędzali się szorstko zesłańcy). Widzieliśmy już mimochodem, jak potrącano na ulicy pędzącego na oślep młodzieńca. Rzadko reagował gniewem; pewnego razu jednak opisał z pewną dumą, jak zemścił się na młodym dorożkarzu, który zahaczył go hołoblą: wydarł mu pęk włosów, bez słowa runąwszy na sanie, pomiędzy dwóch zdumionych kupców. W zasadzie był łagodny – łatwo go było skrzywdzić, w głębi duszy jednak czuł się zdolny do „najbardziej desperackich, najbardziej szalonych" postępków. Po trosze uprawiał też propagandę, prowadząc rozmowy niekiedy z chłopami, niekiedy z przewoźnikiem na Newie, niekiedy z gadatliwym cukiernikiem.

Pojawia się temat cukierni. Napatrzyły się one na niejedno. Tam Puszkin jednym haustem wypija przed pojedynkiem lemoniadę, tu Pierowska i jej towarzysze zamawiają po porcji (czego? historia nie zdążyła odnotować), zanim wyjdą nad kanał. Cukiernie też były oczarowaniem młodzieńczych lat naszego bohatera, tak że później, głodując w twierdzy, przepełniał w *Co robić?* tę czy ową kwestię mimowiednym zachłystem żołądkowej liryki: „Ma pani w pobliżu nawet cukiernię? Nie wiem, czy mają tam ciasto orzechowe – według mnie, pani Mario, to najwspanialszy przysmak"[*]. Na przekór jednak przyszłym wspomnieniom, cukiernie nie kusiły go bynajmniej frykasami – ani francuskim ciastem na gorzkawym

---

[*] Wszystkie cytaty z *Co robić?* w przekładzie Jerzego Brzęczkowskiego.

oleju, ani nawet maślanymi bułeczkami z wiśniową konfiturą; czasopismami, proszę państwa, czasopismami go kusiły! Próbował różnych – takich, gdzie pism jest więcej, takich, gdzie są pisma tylko popularne, i takich, gdzie są liberalniejsze. A więc u Wolfa „ostatnie dwa razy zamiast jego bułki (to jest Wolfa) piłem kawę z rogalem za pięć kopiejek (własnym), za drugim razem już się z tym nie kryjąc" – to znaczy, że za pierwszym z tych dwóch ostatnich razów (irytująca rzeczowość jego dziennika wywołuje łaskotanie w przysadce) krył się, nie wiedząc, jak zostanie potraktowane przyniesienie własnego ciasta; w cukierni było ciepło, cicho, z rzadka tylko południowo--zachodni wiaterek płacht gazetowych chwiał płomieniem świec („rozruchy sięgały już powierzonej naszej pieczy Rosji", jak wyraził się car). „Poproszę o «Indépendence Belge»". – „Uprzejmie dziękuję". Płomień świec prostuje się, jest cicho (ale trzeszczą wystrzały na Boulevard des Capucines, rewolucja zbliża się do Tuileries – i oto Ludwik Filip ucieka przez avenue Neuilly, dorożką).

A potem dokuczała mu zgaga. Jadał w ogóle wszelkie paskudztwa – był biedakiem i nie umiał sobie radzić. Dobrze to obrazuje wierszyk Niekrasowa: „Jadając wióry i pakuły, tak wielką indigestię czułem, że przyzywałem śmierć. A tu do domu drogi kawał... Po nocach kułem przy tem; moja izdebka taka mała, dymiłem paląc tytoń...". Mikołaj Gawriłowicz palił zresztą nie bez powodu – papierosami z fabryki Żukowa leczył bowiem żołądek (a także zęby). Jego dziennik, zwłaszcza z lata i jesieni 1849 roku, zawiera mnóstwo niezwykle dokładnych informacji o tym, jak i gdzie dostawał wymiotów. Oprócz tytoniu leczył się rumem z wodą, gorącym olejem, solą angielską, tysiącznikiem pospolitym z liśćmi pomarańczowymi i stale, solennie, z jakimś dziwnym upodobaniem posługiwał się metodą rzymską – zapewne umarłby wreszcie z wycieńczenia, gdyby (zostawszy kandydatem nauk przy katedrze) nie przyjechał do Saratowa.

I właśnie wówczas, w Saratowie... Choć mam ogromną ochotę wydostać się z ciemnego kąta, do którego zapędził nas temat cukierni, i przejść na słoneczną stronę życia Mikołaja Gawriłowicza, to jednak (w imię szczególnej i utajonej więzi) jeszcze trochę tu podreptczę. Pewnego razu, przyciśnięty grubą potrzebą, wpadł do domu przy Gorochowej (następuje wielosłowny, szczegółowy opis budynku), i kiedy już było po kłopocie, drzwi otworzyła „jakaś dziewczyna ubrana na czerwono". Ujrzawszy rękę – usiłował przytrzymać drzwi – wydała okrzyk, „jak to się zazwyczaj zdarza". Przeciągłe skrzypienie drzwi, zardzewiały haczyk nie trzyma, smród, zimno – okropność... ale nasz dziwak już jest gotów rozprawiać sam ze sobą o prawdziwej czystości, stwierdzając z satysfakcją, że „nawet nie próbował zobaczyć, czy ona jest ładna". W swoich snach widział za to bystrzej i sen był dlań łaskawszy od jawy – ale i wówczas jakże się Czernyszewski cieszy, kiedy po trzykroć całując urękawicznioną dłoń „nader jasnowłosej" damy (w domyśle – matki ucznia, która go we śnie przygarnęła, czyli coś w stylu Jean-Jacques'a), nie może zarzucić sobie żadnej zdrożnej myśli. Bystra okazała się również pamięć o tamtej młodzieńczej, wypaczonej tęsknocie do piękna. Mając już pięćdziesiątkę, Czernyszewski w liście z Syberii wspomina dziewczynę--anioła, którą niegdyś w młodości ujrzał na Wystawie Przemysłu i Rolnictwa: „przechodziła jakaś arystokratyczna rodzina" – snuje opowieść w swoim późniejszym, biblijnie dostojnym stylu. „Spodobała mi się ta dziewczyna, bardzo spodobała... Ruszyłem o trzy kroki za nimi i nie mogłem się napatrzyć... Byli to zapewne jacyś wielcy państwo. Każdy to widział, bo zachowywali się bardzo miło (w patoce tego patosu uwięzła Dickensowska muszka – zauważyłby Strannolubski, my jednak nie zapominajmy, że pisze to – jak słusznie dodaje Stiekłow – «na wpół złamany katorgą starzec«). Tłum rozstąpił się... Mogłem bez trudu iść o trzy kroki za nimi, nie spuszczając oczu z dziewczyny (o biedaczek-satelita!) Trwało to godzinę, a może dłużej" (wystawy w ogóle, na przykład londyńska z 1862 i paryska z 1889 roku z przedziwną siłą odbiły się na jego losie; podobnie Bouvard i Pécuchet, zabierając się do opisu życia hrabiego Angouleme, zdumiewali się, jak wielką rolę odegrały w nim mosty).

Wynika z tego wszystkiego jasno, że po przyjeździe do Saratowa musiał nieuchronnie zakochać się w dziewiętnastoletniej córce doktora Wasiljewa, cygańskiej urody pannie, z kolczykami zwisającymi z rozciągniętych płatków uszu, na wpół przesłoniętych pasmami ciemnych włosów. Zadziorna, krygująca się panna, „ośrodek i ozdoba prowincjonalnego balu", jak określił ją bezimienny współczesny, szelestem swoich dużych niebieskich kokard i śpiewnością mowy oczarowała i otumaniła niezdarnego cnotliwca. „Proszę spojrzeć, jaka śliczna rączka" – mówiła, unosząc ku jego zapotniałym okularom smagłą, obnażoną rękę pokrytą lśniącym puszkiem. On skrapiał się różanym olejkiem i golił się do krwi. A jakież układał poważne komplementy! „Pani powinna mieszkać w Paryżu" – oświadczył z żarem, dowiedziawszy się od kogoś, że dziewczyna jest „demokratką"; Paryż jednak nie rysował się jej jako ośrodek wszechnauk, lecz jako królestwo loretek, więc się obraziła.

Przed nami *Dziennik mojego obcowania z tą, która dziś jest moim szczęściem*. Skłonny do entuzjazmu Stiekłow nazywa „radosnym hymnem miłości" ten jedyny w swoim rodzaju utwór – najbardziej może przypominający solidny referat. Referent sporządza projekt oświadczyn (ściśle zrealizowany w lutym 1853 roku i niezwłocznie zaakceptowany), formułuje punkty przemawiające za ożenkiem i przeciw niemu (obawiał się na przykład, czy narowistej małżonce nie przyjdzie fantazja, by nosić – wzorem George Sand – męski strój) oraz układa preliminarz życia rodzinnego uwzględniający absolutnie wszystko – i dwie stearynowe świece na zimowe wieczory, i mleka za dziesięć kopiejek, i teatr; powiadamia przy tym narzeczoną, że z uwagi na wyznawany światopogląd („nie przerazi mnie ani błoto, ani pijani chłopi z kijami, ani krwawa rzeź") on prędzej czy później „na pewno wpadnie", żeby zaś dowieść jeszcze większej uczciwości, opowiada jej o żonie Iskandera, która brzemienna („przepraszam, że wchodzę w takie szczegóły"), gdy zawiadomiono ją, że męża schwytano w jego posiadłościach na Sardynii i że będzie odesłany do Rosji, „upadła bez życia". Olga Sokratowna, jak dodałby tu Ałdanow, nie upadłaby bez życia.

„Jeśli kiedyś – pisał dalej – złe języki zohydzą Pani nazwisko tak, że straci Pani nadzieję na powtórne małżeństwo... wystarczy, że powie Pani słowo, a zawsze gotów będę zostać Pani mężem". Postawa to rycerska, ale oparta na bynajmniej nierycerskich przesłankach, i ten właściwy Czernyszewskiemu kierunek myślenia od razu przenosi nas na znany już szlak jego poprzednich quasi-fantazji, solennego pragnienia ofiarności i współczucia jako barwy ochronnej; mimo to uraziło jego ambicję, kiedy narzeczona uprzedziła go, że nie jest w nim zakochana. Był jednak na swój szczególny sposób szczęśliwy. Jego narzeczeństwo miało lekki posmak niemiecki z Schillerowskimi pieśniami i buchalterią czułości: „rozpinałem najpierw dwa, a potem trzy guziczki jej mantylki...". Upierał się, aby stópkę narzeczonej (w szarym trzewiczku o zaokrąglonym nosku, stebnowanym kolorowym jedwabiem) postawić sobie na głowie; pożądliwość syciła się symbolami. Czasami recytował ukochanej Lermontowa, Kolcowa; wiersze wszak odmawiał jak pacierz.

W dzienniku Mikołaja Gawriłowicza honorowe miejsce zajmuje – szczególnie istotny dla zrozumienia wielu elementów jego biografii – dokładny opis żartobliwych ceremonii, które często umilały saratowskie wieczory. Nie umiał zgrabnie tańczyć polki, kiepsko tańczył grossvatera, chętnie jednak uczestniczył w figlach, nawet bowiem pingwin bywa filuterny, kiedy zalecając się do samiczki, otacza ją kołem kamyczków. Zbierała się tam młodzież i zgodnie z zasadami kokieterii modnymi podówczas w owym kręgu, Olga Sokratowna, siedząc przy stole, karmiła łyżeczką niczym dziecko to tego, to owego z gości, Mikołaj Gawriłowicz zaś przyciskał serwetkę do serca i groził, że przebije sobie pierś widelcem. Ona z kolei udawała, że się gniewa. On przepraszał (wszystko to jest do obrzydliwości śmieszne), całował „obnażone fragmenty" jej rąk, przed czym się wzbraniała ze słowami: „Jak pan śmie!". Pingwin przybierał „poważną i smutną minę, w rzeczy samej mogło się zdarzyć, że powiedział coś takiego, czym inna na jej miejscu poczułaby się dotknięta". W niedziele i święta stroił miny w domu Bożym, rozśmieszając narzeczoną – na próżno jednak marksistowski komentator dopatruje się w tym „zdrowej skłonności do bluźnierstwa". Cóż za nonsens! Syn duchownego, Mikołaj, czuł się w cerkwi jak w domu (królewicz koronujący kota koroną ojca bynajmniej nie wyraża tym sposobem sympatii dla władztwa ludu). Można by mu natomiast zarzucić wykpiwanie krzyżowców, wszystkim bowiem po kolei rysował kredą krzyż na plecach: oznakę wielbicieli Olgi Sokratowny, zadręczających się z miłości do niej. Po dalszych wygłupach w tym samym stylu następuje – zapamiętajmy to – błazeński pojedynek na kije.

W kilka zaś lat później, podczas aresztowania, skonfiskowano również ten dziennik, zapisany równym, pełnym zakrętasów pismem i szyfrowany chałupniczym sposobem, ze skrótami w rodzaju „słb.!", „głp.!" (słabość, głupota), „wln-rwn" (wolność, równość) albo „czk" (niewątpliwie człowiek). Dzienniczek ten usiłowali zgłębiać ludzie najwidoczniej niewprawni, popełniali bowiem różne omyłki, na przykład rosyjskie słowo *podozrienija* (podejrzenia) oznaczone skrótem „dzr'ja" odczytali jako *druz'ja* (przyjaciele); wyszło im więc: „mam potężnych przyjaciół" zamiast: „podejrzenia wobec mnie będą potężne". Czernyszewski uchwycił się tego i zaczął się upierać, że cały dziennik to jedynie jego beletrystyczne pomysły, ponieważ, jak powiadał, „nie miał wówczas potężnych przyjaciół, a tu przecież najwyraźniej chodzi o człowieka mającego w rządzie wpływowych przyjaciół". Nie jest ważne (choć to kwestia skądinąd zajmująca), czy pamiętał dosłownie prawdziwe zdania; ważne jest, że tym zdaniom dostarczył swoistego alibi w *Co robić?*, gdzie odsłonił w pełni ich wewnętrzny, utajony w brudnopisie rytm (na przykład w piosence jednej z uczestniczek pikniku: „O panno, przyjacielu srogi, jam z lasów głuchych człek. Nie są bezpieczne moje drogi, źle skończę życia bieg"). Siedząc w twierdzy i wiedząc, że niebezpieczny dziennik brany jest pod lupę, skwapliwie przekazywał senatowi „próbki swoich notatek", czyli rzeczy, które pisał wyłącznie po to, aby uwiarygodnić dziennik, przeistaczając go *ex post* również w szkic powieści (Strannolubski wręcz przypuszcza, że to właśnie popchnęło go do pisania w twierdzy *Co robić?*, książki, dodajmy, poświęconej żonie i rozpoczynającej się w dniu świętej Olgi). Stąd jego oburzenie, że nadaje się prawne znaczenie dowodu scenom fikcyjnym. „Wymyślam dla siebie i innych rozmaite sytuacje i rozwijam je wedle fantazji... Któreś «ja» mówi o przypuszczalnym aresztowaniu, inne «ja» zostaje obite kijem w obecności narzeczonej". Przytaczając ten fragment, miał nadzieję, że szczegółowa relacja o różnych domowych igraszkach może zostać potraktowana jako zwyczajne „fantazjowanie": poważny człowiek nie będzie przecież... (Całe nieszczęście w tym, że w kołach urzędowych nie uważano go wcale za poważnego człowieka, lecz za bufona, i właśnie w b ł a z e ń s t w a c h, które zawierał dziennik, dopatrywano się diabolicznej infiltracji szkodliwych idei). Aby ostatecznie zamknąć temat saratowskich *petits jeux*, pójdźmy, proszę państwa, jeszcze dalej, bo aż na katorgę, gdzie ich wyraźne echo odnajdziemy w sztuczkach teatralnych, które układał dla swych towarzyszy, a zwłaszcza w powieści *Prolog* (napisanej w Zakładach Aleksandrowskich w 1866 roku), gdzie występuje i student wygłupiający się we wcale niezabawny sposób, i piękna kobieta karmiąca wielbicieli łyżeczką. Jeśli dodamy jeszcze, że bohater (Wołgin), mówiąc żonie o grożącym mu niebezpieczeństwie, odwołuje się do swego przedślubnego ostrzeżenia, to jakże wyciągnąć wniosek inny niż ten: oto późno odsłonięta prawda, dopasowana wreszcie do niegdysiejszego stwierdzenia Czernyszewskiego, że dziennik to jedynie brudnopis literata... Samo bowiem jądro *Prologu*, gdy odrzucimy całą rupieciarnię nieporadnego fantazjowania, wydaje się teraz rzeczywiście beletrystyczną kontynuacją saratowskich zapisków.

Wykładając literaturę rosyjską w tamtejszym gimnazjum, dał się Czernyszewski poznać jako niezwykle sympatyczny nauczyciel: w niepisanych cenzurkach, szybko i bezbłędnie wystawianych nauczycielom przez uczniów, uznany został za typ nerwowego, roztargnionego poczciwca, łatwo dającego się wyprowadzić z równowagi i zająć czymś postronnym – safanduły od razu wpadającego w podstępne łapska klasowego wirtuoza (w tym przypadku Fioletowa młodszego), który w krytycznej chwili, gdy zguba tych, co nie umieją lekcji, wydaje się nieuchronna, a do dzwonka jest już blisko, zadaje zbawcze, odwracające uwagę pytanie: „Panie profesorze, tu na temat Konwentu..." – i Mikołaj Gawriłowicz od razu się zapala, podchodzi do tablicy i krusząc kredę, kreśli plan sali posiedzeń Konwentu (jak wiemy, umiał doskonale rysować plany), a potem, z rosnącym entuzjazmem, wskazuje również miejsca, gdzie siedzieli przedstawiciele poszczególnych partii.

W owych latach spędzonych na prowincji zachowywał się najwidoczniej dosyć nieostrożnie, płosząc osoby solidne i bogobojnych młodzieńców radykalizmem poglądów i swobodą w sposobie bycia. Zachowała się nieco podkoloryzowana relacja o tym, jak to na pogrzebie swej matki, ledwie spuszczono trumnę do grobu, zapalił papierosa i odszedł, trzymając pod rękę Olgę Sokratównę, z którą w dziesięć dni później wziął ślub. Co starsi gimnazjaliści saratowscy jednakowoż admirowali go; niektórzy z nich przywiązali się do niego później z tą egzaltowaną żarliwością, z jaką w owej epoce dydaktyzmu ludzie lgnęli do nauczyciela, który lada chwila mógł zostać przywódcą; co się zaś tyczy „nauki rodzimego języka", to prawdę rzekłszy, nie nauczył on swych uczniów radzić sobie z przecinkami. Czy wielu z ich grona zjawiło się w czterdzieści lat później na jego pogrzebie? Wedle jednych źródeł przyszło ich dwóch, wedle innych – nie przyszedł żaden. Kiedy zaś kondukt pogrzebowy zatrzymał się przed gmachem saratowskiego gimnazjum celem odprawienia egzekwii, dyrektor polecił powiedzieć kapłanowi, że byłoby to niepożądane, i kondukt, któremu towarzyszył, plącząc się we własnych połach, październikowy wiatr, przeszedł obok budynku.

Ze znacznie mniejszym niż w Saratowie powodzeniem uczył Czernyszewski w Petersburgu, dokąd się przeniósł i gdzie przez kilka miesięcy 1854 roku był wykładowcą w Drugim Korpusie Kadetów. Kadeci zachowywali się na jego lekcjach bez uszanowania. Piskliwie krzyczał na niesfornych, co tylko powiększało zamieszanie. W takiej atmosferze nie sposób rozprawiać o montagnardach!* Pewnego razu podczas pauzy w którejś z klas hałasowano, dyżurny oficer wszedł, wydał ostro komendę, po czym zapanował względny porządek, ale wówczas podniósł się szum w innej klasie, do której (pauza właśnie się skończyła) wkraczał z teczką pod pachą Czernyszewski. Odwróciwszy się ku oficerowi, powstrzymał go dotknięciem dłoni i z powściąganą irytacją rzekł, spojrzawszy nań sponad szkieł: „A teraz nie wolno tu panu wejść". Oficer obraził się, nauczyciel nie chciał go przeprosić i podał się do dymisji. Tak pojawia się temat „oficerów".

Potrzeba niesienia oświaty ukształtowała się jednak w Czernyszewskim na całe życie. Jego działalność publicystyczna od roku 1853 po 1862 przepojona jest na wskroś pragnieniem nakarmienia chuderlawego rosyjskiego czytelnika zdrowym domowym jadłem najróżniejszych wiadomości: porcje szykował olbrzymie, chleba można było zjeść do woli, w niedzielę były orzechy: podkreślając bowiem znaczenie dań mięsnych w polityce i filozofii, Mikołaj Gawriłowicz nigdy nie zapominał

---

* partia polityczna z czasów pierwszej rewolucji francuskiej.

o deserze. Z jego recenzji *Magii we własnym pokoju* Amarantowa wynika, że u siebie w domu praktykował zasady tej służącej rozrywce fizyki, a jeden z najlepszych numerów – „przenoszenie wody w sicie", dopełnił własnym pomysłem: jak wszyscy popularyzatorzy, miał słabość do takich niewinnych sztuczek: nie zapominajmy, że upłynął zaledwie rok od dnia, gdy za namową wielebnego ojczulka ostatecznie porzucił myśl o *perpetuum mobile*.

Z upodobaniem czytywał kalendarze, odnotowując w roku 1855 celem poinformowania czytelników „Sowriemiennika": „Gwinea – 6 rb 47,5 kop.; dolar północnoamerykański – 1 rb 31 kop. srebrem", albo też powiadamiał, że „pomiędzy Odessą a Oczakowem wzniesiono ze składek społecznych słupy telegraficzne". Prawdziwy encyklopedysta, swego rodzaju Wolter, co prawda z akcentem na pierwszej sylabie, zapisywał, nie szczędząc sił, mnóstwo stronic (gotów zawsze rozwinąć przed czytelnikiem niczym zrolowany dywan c a ł ą historię podjętego problemu), przetłumaczył sporą bibliotekę, sięgał po wszystkie formy literackie z poezją włącznie i do końca życia marzył o ułożeniu „rozumowanego słownika pojęć i faktów" (co przypomina skarykaturowanego Flauberta, ów *dictionnaire des idées reçues*, którego ironiczne motto „słuszność jest zawsze po stronie większości" Czernyszewski potraktowałby na serio). O tym właśnie z pasją, goryczą i zacietrzewieniem donosi z twierdzy żonie, opisując tytaniczne wysiłki, które jeszcze podejmie. Później przez całych dwadzieścia lat syberyjskiej samotności krzepił się tym marzeniem; zapoznawszy się jednak na rok przed śmiercią z encyklopedią Brockhausa, uznał ją za ich urzeczywistnienie. Zapragnął wówczas owo dzieło przetłumaczyć (bo jeszcze „ponapychają tam wszelkiego paskudztwa w rodzaju ledwie znanych niemieckich malarzy"), uważając tę pracę za uwieńczenie trudu całego życia; okazało się jednak, że i to przedsięwziął już kto inny.

Jeszcze na początku działalności publicystycznej pisał o Lessingu, który urodził się dokładnie sto lat przed nim i do którego podobieństwa sam się w sobie dopatrzył: „Dla takich natur istnieje służba milsza niż poświęcenie się ukochanej nauce – służenie rozwojowi własnego narodu". Przyzwyczaił się, podobnie jak Lessing, wyprowadzać myśl ogólną z opisu konkretnego przypadku. Pamiętając, że żona Lessinga zmarła w połogu, lękał się o Olgę Sokratownę; o jej pierwszej ciąży pisał do ojca po łacinie, tak właśnie jak Lessing pisał po łacinie list do swego ojczulka.

Rzućmy na tę sprawę więcej światła; dwudziestego pierwszego grudnia 1853 roku Mikołaj Gawriłowicz powiadamiał, że zdaniem świadomych rzeczy kobiet, jego żona jest w ciąży. Poród był ciężki. Urodził się chłopiec. „Mój synek milusi" – gruchała nad pierworodnym Olga Sokratowna, która jednak bardzo szybko przestała lubić małego Saszę. Lekarze ostrzegali, że następny poród może ją zabić. Zaszła jednak ponownie w ciążę, „tak jakoś przez nasze grzechy, a wbrew mojej woli" – pisał Czernyszewski do Niekrasowa, zamartwiając się i utyskując. Nie, dręczyło go inne uczucie, silniejsze niż lęk o żonę. Według niektórych świadectw Czernyszewski w latach pięćdziesiątych przemyśliwał nad samobójstwem, podobno nawet pił – cóż za ponura wizja: pijany Czernyszewski! Nie ma co ukrywać – małżeństwo mu się nie udało, po trzykroć nie udało, a nawet później, kiedy zdołał wreszcie za pomocą wspomnień „zamrozić własną przeszłość, doprowadzając ją do stadium statystycznego szczęścia" (Strannolubski), mimo wszystko dawał o sobie znać ten złowróżbny, śmiertelny smutek, na który składały się: litość, zazdrość i urażona ambicja – smutek, jakiego doświadczył również mąż zupełnie innego pokroju, który poradził sobie z nim całkiem inaczej: Puszkin. Zarówno żona, jak i nowo narodzony Wiktor ostali się przy życiu; w grudniu zaś 1858 roku Olga Sokratowna znów o mało nie umarła, wydając na świat trzeciego syna – Miszę. Zdumiewające to czasy – heroiczne, królicze, w krynolinie symbolu wielodzietności.

„One są mądre, wykształcone, dobre – widzę to – a ja jestem głupia, niewykształcona i zła" – z nutą nerwowości mawiała Olga Sokratowna o krewniaczkach męża, paniach Pypin, które przy całej swojej dobroci nie miały litości dla tej „histeryczki, tej zwariowanej kobieciny o nieznośnym charakterze". Jakże ciskała talerzami! Któryż z biografów potrafi posklejać je z kawałków? A ta pasja przenoszenia się z miejsca na miejsce... te dziwaczne choroby... Jako stara kobieta lubiła wspominać, jak w Pawłowsku, w pełen kurzu słoneczny wieczór, jadąc faetonem zaprzężonym w kłusaka, wyprzedzała wielkiego księcia Konstantego i nagle odrzuciła błękitną woalkę, również jego przepalając płomiennym spojrzeniem, albo jak zdradzała męża z polskim emigrantem Sawickim, mężczyzną słynnym z długości swych wąsów: „Kanalijka wiedział o tym... my z Iwanem Fiodorowiczem w alkowie, a on sobie pisze przy oknie". Kanalijki bardzo mi szkoda – ogromnie go zapewne udręczała obecność wokół żony młodych mężczyzn w różnych stadiach miłosnego z nią zbliżenia, od A do Z. Wieczory u Czernyszewskiej ożywiała szczególnie obecność watahy studentów z Kaukazu. Mikołaj Gawriłowicz nie wychodził do nich prawie nigdy. Pewnego razu w sylwestra Gruzini pod przewodem roześmianego Gogoberidzego wdarli się do jego gabinetu – wyciągnęli go stamtąd, Olga Sokratowna narzuciła nań mantylę i zmusiła męża do tańca.

Tak, żal nam go – a jednak... Zdzieliłby ją choć raz pasem, odesłał do wszystkich diabłów; albo przynajmniej obsmarował, nie pomijając żadnych grzeszków, histerii, włóczęg, nieprzeliczonych zdrad, w jednej z tych powieści, których pisaniem wypełniał sobie czas w więzieniu. Ale on nie, gdzieżby! W *Prologu* (a po części również w *Co robić?*) wzruszają nas wysiłki, które podejmuje, by zrehabilitować żonę. Nie istnieją żadni kochankowie, są tylko pełni czci wielbiciele; nie ma również tej taniej zalotności, która sprawiała, że „mężczyźnięta" (jak się niestety wyrażała) traktowali ją jak kobietę jeszcze bardziej przystępną, niż była w rzeczywistości – jest tylko radość życia dowcipnej, pięknej kobiety. Lekkomyślność przeistoczona została w wolnomyślność, a szacunek dla męża-bojownika (jaki naprawdę, choć bez powodu dlań żywiła) bierze górę nad wszelkimi innymi jej uczuciami. W *Prologu* student Mironow, aby wprowadzić w błąd przyjaciela, powiedział mu, że pani Wołgin jest wdową. Tak ją to zdenerwowało, że się rozpłakała – podobnie jak w *Co robić?* ona, zawsze ta sama „ona", tęskni wśród operetkowych wietrzników do aresztowanego męża. Z drukarni Wołgin wpada do opery i zaczyna bacznie się przyglądać przez lornetkę najpierw jednej stronie widowni, a potem drugiej; nagle nieruchomieje i łzy rozczulenia płyną mu spod okularów. Przyszedł, żeby sprawdzić, czy istotnie siedząca w loży jego żona jest najładniejsza i najstrojniejsza ze wszystkich – dokładnie tak samo jak autor porównywał w młodości Łobodowską z „kobiecymi główkami".

Tu znowu otoczyły nas głosy estetyki Czernyszewskiego – bowiem motywy jego życia są mi teraz posłuszne; oswoiłem tematy, przyzwyczaiły się już do mego pióra; z uśmiechem pozwalam im się oddalić: rozwijając się, zataczają jedynie krąg, ażeby znowu powrócić jak bumerang albo sokół do mojej ręki; a jeśli nawet któryś uniesie się nazbyt daleko, za horyzont mojej stronicy, jestem spokojny: przyfrunie znowu, jak i ten przyfrunął.

A więc: 10 maja 1855 roku Czernyszewski broni na uniwersytecie znanej nam już rozprawy *Estetyczny stosunek sztuki do rzeczywistości* napisanej w ciągu trzech sierpniowych nocy w 1853 roku, to jest właśnie wówczas, gdy „niejasne, liryczne uczucia, które podsunęły mu w młodości pogląd na sztukę jako na fotografię ślicznotki, ostatecznie dojrzały, wydając soczysty owoc w naturalnej zgodzie z apoteozą małżeńskiej namiętności" (Strannolubski). W czasie publicznej dysputy został po raz pierwszy proklamowany „kierunek umysłowy lat sześćdziesiątych", jak wspominał o tym później stary Szołgunow, stwierdzając z rozbrajającą prostotą, że Pletniewa nie poruszyła oracja młodego uczonego, że nie przeczuł w nim talentu... Audytorium za to było olśnione. Przyszło tylu ludzi, że stali na oknach. „Zlecieli się jak muchy do padliny" – sarkał Turgieniew, który czuł się zapewne dotknięty jako „miłośnik piękna", choć sam był nie od tego, ażeby przypodobać się muchom.

Jak się to często dzieje z opacznymi ideami, które nie wyzwoliły się z ciała albo nim obrosły, można w estetycznych poglądach „młodego uczonego" uchwycić jego fizyczność, wręcz ton wysokiego, mentorskiego głosu. „Piękno to życie. To, co jest nam miłe, jest piękne; życie jest nam miłe w swoich dobrych przejawach... mówcie nam o życiu i tylko o życiu (tak brzmi dalej ów ton, jakże ochoczo odbierany przez akustykę stulecia), a jeśli ludzie nie żyją po ludzku – to cóż, uczcie ich, jak mają żyć, malujcie dla nich portrety osób przykładnych i dobrze urządzonych społeczności". Sztuka jest więc substytutem albo sposobem wartościowania życia, ale bynajmniej nie czymś wobec niego równorzędnym, podobnie jak „sztych jest pod względem artystycznym czymś o wiele mniej wartym niż obraz", którego jest odwzorowaniem (myśl to szczególnie błyskotliwa). „Poezja – oznajmił wyraźnie doktorant – tym jedynie może przewyższać życie, że upiększa wydarzenia, przydając im efektownych akcesoriów i dopasowując charakter opisywanych postaci do wydarzeń, w których one uczestniczą".

Tak więc, walcząc ze sztuką czystą, ludzie lat sześćdziesiątych, a za ich przykładem uczciwi Rosjanie aż do lat dziewięćdziesiątych, walczyli w swojej ignorancji z własnym fałszywym o niej wyobrażeniem, tak bowiem jak w dwadzieścia lat później Garszyn widział „czystego artystę" w Siemiradzkim (!) albo jak ascecie śni się uczta, od której smakosz dostałby mdłości – tak Czernyszewski, pozbawiony wszelkiego pojęcia o tym, co jest naprawdę istotą sztuki, uważał za jej koronę sztukę umowną, ufryzowaną (to jest antysztukę), z którą też walczył – trafiając w próżnię. Nie należy przy tym zapominać, że obóz przeciwny, obóz „artystów" – Drużynin ze swoim pedantyzmem i niebiańskością w złym guście, Turgieniew ze zbyt wdzięcznymi wizjami i „nadużywaniem" Włoch dostarczał często przeciwnikom tej właśnie przesłodzonej chałwy, którą tak łatwo było krytykować.

Mikołaj Gawriłowicz tępił „poezję czystą" wszędzie, gdzie tylko ją mógł dostrzec – w najbardziej niespodziewanych zakamarkach. Krytykując w piśmie „Otieczestwiennyje Zapiski" (1854 rok) jakąś encyklopedię, przytacza spis zawartych tam haseł, napisanych, jego zdaniem, zbyt rozwlekle: Labirynt, Laur, Lanclos, oraz potraktowanych zbyt pobieżnie: Laboratorium, Lafayette, Len, Lessing. Wymowne są te pretensje! Stanowią one motto całego jego życia umysłowego. Z oleodrukowych fal

„poezji" wyłaniała się (jak już widzieliśmy) wypukłopierś-
na alegoria „zbytku"; to, co „fantastyczne", przybierało
groźną postać ekonomiczną. „Iluminacje... Cukierki sypią-
ce się na ulicę z aerostatów – wylicza Czernyszewski (rzecz
jest o fetach i podarunkach z okazji chrzcin syna Ludwika
Napoleona) – olbrzymie bombonierki opadające na spado-
chronach...". A jakże wspaniałe rzeczy posiadają bogacze:
„łoża z różanego drzewa... szafy ze sprężynami i wysuwanymi lustrami... adamaszkowe obicia... Tymczasem ubogi
wyrobnik...". Związek został odkryty, antyteza ujawniona
z ogromnym zapałem demaskatorskim, powołując się na
mnóstwo przedmiotów użytkowych, Mikołaj Gawriłowicz
odsłania całą ich niemoralność. „Czy to dziwne, że szwacz-
ka, jeśli jest ładna, rezygnuje powoli ze swych zasad
moralnych... Czy to dziwne, że zamieniwszy tani, po
wielekroć prany muślin na koronki z Alançon, a bezsenne
noce nad igłą przy mętnym świetle ogarka na bezsenne noce spędzane w operze albo na orgiach za miastem,
mknie..." itd. (Po chwili zastanowienia zjechał od ostatnich poetę Nikitina, ale nie dlatego, że tamten pisał
kiepskie wiersze, tylko za to, że ten mieszkaniec Woroneża
nie miał w ogóle prawa pisać o marmurach i żaglach).
    Niemiecki pedagog Kampe mawiał z rękoma złożonymi
na brzuchu: „Uprzężenie funta wełny przynosi więcej
pożytku niż napisanie tomu fierszy". My więc z równie
solenną powagą utyskujemy nad poetą, nad zdrowym
człowiekiem, który lepiej by nic nie robił, tymczasem
zajmuje się wystrzyganiem zabaweczek „ze ślicznego
kolorowego papieru". Zrozum, mistrzu, zrozum, malarzu
arabesek, „że siłą sztuki jest siła ogólników" i nic ponadto.
Krytykę „najbardziej interesuje, jaki pogląd wyraził pisarz
w swoim utworze". Zarówno Wołyński, jak Strannolubski
dostrzegają szczególną i dziwną nieprzystawalność (jedną

299

z owych śmiertelnych sprzeczności wewnętrznych, objawiających się w całym życiu naszego bohatera): dualizm estetyki monisty Czernyszewskiego – forma i treść przy prymacie treści; jednocześnie właśnie forma odgrywa rolę duszy, a treść rolę ciała; zamieszanie pogłębia okoliczność, że na ową „duszę" składają się mechaniczne cząstki, Czernyszewski sądził bowiem, że wartość utworu to pojęcie nie z kategorii jakości, lecz ilości, i że „gdyby ktoś zechciał w jakiejś marnej, zapomnianej powieści prześledzić uważnie wszystkie przebłyski spostrzegawczości, wyszukałby sporo linijek, bynajmniej nieróżniących się jakością od linijek składających się na utwory, którymi się zachwycamy". Co więcej, „wystarczy spojrzeć na drobne wytwory paryskiego przemysłu, na eleganckie przedmioty z brązu, na porcelanę, wyroby z drewna, ażeby zrozumieć, jak trudno jest wytyczyć dziś granicę między wytworem artystycznym a nieartystycznym" (te właśnie wykwintne przedmioty z brązu wiele tu wyjaśniają).

Rzeczy, podobnie jak słowa, mają swoje paradygmaty. Czernyszewski wszystko widział w mianowniku. Tymczasem każdy naprawdę nowy prąd to bieg konia, falowanie cieni, przesunięcie zmieniające miejsce lustra, człowieka poważnego, solidnego, szanującego oświatę, sztuki piękne, rzemiosła, człowieka, który nagromadził mnóstwo wartości w dziedzinie myślenia – przejawiając, być może, w okresie gdy je gromadził, wyjątkową zdolność ich selekcji – a który nie życzy sobie bynajmniej, aby poddano je nagłemu przewartościowaniu – irracjonalne nowinki gniewają bardziej niż ciemnota zastarzałej ignorancji. Tak na przykład różowy płaszcz torreadorki na obrazie Maneta bardziej drażni burżuazyjnego byka, niż gdyby był to płaszcz czerwony. Podobnie Czernyszewski, który jak większość rewolucjonistów, był w swoich gustach artystycznych i naukowych skończonym burżujem, wpadał we wściekłość, gdy „podnoszono buty do kwadratu", a „z cholewki wyprowadzano elementy sześcianu". „Łobaczewskiego znał cały Kazań – pisał z Syberii do synów – cały Kazań twierdził zgodnym chórem, że to zupełny dureń... Czym jest «krzywizna promienia» albo «zakrzywienie przestrzeni«? Czym jest «geometria bez aksjomatu prostych równoległych«? Czy można pisać po rosyjsku, nie używając czasowników? Można, ale dla żartu. Szelest, tchnienie niepochwytne i słowiczy trel. Autorem żartu jest niejaki Fet, który był niegdyś znakomitym poetą. Idiota, jakich niewielu na świecie. Pisał to na serio: ludzie boki zrywali, wyśmiewając się z niego". (Feta, podobnie jak Tołstoja, Czernyszewski po prostu nie znosił; w 1856 roku, świadcząc uprzejmości Turgieniewowi ze względu na „Sowriemiennik", pisał do niego, „że żadne *Młodości*, ani nawet wiersze Feta... nie mogą do tego stopnia strywializować gustu publiczności, ażeby nie była zdolna..." – i tu następuje toporny komplement).

Kiedy pewnego razu w 1855 roku, rozpisawszy się na temat Puszkina, zapragnął podać przykład „bezmyślnego zestawienia słów", przytoczył mimochodem wymyślony *ad hoc* „błękitny dźwięk" i sam wyprorokował „dźwięcznie błękitną godzinę" Błoka, która wybiła w pół stulecia później. „Analiza naukowa dowodzi, że zestawienia takie są nonsensem" – pisał, nie mając pojęcia o fizjologicznym zjawisku „barwnego słyszenia". „Czy to nie wszystko jedno – pytał (radośnie przytakującego czytelnika z Bachmuczanu albo Nowego Mirgorodu): «błękitnopłetwy szczupak» czy «szczupak o błękitnej płetwie» (oczywiście, że to drugie; zawołalibyśmy – tak rysuje się on wyraziściej, z profilu!) – jako że prawdziwy myśliciel nie ma na takie rzeczy czasu, zwłaszcza jeśli na placu zgromadzeń spędza go więcej niż we własnym gabinecie". Co innego „pogląd ogólny". Zamiłowanie do tego, co ogólne (do encyklopedii), wzgardliwa nienawiść do tego, co szczegółowe (do monografii), kazały mu właśnie zarzucać Darwinowi, że jest nie dość rzeczowy, Wallace'owi, że bzdurny („wszystkie te naukowe specjalizacje od badania motylich skrzydełek aż po studiowanie dialektów języka Kafrów"). Sam Czernyszewski zdradzał tu jakiś niebezpieczny rozmach, jakieś rozpasane i zadufane w sobie „wszystko obleci", rzucające wątpliwy cień na walory właśnie specjalistycznych jego prac. „Zainteresowania ogółu" rozumiał jednak po swojemu, wychodząc z założenia, że czytelnika najbardziej interesuje „wytwórczość". Omawiając w roku 1855 jakieś czasopismo, chwali tam artykuły *Termometryczny stan Ziemi* i *Rosyjskie zagłębia węglowe*, zdecydowanie dyskwalifikując jako zbyt specjalistyczny ten jedyny, który warto by przeczytać: *Geograficzne rozprzestrzenianie się wielbłąda*.

Niezwykle znamienna wydaje się na tym tle podjęta przez Czernyszewskiego próba udowodnienia („Sowriemiennik", 1856 rok), że dla języka rosyjskiego w poezji bardziej odpowiedni jest trymetr niż dymetr. Ten pierwszy (poza wypadkiem, kiedy powstaje zeń szlachetny, „uświęcony" i dlatego nienawistny heksametr) wydawał się Czernyszewskiemu naturalniejszy, „zdrowszy" niż dwustopowiec, podobnie jak kiepskiemu jeźdźcowi galop wydaje się prostszy od jazdy kłusem. Istota rzeczy zresztą polegała nie na tym, ale na ogólnej regule, której przyporządkował wszystko i wszystkich. Zbity z tropu rytmiczną emancypacją szeroko brzmiącego wiersza Niekrasowa i podstawowym anapestem Kolcowa, Czernyszewski wyczuł w trymetrze pewien demokratyzm, miły sercu, „swobodny", ale zarazem dydaktyczny, co odróżniało ten rytm od arystokratycznego i antologijnego jambu: sądził, że przekonywać należy właśnie anapestem. Ale i tego jeszcze nie dość: w trymetrze Niekrasowa słowa, szczególnie często natrafiając na nieakcentowaną sylabę stopy, tracą wyraz, wzmaga się za to ich zespołowy rytm: to, co jednostkowe, zostaje poświęcone na rzecz całości. W krótkim wierszu na przykład (*Nadrywajetsia sierdce ot muki...* – Serce moje rozdziera udręka) jest bardzo wiele nieakcentowanych słów *płocho* (źle), *wniemla* (chłonąc), *czuwstwu* (uczuciu), *w stadie* (w stadzie), *pticy* (ptaki), *grochot* (łoskot) przy czym wszystkie mają duży ładunek znaczeniowy – nie jest to pospólstwo przyimków albo spójników, oniemiałych czasem również w dymetrze. Wszystkiego, co tu zostało powiedziane, sam Czernyszewski, rzecz jasna, nigdy nie sformułował, ale ciekawe, że we własnych wierszach, które produkował nocami na Syberii, w owym straszliwym trymetrze, którego niezdarność trąci szaleństwem, jak gdyby parodiując i doprowadzając do absurdu sposób pisania Niekrasowa, pobił Czernyszewski rekord bezakcentu: *Wstraniegor, wstranie roz,rawnin połnoczidocz'* (W krainie gór, w krainie róż, równin północy córa), w wierszu do żony, 1875 rok. Powtórzmy raz jeszcze: cała ta skłonność do wiersza stworzonego na obraz i podobieństwo określonych bóstw społeczno-ekonomicznych była u Czernyszewskiego nieświadoma, ale dopiero odsłoniwszy tę skłonność, można zrozumieć prawdziwe podłoże jego dziwnej teorii. Nie rozumiał przy tym prawdziwej, skrzypcowej istoty anapestu, nie zrozumiał jambu, najpodatniejszego ze wszystkich rozmiarów, właśnie dzięki przeistoczeniu akcentu w oddalenie (*udarienija* w *udalenije*), w owo oddalanie się rytmu od metrum, którego Czernyszewskiemu, pamiętającemu seminaryjne pouczenia, wydawały się sprzeczne z wszelkimi regułami; nie rozumiał wreszcie rytmu prozy rosyjskiej, dlatego oczywiście, że właśnie metoda, którą się posłużył, od razu zemściła się na nim: w przytoczonych urywkach prozy podzielił liczbę sylab wedle liczby akcentów i otrzymał w wyniku trójkę, a nie dwójkę, która wypadłaby mu z rachunku, gdyby dwustopowiec był dla języka rosyjskiego poręczniejszy; nie uwzględnił jednak tego, co najważniejsze: peonów! Właśnie bowiem w przytoczonych fragmentach całe urywki zdań brzmią jak biały wiersz, stanowiący arystokrację metrum, to jest właśnie jak jamb!

Obawiam się, że szewc, który zajrzał do pracowni Apellesa, był kiepskim szewcem.

Czy w specjalistycznych pracach ekonomicznych Czernyszewskiego, których przeanalizowanie wymaga od badacza nadnaturalnego wręcz zaciekawienia, z punktu widzenia matematyki wszystko jest w porządku? Czy jego komentarze do Milla (w których usiłował przemodelować pewne teorie „stosownie do potrzeb nowego ludowego elementu myśli i życia") są istotnie tak głębokie? Czy wszystkie buty zostały uszyte na miarę? Czy tylko starcza kokieteria każe mu wspominać pomyłki w logarytmicznych wyliczeniach wpływu udoskonaleń agrotechnicznych na urodzaj zbóż? Wszystko to jest jednak dość smutne. Wydaje się nam w ogóle, że materialiści jego pokroju popełniali fatalny błąd: lekce sobie ważąc właściwości samego przedmiotu, stosowali własną, skrajnie przedmiotową metodę jedynie wówczas, gdy analizowali s t o s u n k i pomiędzy przedmiotami, nie zaś sam przedmiot, a więc właśnie wtedy, kiedy najbardziej pragnęli się trzymać ziemi, okazywali się w gruncie rzeczy niebywale naiwnymi metafizykami.

Niegdyś w młodości przeżył Czernyszewski pechowy ranek: wstąpił do niego znajomy domokrążny bukinista, stary, nosaty Wasilij Trofimowicz, zgarbiony jak baba-jaga pod ciężarem ogromnego płóciennego worka pełnego zakazanych i na wpół zakazanych książek. Nie znając obcych języków, ledwie umiejąc sylabizować łacińskie litery i okropnie, z chłopska topornie wymieniając tytuły, intuicyjnie odgadywał, w jakim stopniu ten czy inny Niemiec jest burzycielem ładu. Tego ranka sprzedał Mikołajowi Gawriłowiczowi (obaj przykucnęli przy stosiku książek) Feuerbacha o nierozciętych jeszcze stronach.

W owych latach Andrieja Iwanowicza Feuerbacha stawiano wyżej niż Jegora Fiodorowicza Hegla. *Homo feuerbachi* to myślący muskuł. Andriej Iwanowicz uważał, że od małpy różni człowieka wyłącznie właściwy mu punkt widzenia – wątpliwe jest jednak, czy przeprowadził studia nad małpami. W pół wieku po nim Lenin kwestionował teorię, w myśl której „Ziemia jest zespołem odczuć człowieka", powołując się na to, że „Ziemia istniała przed człowiekiem", do handlowego anonsu zaś: „za pomocą chemii organicznej przeistaczamy obecnie Kantowski przedmiot niepoznawalny sam w sobie w przedmiot dla siebie", dodawał z całą powagą, że „skoro alizaryna istniała w węglu kamiennym, zanim się o tym dowiedzieliśmy, to przedmioty istnieją niezależnie od naszego poznania". Zupełnie tak samo objaśniał to Czernyszewski: „Widzimy drzewo; inny człowiek spogląda na ten sam przedmiot. W jego oczach dostrzegamy, że drzewo odbija się w nich zupełnie tak samo, jak wygląda. A więc wszyscy widzimy przedmioty takimi, jakimi są w rzeczywistości". W całej tej niesamowitej bzdurze tkwi jeszcze dodatkowa i osobna śmieszność: nieustanne odwoływanie się materialistów do drzewa jest szczególnie zabawne dlatego, że wszyscy oni źle znają przyrodę, a zwłaszcza drzewa. Ów dotykalny przedmiot, który „oddziałuje znacznie silniej niż wyabstrahowane o nim pojęcie" („zasada antropologiczna w filozofii"), jest im po prostu nieznany. Oto do jak straszliwych abstrakcji doprowadził w końcu „materializm"! Czernyszewski nie odróżniał pługa od sochy; mylił piwo z maderą; nie był w stanie wymienić nazwy żadnego leśnego kwiatka oprócz dzikiej róży; znamienne jest jednak, że tę nieznajomość botaniki kompensował natychmiast „refleksją ogólną", dodając z właściwą ignorantom pewnością siebie, że „są one (kwiaty syberyjskiej tajgi) zupełnie takie same jak te, które kwitną w całej Rosji". Jakiś potajemny odwet zawierał się w tym, że on, człowiek budujący swoją filozofię na poznaniu świata, którego sam nie poznał, znalazł się teraz nagi i samotny wśród pierwotnej, na swój sposób wspaniałej, nieopisanej jeszcze do końca przyrody północno-wschodniej Syberii: była to żywiołowa, mistyczna kara, której nie żądali dla niego jego ludzcy sędziowie.

Jeszcze niedawno temu woń zalatującą od Pietruszki Gogola objaśniano tym, że wszystko, co istnieje, jest rozumne. Minęły jednak czasy prostodusznego rosyjskiego heglizmu. Władcy dusz i umysłów nie byli w stanie pojąć ożywczej prawdy Hegla; prawdy niezastałej jak płytka wody, ale krążącej jak krew w samym procesie poznania. Prostacki Feuerbach odpowiadał Czernyszewskiemu znacznie bardziej. Zawsze jednak istnieje niebezpieczeństwo, że z tego, co kosmiczne lub rozumowe, wypadnie jedna litera; nie uniknął tego niebezpieczeństwa Czernyszewski, gdy w artykule *Władanie gminne* zaczął operować nęcącą triadą Hegla, podając takie przykłady jak: ukształtowanie świata z gazów jest tezą, a konsystencja mózgu – syntezą, albo jeszcze głupiej: kawał kija przemienia się w sztucer. „W triadzie – powiada Strannolubski – zawiera się niejasny obraz kręgu, który rządzi całym dostępnym myśleniu bytem, zawartym w nim b e z w y j ś c i a. Jest to karuzela prawdy, bowiem prawda jest zawsze krągła: tak więc w rozwoju form życia możliwa jest pewna dopuszczalna krzywizna: garb prawdy, ale i nie więcej".

„Filozofia" Czernyszewskiego sięga poprzez Feuerbacha do encyklopedystów. Z drugiej zaś strony heglizm stosowany, przesuwając się stopniowo na lewo, prowadził również przez Feuerbacha do Marksa, który w swojej *Świętej rodzinie* twierdzi:

Nie trzeba wcale szczególnej bystrości,
By rozważając nauki głoszone
Przez materializm o wrodzonej ludziom
Dobroci, o tym też, że wszyscy ludzie
Inteligencją równo są darzeni,
I o wszechmocy danej doświadczeniu,
Wpływie przyzwyczajenia, wychowania,
Okoliczności zewnętrznych na ludzi,
O bardzo wielkim znaczeniu przemysłu,
Prawie do doznawania przyjemności
I tym podobnych – uchwycić konieczny
Związek materializmu z komunizmem[*].

Piszę to jak wiersz, żeby nie było takie nudne.

Stiekłow uważa, że Czernyszewski, choć geniusz, nie mógł równać się z Marksem, do którego ma się tak jak rzemieślnik Połzunow z Barnaułu do Watta. Sam Marks („ten drobnomieszczanin do szpiku kości", jak określił go Bakunin, który nie znosił Niemców) powołał się chyba ze dwa razy na „znakomite" prace Czernyszewskiego, pozostawił jednak niejedną pogardliwą adnotację na marginesach podstawowej pracy ekonomicznej *des grossen russischen Gelehrten* (Marks w ogóle nie miał nabożeństwa do Rosjan). Czernyszewski odwzajemnił tę niechęć. Już

---

[*] Na podstawie: K. Marks i F. Engels, *Święta rodzina*, KiW 1957. Przełożył Salomon Filmus.

w latach siedemdziesiątych wszystko, co nowe, traktował lekceważąco i niechętnie. Obrzydła mu zwłaszcza ekonomia, przestała bowiem być dla niego narzędziem walki, a tym samym stała się w jego pojęciu rodzajem czczej igraszki, „czystej nauki". Lacki* najzupełniej błędnie – z właściwą wielu ludziom pasją do nawigacyjnych analogii – porównuje zesłańca Czernyszewskiego do człowieka „spoglądającego z pustego brzegu na przepływający nieopodal olbrzymi okręt (okręt Marksa) płynący, by odkryć nowe ziemie"; jest to określenie podwójnie niefortunne z tego zwłaszcza względu, że sam Czernyszewski, przeczuwając jakby analogię i z góry jej zaprzeczając, mówił o *Kapitale* (który przysłano mu w roku 1872): „Przejrzałem, ale nie przeczytałem, tylko wyrywałem kartkę po kartce, robiłem z nich o k r ę c i k i (podkreślenie moje) i puszczałem na wody Wiluja".

Lenin uważał, że Czernyszewski jest „jedynym prawdziwie wielkim pisarzem, który zdołał od lat pięćdziesiątych po rok 1888 (jeden rok mu odjął) wytrwać na płaszczyźnie konsekwentnego materializmu filozoficznego". Pewnego razu Krupska, odwróciwszy się od wiatru, powiedziała do Łunaczarskiego z łagodnym smutkiem: „Nikogo chyba Włodzimierz Iljicz nie lubił tak bardzo... Sądzę, że on i Czernyszewski mieli ze sobą wiele wspólnego". „Tak, na pewno mieli coś wspólnego – dodaje Łunaczarski, który początkowo potraktował to spostrzeżenie dość sceptycznie. – Wspólne im były jasność stylu, wartkość języka... szerokość i głębia poglądów, rewolucyjna żarliwość... Także owo połączenie ogromnego potencjału wewnętrznego i zewnętrznej skromności, no i postawa

---

* Lacki Jewgienij Aleksandrowicz (1868–1942) – historyk literatury rosyjskiej, etnograf. Wydał m.in. *Czernyszewskij w Sibiri. Pieriepiska s rodnymi* (przyp. tłum.).

moralna". Artykuł Czernyszewskiego *Zasada antropologiczna w filozofii* nazywa Stiekłow „pierwszym manifestem filozoficznym rosyjskiego komunizmu"; znamienne jest, że tym pierwszym manifestem było szkolne streszczenie, dziecinny pogląd na najtrudniejsze kwestie moralne. „Europejska teoria utylitaryzmu – powiada Strannolubski, parafrazując nieco Wołyńskiego[*] – przybrała u Czernyszewskiego uproszczoną, bałamutną i karykaturalną postać. Z lekceważeniem i nonszalancją osądzając Schopenhauera, pod którego krytycznym paznokciem jego filozofia nie ostałaby się ani sekundy, skutkiem dziwnego skojarzenia pojęć i fałszywych wspomnień spośród wszystkich dawnych myślicieli uznaje wyłącznie Spinozę i Arystotelesa, uważając się za jego kontynuatora".

Czernyszewski klecił nietrwałe sylogizmy; wystarczy wypuścić taki sylogizm z rąk, a on się od razu rozpada jak stary but, i sterczą z niego gwoździe. Odrzucając dualizm metafizyczny, pośliznął się na dualizmie gnoseologicznym, a uznawszy lekkomyślnie materię za przyczynę pierwotną, zaplątał się w pojęciach zakładających, że istnieje coś, co kształtuje nasze wyobrażenia o świecie zewnętrznym w ogóle. Zawodowemu filozofowi Jurkiewiczowi łatwo było go pokonać. Jurkiewicz ciągle usiłował dociec, w jaki mianowicie sposób ruch przestrzenny nerwu przemienia się w nieprzestrzenne wrażenie. Zamiast odpowiedzi na rzetelny artykuł biednego filozofa Czernyszewski przedrukował w „Sowriemienniku" dokładnie jedną trzecią jego część (to jest tyle, na ile zezwalało prawo), urywając w pół słowa bez żadnych

---

[*] Wołyński A. (Akim Lwowicz Flekslerl) (1863–1926) – rosyjski krytyk literacki, historyk sztuki, ideolog dekadencji, zwolennik estetyki idealistycznej (przyp. tłum.).

komentarzy. Gwizdał na opinie specjalistów, a nieznajomość szczegółów analizowanego problemu nie wydawała mu się wielkim nieszczęściem: szczegóły stanowiły dla niego jedynie element arystokratyczny w państwie naszych pojęć ogólnych.

„Głowa jego rozważa kwestie ogólnoludzkie... podczas gdy ręka wykonuje czarną robotę" – pisał o swym „świadomym wyrobniku" (nie wiedzieć czemu przypominają się nam przy tym ryciny w starych atlasach anatomicznych, gdzie młodzieniec o sympatycznej twarzy, wsparty w swobodnej pozie o kolumnę, ukazuje wykształconemu światu wszystkie swe wnętrzności). Jednakże struktura państwa mająca stać się syntezą w sylogizmie, w którym tezą była wspólnota, nie tyle przypominała sowiecką Rosję, co krainę utopistów. Świat Fouriera, harmonia dwunastu namiętności, szczęśliwość wspólnego życia, robotnicy w wiankach z róż – wszystko to musiało się spodobać Czernyszewskiemu, który szukał „spójności". Pomarzmy sobie o falandze mieszkającej w pałacu: tysiąc ośmiuset ludzi i wszyscy weseli! Muzyka, flagi, słodkie ciasta. Światem rządzi matematyka, i to rządzi sensownie; współzależność, jaką Fourier ustanowił pomiędzy naszymi skłonnościami a prawem ciążenia Newtona, była szczególnie nęcąca i na całe życie określiła stosunek Czernyszewskiego do Newtona – z jego jabłkiem miło jest nam porównać jabłko Fouriera, które w paryskiej restauracji kosztowało komiwojażera całych czternaście sous, co skłoniło go do rozważań o zasadniczym nieporządku w mechanizmie industrialnym, podobnie jak Marksowi sytuacja ubogich chłopów produkujących wino w dolinie Mozeli nasunęła myśl o konieczności badania problemów ekonomicznych: pełen wdzięku zaczątek wielkich idei.

Broniąc gminnego władania ziemią dlatego, że dzięki niemu łatwiej byłoby na Rusi zakładać stowarzyszenia, Czernyszewski gotów był zgodzić się na uwolnienie z poddaństwa chłopów bez ziemi, której posiadanie obarczyłoby ich w końcu nowymi ciężarami. W tym miejscu spod naszego pióra posypały się iskry. Wyzwolenie chłopów! Epoka wielkich reform! Nie na próżno młody Czernyszewski w porywie wyrazistego przeczucia zapisał w czterdziestym ósmym roku (rok ten nazwał ktoś „wywietrznikiem stulecia"): „A może my rzeczywiście żyjemy w czasach Cycerona i Cezara, kiedy *saeculorum novus nascitur ordo* i pojawia się nowy Mesjasz, nowa religia i nowy świat?...".

Wolno palić tytoń na ulicach. Wolno nie golić brody. Przy każdej muzycznej okazji grzmi uwertura z *Wilhelma Tella*. Krążą pogłoski, że stolica przeniesiona zostanie do Moskwy; że kalendarz, według starego stylu zostanie zastąpiony nowym. W tym zamieszaniu Rosja gorliwie szykuje materiał dla niezbyt wyszukanej, ale pożywnej satyry Sałtykowa. „Chciałbym wiedzieć, jakim to nowym duchem powiało – mawiał generał Zubatow. – Tyle że lokaje zhardzieli, a poza tym wszystko pozostało jak dawniej". Właścicielom, a zwłaszcza właścicielkom ziemskim, śniły się nieskatalogowane w sennikach okropne sny. Pojawiła się nowa herezja: nihilizm. „Ohydna i niemoralna teoria, odrzucająca wszystko, czego nie da się dotknąć" – z obrzydzeniem wyjaśnia Dal to dziwaczne słowo (w którym „nic" zostało jakby zrównane z „materią"). Osoby stanu duchownego miały widzenie: po Newskim Prospekcie kroczył olbrzymi Czernyszewski w kapeluszu o szerokim rondzie, z grubym kijem w ręku.

A pierwszy reskrypt przesłany gubernatorowi wileńskiemu Nazimowowi! A podpis cara, ładny, mocny, z dwoma pełnej krwi potężnymi zawijasami u góry i u dołu, urwanymi później przez bombę! A entuzjazm samego Mikołaja Gawriłowicza: „Błogosławieństwo przyobiecane cichym i pokój czyniącym wieńczy Aleksandra Drugiego szczęściem, jakie nigdy jeszcze nie uwieńczyło żadnego z monarchów Europy...".

Już wkrótce jednak po zawiązaniu się komitetów gubernialnych zapał jego stygnie, oburza go szlacheckie samolubstwo większości z nich. Ostateczne rozczarowanie przeżywa w drugiej połowie 1858 roku. Chodzi o wysokość sumy wykupu! O szczupłość nadziału ziemi! Ton „Sowriemiennika" staje się ostry, tchnie szczerością; słowo „podle", „podłość" zaczyna przyjemnie ożywiać łamy tego nudnego pisma. Życie jego szefa jest ubogie w wydarzenia. Publiczność długo nie znała jego twarzy. Nigdzie go nie widać. Choć stał się już sławny, żyje jakby za kulisami swojej energicznej, wielosłownej myśli.

Ubrany ówczesnym obyczajem zawsze w szlafrok (nawet z tyłu zakapany stearyną), siedział przez cały boży dzień w swoim maleńkim gabinecie o ciemnoniebieskich tapetach – barwa zdrowa dla oczu – z oknem wychodzącym na podwórze (widok na sągi drew przysypane śniegiem), przy dużym biurku zarzuconym książkami, korektami, wycinkami. Pracował tak gorączkowo, tak wiele palił, tak mało spał, że wywierał wręcz przerażające wrażenie: był chudy, nerwowy, spojrzenie miał zarazem ślepe i świdrujące, mówił urywanie, z roztargnieniem, ręce mu się trzęsły (nigdy za to nie bolała go głowa i był z tego naiwnie dumny, uważając to za dowód zdrowia umysłowego). Pracowity był wprost niebywale, jak zresztą większość krytyków ubiegłego stulecia. Sekretarzowi Studentskiemu – niegdyś uczniowi saratowskiego seminarium – dyktował przekład historii Schlossera, a w przerwach, gdy ten zapisywał zdanie, pisał artykuł dla „Sowriemiennika" albo też coś czytał, notując uwagi na marginesach; interesanci tylko mu przeszkadzali. Nie umiejąc pozbyć się uprzykrzonego gościa, ku własnej irytacji wdawał się w coraz gorętszy spór. Oparty o kominek, miętosząc coś w ręku, mówił ostrym, piskliwym tonem, a jeśli myślał równocześnie o czymś innym, to wywodził rzecz monotonnie, mamląc i często wtrącając: „no-o", „ta-ak". Śmiał się charakterystycznym cichym śmieszkiem (na dźwięk którego Lew Tołstoj oblewał się potem), kiedy jednak rozbawił się na dobre – zachłystywał się i ryczał wprost ogłuszająco. Turgieniew, z daleka usłyszawszy te rulady, uciekał.

Takie środki poznania jak materializm dialektyczny ogromnie przypominają nierzetelne reklamy patentowanych leków, pomocnych we wszystkich naraz chorobach. Zdarza się jednak, że taki środek pomaga na katar. Stosunek współczesnych pisarzy do Czernyszewskiego ma, co tu gadać, klasowy zapaszek. Turgieniew, Grigorowicz, Tołstoj nazywali Mikołaja Gawriłowicza „pluskwowonnym jegomościem", wydrwiwając go między sobą na wszelkie sposoby. Pewnego razu w Spasskoje dwaj pierwsi wraz z Botkinem i Drużyninem ułożyli i odegrali domową farsę. W scenie, w której pali się pościel, wpada z krzykiem Turgieniew. Przyjaciele wspólnymi siłami namawiają go, by wypowiedział słowa, które w młodości wydarły mu się podobno podczas pożaru na statku: „Ratunku, ratunku, jestem jedynym synem swej matki!". Z tej farsy pozbawiony talentu Grigorowicz zrobił później swoją (bardzo trywialną) *Szkołę gościnności*, przydając jednej z postaci, żółciowemu literatowi Czernuszynowi atrybuty Mikołaja Gawriłowicza: krecie oczy spoglądające jakoś w bok, wąskie wargi, spłaszczoną, wymiętą twarz, rudawe włosy nastroszone u lewej skroni i – eufemiczny zapas przepalanki z rumu. Ciekawe, że sławetny okrzyk („Ratunku!...") włożono właśnie w usta Czernuszyna, co wspiera pogląd Strannolubskiego o swego rodzaju mistycznym związku Czernyszewskiego z Turgieniewem. „Przeczytałem jego odrażającą książkę (rozprawę) – pisze ten ostatni do współprześmiewców. – Rakka! Rakka! Rakka! Wiecie przecież, że na całym świecie nie ma nic straszliwszego niż to żydowskie przekleństwo". „Z tego «rakka» – przesądnie dodaje biograf – wyłania się w siedem lat później R a k i e j e w (pułkownik żandarmerii, który wyklętego zaaresztował), list zaś napisał Turgieniew właśnie 12 lipca, w d n i u   u r o d z i n Czernyszewskiego" (sądzimy, że Strannolubski przesadza).

W tym właśnie roku ukazał się *Rudin*, ale Czernyszewski zaatakował go (za skarykaturowanie Bakunina) dopiero w roku sześćdziesiątym, kiedy Turgieniew nie był już potrzebny „Sowriemiennikowi" i opuścił pismo z powodu żmijowego syczenia, z jakim Dobrolubow przyjął *W przededniu*. Tołstoj nie znosił naszego bohatera. „Jakbym go słyszał – pisał o nim – cieniutki, nieprzyjemny głosik wypowiadający toporne impertynencje... Wre oburzeniem we własnym kątku dopóty, dopóki ktoś nie każe mu być cicho i nie spojrzy w oczy". Arystokraci stawali się brutalnymi chamami – dodaje w związku z tym Stiekłow – gdy zaczynali rozmawiać z ludźmi lub o ludziach z niższych sfer. „Niższy" zresztą nie pozostawał dłużny i wiedząc, że Turgieniewowi miłe jest wszelkie słówko przeciwko Tołstojowi, szeroko rozwodził się nad tym, jak ten „głupi paw chełpi się własnym ogonem, nieosłaniającym jego trywialnego zadka" itd. „Pan nie jest byle Ostrowskim czy Tołstojem dodawał Mikołaj Gawriłowicz – pan jest naszą chlubą" (a *Rudin* już ukazał się w druku – i to przed dwoma laty).

Czasopisma szarpały Czernyszewskiego za poły, jak mogły. Dudyszkin („Otieczestwiennyje Zapiski") z urazą kierował w jego stronę swoją trzcinową fujarkę: „Poezja dla pana to przełożone na wiersze rozdziały ekonomii politycznej." Ludzie nieżyczliwi ze skłonnością do mistyki mówili o „magii" Czernyszewskiego, o jego fizycznym podobieństwie do diabła (na przykład profesor Kostomarow). Inni, mniej wysublimowani, jak Błagoswietłow (uważający się za eleganta i utrzymujący mimo swego radykalizmu prawdziwego, niefarbowanego Murzynka jako chłopca na posyłki), wytykali mu brudne kalosze i parafiańsko-niemiecki styl. Niekrasow z niewyraźnym uśmiechem ujmował się za „rozsądnym chłopcem" (którego sam wciągnął do pisma), choć przyznawał, że zdążył on naznaczyć „Sowriemiennik" piętnem jednostajności, faszerując go pisanymi bez talentu relacjami o łapówkach i donosami na rewirowych; chwalił jednak współpracownika za owocne działanie: w roku 1858 pismo miało dzięki niemu cztery tysiące siedmiuset abonentów, a w trzy lata później siedem tysięcy. Z Niekrasowem Mikołaj Gawriłowicz był w przyjaznych stosunkach – ale tylko tyle, nie więcej. Pojawiały się napomknienia o jakichś rozliczeniach finansowych, z których nie był zadowolony. W 1883 roku Pypin, ażeby rozerwać staruszka, zaproponował mu napisanie „portretów z przeszłości". Swoje pierwsze spotkanie z Niekrasowem Czernyszewski odmalował ze znaną nam drobiazgową starannością (opisując skomplikowany układ wzajemnych dyslokacji w pokoju, nieomal z podaniem liczby kroków), obraźliwą chyba wobec czasu, który uczciwie robił swoje – musimy sobie bowiem uświadomić, że od owych manewrów upłynęło trzydzieści lat. Jako poetę stawiał Czernyszewski Niekrasowa ponad wszystkich (ponad Puszkina, Lermontowa i Kolcowa).

Lenin szlochał słuchając *Traviaty*: podobnie Czernyszewski wyznawał, że poezja serca jest mu bliższa niż poezja myśli, i zapłakiwał się nad niektórymi wierszami Niekrasowa (nawet jambicznymi!); wyrażały bowiem wszystko, co sam odczuł, były w nich wszystkie rozterki jego młodości, wszystkie fazy miłości do żony. Powiedzmy sobie, że pentametr jambiczny Niekrasowa czaruje nas szczególnie swoją przekonywającą, błagalną, profetyczną siłą oraz charakterystyczną cezurą po drugiej stopie, cezurą, która u Puszkina, gdy idzie o ś p i e w n o ś ć wiersza, jest elementem rudymentarnym, ale u Niekrasowa staje się rzeczywiście narządem oddychania, jakby ze śluzy przeistoczyła się w otchłań albo jakby obie części wersu rozciągnęły się, tak że po drugiej stronie powstała wypełniona muzyką luka. Wsłuchując się w owe tworzące zapadlinę wiersze, w to gardłowe, rozszlochane mamrotanie: „O, nie powiadaj, że smutne dni twoje, chorego nie zwij dozorcą więzienia. Przede mną zimny grób otworem stoi, przed tobą zaś – miłości uniesienia. Ja wiem, że inny stał się tobie miły i nie chcesz czekać już tylko z litości (czy słyszycie szloch?)... Zaczekaj, mnie już blisko do mogiły..." – wsłuchując się w te wiersze, Czernyszewski musiał myśleć, że żona nie powinna być taka skora do zdrady, i oczywiście utożsamiał bliskość grobu z niemal już zagarniającym go cieniem twierdzy. Co więcej, to samo czuł zapewne, nie w sensie rozumowym, lecz orfickim, również poeta, który wiersze te napisał, bowiem właśnie ich rytm („O, nie powiadaj") z dziwnym natręctwem przywołuje rytm wierszy później poświęconych przezeń Czernyszewskiemu: „O, nie mów o nim: «Działał nierozważnie, przeto sam winien będzie swego losu»"* itd.

---

* Przełożył Leopold Lewin.

Tony Niekrasowa były więc Czernyszewskiemu miłe, to znaczy odpowiadały doskonale jego nieskomplikowanej estetyce, którą przez całe życie utożsamiał z własnym okolicznościowym sentymentalizmem. Zatoczywszy wielkie koło, ogarnąwszy wiele z tego, co dotyczy stosunku Czernyszewskiego do różnych dziedzin wiedzy, ale nie załamując ani na chwilę płynnej krzywej, zawróciliśmy teraz z nowymi siłami do jego filozofii sztuki. Czas już na jej podsumowanie.

Podobnie jak wszyscy nasi radykalni krytycy skwapliwie polujący na łatwą zwierzynę, nie udawał Celadona wobec piszących pań, energicznie rozprawiając się z Eudoksją Rastopczyn czy Awdotią Glinką. Niepoprawne gramatycznie, beztroskie gaworzenie zupełnie go nie wzruszało. Obaj, zarówno Czernyszewski, jak Dobrolubow, z apetytem pożerali literackie kokietki – ale w życiu... Wystarczy spojrzeć, co z nimi wyprawiały, jak się z nimi droczyły i dręczyły ich ze śmiechem (tak śmieją się rusałki w strumieniach płynących opodal pustelni i innych zbawczych miejsc) córki doktora Wasiljewa.

Gusta miał Czernyszewski solenne. Pociągał go Hugo. Imponował mu Swinburne (to wcale niedziwne, jeśli się dobrze zastanowić). Na liście książek przeczytanych w twierdzy nazwisko Flauberta napisane jest przez „o” – i w rzeczy samej, stawiał go Czernyszewski poniżej Sacher-Masocha i Spielhagena. Lubił Bérangera jak przeciętny Francuz. „Ależ na litość – wykrzykuje Stiekłow – twierdzi pan, że ten człowiek nie był poetyczny? Przecież on ze łzami uniesienia deklamował Bérangera i Rylejewa!". Na Syberii gusta Mikołaja Gawriłowicza jedynie zastygły – a przez dziwaczną delikatność historycznego losu w ciągu dwudziestu lat jego zesłania Rosja nie wydała (aż do Czechowa) żadnego prawdziwego pisarza, którego początków literackich nie byłby świadkiem w czynnej fazie swego życia. Z jego rozmów w Astrachaniu w latach osiemdziesiątych wynika jasno, że „tak, to właśnie tytuł hrabiowski uczynił z Tołstoja wielkiego pisarza ziemi rosyjskiej"; kiedy zaś przypierano go do muru, pytając, kto jest najlepszym współczesnym beletrystą, wymieniał Maksyma Bielińskiego.

Jako młodzieniec zanotował w dzienniku: „Literatura polityczna jest literaturą najwyższego rzędu". Snując w latach pięćdziesiątych rozważania o Bielińskim (oczywiście Wissarionie), o którym mówić właściwie nie było wolno, wtórował mu, twierdząc, że „literatura musi stać się służką takiego lub innego kierunku ideowego" i że pisarze „niezdolni odczuwać szczerze tego, co za sprawą historii, jej ruchu dokonuje się dokoła nas... nie stworzą na pewno nic wielkiego", bowiem „historia nie zna dzieł sztuki natchnionych wyłącznie ideą piękna". Temuż Bielińskiemu, który w latach czterdziestych uważał, że „George Sand można z całą pewnością włączyć do rejestru poetów o zasięgu europejskim, podczas gdy umieszczenie obok siebie nazwisk Gogola, Homera i Szekspira jest obrazą zarówno przyzwoitości, jak i zdrowego rozsądku" i że „nie tylko Cervantes, Walter Scott i Cooper, przede wszystkim jako artyści, ale też Swift, Sterne, Voltaire i Rousseau mają nieporównanie, niepomiernie większe znaczenie w historii literatury niż Gogol", Czernyszewski sekundował w trzydzieści lat później (kiedy co prawda George Sand zawędrowała już na strych, a Cooper ześliznął się do dziecinnego pokoju), twierdząc, że „Gogol jest postacią podrzędną w porównaniu na przykład z Dickensem, Fieldingiem czy Sterne'em".

Biedny Gogol! Jego inwokację (podobnie jak Puszkinowską) „O Rosjo!" powtarzają ochoczo ludzie lat sześćdziesiątych, ale dla *trojki* żąda się już szos, bowiem *toska* (smutek, żal), nawet tycząca Rosji, stała się utylitarna. Biedny Gogol! Mając respekt dla byłego seminarzysty, jakim był Nadieżdin (który literaturę pisał przy trzy „t"), Czernyszewski uważał, że jego wpływ na Gogola byłby lepszy niż wpływ Puszkina, i ubolewał, że Gogol nie wiedział, co to zasady. Biedny Gogol! Przecież i ojciec Matwiej, ten ponury kpiarz, też zaklinał go, by wyrzekł się Puszkina...

Bardziej poszczęściło się Lermontowowi. Jego proza sprowokowała Bielińskiego (mającego słabość do zdobyczy techniki) do niespodziewanego i jakże sympatycznego porównania Pieczorina z parowozem, miażdżącym tych, co wpadli pod jego koła. W jego wierszach raznoczyńcy wyczuli to, co później zaczęto nazywać „nadsonowszczyzną"[*]. Lermontow jest pod tym względem pierwszym „nadsonem" literatury rosyjskiej. Rytmika, tonacja, blady, łzami rozcieńczony wiersz obywatelski do *Wy żertwoju pali* („Padliście w boju") włącznie, wywodzi się z takich wersów Lermontowa jak: „Żegnamy cię, druhu, na wieki już śpisz, pieśniarzu z mądrymi oczami, i co wysłużyłeś? drewniany ten krzyż i pamięć wieczystą, i amen"[**]. Czar Lermontowa, zasięg jego poezji, jej rajska malowniczość i przezroczysta obecność nieba w strudze wiersza były oczywiście zupełnie niedostępne umysłowości ludzi pokroju Czernyszewskiego.

Zbliżamy się teraz do najbardziej drażliwego punktu; przyjęte jest bowiem uważać, że miarą wyczucia, mądrości i talentu rosyjskiego krytyka jest jego stosunek do Puszkina. I tak pozostanie, dopóki krytyka literacka nie odrzuci swoich socjologicznych, religijnych, filozoficznych

---

[*] Od nazwiska poety Siemiona Jakowlewicza Nadsona (1862–1887) (przyp. tłum.).
[**] Przełożył Julian Tuwim.

i wszelkich innych podręcznych narzędzi, jedynie pomagających beztalenciu nabrać szacunku dla samego siebie. Skoro tak się stanie, proszę bardzo, jesteście państwo wolni: możecie krytykować Puszkina za wszelkie zdrady wobec jego wymagającej muzy, zachowując przy tym zarówno własny talent, jak honor. Zbesztajcie go za sześciostopowy wers, który wkradł się do pięciostopowego *Borysa Godunowa* (scena IX), za zachwianie metrum na początku *Uczty podczas dżumy* (wiersz 21), za słowo *pominutno* (co chwila), powtórzone pięciokrotnie w szesnastu linijkach *Zamieci*, ale na Boga, dajcie pokój rozważaniom nie na temat.

Strannolubski z wielką przenikliwością porównuje krytyczne wypowiedzi z lat sześćdziesiątych na temat Puszkina ze stosunkiem doń szefa żandarmów Benckendorffa, bądź też zarządzającego trzecim wydziałem von Focka. Istotnie, jeśli chodzi o Czernyszewskiego, podobnie jak o Mikołaja I albo radykała Bielińskiego, najwyższa pochwała, jaką mógł uzyskać literat, brzmiała: to jest dorzeczne. Czernyszewski czy Pisariew, nazywając wiersze Puszkina „bzdurą i zbytkiem", powtarzali to jedynie za Tołmaczowem, autorem *Retoryki wojskowej*, który w latach trzydziestych wypowiedział się w tym przedmiocie słowami: „głupstwa, brząkadełka". Czernyszewski oświadczając, że Puszkin był „jedynie słabym naśladowcą Byrona", zdumiewająco wiernie odtwarzał określenie hrabiego Woroncowa: „Słaby naśladowca lorda Byrona". Ulubione stwierdzenie Dobrolubowa zaś, że „Puszkinowi brak solidnego, głębokiego wykształcenia", jest potakującym echem uwagi wypowiedzianej również przez Woroncowa: „Nie sposób być prawdziwym poetą, nie pracując nieustannie nad poszerzeniem swojej wiedzy, a jemu tej wiedzy brak". „Żeby być geniuszem, nie wystarczy sklecić *Eugeniusza*

Oniegina" – utrzymywał postępowy pisarz Nadieżdin, porównując Puszkina z krawcem, pomysłodawcą deseni kamizelek, i zawierając sojusz intelektualny z księciem Uwarowem, ministrem oświaty publicznej, który z okazji śmierci Puszkina orzekł: „Pisać wierszyki to jeszcze nie znaczy dokonać czegoś wielkiego".

Dla Czernyszewskiego geniusz był tożsamy ze zdrowym rozsądkiem. Jeśli Puszkin był geniuszem, rozważał pełen zdumienia, to jak objaśnić tak wielką liczbę poprawek w jego rękopisach? Przecież to nie żadne „szlifowanie", lecz ciężka harówka. Natomiast zdrowy rozsądek wypowiada się od razu, gdyż w i e, co chce powiedzieć. Przy tym jako człowiek aż śmiesznie daleki twórczości sądził, że „szlifowanie" odbywa się „na papierze", a „zasadnicza praca" (to jest „sporządzanie planu całości" – „w głowie") to również oznaka owego niebezpiecznego dualizmu, owego pęknięcia w jego „materializmie", skąd wypełzła niejedna żmija, co go w życiu ukąsiła. Odrębność i niepowtarzalność Puszkina w ogóle budziła w nim poważne obawy. „Utwory poetyckie uważamy za dobre, kiedy k a ż d y (podkreślenie moje), kto je przeczyta, powiada: tak, to nie tylko jest prawdopodobne, ale inaczej w ogóle być nie mogło, to zawsze wygląda właśnie tak".

Na liście książek dostarczonych Czernyszewskiemu do twierdzy brak Puszkina, co wcale nie dziwi: Puszkin, mimo swych zasług („odkrył poezję rosyjską i przyuczył społeczeństwo do jej czytania") był dla Mikołaja Gawriłowicza przede wszystkim autorem dowcipnych wierszyków o stópkach (przy czym „stópki" w intonacji ludzi lat sześćdziesiątych – kiedy cała natura uległa zmieszczanieniu, przeistaczając się w „trawkę" i „ptaszki" – oznaczały już wcale nie to, co dla Puszkina, lecz raczej niemieckie *Füsschen*). Szczególnie oburzające wydawało mu się (podobnie jak Bielińskiemu), że Puszkin pod koniec życia stał się tak „beznamiętny". „Ustały owe przyjacielskie stosunki, których pomnikiem pozostał wiersz *Arion*" – wyjaśnia mimochodem Czernyszewski, ale ileż uświęconego znaczenia kryło się w owym m i m o - c h o d e m dla czytelnika pisma „Sowriemiennik"[*] (wyobraziliśmy sobie nagle, jak ów czytelnik machinalnie i łapczywie pogryza jabłko, przenosząc na nie zachłanność wobec lektury i przebiegając chciwym wzrokiem linijki tekstu). Mikołaja Gawriłowicza niemało więc zapewne drażniło – niby żartobliwa aluzja czy raczej zamach na obywatelskie laury, których autor „trywialnej paplaniny" (patrz: opinia Czernyszewskiego o utworze „*Stambuł sławią dzisiaj giaurzy...*") był niegodny – didaskalium autora do przedostatniej sceny *Borysa Godunowa*: „Puszkin idzie otoczony ludem".

„Czytając ponownie najbardziej druzgocące krytyki – pisał Puszkin pewnej jesieni w Bołdinie – znajduję je tak zabawnymi, że nie rozumiem, jak mogłem się na nie złościć; wydaje mi się, że gdybym chciał je wykpić, nie mógłbym wymyślić nic lepszego niż przedrukować je bez komentarzy". Dziwne, ale tak właśnie postąpił Czernyszewski z artykułem Jurkiewicza: cóż za groteskowe powtórzenie! I oto na „wirującą drobinę kurzu padł promień Puszkina, przenikający przez zasłony rosyjskiej myśli krytycznej", wedle obrazowego i złośliwego określenia biografa Strannolubskiego. Mamy tu na uwadze następującą magiczną gamę losu: w dzienniku pisanym w Saratowie Czernyszewski, opisując swoje narzeczeństwo, posłużył się cytatem z *Nocy egipskich*, popełniając błąd charakterystyczny dla człowieka pozbawionego słu-

---

[*] Aluzja do dekabrystów (przyp. tłum.).

chu i dodając niemożliwą wprost do pomyślenia sylabę końcową: *Ja prinioł wyzowi nasłażdienija, kak wyzow bitwy prinioł by*⃰. Za owo *by*, los, sojusznik muz (doskonale znający się na tej cząstce) zemścił się na nim – z jakimż wyrafinowaniem nasilając karę! Na pozór nic wspólnego z tym nieszczęsnym cytatem nie może mieć wypowiedziana przez Czernyszewskiego w 1862 roku następująca uwaga: „Gdyby człowiek mógł wszystko, co myśli o sprawach publicznych, wypowiadać na... zebraniach, nie potrzebowałby przecież pisać artykułów do pism". W tym miejscu Nemezis już się wszakże budzi. „Zamiast pisać, mówiłby – kontynuuje Czernyszewski – gdyby zaś myśli te należało zakomunikować wszystkim nieobecnym na zgromadzeniu, zanotowałby je stenograf". I oto następuje odwet: na Syberii, gdzie słuchały go tylko modrzewie i Jakuci, nie przestawał go nawiedzać obraz „trybuny" i „sali konferencyjnej", w której tak wygodnie siedzi i z takim zrozumieniem reaguje publiczność, bowiem koniec końców Czernyszewski, niczym Puszkinowski improwizator w *Nocach egipskich* (z poprawką na *by*), obrał sobie jako zawód, a później jako niemożliwy do urzeczywistnienia ideał – wariacje na zadany temat; u schyłku życia pisze utwór będący realizacją marzenia: na krótko przed śmiercią wysyła z Astrachania do Ławrowa swoje *Wieczory u księżny Starobielskiej* dla pisma „Russkaja Mysl" (które uznało je za nienadające się do druku), następnie zaś posyła *Uzupełnienie* prosto do drukarni z adnotacją: „Proszę wstawić w tej części, gdzie mowa o tym, że towarzystwo przeszło z jadalni do salonu,

---

⃰ W oryginale: „*On prinioł wyzowi nasłażdienija, kak prinimoł wo dni wojny on wyzow jarogo srażenija*" („Przyjął wezwanie upojenia, tak jak wyzwanie na bój twardy przyjmować zawsze zwykł bez drżenia". Przełożył Seweryn Pollak) (przyp. tłum.).

w którym miało słuchać bajki Wiazowskiego i gdzie opisany jest układ tego audytorium... O rozmieszczeniu stenografów i stenografek w dwóch grupach wzdłuż stołów albo tam nie wspomniano, albo wspomniano zbyt pobieżnie. W brudnopisie fragment ten brzmi następująco: «Po każdej stronie estrady stały dwa stoły dla stenografów... Wiazowski podszedł do stenografów, uścisnął im dłonie i rozmawiał z nimi, podczas gdy zgromadzeni szukali miejsc». Linijki czystopisu, które treścią odpowiadają zacytowanemu przeze mnie fragmentowi brudnopisu, należy zastąpić następującym tekstem: «Mężczyźni zwartym pierścieniem stanęli koło estrady, wzdłuż ścian i za ostatnim rzędem krzeseł. Muzykanci ze swymi pulpitami zajęli obie strony estrady... Improwizator, powitany rozlegającymi się zewsząd hucznymi oklaskami...». Przepraszam, o, przepraszam, wszystko pomieszaliśmy, nawinął mi się cytat z *Nocy egipskich*[*]. Przywróćmy właściwy tekst. «Pomiędzy estradą a przednim półkolem (pisze Czernyszewski do n i e i s t n i e j ą c e j drukarni) nieco na prawo i na lewo od estrady ustawiono dwa stoły; przy tym stojącym po lewej stronie estrady, jeśli patrzeć ku estradzie ze środka półokręgu...»" itd., itp. – wiele jeszcze słów w tym samym duchu, tak czy owak niczego nie wyrażających.

„Proszę, oto temat – rzekł do niego Czarski – poeta sam obiera sobie przedmiot swoich pieśni, tłum nie ma prawa kierować jego natchnieniem".

Temat pogłosów idei Puszkina w życiu Czernyszewskiego zaprowadził nas bardzo daleko; tymczasem zaś nowy bohater, którego nazwisko już ze dwa albo trzy razy wdarło się niecierpliwie w nasze opowiadanie, czeka, aby

---

[*] Wszystkie cytaty z *Nocy egipskich* w przekładzie Seweryna Pollaka.

nareszcie wejść. Jest właśnie po temu pora. Podchodzi więc w dokładnie zapiętym surducie studenckiego munduru z granatowym kołnierzem, tchnący wprost uczciwością, niezgrabny, z małymi oczkami krótkowidza i rzadką brodą (*barbe en collier*, która Flaubertowi wydawała się tak symptomatyczna); podaje rękę, dziwacznie, wysuwając ją do przodu z odstawionym wielkim palcem, i przedstawia się konfidencjonalnie zakatarzonym nieco basem: Dobrolubow.

Pierwsze spotkanie z Dobrolubowem (latem 1856 roku) Czernyszewski rozpamiętywał prawie trzydzieści lat później (pisząc o Niekrasowie) ze znaną nam już dbałością o szczegóły – w istocie chorobliwą i jałową, ale mającą uwydatnić nieugiętość myśli w zmaganiach z czasem. Przyjaźń połączyła tych dwóch mężczyzn zawiłym splotem, niby litery monogramu, splotem, którego i sto wieków nie zdoła rozdzielić (przeciwnie, w świadomości potomnych zacieśnia się on coraz bardziej). Nie miejsce tu na opisywanie literackiej działalności młodszego z nich. Powiedzmy jedynie, że był prymitywnie grubiański i prymitywnie naiwny; że w piśmie „Swistok" wykpiwał Pirogowa, parodiując Lermontowa (a w ogóle wykorzystywanie kilku liryków Lermontowa jako kanwy dla dziennikarskich dowcipów było tak powszechne, że stało się w końcu karykaturą samej parodystyki); dodajmy jeszcze, że, jak wyraził się Strannolubski, „literatura potoczyła się po równi pochyłej rozpędem nadanym przez Dobrolubowa i nieuchronnie dotoczywszy się do końca, została wręcz ujęta w cudzysłów: student przywiózł «literaturę». O czym by tu jeszcze powiedzieć"? O humorze Dobrolubowa? O, błogosławione czasy, kiedy „komar" był śmieszny s a m w s o b i e; komar, co przysiadł komuś na nosie, był śmieszny w dwójnasób, komar zaś latający w biurowym pokoju, by w końcu uciąć nadreferenta, sprawiał, że słuchacze jęczeli i zwijali się ze śmiechu!

O wiele bardziej interesująca od tępej i drobiazgowej krytyki Dobrolubowa (cała ta plejada radykalnych krytyków pisała w istocie n o g a m i) jest owa płocha strona jego życia, owo gorączkowe romantyczne rozswawolenie, które Czernyszewskiemu posłużyło za materiał nieco później, gdy opisywał „miłosne intrygi" Lewickiego (w *Prologu*). Dobrolubow był niezmiernie kochliwy (gdy go widzimy, gra w durnia z generałem i to nie zwyczajnym, lecz wyorderowanym, i zaleca się do jego córki). Miał w Starej Russie Niemkę, z którą łączył go solenny związek. Czernyszewski powstrzymywał Dobrolubowa od wizyt u niej dosłownie siłą: długo się mocowali, obaj wątli, chudzi, spoceni – ciskali jeden drugim o podłogę, o meble – wszystko to w milczeniu, słychać było tylko sapanie; potem, potrącając jeden drugiego, szukali obaj okularów pod przewróconymi krzesłami. Na początku 1859 roku do Mikołaja Gawriłowicza dotarło, że Dobrolubow (zupełnie jak d'Anthès), aby osłonić swoją „intrygę" z Olgą Sokratowną, pragnie ożenić się z jej siostrą (notabene zaręczoną). Obie kpiły z Dobrolubowa bezlitośnie; zabierały go na maskarady przebranego za kapucyna albo lodziarza, zawierzały mu swoje sekrety. Spacery z Olgą Sokratowną „zupełnie zawróciły mu w głowie". „Wiem, że nie da się tu nic osiągnąć – pisał do jednego z przyjaciół – bo w każdej rozmowie ona mi przypomina, że chociaż jestem przyzwoity, to okropnie niezgrabny i niemal odrażający. Rozumiem także, że nie powinienem o nic zabiegać, bo Mikołaj Gawriłowicz jest mi jednak droższy niż ona. Jednocześnie zaś nie mam siły oderwać się od niej". Usłyszawszy plotkę, Mikołaj Gawriłowicz, choć nie łudził się co do obyczajności swojej żony, poczuł się jednak dotknięty: była to podwójna zdrada. Rozmówił się otwarcie z Dobrolubowem, a wkrótce potem wyjechał do Londynu, „żeby wsiąść na Hercena" (jak się później wyraził), to jest zbesztać go za to, że „Kołokoł"* atakuje właśnie Dobrolubowa.

Możliwe zresztą, że celem tego spotkania nie była wyłącznie obrona przyjaciela: nazwiskiem Dobrolubowa, zwłaszcza później, po jego śmierci, Czernyszewski posługiwał się bardzo umiejętnie „w aspekcie rewolucyjnej taktyki". Wedle innych przekazów z przeszłości, odwiedził Hercena głównie po to, by omówić sprawę zagranicznej edycji „Sowriemiennika"; wszyscy przeczuwali, że pismo zostanie wkrótce zamknięte. Podróż ta jednak w ogóle spowita jest tak gęstą mgłą i tak mało pozostawiła śladów w pismach Czernyszewskiego, że ma się ochotę wbrew faktom uznać ją za apokryf. Ten człowiek, przez całe życie interesujący się Anglią, sycący duszę Dickensem, a umysł „Timesem", powinien by się przecież tą podróżą zachłysnąć, nagromadzić mnóstwo wrażeń i uparcie wracać później do wspomnień! Czernyszewski jednak nigdy później o owym epizodzie nie mówił, a jeśli ktoś przypierał go do muru, odpowiadał krótko: „Nie ma się nad czym rozwodzić, była mgła, na statku kołysało, no, cóż tu jeszcze dodać?". Tak więc samo życie (nie pierwszy już raz) obaliło jego własny aksjomat: „przedmiot bezpośrednio oglądany oddziałuje znacznie silniej niż jego abstrakcyjne pojęcie".

Tak czy inaczej, 26 czerwca 1859 Czernyszewski przybył do Londynu (wszyscy myśleli, że jest w Saratowie) i pozostał tam do trzydziestego. Przez mgłę owych czterech dni

---

* Liberalne pismo redagowane przez Hercena i publikowane za granicą (przyp. tłum.).

przebija ukośny promień: Tuczkowa-Ogariowa przechodzi przez salon do rozsłonecznionego ogrodu, niosąc na rękach roczną córeczkę w koronkowej pelerynce. W salonie (było to w Putney, u Hercena) przechadza się z Aleksandrem Iwanowiczem (bardzo były wówczas w modzie pokojowe spacery) jegomość średniego wzrostu, o brzydkiej twarzy „rozświetlonej jednak prawdziwym wyrazem samozaparcia i uległości wobec losu" (co było najpewniej jedynie igraszką pamięci memuarystki, wspominającej tę twarz przez pryzmat spełnionego już losu). Hercen przedstawił Tuczkowej-Ogariowej rozmówcę. Czernyszewski pogłaskał dziecko po włosach i powiedział cichym jak zwykle głosem: „Ja też mam takie, ale prawie nigdy ich nie widzę". (Mylił zazwyczaj imiona swoich dzieci; mały Wiktor przebywał w Saratowie, gdzie wkrótce umarł, los bowiem nie przebacza pewnych omyłek: Czernyszewski słał tam całusa „Saszurce", który wrócił już do niego do Petersburga). „Przywitaj się, podaj rączkę" – powiedział pośpiesznie Hercen do dziecka, a potem od razu znów nawiązał do tego, co przedtem mówił Czernyszewski: „No tak, więc za to też zsyłano do kopalń"; Tuczkowa przepłynęła do ogrodu i skośny promień zgasł na zawsze.

Cukrzyca i zapalenie nerek wespół z gruźlicą zmogły wkrótce Dobrolubowa. Umierał późną jesienią 1861 roku; Czernyszewski odwiedzał go codziennie, a potem szedł załatwiać swoje zdumiewająco dobrze ukryte przed szpiclami konspiracyjne sprawy. Ustalił się pogląd, że proklamację *Do chłopów pańszczyźnianych* napisał właśnie nasz bohater. „Rozmawiało się niewiele" – wspomina Szołgunow (autor proklamacji *Do żołnierzy*); wydaje się, że nawet Władysław Kostomarow, który drukował te proklamacje, nie miał pewności co do autorstwa Czernyszewskiego. Stylem przypominają one „ludowe" afisze

Rastopczyna*: „A więc tak ci wygląda naprawdę ona wolność (z chłopska, lamentliwie!)... I żeby sąd sprawiedliwie sądził, i żeby dla wszystkich równy był ony sąd... Jaki z tego pożytek, że się w jednej wsi zacznie wichrunek (*bułgę*)". Jeśli nawet pisał to Czernyszewski – wyraz *bułga* pochodzi notabene z okolic Powołża – ktoś inny w każdym razie rzecz przyozdobił.

Według informacji pochodzących od narodowolców Czernyszewski w lipcu 1861 roku zaproponował Slepcowowi i jego przyjaciołom zorganizowanie podstawowej piątki – trzonu „podziemnego" społeczeństwa. System tych piątek, które włączyły się potem do organizacji „Ziemla i Wola" polegał na tym, że członek każdej piątki tworzył z kolei swoją, znając tym samym tylko osiem osób. Wszystkich członków znała jedynie centrala. Całość – wyłącznie Czernyszewski. Wydaje się, że mamy tu do czynienia z pewną stylizacją.

Powtórzmy: był nienagannie ostrożny. Po zamieszkach studenckich w październiku 1861 znajdował się pod nieustannym nadzorem, szpicle nie działali jednak zbyt wyrafinowanymi metodami: Mikołaj Gawriłowicz najął jako kucharkę żonę dozorcy – wysoką rumianą staruchę o dość zaskakującym imieniu: Muza. Przekupiono ją bez trudności, dając pięć rubli na kawę, którą bardzo lubiła. Za tę cenę Muza dostarczała policji zawartość kosza na śmiecie. Nadaremnie.

Tymczasem 17 listopada 1861 roku w wieku dwudziestu pięciu lat zmarł Dobrolubow. Chowano go na cmentarzu Wołkowoje, „w prostej dębowej trumnie" (trumna w takich

---

* Hrabia F.W. Rastopczyn (1763–1826) – głównodowodzący Moskwy w 1812, gdy Napoleon wkroczył do miasta, zwracał się do jego mieszkańców w afiszach napisanych, jak podaje encyklopedia Brockhausa i Efrona, „językiem prostego ludu, bardzo żywo i celnie" (przyp. tłum.).

wypadkach bywa zawsze prosta), obok grobu Bielińskiego. „Nagle wystąpił naprzód energiczny, gładko wygolony mężczyzna" – wspomina naoczny świadek (wciąż jeszcze mało znano Czernyszewskiego z wyglądu) – a ponieważ zgromadzenie było nieliczne, co go irytowało, mówił o tym z rzeczową ironią. Podczas gdy przemawiał, Olga Sokratowna trzęsła się od płaczu, wsparta na ramieniu jednego z oddanych studentów, zawsze dotrzymujących jej towarzystwa; inny zaś student oprócz własnej czapki trzymał w ręku czapkę z szopów należącą do samego mówcy, który, w rozpiętym futrze, nie bacząc na mróz, wyjął zeszyt i gniewnym, mentorskim tonem zaczął czytać wiersze Dobrolubowa o uczciwości i śmierci; na brzozach lśnił szron; nieco na uboczu, obok zgrzybiałej matki grabarza, pokornie stał w nowych walonkach agent Trzeciego Oddziału. „Taak – zakończył Czernyszewski – nie chodzi tu, proszę państwa, o to, że cenzura, okrawając artykuły Dobrolubowa, przyprawiła go o chorobę nerek. Dla własnej sławy zdziałał dosyć. Dla siebie samego nie musiał już dłużej żyć. Ludziom takiego hartu i takich dążeń życie nie przynosi nic prócz palącej udręki. Uczciwość – oto śmiertelna choroba, która go trawiła – i zwiniętym w trąbkę zeszytem wskazawszy na trzecie, wolne miejsce zawołał: Nie ma w Rosji człowieka, który byłby godny tu spocząć!".
(Był taki człowiek, i zajął to miejsce już wkrótce – Pisariew).

Trudno oprzeć się wrażeniu, że Czernyszewski, w młodości marzący o przewodzeniu ludowemu powstaniu, rozkoszował się teraz rozrzedzonym powietrzem niebezpieczeństwa, w którym żył. Wybitne miejsce, jakie zajmował w niejawnym życiu kraju, osiągnął, bo inaczej być nie mogło, za zgodą swojej epoki, z którą łączyło go – co, jak wyznał, sam odczuwał – rodzinne podobieństwo. Wydawało mu się teraz, że potrzeba już tylko dnia – godziny historycznej szansy – chwili błyskawicznego, namiętnego zespolenia się przypadku z losem – ażeby wzlecieć. Rewolucji spodziewano się w 1863 roku i na liście przyszłego konstytucyjnego gabinetu typowano go na premiera. Jakże podtrzymywał w sobie wewnętrzny zapał! Tajemnicze „coś", o którym wbrew swemu „marksizmowi" mówi Stiekłow, a które na Syberii zagasło (choć „uczoność", „logika", a nawet „nieugiętość" pozostały), naprawdę b y ł o w Czernyszewskim i doszło do głosu z niezwykłą mocą tuż przed katorgą. Nieokreślona siła przyciągania, coś niebezpiecznego, co napawało rząd większym lękiem niż wszystkie proklamacje. „Ta wściekła banda żądna jest krwi i grozy – powtarzały z ekscytacją donosy – wybawcie nas od Czernyszewskiego...".

„Bezludzie... Wszechobecne góry... Nieprzeliczone jeziora i bagna... Brak najniezbędniejszych rzeczy... Nierzetelność gospodarzy zajazdów pocztowych... [Wszystko to] może wyczerpać nawet cierpliwość geniusza". (Takie cytaty z książki geografa Sielskiego o ziemi jakuckiej zamieszczał w „Sowriemienniku", o czymś rozmyślając, snując jakieś przypuszczenia, a być może, coś przeczuwając).

W Rosji urząd cenzury powstał wcześniej niż literatura; jego złowrogie starszeństwo zawsze dawało się odczuć: aż kusiło, żeby dać cenzurze prztyczka. Cóż więc robił Czernyszewski w „Sowriemienniku"? Z upodobaniem naigrawał się z cenzury, która istotnie była jedną z najznamienitszych instytucji Rosji, ojczyzny naszej. I oto w czasie gdy władze obawiały się na przykład, że pod „znakami muzycznymi mogą kryć się utwory wywrotowe" i zlecały wobec tego odpowiednim, dobrze opłacanym osobom zadanie rozszyfrowania nut, Czernyszewski w swoim piśmie pod osłoną zawiłej ekwilibrystyki robił szaleńczą reklamę Feuerbachowi. Gdy w artykułach o Garibaldim albo o Cavourze (aż strach ogarnia, gdy sobie człowiek wyobrazi, ile sążni drobnego druku ten niezmordowany człowiek przetłumaczył z „Timesa"), w komentarzach do wydarzeń włoskich, z natrętnym uporem, po nieomal co drugim zdaniu dorzucał w nawiasach: „Włochy", „we Włoszech", „mówię o Włoszech" – zdemoralizowany już czytelnik wiedział, że chodzi tu o Rosję i kwestię chłopską. Albo inaczej: Czernyszewski udawał, że plecie, co ślina na język przyniesie, byle dużo i bez związku – ale w plątaninie słów, w całym tym werbalnym kamuflażu, pojawiała się nagle istotna i ważka myśl, którą chciał przekazać. Już później Władysław Kostomarow sporządził dla potrzeb Trzeciego Oddziału cały inwentarz tej „bufonady"; była to praca odrażająca, ale wszystkie „specjalne chwyty Czernyszewskiego" zostały w istocie wiernie odczytane.

Inny Kostomarow, profesor, powiada gdzieś, że Czernyszewski po mistrzowsku grał w szachy. Naprawdę zaś ani Kostomarow, ani Czernyszewski nie mieli w ogóle pojęcia o szachach. W młodości co prawda Mikołaj Gawriłowicz kupił kiedyś szachy, usiłował nawet opanować stosowny samouczek, nauczył się jako tako ruchów szachowych, dość długo się tym zabawiał (opisując rzecz starannie), aż wreszcie, sprzykrzywszy sobie próżne zajęcie, oddał wszystko przyjacielowi. W piętnaście lat później (pamiętając, że Lessing zbliżył się z Mendelssohnem przy szachownicy) założył Klub Szachowy; otwarty w styczniu 1862 roku, przetrwał on wiosnę, stopniowo podupadając, i zgasłby śmiercią naturalną, gdyby go nie zamknięto w związku z „petersburskimi pożarami". Klub był po prostu kółkiem polityczno-literackim, mieszczącym się w domu Ruadzego, Czernyszewski przychodził, siadał przy stoliku i postukując wieżą (którą nazywał armatą), opowiadał nieszkodliwe kawały. Przychodził Sierno-Sołowjewicz – (tutaj postawiliśmy Turgieniewowski myślnik) i rozpoczynał z kimś rozmowę na osobności. Było pustawo. Bractwo od kieliszka – Pomiałowski, Kuroczkin, Krol – pokrzykiwało przy bufecie. Pierwszy z wymienionych głosił też pewne własne idee – idee wspólnej pracy literackiej. Należy – twierdził – zorganizować stowarzyszenie pisarzy pracujących nad zbadaniem różnych aspektów naszego bytu społecznego, takich jak na przykład: żebracy, sklepikarze, latarnicy, strażacy, po czym wszystkie uzyskane informacje zamieszczać w specjalnym piśmie. Czernyszewski wyśmiał go i rozeszła się bzdurna plotka, że Pomiałowski „dał mu po mordzie". „Jest to kłamstwo, nazbyt Pana szanuję, żeby to uczynić" – pisał Pomiałowski do Czernyszewskiego.

W wielkim salonie domu Ruadzego odbyło się też 2 marca 1862 roku pierwsze (jeśli nie liczyć obrony pracy i mowy pogrzebowej na mrozie) publiczne wystąpienie Czernyszewskiego. Oficjalnie dochód z wieczoru przeznaczony był na rzecz niezamożnych studentów; w istocie zaś – dla więźniów politycznych – Michajłowa i Obruczewa, których niedawno aresztowano. Rubinstein olśniewająco zagrał niezwykle ekscytującego marsza, profesor Pawłow mówił o tysiącleciu Rosji – przy czym oznajmił dwuznacznie, że jeśli rząd poprzestanie na pierwszym kroku (uwolnieniu chłopów), to „zatrzyma się na skraju przepaści – kto ma uszy do słuchania, niechaj słucha" (usłyszano go i niezwłocznie zesłano). Niekrasow wyrecytował marne, ale „mocne" wiersze poświęcone pamięci Dobrolubowa, a Kuroczkin przekład *Ptaszka* Bérangera (smutek więźnia i radość odzyskanej nagle wolności); o Dobrolubowie mówił też Czernyszewski.

333

Witany gromkimi oklaskami (w środowisku młodzieży panował w owych latach zwyczaj składania dłoni w łódeczkę przy klaskaniu, tak że brzmiało ono jak salwy artyleryjskie), stał przez chwilę, mrugając i uśmiechając się. Niestety, jego powierzchowność nie spodobała się paniom oczekującym, że ujrzą t r y b u n a – którego portretu nie można było nigdzie dostać. Orzekły, że twarz ma nieinteresującą, uczesany jest jak chłop, i nie wiedzieć czemu nie we fraku, żakiet ma lamowany tasiemką i okropny krawat – wprost „katastrofa kolorów" (Ryżkowa, *Zapiski kobiety z lat sześćdziesiątych*). Poza tym wydawał się nieprzygotowany, nie nawykł do przemawiania, i usiłując ukryć podniecenie, przybrał ton pogawędki, który jego przyjaciołom wydał się nazbyt skromny, a osobom niechętnym – nazbyt swobodny. Najpierw więc wspomniał o swojej teczce, z której wyjął zeszyt, wyjaśniając, że najbardziej godny uwagi jest w niej zamek na kółko zębate: „Spójrzcie państwo, proszę, obraca się, a wtedy teczka jest zamknięta, gdyby jednak ktoś chciał zamknąć ją jeszcze solidniej, należy obrócić kółko innym sposobem, a potem zdjąć i włożyć sobie do kieszeni, na tym miejscu zaś, do którego zamek jest przyczepiony, na płytce, są arabeski: bardzo to przyjemnie wygląda". Potem cienkim mentorskim głosikiem zaczął odczytywać znany już wszystkim artykuł Dobrolubowa, nagle jednak urwał i (jak w autorskich dygresjach w Co *robić*?), zwracając się do publiczności bardzo familiarnie, zaczął szczegółowo objaśniać, że absolutnie nie kierował Dobrolubowem; bawił się przy tym cały czas łańcuszkiem od zegarka – wryło się to w pamięć wszystkim pamiętnikarzom i od razu posłużyło za temat dziennikarskich żartów; zastanówmy się jednak, może właśnie dlatego tarmosił zegarek, że naprawdę zostało mu już niewiele czasu (zaledwie cztery miesiące!). Jego styl „*négligé* plus odwaga", jak mawiano w seminarium, i całkowity brak rewolucyjnych aluzji uraziły publiczność: nie zyskał żadnego aplauzu, podczas gdy Pawłowa nieomal podrzucano do góry. Nikoładze pisze, że od razu po zesłaniu Pawłowa przyjaciele zrozumieli i należycie ocenili ostrożność Czernyszewskiego, jego samego zaś – później, na syberyjskim pustkowiu, gdzie tylko w malignie jawiło mu się czasem żywe i zachłannie słuchające audytorium – zdejmował dojmujący żal, że przemówienie było nijakie, że poniósł fiasko, i oskarżał sam siebie, że nie wykorzystał tej jedynej okazji (skoro i tak skazany był na zatracenie!) i że z katedry w domu Ruadzego nie wygłosił dźwięcznego niczym żelazo, płomiennego przemówienia, takiego, jakie zamierzał zapewne wygłosić bohater jego powieści, kiedy wróciwszy na wolność, wsiadł do dorożki i krzyknął: „Do Pasażu!".

Tymczasem wydarzenia tamtej wietrznej wiosny potoczyły się szybko. Szerzyły się pożary. Nagle na oranżowo--czarnym tle pojawia się zjawa. Biegiem, przytrzymując kapelusz, sunie Dostojewski: dokąd tak gna?

Jest drugi dzień Zielonych Świątek (28 maja 1862 roku). Dmie silny wiatr; pożar rozpoczął się na Ligowce, a potem łotrzykowie podpalili dwór Apraksina. Biegnie Dostojewski, pędzą strażacy, „na mgnienie odbici do góry nogami w szybach aptek i w kolorowych kulach", jak pisał Niekrasow. A tam, przez Fontankę, zaczął już walić gęsty dym w kierunku zaułka Czernyszewa, skąd wkrótce wzbił się nowy, czarny słup... Dostojewski jednak zdążył już przybiec. Przybiegł do serca c z a r n o ś c i, do Czernyszewskiego, i zaczął go histerycznie błagać, by to wszystko p o w s t r z y m a ł. Interesujące są tu dwa momenty: wiara w piekielną moc Mikołaja Gawriłowicza i pogłoski o tym, że podpaleń dokonywano wedle tego samego planu, który już w roku 1849 sporządzili pietraszewcy.

Także agenci donosili z przymieszką mistycznej zgrozy, że w nocy, gdy żywioł rozszalał się na dobre, „zza okna Czernyszewskiego dobiegał śmiech". Policja przypisywała mu diabelski spryt i w każdym jego postępku wietrzyła podstęp. Rodzina Mikołaja Gawriłowicza wyjechała na lato do Pawłowska i oto w kilka dni po pożarach, a mianowicie dziesiątego czerwca (zmierzch, komary, muzyka), niejaki Lubecki, adiutant przykładnego gwardyjskiego pułku ułanów, chwacki chłop „o nazwisku niczym pocałunek", wychodząc z „Vauxhallu" spostrzegł dwie panie, szalenie rozbawione, i wziąwszy je w prostocie serca za młodziutkie damy kameliowe, „podjął próbę chwycenia obydwu za kibić". Asystujący damom czterej studenci otoczyli go i grożąc mu zemstą, oznajmili, że jedna z pań jest żoną literata Czernyszewskiego, a druga jej siostrą. Cóż wedle raportu policji czyni mąż? Żąda, aby sprawę oddać pod osąd środowiska oficerów, nie po to, by bronić własnego honoru, lecz po to jedynie, aby przy okazji doprowadzić do zbliżenia oficerów ze studentami. Piątego lipca na skutek wniesionej skargi zmuszony był stawić się w Trzecim Oddziale. Potapow, naczelnik rzeczonego oddziału, oddalił żądanie, oświadczając, że o ile mu wiadomo, ułan gotów jest przeprosić. Wówczas Czernyszewski oschle zrezygnował z wszelkich roszczeń i zmieniając temat rozmowy zapytał: „Niech mi pan powie – przedwczoraj wyprawiłem rodzinę do Saratowa i sam wybieram się tam na wypoczynek («Sowriemiennik» był już zamknięty), jeśli jednak będę musiał wywieźć żonę za granicę, do wód – cierpi ona, proszę pana, na przypadłości nerwowe – czy mogę wyjechać bez przeszkód?". „Oczywiście że pan może" – dobrodusznie odpowiedział Potapow, a w dwa dni później Czernyszewski został aresztowany.

Przedtem wydarzyła się rzecz następująca: w Londynie otwarta została Wystawa Światowa (wiek dziewiętnasty lubował się w prezentowaniu swoich bogactw, owego wspaniałego i niegustownego posagu, który nasze stulecie przeputało), zjechali tam turyści i kupcy, korespondenci i szpicle; pewnego razu na ogromnym bankiecie Hercen w przypływie lekkomyślności, na oczach wszystkich zgromadzonych, przekazał wybierającemu się do Rosji Wietosznikowowi list, w którym między innymi (list był właściwie od Ogariowa) prosił Sierno-Sołowjewicza, by zainteresował Czernyszewskiego zamieszczonym w „Kołokole" oświadczeniem o gotowości drukowania „Sowriemiennika" zagranicą. Nim oddawca zdążył dotknąć stopą rosyjskich piasków – został ujęty.

Czernyszewski mieszkał wówczas w pobliżu cerkwi Świętego Włodzimierza (później jego adresy w Astrachaniu również określała bliskość tej czy innej świątyni), w domu pani Jesaułow, gdzie mieszkał Murawjow (zanim poszedł w ministry), sportretowany przezeń z tak bezsilną odrazą w *Prologu*. Siódmego lipca siedzieli u Czernyszewskiego dwaj przyjaciele: doktor Bokow (który później słał wygnańcowi zalecenia lekarskie) i Antonowicz (członek „Ziemli i Woli", niepodejrzewający pomimo wielkiej z Czernyszewskim zażyłości, że i on należy do owego stowarzyszenia). Siedzieli w bawialni, obok nich zaś przysiadł, niczym zaproszony gość, przysadzisty, niesympatyczny, ubrany w czarny mundur pułkownik Rakiejew, który przyjechał, żeby aresztować Czernyszewskiego. Znów dochodzi do zajmującej, „poruszającej w historyku instynkt gracza" (Strannolubski) zbieżności motywów historycznych: był to ten właśnie Rakiejew, który uosabiając odrażający pośpiech rządu, galopem uwiózł ze stolicy na pośmiertne zesłanie trumnę Puszkina. Pogawędziwszy dla przyzwoitości dziesięć minut, z uprzejmym uśmiechem, od którego doktor Bokow „wewnętrznie zlodowaciał", Rakiejew oświadczył Czernyszewskiemu, że ma z nim do pomówienia na osobności. „Przejdźmy wobec tego do gabinetu" – odparł gospodarz i ruszył tam przodem, tak przy tym gwałtownie, że Rakiejew (nie żeby się stropił – był na to zbyt doświadczony), odgrywając mimo wszystko rolę gościa, nie uznał za stosowne równie szybko pomknąć za nim. Czernyszewski zaś wrócił niemal natychmiast; jabłko Adama poruszało mu się konwulsyjnie, gdy zapijał coś zimną herbatą (p o ł k n i ę t e   p a p i e r y, jak ponuro domyśla się Antonowicz); spoglądając ponad szkłami okularów, przepuścił gościa przodem. Jego przyjaciele w przymusowej bezczynności (bardzo nieprzyjemne było to oczekiwanie w salonie, gdzie niemal wszystkie meble stały w pokrowcach) wyszli pospacerować („... to niemożliwe... nie sądzę..." – powtarzał Bokow), a gdy wrócili pod dom numer cztery przy ulicy Bolszaja Moskowskaja, spostrzegli z niepokojem, że przed drzwiami stoi już – w jakimś pokornym i tym bardziej odrażającym oczekiwaniu – policyjna karetka. Pożegnać się z Czernyszewskim poszedł najpierw Bokow, a następnie Antonowicz. Mikołaj Gawriłowicz siedział przy biurku, bawiąc się nożyczkami, pułkownik usadowił się z boku, z nogą założoną na nogę, rozmawiali – wszystko dla zachowania pozorów przyzwoitości – o wyższości Pawłowska nad innymi letniskami: „A co najważniejsze – mówił, pokasłując pułkownik – towarzystwo jest tam wyborne".

„Czy pan też odchodzi, nie zaczeka pan na mnie?" – zwrócił się Czernyszewski do apostoła. „Na mnie niestety już czas..." – odparł tamten stropiony. „No cóż, wobec tego do widzenia" – powiedział Mikołaj Gawriłowicz żartobliwym tonem, i wysoko uniósłszy rękę, z rozmachem opuścił dłoń na dłoń Antonowicza; był to rodzaj przyjacielskiego pożegnania, tak rozpowszechniony później w środowisku rosyjskich rewolucjonistów.

„A więc – woła Strannolubski na początku najlepszego rozdziału swojej niezrównanej biografii – Czernyszewski został zatrzymany!". Wiadomość o aresztowaniu obiega miasto nocą. Niejedna pierś wzbiera grzmiącym oburzeniem i niejedna zaciska się pięść... Ale niemało też widzi się uśmiechów pełnych złośliwej satysfakcji: „No proszę, usunęli awanturnika, unieszkodliwili zuchwałego ignoranta" – jak wyraziła się, głupawa zresztą, literatka Kochanowska. Następnie Strannolubski bardzo plastycznie opisuje skomplikowane działania, jakie musiały podjąć władze, ażeby sfabrykować dowody, „które powinny były się znaleźć, ale których nie było", powstała bowiem niesłychanie dziwna sytuacja. „Z prawnego punktu widzenia nie można było się do niczego przyczepić i trzeba było ustawiać rusztowania, aby prawo mogło się na nich wesprzeć i działać". Dlatego też działano za pomocą „wielkości podstawionych" tak przemyślnie, aby ostrożnie usunąć podpórki, gdy tylko ogrodzona pusta przestrzeń wypełni się czymś r e a l n y m. Sprawa, którą postanowiono wytoczyć Czernyszewskiemu, była fantomem, był to jednak fantom rzeczywistej winy, i oto – z zewnątrz, sztucznie, ogródkami – udało się wykoncypować swoiste rozwiązanie tego zadania, nieomal zbieżne z rozwiązaniem prawdziwym.

Mamy trzy punkty: Cz, K, P. Przeprowadzamy jedną przyprostokątną CzK. Do Czernyszewskiego władze przypasowały korneta ułanów w stanie spoczynku, Władysława Dmitrijewicza Kostomarowa, który jeszcze w sierpniu ubiegłego roku, w Moskwie, został zdegradowany do stopnia szeregowca za potajemne drukowanie tekstów o podburzającej treści, człowieka z iskrą szaleństwa, jak Pieczorin, a przy tym wierszopisa; pozostawił on w literaturze skolopendrowy ślad jako tłumacz obcojęzycznych poetów. Przeprowadzamy następną przyprostokątną KP. Pisariew w piśmie „Russkoje Słowo" pisze o tych przekładach, przyganiając autorowi, że niezbyt udatnie przetłumaczył Wiktora Hugo, chwaląc go za pełne prostoty i ciepła oddanie kupletów Burnsa, a ponieważ Kostomarow d o - n o s i czytelnikowi, że Heine umarł jako nieskruszony grzesznik, krytyk zjadliwie doradza „groźnemu demaskatorowi", ażeby przypatrzył się teraz „własnej działalności społecznej". Obłęd Kostomarowa objawiał się w kwiecistej grafomanii, w bezmyślnym, lunatycznym (nie szkodzi, że na zamówienie) pisaniu podrabianych listów z francuskimi wtrętami, a wreszcie makabrycznym poczuciu humoru: swoje donosy do Putilina (szpicla) podpisywał „Teofan Ojczenaszenko" albo „Wienczesław Lutyj". Był naprawdę luty w swym posępnym milczeniu, złowróżbnie napiętnowany, załgany, skory do samochwalstwa i do depresji. Miał dziwaczne zdolności: umiał naśladować kobiecy charakter pisma. Twierdził, że bierze się to stąd, iż „o pełni księżyca gości w nim czasem dusza królowej Tamary". Umiejętność posługiwania się różnymi charakterami pisma, a przy tym okoliczność (kolejny żart losu!), że jego własne pismo przypominało pismo Czernyszewskiego, znacznie podnosiły walory owego niemrawego zdrajcy. Aby pośrednio potwierdzić, że odezwę *Do chłopów pańszczyźnianych* napisał Czernyszewski, kazano Kostomarowowi po pierwsze sporządzić notatkę, rzekomo autorstwa Czernyszewskiego, zawierającą prośbę o zmianę jednego wyrazu w tej odezwie, a po drugie – napisać list (do Aleksego Nikołajewicza), w którym znajdowałby się dowód czynnego udziału Czernyszewskiego w ruchu rewolucyjnym. Kostomarow wygotował jedno i drugie. Charakter pisma jest najoczywiściej podrabiany; z początku starannie, potem fałszerzowi robota jakby się znudziła i chciał uporać się z nią możliwie najszybciej.

Przez czas tych przygotowań Mikołaj Gawriłowicz siedział w forcie Aleksiejewskim, w bliskim sąsiedztwie dwudziestodwuletniego Pisariewa, którego osadzono tam o cztery dni wcześniej: przeprowadzamy przeciwprostokątną CzP i wyroczny trójkąt zostaje uformowany. Samo zamknięcie początkowo Czernyszewskiemu nie ciążyło, brak natrętnych interesantów przynosił mu nawet ulgę. Jednakże cisza niewiadomego zaczęła go wkrótce drażnić. Gruby chodnik głuszył całkowicie kroki wartowników w korytarzu... Dobiegało stamtąd tylko charakterystyczne, długo dźwięczące w uszach bicie zegara... Było to życie, którego opis wymaga od pisarza obfitości wielokropków... Niedobre, rosyjskie odosobnienie, w jakim rodziło się rosyjskie marzenie o dobrym tłumie... Uchyliwszy róg zielonej zasłonki, wartownik mógł przez judasza obserwować więźnia siedzącego na zielonym drewnianym łóżku albo na zielonym krześle, w bajowym szlafroku, w czapce – wolno było mieć własne nakrycie głowy, jeśli tylko nie był to c y l i n d e r; przynosi to zaszczyt urzędowemu poczuciu harmonii, ale na zasadzie przekory wywołuje dość natrętną wizję (Pisariew siedział w fezie). Pióro wolno było mieć gęsie, pisać można było na zielonym stoliku z szufladą; jedynie jej dno, niczym pięta Achillesa, nie było pomalowane.

Minęła jesień. Na dziedzińcu więziennym rosła niewysoka jarzębina; aresztant numer dziewięć nie lubił spacerować, na początku jednak wychodził codziennie, sądząc (kombinacja myślowa dość dla niego znamienna), że w tym właśnie czasie w celi odbywa się rewizja, a więc odmowa spaceru wzbudziłaby u administracji podejrzenie, że więzień coś u siebie ukrywa; kiedy jednak przekonał się, że tak nie jest (dzięki chytrze pozostawionym tu i ówdzie niteczkom), z lekkim sercem zasiadł do pisania, ukończył zimą przekład Schlossera, zabrał się do Gervinusa i Macaulaya. Pisał też coś własnego. Przypomnijmy sobie *Dziennik* – a z odległego już rozdziału dobierzmy zakończenia linijek dotyczących jego pisarskich zatrudnień w twierdzy... albo inaczej – cofnijmy się jeszcze dalej, do „tematu łez", który zaczął zataczać kręgi na pierwszych stronicach naszej tajemniczo obracającej się opowieści.

Leży przed nami słynny list Czernyszewskiego do żony z 5 grudnia 1862 roku, żółty diament w pyle jego licznych prac. Spoglądamy na to nieładne, ale zdumiewająco wyraźne pismo, o energicznie wzlatujących końcówkach wyrazów, o zadzierzgniętych pętliście „p" i „n", z szerokimi, zamaszystymi krzyżami twardych znaków, i ogarnia nas dawno niezaznane, czyste uczucie, które pozwala odetchnąć. List ten Strannolubski słusznie uważa za początek krótkotrwałego rozkwitu Czernyszewskiego. Cały żar, cała siła woli i myśli, którymi został obdarzony, to wszystko, co winno było wybuchnąć w godzinie powstania ludowego i bodaj na krótko zawrzeć w sobie władzę najwyższą... szarpnąć uzdę i być może rozkrwawić wargę Rosji – to wszystko znalazło teraz chorobliwe ujście w jego korespondencji. Można by rzec, że to właśnie było koroną i celem całej jego od dawna tajemnie narastającej życiowej dialektyki – te dźwięczące jak żelazo, przepojone wściekłością listy do komisji, która badała jego sprawę, dołączane do listów do żony, ta triumfująca pasja argumentów, ta potrząsająca łańcuchami megalomania. „Ludzie będą wspominać nas z wdzięcznością" – pisał do Olgi Sokratowny, i okazało się, że miał rację. Ten właśnie ton odebrzmiał echem, rozchodząc się po ostatniej połaci stulecia, sprawiając, że serca milionów inteligentnych prowincjuszy wypełniały się szczerym i szlachetnym wzruszeniem. Wspominaliśmy już o tej części listu, gdzie przedstawione zostały plany ułożenia słowników. Po słowach: „jakim był Arystoteles", następują słowa: „a zresztą zacząłem pisać o własnych pomysłach, to sekret, nie mów nikomu o tym, co zawierzam tylko Tobie"! „Tutaj – komentuje Stiekłow – na te dwie linijki spadła łza i Czernyszewski musiał poprawić rozmazane litery". Nie jest to jednak ścisłe. Łza spadła, z a n i m te dwie linijki zostały napisane, na zgięcie kartki. Czernyszewski musiał na nowo napisać dwa słowa (jedno na początku pierwszej linijki i drugie na początku następnej); zamazały się one na zawilgoconym miejscu i dlatego nie zostały dokończone, („se... sekret" i „o t... o tym").

W dwa dni później, coraz bardziej rozgniewany i coraz pewniejszy własnych racji, zaczął „wsiadać" na swoich sędziów. Ten drugi list do żony można podzielić na punkty: 1) Mówiłem Ci w związku z plotkami o tym aresztowaniu, że nie jestem zamieszany w żadną sprawę i że jeśli zostanę aresztowany, rząd będzie musiał mnie przeprosić; 2) Przypuszczałem, że tak się stanie, bo wiedziałem, że jestem śledzony – tamci chwalili się, że śledzą mnie bardzo pilnie, a ja zdałem się na ich słowa – wykalkulowałem sobie bowiem, że mając wgląd w to, jak żyję i co robię, będą wiedzieli, że podejrzenia są bezpodstawne; 3) Rachuby te były głupie, bo przecież wiedziałem, że nikt u nas nie potrafi wykonać niczego jak należy; 4) Tak więc tamci, aresztując mnie, skompromitowali rząd; 5) Co zatem mają robić? Przeprosić? A jeśli aresztowany nie przyjmie przeprosin, lecz powie: „Skompromitowaliście rząd i moim obowiązkiem jest mu to wyjaśnić"?; 6) Wobec tego należy odwlekać przykrości; 7) Rząd jednak pyta od czasu do czasu, czy Czernyszewski jest winien – i rząd wreszcie wymusi odpowiedź; 8) Na tę właśnie odpowiedź czekam.

„Kopia dość interesującego listu Czernyszewskiego – dopisał ołówkiem Potapow. – Myli się jednak: nikt nie będzie musiał go przepraszać".

W kilka dni później Czernyszewski zaczął pisać *Co robić?* – i już 15 stycznia wysłał do Pypina pierwszą partię, po tygodniu drugą, Pypin zaś obie przekazał Niekrasowowi dla „Sowriemiennika", który od lutego znów mógł się ukazywać. Wtedy też zezwolenie na druk uzyskało „Russkoje Słowo", również po ośmiu miesiącach zakazu; oczekując z niecierpliwością drukowanego żeru, niebezpieczny sąsiad umoczył już pióro w atramencie.

To pocieszające, że wtedy właśnie jakaś tajemna potęga postanowiła ustrzec Czernyszewskiego od t e g o przynajmniej nieszczęścia. Było mu szczególnie ciężko – więc jakże się nie ulitować? Dwudziestego ósmego tegoż miesiąca, gdy władze zirytowane jego atakami nie zezwoliły mu na widzenie z żoną, podjął głodówkę; głodówka była podówczas w Rosji czymś nowym, Czernyszewski zaś nie był zbyt doświadczony. Dozorcy spostrzegli, że mizernieje, ale wszak strawy ubywało... Kiedy po czterech dniach buchnął z celi odór zepsutego mięsa, stwierdzili po przeszukaniu, że stały pokarm ukrył więzień między książkami, a zupę wylewał w szczeliny podłogi. W niedzielę trzeciego lutego o drugiej po południu urzędujący w twierdzy lekarz zbadał aresztowanego i stwierdził, że jest on blady, język ma dość czysty, puls nieco zwolniony – tego samego dnia, o tej samej godzinie Niekrasow, jadąc saniami spod hotelu Demouta do domu, na rogu Litiejnej i Bassiejnej zgubił pakiet, w którym znajdowały się dwa spięte w rogach rękopisy zatytułowane *Co robić?* W rozpaczy, odtworzywszy w najdrobniejszych szczegółach całą trasę, nie uprzytomnił sobie Niekrasow tego, iż gdy dojeżdżali pod dom, położył pakiet na siedzeniu obok

siebie, żeby wyjąć sakiewkę – a tu sanie już zawracały...
skrzypiał spychany śnieg... i *Co robić?* niepostrzeżenie
ześlizgnęło się na ziemię; taką właśnie próbę skonfis-
kowania książki podjęła tajemna siła – w tym wypadku
odśrodkowa, książki, której szczęśliwy los miał się odbić
tak fatalnie na losach jej autora. Próba jednakowoż nie
powiodła się, przy szpitalu Maryjskim różowy pakiet
podniesiony został ze śniegu przez ubogiego, obarczonego
liczną rodziną urzędnika. Przyszedłszy do domu, urzędnik
włożył okulary, obejrzał, co znalazł... stwierdził, że to
początek jakiegoś utworu literackiego, i nie zadrżawszy,
nie poparzywszy sobie mdłych palców odłożył papiery.
„Zniszcz to" – błagał głos nadaremnie i bez nadziei.
W „Wiadomościach Sankt-Petersburskiej Policji Miejskiej" zamieszczono ogłoszenie o zgubie. Urzędnik odniósł
pakiet pod wskazany adres, za co też otrzymał przyrzeczoną nagrodę, pięćdziesiąt rubli srebrem.

Tymczasem Mikołajowi Gawriłowiczowi zaaplikowano
krople na apetyt: dwa razy je zażył, a potem, ponieważ
czuł się bardzo źle, oznajmił, że więcej ich zażywać nie
będzie, gdyż nie je przez kaprys, a nie przez brak apetytu.
Szóstego rankiem ze względu na to, że nie miał doświadczenia, które pozwoliłoby „rozróżnić symptomy dolegli-
wości", przerwał głodówkę i zjadł śniadanie. Dwunastego
Potapow powiadomił komendanta, że komisja nie powinna zezwolić Czernyszewskiemu na widzenie się z żoną
dopóty, dopóki całkiem nie wydobrzeje. Następnego dnia
komendant meldował, że Czernyszewski jest zdrów i z zapałem pisze. Olga Sokratowna przyszła na widzenie
i zaczęła uskarżać się gwałtownie na własne zdrowie, na
Pypinów, na brak pieniędzy, a potem przez łzy zaczęła
pokpiwać z bródki, którą zapuścił mąż, aż wreszcie,
wzruszona, objęła go.

„Przestań, gołąbeczko, przestań" – powtarzał zupełnie spokojnie, tonem, jaki zwykł nieodmiennie przybierać w rozmowach z żoną, a kochał ją namiętnie i beznadziejnie. „Ani ja, ani nikt inny nie ma żadnych podstaw, aby przypuszczać, że nie zostanę uwolniony" – oświadczył jej na pożegnanie ze szczególnym naciskiem.

Upłynął jeszcze miesiąc, 23 marca skonfrontowano go z Kostomarowem. Władysław Dmitrijewicz patrzył spode łba i najoczywiściej łgał. Czernyszewski z pełnym obrzydzenia uśmieszkiem odpowiadał ostro i pogardliwie. Jego przewaga biła w oczy. „Pomyśleć tylko – wykrzykuje Stiekłow – że w tym właśnie okresie pisał pełne optymizmu *Co robić?*!".

Niestety! Pisanie *Co robić?* w twierdzy było nie tyle zdumiewające, ile bardzo nierozsądne – choćby dlatego, że dołączono powieść do sprawy. Historia jej powstania jest w ogóle niezwykle interesująca. Cenzura zezwoliła na jej drukowanie w „Sowriemienniku", licząc na to, że utwór „w najwyższym stopniu antyartystyczny" obniży autorytet Czernyszewskiego, który zostanie po prostu wykpiony. Istotnie, nieoszacowane wręcz są choćby „lekkie" sceny w powieści: „Wieroczka musiała wypić pół szklanki na cześć swego małżeństwa – pół szklanki za powodzenie pracowni i pół szklanki za zdrowie samej Julie (niegdyś paryskiej prostytutki, a obecnie towarzyszki życia jednego z bohaterów powieści)... narobiły z Julie krzyku, pisku, hałasu... Zaczęły się borykać, upadły obie na tapczan i już nie chciały wstać, w dalszym ciągu krzycząc, chichocząc, aż obie zasnęły". Styl przypomina miejscami opowiastkę dla żołnierzy, miejscami... Zoszczenkę... „Po herbacie... poszła do swego pokoju i położyła się... Więc czyta sobie na swym łóżeczku, ale książka wymyka się jej z rąk, i myśli sobie Wiera: «cóż to

znaczy, że nudzi mi się trochę w ostatnich czasach?»"
Wiele tu rozkosznych niepoprawności – oto przykład:
medyk zachorował na zapalenie płuc i wezwał kolegę,
a wówczas: „długo obmacywali boki jednemu z siebie"
(*odnomu iz siebia*).

Nikt jednak nie kpił. Nie kpili nawet rosyjscy pisarze.
Nawet Hercen stwierdzając, że „marnie napisane", natychmiast się zastrzega: „z drugiej strony wiele tam rzeczy
dobrych, zdrowych". Jednak dalej, nie mogąc już zdzier-
żyć, dodaje, że powieść kończy się nie po prostu falansterem, lecz „falansterem w burdelu". Stała się bowiem,
oczywiście, rzecz nieunikniona: najniewinniejszy z ludzi
– Czernyszewski, który takich miejsc nigdy nie odwiedzał
– starając się z całą prostodusznością stworzyć szczególnie
piękną oprawę miłości we wspólnocie, mimo woli i bezwiednie, w naiwności swej wyobraźni, wybrał właśnie
sztampowe rozwiązania, wypracowane przez tradycję domów rozpusty; jego wesoły wieczorny bal oparty na
swobodzie i równości stosunków (to jedna, to druga para
znika, a potem znowu się pojawia) bardzo przypomina
końcowe tańce w *Domu pani Tellier*.

A jednak nie sposób bez drżenia dotknąć tego stareń-
kiego (marzec 1863 roku) czasopisma, w którym opublikowano początek powieści. Jest tu także *Zielony Szum*
(„Dopóki cierpieć możesz, cierp..."*), jest kpiarski atak
na *Księcia Srebrnego*... Zamiast spodziewanych drwin
wokół *Co robić?* powstała od razu atmosfera powszechnej,
nabożnej adoracji. Czytano tę powieść jak modlitewnik,
i ani jeden utwór Turgieniewa czy Tołstoja nie wywarł
tak potężnego wrażenia na odbiorcach. Genialny rosyjski
czytelnik pojął owo dobro, które nadaremnie usiłował

---

* Przełożył Leopold Lewin.

347

przedstawić wyzuty z talentu beletrysta: Wydawałoby się, że rząd, gdy jego rachuby zawiodły, powinien był przerwać druk powieści, postąpił jednak o wiele przemyślniej. Sąsiad Czernyszewskiego też zabrał się teraz do pisania. Ósmego października przesłał z twierdzy do pisma „Russkoje Słowo" artykuł *Myśli na temat powieści rosyjskich*, a senat powiadomił generała-gubernatora, że jest to właśnie analiza powieści Czernyszewskiego, zawierająca pochwałę owego utworu i dokładne rozwinięcie materialistycznych idei w nim przedstawionych. By scharakteryzować Pisariewa, podkreślano, że cierpiał na obłęd (*dementia melancholica*); był leczony – w 1859 roku cztery miesiące spędził w domu obłąkanych.

W latach chłopięcych Pisariew każdy swój zeszycik stroił w tęczową okładkę, a jako mąż dojrzały porzucał nagle pilną pracę, aby starannie kolorować drzeworyty w książkach, albo wybierając się na wieś, zamawiał u krawca czerwono-błękitny letni garnitur z perkalu używanego na sarafany. Jego chorobę psychiczną cechował swoisty wynaturzony estetyzm. Pewnego razu na zgromadzeniu studenckim nagle wstał, pochylił się lekko i podniósł rękę, jakby prosił o głos, po czym w tej posągowej pozie upadł bez zmysłów. Innym razem, będąc u kogoś z wizytą, zaczął – wzniecając ogólny popłoch – rozbierać się, w radosnym pośpiechu zrzucając aksamitną marynarkę, kolorową kamizelkę, kraciaste spodnie... Tu już trzeba było go obezwładnić. Zabawne, że niektórzy komentatorzy nazywają Pisariewa „epikurejczykiem", powołując się między innymi na jego listy do matki – nieznośne, przesycone żółcią, ale o tym, że życie jest piękne. Jego „trzeźwy realizm" znajduje też rzekome potwierdzenie w pozornie rzeczowym i jasnym, a w istocie zupełnie szalonym liście z twierdzy do nieznajomej panny z propozycją małżeństwa. „Kobieta, która zgodzi się rozświetlić i nasycić ciepłem moje życie, zyska całą tę miłość, którą odepchnęła Raisa, rzucając się na szyję swemu pięknemu orłu".

Teraz, uwięziony na cztery lata za niewielki udział w ówczesnym powszechnym zamęcie, opierającym się w istocie na ślepej wierze w słowo drukowane, a zwłaszcza drukowane potajemnie, Pisariew pisał z twierdzy o *Co robić?*, w miarę jak powieść ukazywała się w „Sowriemienniku", który otrzymywał. Chociaż senat wyrażał początkowo obawę, że pochwały Pisariewa mogą wywrzeć zgubny wpływ na młode pokolenie, dla rządu sprawą najważniejszą było w tym wypadku uzyskanie pełnego obrazu zgubnego wpływu, jaki wywiera Czernyszewski, obrazu, który Kostomarow zaledwie naszkicował, sporządzając inwentarz jego „chwytów specjalnych". „Rząd – powiada Strannolubski – z jednej strony pozwalając Czernyszewskiemu na pisanie w twierdzy powieści, z drugiej – Pisariewowi, jego współwięźniowi, na klecenie o tej właśnie powieści artykułów, działał z premedytacją, czekając, aż Czernyszewski wygada się ze wszystkim, co trzyma w zanadrzu, i obserwując, co z tego wyniknie w reakcji z obfitymi wydzielinami jego sąsiada z inkubatora".

Tutaj sprawy potoczyły się gładko i obiecująco, Kostomarowa jednak trzeba było mocniej przycisnąć, gdyż niezbędne były pewne konkretne dowody winy, Czernyszewski zaś nadal nie przestawał oburzać się i drwić, wyzywając członków komisji od „łobuzów" i pisząc o niej jako o „mętnym bajorze, w dodatku pełnym głupoty". Dlatego też Kostomarowa zawieziono do Moskwy, gdzie niejaki Jakowlew, jego dawny skryba, pijak i awanturnik, złożył ważne zeznanie (otrzymał za nie palto, które przepił w Twerze pośród takich burd, że wsadzono go do domu wariatów); ponieważ było to latem, oświadczył, przepisywał coś w ogrodowej altanie i usłyszał, jak Mikołaj Gawriłowicz i Władysław Dmitrijewicz, spacerując pod rękę (ten szczegół jest ważny!), rozmawiają o pokłonie, przesłanym przez życzliwych chłopom pańszczyźnianym (trudno się rozeznać w tej plątaninie prawdy i podpowiedzi). Na drugim przesłuchaniu, w obecności świeżo zasilonego energią Kostomarowa, Czernyszewski oświadczył niezbyt fortunnie, że był u niego tylko raz, ale go nie zastał, a potem dodał z całą mocą: „Posiwieję i umrę, a nie zmienię tego zeznania". Oświadczenie, że nie on jest autorem odezwy, pisał drżącą ręką – najpewniej nie tyle ze strachu, co z wściekłości.

Tak czy inaczej sprawa miała się ku końcowi. Senat wydał orzeczenie, z całą wielkodusznością uznając, że niezgodnych z prawem kontaktów z Hercenem podsądnemu nie dowiedziono (co o r z e k ł Hercen na temat senatu, patrz poniżej, w cudzysłowie). Co się zaś tyczy odezwy *Do chłopów pańszczyźnianych*... owoc dojrzał tu już na szpalerach fałszerstw i przekupstw, absolutne zaś przeświadczenie moralne senatorów, że Czernyszewski ułożył odezwę, przemieniło się w prawdziwy dowód dzięki listowi do „Aleksego Nikołajewicza" (chodziło, zdaje się, o Pleszczejewa, spokojnego poetę, „blondyna pod każdym względem" – z jakichś jednak powodów nikt przy tym zbyt mocno nie obstawał). Tak więc w osobie Czernyszewskiego osądzone zostało jego – bardzo doń podobne – widmo, wyimaginowaną winę zaś prześlicznie ucharakteryzowano na rzeczywistą. Wyrok był względnie łagodny – względnie w porównaniu z tym, czego w ogóle można się było spodziewać za tego rodzaju przewinienie: czternaście lat ciężkich robót w kopalni, a następnie bezterminowe osiedlenie na Syberii. Od „dzikich ignorantów" z senatu orzeczenie przesłano najpierw do „posiwiałych bandytów" z Rady Państwa, którzy z gotowością je poparli, a następnie do cara; ten je zatwierdził, skracając o połowę termin katorgi. Czwartego maja 1864 roku oznajmiono to Czernyszewskiemu, a dziewiętnastego około ósmej rano na placu Mytnińskim odbyła się jego kaźń cywilna.

Padał drobny deszczyk, chwiały się parasole, plac się rozbłocił, wszystko było mokre: mundury żandarmów, pociemniałe rusztowanie, gładki czarny słup z łańcuchami. Nagle ukazała się urzędowa kareta. Wysiedli z niej jakoś niezwykle szybko, niemal się wytoczyli, Czernyszewski w palcie i dwaj oprawcy: wszyscy trzej śpiesznym krokiem przeszli wzdłuż szeregu żołnierzy do pomostu. Tłum zakołysał się, żandarmi odepchnęli pierwszych z brzegu; tu i ówdzie rozległo się niegłośne wołanie: „Proszę zamknąć parasole!". Podczas gdy urzędnik odczytywał wyrok, znany już Czernyszewskiemu, ten rozglądał się, skubał bródkę, poprawiał sobie okulary i kilka razy splunął. Kiedy czytający zająknął się i ledwie przesylabizował „socyjalistycznych idei", Czernyszewski uśmiechnął się i w tej właśnie chwili rozpoznawszy kogoś w tłumie, skinął głową, odkaszlnął, przestąpił z nogi na nogę; spod palta widać było czarne spodnie w harmonijkę, opadające na kalosze. Stojący w pobliżu dostrzegli na jego piersi podłużną deseczkę z namalowanym białą farbą napisem „zbrodniarz sta" – ostatnia sylaba „nu" nie zmieściła się. Gdy skończyło się odczytywanie wyroku, oprawcy kazali mu uklęknąć; starszy jednym ruchem strącił czapkę, z długich, zaczesanych do tyłu, jasnokasztanowych włosów. Zwężająca się ku dołowi twarz o dużym lśniącym czole zwrócona była teraz ku ziemi, a nad głową Czernyszewskiego przełamano źle podpiłowaną szpadę. Potem jego ręce, które wydawały się niezwykle białe i słabe, wsunięto w czarne łańcuchy przymocowane do słupa: miał tak stać przez kwadrans. Deszcz wzmógł się:

oprawca podniósł i wcisnął Czernyszewskiemu na głowę czapkę, a on z trudem, niezręcznie, bo przeszkadzały mu łańcuchy, ją sobie poprawił. Na lewo za płotem widać było rusztowania wznoszonego budynku. Robotnicy powłazili na płot, słychać było szurgot butów; wleźli, zawiśli na nim i z daleka, leniwie urągali przestępcy. Padał deszcz, starszy z oprawców popatrywał na srebrny zegarek. Czernyszewski ostrożnie poruszał rękami, nie podnosząc oczu. Nagle z tłumu „lepszej" publiczności posypały się bukiety. Żandarmi podskakiwali, usiłując je przechwycić w locie: W powietrzu eksplodowały róże; chwilami można było dostrzec rzadką kombinację: stójkowego w wianku. Krótko ostrzyżone panie w czarnych burnusach ciskały bzy. Tymczasem Czernyszewskiego pośpiesznie oswobodzono z łańcuchów i uwieziono martwe ciało. Nie – to przejęzyczenie – niestety, był żywy, a nawet wesół! Studenci biegli obok karety, wołając: „Żegnaj, Czernyszewski! Do zobaczenia!". On wychylał się z okna, śmiał się i groził palcem najbardziej zapamiętałym. „Niestety, był żywy!" – zawołaliśmy z żalem, jakże bowiem nie przedłożyć egzekucji i drgawek wisielca w jego przerażającym kokonie nad ów pogrzeb, który po dwudziestu pięciu latach jałowego bytowania przypadł w udziale Czernyszewskiemu! Zaledwie uwieziono go na Syberię, chciwa łapa zapomnienia zaczęła powoli zacierać obraz żywego Czernyszewskiego. O, tak, oczywiście: „Wypijmy za tego, kto pisał Co robić?...". Ale pijemy przecież za przeszłość, za minioną świetność i urzeczenie, za wielki cień – bo któż by pił za drżącego staruszka z tikiem, gdzieś w legendarnym oddaleniu produkującego liche papierowe okręciki dla jakuckich dzieci? Twierdzimy, że jego książka wchłonęła i zawarła w sobie cały żar jego osobowości – żar, którego brak w jej bezradnie rozsądnych konstrukcjach, ale który krył się jakby pomiędzy słowami (tak gorący bywa jedynie chleb) i musiał nieuchronnie ulotnić się z czasem (wtedy chleb może szerstwieć). Wydaje się, że dziś tylko marksiści zdolni są jeszcze interesować się fantomem etyki zawartej w tej małej, martwej książeczce. Łatwe to i proste – podporządkować się kategorycznemu imperatywowi pożytku powszechnego – oto ów „rozumny egoizm", jaki badacze odnajdowali w *Co robić?*. Przypomnijmy dla rozweselenia supozycję Kautskiego, że idea egoizmu związana jest z rozwojem produkcji towarowej, oraz wniosek Plechanowa, że Czernyszewski jest jednak „idealistą", ponieważ z jego wywodów wynika, iż masy powinny doścignąć inteligencję z wyrachowania, wyrachowanie zaś jest poglądem. Sprawa jednak wygląda prościej: myśl, że wyrachowanie jest fundamentem każdego postępku (albo dokonania), prowadzi do absurdu: wyrachowanie samo przez się bywa heroiczne! Każda sprawa zogniskowana w ludzkiej myśli ulega uduchowieniu. Tak właśnie wyszlachetniało „wyrachowanie" materialistów: tak oto materia, w interpretacji najlepszych jej znawców, przeistoczyła się w jałowe igranie tajemnych mocy. Etyczne konstrukcje Czernyszewskiego to swoista, powtórzona znów próba zbudowania *perpetuum mobile*, gdzie silnik – materia – porusza inną materię. Bardzo byśmy chcieli, aby się to kręciło: egoizm – altruizm – egoizm – altruizm... koło jednak zatrzymuje się na skutek tarcia. Co robić? Żyć, czytać, myśleć. Co robić? Pracować nad własnym rozwojem, ażeby osiągnąć cel życia: szczęście. Co robić? (Los samego autora jednak zamiast sensownego znaku zapytania postawił tu ironiczny wykrzyknik).

Czernyszewskiego przewieziono by na osiedlenie znacznie wcześniej, gdyby nie sprawa grupy Karakozowa: na jej procesie okazało się, że planowano zorganizowanie Czernyszewskiemu ucieczki za granicę, by mógł stanąć na czele ruchu rewolucyjnego albo przynajmniej wydawać w Genewie pismo – w dodatku, wyliczając daty, sędziowie odnaleźli w *Co robić?* przewidzianą tam datę zamachu na cara. Istotnie: Rachmietow, wyjeżdżając za granicę, wspomniał, że „przypuszczalnie jednak po jakichś trzech latach powróci do Rosji, ponieważ wydaje mu się, że w Rosji «trzeba» mu być nie teraz, lecz dopiero wtedy: za trzy, cztery lata". (Tu pojawia się wieloznaczne i charakterystyczne dla autora powtórzenie). Tymczasem ostatnia część powieści opatrzona została datą 4 kwietnia 1863, dokładnie zaś tego samego dnia, w trzy lata później, doszło do zamachu. Tak więc nawet cyfry – złote rybki Czernyszewskiego – zawiodły go.

O Rachmietowie nikt dziś nie pamięta, w owych latach jednak stworzył on całą szkołę życia. Z jakim nabożeństwem chłonęli czytelnicy ów sportowo-rewolucyjny sztafaż powieści: Rachmietow zastosował d i e t ę b o k s e r s-k ą – i dialektyczną: „Dlatego też, gdy podawano owoce, to bezwzględnie jadł jabłka i stanowczo nie jadał moreli, pomarańcze jadał w Petersburgu, nie jadał zaś na prowincji – bo, uważacie państwo, w Petersburgu prosty lud jada pomarańcze, a na prowincji nie".

Skąd się nagle pojawiła młodziutka, okrągła twarz o dużym, dziecięco wypukłym czole i policzkach jak dwa dzbanuszki? Kim jest ta podobna do pielęgniarki dziewczyna w czarnej sukni z białym wykładanym kołnierzykiem i sznureczkiem od zegarka? Przybywszy w 1872 roku do Sewastopola, przewędrowała pieszo okoliczne wsie, ażeby zapoznać się z bytowaniem chłopów: przeżywała swój okres r a c h m i e t o w s z c z y z n y – spała na słomie, odżywiała się mlekiem i kaszą... Powracając więc do poprzedniego twierdzenia, powtórzymy znowu: po stokroć bardziej godny zazdrości jest trwający mgnienie

354

los Pierowskiej niż przygasanie sławy bojownika! Bowiem w miarę jak przechodząc z rąk do rąk, strzępiły się zeszyty „Sowriemiennika" z powieścią, urok Czernyszewskiego słabł; szacunek zaś dla niego, który od dawna stał się serdeczną umownością (wyjęta spod serca, umowność ta okazywała się martwa), niezdolny już był wskrzesnąć, gdy Czernyszewski umarł w 1889 roku. Pogrzeb miał skromny. W prasie odezwało się niewiele głosów. Na nabożeństwie żałobnym w Petersburgu kilku ubranych po miejsku robotników, których przyjaciele nieboszczyka sprowadzili dla parady, studenci uznali za szpicli, za jednym mruknięto nawet: „grochowinowe paletko"[*], co na swój sposób przywróciło równowagę zdarzeń – czyż to nie ojcowie owych robotników urągali Czernyszewskiemu przez płot?

Następnego dnia po błazeńskiej kaźni, o zmroku, „z łańcuchami na nogach i głową pełną rozmyślań", Czernyszewski na zawsze opuścił Petersburg. Jechał tarantasem, a ponieważ „czytać po drodze książki" zezwolono mu dopiero za Irkuckiem, przez pierwsze półtora miesiąca podróży okropnie się nudził. Dwudziestego trzeciego lipca dowieziono go wreszcie do kopalni nerczyńskiego okręgu górniczego – do Kadai: o piętnaście wiorst od Chin i o siedem tysięcy od Petersburga. Pracować zbyt wiele nie musiał, mieszkał w kiepsko opatrzonym domku, chorował na reumatyzm. Upłynęły dwa lata. Nagle stał się cud: Olga Sokratowna wybrała się do niego na Syberię.

Kiedy siedział w twierdzy, ona podobno miotała się po prowincji, tak niewiele troszcząc się o los męża, że krewni zastanawiali się nawet, czy nie popadła w obłęd. W przededniu „odarcia go z czci" przypędziła do Petersburga...

---

[*] Palto koloru grochowin nosili zazwyczaj szpicle – był to ich swoisty mundur (przyp. tłum.).

Dwudziestego rankiem już pomknęła dalej. Nigdy nie uwierzylibyśmy, że zdolna jest odbyć podróż do Kadai, gdybyśmy nie znali jej zdolności do łatwego i gorączkowego przemieszczania się. Jakże na nią czekał! Wyjechawszy na początku lata 1866 roku z siedmioletnim Miszą i doktorem Pawlinowem (znów wkraczamy w sferę pięknie brzmiących nazwisk*), dotarła do Irkucka; gdzie zatrzymano ją na dwa miesiące; stanęła tam w hotelu o kosztownie głupawej nazwie, być może zniekształconej przez biografów, ale ze szczególną starannością dobranej przez ironiczny los: Hôtel d'Amour et Co. Doktora Pawlinowa dalej nie puszczono: zamiast niego pojechał rotmistrz żandarmów Chmielewski (udoskonalone wydanie junaka z Pawłowska); krewki, pijany i bezczelny. Przyjechali 23 sierpnia. Jeden z zesłanych tu Polaków, dawny kucharz Cavoura, o którym Czernyszewski pisał niegdyś tak wiele i tak złośliwie, upiekł – ażeby uczcić spotkanie małżonków – mnóstwo ciasteczek, jakie zjadał niegdyś w wielkich ilościach jego zmarły już pan. Ale spotkanie nie udało się: zdumiewające, jak gorycz i heroizm, które życie przeznaczyło Czernyszewskiemu, nabierały zawsze posmaku obrzydliwej farsy. Chmielewski, cały w lansadach, nie odstępował Olgi Sokratowny, w której cygańskich oczach przebłyskiwał wyraz jakiegoś zaszczucia, ale zarazem jakby ponęta – niewykluczone, że mimowolna. Chcąc się odwdzięczyć za jej przychylność, podobno nawet zaproponował, że ułatwi więźniowi ucieczkę – ten jednak kategorycznie odmówił. Słowem, nieustanna obecność bezwstydnika była tak nieznośna (a jakie piękne układaliśmy plany!), że Czernyszewski sam namówił żonę, by wyruszyła w drogę powrotną, i 27 sierpnia tak właśnie uczyniła, spędziwszy w ten sposób po trzech miesiącach

---

* *Pawlin* (ros.) – paw.

podróży zaledwie cztery dni – c z t e r y dni, czytelniku! – u męża, którego opuszczała teraz na przeszło siedemnaście lat. Niekrasow poświęcił jej *Chłopskie dzieci*. Szkoda, że nie poświęcił jej swoich *Rosyjskich kobiet*.

W ostatnich dniach września Czernyszewskiego przeniesiono do Zakładów Aleksandrowskich, o trzydzieści wiorst od Kadai. Zimę spędził w tamtejszym więzieniu z ludźmi z grupy Karakozowa i polskimi powstańcami. Wyróżniało się ono mongolską osobliwością – palami pionowo, ciasno wkopanymi wokół więzienia; „palisada bez sada" jak dowcipkował jeden z zesłańców, były oficer Krasowski. W czerwcu następnego roku, po zakończeniu okresu próbnego, Czernyszewski został przeniesiony do „wolnego" oddziału i wynajął pokój u diaczka, niezwykle podobnego doń z wyglądu: ślepawe szare oczy, rzadka bródka, długie pomierzwione włosy... Zawsze pijaniuteńki, zawsze wzdychający, odpowiadał diaczek ze współczuciem na pytania ciekawskich: „Kochaneczek nic tylko pisze a pisze!". Czernyszewski spędził tam jednak co najwyżej dwa miesiące. Imienia jego wzywano nadaremno na procesach politycznych. Obywatel miejski Rozanow, człowiek po trosze nawiedzony, zeznał, że rewolucjoniści chcą schwytać i wsadzić do klatki „ptaka krwi carskiej, aby wymienić go na Czernyszewskiego". Hrabia Szuwałow telefonował do irkuckiego generała-gubernatora: „Celem emigracji jest uwolnienie Czernyszewskiego, proszę podjąć wobec niego wszelkie niezbędne środki". Krasowski tymczasem, wypuszczony „na wolność" razem z nim, uciekł (i zginął w tajdze, ograbiony), istniały więc wszelkie powody po temu, ażeby niebezpiecznego zesłańca wpakować znów do więzienia i pozbawić na miesiąc prawa korespondencji.

Przeciągi przyprawiały go o niewymowne cierpienia, nie zdejmował więc nigdy ani szlafroka na futerku, ani barankowej czapki. Posuwał się niby liść gnany wiatrem, chwiejnym, nerwowym krokiem, a jego piskliwy głosik dawał się słyszeć w coraz to innej stronie. Spotęgował się też jego dawny nawyk snucia wywodów logicznych „w stylu imiennika jego teścia"[*], jak zawile wyraża się Strannolubski. Mieszkał w „kantorze": sporym pokoju rozdzielonym barierką; w obszerniejszej części stały wzdłuż całej ściany niskie nary, tworząc jakby pomost; tam, niby na scenie czy podwyższeniu, stało łóżko i nieduży stół, co stanowiło w istocie oprawę całego jego życia (podobnie w ogrodach zoologicznych pokazuje się smutnego drapieżnika wśród skał jego ojczyzny). Wstawał, gdy mijało południe, pił herbatę i polegując, czytał cały dzień, a do pisania tak naprawdę zasiadał o północy, ponieważ za dnia jego bezpośredni sąsiedzi – polscy patrioci – usposobieni wobec niego najzupełniej obojętnie, grywali na skrzypcach, rozdzierając mu uszy zgrzytliwymi dźwiękami; byli to z zawodu kołodzieje. Innym zesłańcom czytywał wieczorami. Ci zauważyli pewnego razu, że choć czyta spokojnie i płynnie zawiłą powieść z wieloma „naukowymi" dygresjami, patrzy w pusty zeszyt. Okropny to symbol!

Wtedy właśnie napisał nową powieść. Podniecony jeszcze sukcesem *Co robić?*, wiele się po niej spodziewał – głównie pieniędzy, które powieść, drukowana za granicą, miała tak czy inaczej przynieść jego rodzinie. *Prolog* jest w dużej mierze autobiografią. Już raz, gdyśmy o nim wspomnieli, mówiliśmy o swoistej próbie rehabilitacji Olgi Sokratowny; zdaniem Strannolubskiego, została tu w równej mierze podjęta próba rehabilitacji osobowości samego autora, z jednej strony bowiem Czernyszewski, podkreśla-

---

[*] Teść miał na imię Sokrates (przyp. tłum.).

jąc wpływ Wołgina*, tak ogromny, że dygnitarze zabiegali o jego względy za pośrednictwem żony (sądząc, że ma „kontakty z Londynem", to jest z Hercenem, którego świeżo upieczeni liberałowie śmiertelnie się bali), z drugiej strony uparcie eksponuje podejrzliwość, nieśmiałość, bezczynność Wołgina: „czekać i czekać, możliwie najdłużej, możliwie najostrożniej czekać". Sprawia to wrażenie, jakby uparty Czernyszewski usiłował zawarować sobie ostatnie słowo w sporze, dobrze zapamiętawszy to, co powtarzał swym sędziom: należy sądzić mnie na podstawie moich czynów, a czynów nie było i być nie mogło.

„Lekkie" sceny *Prologu* pomińmy lepiej milczeniem. Poprzez chorobliwie konkretny erotyzm można w nich dostrzec tak rozwibrowaną czułość dla żony, że najmniejszy cytat wydałby się zbyt okrutną drwiną. Posłuchajmy za to przeczystego tonu jego pisanych w owych latach listów do niej: „Miła moja, radości moja, dziękuję Ci za to, że życie moje rozświetliło się dzięki Tobie...". „Byłbym tu jednym z najszczęśliwszych ludzi na świecie, gdybym nie myślał o tym, że ten bardzo dla mnie osobiście korzystny los nazbyt zaciążył na Twoim życiu, kochana przyjaciółko...".

„Czy wybaczysz mi nieszczęście, które na ciebie sprowadziłem?...".

Nadzieje na dochody literackie nie spełniły się: emigranci nie tylko szafowali nazwiskiem Czernyszewskiego, ale po złodziejsku wydawali jego utwory. Najbardziej zaś zgubne były dlań próby uwolnienia go; próby same przez się odważne, ale w naszych oczach, dostrzegających z wyżyn czasu różnicę między postacią „skowanego olbrzyma" a prawdziwym Czernyszewskim, którego zabiegi

---

* Wołgin jest bohaterem *Prologu* (przyp. tłum.).

jego zbawców tylko bezmiernie złościły – zupełnie bezsensowne; „ci panowie – mawiał później – nie wiedzieli
nawet tego; że ja nie umiem jeździć konno...". Ta właśnie
wewnętrzna sprzeczność prowadziła do nonsensu (którego
specyficzny odcień znamy od dawna). Jeśli wierzyć po-
głoskom, Hipolit Myszkin, który przebrany za oficera
żandarmerii zjawił się w Wilujsku u naczelnika tamtejszej
policji, żądając wydania więźnia, popsuł wszystko tym, że
założył akselbant na lewe ramię zamiast na prawe. Poprzednio, już w 1871 roku, podjął taką próbę Łopatin
– próbę, w której wszystko było chybione: zarówno to, że
w Londynie porzucił nagle tłumaczenie *Kapitału*, by
Marksowi, kiedy ten nauczył się czytać po rosyjsku,
dostarczyć *den grossen russischen Gelehrten*, jak podróż
do Irkucka w charakterze członka Towarzystwa Geograficznego (przy czym syberyjskie mieszczuchy brały go za
rewizora incognito) i wreszcie aresztowanie na skutek
donosu ze Szwajcarii, ucieczka, a także sposób, w jaki
pozwolił się schwytać, oraz jego list do generała-gubernatora wschodniej Syberii; w piśmie tym z niepojętą
szczerością opowiadał o swoich planach. Wszystko to
jedynie pogarszało los Czernyszewskiego. Prawdziwe
osiedlenie powinno było rozpocząć się 10 sierpnia 1870
roku. Dopiero jednak 2 grudnia przewieziono go w inne
miejsce, które okazało się o wiele gorsze od miejsca
katorgi – do Wilujska.

„Wepchnięty przez Pana Boga do dolnej szuflady Azji
– opowiada Strannolubski – w głąb prowincji jakuckiej,
daleko na północny wschód, stanowił Wilujsk osiedle
zbudowane na olbrzymiej ławicy piachu naniesionego przez
rzekę, otoczone bezkresnymi mszystymi bagnami, które
porastała gęsto tajgowa roślinność". Żyło tam w sumie
pięćset osób: Kozacy, na wpół dzicy Jakuci i tacy, których

Stiekłow charakteryzuje nader malowniczo: „lokalne towarzystwo składało się z pary urzędników, pary sług cerkiewnych i pary kupców" – jakby chodziło o arkę Noego. Czernyszewskiego umieszczono tam w najlepszym domu, a najlepszym domem Wilujska okazało się więzienie. Drzwi wilgotnej celi były obite czarną ceratą, dwa okna, wychodzące zresztą na palisadę, były zakratowane. Innych zesłańców nie było, znalazł się więc Czernyszewski w zupełnej samotności. Rozpacz, bezsilność, poczucie, iż został oszukany, przekonanie, że niesprawiedliwość jest przepastna, odrażające niedostatki bytowania w strefie polarnej – wszystko to o mało nie doprowadziło go do obłędu. Rankiem 10 lipca 1872 roku zaczął nagle rozwalać żelaznymi cęgami zamek drzwi wejściowych, trzęsąc się cały, mamrocząc i wykrzykując: „Czy to może przyjechał cesarz albo minister, że uriadnik poważył się zamknąć na noc drzwi?". Z nadejściem zimy trochę się uspokoił, ale od czasu do czasu donoszono... i tu trafia nam się jedna z owych rzadkich kombinacji – będących dumą każdego badacza.

Kiedyś, mianowicie w 1853 roku, ojciec pisał do niego (w związku z jego rozprawką o słowniku *Latopisu patjewskiego*): „Lepiej opowiastkę byś jaką napisał... bajeczki wciąż jeszcze są modne w eleganckim świecie". W wiele lat później Czernyszewski zwierza się żonie, że chce napisać „uczoną opowiastkę", którą zamyślił jeszcze w więzieniu, a w której chce ją sportretować w postaciach dwóch dziewcząt: „Będzie to niezgorsza uczona opowiastka (tu powtarza się stylistyka ojca). Gdybyś wiedziała, jak się śmiałem, wymyślając rozmaite hałaśliwe figle młodszej... Ile się napłakałem ze wzruszenia, opisując patetyczne rozmyślania... starszej!". Czernyszewski – donosili jego więzienni nadzorcy – nocami to śpiewa, to tańczy, to głośno płacze.

Pocztę ekspediowano z Jakucka raz w miesiącu. Styczniowy numer petersburskiego pisma docierał tu dopiero w maju. Postępującą chorobę (wole) usiłował Czernyszewski leczyć według podręczników sam. Wycieńczający katar żołądka, który dokuczał mu w latach studenckich, powrócił teraz z nowymi objawami. „Niedobrze mi się robi od «chłopów» i «chłopskiego władania ziemią»" – pisał do syna sądzącego, że zainteresują go książki ekonomiczne, które chciał mu przysłać. Jedzenie było ohydne. Żywił się wyłącznie kaszą: jadł ją prosto z garnka srebrną stołową łyżką, startą prawie w ćwierci o gliniane naczynia w ciągu owych dwudziestu lat, które i jego starły. W ciepłe letnie dni stał czasem całymi godzinami, podwinąwszy spodnie, w płytkiej rzeczułce, co mu raczej nie wychodziło na zdrowie, albo owinąwszy głowę ręcznikiem dla ochrony przed komarami, podobny do rosyjskiej baby, snuł się ze swoim wyplatanym koszem na grzyby po leśnych ścieżkach, nigdy nie zapuszczając się w gęstwinę. Zapominał papierośnicy pod modrzewiem, którego długo nie umiał odróżnić od sosny. Zrywał kwiaty (nie znał ich nazw), okładał w bibułkę i posyłał synowi Miszy, który tym sposobem zgromadził „niewielki zielnik flory wilujskiej". Wołkońska też pozostawiła w spadku swoim wnukom „kolekcję motyli i florę Czyty". Pewnego razu na więziennym dziedzińcu pojawił się orzeł, „który przyleciał, by wyżerać mu wątrobę – pisze Strannolubski – ale nie uznał go za Prometeusza".

Satysfakcja, jakiej w młodości doświadczał na widok dobrze uregulowanego systemu kanałów w Petersburgu, odbiła się teraz spóźnionym echem: nie mając nic lepszego do roboty, kopał kanały – i o mało nie zatopił jednej z ulubionych dróg wilujczyków. Potrzebę niesienia oświaty zaspokajał, ucząc Jakutów stosownych manier, ale tubylec nadal zdejmował czapkę w odległości dwudziestu kroków, nieruchomiejąc w uniżonej pozie. Praktyczny rozsądek sprowadzał się do tego, że Czernyszewski doradzał nosiwodzie, aby włosiany pałąk wrzynający się w dłonie zastąpił koromysłem; Jakuci jednakże nie wyrzekli się utrwalonych obyczajów. W miasteczku, gdzie jedynym zajęciem była gra w stukułkę i namiętne rozważania o cenie daby[*], jego głód działania społecznego odnalazł starowierców; niezwykle szczegółowe i obszerne pismo w ich sprawie (omawiające nawet drobne wilujskie intrygi) Czernyszewski najspokojniej w świecie przesłał na ręce cara, przyjaźnie doradzając mu, by ich ułaskawił, gdyż „czczą go jak świętego".

Pisał wiele, ale prawie wszystko palił. Komunikował rodzinie, że wyniki jego „naukowych zajęć" spotkają się niewątpliwie ze zrozumieniem; prace owe jednak to popiół i miraże. Z całej sterty utworów beletrystycznych, które wyprodukował na Syberii, ostały się oprócz *Prologu* dwie czy trzy krótkie powieści, jakiś „cykl" niedokończonych „nowel"... Układał również wiersze. Materią nie różniły się od tych, które kiedyś musiał układać w seminarium. Przełożył wtedy psalm Dawida w następujący sposób: „Jeden mi przypadł obowiązek, aby ojcowskie owce paść, ode młodości hymnym śpiewał, by Stwórcę ma sławiła pieśń"[**]. W 1875 roku (Pypinowi) i ponownie w 1888 (Ławrowowi) posyła *Poemat staroperski*: okropny! W jednej ze strof zaimek „ich" powtarza się s i e d e m razy. („Przez ubóstwo ich krain – ich ciała jak szkielet, a przez ich łachmany ich żebra widoczne, szerokie ich twarze i płaskie ich rysy, na płaskich ich rysach bezduszność wyryta"),

---

[*] Daba – rodzaj staroświeckiej płóciennej białej lub barwionej tkaniny (przyp. tłum.).

[**] Przekład w oryginale rosyjskim jest komicznie nieporadny i nieumiejętnie stylizowany (przyp. tłum.).

w potwornych zaś łańcuchach dopełniaczy ("od krzyku tęsknoty ich głodu spraw krwawych...") na pożegnanie, gdy słońce zeszło bardzo nisko, objawia się znana nam już skłonność autora do związków i więzi. Do Pypina pisze nużące listy, oznajmiając o swym upartym – na przekór administracji – pragnieniu zajęcia się literaturą: "Ta rzecz (*Akademia Gór Lazurowych*, podpisana «Denzel Elliot» – rzekomo tłumaczona z angielskiego) ma duże walory literackie... Jestem cierpliwy, ale mam nadzieję, że nikt nie powziął zamiaru utrudniania mi pracy dla mojej rodziny... W literaturze rosyjskiej słynę z niedbałości pióra... Kiedy jednak chcę, umiem posłużyć się różnymi dobrymi odmianami stylu".

> Płaczcie, o, nad Lilibaeum!
> My płaczemy razem z wami,
> Płaczcie, och, nad Agrygentem!
> Nasi pragną tam pomocy!

"Czym jest (ów) hymn ku czci Dziewicy Niebios? Epizodem z pisanej prozą opowieści wnuka Empedoklesa... Czym z kolei jest opowieść wnuka Empedoklesa? Jedną z licznych opowieści w *Akademii Gór Lazurowych*". Księżna Countershire wraz z gronem swych światowych przyjaciół wyruszyła jachtem przez Kanał S u e s k i (podkreślenie moje – V.N.) do Indii Wschodnich, ażeby odwiedzić swoje małe królestwo u stóp Gór Lazurowych w pobliżu Golkondy. Tam towarzystwo zajmuje się tym, czym zajmują się mądrzy i dobrzy światowcy (snuciem opowieści), tym, co znajduje się w następnych przesyłkach Denzela Elliota dla redaktora "Wiestnika Jewropy" (czyli dla Stasiulewicza, który żadnej z tych rzeczy nie wydrukował).

W głowie się mąci, litery rozpływają się w oczach, gasną – i oto znów podejmujemy "temat okularów" Czernyszewskiego. Krewnych prosił o przysłanie nowych szkieł, ale choć bardzo starał się wyjaśnić wszystko nad wyraz poglądowo, coś jednak pokręcił i w pół roku później przysłano mu okulary „cztery i pół zamiast pięć albo pięć i jedna czwarta".

Potrzebę pouczania zaspokajał, pisząc do Saszy o Pierre Fermacie, do Miszy zaś o walce papiestwa z cesarzami, do żony – o medycynie, Karlsbadzie, Włoszech... Skończyło się tak, jak musiało się skończyć: zażądano, aby zaprzestał pisania „uczonych listów". Tak się tym poczuł urażony i wstrząśnięty, że przez ponad pół roku w ogóle listów nie pisał (nigdy władze nie doczekały się od niego tych pokornie upraszających pism, które na przykład podoficer Dostojewski słał z Semipałatyńska do możnych tego świata). „Od tatusia nie ma żadnej wiadomości – pisała w 1879 roku do syna Olga Sokratowna – czy aby żyje, mój kochany" i za tę intonację wiele jej zostanie wybaczone.

Jeszcze jeden pajac z nazwiskiem na „ski" pojawia się w gronie statystów: 15 marca 1881 roku „Twój nieznany uczeń Witiewski"*, jak się sam przedstawia, a według danych policyjnych – popijający nad miarę lekarz szpitala w Stawropolu, z przesadną żarliwością protestując przeciwko opinii jakichś anonimów głoszących, że Czernyszewski odpowiedzialny jest za zabójstwo cara, śle mu do Wilujska depeszę: „Twoje utwory pełne są pokoju i miłości. Tyś tego (to jest zabójstwa) wcale nie pragnął". Może właśnie te prostoduszne słowa, a może co innego sprawiło, że rząd złagodniał i w połowie czerwca okazał lokatorowi, a zarazem więźniowi uprzejmą troskliwość: ściany jego kwatery zostały wyklejone szaroperłowej barwy tapetą ze szlaczkiem, a sufit obity bielonym płótnem, co ogółem kosztowało kasę państwową 40 rubli i 88 kopiejek, czyli

---

* Zapewne Wiciewski (przyp. tłum.).

nieco więcej niż palto dla Jakowlewa i kawa dla Muzy. Już następnego roku zaś w przetargach o widmo Czernyszewskiego w wyniku pertraktacji pomiędzy „ochotniczą strażą" a komitetem wykonawczym „Narodnej Woli" w sprawie spokoju podczas koronacji ustalono, że jeśli wszystko przebiegnie pomyślnie, Czernyszewski zostanie uwolniony: tak to wymieniano go na carów, a carów na niego (co znalazło później materialnie widomy wyraz, gdy władza sowiecka zastąpiła w Saratowie pomnik Aleksadra Drugiego jego pomnikiem). Następnego już roku w maju wpłynęła do władz prośba napisana w imieniu synów Czernyszewskiego (o czym, rzecz, jasna, nie wiedział), utrzymana w najbardziej patetycznym i lirycznym stylu; minister sprawiedliwości Nabokow odpowiednio ją przedstawił i „Najjaśniejszy Pan raczył zgodzić się na przeniesienie Czernyszewskiego do Astrachania".

Z końcem lutego 1883 roku (ociężały czas z trudem już taszczył jego los) żandarmi, nie wspomniawszy mu ani słowem o carskiej rezolucji, przewieźli go do Irkucka. Wszystko jedno – opuszczenie Wilujska tak czy owak było szczęściem i niejeden raz podczas letniej podróży długą Leną (tak swojsko powtarzającą łuk Wołgi) stary człowiek puszczał się w tan, śpiewnie recytując heksametry. We wrześniu jednak skończyła się podróż, a wraz z nią poczucie wolności. Już pierwszej nocy Irkuck wydał mu się takim samym jak poprzednie więzieniem w głębi powiatowej głuszy. Rankiem odwiedził go naczelnik oddziału żandarmerii Keller. Mikołaj Gawriłowicz siedział przy stole, podpierając twarz dłońmi i nie od razu zareagował na obecność gościa. „Najjaśniejszy Pan ułaskawił pana" – oznajmił Keller i powtórzył jeszcze raz to samo głośniej, widząc, że Czernyszewski jest jakby senny albo też nie rozumie, o co chodzi. „Mnie?" – wyrzekł nagle starzec, wstał z krzesła, położył zwiastunowi nowiny rękę na ramieniu i trzęsąc głową, głośno zapłakał. Wieczorem, jakby wracał do zdrowia po długiej chorobie, ale wciąż jeszcze osłabły, ze słodkim poczuciem omdlałości w całym ciele pił z Kellerem herbatę, mówił bez ustanku, opowiadał jego dzieciom „mniej lub bardziej perskie bajki – o osłach, różach, rozbójnikach..." – tak to zapamiętał jeden ze słuchaczy. W pięć dni później przewieziono go do Krasnojarska, stamtąd do Orenburga – pewnego zaś późnojesiennego dnia o siódmej wieczorem przejeżdżał państwowymi końmi przez Saratow; tam w zajeździe koło posterunku żandarmerii w rozedrganym zmierzchu latarenka tak się chwiała na wietrze, że w żaden sposób nie można było przyjrzeć się dokładnie zmiennej, młodej, starej, znów młodej, w obramieniu ciepłej chusty twarzy Olgi Sokratowny, która przypędziła na niespodziewane spotkanie; tej samej jeszcze nocy Czernyszewski – o czym wtedy myślał, nie wiadomo – został wyekspediowany dalej.

Z dużym kunsztem, z niezwykłą żywością (można ją wziąć prawie za współczucie) opisuje Strannolubski, jak Czernyszewski zainstalował się w Astrachaniu. Nikt go nie witał z otwartymi ramionami, nikt go nawet nie zapraszał, więc bardzo szybko zrozumiał, że wszystkie wspaniałe zamysły stanowiące na zesłaniu jedyne jego oparcie, rozpłyną się teraz w jakiejś głupawo oczywistej i niezmąconej ciszy.

W Astrachaniu do jego syberyjskich chorób dołączyła się żółta febra. Często się przeziębiał. Męczyło go kołatanie serca. Dużo i niechlujnie palił. Co najważniejsze jednak, był niezwykle nerwowy. Zrywał się nagle dziwacznie w trakcie rozmowy, co stanowiło jakby reminiscencję owej chwili, gdy się tak właśnie porwał w dniu aresztowania i rzucił do gabinetu, aby wyprzedzić złowrogiego

Rakiejewa. Na ulicy można go było wziąć za staruszka-rzemieślnika – szedł pochylony, w lichym letnim garniturku, w wymiętej czapce. „A proszę powiedzieć...", „A czy zgodzi się pan..." – osaczali go głupimi pytaniami ciekawscy. Aktor Syrobojarski wciąż go pytał, „czy powinien się ożenić, czy też nie". Były jeszcze ze dwa czy trzy donosiki, które zasyczały na chwilę niczym wilgotne fajerwerki. Znajomości utrzymywał Czernyszewski z tamtejszymi Ormianami – drobnymi kupcami. Ludzie wykształceni zdumiewali się, że niezbyt się interesuje życiem społecznym. „Czego państwo chcecie – odpowiadał niewesoło – cóż ja tu mogę zrozumieć – przecież nie byłem ani razu na posiedzeniu sądu publicznego, ani razu na zgromadzeniu ziemstwa...".

Gładkowłosa, o odsłoniętych zbyt dużych uszach, z wysokim kokiem zwanym „ptasim gniazdem", jest oto znów z nami Olga Sokratowna (przywiozła z Saratowa cukierki, kocięta); na długich wargach wciąż ten sam półuśmiech, jeszcze ostrzej rysuje się utrwalona cierpieniem linia brwi, a rękawy wszywa się teraz tak, że sterczą powyżej ramion. Olga (1833–1918) ma już przeszło pięćdziesiątkę, ale w charakterze zachowała dawną chorobliwą awanturniczość; ataki histerii przyprawiają ją niekiedy o konwulsje.

Przez ostatnie sześć lat życia biedny, stary, nikomu niepotrzebny Mikołaj Gawriłowicz z regularnością maszyny tłumaczy dla wydawcy Sołdatienkowa tom po tomie *Historię powszechną* Georga Webera, przy czym powodowany dawną, niedającą się powściągnąć potrzebą wypowiedzi, coraz częściej usiłuje przemycić pomiędzy opiniami autora własne myśli. Przekład podpisuje nazwiskiem „Andriejew", w recenzji zaś z pierwszego tomu („Nabludatiel", luty 1884) krytyk zauważa, że jest to „swoisty pseudonim, ponieważ w Rosji Andriejewów jest tylu co Iwanowów i Pietrowów"; po tym stwierdzeniu następują uszczypliwe zarzuty pod adresem przyciężkiego stylu i drobna wymówka: „Pan Andriejew w swojej przedmowie niepotrzebnie rozwodzi się nad zaletami i niedostatkami Webera, którego rosyjski czytelnik zna od dawna. Już w latach pięćdziesiątych ukazał się bowiem jego podręcznik równolegle z trzema tomami *Kursu historii powszechnej* w przekładzie J.W. Korsza. Tłumacz nie powinien więc zapominać o pracach swoich poprzedników".

Tenże J.W. Korsz, rozmiłowany w rodzimych określeniach jako ekwiwalencie terminów przyjętych przez niemieckich filozofów, był teraz osiemdziesięcioletnim starcem, współpracownikiem Sołdatienkowa, i w tym właśnie charakterze korygował „astrachańskiego tłumacza", wprowadzając poprawki wprawiające we wściekłość Czernyszewskiego, który w listach do wydawcy usiłował starym zwyczajem „wsiąść" na Eugeniusza Fiodorowicza wedle swego dawnego systemu – najpierw żądając zaciekle, ażeby redagowanie tekstów powierzono komu innemu, kto by „lepiej rozumiał, że nie ma w Rosji człowieka, znającego rosyjski język literacki równie dobrze jak ja", a potem, kiedy już postawił na swoim, stosując swój słynny chwyt „podwójnego zamknięcia": „Czyż naprawdę obchodzą mnie podobne głupstwa? W końcu jeśli Korsz chce nadal pracować nad korektą, niech go Pan uprosi, żeby nie robił poprawek, bo są istotnie bezsensowne". Z nie mniej dręczącą przyjemnością „wsiada" też na Zacharjina, który rozmawiając z Sołdatienkowem, z dobroci serca doradzał mu, żeby Czernyszewskiemu płacił w miesięcznych ratach (po 200 rubli), ponieważ Olga Sokratowna jest rozrzutna. „Zbiła Pana z tropu bezczelność człowieka, którego umysł zrujnowało pijaństwo" – pisał Czernyszewski, i uruchamiając całą aparaturę swojej przerdzewiałej, zgrzytliwej, ale nader pokrętnej logiki, uzasadniał najpierw swój gniew tym, że został uznany za złodzieja usiłującego zbić kapitał, a potem tłumaczył, że gniewa się właściwie na pokaz, ze względu na Olgę Sokratownę: „Dzięki temu, że dowiedziała się o swej rozrzutności z mego listu do Pana, a ja nie ustąpiłem, kiedy prosiła, bym złagodził te słowa, obyło się bez konwulsji". Wówczas również (w końcu 1888 roku) ukazała się jeszcze jedna nieduża recenzja z dziesiątego już tomu Webera. Trzeba pamiętać o okropnym stanie ducha Czernyszewskiego, urażonej miłości własnej, starczym rozkapryszeniu i ostatnich beznadziejnych próbach przekrzyczenia ciszy (co jest znacznie trudniejsze niż próba przekrzyczenia burzy przez Lira), gdy się przez jego okulary czyta recenzję na wewnętrznej stronie jasnopoziomkowej okładki „Wiestnika Jewropy": „Niestety z przedmowy wynika, że tłumacz rosyjski tylko w pierwszych sześciu tomach pozostał wierny zwykłym zadaniom autora przekładu, później bowiem podjął się samozwańczo nowego obowiązku... «oczyszczenia» Webera. Trudno chyba żywić wdzięczność za przekład, w którym dochodzi do «przeinaczenia» autora, i to tak poważnego jak Weber".

„Wydawałoby się – wtrąca tu Strannolubski (plącząc się nieco w metaforach) – że tym niedbałym kopniakiem los godnie zamknął łańcuch odwetów, który dla niego wykuwał". Tak jednak nie jest. Pozostaje nam przypatrzyć się jeszcze jednej, najstraszniejszej, najdoskonalej obmyślonej i ostatniej już kaźni.

Spośród wszystkich obłąkańców rozdzierających na strzępy życie Czernyszewskiego najgorszy był jego syn, oczywiście nie najmłodszy Michał, który prowadził ciche życie i z zamiłowaniem zajmował się problemami taryf (pracował w kolejnictwie). On właśnie, wywodząc się z pozytywnej „cyfry" ojca, był dobrym synem: podczas gdy jego marnotrawny brat (cóż za umoralniający obrazek!) wydawał w latach 1896–1898 swoje *Opowiadania fantastyczne* i zbiorek marnych wierszy, Misza podjął zbożny trud opublikowania monumentalnej edycji dzieł Mikołaja Gawriłowicza, który doprowadził niemal do końca; otoczony powszechnym szacunkiem zakończył żywot w roku 1924 – mniej więcej dziesięć lat wcześniej Aleksander zmarł nagle w mieście grzechu – Rzymie, w pokoiku o kamiennej podłodze, oświadczając się z nadludzką miłością do sztuki włoskiej i w rozognieniu szaleńczego natchnienia wykrzykując, że gdyby go ludzie posłuchali, życie potoczyłoby się inaczej, inaczej! Sasza, jakby ukształtowany z tego, czego ojciec nie cierpiał, ledwie wyszedłszy z lat chłopięcych, zaczął lgnąć do wszystkiego, co dziwaczne, baśniowe, niezrozumiałe dla współczesnych – rozczytywał się w E.T.A. Hoffmannie i Edgarze Poe, interesował się czystą matematyką, nieco później zaś jako jeden z pierwszych w Rosji docenił francuskich *pocts maudits*. Ojciec, wegetując na Syberii, nie mógł czuwać nad rozwojem syna (który wychował się u Pypinów), to zaś, czego się o nim dowiadywał, interpretował po swojemu, zwłaszcza że ukrywano przed nim chorobę psychiczną Saszy. Z czasem jednak owa czysta matematyka zaczęła drażnić Czernyszewskiego i łatwo sobie wyobrazić, co czuł młody człowiek, czytając długie ojcowskie listy, rozpoczynające się od ostentacyjnie dobrodusznego żartu, a potem (niczym rozważania owego bohatera z opowiadania Czechowa, który swe tyrady rozpoczynał, powtarzając życzliwie, że stary student jest niepoprawnym idealistą...) przechodzące w gniewną besztaninę; pasja matematyczna doprowadzała Czernyszewskiego do wściekłości nie tylko jako przejaw tego, co bezużyteczne: zapóźniony wobec życia Czernyszewski, wydrwiwając każdą nowość, wyładowywał swoją złość na wszystkich nowatorach, dziwakach i pechowcach świata.

Pypin – człowiek niezmiernej dobroci – przesłał mu w styczniu 1875 roku do Wilujska upiększony konterfekt syna-studenta, informując również twórcę Rachmietowa o tym, co mogło sprawić mu przyjemność (Sasza – pisał – zamówił sobie półpudową metalową kulę do gimnastyki) i co pochlebia zwykle każdemu ojcu; Pypin z powściąganą czułością, wspominając swą młodzieńczą przyjaźń z Mikołajem Gawriłowiczem (któremu wiele zawdzięczał), donosi, że Sasza jest równie jak ojciec niezręczny i kanciasty, że śmieje się równie głośno, wycinając dyszkantowe koguty... Nagle jesienią 1877 roku Sasza zaciągnął się do Newskiego Pułku Piechoty, ale nim dotarł do armii czynnej, rozchorował się na tyfus (jego nieustające biedy to swoiste dziedzictwo po ojcu, któremu wszystko się psuło i wypadało z rąk). Po powrocie do Petersburga zamieszkał sam, udzielał lekcji, drukował artykuły o teorii względności. Od 1882 roku jego choroba psychiczna zaczęła się pogłębiać i kilkakrotnie trzeba było umieszczać go w szpitalu. Miał lęk przestrzeni, a ściślej, bał się ześlizgnięcia w inny wymiar – żeby zaś tam nie zginąć, trzymał się przez cały czas niezawodnej, mocnej, całej w euklidesowych fałdach spódnicy Pelagii Nikołajewny Fanderflit (z domu Pypin)[*].

Przed Czernyszewskim, który przeniósł się do Astrachania, nadal to ukrywano. Z jakimś sadystycznym uporem, ze sztywną oschłością, godną dobrze się mającego *bourgeois* rodem z Balzaka lub Dickensa, nazywa syna w listach „niedorzecznym dziwadłem", „zabiedzonym

---

[*] Fanderflit Mikołaj Pietrowicz – profesor uniwersytetu petersburskiego (przyp. tłum.).

cudakiem" i zarzuca mu, że pragnie „pozostać żebrakiem". Wreszcie Pypin nie wytrzymał i z pewną irytacją wyjaśnił kuzynowi, że jeśli nawet Sasza nie został „wyrachowanym i zimnym człowiekiem interesu, ma za to czystą i uczciwą duszę".

I oto Sasza przyjechał do Astrachania. Mikołaj Gawriłowicz ujrzał promienne, wytrzeszczone oczy, usłyszał, jak dziwnie i pokrętnie syn mówi... Objąwszy posadę u nafciarza Nobla i otrzymawszy uprawnienia do eskortowania ładunku płynącego Wołgą na barce, Sasza w skwarne, cuchnące naftą, sataniczne południe strącił z głowy buchaltera czapkę, wrzucił klucze do tęczującej wody i ruszył do domu, do Astrachania. Tegoż lata pojawiły się w „Wiestniku Jewropy" cztery jego wiersze, w których dostrzec można przebłysk talentu. „*Jeśli życie (żyżeń) ci gorzkie się wyda* (zwróćmy uwagę na pozornie dodaną sylabę w słowie «*żyżeń*» [*] – co jest bardzo znamienne dla niezrównoważonych rosyjskich poetów-nieszczęśników, jakby na znak, że w ich życiu brakuje właśnie tego, co mogłoby przemienić je w pieśń), *rozważając, złych słów nie mów o niem, Sameś winien, że się urodziłeś z sercem, co miłością w piersiach płonie. Jeśli jednak nie zechcesz się przyznać do tej winy swej, tak oczywistej...*" (tylko ten wers brzmi prawdziwie).

Wspólne bytowanie ojca i syna było zarazem wspólnym piekłem. Czernyszewski doprowadzał Saszę do pełnej udręki bezsenności, snując nieskończone pouczenia (jako „materialista" ważył się sądzić w swym fanatyzmie, że główną przyczyną choroby Saszy jest „pożałowania godna sytuacja materialna"), i sam cierpiał z tego powodu, tak jak nigdy nie cierpiał na Syberii. Obaj odetchnęli z pewną

---

[*] W kiepskiej manierze deklamacji dodawano czasem sylabę dla wyrównania rytmu (przyp. tłum.).

ulgą, gdy zimą Sasza wyjechał – najpierw, zdaje się, do Heidelbergu z rodziną swego ucznia, a potem do Petersburga „dla zasięgnięcia porady lekarskiej". Sypały się nań nadal drobne, fałszywie ośmieszające nieszczęścia. Tak na przykład, z listu matki (1888 rok) dowiadujemy się, że podczas gdy „Sasza raczył spacerować, dom, w którym mieszkał, spłonął", przy czym spaliło się wszystko, co miał; jako zupełny hołysz przeprowadził się do willi Strannolubskiego (ojca krytyka?).

W 1889 roku Czernyszewskiemu zezwolono przenieść się do Saratowa. Bez względu na to, jakich doznawał wówczas uczuć, zatruwało je okropne zmartwienie rodzinne: Sasza, żywiący zawsze chorobliwą namiętność do wszelkich wystaw, pełen szczęścia przedsięwził nagle wariacką podróż na sławetną paryską Exposition Universelle i utknął u początku wyprawy w Berlinie, dokąd trzeba mu było wysłać pieniądze na nazwisko konsula z prośbą, by wyekspediowano chłopaka z powrotem. Ale nie! Sasza, otrzymawszy pieniądze, dotarł do Paryża, napatrzył się na cudowne koło, na gigantyczną ażurową wieżę – i znowu został bez grosza.

Gorączkowa praca Czernyszewskiego nad Weberem (przemieniająca jego mózg w katorżniczą fabrykę i stanowiąca w istocie jedną wielką drwinę z myśli ludzkiej) nie wystarczała na pokrycie niespodziewanych wydatków – i przez cały boży dzień dyktując, dyktując, dyktując, czuł, że już dłużej nie może – że nie może już dłużej przetwarzać historii świata na ruble, na dobitkę zaś dręczył go paniczny lęk, że Sasza wróci z Paryża i zjedzie do Saratowa. Jedenastego października napisał do syna, że matka wysyła mu pieniądze na powrót do Petersburga i – po raz nie wiedzieć który – doradzał, by Sasza przyjął pierwszą lepszą posadę i wypełniał wszystko, co mu zwierzchność poleci. „Twoich ignoranckich, bzdurnych pouczeń, jakie wypowiadasz pod adresem zwierzchników, nie zniosą żadni przełożeni" (tak kończy się „temat komunału"). Rozdygotany, wciąż coś mamrocząc, zalepił kopertę i sam wyszedł na dworzec, by nadać list. W mieście dął silny wiatr, który już za pierwszym rogiem przeniknął na wskroś zbyt lekko ubranego, śpieszącego się i rozgniewanego staruszka. Następnego dnia Czernyszewski, choć miał już gorączkę, przetłumaczył o s i e m n a ś c i e gęsto zadrukowanych stron i trzynastego chciał tłumaczyć dalej, ale przekonano go, by dał temu pokój; czternastego zaczął majaczyć: „Inga, ink... (westchnienie), zupełnie się rozsypałem... Od nowego wiersza... Gdyby do Szlezwika-Holsztynu wysłać ze trzydzieści tysięcy szwedzkich żołnierzy, pobiliby oni z łatwością Duńczyków i opanowali... wszystkie wyspy z wyjątkiem chyba Kopenhagi, która będzie się zaciekle bronić, ale w listopadzie (w nawiasie proszę postawić datę – dziewiątego) poddała się także Kopenhaga – średnik; Szwedzi przemienili całą ludność stolicy w białe srebro, wysłali do Egiptu energicznych ludzi z partii patriotycznych... No i tak, no i tak, więc na czym to stanęliśmy... Od nowego wiersza...". Majaczył w ten sposób długo, od wyimaginowanego Webera przeskakując do jakichś własnych wyimaginowanych pamiętników, żmudnie rozwodząc się nad tym, że „najmizerniejszy los tego człowieka został rozstrzygnięty i nie ma dla niego ratunku... We krwi znaleziono mikroskopijną, drobinę ropy, los jego został przesądzony...". Czy mówił o sobie i czy to w sobie poczuł obecność tej drobiny, która potajemnie skaziła wszystko, co w swym życiu zdziałał i czego doświadczył? Myśliciel, człowiek pracy, światły umysł, zaludniający swe utopie armią stenografów – doczekał się teraz tego, że jego m a j a c z e n i a zanotował sekretarz. W nocy z szesnastego na siedemnasty doznał udaru – czuł, że język w ustach bardzo się powiększył;

wkrótce potem skonał. Ostatnie jego słowa (o trzeciej nad ranem siedemnastego) brzmiały: „Dziwne, w tej książce nie ma ani jednej wzmianki o Bogu". Szkoda, że nie wiemy, j a k ą to książkę czytał w myślach.

Leżał teraz otoczony martwymi tomami Webera, wszystkim co chwila wpadał w ręce futerał z okularami.

Sześćdziesiąt jeden lat upłynęło od roku 1828, kiedy to w Paryżu pojawiły się pierwsze omnibusy i kiedy saratowski duchowny zapisał w swoim modlitewniku: „Dnia 12 lipca o trzeciej rano narodził się syn Mikołaj... Ochrzczony został trzynastego rano przed nabożeństwem południowym. Rodzicami chrzestnymi byli: protojerej Fiod. Stef. Wiazowski...". Nazwisko to nadał później Czernyszewski głównemu bohaterowi i narratorowi swoich syberyjskich opowieści – a dziwnym zbiegiem okoliczności tak właśnie lub prawie tak (F. W...ski) podpisał się nieznany poeta, który w piśmie „Wiek" (listopad 1909) zamieścił wiersz poświęcony wedle naszej informacji pamięci Mikołaja Gawriłowicza Czernyszewskiego – kiepski, ale interesujący, choć niepełny sonet, który przytaczamy *in extenso*:

Jakim cię kiedyś wspomni prawnuk twój, z daleka
Sławiąc lub potępiając czyny popełnione?
Że życie miałeś straszne, że lepiej złożone
Stałoby się szczęśliwe? Żeś szczęścia nie czekał?

Że oschły trud podjąwszy, niepróżnoś to czynił,
W poezję dobra dzieło przemieniając
I białe czoło więźnia uwieńczając
Jedną zamkniętą, napowietrzną linią?

Rozdział piąty

W jakieś dwa tygodnie po ukazaniu się *Życia Czernyszewskiego* ozwało się pierwsze prostoduszne echo. Walenty Liniow (Warszawa) napisał: „Nową książkę Borysa Czerdyncewa otwiera sześć wersów, które autor nie wiadomo dlaczego nazywa sonetem (?), po czym następuje pokrętnie kapryśny opis życia znanego skądinąd Czernyszewskiego. Czernyszewski, opowiada autor, był synem «protojereja, człowieka ogromnej dobroci» (nie dowiadujemy się jednak, kiedy i gdzie się urodził), ukończył seminarium, a gdy umarł jego ojciec, przeżywszy jak święty swoje życie, które stało się natchnieniem nawet dla Niekrasowa – matka wyprawiła młodego człowieka na naukę do Petersburga, gdzie od razu, nieomal na dworcu, zbliżył się on z ludźmi sprawującymi ówcześnie rząd dusz – Pisariewem i Bielińskim. Młody człowiek wstąpił na uniwersytet, zajmował się wynalazkami technicznymi, wiele pracował i przeżył pierwszą przygodę miłosną z Lubow Jegorowną Łobaczewską, która zaraziła go umiłowaniem sztuki. Po starciu jednakowoż na tle romansowym z pewnym oficerem w Pawłowsku, musiał powrócić do

Saratowa, gdzie oświadczył się swej przyszłej narzeczonej, z którą wkrótce zawarł małżeństwo.

Następnie pojechał do Moskwy, zajmował się filozofią, współpracował z różnymi czasopismami, wiele pisał (powieść *Co mamy robić?*), przyjaźnił się z wybitnymi pisarzami swojej epoki. Stopniowo wciągnął się do działalności rewolucyjnej, po pewnym zaś burzliwym zebraniu, gdzie przemawiał wraz z Dobrolubowem i znanym profesorem Pawłowem, wówczas jeszcze zupełnie młodym człowiekiem, Czernyszewski zmuszony był wyjechać za granicę. Mieszkał przez pewien czas w Londynie, współpracując z Hercenem, po czym wrócił do Rosji, gdzie został niezwłocznie aresztowany. Oskarżono go o przygotowywanie zamachu na Aleksandra Drugiego, skazano na śmierć i publicznie stracono.

Oto pokrótce historia żywota Czernyszewskiego i wszystko byłoby w zupełnym porządku, gdyby autor nie uznał za konieczne naszpikować swojej opowieści o nim mnóstwem niepotrzebnych, zamazujących sens szczegółów i długimi dygresjami na najróżniejsze tematy. Najgorsze jest jednak to, że opisawszy scenę powieszenia i uśmierciwszy swego bohatera, nie poprzestaje na tym, i przez wiele jeszcze trudnych do przebrnięcia stron snuje rozważania na temat, co by było, gdyby – gdyby na przykład Czernyszewski nie został stracony, ale zesłany na Syberię jak Dostojewski.

Autor pisze językiem mało mającym wspólnego z rosyjskim. Lubi tworzyć nowe słowa, lubi długie, zawikłane zdania jak na przykład: «W przewidywaniu potrzeb (!!!) biografa sortuje (?) wydarzenia los», albo też wkłada w usta różnych postaci podniosłe, lecz niezbyt poprawne sentencje, jak choćby: «Poeta sam dobiera sobie przedmiot swoich pieśni, tłum nie ma prawa kierować jego natchnieniem»".

Niemal jednocześnie z tą zabawną recenzją pojawiła się wypowiedź Christofora Mortusa (Paryż), która tak oburzyła Zinę, że od tej pory, gdy tylko słyszała to nazwisko, oczy robiły jej się okrągłe i nozdrza się rozdymały.

„Mówiąc o nowym młodym autorze (najspokojniej pisał Mortus), doświadcza się zazwyczaj uczucia pewnego zakłopotania: czy się go aby nie zbije z tropu, nie zaszkodzi zbyt powierzchowną opinią? Wydaje mi się, że w tym wypadku nie należy się tego obawiać. Godunow-Czerdyncew jest co prawda debiutantem, ale debiutantem niezwykle pewnym siebie, i zbić go z tropu nie jest zapewne łatwo. Nie wiem, czy nowo wydana książka zapowiada jakieś dalsze osiągnięcia, jeśli to jednak początek, nie sposób go uznać za szczególnie obiecujący.

Tu chcę się zastrzec. W gruncie rzeczy jest zupełnie nieistotne, czy utwór Godunowa-Czerdyncewa jest udany, czy nie. Jeden pisze lepiej, drugi gorzej, i na każdego u końca drogi czeka Temat, którego «nikt nie uniknie». Problem, moim zdaniem, tkwi w czym innym. Minęła bezpowrotnie owa cudowna epoka, kiedy krytyka lub czytelnika mógł interesować przede wszystkim walor «artystyczny» lub ściśle określony ładunek talentu, z jakim napisana została książka. Nasza literatura – mówię o prawdziwej, niekwestionowanej literaturze, osoby o bezbłędnym smaku zrozumieją mnie – stała się prostsza, poważniejsza, bardziej oschła – być może kosztem artyzmu, ale za to (w niektórych wierszach Cypowicza, Borysa Barskiego czy w prozie Koridonowa...) zadźwięczała takim smutkiem, taką muzyką, takim «beznadziejnym» niebiańskim czarem, że słowo daję, nie warto chyba żałować «nudnych pieśni ziemi».

Pomysł napisania książki o wybitnym działaczu lat sześćdziesiątych nie jest sam w sobie naganny. Człowiek napisał, wydał i w porządku – nie takie rzeczy pojawiały się już w druku. Jednakże ogólne nastawienie autora, «klimat» jego myśli budzi dziwne i niemiłe obawy. Nie będę rozwodził się nad tym, czy wydanie takiej właśnie książki jest akurat na czasie. Cóż – nie można nikomu zabronić napisania tego, na co ma ochotę! Wydaje mi się jednak – i nie ja jeden tak to odczuwam – że u podstaw utworu Godunowa-Czerdyncewa leży coś, co w swej istocie jest głęboko niesmaczne, bolesne i obraźliwe... Ma on oczywiście prawo (choć i o to można by się spierać) tak a nie inaczej oceniać ludzi lat sześćdziesiątych, ale «demaskując» ich, musi w każdym wrażliwym czytelniku wzbudzić zdumienie i odrazę. Jakże to nie w porę! Jak bez sensu! Postaram się wyjaśnić rzecz dokładniej. Otóż dlatego, że właśnie teraz, właśnie dziś dokonany został ten niesmaczny zabieg, brutalnie poruszono coś ważnego, gorzkiego, nieuchwytnego, co dojrzewa w katakumbach naszej epoki. Oczywiście ludzie lat sześćdziesiątych, a zwłaszcza Czernyszewski, wypowiadali wiele błędnych, a może nawet śmiesznych sądów o literaturze. Kogóż zresztą nie obarcza ten grzech, nie tak przecież ciężki... Przez ogólną jednak «tonację» ich krytyki przezierała jakaś prawda – prawda, która choć może się to wydać paradoksem – stała się nam bliska i zrozumiała właśnie dziś, właśnie teraz. Nie mówię o piętnowaniu łapówkarzy ani o emancypacji kobiet... Nie o to, rzecz jasna, chodzi! Wydaje mi się, że zostanę dobrze zrozumiany (jeżeli człowiek człowieka w ogóle może zrozumieć), gdy powiem, że w jakimś ostatecznym i najczystszym sensie nasze i ich postulaty są zbieżne. O, wiem, że jesteśmy subtelniejsi, bardziej uduchowieni, «muzykalniejsi» i że naszym ostatecznym celem pod tym roziskrzonym czarnym niebem, pod którym upływa nam życie – nie jest po prostu «wspólnota» albo «obalenie tyrana». I nam, i tamtym jednakże Niekrasow i Lermontow, zwłaszcza ten ostatni, bliżsi są niż Puszkin. Sięgam właśnie po ten najprostszy przykład, on bowiem od razu określa nasze z nimi powinowactwo, jeśli nie wręcz pokrewieństwo. Ów chłodek, mydłkowatość, «nieodpowiedzialność», które oni wyczuwali w pewnej części poezji Puszkina, my słyszymy także. Ktoś może zaoponować, twierdząc, że jesteśmy mądrzejsi, wrażliwsi... Nie przeczę; w gruncie rzeczy jednak nie chodzi tu wcale o «racjonalizm» Czernyszewskiago, Bielińskiego czy Dobrolubowa (nazwiska i daty nie mają znaczenia), lecz o to, że zarówno wówczas, jak dziś ludzie duchowo najbardziej postępowi rozumieją, że sama «sztuka», sama «lira» nikogo nie nasyci. My, wyrafinowani, znużeni prawnukowie, także pragniemy przede wszystkim tego, co ludzkie, domagamy się wartości, które są nam duchowo niezbędne! Ów «pożytek» jest być może wznioślejszy, ale zarazem w pewnym sensie nawet bardziej «powszedni» od tego, który przepowiadali oni.

Odbiegłem od bezpośredniego tematu mego artykułu. Czasem jednak można przecież wypowiedzieć pewne rzeczy o wiele ściślej, precyzyjniej i prawdziwiej, krążąc «wokół tematu», w jego żyznych okolicach... W gruncie rzeczy analiza każdej książki jest absurdalna i bezcelowa, ponadto zaś interesuje nas nie to, jak «autor wypełnił swoje zadanie», i nawet nie samo «zadanie», lecz jedynie stosunek autora do tegoż.

I jeszcze jedno: czy rzeczywiście tak bardzo potrzebne są owe wycieczki w przeszłość, pełne stylizowanych swarów i sztucznie animowanej codzienności? Kto pragnie informacji o tym, jak zachowywał się Czernyszewski wobec kobiet? W naszej gorzkiej, subtelnej i ascetycznej epoce nie ma miejsca na tego rodzaju przekorne poszukiwania, na taką czczą literaturę, pełną przy tym jakiejś wyniosłej arogancji, która zdolna jest zrazić najbardziej życzliwego czytelnika".

A potem posypało się. Profesor uniwersytetu praskiego Anuczkin (znany działacz społeczny, człowiek niezwykłej czystości moralnej i wielkiej osobistej odwagi; ten właśnie profesor Anuczkin, który w 1922 roku, na krótko przed deportacją, kiedy odziani w skórę osobnicy z naganami przyszli go aresztować, ale zainteresowawszy się kolekcją starożytnych monet, zwlekali nieco z wyprowadzeniem go, powiedział spokojnie, wskazując na zegarek: panowie, historia nie czeka), zamieścił w ukazującym się w Paryżu periodyku literackim gruntowną analizę *Życia Czernyszewskiego*.

„W ubiegłym roku – pisał – ukazała się świetna książka profesora uniwersytetu w Bonn Otto Lederera *Trzej despoci* (Aleksander Mglisty, Mikołaj Chłodny, Mikołaj Nudny). Powodowany żarliwym umiłowaniem wolności duchowej człowieka i gorącą nienawiścią do tych, którzy ją depcą, autor nie był w niektórych swych ocenach sprawiedliwy – nie wziął bowiem w ogóle pod uwagę owego patosu państwowości rosyjskiej, który przydał symbolowi tronu krzepkiej realności; nadmierny zapał jednakowoż, a nawet zaślepienie w dziele potępiania zła są zawsze bardziej zrozumiałe i bardziej wybaczalne niż najlżejsza choćby, najbardziej dowcipna kpina z tego, co społeczeństwo uznaje za obiektywne dobro. Tę drugą jednak drogę, drogę eklektycznej zjadliwości, obrał pan Godunow-Czerdyncew w sposobie traktowania twórczości M.G. Czernyszewskiego.

Autor z pewnością gruntownie i po swojemu rzetelnie zgłębił materiał; na pewno też jest utalentowany; niektóre jego poglądy i konfrontacje poglądów są bez wątpienia pomysłowe, mimo to jednak jego książka jest odstręczająca. Spróbujmy spokojnie przeanalizować to odczucie.

Wybrana tu została pewna epoka i jeden z jej przedstawicieli. Czy jednak autor zrozumiał pojęcie «epoka«? Nie. Przede wszystkim nie sposób odnaleźć u niego owej k l a s y f i k a c j i c z a s u, bez czego historia przeistacza się w dowolne wirowanie barwnych plam, w swoiście impresjonistyczny obraz z postacią przechodnia kroczącego do góry nogami po nieistniejącym w naturze zielonym niebie. Posługiwanie się tym chwytem literackim, niweczącym, nawiasem mówiąc, wszelki walor naukowy danej pracy bez względu na jej wytworną erudycję, nie jest jednak zasadniczym błędem autora. Zasadniczym błędem jest to, j a k przedstawia Czernyszewskiego.

Nie jest wcale ważne, że Czernyszewski gorzej znał się na poezji niż współczesny młody esteta. Nie jest ważne, że w swej koncepcji filozoficznej uciekał od owych transcendentalnych subtelności, które panu Godunowowi-Czerdyncewowi są miłe. Ważne jest, że bez względu na to, jak zapatrywał się Czernyszewski na sztukę i naukę, był to światopogląd postępowych ludzi jego epoki, nierozerwalnie przy tym związany z rozwojem myśli społecznej, z jej żarliwością i ożywczą mocą. W tym właśnie aspekcie, w tym jedynie właściwym świetle, sposób myślenia Czernyszewskiego nabiera znacznie większej wagi niż owe na niczym nieugruntowane, niczym niezwiązane z epoką lat sześćdziesiątych argumenty, którymi posługuje się pan Godunow-Czerdyncew, złośliwie wydrwiwając swego bohatera.

Kpi on zresztą nie tylko z bohatera, ale także z czytelnika. Czymże jak nie kpiną jest bowiem to, iż wśród znanych, wymienionych tu autorytetów znajduje się autorytet fikcyjny, do którego autor się odwołuje? Można by w pewnej mierze, jeśli już nie wybaczyć, to w ostateczności w aspekcie naukowym zrozumieć owe drwiny z Czernyszewskiego, gdyby pan Godunow-Czerdyncew był gorącym zwolennikiem tych, którzy Czernyszewskiego prześladowali. Byłby to w każdym razie określony pogląd, i czytając analizowaną tu pracę, czytelnik brałby nieustannie poprawkę na ideologiczny punkt widzenia autora, dochodząc tym samym do prawdy. Nieszczęście jednak polega na tym, że u pana Godunowa-Czerdyncewa nie ma na co wziąć poprawki, punktem zaś widzenia jest «wszędzie i nigdzie», co więcej, gdy tylko czytelnikowi wydaje się, że żeglując z biegiem zdania, dotarł wreszcie do spokojnej zatoki, w strefie idei przeciwstawnych ideom Czernyszewskiego, ale dla autora pozytywnych, a więc mogących stanowić pewne oparcie dla opinii i orientacji czytelnika, autor daje mu niespodziewanego prztyczka, wybija mu spod nóg domniemane oparcie, tak że znów nie wiadomo, po czyjej w końcu stronie stoi pan Godunow-Czerdyncew, atakując Czernyszewskiego: czy po stronie wyznawców sztuki dla sztuki, czy rządu, czy jakichś innych nieznanych czytelnikowi wrogów Mikołaja Gawriłowicza. Gdy zaś idzie o wykpiwanie samego bohatera, autor przebiera tu wszelką miarę. Nie ma tak odstręczającego szczegółu, którym by pogardził. Odpowie on na to zapewne, że wszystkie te szczegóły znajdują się w *Dzienniku* młodego Czernyszewskiego, tam jednak są one na swoim miejscu, w swoim żywiole, w odpowiednim porządku i perspektywie, wśród wielu innych myśli i uczuć o wiele od nich cenniejszych. Autor jednak wydobył i połączył te właśnie szczegóły niczym ktoś, kto chciałby odtworzyć obraz jakiejś osoby, gromadząc skrzętnie jedynie ścinki jej włosów, paznokci i jej wydzieliny.

Innymi słowy, w całej swojej książce autor do woli naigrawa się z osobowości jednego z najczystszych i najwspanialszych synów liberalnej Rosji, że nie wspomnimy już o kopniakach wymierzanych mimochodem innym postępowym myślicielom rosyjskim, dla których szacunek stanowi w naszej świadomości immanentną cząstkę ich historycznego znaczenia. W jego książce, usytuowanej absolutnie poza tradycją humanitaryzmu literatury rosyjskiej, a tym samym poza literaturą w ogóle, nie ma faktów nieprawdziwych (jeśli nie liczyć «Strannolubskiego», dwóch czy trzech wątpliwych drobiazgów i kilku błędów drukarskich), «prawda» jednak w niej zawarta gorsza jest od najbardziej stronniczego kłamstwa, t a k a bowiem prawda sprzeczna jest z ową szlachetną i czystą moralnie prawdą (której brak pozbawia historię tego, co wielki Grek określił jako *tropotos*), stanowiącą jedną z integralnych i największych wartości rosyjskiej myśli społecznej. W naszej dobie, chwała Bogu, nie pali się książek na stosach, trzeba jednak przyznać, że gdyby obyczaj taki nadal był praktykowany, książkę pana Godunowa-Czerdyncewa należałoby słusznie uznać za pierwszą kandydatkę na uliczny opał".

Następnie w almanachu „Basznia" zabrał głos Konczejew. Zaczął od przedstawienia obrazu ucieczki podczas napadu wroga albo trzęsienia ziemi, gdy ludzie, uchodząc, zabierają ze sobą wszystko, co zdołają zgarnąć, przy czym tak się zawsze zdarza, że ktoś z nich dźwiga ze sobą wielki, oprawiony w ciężkie ramy portret dawno zapomnianego przodka. „Takim właśnie portretem – pisał Konczejew – jest dla inteligencji rosyjskiej również postać Czernyszewskiego, którego żywiołowo, choć przypadkiem, uniesiono na emigrację wraz z innymi potrzebniejszymi rzeczami" – i tym właśnie tłumaczy Konczejew *stupéfaction*, spowodowaną książką Fiodora Konstantinowicza („ktoś nagle szarpnął i wyrwał portret"). Następnie, skończywszy ostatecznie z rozważaniami o charakterze ideowym i przystępując do analizy książki jako dzieła sztuki, Konczejew zaczął ją chwalić, i to tak, że Fiodor Konstantinowicz, czytając jego słowa, poczuł, jak twarz okala mu płomienna zorza, a przez ręce przebiega rtęć. Artykuł kończył się następująco: „Niestety za granicą nie znajdzie się zapewne nawet dziesięć osób zdolnych docenić żar i urok tego bajecznie dowcipnego dziełka; skłonny też byłbym myśleć, że obecnie w Rosji nie doceni tego w ogóle nikt, gdybym nie widział, że istnieje aż dwóch takich koneserów – jeden mieszka na Petersburskiej Stronie, a drugi przebywa gdzieś na dalekim zesłaniu".

Monarchistyczny organ „Wosszestwije" poświęcił *Życiu Czernyszewskiego* notatkę informującą, że wszelki sens i zasługę zdemaskowania „jednego z ideologicznych piastunów bolszewizmu" niweczy z kretesem „tanie liberalizowanie autora, przechodzącego całkowicie na stronę swego żałosnego, ale szkodliwego bohatera w chwili, gdy car Rosji w swej niezmierzonej wyrozumiałości zsyła go wreszcie do miejsc «nie nazbyt odległych»". „A w ogóle – dodawał autor notatki, Piotr Lewczenko – od dawna już należałoby zaprzestać pisania o rzekomych okrucieństwach «carskiego reżimu wobec nieinteresujących nikogo świetlanych postaci». Czerwona masoneria ucieszy się jedynie z «dzieła» pana Godunowa-Czerdyncewa. Przykre to, że człowiek noszący takie nazwisko zajmuje się opiewaniem «społecznych ideałów», które od dawna przemieniły się w groszowe idole".

W bolszewizującej gazecie „Pora" (tej właśnie, którą berlińska „Gazeta" nieodmiennie nazywała „gadzinówką"), w artykule o obchodach setnej rocznicy urodzin Czernyszewskiego, stwierdzano pod koniec, co następuje: „W naszej zdanej na łaskę boską emigracji też się coś poruszyło i niejaki Godunow-Czerdyncew z żołdacką bezceremonialnością sklecił w pośpiechu książczynę, do której pościągał materiał, skąd popadło, przedstawiając swoje nikczemne oszczerstwo jako *Życie Czernyszewskiego*. Jakiś profesor z Pragi skwapliwie uznał tę pracę za «napisaną z talentem i rzetelną», a wszyscy zgodnie temu przyklasnęli. Rzecz napisana jest z werwą, i co do istoty stylu, nie różni się niczym od wstępniaków Wasiljewa o «rychłym końcu bolszewizmu»".

To ostatnie stwierdzenie zabrzmiało szczególnie mile, w sytuacji gdy Wasiljew zdecydowanie sprzeciwił się, by w jego gazecie pojawiła się bodaj wzmianka o książce Fiodora Konstantinowicza, przy czym uczciwie oświadczył mu (choć ten o nic nie pytał), że gdyby nie był w dobrych z nim stosunkach, zamieściłby taki artykuł, że po autorze *Życia Czernyszewskiego* nie pozostałaby nawet mokra plama. Słowem, wokół książki wytworzyła się dobra, burzowa atmosfera skandalu, która wzmogła popyt na nią, jednocześnie zaś, bez względu na wszelkie ataki, nazwisko Godunowa-Czerdyncewa od razu, jak się to mówi, wysforowało się i, wzniósłszy się nad burzliwą różnorodnością krytycznych interpretacji, ugruntowało się na widoku publicznym wyraziście i na trwałe... Istniał jednak człowiek, którego zdania Fiodor Konstantinowicz nie mógł już poznać. Aleksander Jakowlewicz Czernyszewski umarł na krótko przed ukazaniem się książki.

Gdy pewnego razu francuskiego myśliciela Delalande'a zapytano na czyimś pogrzebie, dlaczego nie zdejmuje nakrycia głowy (*ne se découvre pas*), odpowiedział: czekam, by śmierć uczyniła to pierwsza (*gu'elle se découvre la première*). Jest w tym metafizyczna nieuprzejmość, śmierć jednak nie zasługuje na więcej. Lęk rodzi uwielbienie, uwielbienie buduje ołtarz ofiarny, święty dym wznosi się ku niebu, tam przybiera kształt skrzydeł i lęk na klęczkach wznosi ku niemu modły. Religia ma się do życia pozagrobowego człowieka tak, jak matematyka do jego życia na ziemi: jedno i drugie to tylko reguły gry. Wiara w Boga i wiara w liczbę: miejscowa prawda, prawda miejsca. Wiem, że śmierć sama przez się nie jest związana z topografią sfery rozpościerającej się poza życiem, drzwi bowiem to tylko wyjście z domu, nie zaś część jego okolicy jak drzewo czy wzgórze. Wyjść kiedyś trzeba, „odmawiam jednak traktowania drzwi jako czegoś więcej niż dziury: tego, co wykonali stolarz i cieśla" (Delalande, *Discours sur les ombres*, s. 45 i wcześniej). I znowu: nieszczęsne pojęcie wędrówki, do którego od dawna nawykł umysł ludzki (życie jako droga), jest głupim złudzeniem: nigdzie nie idziemy, siedzimy w domu. Tamten świat otacza nas zawsze i wcale nie znajduje się u kresu swoistej podróży. W ziemskim domu zamiast okna jest lustro; drzwi do czasu są zamknięte, powietrze jednak przedostaje się przez szczeliny. „Najbardziej dostępne naszym domatorskim odczuciom wyobrażenie przyszłego poznawania krajobrazu, który powinien roztoczyć się przed nami, gdy ciało rozpadnie się w proch, to wyzwolenie ducha ze źrenic ciała i przeistoczenie się w jedno wolne i wszechogarniające oko, oglądające jednocześnie wszystkie strony świata albo, innymi słowy: ponadzmysłowy ogląd świata przy naszym wewnętrznym uczestnictwie" (tamże, s. 64). Wszystko to jednak są tylko symbole, symbole stanowiące przeszkodę dla myśli, w chwili gdy ta zwraca się ku nim...

Czy nie można by pojąć tego prościej, w sposób lepiej zaspokajający duchowo, bez pomocy zarówno tego wytwornego ateisty, jak popularnych wierzeń? Pojęcie religii zawiera bowiem w sobie jakąś podejrzaną dostępność, niweczącą wartość jej objawień. Jeśli do królestwa niebieskiego wchodzą ubodzy duchem, wyobrażam sobie, jak tam jest wesoło. Tylu ich widziałem na ziemi. Kto tam jeszcze przemieszkuje? Nieprzeliczone tłumy opętańców, brudnych mnichów, mnóstwo różowych, krótkowzrocznych duszyczek protestanckiego chyba chowu – cóż za śmiertelna nuda! Już czwarty dzień mam wysoką gorączkę i nie mogę czytać. Dziwne, wydawało mi się przedtem, że Jasza jest zawsze koło mnie, że nauczyłem się obcować z widmami, teraz zaś, kiedy być może umieram, ta wiara w duchy wydaje mi się czymś ziemskim, związanym z najniższymi ziemskimi odczuciami, a bynajmniej nie odkryciem niebiańskiej Ameryki.

Prościej. Jakoś prościej. Tylko jeden wysiłek i natychmiast wszystko zrozumiem. Poszukiwanie Boga: tęsknota każdego psa do gospodarza; dajcie mi pana, a ja pokłonię mu się do olbrzymich stóp. To wszystko jest ziemskie. Ojciec, dyrektor gimnazjum, rektor, szef przedsiębiorstwa, car, Bóg. Liczby, liczby – a człowiek tak bardzo chce znaleźć największą liczbę, żeby wszystkie inne coś znaczyły, gdzieś się umiejscowiły. Nie, to tylko sposób na to, żeby zapędzić się w miękko wyściełane ślepe zaułki – i wszystko od razu przestaje być interesujące.

To oczywiste, że umieram. Te kleszcze z tyłu, ten stalowy ból są zupełnie zrozumiałe. Śmierć zachodzi od tyłu i chwyta pod boki. A przecież przez całe życie myślałem o śmierci, jeśli zaś żyłem, to zawsze na marginesach książki, której nie potrafię przeczytać. Kto to był? Dawno temu, w Kijowie... Mój Boże, jakże on się nazywał? Brał w bibliotece książkę w języku, którego nie znał, notował jakieś uwagi na marginesach i odkładał otwartą, żeby jego gość pomyślał, iż on czyta po portugalsku, po aramejsku. *Ich habe dasselbe getan.* Szczęście, nieszczęście – wykrzykniki *en marge*, a kontekst zupełnie niewiadomy. Znakomite.

To bardzo boli – kiedy opuszcza się łono życia. Śmiertelna zgroza narodzin. *L'enfant qui naît ressent les affres de sa mére.* Mój biedny Jaszeńka! Bardzo to dziwne, że umierając oddalam się od niego, kiedy, wydawałoby się, że przeciwnie, jestem coraz bliżej... Mucha – to było pierwsze słowo, które wymówił. I od razu potem telefon z policji, żeby zidentyfikować zwłoki. Jakże ja go teraz zostawię? W tych pokojach... Nie będzie miał się komu ukazywać – w każdym tego słowa znaczeniu. Ona przecież i tak go nie dojrzy... Biedna Saszeńka. Ile? Pięć tysięcy osiemset... I jeszcze te... razem... A potem? Borys pomoże – a może nie pomoże.

... W życiu tak naprawdę nie było nic poza przygotowywaniem się do egzaminu, do którego i tak nie sposób się przygotować. Śmierć straszna człowiekowi równie jak i łątce. Czy naprawdę wszyscy moi znajomi przez to przejdą? To niebywałe! *Eine alte Geschichte* – taki tytuł miał film, który oglądaliśmy z Saszą na dzień przed jego śmiercią.

O nie. Za nic. Może mnie namawiać, ile chce. Czy wczoraj mnie namawiała? Czy o wiele dawniej? Do żadnego szpitala mnie nie zabiorą. Będę tu sobie leżał. Dość mam tych szpitali. Znów zwariować tuż przed końcem – nie, za nic. Zostanę tutaj. Jak trudno zwrócić myśli w inną stronę – są jak kloce. Zbyt kiepsko się czuję, by umierać.

„Sasza, o czym on pisał książkę? Powiedz, przecież pamiętasz! Rozmawialiśmy o tym. O jakimś księdzu – tak?... Niedobrze mi, ciężko..."

Potem już się prawie nie odzywał i popadł w stan półświadomości. Fiodora Konstantinowicza wpuszczono do niego – na zawsze też zapamiętał siwą szczecinę na zapadniętych policzkach, pozbawioną blasku łysinę i pokrytą szarą egzemą dłoń, która po prześcieradle błądziła jak rak. Następnego dnia umarł, przedtem jednak odzyskał przytomność, skarżył się, że bardzo cierpi, a potem powiedział (w pokoju był półmrok, bo rolety spuszczono): „Co za bzdury. Oczywiście, że potem nie ma nic". Westchnął, wsłuchał się w plusk i szmer za oknem, i powtórzył niezwykle wyraźnie: „Nic nie ma. To takie oczywiste jak to, że deszcz pada".

Tymczasem za oknem odbijało się w dachówkach wiosenne słońce, niebo było zamyślone i bezchmurne, lokatorka z góry podlewała kwiaty na balkonie i woda, ciurkając, ściekała w dół.

W witrynie zakładu pogrzebowego na rogu Kaiserallee ustawiono dla zachęty (tak jak Cook demonstruje modele pulmanowskiego wagonu) makietę krematorium: szeregi krzesełek przed miniaturowym podium, na krzesełkach laleczki wielkości zgiętego małego palca, a na przedzie, po centymetrze kwadratowym chusteczki uniesionej ku oczom, można było rozpoznać siedzącą w pewnej odległości od innych wdowę. Fiodora Konstantinowicza rozśmieszała zawsze konkretność ponęt tej niemieckiej makiety, czuł więc lekki niesmak, wchodząc do prawdziwego krematorium, gdzie spod wawrzynów w donicach, przy wtórze ciężko przetaczających się organowych dźwięków, trumna z ciałem naprawdę zapadała się prosto w czeluść modelowego piekła – do pieca. Czernyszewska nie trzymała chusteczki, siedziała nieruchomo, wyprostowana, z oczami połyskującymi przez czarny welon. Przyjaciele i znajomi mieli na twarzach wyraz zwykłej w takich sytuacjach czujności, objawiającej się wzmożoną ruchliwością źrenic i pewnym napięciem mięśni szyi. Adwokat Czarski szczerze pociągał nosem; Wasiljew, który jako działacz społeczny miał duże doświadczenie żałobnicze, pilnie zważał na pauzy czynione przez pastora (w ostatniej chwili okazało się, że Aleksander Jakowlewicz jest luteraninem). Inżynier Kern nieustraszenie błyskał szkłami pince-nez; Goriainow bez ustanku próbował ruchem tęgiej szyi rozluźnić ucisk kołnierzyka, nie posuwał się jednak do pokasływania; panie bywające u Czernyszewskich siedziały wszystkie razem; razem też siedzieli pisarze – Liszniewski, Szachmatow, Szyrin; było też wiele osób, których Fiodor Konstantinowicz nie znał – na przykład sztywny jegomość o jasnej bródce i niezwykle czerwonych wargach (zdaje się, cioteczny brat nieboszczyka) i jacyś Niemcy z cylindrami na kolanach, z całą delikatnością zasiadający w ostatnim rzędzie.

Po zakończeniu ceremonii obecni winni byli, wedle zamysłu tutejszego mistrza ceremonii, podchodzić kolejno do wdowy, Fiodor Konstantinowicz jednak postanowił tego uniknąć i wyszedł na ulicę. Wszystko było mokre, nasycone słońcem i niezwykle wyraziste; na czarnym, bramowanym młodą trawą futbolowym boisku gimnastykowały się dziewczynki w szortach. Za szarą, o gutaperkowym połysku kopułą krematorium widać było turkusowe wieżyczki meczetu, po przeciwległej stronie placu lśniły zielone banie białej, przypominającej pskowską, cerkiewki, która niedawno wystrzeliła z narożnego budynku i dzięki pomysłowości architekta wyglądała, jakby stała osobno. Na tarasie przy wejściu do parku dwaj okropni bokserzy z brązu, też niedawno tu ustawieni, zastygli w pozach zupełnie niezgodnych z harmonią walki na pięści: nie było w nich gracji, pełnego gotowości pochylenia i krągłości muskułów – wyglądali po prostu jak dwaj nadzy żołnierze, którzy zadarli ze sobą w łaźni. W lazurze trwał mały czerwony romb latawca wypuszczonego z placu za drzewami. Fiodor

Konstantinowicz ze zdziwieniem i przykrością stwierdzał, że nie jest w stanie skoncentrować myśli na postaci spopielonego przed chwilą człowieka, który znikł; usiłował skupić się, przypomnieć sobie niedawne ciepło ich bezpośrednich stosunków, dusza jednak nie raczyła się ocknąć, leżała senna, z zaciśniętymi powiekami, zadowolona ze swej klatki. Przychodził mu na myśl tylko wstrzymany w biegu wers z *Króla Lira*, składający się z pięciu *never* – nigdy. Przecież go już nigdy nie zobaczę, myślał nieoryginalnie, ta podpórka jednak pękała, nie poruszając Fiodora wewnętrznie. Usiłował myśleć o śmierci, zamiast tego jednak myślał, że łagodne niebo, z bladym i delikatnym niby kołnierzyk tłuszczu obłokiem po lewej stronie, gdyby niebieskość zastąpić różowością, wyglądałoby jak szynka. Usiłował wyobrazić sobie Aleksandra Jakowlewicza istniejącego nadal za rogiem życia i w tej samej chwili spostrzegał, jak za szybą pralni mieszczącej się tuż przy prawosławnej cerkwi ktoś z diabelską energią, w kłębach pary, niczym w piekle, poddaje torturom parę płasko leżących męskich spodni. Usiłował się przed Aleksandrem Jakowlewiczem o coś obwinić, choćby o swój niedawny szczeniacki pomysł (miał na myśli niemiłą niespodziankę, którą szykował mu swoją książką), i nagle przypomniał mu się drobny, trywialny szczegół – to, jak Szczegolew z jakiegoś powodu powiedział: „Kiedy umierają moi dobrzy znajomi, myślę mimo woli, że zatroszczą się tam o moje ziemskie sprawy – ha – ha – ha!”. Popadł w przykry, niejasny nastrój, którego nie rozumiał, jak nie rozumiał niczego – od nieba po żółty tramwaj łoskoczący na Hohenzollerndamm (którą Jasza Czernyszewski jechał kiedyś na śmierć), powoli jednak skierowana przeciwko samemu sobie irytacja mijała mu i z ulgą, jakby kto inny, świadom, o co tu chodzi, odpowiedzialny był za stan jego ducha, poczuł, że ta plątanina przypadkowych myśli, jak i cała reszta, szwy i prześwity wiosennego dnia, powietrzne nierówności, szorstkie, krzyżujące się w różnych splotach nici niewyraźnych dźwięków – to lewa strona wspaniałej tkaniny; po p r a w e j stronie stopniowo narastają i nabierają życia niedostrzegalne dlań desenie.

Doszedł do bokserów z brązu, wokół których drżały na klombie blade bratki w czarne plamy, o twarzyczkach przypominających Charlie Chaplina, i usiadł na ławce; raz czy dwa siedzieli tu w nocy z Ziną – ostatnio bowiem jakiś niepokój wypędzał ich daleko poza obręb spokojnej, ciemnej ulicy, gdzie się początkowo ukrywali. Na sąsiedniej ławce siedziała kobieta zajęta robieniem na drutach. Dziecko obok niej, całe w niebieskiej włóczce, kończącej się u góry pomponem czapeczki, a u dołu strzemiączkami, prasowało ławkę małym czołgiem, w krzakach darły się wróble, z rzadka wszystkie razem dokonując nalotu na gazon i posąg; lepko pachniały pąki topoli, wznoszące się daleko za placem okrągłe krematorium wyglądało teraz na syte i zadowolone. Fiodor Konstantinowicz widział z daleka sylwetki rozchodzących się osób. Dostrzegł nawet, jak ktoś podprowadził Aleksandrę Jakowlewnę (trzeba będzie jutro do niej wpaść) do makiety samochodu i jak na przystanku tramwajowym zebrało się kilku znajomych, po czym na chwilę zasłonił ich tramwaj, a kiedy przejechał, już ich nie było, znikli niczym zdmuchnięci.

Fiodor Konstantinowicz zamierzał wracać do siebie, gdy raptem dobiegł go sepleniący głos: to wołał go Szyrin, autor powieści *Siwizna* (opatrzonej mottem z Księgi Hioba), bardzo przychylnie potraktowanej przez krytykę emigracyjną („O Panie... Przez Broadway, wśród gorączkowego szmeru dolarów, hetery i biznesmeni w getrach, bijąc się, padając, tracąc dech, biegli za złotym cielcem, który przeciskał szeleszczące boki pomiędzy drapaczami chmur, zwracał ku elektrycznemu niebu wyniszczone oblicze i wył. W Paryżu, w nędznej melinie, stary Lachaise, niegdyś jeden z pierwszych lotników, a dziś zniedołężniały włóczęga, deptał butami starą prostytutkę Boule de Suif. O Panie, czemu?... Z moskiewskiej sutereny wyszedł oprawca i przysiadłszy koło budy, zaczął bawić się z włochatym szczeniakiem. Malutki, powtarzał, malutki... W Londynie lordowie i *ladies* tańczyli *shimmy* i pili koktajle, z rzadka spoglądając na estradę, gdzie pod koniec osiemnastej rundy olbrzymi Murzyn znokautował swego jasnowłosego przeciwnika, powalając go na deski. W śniegach Arktyki na pustej skrzynce po mydle siedział podróżnik Ericson i ponuro rozmyślał: Czy to biegun, czy też nie? Iwan Czerwiakow starannie obcinał strzępiące się u dołu spodnie, o Panie, czemu Pan na to wszystko zezwala?"*). Szyrin był tęgi, przysadzisty, miał rudawe, krótko przystrzyżone włosy, zawsze był źle ogolony, nosił duże okulary, poza którymi, niby w dwóch akwariach, pływały dwa małe, przejrzyste oczka, najzupełniej obojętne wobec wszystkiego, na co patrzą. Był ślepy jak Milton, głuchy jak Beethoven i głupi jak beton. Święta niespostrzegawczość (stąd zupełna niewiedza o otaczającym świecie i absolutna niezdolność do nazwania czegokolwiek) to cecha, nie wiedzieć czemu, dość częsta u przeciętnego rosyjskiego literata, jakby działał tu dobroczynny los, odmawiający wyzutemu z talentu daru zmysłowego poznania, ażeby nie spaskudził materiału. Zdarza się, oczywiście, że w takim ciemnym człowieku świeci jakaś latarenka, nie mówiąc o tym, że znane są przypadki, gdy

---

* *Gospodi, otczewo wy dozwalajetie wsio eto* (ros.) – przekręcony cytat; dzięki nieodpowiedniemu użyciu zaimka *wy* (pan) brzmi komicznie (przyp. tłum.).

kaprys pomysłowej natury, lubiącej niespodziewane zestawienia i podstawianki, sprawia, że to wewnętrzne światło jest tak silne, iż może go pozazdrościć każdy rumianolicy talent. Nawet Dostojewski zawsze przypomina pokój, w którym za dnia płonie lampa.

Idąc teraz z Szyrinem przez park, Fiodor Konstantinowicz bezinteresownie napawał się rozśmieszającą myślą, że jego towarzyszem jest głuchy ślepiec o zatkanych nozdrzach, traktujący jednak swój stan z całą obojętnością, choć czasem naiwnie utyskujący na oddalenie inteligenta od natury; Liszniewski opowiadał niedawno, że Szyrin umówił się z nim na rozmowę o interesach w ogrodzie zoologicznym, i kiedy po godzinie konwersacji Liszniewski przypadkiem skierował jego uwagę na klatkę z hieną, okazało się, że tamten ledwie świadom był tego, że w zoo przebywają zwierzęta; spojrzawszy przelotnie w stronę klatki, wyrzekł: „Kiepsko, kiepsko co poniektórzy znają świat zwierząt", i dalej rozwodził się nad tym, czym był przejęty: nad działalnością i składem zarządu Towarzystwa Literatów Rosyjskich w Niemczech. Teraz przejęcie to sięgało szczytu, ponieważ „szykowało się pewne wydarzenie".

Przewodniczącym zarządu był Gieorgij Iwanowicz Wasiljew, którego wszystko predestynowało na to stanowisko: rozgłos z okresu przedsowieckiego, wieloletnia działalność redaktorska, a co najważniejsze – niezachwiana, niemal groźna uczciwość, z której słynął; niemiły zaś charakter, gwałtowność w polemikach i mimo ogromnego społecznego doświadczenia zupełna nieznajomość ludzi nie tylko owej uczciwości nie szkodziły, lecz przeciwnie, przydawały jej pewnej przyjemnej cierpkości. Niezadowolenie Szyrina nie kierowało się przeciw Wasiljewowi, lecz przeciw pozostałym pięciu członkom zarządu – po pierwsze dlatego, że żaden (jak zresztą dwie trzecie członków Towarzystwa) nie był zawodowym literatem, po drugie dlatego, iż trzej pośród nich (w tym skarbnik i wiceprezes) byli, jeśli nie pospolitymi oszustami, jak żarliwie twierdził Szyrin, to w każdym razie dzięki swym wstydliwym, lecz pomysłowym machinacjom, osobnikami o niewyraźnej reputacji. Od pewnego już czasu trwała dość zabawna (zdaniem Fiodora Konstantinowicza) i skrajnie nieprzyzwoita (według określenia Szyrina) afera z kasą Towarzystwa. Za każdym razem, gdy któryś z jego członków zwracał się o zasiłek lub pożyczkę (różnica między nimi była mniej więcej taka, jak między dzierżawą na dziewięćdziesiąt dziewięć lat a użytkowaniem wieczystym), zaczynała się pogoń za ową kasą, która, gdy próbowano ją przychwycić, stawała się czymś przedziwnie płynnym i wyzbytym realności, jakby znajdowała się zawsze w pół drogi między trzema punktami reprezentowanymi przez skarbnika i dwóch członków zarządu. Pościg utrudniała okoliczność, że Wasiljew od dawna z tymi trzema osobami nie rozmawiał, nie zgadzał się nawet na kontakt listowny, a pożyczki i zapomogi wypłacał ostatnio z własnych środków, pozostawiając innym zadanie wydobycia od Towarzystwa pieniędzy, które miały mu zostać zwrócone. W końcu pieniądze te jakoś po trochu wydobywano, wówczas jednak okazywało się, że skarbnik od kogoś coś z kolei pożyczył, iluzoryczny więc stan kasy nie ulegał zmianie. Członkowie szczególnie często potrzebujący pomocy zaczęli się niepokoić. Za miesiąc wyznaczono ogólne zebranie i Szyrin przygotował plan zdecydowanych posunięć.

– Był czas – powiedział, krocząc z Fiodorem Konstantinowiczem aleją i machinalnie podporządkowując się jej chytrze nienatarczywym zakrętom – był czas, kiedy do zarządu wchodzili ludzie niezwykle przyzwoici, jak

Podtiagin, Łużyn, Ziłanow, ale jedni umarli, a inni są w Paryżu. Jakimś sposobem dostał się tam Gurman, potem zaś stopniowo wciągnął przyjaciół. Dla tej trójki zupełna apatia najlepszych – złego słowa nie mówię, ale Kern i Goriainow to przecież dwa ciężkie, nieruchawe kloce – jest jedynie osłoną, kryjówką. A napięte stosunki z Gieorgijem Iwanowiczem są rękojmią jego bezczynności. Winę za to ponosimy my, członkowie Towarzystwa. Gdyby nie nasze lenistwo, lekkomyślność, niezorganizowanie, obojętność wobec organizacji, przerażająca niezdolność do społecznego działania, nigdy nie doszłoby do tego, żeby Gurman ze swoją kompanią wybierali siebie nawzajem i osoby sobie dogodne. Czas z tym skończyć. Na najbliższych wyborach, jak zawsze, będzie krążyć ich lista... Ale my puścimy własną, złożoną z samych profesjonalistów: na przewodniczącego Wasiljew, na zastępcę Gec, na członków zarządu Liszniewski, Szachmatow, Władimirow, pan i ja, a komisję rewizyjną też skompletujemy inaczej, zwłaszcza że Bieleńkij i Czernyszewski z niej wybyli.

– O nie, bardzo proszę – powiedział Fiodor Konstantinowicz (mimochodem podziwiając słowo „wybyli" użyte przez Szyrina na określenie śmierci) – na mnie proszę nie liczyć. Nigdy w życiu nie wejdę do żadnego zarządu.

– Proszę tak nie mówić! – wykrzyknął Szyrin i skrzywił się. – To nieuczciwe.

– Przeciwnie, to bardzo uczciwe. A w ogóle, jeśli jestem członkiem Towarzystwa, to tylko przez roztargnienie. Bogiem a prawdą, Konczejew ma rację, że trzyma się z daleka od tego wszystkiego.

– Konczejew – powiedział Szyrin gniewnie. – Konczejew to nikomu niepotrzebny, działający w pojedynkę chałupnik, pozbawiony zupełnie wszelkich ogólnych zainteresowań. Pan zaś już choćby dlatego powinien zainteresować się losem Towarzystwa, że, przepraszam za szczerość, dostaje pan stamtąd pieniądze.

– Właśnie, właśnie! Sam pan rozumie, że jeśli wejdę do zarządu, nie będę mógł sam sobie ich przyznawać.

– Co to za pomysły? Dlaczego nie będzie pan mógł? To jest absolutnie zgodne z przepisami. Będzie pan po prostu na chwilę wychodził, pójdzie pan do toalety, i przez czas, kiedy koledzy będą omawiać pańskie podanie, pan będzie, by tak rzec, szeregowym członkiem. Wykręca się pan i wymyślił pan sobie teraz taki pretekst.

– Co słychać z pańską nową powieścią? – zapytał Fiodor Konstantinowicz. – Kończy ją pan już?

– Teraz nie chodzi o moją powieść. Bardzo pana proszę, żeby się pan zgodził. Potrzebne są nam młode siły. Tę listę Liszniewski i ja obmyślaliśmy bardzo długo.

– Za nic – powiedział Fiodor Konstantinowicz. – Nie mam ochoty się wygłupiać.

– Cóż, skoro obowiązek społeczny nazywa pan wygłupianiem się...

– Jeśli wejdę do zarządu, na pewno będę się wygłupiał, odmawiam więc właśnie z szacunku dla obowiązku.

– To bardzo smutne – powiedział Szyrin. – Będziemy chyba musieli wziąć zamiast pana Rostisława Strannego.

– Oczywiście! Cudownie! Uwielbiam Rostisława.

– Prawdę mówiąc, przeznaczyłem go do komisji rewizyjnej. Jest jeszcze oczywiście Busch... Niech się pan jednak zastanowi. To nie błahostka. Dojdzie do prawdziwej bitwy z tymi bandytami. Szykuję takie wystąpienie, że aż ha! Niech się pan zastanowi. Ma pan na to cały miesiąc.

W ciągu tego miesiąca wyszła książka Fiodora Konstantinowicza i zdążyły pojawić się dwie czy trzy wypowiedzi na jej temat, na zebranie ogólne wyruszył więc w miłym przeświadczeniu, że spotka tam niejednego wroga-czytelnika. Zebranie miało się odbyć jak zawsze na piętrze dużej kawiarni, i gdy przyszedł, wszyscy już tam byli. Strzelający wokół oczyma, fenomenalnie zręczny kelner roznosił piwo i kawę. Przy stolikach siedzieli członkowie Towarzystwa. Literaci *pleno titulo* trzymali się razem i już było słychać energiczne „pst, pst" Szachmatowa, któremu podano nie to, co zamówił. W głębi, przy długim stole, zasiadł zarząd: masywny, niezwykle ponury Wasiljew z inżynierem Kernem i Goriainowem po prawicy i trzema innymi po lewicy. Kern, który zajmował się głównie turbinami, ale kiedyś znał Aleksandra Błoka, i były urzędnik byłego ministerstwa Goriainow, znakomicie recytujący *Mądremu biada*, a także dialog Iwana Groźnego z posłem Litwy (przy czym doskonale naśladował polski akcent), zachowywali się z powściągliwą godnością, dawno zresztą zdradziwszy swych trzech niegodnych kolegów. Jeden z nich, Gurman, był tęgi, połowę jego łysiny pokrywało brązowe znamię, miał szerokie, spadziste ramiona, grube fioletowawe wargi zaś wyrażały pogardę i obrazę. Jego związki z literaturą wynikały z niedługich i całkowicie handlowych stosunków z jakimś niemieckim wydawnictwem kompendiów technicznych; przewodnim zaś tematem jego osobowości, fabułą jego istnienia była spekulacja – szczególnie pociągały go weksle sowieckie. Obok niego siedział drobny, ale krzepki i sprężysty adwokat o wydatnej szczęce, wilczym błysku w prawym oku (drugie było samoistnie przymknięte) i całym magazynem metalu w ustach – człowiek rzutki, zapalczywy, szczególnego rodzaju zawadiaka, nieustannie pozywający ludzi przed sąd rozjemczy, który mówił o tym (ja go pozwałem, on mi odmówił) z twardą surowością doświadczonego pojedynkowicza. Drugi przyjaciel Gurmana, tęgi, szary, smętny, w rogowych okularach, podobny z twarzy do łagodnej ropuchy, która pragnie jedynie, by ją zostawiono w spokoju, tu, gdzie jest wilgoć, kiedyś gdzieś zamieszczał notki na tematy ekonomiczne – choć złośliwy Liszniewski i temu zaprzeczał, przysięgając, że jedynym drukowanym dziełkiem tamtego był list do redakcji odeskiej gazety, w którym z oburzeniem odcinał się od niegodziwca noszącego to samo co on nazwisko; ów osobnik okazał się później jego krewnym, następnie – sobowtórem, wreszcie – nim samym, jakby działało tu niezmienne prawo zjawisk kapilarnych.

Fiodor Konstantinowicz usiadł między Szachmatowem i Władimirowem, przy szerokim oknie, za którym czerniała i wilgotnie lśniła noc ze świetlnymi reklamami w dwóch odcieniach (na więcej nie starczyło berlińskiej wyobraźni), ozonowo-lazurowym i czerwono-winnym, i z łoskoczącym, wielookiennym, jasno oświetlonym od wewnątrz pociągiem elektrycznym mknącym ponad placem po wiadukcie, przez którego archiwolty usiłował się przedostać, nie mogąc znaleźć drogi, powolny, zgrzytliwy tramwaj.

Tymczasem prezes zarządu wstał i zaproponował, by wybrano przewodniczącego zebrania, a wówczas z różnych stron rozległo się: „Krajewicz, chcemy Krajewicza...", i profesor Krajewicz (niemający nic wspólnego z autorem podręcznika fizyki – był profesorem prawa międzynarodowego), ruchliwy, kanciasty starszy pan we włóczkowej kamizelce i rozwiewającej się marynarce, z niezwykłą szybkością, trzymając lewą dłoń w kieszeni spodni, prawą zaś podrzucając wiszące na sznureczku pince-nez, przemknął ku stołowi prezydium, usiadł między Wasiljewem a Gurmanem (powoli i z ponurą miną wsuwającym papierosa do bursztynowej cygarniczki), po czym natychmiast wstał i oznajmił, że otwiera zebranie.

„Ciekawe – pomyślał Fiodor Konstantinowicz, zerknąwszy z ukosa na Władimirowa – czy już przeczytał?...".
Władimirow odstawił swoją szklankę i spojrzał na Fiodora Konstantinowicza, ale nie wyrzekł słowa. Pod marynarką miał sportowy sweter z czarno-pomarańczowym szlaczkiem przy szyi, łysiny zatok czołowych były większe niż czoło, duży nos – ostro kościsty; spod uniesionej lekko górnej wargi nieprzyjemnie błyszczały żółtawoszare zęby, oczy spoglądały mądrze i obojętnie – Władimirow studiował, zdaje się, w Oksfordzie i dumny był ze swoich fałszywie angielskich manier. Miał w dorobku już dwie powieści, doskonałe pod względem siły i chyżości „lustrzanego" stylu, co drażniło Fiodora Konstantinowicza z tego być może powodu, że czuł tu pewne z nim pokrewieństwo. Jako rozmówca Władimirow był dziwnie zniechęcający. Mówiono o nim, że jest wyniosły, pełen ironii, zimny, niezdolny do otwarcia się w przyjacielskiej dyskusji, to samo jednak powtarzano o Konczejewie i o Fiodorze Konstantinowiczu, a także o każdym innym, jeśli tylko jego myśl przemieszkiwała we własnym domu, a nie w baraku czy szynku...

Kiedy już wybrano sekretarza, profesor Krajewicz zaproponował, by uczczono przez powstanie pamięć dwóch zmarłych członków Towarzystwa; podczas tego pięciosekundowego znieruchomienia oszalały kelner ciskał spojrzeniem po stolikach, zapomniawszy, kto zamówił kanapkę z szynką; przyniósł właśnie zamówienie na tacy. Stali w różnych pozach. Gurman na przykład opuścił łaciatą głowę, a dłoń trzymał na stole wewnętrzną stroną do góry, tak jakby właśnie wyrzucił kości i zamarł, bolejąc nad przegraną. „Halo! *Hier!*" – zawołał Szachmatow, z trudem doczekawszy chwili, gdy życie z głośnym westchnieniem ulgi znów się rozsiadło – a wtedy kelner szybko uniósł wskazujący palec (przypomniał sobie), prześliznął się ku niemu i dźwięcznie postawił talerzyk na fałszywym marmurze. Szachmatow niezwłocznie jął kroić kanapkę, krzyżując nóż i widelec; pecyna musztardy na skraju talerzyka unosiła jak zwykle żółty róg. Fiodorowi Konstantinowiczowi łagodnie napoleońska twarz Szachmatowa z błękitnostalowym, ukosem biegnącym ku skroni, pasmem włosów podobała się szczególnie w takich właśnie poświęconych gastronomii chwilach. Obok siedział, pijąc herbatę z cytryną, nader cierpki satyryk z „Gazety" o smutno uniesionych brwiach, którego pseudonim Foma Mur zawierał, jak sam autor o tym zapewniał, „całą powieść francuską (*femme amour*), stroniczkę z literatury angielskiej (Thomas Moore) i nieco żydowskiego sceptycyzmu (niewierny Tomasz)". Szyrin temperował nad popielniczką ołówek, dosyć urażony tym, że Fiodor Konstantinowicz odmówił „figurowania" na liście wyborczej. Z literatów był tu jeszcze Rostisław Stranny – odstręczający jegomość z bransoletką na owłosionym przegubie, pergaminowa, o kruczoczarnych włosach poetka Anna Aptekar, krytyk teatralny – chudy, osobliwie powściągliwy młodzieniec, w nieokreślony sposób przywodzący na myśl dagerotyp z rosyjskich lat czterdziestych, no i oczywiście wcielenie dobroci – Busch, rzucający ojcowskie spojrzenia na Fiodora Konstantinowicza, który słuchając nieuważnie sprawozdania przewodniczącego Towarzystwa, przeniósł teraz spojrzenie z Buscha, Liszniewskiego, Szyrina i innych autorów na całe zgromadzenie: było tam kilku dziennikarzy, jak choćby stary Stupiszyn, zagłębiający łyżeczkę w trójkąt tortu kawowego, wielu reporterów, siedząca samotnie, nie wiadomo dlaczego tu obecna Lubow Markowna w lękliwie pobłyskującym pince-nez

403

i w ogóle wiele tych, których Szyrin surowo określał jako „element napływowy": reprezentacyjny adwokat Czarski, trzymający w białej, zawsze drżącej dłoni martwego już od początku zebrania papierosa; jakiś drobnej postury brodaty celnik, który kiedyś w piśmie Bundu wydrukował nekrolog; delikatny, blady starzec, kojarzący się z galaretką jabłkową, z entuzjazmem pełniący obowiązki dyrygenta kościelnego chóru; ogromny, zagadkowy grubas, żyjący jak pustelnik – nieomal w jaskini – w sosnowym lesie pod Berlinem, gdzie ułożył zbiór dowcipów o życiu sowieckim; osobna grupka awanturników, ambitnych pechowców; sympatycznie wyglądający młody człowiek o nieznanej pozycji i źródłach utrzymania („czekista" – z posępną prostotą twierdził Szyrin); jeszcze jakaś pani – czyjaś była sekretarka; jej mąż – brat nieznanego wydawcy; i wszyscy ci ludzie, począwszy od ciemnego obszarpańca o ciężkim, pijackim spojrzeniu, piszącego demaskatorskie, mistyczne wiersze, których nie zgodziła się dotychczas opublikować żadna gazeta, a kończąc na obrzydliwie drobnym, niemal *portable*, prawniku Pyszkinie, który mówił „nie mywię" i „oszystwo" – jakby swemu nazwisku szykował swoiste alibi – wszyscy ci ludzie, zdaniem Szyrina, urągali godności Towarzystwa i winni byli zostać niezwłocznie usunięci.

– A więc – oznajmił Wasiljew, kończąc sprawozdanie – informuję zgromadzonych, że składam godność prezesa i nie będę kandydował do nowego zarządu.

Usiadł. Powiało chłodem. Gurman zdjęty smutkiem opuścił ciężkie powieki. Pociąg elektryczny przeciągnął smyczkiem po basowej strunie.

– Teraz nastąpi... – powiedział profesor Krajewicz, unosząc ku oczom pince-nez i wpatrując się w program – sprawozdanie skarbnika. Proszę bardzo.

Sprężysty sąsiad Gurmana zaczepnym tonem, błyskając zdrowym okiem i wykrzywiając potężnie wypełnione kosztownym kruszcem usta, zaczął czytać... Jak iskry posypały się liczby, skakały metaliczne słowa... „weszliśmy w rok sprawozdawczy", „zaksięgowano", „rozliczono"... Szyrin tymczasem szybko zaczął coś notować na pudełku papierosów, podsumował i z triumfem spojrzał na Liszniewskiego.

Skarbnik skończył czytać, zamknął ze szczękiem usta, nieopodal zaś wykwitł już członek komisji rewizyjnej, gruziński socjalista o twarzy poszczerbionej przez ospę i włosach czarnych jak szczotka do butów, i przedstawił pokrótce swe przychylne refleksje. Potem poprosił o głos Szyrin i od razu wionęło czymś miłym, niespokojnym i nieprzyzwoitym.

Najpierw przyczepił się do tego, że niezrozumiale dużo wydano na bal noworoczny; Gurman chciał odpowiedzieć... Przewodniczący, wycelowawszy ołówkiem w Szyrina, zapytał, czy już skończył...

– Pozwólcie mu mówić, nie wolno tłumić wypowiedzi! – zawołał Szachmatow ze swego miejsca i ołówek przewodniczącego, dygocąc niczym żądło, wycelowany został w niego, a później powrócił do Szyrina, który zresztą ukłonił się i usiadł.

Gurman powstał ociężale, z pogardą i pokorą dźwigając bolesne brzemię, i zaczął mówić... Szyrin przerwał mu jednak i Krajewicz chwycił za dzwonek. Gurman skończył, po czym błyskawicznie poprosił o głos skarbnik, ale Szyrin wstał już i ciągnął:

– Wyjaśnienie czcigodnego dżentelmena z Friedrichstrasse...

Przewodniczący zadzwonił i poprosił o umiar w wypowiedziach, grożąc mu odebraniem głosu. Szyrin znów się ukłonił i oświadczył, że ma tylko jedno pytanie: w kasie, jak twierdzi skarbnik, jest trzy tysiące siedemdziesiąt sześć marek i piętnaście fenigów – czy więc można na te pieniądze rzucić teraz okiem?

– Brawo! – zawołał Szachmatow, a najmniej pociągający członek Towarzystwa, mistyczny poeta, roześmiał się gwałtownie i zaklaskał w dłonie, omal nie spadłszy przy tym z krzesła.

Skarbnik, blady jak śnieg, zaczął coś szybko i gwałtownie mówić... Przerywano mu niezbyt cenzuralnymi okrzykami, niejaki Szuf zaś, chudy, wygolony jegomość, trochę podobny do Indianina, opuścił kąt, w którym siedział, na gumowych podeszwach podszedł do stołu zarządu i nagle walnął weń czerwoną pięścią, tak że aż brzęknął dzwonek.

– Pan kłamie! – wrzasnął i usiadł.

Skandal buzował już na całego, przy czym, ku zmartwieniu Szyrina, stawało się oczywiste, że istnieje jeszcze jedna partia amatorów władzy, a mianowicie grupa wiecznie pomijanych, do której należeli między innymi mistyk, jegomość podobny do Indianina, mały brodacz i jeszcze kilku chuderlawych i niezrównoważonych osobników; jeden z nich zaczął naraz odczytywać z kartki listę osób zupełnie nie do przyjęcia – kandydatów do nowego zarządu. Bitwa przybrała więc nowy obrót, dość zagmatwany, teraz bowiem były już trzy zwalczające się strony. W powietrzu fruwały takie epitety i zdania jak „spekulant", „pan nie jest zdolny do pojedynku", „pan już kiedyś został spoliczkowany". Wypowiadał się nawet Busch, mówił, przekrzykując obelżywe okrzyki, bowiem styl, którym się posługiwał, był z natury tak niejasny, że nikt nie rozumiał, co mówca chce powiedzieć, dopóki on sam, siadając, nie wyjaśnił, że przyłącza się całkowicie do zdania przedmówcy. Gurman, uśmiechając się sarkastycznie samymi nozdrzami, dłubał przy cygarniczce. Wasiljew opuścił swoje miejsce i usiadłszy w kącie, udawał, że czyta gazetę. Liszniewski wygłosił gromkie przemówienie, wymierzone głównie przeciwko członkowi zarządu podobnemu do łagodnej ropuchy, który słuchając, rozkładał tylko ręce i bezradnie spoglądał to na Gurmana, to na skarbnika, usiłujących na niego nie patrzeć. Wreszcie, gdy poeta mistyk powstał chwiejnie i kołysząc się, zaczął mówić do rymu, przewodniczący gwałtownie zadzwonił i ogłosił przerwę, po której miano przystąpić do wyborów. Szyrin rzucił się do Wasiljewa i zaczął go na coś namawiać w jego kącie, Fiodora Konstantinowicza zaś ogarnęło nagle znudzenie, odnalazł swój prochowiec i wyszedł na ulicę.

Był zły na siebie: poświęcić dla tego potwornego divertimento codzienne, niby gwiazda, spotkanie z Ziną! Pragnienie ujrzenia jej natychmiast dręczyło go swoją paradoksalną nieziszczalnością: gdyby nie sypiała o kilka metrów od jego wezgłowia, byłaby dostępniejsza. Wiaduktem sunął pociąg: ziewnięcie pani, które zaczęło się w oświetlonym oknie czołowego wagonu, zostało przez inną dokończone w ostatnim. Fiodor Konstantinowicz spokojnie ruszył oleiście czarną, dudniącą ulicą ku przystankowi tramwajowemu. Świetlna reklama music-hallu wbiegała po stopniach pionowo ustawionych liter, które zgasły jednocześnie, a potem światło znów wspinało się w górę: cóż za babilońskie słowo sięgnęłoby niebios... zespolona nazwa tryliona tonów: brylantowolunarnoliliowobłękitnolazurowogroźnieszafirowoniebieskoliliowo i tak dalej – ileż jeszcze! Może zatelefonować? Miał w kieszeni tylko parę groszy i musiał się zdecydować: zatelefonować – znaczyło wyrzec się tramwaju, ale zatelefonować na próżno, to jest nie trafić na samą Zinę (ich kodeks nie pozwalał skorzystać z pośrednictwa matki) i wracać pieszo, byłoby zbyt przykro. Zaryzykuję. Wszedł do kawiarni i wszystko skończyło się bardzo szybko: połączył się z niewłaściwym numerem, tym właśnie, pod który stale usiłował się dodzwonić anonimowy Rosjanin, trafiający do Szczegolewów. Cóż – czekała go jazda własnochodem, jakby powiedział Borys Iwanowicz.

Gdy się zbliżał do następnego rogu, prostytutki, które tam zawsze czuwały, poruszyły się niby nakręcane lalki. Jedna próbowała nawet udawać damę, która zatrzymała się na chwilę przy wystawie, i smutek ogarniał na myśl, że zna te różowe gorsety na złotych manekinach na pamięć... „Kotku...” – szepnęła inna i zachichotała pytająco. Noc była ciepła, cała w pyle gwiazd. Szedł szybkim krokiem, a nocne powietrze sprawiało, że w obnażonej głowie czuł upajającą lekkość, i kiedy nieco dalej przechodził między ogrodami, napływały widma bzów, ciemność zieleni, cudowne nagie wonie, snujące się po klombach.

Było mu gorąco, czoło płonęło, kiedy wreszcie, cicho zamknąwszy za sobą drzwi, znalazł się w ciemnym przedpokoju. Górna, matowoszklana część drzwi Ziny wyglądała jak oświetlone morze; Zina czytała zapewne w łóżku – gdy Fiodor Konstantinowicz stał tak i patrzył na tajemniczą szybę, odkaszlnęła, czymś zaszurała i – światło zgasło. Cóż za bezsensowna tortura. Wejść, wejść... Któż by się dowiedział? Szczegolewowie śpią ciężkim, niezawodnym snem prostych ludzi. To drażliwość Ziny: za nic nie otworzy, słysząc skrobanie paznokciem. Ale wie przecież, że stoję w ciemnym przedpokoju i dech mi zapiera. Ten zakazany pokój stał się w ciągu ostatnich miesięcy chorobą, brzemieniem, częścią niego samego i odmianą nocy, ale zogromniałą i opieczętowaną.

Postał jeszcze chwilę i na palcach przeszedł do siebie. W gruncie rzeczy to francuska galanteria. Foma Mur.

Spać, jak najszybciej spać – ciężar wiosny jest przytłaczający. Trzeba się wziąć w garść – jak dwuznacznie powiadają zakonnicy. Co będzie dalej? Na co właściwie czekamy? Lepszej żony przecież nie znajdę. Czy jednak w ogóle potrzebna mi żona? „Weź tę lirę, nie mam się gdzie ruszyć...". Nie, ona tego nigdy nie powie – o to właśnie chodzi.

W kilka dni później po prostu, wręcz głupawo, zarysowało się rozstrzygnięcie problemu, który wydawał się tak skomplikowany, że mimo woli rodził pytanie: czy w jego konstrukcji nie ma błędu? Borys Iwanowicz, któremu w ostatnich latach coraz gorzej wiodło się w interesach, otrzymał niespodziewanie od berlińskiej firmy bardzo solidne przedstawicielstwo w Kopenhadze. Za dwa miesiące, najdalej pierwszego lipca, Szczegolewowie powinni byli się tam przenieść co najmniej na rok, a może – gdyby wszystko dobrze się ułożyło – na zawsze. Mariannę Nikołajewnę, która nie wiedzieć czemu lubiła Berlin (zagrzane już miejsce, znakomite warunki sanitarne – a przecież była z niej niechluja), smucił wyjazd, smutek ten jednak rozpraszała myśl o życiowych wygodach, które ją czekały. Postanowiono więc, że od lipca Zina zostanie sama w Berlinie i będzie nadal pracować u Trauma, dopóki Szczegolew „nie znajdzie dla niej posady" w Kopenhadze, dokąd ona przyjedzie, „gdy tylko ją wezwą" (to znaczy tak planowali Szczegolewowie, Zina zdecydowała całkiem inaczej). Trzeba było tylko uregulować kwestię mieszkania. Szczegolewowie nie chcieli go sprzedawać, zaczęli więc szukać kogoś, komu mogliby je wynająć. I znaleźli. Pewien młody Niemiec, dobrze się zapowiadający handlowiec, w towarzystwie narzeczonej – dość pospolitej, nieumalowanej, gospodarnie przysadzistej panny w zielonym płaszczu – obejrzał mieszkanie: stołowy, sypialnię, kuchnię, Fiodora Konstantinowicza w łóżku – i lokum spodobało mu się. Wynajął je jednak dopiero od pierwszego sierpnia, tak że jeszcze przez miesiąc po wyjeździe Szczegolewów Zina i ich dotychczasowy lokator mogli tam zostać. Oboje liczyli dni: pięćdziesiąt, czterdzieści dziewięć, trzydzieści, dwadzieścia pięć – każda z tych liczb miała odrębny ton: ul, sroka na drzewie, sylwetka rycerza, młody chłopiec. Ich wieczorne spotkania już wiosną wystąpiły z brzegów pierwotnie ustalonej ulicy (latarnia, lipa, płot) i teraz niespokojne wędrowanie wyprowadzało ich coraz większymi kręgami w odległe i nigdy niepowtarzające się zakątki miasta. Był to czasem most nad kanałem, czasem trójdzielny boskiet, za którym przemykały światła, czasem niebrukowana ulica wzdłuż zamglonych pustaci, gdzie stały ciemne furgony, lub jakaś dziwna arkada, której nie sposób było odnaleźć za dnia. Zmiana nawyków przed migracją, niepokój, ćmiący ból w ramionach.

Gazety określiły młode jeszcze lato jako wyjątkowo upalne, istotnie – był to długi wielokropek pięknych dni, z rzadka przerywanych wykrzyknikiem burzy. Podczas gdy Zina męczyła się w smrodliwym zaduchu biura (wystarczyłaby właściwie przepocona pod pachami marynarka Hamekkego... a tu jeszcze topliwe karki maszynistek... lepka czerń kalki!), Fiodor Konstantinowicz z rana wyprawiał się na cały dzień do Grünewaldu, zaniedbując lekcje i usiłując nie myśleć o przekroczonym od dawna terminie komornego. Nigdy przedtem nie wstawał o siódmej rano, uznałby to za coś potwornego – teraz jednak, w nowym świetle życia (w którym przemieszało się jakoś okrzepnięcie daru, przeczucie nowych prac i bliskość zupełnego szczęścia z Ziną), szybkość i łatwość tych wczesnych pobudek, wyzwolona nagle ruchliwość, idealna prostota trzy sekundy trwającej toalety: koszula, spodnie i pantofle na bose stopy – sprawiały mu prawdziwą rozkosz. Potem brał pod pachę pled, zawijał weń kąpielówki, w biegu wsuwał do kieszeni pomarańczę czy kanapkę i zbiegał po schodach.

Uniesiona rogiem wycieraczka trzymała drzwi w szerokim rozwarciu, dozorca zaś energicznie trzepał zakurzony chodnik o pień niewinnej lipy: czym sobie na to zasłużyła? Na asfalcie leżał jeszcze granatowy cień domów. Na trotuarze lśniła pierwsza świeża psia kupka. Oto z sąsiedniej bramy ostrożnie wyjechał i zawrócił na pustej ulicy czarny samochód zakładu pogrzebowego, który wczoraj stał przed warsztatem naprawczym, wewnątrz wozu zaś, za szybami, wśród białych sztucznych róż leżał na miejscu trumny rower – czyj? dlaczego? Mleczarnia była już otwarta, ale leniwy sprzedawca papierosów jeszcze spał. Słońce odbijało się w różnych przedmiotach po prawej stronie ulicy, wybierając jak sroka błyszczące drobiazgi; na końcu ulicy zaś, w poprzek której wiódł szeroki parów linii kolejowej, pojawił się nagle z prawej strony mostu, rozerwany jego żelaznym żebrowaniem, obłok dymu z parowozu, o mgnienie później zabielał z lewej i pomknął, znikając i pojawiając się w prześwitach między drzewami. Przechodząc przez ten most, Fiodor Konstantinowicz jak zawsze cieszył się zdumiewającą poezją kolejowych skarp, swobodą i bogactwem ich pejzażu: były tam zarośla akacji i łoziny, najrozmaitsze zielsko, pszczoły, motyle – wszystko w odosobnieniu i beztrosce żyło sobie w brutalnym sąsiedztwie węglowego miału, lśniącego w dole między pięcioma strumieniami szyn, i w szczęśliwym oderwaniu od miejskich kulis u góry, od złuszczonych ścian starych domów, wygrzewających na porannym słońcu wytatuowane grzbiety. Za mostem, koło skwerku, dwaj niemłodzi funkcjonariusze pocztowi, skończywszy kontrolę automatu do sprzedaży znaczków, nagle rozswawoleni, na palcach, jeden za drugim, naśladując nawzajem swe gesty, podeszli spoza jaśminu do trzeciego, który przed dniem pracy ucinał sobie krótką drzemkę na ławce, ażeby kwiatkiem połaskotać go w nos. Cóż mam począć z tymi podarunkami, którymi letni ranek obdarza mnie, i tylko mnie? Czy spożytkować je w przyszłych książkach? Czy użyć ich niezwłocznie, układając poradnik *Jak być szczęśliwym*? Albo głębiej, gruntowniej: zrozumieć, c o kryje się za tym wszystkim, za igraszkami, za lśnieniem, za gęsto kładzioną zielenią listowia? Coś tam przecież jest, coś jest! Chciałoby się więc dziękować, a tu nie ma komu. Lista przekazanych już darów: 10 000 dni od Nieznanego Dobroczyńcy.

Szedł dalej obok żeliwnych sztachet, obok bujnych ogrodów bankierskich willi z cieniami sztucznych grot, bukszpanem, bluszczem, klombami zroszonymi przez ogrodników, i tam, wśród wiązów i lip, napotykał już pierwsze sosny, wysłane daleko naprzód przez bory Grünewaldu (a może przeciwnie, wlokące się za swym pułkiem). Pogwizdując dźwięcznie i wznosząc się na pedałach swego trójkołowego roweru, przejechał posłaniec z piekarni; powoli, z wilgotnym szelestem przepełzł samochód-polewaczka – wieloryb na kołach – szerokim łukiem zraszając asfalt. Jegomość z teczką zatrzasnął za sobą pomalowaną na cynobrowo furtkę i wyruszył do niewiadomego biura. Fiodor Konstantinowicz doszedł w ślad za nim do bulwaru (nieustający Hohenzollerndamm, u którego początków spalono biednego Aleksandra Jakowlewicza), gdzie teczka, błysnąwszy zamkiem, pomknęła do tramwaju. Teraz do lasu było już blisko, więc przyśpieszył kroku, czując na uniesionej twarzy gorącą maskę słońca. Szedł obok płotu i pstrzyło mu się w oczach. Na wczorajszej pustaci między domami stawiano niedużą willę, a ponieważ niebo spoglądało przez otwory przyszłych okien, łopiany zaś i słońce na skutek powolności robót zdołały zagnieździć się wewnątrz białych, niewykończonych murów, tchnęły one melancholią ruin, niczym słowo „kiedyś", służące zarówno przyszłości, jak przeszłości. Naprzeciw Fiodorowi Konstantinowiczowi szła, niosąc butelkę mleka, młoda panna, jakoś podobna do Ziny, a raczej mająca w sobie cząstkę tego czaru, oczywistego, a zarazem mimowiednego, który odnajdywał u wielu kobiet, w szczególnej jednak pełni w Zinie, tak że wszystkie pozostawały z Ziną w tajemniczym powinowactwie; wiedział o tym tylko on, choć nie umiał uświadomić sobie oznak owego powinowactwa (wykluczone z niego kobiety wzbudzały w nim chorobliwą odrazę) – i teraz, obejrzawszy się i uchwyciwszy jakąś znajomą od dawna, złotą, polotną linię, natychmiast na zawsze znikającą, doznał na mgnienie przypływu beznadziejnego pragnienia, którego cały urok zawierał się w niemożności jego zaspokojenia. Banalny diable bulwarowych rozkoszy, nie kuś mnie okropnym określeniem „w moim typie". To nie to, nie to, lecz coś się za tym kryje. Określenie zawsze wytycza granicę, ja zaś pożądam dali i szukam poza rogatkami (słów, uczuć, świata) tej nieskończoności, gdzie wszystko się zbiega.

U końca bulwaru zazielenił się skraj boru z kolorowym portykiem wybudowanego niedawno pawilonu (w jego atrium znajdował się szereg ubikacji – męskich, damskich, dziecięcych), przez który, zgodnie z zamysłem miejscowych Le Nôtre'ów, należało przejść, ażeby najpierw znaleźć się w założonym właśnie ogrodzie z wysokogórską florą wzdłuż geometrycznie wytyczonych alejek i stanowiącym – wedle tegoż zamysłu – miłą zapowiedź lasu, Fiodor Konstantinowicz skierował się jednak na lewo, pomijając tę zapowiedź: tak było bliżej. Sosnowy, jeszcze nieucywilizowany skraj boru ciągnął się bez końca wzdłuż przeznaczonej dla samochodów alei, ojcowie miasta winni byli niechybnie dokonać następnego kroku i ogrodzić cały ten swobodny obszar bezkresną siatką, tak ażeby człowiek m u s i a ł (w dosłownym, elementarnym sensie) wejść przez portyk. Urządziłem to dla ciebie okazale, ale ci się nie spodobało, teraz więc proszę: okazałość pod przymusem. Jednakże (wedle wstecznego skoku myślowego f3–gl) nie było chyba lepiej, kiedy ten las, teraz cofnięty, stłoczony wokół jeziora (podobnie jest z naszymi ciałami, już tak mało przypominającymi kosmatych przodków: owłosienie utrzymuje się tylko na obrzeżach), sięgał aż do serca obecnego miasta, a jego gęstwę plądrowało hałaśliwe, przyozdobione książęcymi tytułami prostactwo z rogami, psami, naganiaczami.

Las taki, jakim go zastałem, był jeszcze żywy, bogaty, pełen ptaków. Były tam wilgi, gołębie, sójki; przelatywały wrony, ciężko machając skrzydłami: szu, szu, szu; czerwonogłowy dzięcioł opukiwał pień sosny – czasami zaś, jak sądzę, naśladował własne stukanie – wtedy brzmiało to szczególnie dźwięcznie i przekonująco (dla samiczki), nie ma bowiem w naturze nic bardziej bosko czarującego niż jej objawiające się niespodziewanie w nieoczekiwanych okolicznościach dowcipne oszustwa: tak leśny pasikonik, co usiłuje uruchomić swój motorek, który jednak nie zapala (cyk, cyk, cyk – i dźwięk się urywa), skacząc i padając, od razu zmienia położenie ciała: układa się tak, aby kierunek ciemnych pasków na nim zgadzał się z kierunkiem opadłych igieł (i cieni igieł!). Ale uwaga: lubię wspominać, co pisał mój ojciec: „Obserwując zjawiska przyrodnicze, należy wystrzegać się tego, by w procesie obserwacji, choćby najbardziej uważnej, nasz rozsądek, ów gadatliwy, wciąż do przodu wybiegający przewodnik, nie podpowiadał wyjaśnień, które niepostrzeżenie zaczynają wpływać na sam tok obserwacji i wypaczają go: tak właśnie na prawdę pada cień instrumentu".

Daj rękę, drogi czytelniku, i wejdź ze mną do lasu. Spójrz: najpierw jest wiele prześwitów z wysepkami ostów, pokrzyw albo wierzbiny; można tam znaleźć różne wyrzucone przedmioty, czasem nawet podarty materac z połamanymi, zardzewiałymi sprężynami – nie gardź nimi! Oto mroczny, gęsty zagajnik, gdzie pewnego razu natrafiłem na dołek (starannie wykopany przed śmiercią), w którym leżały we wdzięcznej pozie zwłoki młodego psa o delikatnym pysku wilczura. A oto nagie, pozbawione poszycia, wysłane tylko zrudziałymi szpilkami pagórki pod zwyczajnymi sosnami i hamak wypełniony czyimś niewymagającym ciałem: tuż obok, na ziemi, poniewiera się druciany szkielet abażura. Dalej widać otoczoną akacjami piaszczystą łysinę, na niej zaś, na rozgrzanym, szarym, łatwo przylepiającym się do ciała piasku siedzi w samej bieliźnie jakaś kobieta z wyciągniętymi przed siebie okropnymi, obnażonymi nogami i ceruje pończochę, a obok niej kręci się dzieciak z poczerniałymi od kurzu pachwinami. Ze wszystkich tych miejsc widać jeszcze aleję dla pojazdów, rozbłyski przemykających samochodów – wystarczy jednak wejść nieco głębiej, a las odzyskuje charakter – sosny szlachetnieją, pod nogami chrzęści mech i ktoś tam niechybnie śpi – jakiś bezrobotny włóczęga, który przykrył sobie twarz gazetą: filozof woli mech niż róże. Oto miejsce, gdzie w tych dniach spadł nieduży aeroplan: ktoś zabrawszy swą panią na spacer po porannym niebie, nazbyt się rozfiglował, stracił panowanie nad sterem i ze świstem i trzaskiem dał nura prosto w sośniak. Spóźniłem się niestety: szczątki aeroplanu już uprzątnięto, dwaj policjanci na koniach jechali wolno w stronę drogi – widoczne były jednak nadal ślady śmierci pod sosnami, z których jedną od góry do dołu obdarło skrzydło; architekt Stockschmeisser, który spacerował tu z psem, wyjaśniał niańce z dzieckiem, co się stało – po kilku zaś dniach wszelkie ślady znikły (żółciła się tylko rana na sosnowym pniu) i w zupełnej już niewiedzy dwoje starych ludzi – ona w biustonoszu, a on w kalesonach – wykonywało w tym samym miejscu, stojąc naprzeciwko siebie, proste ćwiczenia gimnastyczne.

Dalej było już całkiem przyjemnie: sosny osiągały pełnię sił, pomiędzy zaś różowawymi, okrytymi łuską pniami pierzaste, niskopienne listowie jarzębin i nasycona zieleń dębów gorliwie rozdzielały na pasma przenikające do boru słoneczne światło. W gęstwie dębu, jeśli spoglądało się od dołu, zachodzenie na siebie liści zacienionych i oświetlonych, ciemnozielonych i jaskrawoszmaragdowych, wydawało się szczególnie wiązać ich faliste brzegi: przysiadała wśród listowia, to pławiąc w świetle rdzawy jedwab swoich skrzydeł, to znów je składając, wyraziście ubarwiona rusałka z białą przewiązką na spodzie skrzydeł, po czym sfrunąwszy, nagle siadała mi na obnażonej piersi. Jeszcze wyżej, nad moją odchyloną do tyłu głową, wierzchołki i pnie sosen misternie przeplatały swe cienie, igliwie zaś przypominało wodorosty kołyszące się w przejrzystej wodzie. Jeśli odchyliłem głowę jeszcze bardziej, tak by trawa z tyłu (niepojęcie od nowa – z tego punktu odwróconego widzenia – pozieleniała) wydawała się rosnąć w dół, w pustą, przezroczystą światłość, i stanowiła wierzchnią część świata, doznawałem wrażenia, jakiego musi doznawać ktoś, kto znalazł się na innej planecie (o innej sile przyciągania, innej konsystencji, innym rodzaju zmysłów), zwłaszcza gdy rodzina spacerowiczów przesuwała się do góry nogami, przy czym kroki ich stanowiły dziwne, mocne pchnięcia, podrzucona piłka zaś wydawała się opadać – coraz wolniej – w przyprawiającą o zawrót głowy otchłań.

Gdy szło się dalej – nie w lewo, gdzie bór rozpościerał się w nieskończoność, i nie w prawo, gdzie przegradzał go młody brzozowy zagajnik, w swej świeżej dziecięcości przywodzący na myśl Rosję – las znów rzedł, tracił poszycie, urywał się na piaszczystych pochyłościach, a w dole słupy światła zapalały rozległe jezioro. Słońce rozmaicie oświetlało przeciwległe zbocze, i kiedy nasuwająca się chmura sprawiała, że przestwór się zamykał niczym ogromna błękitna powieka i powoli znów otwierał, jeden brzeg w rytmie powolnego przygasania i rozświetlania zawsze pozostawał w tyle za drugim. Druga strona jeziora pozbawiona była niemal lamówki piasku, drzewa wszystkie razem zstępowały ku gęstemu sitowiu, wyżej zaś dostrzegało się nagrzane, suche zbocza, porośnięte koniczyną; szczawiem i wilczomleczem, bramowane pełnym życia mrokiem dębów i buków, gwałtownie opadających ku dołowi, ku niedużym wilgotnym parowom – w jednym z nich zastrzelił się Jasza Czernyszewski.

Kiedy rankami zjawiałem się w tym leśnym świecie, którego kształt własnymi środkami niejako wynosiłem ponad poziom zwyczajnych niedzielnych wrażeń (brudne papiery, tłumy na wyraju) składających się dla berlińczyków na pojęcie „Grünewaldu", kiedy w owe upalne letnie dnie kierowałem się ku południowi, w głuche, dzikie miejsca, doznawałem nie mniejszej rozkoszy, niż gdybym o te trzy wiorsty od mojej Agamemnonstrasse odnalazł pierwotny raj. Dotarłszy do swego ulubionego zakątka, łączącego jak w baśni swobodny strumień słońca z osłoną krzewów, rozbierałem się do naga i rozciągałem na wznak na kocu, podkładając niepotrzebne tu kąpielówki pod kark. Całe moje ciało było opalone na brąz, tak że tylko pięty, wnętrze dłoni i promieniste zmarszczki wokół oczu zachowywały przyrodzoną barwę – czułem się więc atletą, Tarzanem, Adamem, wszystkim, tylko nie gołym mieszczuchem. Skrępowanie, sprzężone zazwyczaj z nagością, zależy od tego, na ile uświadamiamy sobie naszą bezbronną białość, która dawno zatraciła związek z ubarwieniem otaczającego świata, ba, znalazła się wręcz w sztucznej z nim dysharmonii. Wpływ słońca zapełnia jednak tę lukę, zrównuje nas z naturą w prawie do nagości, i gdy nasze ciało jest już opalone, nie doznajemy zawstydzenia. Wszystko to brzmi jak z informatora dla nudystów, ale prawda własna nie jest winna temu, jeśli zbieżna jest z nią prawda wypożyczona przez biedaka.

Słońce runęło na mnie. Słońce wylizywało mnie dużym, gładkim językiem. Czułem, że stopniowo staję się rozżarzony i przezroczysty, że wypełnia mnie płomień i istnieję o tyle, o ile on istnieje. Tak jak utwór literacki może zostać przełożony na egzotyczne narzecze, tak ja przełożony zostałem na słońce. Wymizerowany, marznący, zimowy Fiodor Godunow-Czerdyncew był ode mnie teraz tak odległy, jakbym zesłał go do Jakucji. Był moją wyblakłą fotografią, ten letni zaś był jego brązową, bardzo powiększoną podobizną. Właściwe zaś moje ja, to, które pisało książki, kochało słowa, kolory, lotne igraszki myśli, Rosję, czekoladę, Zinę – jakoś się za sprawą światła roztopiło, rozpłynęło, stało się przezroczyste, a potem przyłączyło się do migotania letniego lasu z jego atłasowo połyskliwym igliwiem i rajsko zielonymi liśćmi, z jego mrówkami pełznącymi po przeistoczonym, niezwykle kolorowym suknie koca, z jego ptakami, woniami, gorącym tchnieniem pokrzyw, cielesnym zapaszkiem nagrzanej trawy, z błękitem nieba, w którym bardzo wysoko huczał samolot powleczony jak pyłem niebieskością firmamentu: był błękitnawy niczym ryba w wodzie. Można się było w ten sposób rozpłynąć zupełnie. Fiodor Konstantinowicz uniósł się i usiadł. Po jego gładko wygolonej piersi spływał strumyk potu, wpadając w zbiornik pępka. Zapadnięty brzuch mienił się perłowym brązem. Po lśniących czarnych pierścionkach włosów pełzła nerwowo zagubiona w nich mrówka. Golenie błyszczały. Między palcami stóp uwięzły sosnowe igły. Wytarł kąpielówkami krótko ostrzyżoną głowę, lepki kark i szyję. Wiewiórka z wyokrąglonym grzbietem przebiegła po trawie od drzewa do drzewa falistym, trochę niezdarnym poskokiem. Młode dąbki, dziki bez, pnie sosen – wszystko było oszałamiająco plamiste, niewielki zaś obłok, niczym niemącący urody letniego dnia, pełzł omackiem obok słońca.

Wstał, zrobił krok – i od razu lekka łapa cienia, którą rzucało listowie, opadła na jego lewe ramię, ale przy następnym kroku już się ześliznęła. Zerknąwszy na słońce, przeciągnął koc o metr, tak by cień nie mógł go dosięgnąć. Poruszanie się nago sprawiało mu zdumiewającą przyjemność – szczególnie radowała go swoboda lędźwi. Wszedł między krzaki, przysłuchując się dzwonieniu owadów i szelestom ptaków. Strzyżyk przemknął wśród liści dąbka jak mysz; przefrunęła ziemna osa, trzymając w łapkach zewłok gąsienicy; ta sama co przed chwilą wiewiórka wdrapała się po korze – słychać było nieregularne chrobotanie. Gdzieś nieopodal rozległy się dziewczęce głosy, zatrzymał się więc w plamach cieni, które znieruchomiały wzdłuż jego ręki, ale chwiały się równo na lewym boku, między żebrami. Złocisty, krępy motylek opatrzony dwoma przecinkami usiadł na dębowym liściu, do połowy rozwarłszy skrzydła, i nagle śmignął niby złota mucha. I tak jak zdarzało się często w te leśne dni, zwłaszcza gdy przemykały znane mu motyle, Fiodor Konstantinowicz wyobraził sobie samotność ojca w innych lasach, ogromnych, nieskończenie odległych, w porównaniu z którymi ten był jak chrust, martwy pniak, kupa śmiecia. A jednak przeżywał teraz coś pokrewnego tej nasycającej mapy azjatyckiej wolności, duchowi ojcowskich podróży – tutaj najtrudniej było uwierzyć, że wbrew swobodzie, zieleni, uszczęśliwieniu idącemu od leśnego mroku ojciec jednak umarł.

Głosy zadźwięczały bliżej i wyminęły go. Bąk, który niepostrzeżenie usiadł mu na udzie, zdążył go sparzyć tępą ssawką. Mech, murawa, piasek, każde po swojemu – stykały się z obnażoną podeszwą, a słońce i cień na rozmaite sposoby kładły się na gorący jedwab ciała. Zmysły wyostrzone upalną swobodą podniecała możliwość sylwańskich spotkań, mitycznych uprowadzeń. *Le sanglot dont j'étais encore ivre.* Dałby rok życia, nawet rok przestępny, za to, żeby była tu teraz Zina albo którakolwiek z jej *corps de ballet.*

Kładł się na wznak, to znów wstawał, z bijącym sercem wsłuchiwał się w jakieś podstępne, niewyraźne, obiecujące coś odgłosy; potem, włożywszy kąpielówki i wsunąwszy koc z ubraniem pod krzak, ruszył w las, dokoła jeziora.

Tu i ówdzie – był dzień powszedni, więc z rzadka – napotykał mniej lub bardziej oranżowe ciała. Usiłował nie patrzeć na nie, lękając się przejścia od bożka Pana do Simplicissimusa. Czasem jednak obok szkolnej teczki i opartego o pień błyszczącego roweru leżała samotna nimfa, rozrzuciwszy obnażone po pachwiny, delikatne jak zamsz nogi, i zgiąwszy ręce, które odsłaniały przed słońcem połyskujące pachy; strzała pokusy ledwie zdążyła zaśpiewać i ugodzić, gdy spostrzega, że w pewnej odległości, w trzech jednakowo oddalonych punktach tworzących magiczny trójkąt wokół (czyjej?) zdobyczy, widnieją wśród pni trzej nieruchomi, nieznający się nawzajem łowcy: dwaj młodzi ludzie jeden leżący na brzuchu, drugi na boku) i starszy pan w kamizelce z gumkami na rękawach koszuli, który mocno rozsiadł się na trawie, nieruchomy, odwieczny, z cierpliwością i smutkiem w oczach; wydawało się, że te trzy pary oczu, nakierowane na jeden cel, wypalą wreszcie z pomocą słońca dziurkę w czarnym kostiumie kąpielowym biednej małej Niemki, nieunoszącej natłuszczonych powiek.

Schodził na piaszczysty brzeżek jeziora i tu, wśród dudnienia głosów, materia oczarowania, którą sam tak starannie utkał, rozdzierała się na strzępy; z odrazą spoglądał na ludzi, wymiętych, pokrzywionych, powykręcanych ostrym wiatrem życia, na nagie i na wpół ubrane (te wyglądały strasznie) ciała plażowiczów – skromnych mieszczuchów, odpoczywających robotników – poruszające się na brudnoszarym piasku. Tam gdzie nadbrzeżna droga wiodła wzdłuż wąskiej ciemnej zatoki jeziora, jej część odgrodzono od drogi palami; łączyły one luźno wiszące sfatygowane druty, i plażowi bywalcy szczególnie cenili sobie miejsca koło tych pali – czy to dlatego, że wygodnie było na nich wieszać spodnie za szelki (bieliznę układali na bujnych pokrzywach), czy też dla niejasno uświadamianego poczucia osłony za plecami. Tam zaś gdzie droga wznosiła się wyżej, ku jezioru opadały szorstkie piaszczyste stoki w łatach wydeptanej trawy i w rozmaitych, nasuwających się zależnie od położenia słońca, srokatych cieniach buków i sosen, które nie powściągnąwszy się, zbiegały w dół.

Szare, całe w naroślach i nabrzmiałych żyłach starcze nogi, jakaś płaska stopa i bursztynowy tubylczy nagniotek, prosięco różowy brzuch, mokre, zbielałe od wody wyrostki o zachrypniętych głosach, globusy piersi i ciężkie tyłki, sflaczałe uda w niebieskich sińcach, gęsia skórka, wypryski na łopatkach krzywonogich dziewoi, mocne szyje i pośladki muskularnych chuliganów, beznadziejna, obelżywa tępota zadowolonych twarzy, krzątanina, głośny śmiech, pluskanie – wszystko to zespalało się w apoteozę owej osławionej niemieckiej dobroduszności, która z taką naturalną łatwością może się w każdej chwili przeobrazić w pełną wściekłości urągliwość. Nad wszystkim tym, zwłaszcza w niedzielę, kiedy tłok był najohydniejszy, dominowała niezapomniana woń – kurzu, potu, mułu, nieświeżej bielizny, wietrzonego i schnącego ubóstwa, zapach wędzonych, suszonych, groszowych duszyczek. Samo jezioro jednak z jaskrawozielonymi kępami drzew po drugiej stronie, z rozsłonecznioną, migocącą wodą pośrodku, zachowywało godność.

Wybrawszy ukrytą wśród sitowia zatoczkę, rzucił się wpław. Woda była ciepła i mętna, w oczach miał iskry słońca. Pływał długo, pół godziny, pięć godzin, dobę, tydzień, jeszcze jeden tydzień.

Wygrzebawszy się z przybrzeżnego szczawiu, od razu wszedł w dąbrowę, a stamtąd wspiął się na nagrzany stok, gdzie wkrótce wysechł na słońcu. Po prawej miał wądół porośnięty dębczakami i jeżynami. Dziś, podobnie jak za każdym razem, gdy tu trafiał, Fiodor Konstantinowicz zszedł na samo dno parowu; tak go ono zawsze ku sobie ciągnęło, jakby był w jakiś sposób winien śmierci nieznanego chłopca, który się tutaj, o tutaj, zastrzelił. Pomyślał, że Aleksandra Jakowlewna też tu przychodziła i drobnymi dłońmi w czarnych rękawiczkach pracowicie czegoś szukała wśród zarośli... Nie znał jej wówczas, nie mógł tego widzieć – jednak na podstawie jej opowiadań o wielu pielgrzymkach do tego miejsca czuł, że musiało to właśnie

tak wyglądać: szukanie czegoś, szuranie, wymacywanie
końcem parasolki, błyszczące oczy, drżące od płaczu
wargi. Przypomniał sobie swoje ostatnie z nią spotkanie
tej wiosny – po śmierci jej męża, i dziwne wrażenie,
którego doznawał, spoglądając na jej pochyloną twarz,
zasępioną od niepowszedniej troski; zdawało mu się, że
nigdy naprawdę Aleksandry Jakowlewny nie widział,
teraz zaś odkrywał jej podobieństwo do zmarłego męża,
którego śmierć nałożyła na tę twarz pieczęć jakiegoś
ukrytego dotychczas, żałobnego z nim pokrewieństwa.
Następnego dnia wyjechała do krewnych do Pragi i teraz
jej postać, opowieści o synu, wieczorki literackie w domu
Czernyszewskich, psychiczna choroba Aleksandra Jakowlewicza, wszystko to, już zamknięte, samo przez się znikło,
jak zawiązany sznurkiem na krzyż pakunek życia, który
będzie długo przechowywany, nigdy jednak nie rozwiążą
go ponownie leniwe, niewdzięczne, wszystko do jutra
odkładające ręce. Fiodora ogarnęło przemożne pragnienie,
ażeby nie dopuścić, by się to zamknęło i przepadło
w jakimś kącie jego duchowej rupieciarni; pragnienie
przymierzenia tego wszystkiego do siebie, do własnej
wieczności, własnej prawdy, sprawienia, żeby znów wyrosło. Istnieje na to sposób – jedyny.

Wspiął się na inne zbocze, tam zaś, w górze, przy ścieżce
znów zbiegającej w dół, siedział na ławce pod dębem
z powoli coś kreślącą na piasku laską w zamyślonych
rękach młody przygarbiony mężczyzna w czarnym garniturze. „Musi mu być strasznie gorąco" – pomyślał Fiodor
Konstantinowicz. Siedzący spojrzał... Słońce, niby ugrze-
czniony fotograf, odwróciło i lekko uniosło jego twarz,
bladą, o szeroko rozstawionych szarych oczach krótkowidza. Między rogami wykrochmalonego kołnierzyka, nad
przekrzywionym węzłem krawata, błysnęła spinka.

– Ależ się pan opalił – powiedział Konczejew – to chyba szkodliwe. A gdzie właściwie zostawił pan ubranie?

– Tam – odpowiedział Fiodor Konstantinowicz – po tamtej stronie, w lesie.

– Może ktoś ukraść – zauważył Konczejew. – Wedle porzekadła: co Rosjanin zgubi, Prusak przyhołubi.

Fiodor Konstantinowicz usiadł i powiedział:

– A czy pan wie, gdzie jesteśmy? Tam, za tamtymi jeżynami, zastrzelił się kiedyś syn Czernyszewskich, poeta.

– Więc to się stało tutaj – bez szczególnego zaciekawienia powiedział Konczejew. – No cóż jego Olga wyszła niedawno za kuśnierza i wyjechała do Stanów Zjednoczonych. Niezupełnie ułan, ale zawszeć...

– Czy panu naprawdę nie jest gorąco? – zapytał Fiodor Konstantinowicz.

– Ani trochę. Mam słabe piersi i zawsze marznę. Ale oczywiście, kiedy siedzi się obok kogoś nagiego, odczuwa się fizycznie, że istnieją sklepy z gotową konfekcją. Ciału poza tym jest ciemno. Wydaje mi się z kolei, że w stanie takiego obnażenia jakakolwiek praca myślowa jest dla pana niemożliwa?

– Chyba nie – uśmiechnął się Fiodor Konstantinowicz. – Żyje się coraz bardziej powierzchnią własnej skóry...

– O to właśnie chodzi. Człowiek zajmuje się tylko własnym ciałem i patrzy, gdzie jest słońce. Myśl zaś lubi osłonę, camerę obscurę. Słońce jest dobre, bo wzrasta przy nim wartość cienia. Więzienie bez nadzorcy i ogród bez ogrodnika – oto, moim zdaniem, ideał. Czy przeczytał pan to, co napisałem o pańskiej książce?

– Przeczytałem – odpowiedział Fiodor Konstantinowicz, śledząc wzrokiem małą gąsienicę miernikowca sprawdzającą, ile cali dzieli go na ławce od sąsiada. – Przeczytałem dokładnie. Chciałem nawet napisać do pana list dziękczynny – wie pan, ze wzruszającą wzmianką, że nie zasłużyłem sobie i tak dalej – potem jednak pomyślałem, że wprowadziłoby to w sferę swobody poglądów nieznośny ludzki odorek. Poza tym, jeśli coś dobrze napisałem, winienem dziękować nie panu, ale sobie, podobnie jak pan nie mnie, lecz sobie winien dziękować za to, że rozumie się pan na tym, co dobre, nieprawdaż? Jeśli zaś zaczniemy bić przed sobą nawzajem pokłony, to gdy tylko jeden z nas przerwie tę czynność, drugi obrazi się i odejdzie nadąsany.

– Wiedziałem, że nie usłyszę od pana truizmów – powiedział Konczejew z uśmiechem. – Tak, wszystko to racja. Raz w życiu, tylko jeden raz, podziękowałem krytykowi, który odpowiedział: „No cóż, mnie się to n a p r a w d ę bardzo podoba" – i owo „naprawdę" otrzeźwiło mnie na zawsze. Nie napisałem zresztą o panu wszystkiego, co bym mógł napisać... Panu też zarzucano nieistniejące grzechy, nie miałem więc ochoty czepiać się słabości dla mnie oczywistych. Poza tym w swoim następnym utworze albo się ich pan pozbędzie, albo przemienią się one w swoiste odrębności, tak jak plamka na zarodku przemienia się w oko. Jest pan, zdaje się, zoologiem?

– Tak, z amatorstwa. Jakie to jednak słabości? Chciałbym sprawdzić, czy to te, o których wiem sam.

– Po pierwsze – przesadne zaufanie do słowa. Zdarza się u pana, że słowo przemyca myśl, którą chce pan przekazać. Powstaje zdanie, może nawet znakomite – ale to jest mimo wszystko uprawianie przemytu, a co najważniejsze, niepotrzebne, bo legalna droga stoi otworem. Pańscy przemytnicy zaś pod osłoną zaciemnień stylu, używając wszelkich możliwych podstępów, przewożą towar w ogóle nieobłożony cłem. Po drugie – pewna nieumiejętność przetwarzania źródeł: jakby nie mógł się pan zdecydować, czy dawnym sprawom i wypowiedziom narzucić swój styl, czy też wyostrzyć jeszcze ich własny. Zadałem sobie ten trud i porównałem niektóre fragmenty pańskiej książki z tekstem pełnego wydania dzieł Czernyszewskiego, do którego pan zapewne sięgał: znalazłem między stronicami popiół z pańskich papierosów. Po trzecie – doprowadza pan niekiedy parodię do takiej naturalności, że w istocie staje się ona prawdziwą, realną myślą i na t e j płaszczyźnie nagle się mimo woli potyka, tak że staje się własną karykaturą, a nie jej parodią, choć właśnie tego rodzaju drobne rysy pan wychwytuje. Wygląda to tak, jakby ktoś, naśladując kpiąco niedbały aktorski sposób mówienia Szekspira, dał się ponieść roli, zagrzmiałby na całego, ale mimochodem przekręcił tekst. Po czwarte – obserwuje się u pana niekiedy mechaniczność, jeśli nie machinalność przejść, przy czym widać, że dążąc tu do w ł a s n e j korzyści, ułatwia pan sobie drogę. W pewnym miejscu na przykład jako przejście służy prosty kalambur. Po piąte wreszcie, mówi pan czasem rzeczy obliczone głównie na to, żeby ukłuć swych współczesnych, a nic, co potwierdzi panu każda kobieta, nie ginie tak łatwo jak szpilki – nie mówiąc już o tym, że najmniejsza zmiana w modzie może sprawić, iż przestaną być używane: niechże pan pomyśli, ileż wykopano takich ostrych przedmiocików, których dokładnego zastosowania nie zna żaden archeolog! Prawdziwy pisarz powinien gwizdać na wszystkich czytelników z wyjątkiem jednego: przyszłego – który z kolei jest tylko projekcją autora w przyszłość. Oto, jak się wydaje, wszystkie moje pretensje do pana, zresztą na ogół biorąc, błahe. Nikną całkowicie w blasku pańskich zalet, o których też mógłbym jeszcze coś niecoś powiedzieć.

– To już nie jest tak interesujące – oświadczył Fiodor Konstantinowicz, k t ó r y   p o d c z a s   t e j   t y r a d y (jak pisali Turgieniew, Gonczarow, hrabia Salias, Grigorowicz, Boborykin) kiwał głową z aprobującą m i n ą. – Bardzo dobrze uchwycił pan moje wady – ciągnął – odpowiadają one moim własnym pretensjom do siebie, chociaż oczywiście, inaczej się to u mnie układa – niektóre punkty łączą się, a inne dzielą. Oprócz jednak tych słabości, które pan zauważył, dostrzegam u siebie jeszcze co najmniej trzy – może najistotniejsze. Tyle że nigdy panu o nich nie powiem, a w mojej następnej książce już ich nie będzie. Czy chce pan, żebyśmy porozmawiali teraz o pańskich wierszach?

– Nie, proszę, nie trzeba – rzekł z lękiem Konczejew.

– Mam powody myśleć, że przypadły panu do gustu, organicznie jednak nie wytrzymuję mówienia o nich. Kiedy byłem mały, odmawiałem przed zaśnięciem długą i niezbyt zrozumiałą modlitwę, której nauczyła mnie nieboszczka matka, pobożna i bardzo nieszczęśliwa kobieta; ona, oczywiście, powiedziałaby, że to się ze sobą nie da pogodzić, ale prawdą jest przecież, że szczęście nie idzie do klasztoru. Modlitwę tę pamiętałem i powtarzałem długo, aż do wieku młodzieńczego, pewnego razu jednak zastanowiłem się nad tym, co znaczą jej słowa, zrozumiałem je wszystkie, i kiedy to się stało, od razu je zapomniałem, jakbym zniweczył jakieś czarodziejskie, niemożliwe do odtworzenia zaklęcie. Wydaje mi się, że to samo stanie się z moimi wierszami: jeśli zacznę rozmyślać o tym, jaki tkwi w nich sens, zatracę od razu zdolność ich tworzenia. Pan, wiem o tym od dawna, zdeprawował swoją poezję słowami i sensem, i chyba już pan do niej nie wróci. Jest pan zbyt bogaty i zbyt zachłanny. Muza jest piękna, gdy uboga.

– Jakie to dziwne – powiedział Fiodor Konstantinowicz – kiedyś dawno temu bardzo żywo wyobraziłem sobie

427

rozmowę z panem na te tematy – no i doszło do niej, i jest nawet trochę podobna do tamtej! Choć oczywiście bezwstydnie podbijał mi pan bębenka i tak dalej. To, że tak dobrze pana znam, w istocie nie znając, cieszy mnie niezwykle, znaczy bowiem, że istnieją na świecie sojusze niezależne od żadnych nierozerwalnych przyjaźni, oślich sympatii, „ducha epoki" ani od jakichkolwiek organizacji czy ugrupowań poetyckich, gdzie kilka mocno związanych ze sobą miernot „rozognia się" dzięki wspólnym wysiłkom.

– Chcę pana na wszelki wypadek uprzedzić – oświadczył szczerze Konczejew – ażeby nie łudził się pan co do naszego podobieństwa: różnimy się pod wieloma względami, mam inne gusta, inne przyzwyczajenia, pańskiego Feta, na przykład, wprost nie znoszę, kocham za to autora *Sobowtóra* i *Biesów*, którego pan jest skłonny lekceważyć... Nie podoba mi się u pana wiele rzeczy – petersburski styl, galijskie zaplecze, pański neowolterianizm i słabość do Flauberta – obraża mnie po prostu pańska, proszę mi wybaczyć, wyzywająca i sportowa nagość. Poczyniwszy te wszystkie zastrzeżenia, można chyba powiedzieć, że gdzieś nie tutaj, ale na innej płaszczyźnie, której położenia jest pan świadom jeszcze mniej niż ja – gdzieś na peryferiach naszej egzystencji, bardzo daleko, bardzo tajemniczo i niejasno umacnia się swoiście boska więź między nami. A może czuje pan i mówi to wszystko dlatego, że pochwaliłem w gazecie pańską książkę – to też się, proszę pana, zdarza.

– Tak, wiem. Mnie też to przyszło na myśl. Zwłaszcza dlatego, że dawniej byłem zazdrosny o pańską sławę. Jednak mówiąc uczciwie...

– Sławę? – przerwał Konczejew. – Niech mnie pan nie rozśmiesza. Kto zna moje wiersze? Stu, stu pięćdziesięciu, co najwyżej dwustu inteligentnych wygnańców, z których znów aż dziewięćdziesiąt procent ich nie rozumie. To prowincjonalny sukces, a nie sława. W przyszłości może się odegram, ale bardzo dużo czasu upłynie, nim Tunguz i Kałmuk zaczną wydzierać sobie moje *Komunikacje* pod okiem zazdrosnego Fina.

– Istnieje jednak pocieszające odczucie – powiedział w zamyśleniu Fiodor Konstantinowicz. – Można przecież pożyczać, licząc na spadek. Czy to nie zabawne wyobrazić sobie, że kiedyś tutaj oto, na ten brzeg, pod ten dąb, przyjdzie podróżujący marzyciel, siądzie i z kolei on będzie sobie wyobrażał, że pan i ja tu siadywaliśmy?

– Historyk zaś powie mu, że nigdy się razem nie przechadzaliśmy, ledwie się znaliśmy, a jeśli spotykaliśmy się, mówiliśmy o powszednich błahostkach.

– A mimo wszystko, niech pan spróbuje! Niech pan spróbuje wyczuć przyszły, retrospektywny niepokój owego kogoś... Wszystkie włoski duszy stają dęba! Dobrze byłoby w ogóle skończyć z naszym barbarzyńskim poczuciem czasu, szczególnie miło jest, moim zdaniem, gdy ktoś zaczyna mówić, że za trylion lat ziemia ostygnie, i jeśli zawczasu nasze drukarnie nie zostaną przeniesione na sąsiednią planetę, wszystko zniknie. Albo to zawracanie głowy z wiecznością: wszechświatowi dane zostało tak wiele czasu, że termin jego końca powinien się był już objawić, nie sposób nawet w najmniejszym odcinku czasu wyobrazić sobie, że leżące na drodze jajko pozostaje nienaruszone, gdy tą drogą nieustannie maszeruje armia. Co za bzdura! Nasze fałszywe poczucie czasu jako swoistego wzrastania jest skutkiem naszej skończoności, która – zawsze na poziomie czasu teraźniejszego – zakłada jego nieustanne postępowanie między wodną otchłanią przeszłości a powietrzną otchłanią przyszłości. Byt więc objawia się nam jako wieczyste przechodzenie przeszłości w przyszłość – ten widmowy w swej istocie proces stanowi odbicie procesów zachodzących w nas. W tej sytuacji próba zrozumienia świata sprowadza się do próby zrozumienia tego, co sami stworzyliśmy jako niepojęte. Absurd, do którego dochodzi dociekliwa myśl, jest tylko naturalną, gatunkową oznaką jej przynależności do człowieka, dążenie zaś do uzyskania za wszelką cenę odpowiedzi równa się żądaniu, żeby rosół z kury zagdakał. Najbardziej pociąga mnie pogląd, wedle którego czas nie istnieje, wszystko zaś jest swoistą teraźniejszością, która jak blask istnieje poza naszą ślepotą, ale jest to hipoteza równie beznadziejnie ograniczona jak cała reszta. „Zrozumiesz, kiedy dorośniesz" – oto najmądrzejsze słowa, jakie znam. Jeśli dodamy tu, że naturze, gdy nas stwarzała, dwoiło się w oczach (o przeklęta parzystości, od której nie ma ucieczki: koń – krowa, kot – pies, szczur – mysz, pchła – pluskwa), że symetryczność w budowie żywych ciał jest następstwem obrotów ciał niebieskich (bąk, który kręci się dostatecznie długo, zacznie może żyć, rosnąć, rozmnażać się) i że w porywie ku asymetrii, ku nierówności, słyszę krzyk wyrażający tęsknotę do prawdziwej wolności, chęć wyrwania się z kręgu...

– *Herrliches Wetter – in der Zeitung steht es aber, dass es morgen bestimmt regnen wird* – zagadał wreszcie siedzący na ławce obok Fiodora Konstantinowicza młody Niemiec, który wydał mu się podobny do Konczejewa.

Znów więc zagrała wyobraźnia – jaka szkoda! Wymyślił mu nawet nieboszczkę matkę, by zwabić realność... Dlaczego rozmowa z nim nie może zakwitnąć jawą, osiągnąć spełnienia? Czy to właśnie jest spełnienie, i doskonalszego już nie trzeba?... Rzeczywista bowiem rozmowa przyniosłaby jedynie rozczarowanie – zająknienia, chrząknięcia, osypywanie się niewiele znaczących słów.

– *Da kommen die Wolken schon* – ciągnął Niemiec, przypominający Konczejewa, wskazując palcem wypukły obłok nasuwający się od zachodu. (Chyba student. Może mający upodobanie do filozofii albo muzyki. Gdzie jest teraz przyjaciel Jaszy? Chyba tu zagląda).

– *Halb fünf ungefähr* – odparł na pytanie Fiodora Konstantinowicza i ująwszy swoją laskę, opuścił ławkę.

Jego ciemna przygarbiona postać oddaliła się ocienioną ścieżką. (Może to poeta? Przecież w Niemczech są jacyś poeci. Kiepscy, lokalni – ale jednak nie rzeźnicy. A może to tylko dodatek do pieczeni?).

Nie chciało mu się płynąć do przeciwległego brzegu, więc ruszył powoli ścieżką okalającą jezioro od północy. Tam gdzie ku wodzie opadał piaszczysty stok z obnażonymi korzeniami lękliwych sosen powstrzymujących spełzający brzeg, znów było ludno; w dole, na pasemku trawy leżały trzy nagie trupy – biały, różowy i brązowy – niczym troista próbka oddziaływania słońca. Dalej, w załomie jeziora, ciągnęło się bagno i ciemna, prawie czarna, wilgotna ziemia przywierała do pięt. Znów szedł w górę po usypanym sosnowymi igłami zboczu, a potem przez rozmigotany las ruszył ku swojemu leżu. Było wesoło, słonecznie, cieniście – nie miał ochoty wracać do domu, choć był już czas po temu. Położył się na chwilę pod starym drzewem, które wydawało się obiecywać: pokażę ci coś ciekawego. Wśród drzew dźwięczała piosenka i oto ukazało się pięć idących szybkim krokiem zakonnic; miały okrągłe twarze, czarne ubiory i białe czepki, piosenka zaś – na wpół sztubacka, na wpół anielska – wisiała przez cały czas między nimi, gdy to jedna, to druga, idąc, pochylały się, żeby zerwać skromny kwiatek (dla Fiodora

Konstantinowicza, choć leżał blisko, niewidoczny), i znów się prostowały gibko, doganiając pozostałe, podchwytując rytm i przyłączając widmo kwiatka do widmowego bukiecika idyllicznym gestem (palce duży i wskazujący na chwilę złączone, inne odgięte); stało się oczywiste, że to przecież teatralna gra – i ileż tu umiejętności, ileż gracji i sztuki, jakże znakomity jest zasłonięty przez sosny reżyser, jak wszystko jest przewidziane – i to, że idą w luźnym szyku, że teraz go wyrównały – na przedzie trzy, z tyłu dwie; i to, że jedna z tylnego szeregu śmieje się (bardzo klasztorny jest ten humor) z tego, że idąca na przedzie nagle nieco impulsywnie klasnęła w dłonie przy osobliwie niebiańskiej nucie; i to, jak piosenka niknie, oddalając się, podczas gdy ramię wciąż się pochyla i palce chwytają źdźbło trawy (ono jednak zachwiawszy się tylko, nadal błyszczy w słońcu... Gdzie się to już raz zdarzyło, co się zachwiało?...), i oto wszystkie zakonnice odchodzą za drzewa swym szybkim krokiem na puentach, a jakiś półnagi chłopiec, szukając może w trawie swojej piłki, ochryple i machinalnie powtarza fragment ich piosenki (znany muzykom śmieszny refren). Jakże to zostało zainscenizowane! Ileż wysiłku włożono w tę lekką, szybko odegraną scenę, w to zręczne przejście, jakież wyrobione mięśnie kryć musi to ciężkie na pozór czarne sukno, które po antrakcie zostanie zastąpione baletowymi spódniczkami z tiulu.

Chmura zagarnęła słońce, las rozpłynął się i powoli zgasł. Fiodor Konstantinowicz skierował się w stronę zarośli, gdzie zostawił ubranie. W dołku pod krzakiem, który zawsze przechowywał je z taką usłużnością, odnalazł teraz zaledwie jeden pantofel: cała reszta – pled, koszula, spodnie – znikła. Istnieje opowiastka o pasażerze, który niechcący upuściwszy z okna wagonu rękawiczkę, niezwłocznie wyrzucił drugą, żeby przynajmniej ten, co znajdzie, miał parę. W tym wypadku złodziej postąpił odwrotnie: pantofle pewnie nie pasowały na niego, gumowe podeszwy były zresztą zdarte, żeby jednak zażartować ze swej ofiary, rozłączył parę. W pantoflu tkwił strzępek gazety, na którym napisano ołówkiem: *Vielen Dank*.

Fiodor Konstantinowicz jął okrążać miejsce, ale nikogo i niczego nie znalazł. Koszula była znoszona, Bóg z nią, jednakże kraciastego pledu wywiezionego z Rosji i kupionych stosunkowo niedawno porządnych flanelowych spodni trochę było mu żal. Ze spodniami ulotniło się dwadzieścia marek, zdobytych przedwczoraj, żeby choć w części zapłacić za pokój. Przepadł poza tym ołówek, chustka do nosa i pęk kluczy. To ostatnie, nie wiedzieć czemu, było najbardziej przykre. Jeśli nikogo, co bardzo możliwe, nie ma teraz w domu, nie dostanie się do mieszkania.

Skraj chmury zapłonął oślepiająco i słońce wyśliznęło się spod niej. Ziało taką palącą, uszczęśliwiającą mocą, że Fiodor, zapomniawszy o przykrościach, położył się na mchu i zaczął patrzeć tam, skąd pożerając błękit, zbliżał się kolejny śnieżny masyw: słońce weszło weń gładko, z jakimś żałobnym drżeniem w rozdwojonej obwódce płomienia, chwiejąc się i frunąc przez spiętrzoną biel, aż wreszcie znalazło wyjście, wyrzuciło najpierw trzy promienie, a potem rozpuściło się w oczach plamistym ogniem, w miarę zaś wzmagania się albo zamierania światła wszystkie cienie w lesie ożywały, to przypadając piersią do ziemi, to unosząc się na rękach.

Drobną uboczną pociechą było to, że dzięki jutrzejszemu wyjazdowi Szczegolewów do Danii znajdzie się zapasowy pęk kluczy, można więc przemilczeć stratę. Wyjeżdżają, wyjeżdżają, wyjeżdżają! Wyobraził sobie to, co stale wyobrażał sobie przez ostatnie dwa miesiące, jutrzejszy początek pełni życia z Ziną – wyzwolenie, zaspokojenie – tymczasem zaś wyładowana słońcem chmura pęczniejąc, rosnąc, nabrzmiewając turkusowymi żyłami, z ognistym świerzbieniem w swym burzowym jądrze, całym ciężkim, nieruchawym majestatem ogarnęła niebo, las, jego samego; rozładowanie tego napięcia wydawało się przerażającym, niemożliwym dla człowieka do zniesienia szczęściem. Wiatr przebiegł po jego piersi, podniecenie powoli osłabło, wszystko było duszną ciemnością – trzeba było śpieszyć do domu. Poszperał jeszcze w krzakach, wzruszył ramionami, zacisnął mocniej gumowy pasek kąpielówek i ruszył w drogę powrotną.

Kiedy wyszedł z lasu i musiał przejść przez ulicę, zaskoczył go przyjemny, smolisty kontakt asfaltu z bosą stopą. Dalej chodnikiem też szło się zabawnie. Była w tym lekkość snu. Niemłody przechodzień w czarnym filcowym kapeluszu zatrzymał się, spojrzał w ślad za Fiodorem i rzucił jakąś szorstką uwagę – tuż po nim jednak, co stanowiło łaskawe zadośćuczynienie, ślepiec z harmonijką oparty plecami o mur ogrodzenia wymamrotał, jak gdyby nigdy nic, prośbę o drobne wsparcie, wyduszając z instrumentu wielokątny dźwięk (to dziwne, przecież powinien był dosłyszeć, że idę boso). Dwaj uczniowie z pomostu jadącego tramwaju zawołali coś do golasa, a potem wróble powróciły na gazon między szyny, skąd spłoszył je żółty wagon. Deszcz zaczął kropić i Fiodor odczuwał to tak, jakby ktoś przykładał do różnych części jego ciała srebrną monetę. Młody policjant powoli oderwał się od kiosku z gazetami i podszedł do niego.

– Nie wolno tak chodzić po mieście – powiedział, utkwiwszy wzrok w pępku Fiodora Konstantinowicza.

– Wszystko mi ukradli – krótko wyjaśnił Fiodor.

– To się nie powinno zdarzyć – oświadczył policjant.

– Ale się jednak zdarzyło – rzekł, kiwając głową, Fiodor Konstantinowicz (kilka osób zatrzymało się już obok nich i z zaciekawieniem przysłuchiwało dialogowi).

– Czy kogo okradziono, czy nie, nie wolno chodzić po ulicach na golasa – powiedział policjant, wpadając w irytację.

– Muszę jednak jakoś dojść do postoju taksówek, nie sądzi pan?

– W takim stanie nie może pan.

– Niestety nie potrafię przemienić się w dym ani obrosnąć ubraniem.

– A ja panu powiadam, że tak chodzić nie wolno – upierał się policjant. („Co za bezwstyd" – skomentował z tyłu głos jakiegoś grubasa).

– Wobec tego – powiedział Fiodor Konstantinowicz – musi pan pójść po taksówkę dla mnie, a ja tu poczekam.

– Czekać na golasa też nie wolno – rzekł policjant.

– A więc zdejmę kąpielówki i będę udawał posąg – zaproponował Fiodor Konstantinowicz.

Policjant wyjął bloczek i tak gwałtownie wyciągnął zeń ołówek, że upuścił go na chodnik. Jakiś rzemieślnik podniósł ołówek z uszanowaniem.

– Nazwisko i adres – powiedział policjant, kipiąc gniewem.

– Fiodor Godunow-Czerdyncew – powiedział Fiodor.

– Proszę nie żartować i podać nazwisko! – ryknął policjant.

Podszedł inny, starszy stopniem, i zainteresował się, o co chodzi.

– Ukradziono mi w lesie ubranie – wyjaśnił cierpliwie Fiodor Konstantinowicz i nagle poczuł, że jest cały zmoknięty. Ten i ów z gapiów skrył się pod okapem, staruszka zaś stojąca przy jego łokciu otworzyła parasol, o mało nie wykłuwając mu oka.

– Kto ukradł? – zapytał wachmistrz.

– Nie wiem kto, a co najważniejsze, jest mi to zupełnie obojętne – oświadczył Fiodor Konstantinowicz. – Chcę teraz jechać do domu, a pan mnie zatrzymuje.

Deszcz nagle przybrał na sile i popędził po asfalcie; po całej jego powierzchni zaczęły skakać niekończące się świeczki. Policjantom (już przemoczonym i pociemniałym z wilgoci) ulewa wydała się zapewne żywiołem, wobec którego kąpielówki, jeśli nawet nie były zbyt stosowne, to w każdym razie dopuszczalne. Młodszy usiłował jeszcze raz wyciągnąć od Fiodora Konstantinowicza adres, starszy jednak machnął ręką i obaj, lekko przyśpieszywszy urzędowego kroku, wycofali się pod osłonę sklepu kolonialnego. Lśniący od deszczu Fiodor Konstantinowicz pomknął wśród głośnego plusku, skręcił za róg i dał nura do samochodu.

Dotarłszy na miejsce i poleciwszy kierowcy, by chwilę poczekał, przycisnął guzik do ósmej wieczór automatycznie otwierający drzwi i pomknął schodami w górę. Wpuściła go Marianna Nikołajewna: w przedpokoju pełno było ludzi i rzeczy. Szczegolew bez marynarki, dwóch robotników manewrujących skrzynką (w której, zdaje się, było radio), sympatycznie wyglądająca modystka z pudłem, jakieś druty, bielizna odebrana z pralni...

– Pan zwariował! – zawołała Marianna Nikołajewna.

– Niech pani, na Boga, zapłaci za mnie taksówkę – powiedział Fiodor Konstantinowicz, lawirując zziębniętym ciałem pomiędzy ludźmi i rzeczami, żeby wreszcie, pokonawszy barykadę walizek, dopaść swego pokoju.

Biesiadowano tego wieczoru razem, później mieli przyjść Kasatkinowie, baron kurlandzki i ktoś jeszcze... Przy kolacji Fiodor Konstantinowicz opowiadał, nieco przy tym koloryzując, co mu się przytrafiło, i Szczegolew śmiał się zdrowym śmiechem, Marianna Nikołajewna zaś pytała (nie bez kozery), ile miał w spodniach pieniędzy. Zina wzruszała ramionami i z niezwykłą u niej otwartością zachęcała Fiodora Konstantinowicza do picia wódki, obawiając się najwyraźniej, że się przeziębił.

– Cóż – to może nasze ostatnie spotkanie – powiedział Borys Iwanowicz, naśmiawszy się do syta. – Za pańskie powodzenie, *signor*. Ktoś mi w tych dniach opowiadał, że machnął pan bardzo złośliwy referat o Pietraszewskim. To się chwali. Słuchaj, mamusiu, tam stoi jeszcze jedna flaszka, nie ma sensu jej wywozić, oddaj Kasatkinom.

– ... Zostaje pan więc sierotą – ciągnął, zabierając się do włoskiej sałatki i pochłaniając ją niechlujnie. – Nie sądzę, by nasza Zinaida Oskarowna szczególnie dbała o pana. Co, księżniczko?

– ... No i tak, mój drogi, odmienia się człowiekowi los – całuj psa w nos. Czy ja przypuszczałem, że szczęście nagle się do mnie uśmiechnie – tfy, tfy, tfy od uroku. Jeszcze tej zimy kalkulowałem, czy wbić zęby w ścianę, czy sprzedać Mariannę Nikołajewnę na złom?... Półtora roku, bądź co bądź, przemieszkaliśmy razem z panem, jak te, nie przymierzając, gołąbeczki, a jutro się rozstajemy – zapewne na zawsze. Los igra człowiekiem. Dziś na wozie, jutro w kozie.

Kiedy kolacja się skończyła i Zina zeszła na dół, żeby wypuścić gości, Fiodor Konstantinowicz po cichu wycofał się do swego pokoju, do którego wiatr i deszcz wnosiły ożywienie i niepokój. Przymknął okno, po chwili jednak noc powiedziała: „nie" – i z jakimś rozwartookim natręctwem, lekceważąc ciosy, natarła, znów. „To było zabawne uczucie, kiedy się dowiedziałem, że Tania urodziła córkę, i ogromnie cieszę się za nią i za Ciebie. Napisałem w tych dniach do Tani długi, liryczny list, ale mam przykre uczucie, że niewłaściwie go zaadresowałem: zamiast «sto dwadzieścia dwa» napisałem jakiś inny numer, już raz tak się stało, nie rozumiem, skąd się to bierze – wypisuje się adres mnóstwo razy, machinalnie i prawidłowo, a potem nagle, kiedy włączy się w to świadomość, człowiek się waha, nie jest go pewien – to bardzo dziwne. Wiesz, tak jak sufit – *p o t o ł o k* – *pas ta loque*, patolog – i tak dalej – aż się ten „*potołok*" nie stanie czymś zupełnie obcym, dziwacznym jak «łokotop» czy «potokoł». Myślę, że k i e d y ś stanie się tak z całym życiem. W każdym razie przekaż Tani ode mnie życzenia wszystkiego najweselszego, zielonego, leszyńsko-letniego. Jutro wyjeżdżają moi gospodarze i wyłażę wprost ze skóry z radości – wyłażenie ze skóry jest bardzo przyjemne, jakby się noc spędzało na dachu. Jeszcze miesiąc pozostanę na Agamemnonie, a potem się przeprowadzę... Nie wiem, jak się to dalej ułoży. Nawiasem mówiąc, mój Czernyszewski nieźle się rozchodzi. Kto Ci właściwie powiedział, że Bunin go pochwalił? Moja krzątanina przy tej książce wydaje mi się już czymś bardzo odległym, tak jak wszystkie te drobne zawirowania myśli, troski pióra – jestem teraz zupełnie pusty, czysty i znowu gotów na przyjęcie lokatorów. Wiesz, opaliłem się w grünewaldzkim słońcu na Cygana. To i owo sobie planuję – napiszę klasyczną powieść, z charakterami, miłością, losem, rozmowami...".

Drzwi otworzyły się nagle, wsunęła się na moment Zina i nie wypuszczając klamki z ręki, rzuciła mu coś na stół.

– Niech pan tym zapłaci mamie – powiedziała, przymrużyła oczy i znikła.

Rozwinął papierek. Dwieście. Suma wydała mu się olbrzymia, ale błyskawiczne obliczenie wykazało, że starczy tego akurat za dwa ubiegłe miesiące, osiemdziesiąt plus osiemdziesiąt, i za najbliższy – trzydzieści pięć, już bez utrzymania. Kiedy jednak uświadomił sobie, że w ostatnim miesiącu nie jadał obiadów, otrzymywał za to obfitszą kolację, wszystko mu się nagle poplątało; poza tym wpłacił w tym okresie dziesięć (a może piętnaście?) marek, z drugiej strony zaś był winien za rozmowy telefoniczne i różne drobiazgi, jak na przykład dzisiejsza taksówka. Nie mógł rozwiązać zadania, bo było za nudne; wsunął pieniądze pod słownik.

„... i z opisami przyrody. Bardzo się cieszę, że czytasz moją książkę, teraz jednak czas już o niej zapomnieć – to tylko ćwiczenie, próba, wypracowanie przed wakacjami. Bardzo się za Tobą stęskniłem i może (powtarzam, nie wiem, jak to się ułoży...) odwiedzę Cię w Paryżu. A w ogóle opuściłbym bodaj jutro ten kraj, ciężki jak ból głowy, gdzie wszystko jest mi obce i wstrętne, gdzie powieść o kazirodztwie albo napisana z zadęciem przez beztalencie retoryczna i mdła, rażąca fałszem powieść o wojnie uchodzi za szczytowe osiągnięcie literackie, gdzie w gruncie rzeczy nie ma literatury, i to nie ma od dawna; gdzie z mgły jakiejś nudnej, demokratycznej pluchy – tej fałszywej – sterczą nieodmiennie buty i kask; gdzie nasze rodzime zamówienie społeczne zastąpione zostało przez społeczną okazję – i tak dalej, i tak dalej... mógłbym jeszcze długo i zajmująco wywodzić, że pięćdziesiąt lat temu każdy rosyjski myśliciel z walizką pisał zupełnie to samo – zarzut jest na tyle oczywisty, że aż trywialny. Za to wcześniej, w złotej połowie stulecia, mój Boże, co za zachwyty! «Małe przytulne Niemcy» – ach, ceglane domki, ach, dziatki chodzą do szkoły, ach, chłop nie bije konika kłonicą!... To nic, on go wykończy po swojemu, po niemiecku, w cichym kątku, rozpalonym żelazem. Tak, dawno bym wyjechał, są jednak pewne okoliczności osobiste (nie mówiąc o mojej tutejszej

samotności, o cudownym i zbawiennym kontraście pomiędzy moją wewnętrzną zwyczajnością a przeraźliwie
zimnym światem dokoła; wiesz, przecież w zimnych
krajach jest cieplej w pokojach – lepiej są uszczelniane
i ogrzewane), ale i te osobiste okoliczności mogą tak się
obrócić, że niewykluczone, iż wkrótce, zabierając je ze
sobą, opuszczę Dusimarkenland. A kiedy wrócimy do
Rosji? Ta nasza niewinna nadzieja brzmi zapewne
w uszach osiadłych Rosjan jak coś idiotycznie sentymentalnego, jak jęk drapieżnika. A przecież nie bierze się ona
z historii, tylko z ludzkiej potrzeby – jak im to jednak
wytłumaczyć? Mnie oczywiście łatwiej niż komu innemu
żyć poza Rosją, bo ja mam pewność, że tam wrócę – po
pierwsze dlatego, że wywiozłem klucze od niej, po drugie
dlatego, że wszystko jedno kiedy, za sto czy dwieście lat,
będę tam żył w swoich książkach albo przynajmniej
w drobnym przypisie badacza. To już jednak jest chyba
nadzieja historyczna, historycznoliteracka... «Nieśmiertelności pragnę – bodaj jej cienia na ziemi!» Piszę Ci dziś
głupstwo za głupstwem (nieustająca gonitwa myśli), bo
jestem zdrów, szczęśliwy – a poza tym wszystko to ma
jakiś pośredni związek z dzieciątkiem Tani.

Almanach nazywa się «Basznia». Nie mam go, sądzę
jednak, że znajdziesz go w każdej rosyjskiej bibliotece.
Od wuja Olega nic nie nadeszło. Kiedy on to wysłał?
Myślę, że coś Ci się tu pomyliło. No i tyle. Bądź zdrowa,
całuję Cię. Jest noc, pada spokojny deszcz – odnalazł swój
nocny rytm i może tak padać w nieskończoność".

W przedpokoju słychać było głosy żegnających się,
komuś upadł parasol. Huknęła i zatrzymała się winda,
którą Zina ściągnęła z dołu. Znów wszystko ucichło.
Fiodor Konstantinowicz wszedł do stołowego, gdzie Szczegolew siedział, rozłupywał orzechy i żuł je jedną stroną

szczęki, Marianna Nikołajewna zaś sprzątała ze stołu. Jej pulchna, ciemnoróżowa twarz o lśniących skrzydełkach nosa, fioletowe brwi, morelowe włosy, przechodzące na nagim tłustym karku w kłujący granat, bławatkowe oko z kącikiem ubrudzonym tuszem do rzęs, mimochodem zanurzające się w mule osadu na dnie czajnika, pierścionki, broszka z granatów, kwiecista chusta na ramionach – wszystko to składało się na soczysty i prostacki malunek w dość banalnym stylu. Kiedy Fiodor Konstantinowicz zapytał, ile jest winien, Marianna Nikołajewna włożyła okulary i wyjęła z torebki kartkę zapisaną cyframi. Szczegolew w tym momencie ze zdumieniem uniósł brwi: był przekonany, że nie dostaną od lokatora ani grosza, i jako dobry w gruncie rzeczy człowiek, jeszcze wczoraj radził żonie, żeby nie naciskała, ale za tydzień lub dwa napisała do Fiodora Konstantinowicza z Kopenhagi list i zagroziła, że zwróci się do jego krewnych. Po obrachunku Fiodorowi Konstantinowiczowi z dwustu marek zostało trzy i pół; wyszedł z pokoju, żeby się położyć spać. W przedpokoju spotkał Zinę, która wróciła z dołu. „No?" – powiedziała, trzymając palec na wyłączniku – na wpół pytające, na wpół ponaglające słowo, które oznaczało mniej więcej: „Chce pan przejść? Gaszę tu, proszę przejść". Dołek na jej obnażonej ręce, nogi w aksamitnych pantofelkach obciągnięte jasnym jedwabiem, pochylona głowa. Światło zgasło.

Położył się i przy szmerze deszczu zaczął zasypiać. Jak zawsze na krawędzi świadomości i snu, wynurzyła się na powierzchnię, błyskając i pobrzękując, rupieciarnia słów: chrzęst kryształowy chrześcijańskiej nocy, gdzie gwiezdne chryzolity... i myśl, wsłuchawszy się na mgnienie, pragnąc to uporządkować i wykorzystać, dodała od siebie: i mocarz zgasł jasnopolański, i Puszkin młodo zmarł zabity...

– a ponieważ było to okropne, pomknęła drobna fala
rymów: dentysta takoż zmarł Szpolański, astrachański,
chański, złamał nasz Hans kij... Wiatr zmienił kierunek
w stronę „z": wyobrazili... bryzę w Brazylii, wyrazy,
ryzykują razy... Tu znów pojawiła się końcówka wy-
pracowana przez myśl schodzącą coraz to niżej w piekło
aligatorowych aliteracji, w piekielne kooperatywy słów, nie
„błagać", ale *blague*. Skroś tę bezmyślną paplaninę zaczęła
go uwierać w policzek okrągła spinka poszewki, więc
obrócił się na drugi bok, i przez ciemne tło pomknęły do
wody Grünewaldu nagusy, a ku wewnętrznym kącikom
przymkniętych powiekami oczu popłynęła ukosem jakaś
świetlista plamka – wymoczek w kształcie monogramu.
Przez zamknięte drzwi mózgu, trzymając za klamkę
i odwracając się, myśl zaczęła omawiać z kimś skomplikowaną, ważną tajemnicę, kiedy jednak drzwi na chwilę się
uchyliły, okazało się, że chodziło o jakieś stołki, stoły, atole.
Nagle, w gęstniejącej mgle, przy ostatniej rogatce rozumu,
zadźwięczał jak srebro dzwonek telefonu i Fiodor Konstantinowicz odwrócił się, padając twarzą ku dołowi... Dźwięk
pozostał mu w palcach, jakby się nim oparzył... W przedpokoju, już odłożywszy słuchawkę na ciemny aparat, stała
Zina – wydawała się przestraszona. „Był do ciebie telefon
– powiedziała półgłosem – od twojej dawnej gospodyni
Egdy Stoboy. Prosi, żebyś natychmiast przyjechał. Ktoś
tam na ciebie czeka. Pośpiesz się". Wciągnął flanelowe
spodnie i oddychając z trudem, ruszył ulicą. O tej porze
roku w Berlinie zdarza się coś, co przypomina białe noce:
powietrze było przejrzyście popielate i zamglone domy
płynęły niby rozmydlony miraż. Jacyś nocni robotnicy
rozkopali bruk na rogu i musiał przebyć wąskie korytarze
z drewnianych bali, przy czym u wejścia każdy dostawał
małą latarkę, którą wyszedłszy, zostawiał na haku wbitym

442

w słup albo na trotuarze obok butelek na mleko. Zostawiwszy swoją butelkę, pobiegł dalej po zmatowiałych ulicach, a przeczucie czegoś nieprawdopodobnego, niemożliwego, nieludzko dziwnego ogarniało mu serce śnieżną mieszaniną szczęścia i przerażenia. W szarej mgle z budynku gimnazjum wyszły parami i przeszły obok niego ślepe dzieci w ciemnych okularach, uczące się nocami (w oszczędnie ciemnych szkołach, pełnych za dnia dzieci widzących), a pastor, który im towarzyszył, podobny był do wiejskiego nauczyciela z Leszyna – Byczkowa. Chudy pijak z opuszczoną kudłatą głową, rozsunąwszy jak nożyce nogi w wąskich pantalonach ze strzemiączkami, z rękoma w kieszeniach, jakby zszedł ze stron bardzo starego rosyjskiego pisma satyrycznego, stał oparty o latarnię. W rosyjskiej księgarni paliło się jeszcze światło – wydawano tam książki nocnym kierowcom, przez mętnożółtawe szyby dostrzegłem sylwetkę Miszy Bieriezowskiego, który podawał komuś czarny atlas Petriego. Trudno jest zapewne tak pracować po nocach! Kiedy znalazł się w dzielnicy, gdzie mieszkał poprzednio, poczuł znów przypływ wzburzenia. W biegu trudno mu było oddychać, zwinięty pled ciążył na ręku – trzeba się było spieszyć, a on tymczasem zapomniał topografii ulic, popielata noc wszystko przemieszała, zmieniając, jak na negatywie, układ miejsc ciemnych i jasnych, a nie mógł nikogo zapytać o drogę, bo wszyscy spali. Nagle wyrosła topola, za nią wysoki kościół, z fioletowo-czerwonym oknem w arlekinowych rombach światła: w środku odprawiano mszę, po schodach wspinała się pośpiesznie staruszka w żałobie, ze strzępkiem waty podłożonym pod siodełko okularów. Odnalazł swoją ulicę, ale u jej początku słup z narysowaną dłonią w rękawicy wskazywał, że należy wejść z przeciwległego końca, obok poczty, ponieważ tu leży stos flag przygotowanych na jutrzejszą uroczystość. Obawiał się jednak, że idąc tak okrężnie, zgubi ją, poza tym poczta – to potem – jeśli tylko j u ż do matki nie zadepeszowano. Przelazł przez deski, skrzynie, kukłę grenadiera w peruce i zobaczył znajomy dom, a tam robotnicy rozwinęli od progu na szerokość trotuaru czerwony pas dywanu, jak to się działo w balowe noce przed domem na Newskim Nabrzeżu. Wbiegł po schodach, Frau Stoboy od razu mu otworzyła. Twarz jej płonęła, na sobie gospodyni miała biały, szpitalny kitel – kiedyś coś ją łączyło z medycyną. „Tylko proszę się nie denerwować – powiedziała – proszę pójść do swego pokoju i tam czekać. Musi pan być przygotowany na wszystko" – dodała niezwykle mocnym, dźwięcznym głosem i wepchnęła go do pokoju, o którym myślał, że nigdy w życiu już tam nie wejdzie. Tracąc panowanie nad sobą, chwycił ją za łokieć, ale strząsnęła jego dłoń. „Ktoś do pana przyjechał – powiedziała Stoboy – ale teraz odpoczywa... Proszę chwilę zaczekać".- Drzwi zamknęły się. Pokój wyglądał tak, jakby Fiodor dotychczas w nim mieszkał: te same łabędzie i lilie na tapetach, ten sam sufit malowany w tybetańskie motyle (na przykład *Thecla bieti*). Oczekiwanie, lęk, zamróz szczęścia – wszystko zmieszało się w jedno oślepiające wzruszenie, stał pośrodku pokoju, nie mając siły się ruszyć, nasłuchując i patrząc na drzwi. Wiedział, k t o zaraz wejdzie, i teraz myśl o tym, że dawniej wątpił w ten powrót, zadziwiała go: powątpiewanie to wydawało mu się w tej chwili tępym uporem kogoś niespełna rozumu, nieufnością barbarzyńcy, zarozumialstwem ignoranta. Serce mu się rozdzierało jak człowiekowi przed egzekucją, ta kaźń jednak była zarazem radością, wobec której blednie życie, i nie mógł teraz pojąć odrazy, jakiej doznawał, gdy w pośpiesznie skonstruowanych snach zwidywało mu się to, co dokonywało się teraz na jawie. Drzwi nagle d r g n ę ł y (gdzieś daleko otwarły się inne), dał się słyszeć znajomy chód, domowe safianowe kroki, drzwi bezszelestnie, lecz ze straszliwą siłą otwarły się i w progu stanął ojciec. Był w złotej tiubietiejce, w czarnej szewiotowej kurtce z naszytymi wysoko kieszeniami na papierośnicę i lupę; brązowe policzki w ostrym rozbiegu parzystych bruzd były szczególnie gładko wygolone; w ciemnej brodzie niby sól pobłyskiwała siwizna; z siatki zmarszczek ciepło i kosmato śmiały się oczy – a Fiodor stał i nie mógł postąpić kroku. Ojciec powiedział coś, ale tak cicho, że nie dosłyszał, choć jakimś sposobem zrozumiał: miało to związek z tym, że wrócił cały i zdrów, wrócił jako rzeczywisty człowiek. A jednak Fiodora ogarniał taki strach przed zbliżeniem się do niego, że umarłby, gdyby przybyły do niego podszedł. Gdzieś w dalszych pokojach rozlegał się ostrzegawczy, rozradowany śmiech matki, ojciec cicho cmoknął, niemal nie otwierając ust, jak zwykł robić, gdy podejmował jakąś decyzję albo wyszukiwał coś na stronicy... Potem znów się odezwał i znowu oznaczało to, że wszystko jest w porządku i dzieje się po prostu, że to właśnie jest zmartwychwstanie, że inaczej nie mogło się stać, a także to, że jest zadowolony, zadowolony z polowania, powrotu, książki syna o nim – i wówczas wszystko nareszcie stało się łatwiejsze, wdarło się światło i ojciec z radością i bez wahania otworzył ramiona. Fiodor jęknął, zaszlochał i postąpił krok ku niemu, w przemieszanych zaś doznaniach – szorstkości kurtki, dużych dłoni, czułych ukłuć przystrzyżonych wąsów – nagromadziło się radośnie uszczęśliwione, żywe, nieustannie się rozrastające, olbrzymie jak raj ciepło, w którym stopniało i rozpłynęło się jego lodowate serce.

Najpierw spiętrzenie czegoś na czymś i blade, drżące pasmo biegnące ku górze były zupełnie niepojęte, niczym słowa w zapomnianym języku albo części rozłożonej maszyny – i ta bezładna gmatwanina przyprawiła duszę o paniczne drżenie: oto obudził się w grobie, na Księżycu, w mrokach bezwolnego niebytu. Coś się jednak w mózgu przekręciło, myśl osiadła, skwapliwie zamazała prawdę – i zrozumiał, że patrzy na firankę na wpół otwartego okna, na stół pod oknem: taki jest układ zawarty z rozsądkiem – teatr ziemskich przyzwyczajeń, mundur substancji czasu. Opuścił głowę na poduszkę, usiłując dopędzić owo ciepłe, cudowne, wszechwyjaśniające – teraz już jednak przyśniło mu się coś, co było pospolitym kompilatorstwem, coś byle jak pozszywanego ze skrawków dziennego bytowania i do niego upodobnionego.

Ranek był chmurny, chłodny, pełen szaroczarnych kałuż na asfalcie podwórka, słychać było ohydny odgłos trzepanych dywanów. Szczegolewowie kończyli pakowanie walizek, Zina poszła do biura, a o pierwszej miała spotkać się z matką, żeby zjeść z nią obiad w „Vaterlandzie". Fiodorowi Konstantinowiczowi nie zaproponowano na szczęście, by się do nich przyłączył; przeciwnie, Marianna Nikołajewna, podgrzewając mu kawę w kuchni, gdzie siedział w szlafroku, wytrącony z koleiny panującym w mieszkaniu rozgardiaszem, uprzedziła, że w spiżarni zostawia mu na obiad trochę szynki i sałatki włoskiej. Powiedziano mu też, że w nocy dzwonił ten sam co zawsze niefortunny abonent, tym razem szalenie zdenerwowany, bo stało się coś, o czym się już nie dowiedzieli.

Borys Iwanowicz po raz dziesiąty przekładał z jednej walizki do drugiej buty na prawidłach, wszystkie wyczyszczone i błyszczące – niezwykle wprost dbał o obuwie.

Potem Szczegolewowie ubrali się i wyszli, a Fiodor Konstantinowicz długo i z przyjemnością kąpał się, golił, obcinał paznokcie u nóg – szczególną przyjemność sprawiało mu podważanie ich mocnych boków i szczęknięcie nożyczek – skrawki paznokci strzelały wtedy po całej łazience. Zapukał dozorca, ale nie mógł wejść, bo Szczegolewowie, wychodząc, zamknęli drzwi na amerykański zamek, klucze zaś Fiodora Konstantinowicza wędrowały nie wiedzieć kędy. Listonosz, brzęknąwszy klapką, wrzucił przez szparę belgradzką gazetkę „Za Cara i Cerkiew", którą prenumerował Borys Iwanowicz, a nieco później ktoś wcisnął tam (utkwiła złożona na pół) reklamową ulotkę niedawno otwartego zakładu fryzjerskiego. Dokładnie o wpół do dwunastej na schodach dało się słyszeć głośne szczekanie; to schodził niespokojny owczarek alzacki o zwykłej porze swego spaceru. Fiodor z grzebieniem w ręku wyszedł na balkon, żeby sprawdzić, czy się przejaśniło, jednakże choć deszcz nie padał, niebo bielało mętnie i beznadziejnie – wprost nie do wiary, że wczoraj opalał się w lesie. W sypialni Szczegolewa poniewierały się strzępy papieru, jedna z waliz była otwarta i na wytłaczanym ręczniku leżała tam na wierzchu gumowa gruszka. Na podwórko wszedł wąsaty wędrowny muzykant z cymbałkami, bębnem, saksofonem, cały obwieszony muzyką, z błyszczącą muzyką na głowie, z małpką w czerwonym kubraczku, i długo śpiewał, przytupując i pobrzękując – choć nie udało mu się zagłuszyć kanonady dywanów na trzepakach. Fiodor Konstantinowicz ostrożnie pchnął drzwi i wszedł do pokoju Ziny, dokąd nigdy nie wchodził; miał dziwne, radosne uczucie, jakby to były osiedliny, długo spoglądał na energicznie tykający budzik, na różę w szklance, której łodyga obrosła pęcherzykami, na otomankę w nocy służącą jako łóżko i na suszące się na kaloryferze pończochy. Przegryzł coś, potem usiadł przy swoim stole, umoczył pióro i znieruchomiał nad białą stronicą. Wrócili Szczegolewowie, przychodził dozorca, Marianna Nikołajewna stłukła flakonik perfum – on zaś wciąż siedział nad spoglądającą koso kartką i ocknął się dopiero wtedy, gdy Szczegolewowie mieli już odjeżdżać na dworzec. Do odejścia pociągu pozostawało około dwóch godzin, do dworca jednak było daleko. „Niech będzie na mnie, ale lubię być za wcześnie" – oświadczył dziarsko Borys Iwanowicz, przytrzymując rękaw marynarki i mankiet koszuli, żeby włożyć płaszcz. Fiodor Konstantinowicz pomógł mu (ten z uprzejmym okrzykiem, jeszcze przepołowiony, szarpnął się i nagle w rogu przemienił się w straszliwego garbusa); potem poszedł pożegnać się z Marianną Nikołajewną, która przed szafą z lustrem, z dziwnie zmienionym wyrazem twarzy (przesłaniając i obłaskawiając własne odbicie), wkładała granatowy kapelusz z granatową woalką. Fiodor Konstantinowicz poczuł nagle, że mu jej dziwnie żal, i po chwili namysłu zaproponował, że pójdzie na róg po taksówkę. „Tak, bardzo proszę" – powiedziała Marianna Nikołajewna, ciężko schyliwszy się ku leżącym na kanapie rękawiczkom.

Na postoju nie było taksówek, wszystkie kursowały po mieście, musiał więc przejść przez plac i tam szukać. Kiedy wreszcie podjechał pod dom, Szczegolewowie stali już na dole – sami znieśli walizki („ciężkie bagaże" wyprawiono wczoraj).

– Niech Bóg ma pana w opiece – powiedziała Marianna Nikołajewna i wargami z gutaperki pocałowała go w czoło.

– Salcie, Salcie, telegrafaj! – zawołał Borys Iwanowicz, żartobliwie machając ręką; samochód zawrócił i odjechał.

„Na zawsze" – pomyślał z ulgą Fiodor Konstantinowicz i pogwizdując, ruszył schodami w górę.

Dopiero tu zrozumiał, że nie może wejść do mieszkania. Szczególnie przykro było oglądać przez szparę na listy pęk kluczy, rozłożonych gwiaździście na podłodze przedpokoju: wrzuciła je tam Marianna Nikołajewna, zamknąwszy uprzednio drzwi. Zszedł po schodach o wiele wolniej, niż wszedł. Zina, o czym wiedział, zamierzała pojechać na dworzec z biura: zważywszy, że pociąg odchodzi za mniej więcej półtorej godziny i że jazda autobusem zabierze jej godzinę, ona (i klucze) nie wrócą wcześniej niż za trzy godziny. Na ulicy było wietrznie i pochmurno: nie miał do kogo pójść, do piwiarni zaś czy kawiarni nie chadzał, bo ich żarliwie nienawidził. W kieszeni miał trzy i pół marki, kupił papierosy, a ponieważ ssące jak głód pragnienie, by zobaczyć jak najszybciej Zinę (teraz, kiedy wszystko już wolno), pozbawiało ulicę, niebo, powietrze, cały świat wszelkiego sensu, pośpieszył na ten róg, w pobliżu którego zatrzymywał się potrzebny mu autobus. Tym, że był w rannych pantoflach, w bardzo starym, wymiętym ubraniu, poplamionym i bez jednego guzika przy rozporku, wypchanym na kolanach, z matczyną łatą na siedzeniu, zupełnie się nie przejmował. Opalenizna i rozchylony kołnierzyk czystej koszuli dawały mu swoisty przyjemny immunitet.

Był dzień jakiegoś święta państwowego. Z okien domów sterczały trojakiego rodzaju flagi: czarno-czerwono-żółte, czarno-biało-czerwone i po prostu czerwone; każdy rodzaj coś oznaczał, a co najśmieszniejsze – owe flagi były zdolne przepełnić kogoś dumą albo nienawiścią. Były duże i małe, na krótkich drzewcach i na długich, całe to jednak ekshibicjonistyczne podniecenie nie uczyniło miasta sympatyczniejszym. Przy Tauentzienstrasse autobus zatrzymany został przez ponury pochód: z tyłu na wolno sunącej ciężarówce jechali policjanci w czarnych sztylpach, wśród sztandarów zaś był jeden z rosyjskim napisem (z dwoma błędami) „Za Sierb i Mołt", tak że Fiodorowi przez chwilę ciążyła wątpliwość, gdzie też żyją Mołtowie

– czy to może Mołdawianie? Wyobraził sobie nagle oficjalne festyny w Rosji, żołnierzy w długich płaszczach, kult mocnych szczęk, olbrzymi plakat z wrzeszczącym frazesem w leninowskiej marynarce i czapce, a wśród grzmotu bzdury, litaurów nudy ubogi jarmarczny pisk groszowej prawdy. Oto odwieczne, coraz potworniejsze powtórzenie Chodynki, z podarunkami – o, takimi (o wiele większymi niż początkowo obiecywano), i doskonale zorganizowanym wywozem zwłok... A tak w ogóle – niechaj wszystko przeminie i zostanie zapomniane – i znów za dwieście lat ambitny pechowiec wyładuje swoje urazy na marzących o dostatku prostakach (jeśli trwać będzie nadal mój świat, gdzie każdy jest kimś osobnym i nie ma równości, nie ma władz – zresztą, jeśli nie chcecie tego, to nie, jest mi zupełnie wszystko jedno).

Plac Poczdamski zawsze pokiereszowany jakimiś robotami służb miejskich (o, stare pocztówki ukazujące to miejsce, zawsze tak rozległe, tak miłe dorożkarzom, długie, zamiatające kurz suknie pań w żakiecikach, i takie same kwiaciarki o obfitych kształtach!). Fałszywie paryski szyk Unter den Linden. Dalej wąskie handlowe ulice. Most, barka i mewy. Martwe oczy starych hoteli drugiej, trzeciej, setnej kategorii. Jeszcze kilka minut jazdy i oto dworzec.

Zobaczył Zinę w beżowej, żorżetowej sukience i białej czapeczce, wbiegającą po stopniach. Biegła, przyciskając do boków różowe łokcie, z wciśniętą pod ramię torebką, a kiedy ją dopędził i otoczył ramieniem, odwróciła się z tym czułym, matowym uśmiechem, z uszczęśliwionym smutkiem w oczach, z którym witała go, gdy byli sami.

– Słuchaj – powiedziała śpiesznie – jestem spóźniona, biegniemy.

Odpowiedział jednak, że już się z nimi pożegnał i że poczeka na nią na dole.

450

Niskie, zsuwające się za dachy słońce wyglądało tak, jakby wypadło spomiędzy chmur przesłaniających niebo (już jednak całkiem miękkich i ułagodzonych, jakby ich wełniste topnienie namalował ktoś na zielonym plafonie), i tam, w wąskim prześwicie, niebo było rozżarzone, naprzeciwko zaś świeciło miedzianym płomieniem okno i metalowe litery. Długi cień tragarza toczącego cień wózka wchłonął i ten cień, który jednak na zakręcie znów objawił się ostrym kantem.

– Będzie nam smutno bez ciebie, Zineczko – powiedziała Marianna Nikołajewna już z wagonu.

– W każdym razie weź urlop w sierpniu i przyjeżdżaj – zobaczymy, może zostaniesz na dobre.

– Nie sądzę – powiedziała Zina. – Ach, jeszcze jedno. Dałam ci dziś swoje klucze. Nie zabierz ich, proszę, ze sobą.

– Zostawiłam je w przedpokoju... a klucze Borysa są w biurku... To nic. Godunow cię wpuści – dodała Marianna Nikołajewna uspokajającym tonem.

– A więc cóż. Powodzenia – odezwał się Borys Iwanowicz spoza bujnego ramienia żony, przewracając przy tym oczyma. – Ach Zinka, Zinka przyjedziesz do nas, będziesz sobie jeździć na rowerze i popijać mleko – to ci będzie używanie!

Pociąg drgnął i popełznął. Marianna Nikołajewna długo jeszcze machała z okna wagonu. Szczegolew z głową wciągniętą w ramiona wyglądał jak żółw (a kiedy usiadł, to zapewne ze stęknięciem).

Zina zbiegła po stopniach, podskakując, z kołyszącą się torebką w ręku, i kiedy podbiegła do Fiodora, miedziany blask ostatniego słonecznego promienia przebiegł przez jej źrenice. Ucałowali się tak, jakby przyjechali z daleka po długiej rozłące.

– A teraz pojedziemy na kolację – powiedziała, ujmując go pod rękę. – Jesteś na pewno wściekle głodny. Skinął głową. Czym to wytłumaczyć? Skąd to dziwne zmieszanie zamiast triumfującej, rozmownej swobody, której tak bardzo wyczekiwałem? Jakbym się od niej odzwyczaił albo nie mógł z nią – dawną – przystosować się do tej swobody.

– Co ci jest? Dlaczego straciłeś humor? – zapytała po chwili uważnego milczenia (szli do przystanku autobusowego).

– Smutno jest się rozstawać z dzielnym Borysem – odpowiedział, usiłując bodaj żartem rozładować skrępowanie.

– A ja myślę, że to wczorajsza przygoda – uśmiechnęła się Zina i nagle uchwycił w jej głosie uroczyste brzmienie, odpowiadające jakoś jego własnej panice, a tym samym podkreślające ją i wzmagające.

– Skądże znowu. To był ciepły deszcz. Cudownie się czuję.

Podjechał tramwaj. Wsiedli. Fiodor zapłacił drobnymi za dwa bilety. Zina powiedziała:

– Pensję dostanę dopiero jutro i mam tylko dwie marki. Ile ty masz?

– Niewiele. Z twoich dwustu zostały mi trzy i pół, ale i z tego już więcej niż połowę wydałem.

– Na kolację wystarczy – oświadczyła Zina.

– Jesteś całkiem pewna, że restauracja to dobry pomysł? Bo ja nie bardzo.

– Nie szkodzi. Dostosujesz się. A w ogóle koniec ze zdrowym domowym jedzeniem. Nie umiem nawet usmażyć jajecznicy. Trzeba się będzie zastanowić, jak to załatwimy. A teraz – znam świetne miejsce.

Milczeli przez chwilę. Zapalały się już latarnie i wystawy sklepów; niedojrzałe światło sprawiło, że ulice zmizerniały i posiwiały, niebo zaś było jasne, szerokie, całe w obłoczkach bramowanych puchem flamingów.

– Popatrz, mam zdjęcia.

Wziął je z jej chłodnych palców. Zina na ulicy przed biurem, wyprostowana i jasna, ze zsuniętymi ciasno nogami, i cień lipowego pnia w poprzek chodnika jak opuszczony przed nią szlaban; Zina siedząca bokiem na parapecie, z aureolą słońca wokół głowy; Zina przy pracy – źle tu wyszła, miała ciemną twarz, za to na pierwszym planie widniała królewska maszyna z plamą blasku na dźwigni karetki.

Włożyła zdjęcia z powrotem do torebki, wyjęła i znów schowała miesięczny bilet tramwajowy w celuloidowej okładce, wyjęła lusterko, rozwarłszy wargi, spojrzała na plombę w przednim zębie, schowała lusterko, zatrzasnęła torebkę, położyła ją na kolanach, zerknęła na swoje ramię, strzepnęła jakiś pyłek, włożyła rękawiczki, zwróciła głowę ku oknu – wszystkie te czynności wykonała niesłychanie szybko, z twarzą pełną ruchu i migotań, z wciąganiem i przygryzaniem policzka od środka. Teraz jednak siedziała nieruchomo, na bladej szyi rysowało się napięte ścięgno, dłonie w białych rękawiczkach spoczywały na lśniącej skórze torebki.

Wąwóz Bramy Brandenburskiej.

Za placem Poczdamskim, gdy zbliżali się do kanału, niemłoda pani o wydatnych kościach policzkowych (gdzieś ją już chyba widziałem), z wyłupiastookim dygocącym pieskiem pod pachą, gwałtownie ruszyła ku wyjściu, chwiejąc się, jakby staczała walkę z widmami, Zina zaś spojrzała na nią z dołu niebiańskim, przelotnym spojrzeniem.

– Poznałeś? – zapytała. – To Lorentz. Jest, zdaje się, okropnie na mnie obrażona, że do niej nie dzwonię. A w ogóle to całkiem zbędna znajomość.

– Masz na policzku sadzę – powiedział Fiodor Konstantinowicz. – Ostrożnie, nie rozmaż.

Znowu torebka, chusteczka, lusterko.

– Niedługo wysiadamy – powiedziała po chwili. – Co?

– Nic. Zgoda. Wysiądziemy, gdzie zechcesz.

– Tutaj – powiedziała po dwóch przystankach, ujęła go za łokieć, wstała, siadła znów, bo autobus szarpnął, wstała raz jeszcze, chwytając torebkę, jakby wyławiała ją z wody. Światła już się ustaliły, niebo zupełnie zamarło. Przejechała ciężarówka wioząca młodych ludzi, którzy wracali z jakichś obywatelskich orgii, czymś wymachiwali, wznosili jakieś okrzyki. Pośrodku skweru bez drzew, składającego się z dużego, podługowatego kwietnika okolonego ścieżką, kwitła armia róż. Otwarta zagródka restauracji (sześć stolików) naprzeciwko tego skweru oddzielona była od trotuaru pobieloną barierką ozdobioną na wierzchu petuniami.

Przy stoliku obok żarła coś para bydląt, czarny paznokieć kelnera nurzał się w sosie, do złotej obwódki mego kufla przywierała wczoraj opryszczona warga... Mgła jakiegoś smutku spowiła Zinę – jej policzki, przymrużone oczy, dołeczek na szyi, obojczyk – i blady dym jej papierosa wydawał się temu sprzyjać. Szurgot przechodniów miesił gęstniejący mrok.

Nagle w nocnym już niebie, bardzo wysoko...

– Spójrz – powiedział. – To cudowne!

Po ciemnym aksamicie wolno sunęła brosza z trzema rubinami – tak wysoko, że nie słychać było nawet huku silnika.

Uśmiechnęła się i spoglądając w górę, rozchyliła wargi.

– Dziś? – zapytał, także spoglądając w górę. Dopiero teraz wszedł w strefę uczuć, które sobie obiecywał, kiedy przedtem myślał, jak się razem z nią wydobędzie z niewoli, stopniowo utrwalonej przez czas, gdy się spotykali, niewoli przemienionej już w nawyk, choć opartej na czymś w istocie sztucznym i w istocie niewartym znaczenia, jakie sobie u nich zyskało: teraz wydawało się niepojęte, dlaczego któregokolwiek dnia z tych czterystu pięćdziesięciu pięciu nie wynieśli się po prostu z mieszkania Szczegolewów, ażeby zamieszkać razem: jednocześnie jednak wiedział podświadomie, że ta zewnętrzna przeszkoda była jedynie pretekstem, jedynie sposobem pozorowanym przez los, który pośpiesznie ustawił pierwszą lepszą przegrodę, aby w tym czasie dokonać ważnej, skomplikowanej pracy, w niej zaś czymś wewnętrznie koniecznym było właśnie spowolnienie rozwoju, zależne rzekomo od przeszkód realności.

Teraz (w tej biało oświetlonej zagródce, w złocistej bliskości Ziny, przy udziale ciepłej, wklęsłej ciemności, rozpościerającej się tuż za uwydatnionym przez światło rzeźbieniem petunii) odnalazł ostatecznie w myśli o sposobach losu to, co stanowiło nić, ukrytą duszę, szachową wizję ledwie pomyślanej „powieści", o której mimochodem wspomniał właśnie w liście do matki. O tym też zaczął mówić, tak jakby w ten sposób najlepiej i najbardziej naturalnie dało się wypowiedzieć szczęście, które jednocześnie, ubocznie, w bardziej dostępnym wydaniu wyrażało się w takich szczegółach, jak aksamitność powietrza, trzy szmaragdowe lipowe liście, które trafiły w świetlną orbitę latarni, chłód piwa, śnieżne wulkany purée z kartofli, przytłumiony gwar, kroki, gwiazda w ruinach chmur...

– Oto co chciałbym zrobić – powiedział. – Osiągnąć coś podobnego do działania losu wobec n a s. Pomyśl, jak zabrał się do tego przeszło trzy lata temu... Pierwsza próba zetknięcia nas: ciężka, nieporadna! Ile wart był już sam przewóz mebli... Był w tym jakiś niebywały rozmach, jakieś „nie pożałuję wydatków" – to nie żarty: przenieść do kamienicy, do której się właśnie wprowadziłem, Lorentzów i cały ich kram! Pomysł był prostacki; poznać nas przez żonę Lorentza. Do przyśpieszenia sprawy użyto Romanowa, który zaprosił mnie do nich na wieczorek. Tu jednak los spudłował: użył niewłaściwego pośrednika, człowieka, który był mi niesymaptyczny, i wyszło na odwrót: z jego powodu unikałem Lorentzów – tak że cała ta masywna konstrukcja poszła w diabły, los został z bezużytecznym wozem meblowym i wydatki się nie opłaciły.

– Uważaj – powiedziała Zina – bo może się teraz obrazić za krytykę i zemścić.

– Słuchaj dalej. Spróbował więc po raz drugi, wybierając tańszy, ale lepiej rokujący sposób, bo potrzebowałem przecież pieniędzy i powinienem był z pocałowaniem ręki wziąć proponowaną pracę – pomóc nieznajomej panience w tłumaczeniu jakichś dokumentów; i to się jednak nie udało. Po pierwsze dlatego, że mecenas Czarski również okazał się niewłaściwym pośrednikiem, a po drugie dlatego, że nienawidzę tłumaczenia na niemiecki – znów więc wszystko się rozsypało. Wreszcie, po tym niepowodzeniu, los postanowił celować na pewniaka, to jest po prostu ulokować mnie tam, gdzie mieszkasz, i dlatego na pośrednika wybrał już nie pierwszego lepszego jegomościa, lecz osobę sympatyczną, która energicznie zabrała się do rzeczy i nie pozwoliła mi czmychnąć. W ostatniej chwili co prawda powstała przeszkoda, o którą wszystko o mało się nie rozbiło: z pośpiechu albo ze skąpstwa los nie wykosztował się na twoją obecność podczas mojej pierwszej wizyty: ja zaś, kiedy pięć minut porozmawiałem z twoim ojczymem, wypuszczonym z klatki właściwie przez niedbalstwo, i ponad jego ramieniem zobaczyłem niezbyt zachęcający pokój, postanowiłem, że go nie wynajmę – wtedy jednak los, stawiając na kartę resztki fortuny, a nie mogąc pokazać mi ciebie, użył rozpaczliwego fortelu i pokazał rozłożoną na krześle twoją niebieską balową suknię – i dziwna rzecz, sam nie wiem czemu, udało mu się; wyobrażam sobie, z jaką ulgą wtedy odetchnął.

– Tyle że to nie była moja suknia, lecz mojej kuzynki Raisy – ona jest zresztą bardzo miła, ale okropnie pyzata – zdaje się, że zostawiła suknię, żebym coś zwęziła czy przyszyła.

– Było to więc jeszcze zabawniejsze. Cóż za pomysłowość! Wszystko, co w naturze i sztuce najbardziej czarujące, wspiera się na oszustwie. Widzisz – zaczęło się od kupieckiego rozmachu, a skończyło na niezwykle subtelnym ruchu. Czy to nie kanwa wspaniałej powieści? Cóż to za temat! Trzeba to jednak obudować, osłonić, otoczyć gęstwą życia – mojego życia, z moimi pisarskimi pasjami i kłopotami.

– Tak, ale z tego wyszłaby autobiografia przeplatana masowymi egzekucjami dobrych znajomych.

– Powiedzmy jednak, że to wszystko przemieszam, poprzestawiam, przeżuję, strawię... dodam takich przypraw, tak przesycę sobą, że po autobiografii zostanie tylko kurz – ale taki, z którego powstaje najbardziej oranżowe niebo. I wcale nie napiszę tego zaraz, ale będę się jeszcze długo przygotowywał, może całymi latami... Najpierw w każdym razie zabiorę się do czego innego, chcę przetłumaczyć to i owo z pewnego starego francuskiego mądrali – ot tak, żeby ostatecznie ujarzmić słowa, bo w moim Czernyszewskim one jeszcze usiłują mówić własnym głosem.

– To wszystko jest wspaniałe – powiedziała Zina.
– Wszystko mi się szalenie podoba. Myślę, że zostaniesz

takim pisarzem, jakiego Rosja jeszcze nie miała, i będzie usychać z żalu za tobą, kiedy za późno się dowie... Ale czy ty mnie kochasz?

– To, co mówię, to coś w rodzaju oświadczyn – powiedział Fiodor Konstantinowicz.

– "Coś w rodzaju" to dla mnie za mało. Wiesz, czasem będę pewnie z tobą okropnie nieszczęśliwa. Ale w zasadzie jest mi wszystko jedno. Niech tak będzie.

Uśmiechnęła się, szeroko otworzywszy oczy i uniósłszy brwi, a potem pochyliła się na krześle i zaczęła pudrować brodę i nos.

– Muszę ci powiedzieć, że to jest wspaniałe – jest tam świetny fragment, który, zdaje się, mogę zacytować z pamięci, jeśli się pomylę, nie przerywaj mi, przekład jest jeszcze nie wyszlifowany: był sobie człowiek... żył jak prawdziwy chrześcijanin; czynił wiele dobrego, czasami słowem, czasami czynem, a czasami milczeniem; przestrzegał postów; pił wodę z górskich dolin (to dobrze, prawda?), krzepił ducha kontemplacją i czuwaniem; przeżył czyste, trudne, mądre życie; kiedy zaś poczuł, że zbliża się śmierć, wówczas zamiast myśleć o niej, wylewać łzy pokutnego żalu, żegnać się ze światem i boleć, zamiast wezwać mnichów i odzianego w czerń notariusza, zaprosił na ucztę gości – akrobatów, aktorów, poetów, tłum tancerek, trzech magików, wesołych studentów z Tollenburga, wypił kielich wina i umarł z niefrasobliwym uśmiechem, wśród słodko brzmiących wierszy, masek i muzyki... Prawda, że to wspaniałe? Jeśli kiedykolwiek będę musiał umrzeć, chciałbym właśnie tak.

– Byle bez tancerek – oświadczyła Zina.

– To po prostu symbol wesołego towarzystwa... Może już pójdziemy?

– Trzeba zapłacić – powiedziała Zina – zawołaj kelnera.

Zostało im jedenaście fenigów, wliczając w to poczerniałą monetę, którą parę dni temu podniosła z chodnika – na szczęście. Kiedy ruszyli ulicą, po plecach przebiegł mu szybki dreszcz i znów doznał uczucia skrępowania, ale bliższego rozmarzeniu. Do domu mogli spokojnym krokiem dojść w ciągu około dwudziestu minut – powietrze, ciemność, miodowy zapach kwitnących lip przyprawiały o ściskanie w dołku. Ten zapach topniał, ustępując czarnej wilgoci pomiędzy lipami, i znów pod oczekującym namiotem narastał duszący, upajający obłok, a Zina, rozdymając nozdrza, mówiła: „Och, powąchaj" – i znów ciemność stawała się przaśna, i znów nasączała się miodem. Czy doprawdy to będzie dziś, czy doprawdy zaraz? Ciężar i groźba szczęścia. Kiedy tak z tobą idę, powoli, powoli, i trzymam cię pod ramię, wszystko się trochę chwieje, w głowie szumi, ma się ochotę powłóczyć nogami, lewy but ześlizguje się z pięty, ociągamy się, przeciągamy się, rozciągamy – za chwilę się całkiem rozpłyniemy... Wszystko to kiedyś wspomnimy – lipy, cień na murze, czyjegoś pudla stukającego obciętymi pazurami po trotuarze nocy i gwiazdę. Gwiazdę też. A oto i plac, i ciemny kościół z żółtym zegarem. A na rogu – dom.

Żegnaj więc, księgo! Nawet zwidom los odwlec śmierci nie zezwala. Eugeniusz z kolan już się dźwiga – ale poeta się oddala. Nie może jednak duch się rozstać nagle z muzyką, niech po prostu opowieść zgaśnie – los się waży, gdzie kropkę kładę, tam uważny rozum nie uzna wszak granicy; trwające widmo bytowania błyska więc nadal zza stronicy jak obłok, który jutro wstanie – no i nie kończy się pisanie.

Posłowie

Ostatnia rosyjskojęzyczna powieść Vadimira Nabokova (Władimir Władimirowicz Nabokow, 1899 Sankt Petersburg-1977 Lozanna, Szwajcaria), *Dar*, ceniona jest przez krytyków i literaturoznawców bardzo wysoko. Często uważa się ją za najwybitniejsze dzieło rosyjskiego okresu twórczości pisarza. Niektórzy wręcz nazywają *Dar* największą rosyjską powieścią XX wieku. Sam autor też książkę tę w swoim dorobku wyróżniał[1].

Zakończywszy jesienią 1932 roku pracę nad *Rozpaczą* (*Otczajanije*), Nabokov zaczął planować kolejny utwór, powieść obszerniejszą niż wszystkie dotychczasowe. Przede wszystkim dwa jej składniki wymagały czasochłonnych przygotowań: opis ekspedycji naukowych entomologa i podróżnika Konstantina Kiriłłowicza Godunowa-Czerdyncewa, ojca bohatera, Fiodora, oraz biografia Nikołaja Czernyszewskiego, tekst jego pióra. W latach 1933 i 1944 obszerne lektury potrzebne do napisania tych dwu fragmentów zajęły twórcy większość czasu. Nabokov z jednej

---

[1] V. Nabokov, *Strong Opinions*, New York 1973, s. 13, 52.

strony czytał pisma, dzienniki i korespondencję Czerny-szewskiego, wspomnienia współczesnych o tej postaci i jej biografie, z drugiej – książki rosyjskich podróżników i badaczy przyrody, Nikołaja Mikłucho-Makłaja, wielkiego księcia Nikołaja Michajłowicza Romanowa, Nikołaja Prze-walskiego i Grigorija Grum-Grzymajły. W listopadzie 1933 informował redaktora pisma „Sowriemiennyje zapiski", Wadima Rudniewa, że już od pół roku z górą oddaje się pracom przygotowawczym do nowej powieści, i że prace te nie są jeszcze bynajmniej na ukończeniu[1]. Napisał w tym czasie kilka opowiadań, między innymi związane tema-tycznie z przygotowywanym *Darem* (w opowiadaniu mowa jest o rodzinie Fiodora) *Koło* (Krug), powstałe w połowie lutego 1934[2]. Nim jednak zakończył pisanie *Życia Czerny-szewskiego* (miało to nastąpić dopiero na początku 1936), od pracy tej oderwał go w czerwcu nowy pomysł, inna powieść, *Zaproszenie na egzekucję* (*Priglaszenije na kazń*), której pierwszy rzut powstał „w ciągu dwu tygodni wspa-niałej ekscytacji i nieprzerwanego natchnienia"[3]. Dalsza praca nad owym utworem zajęła jednak więcej czasu. Gdy dobiegła końca, pisarz nie mógł na dobre wrócić do *Daru*, musiał bowiem przetłumaczyć na angielski *Rozpacz*. Dopiero na początku marca 1936 znów usiadł do pisania nowej powieści. Jeszcze kilkakrotnie odrywał się od niej, by rzucić na papier inne teksty. Dokończył ją w styczniu 1938[4]. Książka, zaczęta w Niemczech, dopisana została we Francji, dokąd autor tymczasem się przeniósł.

W kwietniu 1937 ukazał się w „Sowriemiennych zapis-kach" (nr 63) pierwszy rozdział *Daru*. Ponieważ rozdział

---

[1] V. Nabokov, [List z 11 XI 1933], „The Nabokovian" 1992, nr 38, s. 67–68.

[2] B. Boyd, *Vladimir Nabokov: The Russian Years*, Princeton, New Jersey 1990, s. 404.

[3] V. Nabokov, *Strong Opinions*, s. 68.

[4] B. Boyd, *op. cit.*, s. 446.

drugi nie był gotowy, Nabokov zaproponował pismu i w sierpniu wysłał czwarty, czyli *Życie Czernyszewskiego*. Redakcja jednak odmówiła jego wydrukowania, z tego samego powodu, z którego książka Fiodora zostaje odrzucona w powieści: „Istnieją tradycje rosyjskiej myśli społecznej, z których uczciwy pisarz nie śmie się naigrawać" (s. 260)[1]. Jak czytamy w przedmowie do tłumaczenia angielskiego, jest to „piękny przykład na to, jak życie czuje się zobowiązane naśladować właśnie tę sztukę, którą potępia"[2]. W tej sytuacji, protestując przeciwko cenzuralnej interwencji redakcji, Nabokov oznajmił, że nie będzie mógł dać pismu do druku pozostałych rozdziałów powieści[3]. Ostatecznie jednak, przyciśnięty trudnościami materialnymi, ugiął się i rozdziały drugi (w dwu odcinkach), trzeci i piąty ogłoszono jednak w „Sowriemiennych zapiskach" (ostatni w numerze 67 z października 1938 r.). Natomiast na druk książkowy powieść musiała jeszcze długo poczekać, ukazała się (oczywiście w całości) dopiero w kwietniu roku 1952 nakładem Wydawnictwa imienia Czechowa (Izdatelstwo imieni Czechowa) w Nowym Jorku. Do tekstu znanego z publikacji czasopiśmiennej autor „wprowadził szereg poprawek"[4]. Edycję zmienioną ogłosiło w 1975 wydawnictwo Ardis w Ann Arbor. Wersja angielska – przekład Michaela Scamella dokonany oczywiście „przy współpracy autora" – wyszła w Nowym Jorku (G.P. Putnam's Sons) i Londynie (Wei-

---

[1] Wszystkie cytaty z *Daru* na podst. niniejszego wydania. Po cytacie w nawiasie podawany jest numer strony.

[2] V. Nabokov, *Foreword* [Przedmowa do:] *The Gift*, New York 1970, s. 9.

[3] B. Boyd, *op. cit.*, s. 442.

[4] Dż. Griejson [J. Grayson] *Mietemorfozy „Dara"*, pier. I. Gołomsztok, M. Malikowa. (W:) *W. W. Nabokow: Pro et contra. Licznost' i tworczestwo Władimira Nabokowa w ocenkie russkich i zarubieżnych myslitelej i issledowatielej. Antołogija*, sost. B.W. Awierin, M.W. Malikowa, A.A. Dolinin, Sankt-Pietierburg 1999, s. 591.

denfeld and Nicolson) w 1963[1]. Przekład polski opublikowano po raz pierwszy w 1995 nakładem Państwowego Instytutu Literackiego w serii Współczesna Proza Światowa.

Już na samym początku powieści uderza czytelnika śmiałość i wyrafinowanie, z jakimi traktowane są w *Darze* kategorie osoby gramatycznej i czasu, ich nieustanne przemiany. Nabokov to ostro zderza ze sobą fragmenty, gdzie narracja prowadzona jest w pierwszej osobie z fragmentami narracji trzecioosobowej, to stosuje coś w rodzaju buforów – urywki, gdzie osoba gramatyczna jest nieokreślona. Zmienia się też często punkt widzenia narratora, co wiąże się z właściwym bohaterowi *Daru* zwyczajem myślowego wcielania się w obserwowane przez niego postaci; niejednokrotnie narrator mówi „za kogo innego". Jak zauważył w znakomitej analizie struktury narracyjnej powieści Jurij Lewin[2], chociaż statystycznie przeważa w utworze narracja trzecioosobowa, to jednak za dominującą należy uznać w nim formę pierwszoosobową ("na zewnętrznym planie narracyjnym mamy w powieści do czynienia z przeplataniem się formy pierwszo- i trzecioosobowej z ilościową przewagą tej ostatniej, ale głęboka struktura narracyjna – kształtowana nie tylko przez środki formalnogramatyczne, ale i przez właściwości semantyki – jest pierwszoosobowa"). Godunow-Czerdyncew okazuje się więc nie tylko autorem licznych tekstów w tekście (wierszowanych i prozatorskich), ale zdaniem Lewina, z którym piszący te słowa w pełni się zgadza, można go też uznać za „głębokiego narratora" całej powieści.

---

[1] M. Juliar, *Vladimir Nabokov: A Descriptive Bibliography*, New York 1986, s. 144–148.

[2] J.W. Lewin, *Ob osobiennostiach powiestwowatielnoj struktury i obraznogo stroja romana W. Nabokowa „Dar"*. „Russian Literature" 1981, vol. 9, nr 2, s. 209–219.

Tego typu rozważania nieuchronnie prowadzą do pytania o autora przedstawionego *Daru*. Już na samym początku, po pierwszym, opisowym akapicie, natrafiamy na zdanie, odnoszące się, jak wkrótce się przekonamy, do Fiodora: „«Tak właśnie, po staroświecku, powinienem rozpocząć kiedyś jakąś dużą rzecz» – przemknęła mu przez głowę lekko ironiczna myśl, najzupełniej zresztą zbędna, ponieważ ktoś wewnątrz niego, w jego zastępstwie, pomijając go, wszystko to już pochwycił, zapisał i zmagazynował" (s. 10). I tak właśnie zaczyna się „duża rzecz", którą czytamy, *Dar*. Dalej, przygotowawszy szkice do książki o ojcu, Fiodor przerywa pracę i pisze w liście do matki, że lęka się, czy kiedykolwiek książkę tę dokończy, choć jednocześnie powiada: „czuję, że już ją gdzieś napisałem, że ona tylko jeszcze się ukrywa w mateczniku kałamarza, że trzeba jedynie poszczególne jej części wyzwolić z mroku, a same się złożą..." (s. 175). A matka odpowiada mu: „jestem przekonana, że jednak tę książkę kiedyś napiszesz" (s. 177). My zaś przed chwilą przeczytaliśmy coś, co trudno uznać jedynie za szkic, choć zarazem nie jest to skończone dzieło, lecz raczej coś w rodzaju romantycznego fragmentu. Wspominając historię samobójstwa syna swoich znajomych, Jaszy, i ich życia po jego śmierci, Fiodor czuje, że ogarnia go „przemożne pragnienie, ażeby nie dopuścić, by się to zamknęło i przepadło w jakimś kącie jego duchowej rupieciarni; pragnienie przymierzenia tego wszystkiego do siebie, do własnej wieczności, własnej prawdy, sprawienia, żeby znów wyrosło" (s. 423). Bohater dodaje, że istnieje jeden jedyny sposób, by pragnienie to się spełniło. Jak się domyślamy, sposobem tym jest zapisanie całej historii, uczynienie z niej literatury. Historię Jaszy i dzieje jego rodziców poznaliśmy dużo wcześniej, jest częścią *Daru*. Chociaż więc Fiodor nie napisał, jak miała nadzieję matka młodego samobójcy, utworu o Jaszy, to przecież jego historię uczynił ostatecznie tworzywem swojej prozy[1]. W kolejnym liście do matki Fiodor pisze: „To i owo sobie planuję – napiszę klasyczną powieść, z charakterami, miłością, losem, rozmowami (...) i opisami przyrody" (s. 438). Siedząc potem w restauracji ze swoją ukochaną, Ziną, w myśli o sposobach działania losu odnajduje „nić, ukrytą duszę, szachową wizję «powieści», o której mimochodem wspomniał w liście do matki" (s. 455). A przecież „sposoby losu", który usiłuje połączyć Fiodora i Zinę, to jeden z głównych wątków *Daru*. To wszystko może prowadzić tylko do jednego wniosku: *Dar* ma strukturę kręgu, strukturę, jak to ujmuje w świetnej analizie utworu Donald Barton Johnson, pożyczając zresztą określenie z noty Nabokova do angielskiego przekładu opowiadania *Koło*[2], „węża pożerającego własny ogon"[3] – planowana przez bohatera powieść to książka, którą przeczytaliśmy, i to on jest jej autorem przedstawionym. Nawiasem mówiąc, sam Nabokov jednoznacznie potwierdza ten wniosek w przedmowie do angielskiej wersji dzieła ("Rozdział ostatni łączy wszystkie występujące przedtem tematy i zapowiada książkę, o której napisaniu Fiodor marzy: *Dar*")[4].

Nic dziwnego więc, że wszystko w tej książce widzimy z punktu widzenia bohatera. Nawet wówczas, gdy punkt

---

[1] Na płaszczyźnie fikcji literackiej historia Jaszy nie ukazuje się osobno drukiem, inaczej rzecz się miała na płaszczyźnie rzeczywistości. Poświęcony młodemu samobójcy fragment powieści, zatytułowany w tej publikacji *Podarek* (*Podarok*), wydrukowały „Poslednije nowosti" w numerze z 28 marca 1937. Rzecz wyszła osobno również w wersji angielskiej pt. *Trójkąt wpisany w koło* (*Traingle in Circle*), ów fragment przekładu *Daru* ogłosił „The New Yorker" 1963, vol. 39, nr 5. M. Juliar, *op. cit.*, s. 505, 524.

[2] V. Nabokov, *A Russian Beauty and Other Stories*, London 1973, s. 254.

[3] D.B. Johnson, *The Chess Key to* The Gift, (w:) *Worlds in Regression: Some Novels of Vladinir Nabokov*, Ann Arbor 1985, s. 95.

[4] V. Nabokov, *Foreword*, s. 10.

widzenia wydaje się inny, okazuje się, że to jedynie pozór: Fiodor albo wciela się myślowo w jakąś postać, albo wspomina, albo pisze tekst literacki.

Są jednak dwa wyjątki od tej reguły – przedśmiertne majaczenia znajomego Fiodora, Aleksandra Czernyszewskiego, i rozmowa Ziny z matką na dworcu. O ile pierwszy z nich można by, tak jak proponuje cytowany wyżej Lewin, uznać *per analogiam* (jako że nie ma w tekście powieści nic, co podpowiadałoby taką interpretację) za kolejny przykład myślowego wcielania się bohatera w kogo innego, o tyle drugiego, o którym Lewin w ogóle nie wspomina, tak zinterpretować niepodobna. Fiodor może wprawdzie widzieć rozmowę ukochanej o kluczach (nota bene, klucze to lejtmotyw utworu, o czym więcej dalej), ale nie może jej s ł y s z e ć, gdyż aż do końca powieści nie zdaje sobie sprawy z faktu, że ani on, ani Zina nie mają czym otworzyć mieszkania.

Należy więc chyba w obu tych wypadkach widzieć próby „uklasycznienia" powieści, Fiodor mógłby przecież stwierdzić, że napisze „klasyczną powieść, z charakterami, miłością, losem, rozmowami, opisami przyrody i wszechwiedzącym narratorem". Inna sprawa, że *Dar* tylko pozornie jest taką powieścią, w istocie zaś przełamuje schematy i proponuje rozwiązania nowe (Siergiej Dawydow nazywa go „powieścią-kolażem", kolażem tekstów napisanych przez bohatera utworu)[1]. Poza tym, jak trafnie zauważa Johnson, chociaż książka Nabokova jest hołdem złożonym klasycznej powieści rosyjskiej, to zarazem uznać ją można za jej parodię[2]. Nie darmo akcja *Daru* rozpoczyna się

---

[1] S. Davydov, „*Teksty-matręćki" Vladimira Nabokova*, München 1982 (Slavistische Beiträge, Bd. 152), s. 183.
[2] D.B. Johnson, *op. cit.*, s. 109, przypis 24.

1 kwietnia[1], jego znajomy robi nawet Fiodorowi prima-aprilisowy żart. Na parodystyczny w stosunku do tradycji wymiar wskazuje choćby takie zdanie: [Ulica] „biegła niemal niepostrzeżenie w dół, zaczynając się od budynku poczty, kończąc zaś na kościele, niczym powieść epistolarna" (s. 10).

Jak dowodzi Simon Karlinsky[2], w utworze da się wyróżnić trzy warstwy, plany czy poziomy.

Warstwę pierwszą tworzą partie poświęcone codziennemu życiu bohatera, młodego rosyjskiego emigranta, jego wspomnieniom i kontaktom z innymi postaciami, z których najważniejszymi są ukochana Fiodora, Zina Mertz, i znajome małżeństwo, Aleksandra Jakowlewna i Aleksander Jakowlewicz Czernyszewscy.

Działalność pisarska Godunowa-Czerdyncewa oraz historia jego dojrzewania artystycznego składają się na drugą warstwę *Daru*. Należą do niej wszystkie utwory bohatera (choć dla nich należałoby właściwie zarezerwować warstwę osobną, warstwę przytoczeń): wiersze o dzieciństwie, których zbiorek jest jego debiutem książkowym (poznajemy tylko wyjątki z tego tomu), wiersz „Dziękuję ci, rodzinny kraju...", powstający, by tak rzec, na oczach czytelnika, wiersz o Zinie, którego powstawanie (zapewne ostatnią fazę powstawania) również obserwujemy, oraz

---

[1] Nieobojętny jest również fakt, że 1 kwietnia to dzień urodzin Nikołaja Gogola, jednego z „patronów" *Daru*, chyba najważniejszego po wciąż przywoływanym Puszkinie. Charakterystyczne, że kiedy na końcu rozdziału drugiego Fiodor się przeprowadza, pada zdanie: „Odległość między starym a nowym mieszkaniem była mniej więcej taka jak gdzieś w Rosji od placu Puszkina do ulicy Gogola" (s. 184). Bohater porzucił nie tylko dawne mieszkanie, ale i pracę nad biografią ojca, pozostającą całkowicie w puszkinowskiej aurze: „Puszkin wchodził mu w krew. Z głosem Puszkina zespalał się głos ojca" (s. 125). Teraz zmierza ku raczej „gogolowwskiemu" *Życiu Czernyszewskiego*.

[2] S. Karlinsky, *Vladimir Nabokov's Novel „Dar" as a Work of Literary Criticism*. „The Slavic and East European Journal" 1963, vol.7, nr 3, s. 284–290.

biografia Nikołaja Czernyszewskiego. Należą tu także partie powieści traktujące o pracy bohatera nad biografią ojca. Za element warstwy drugiej – ale tylko częściowo, bo w dużej mierze należą one do planu kolejnego – trzeba też uznać dwa wyobrażone dialogi z wybitnym (fikcyjnym) poetą Konczejewem[1].

Trzecia warstwa powieści, obejmuje poglądy Fiodora na literaturę. Plan ten odgrywa w utworze niezwykle istotną rolę. Karlinsky twierdzi nawet, może odrobinę przesadnie, iż „Dar jest formalną hybrydą; będąc zwyczajną powieścią, traktującą o fikcyjnych postaciach, jest zarazem polemiką literacką i dosyć szczegółową historią rosyjskiej krytyki literackiej i rosyjskiej literatury w ogóle"[2]. Tezę o wielkim znaczeniu krytyczno- czy historycznoliterackiego planu powieści, potwierdza sam Nabokov, pisząc: „Jej bohaterką nie jest Zina, lecz Literatura Rosyjska"[3]. W każdym z rozdziałów powieści znajduje się przynajmniej jeden dłuższy fragment o charakterze krytycznoliterackim. Najważniejsza w tej warstwie jest, rzecz jasna, napisana przez bohatera biografia Nikołaja Gawriłowicza Czernyszewskiego (1828-1889), rosyjskiego publicysty, powieściopisarza i działacza politycznego.

---

[1] Sam Nabokov powiada w przedmowie do angielskiej wersji powieści: „w Konczejewie (...) dostrzegam skrawki siebie samego – takiego, jakim byłem około roku 1925" (Foreword, s. 9). Chodzi mu jednak przede wszystkim o to, by nie utożsamiano go z jego bohaterem, do czego skłania fakt, że w Darze pisarz wykorzystał bardzo dużo materiału autobiograficznego i że wiele podobieństw między Nabokovem i Fiodorem wręcz się narzuca. Jak przekonywająco wykazał Iwan Tołstoj, prototypu Konczejewa należy szukać przede wszystkim we Władisławie Chodasiewiczu (Chodasiewicz w Konczejewie. [W:] W.W. Nabokow: Pro et contra, s. 795-805), o którym autor Daru napisał: „największy rosyjski poeta, jakiego do tej pory wydał XX wiek" (Foreword, s. 10).

[2] S. Karlinsky, Nabokov and Chekhov: The Lesser Russian Tradition. (W:) Nabokov: Criticism, Reminiscences, Translations, and Tributes, ed. A. Appel, Jr., C. Newman, New York 1979, s. 15.

[3] V. Nabokov, Foreword, s. 10.

Biografia ta jest jedną wielką polemiką z przekonaniami autora *Co robić?* i trudno się temu dziwić, jako że poglądy Fiodora Konstantinowicza na literaturę bliskie są poglądom Nabokova, a koncepcje estetyczne głoszone przez Czernyszewskiego są z nimi absolutnie sprzeczne. Wystarczy wspomnieć, że Czernyszewski traktował sztukę jako namiastkę rzeczywistości (inna sprawa, że takie podejście sięga tradycjami aż do poglądów Platona): „Stosunek dzieł sztuki do odpowiednich stron i zjawisk rzeczywistości – czytamy w jednej z jego prac – jest taki sam jak stosunek reprodukcji do obrazu, z którego została skopiowana"[1]. Sztuka jest wobec tego ważna jedynie ze względu na rzeczywistość, którą artysta powinien przedstawiać i oceniać. Piękno to życie. Rzeczywistość jest bardziej żywa od fantazji i doskonalsza od niej, obrazy tworzone przez imaginację to blade i na ogół nieudane przetworzenie realnego świata. Specyficzne piękno sztuki nie może więc być zasadniczym celem twórcy, a zasadniczym celem krytyka nie może być analiza artystyczna dzieła, lecz ocena przedstawionych w utworze zjawisk i stosunku autora do tych zjawisk. Idący tylko trochę dalej Nikołaj Dobrolubow, który również pojawia się na kartach *Życia Czernyszewskiego*, twierdził, że „literatura jest siłą służebną, której doniosłość polega na propagandzie, wartość zaś określa się tym, co i jak jest przez nią propagowane"[2]. Najważniejszą bronią Fiodora w tej polemice jest śmiech, a jego metodami są parodia, groteska oraz ironia. Autor biografii wprawdzie w bardzo wielkim stopniu opiera się na źródłach, ale dokonuje tego, co Irina Papierno

---

[1] M. Czernyszewski, *Stosunek estetyczny sztuki do rzeczywistości*, przeł. T. Zabłudowski, (w:) *Pisma estetyczne i krytycznoliterackie*, oprac. A. Walicki, Wrocław 1964, s. 123.

[2] M. Dobrolubow, *Promień światła w królestwie ciemności*, (w:) *Pisma filozoficzne*, przeł. H. Gawalewska, przekład przejrzał A. Walicki, t. II, Warszawa 1958, s. 242.

nazywa „«deformacją» materiału dokumentalnego"[1], kontaminuje różne świadectwa, a do dosłownych lub bliskich dosłowności cytatów wprowadza elementy wymyślone, które służą „ukonkretnieniu" przedstawianej sceny: kolory, imiona czy nazwiska. Oczywiście ogromną rolę odgrywa wybór materiału i komentarz do niego. Doskonałą „ilustracją" strategii Fiodora"[2] jest też przytoczenie przezeń fragmentu *Świętej rodziny* Karola Marksa w formie regularnego rytmicznie tekstu wierszowanego. „Piszę to w przeróbce na wiersz, żeby nie było takie nudne" (s. 307) – powiada Fiodor. Papierno przypomina, że rosyjscy formaliści widzieli w wierszu przykład deformacji materiału: regularny rytm przekształca mowę i zmienia tworzywo słowne w dzieło literackie[3]. Dodajmy, że za pomocą zabiegu „uwierszowienia" cytatu oraz dodanego komentarza Fiodor osiąga efekt komiczny i w określony sposób naświetla element zaczerpnięty z rzeczywistości, cudzy tekst.

Czernyszewski w ujęciu Godunowa-Czerdyncewa to uosobienie filisterstwa i tego, co Rosjanie określają słowem *poszłost'*, które nie daje się dobrze przetłumaczyć na polski ani na inne języki (*poszłost'* to wulgarność, trywialność, banał). *Poszłost'* (którą Nabokov wolał transkrybować na angielski „poshlust", co po polsku należałoby oddać „poszłust'") to jeden z tematów nieustannie powracających w jego twórczości i jedno z głównych kryteriów oceny ludzi, ich działalności i dzieł. Nabokov lubuje się w opisywaniu *poszlaków*, czyli jednostek ucieleśniających *poszłost'*. Pokazuje ich z precyzją entomologa badającego pod mikroskopem owada, z zarazem

---

[1] I. Papierno, *Kak sdiełan „Dar" Nabokowa*. (W:) *W. W. Nabokow: Pro et contra*, s. 503.

[2] *Ibidem*, s. 507.

[3] *Ibidem*, s. 208.

ze złośliwą satysfakcją. *Poszłost'* to przeciwieństwo prawdziwej sztuki, co oznacza, że jest dla Nabokova niemal synonimem ograniczoności, złego smaku, ślepoty na ukryte wymiary rzeczywistości, a nawet na jej wymiary dobrze widoczne, a niekiedy także po prostu zła. Szczególnie wrażliwy jest pisarz na *poszłost'* w sztuce. „Literatura – czytamy w jego książce o Gogolu – to jedna z najlepszych wylęgarni *poszłusti*; mówiąc o nasyconych *poszłustią* wydawnictwach, nie myślę wcale o tym, co nazywa się «szmirą» albo co w Anglii określa się mianem «penny dreadfuls», a w Rosji «żółtej literatury». Oczywiste śmieci, jakkolwiek dziwnie to może zabrzmieć, zawierają w sobie czasem zdrowe składniki, które z ochotą przyswajają sobie dzieci i dusze nieskomplikowane. Superman to bez wątpienia *poszłust'*, ale *poszłust'* w takiej łagodnej, bezpretensjonalnej postaci, że nie warto o tym nawet wspominać; także stare bajki zawierają, skoro już o tym mowa, równie wiele trywialnego sentymentalizmu i naiwnej wulgarności, co wszystkie te nowoczesne opowiastki o nieustraszonych zabójcach olbrzymów. *Poszłust'*, powtórzmy to dobitnie, jest szczególnie żywotna i szczególnie niebezpieczna, kiedy blaga n i e rzuca się w oczy i kiedy wartości, które imituje, uważa się – słusznie czy nie – za przynależne najwyższemu poziomowi sztuki, myśli lub uczucia. To te książki, które z taką ogromną dozą *poszłusti* recenzuje się w dodatkach literackich dzienników: bestsellery, «wzruszające, głębokie i piękne» powieści – to one, te «wzniosłe i potężne» dzieła, zawierają i wręcz wydestylowują czystą esencję *poszłusti*"[1]. A więc „*poszłust'* to nie tylko to, co w oczywisty sposób tandetne, ale także to, co fałszywie ważne, fałszywie piękne, fałszywie mądre i fałszywie

[1] V. Nabokov, *Nikolay Gogol*, London 1973, s. 68–69.

pociągające"[1]. Literatura i filozofia Czernyszewskiego w ujęciu Nabokova pełne są tak rozumianej *poszłosti*.

Dar stanowi wyraz i realizację koncepcji estetycznych przeciwstawnych poglądom Czernyszewskiego i całego nurtu w rosyjskiej myśli i sztuce, któremu autor *Co robić?* patronuje, nurtu podporządkowania sztuki celom społecznym i politycznym. Jak stwierdza Irina Papierno, pisarz przeciwstawia się w *Darze* również estetyce pozytywistycznej i realistycznej[2]. Inna badaczka niewątpliwie słusznie powiada, że główny obiekt „sarkastycznych wypadów Nabokova to koncepcja realizmu w literaturze, krytycy i ukształtowani przez nich czytelnicy, chcący widzieć w dziele sztuki odbicie «prawdziwego życia»"[3]. Stwierdzenie to dotyczy całej twórczości rosyjsko-amerykańskiego pisarza. Papierno zauważa, że dla autora *Daru*, sztuka w ostatecznym rozrachunku „okazuje się bardziej żywa niż życie; «słowo» bardziej realne niż «rzecz», tzn. świat tego, co idealne, okazuje się bardziej rzeczywisty niż to, co rzeczywiste"[4]. Powieść Nabokova, o czym się przekonamy, zawiera w sobie także pewien program literacki, dla którego założenia Nikołaja Czernyszewskiego stanowią model negatywny.

Dar nieustannie zwodzi czytelnika. Przyjrzyjmy się chytrym manewrom powieściowym autora, mającym sprowadzić odbiorcę na manowce. Recenzja z tomiku wierszy bohatera w pierwszym rozdziale powieści jest, jak orientujemy się dopiero po dłuższej chwili, jego fantazją, rojeniem o recenzji, marzeniem o prasowym omówieniu

---

[1] *Ibidem*, s. 70.

[2] I. Papierno, *op. cit.*, s. 491.

[3] A. W. Złoczewskaja, *Wlijanije idiej russkoj litieraturnoj kritiki XIX–XX ww. na estieticzeskuju koncepcyju Władimira Nabokowa*. (W:) *Sbornik prací Filozofické fakult Brněnské univerzity*, r. L, Slavica litteraria, nr 4, Brno 2001, s. 80.

[4] I. Papierno, *op. cit.*, s. 510–511.

książki. Monolog wewnętrzny Aleksandra Czernyszewskiego i jego wizja ducha nieżyjącego syna (również w pierwszym rozdziale) okazuje się wyobrażeniem Fiodora, który wciela się myślowo w swojego znajomego. W trakcie dialogu z poetą Konczejewem natrafiamy nagle na niepokojącą replikę tego ostatniego ("Szkoda, że nikt nie podsłuchał olśniewającej rozmowy, którą chciałbym z panem odbyć", s. 98) i zauważamy, że to nie żaden dialog, tylko *soliloqium* Godunowa-Czerdyncewa. Potem spotyka on Konczejewa i nawet mówi mu w pewnym momencie „kiedyś dawno temu wyobraziłem sobie rozmowę z panem na te tematy – no i doszło do niej, i jest nawet trochę podobna do tamtej!" (s. 427–428); po chwili jednak przekonujemy się, że ta druga rozmowa też jest dialogiem wyimaginowanym. Zasypiającego Fiodora budzi Zina, mówiąc, że był do niego telefon i że ktoś na niego czeka w jego dawnym mieszkaniu; natychmiast domyślamy się, że tym kimś może być jego zaginiony bez wieści ojciec. Jeśli nie zauważymy, że bohater wkłada spodnie, które wcześniej mu ukradziono, dopiero po pewnym czasie zaczniemy podejrzewać, że to wszystko nie jest jawą, lecz marzeniem sennym. Zwodzenie czytelnika, oszustwo, podsuwanie fałszywych rozwiązań to stała strategia autora.

Godunow-Czerdyncew (a na wyższym planie Nabokov) wprowadza też do tekstu drobne elementy, które są dla odbiorcy niezbyt klarowne bądź całkiem niezrozumiałe i wyjaśniają się dopiero przy powtórnej lekturze[1]. Na przykład prawie w połowie książki czytamy: „Poznałem

---

[1] Nabokov stwierdził kiedyś: „Można tylko powtórnie czytać powieść. Albo powtórnie ją powtórnie czytać". J.G. Hayman, *A Conversation with Vladimir Nabokov – with Digressions*. „The Twentieth Century", nr z grudnia 1959, s. 449. Cyt. za: C. Nicol, *The Mirrors of Sebastian Knight*. (W:) *Nabokov: The Man and His Work*, ed. L.S. Dembo. Madison 1967, s. 85.

ją w czerwcu 1916 roku. (...) Nie była mądra ani wykształcona, była banalna, a więc stanowiła twoje zupełne przeciwieństwo... nie, nie, wcale nie chcę powiedzieć, że kochałem ją bardziej niż ciebie albo że chwile spędzone z nią były szczęśliwsze niż nasze wieczorne spotkania" (s. 189). Nie wiemy, do kogo zwraca się Fiodor, bo Zina jeszcze nie pojawiła na powieściowej scenie. Już ponad sto stron wcześniej narrator wspomina o „skwerze, gdzie zjedliśmy kolację" (s. 70). Wszystko wyjaśni się dopiero pod sam koniec powieści: Fiodor i Zina zjedzą kolację w restauracji naprzeciw „skweru bez drzew" (s. 454). Na początku rozdziału trzeciego jesteśmy świadkami powstawania wiersza poświęconego ciągle nieznanej nam jeszcze – ale to już zapowiedź jej wyjścia na scenę – Zinie. Niby barokowy czy rokokowy autor poetyckich precjozów Fiodor zaszyfrowuje tu imię i nazwisko ukochanej[1], imię i nazwisko, które zresztą padły chwilę wcześniej (dowiedzieliśmy się mianowicie, że jakaś Zina Mertz kupiła jeden z egzemplarzy debiutanckiego tomu bohatera, s. 196): „Kak zwat' tebia? Ty połu-Mniemo*zina*, połu-*mier*canje w imieni twoim"[2]. Cytujemy tekst oryginału, bo efekt nie jest łatwy do oddania w przekładzie, nawet w wersji angielskiej nie brzmi to równie dobrze jak po rosyjsku: „What shall I call you? Half-Mnemo*syne*? There is half-shim*mer* in your surname too"[3]. Nawiasem mówiąc, jak zauważa Anna Maria Salehar[4], imię Ziny wskazuje na jej rolę w życiu Fiodora, rolę Muzy: Zinaida

---

[1] Zwraca na to uwagę D.B. Johnson, *op. cit.*, s. 98.

[2] W. Nabokow, *Dar*, (w:) *Sobranije soczinienij russkogo pierioda w piati tomach*, t. IV: 1935–1937, Sankt-Pietierburg 2002, s. 337–338, podkr. moje – L.E.

[3] V. Nabokov, *The Gift*, New York 1970, s. 169, podkr. autora cytatu.

[4] A. M. Salehar, *Nabokov's Gift: An Apprenticeship in Creativity*. (W:) *A Book of Things about Vladimir Nabokov*, ed. C.R. Proffer, Ann Arbor 1974, s. 76–77. Por też D. B. Johnson, *op. cit.*, s. 98.

pochodzi od imienia Zeusa[1], który – jak wiadomo – z boginią pamięci Mnemozyną spłodził patronki sztuk (są więc one istotnie „pół-Mnemozynami")[2]. Dalej w tym samym wierszu poświęconym ukochanej Fiodor wspomina „gorące źródło" (s. 198). Jak wiadomo, Muzy zbierały się wokół źródła Hippokrene, które powstało wskutek uderzenia o skałę kopyta Pegaza, a jego woda miała sprzyjać natchnieniu poetyckiemu[3]. Muzom i Apollinowi poświęcone było też Źródło Kastalskie, również ono miało dawać natchnienie poetom[4]. Johnson[5] zwraca uwagę na chwyt, który w przekładzie niemożliwy jest do oddania. Mianowicie źródło to po rosyjsku *klucz*. *Klucz* – „źródło" i *klucz* – „klucz" to homonimy. Dzięki temu motyw źródła, by tak rzec, dowcipnie wspomaga lejtmotyw kluczy[6], wieloznaczny i funkcjonujący „na kilku poziomach"[7]. Motyw ten pojawia się już na pierwszych stronach utworu, kiedy właścicielka mieszkania wpuszcza bohatera i oznajmia, że „klucze zaniosła do jego pokoju" (s. 14). Potem słowo to powraca wielokrotnie, można by wręcz powiedzieć, że *klucz* jest w powieści słowem-kluczem. Motyw ten pojawia się w ważnych momentach. Klucz jest na przykład narzędziem bliższego poznania Fiodora i Ziny, która wysłana przez matkę i ojczyma, żeby wpuścić gości, schodzi do bramy, a za nią pod byle pretekstem podąża bohater. „Stała przy

---

[1] Por. N.A. Piotrowski, *Słowar' russkich licznych imion*, Moskwa 1980, s. 116.

[2] Por. [hasło] *Muzy*, przeł. M. Bronarska. (W:) P. Grimal, *Słownik mitologii greckiej i rzymskiej*, Wrocław 1987, s. 241.

[3] Por [hasło] *Hippokrene*, przeł. K. Sachse. (W:) P. Grimal, *op. cit.*, s. 145–146.

[4] A. M. Kempiński, *Encyklopedia mitologii ludów indoeuropejskich*, s. 223 (hasło *Kastalia*).

[5] D.B. Johnson, *op. cit.*, s. 99.

[6] Na motyw kluczy zwracało uwagę wielu krytyków, szczegółowo zanalizował go jednak dopiero Johnson: *ibidem*, s. 95–106.

[7] *Ibidem*, s. 95.

szklanych drzwiach, bawiąc się kluczem zawieszonym na palcu" (s. 229). Rozmowa przy wejściu do domu stanowi wstęp do regularnych spotkań Ziny i Fiodora. Klucze mają też niekiedy sens metaforyczny. W liście do matki bohater pisze: „Mnie oczywiście łatwiej niż komu innemu żyć poza Rosją, bo ja mam pewność, że tam wrócę – po pierwsze dlatego, że wywiozłem klucze od niej, po drugie dlatego, że wszystko jedno kiedy, za sto czy dwieście lat będę tam żył w swoich książkach albo przynajmniej w drobnym przypisie badacza" (s. 440). Owe klucze od Rosji to, jak sugeruje Julian Moynahan, język rosyjski, rosyjska sztuka oraz indywidualne wspomnienia ze stron rodzinnych[1]. Jak zauważa Johnson, tutaj motyw kluczy dotyka tematu wygnania, *klucz* w innym znaczeniu, znaczeniu źródła ewokuje natomiast temat artystycznej inspiracji[2].

Amerykański nabokovista chyba trafnie wskazuje jako tekst będący układem odniesienia *Daru* krótki wiersz Aleksandra Puszkina o incipicie *W stiepi mirskoj, pieczalnoj i biezbrieżnoj...* (1927), w którym mówi się o trzech źródłach (po rosyjsku „tri klucza")[3]:

Na stepie świata – smutnym i bez brzegu
Woda trzech źródeł tajemnie wytryska:
Źródło młodości, zdrój buntu, rozbiegu,
Kipi i pędzi, i szumi, i błyska.
Źródło Kastalskie – to falą natchnienia
Na stepie świata wygnańców napoi.
Ostatnie, chłodne źródło zapomnienia
Z wszystkich najsłodsze – żar serca ukoi[4].

---

[1] J.Moynahan, *Vladimir Nabokov*, Minneapolis 1971, s. 40.

[2] D.B. Johnson, *op. cit.*, s. 105–106.

[3] *Ibidem*, s. 100.

[4] Przekład autora niniejszego tekstu. Podstawa przekładu w: A. S. Puszkin, *Połnoje sobranije soczinienij w diesjati tomach*, t. III: *Stichotworienija 1827–1836*, Moskwa-Leningrad 1950, s. 14.

Istotnie łatwo wskazać na związki tego wiersza z *Darem*. Pierwsze źródło przywołuje temat młodości, właściwego jej buntu (obrazoburcze *Życie Czernyszewskiego*) i dopiero zaczynających się realizować możliwości rozwoju. Drugie – temat sztuki, inspiracji, talentu oraz temat wygnania. Trzecie wreszcie – temat śmierci, bo „źródło zapomnienia" to przecież Leta, konwencjonalny symbol kresu ludzkiego życia Nota bene, o Lecie, a raczej „letejskiej pogodzie" (s. 98) mowa jest pod koniec pierwszej imaginacyjnej rozmowy z Konczejewem, kiedy ten omawia powstający wiersz bohatera.

Po co jednak – można by spytać – wszystkie te wyrafinowane zagrania na literackiej szachownicy? Po co skomplikowane wzory? Po co sieć aluzji literackich? A przede wszystkim po co zwodzenie odbiorcy? „Wszystko, co w naturze i sztuce najbardziej czarujące, wspiera się na oszustwie"(s. 457) – mówi Zinie Fiodor pod koniec powieści. W wykładzie *Dobrzy czytelnicy i dobrzy pisarze* (*Good Readers and Good Writers*) Nabokov zdradza się z podobnym poglądem, nazywa tam naturę „arcyoszustką" i mówi o jej „zaklęciach i sztuczkach"[1].

Podstępy natury zachwycają Fiodora Konstantinowicza i napełniają go radością, gdyż jak powiada, nie ma „w naturze nic bardziej bosko czarującego niż jej objawiające się w nieoczekiwanych okolicznościach dowcipne oszustwa" (s. 414). Bohater *Daru* wspomina o „niebywałym, pełnym dowcipu artystycznym zmyśle mimikry, nie dającej się wytłumaczyć walką o byt (...)" (s. 141) i o mirażach, których twórczynią jest też natura, „ta bajeczna zwodzicielka", posuwająca się do „prawdziwych

---

[1] V. Nabokov, *Dobrzy czytelnicy i dobrzy pisarze*, (w:) *Wykłady o literaturze*, przeł. Z. Batko, Warszawa 2000, s. 38.

477

cudów" (s. 153). Podobnie zresztą rzecz ujmie sam Nabokov w swojej autobiografii: „Szczególnie pociągały mnie tajemnice mimikry. Te zjawiska zdradzały doskonałość artystyczną zwykle łączoną z wytworami człowieka. (...) «Dobór naturalny» w rozumieniu Darwinowskim nie może wyjaśnić cudownej zbieżności naśladowczego wyglądu i naśladowczych zachowań, nie sposób się też odwoływać do teorii «walki o byt», kiedy zabieg ochronny doprowadzony jest do punktu takiej mimetycznej subtelności, takiego nadmiaru i zbytku, że bardzo znacznie przekraczają one zdolności percepcyjne napastnika. Odkryłem w naturze niepraktyczne rozkosze, których szukałem w sztuce. Obie były formą magii, obie były grą misternego czaru i oszustwa"[1].

Artystyczny zmysł czy zamysł dostrzegalny w naturze wskazuje oczywiście na metafizyczny wymiar świata, sztuczki zakładają istnienie sztukmistrza[2]. *Dar* jest jednym z najbardziej jawnie metafizycznych utworów Nabokova (i już choćby z tego powodu utworem kluczowym dla interpretacji jego dzieła). Pod koniec powieści Fiodor obserwuje piątkę jakichś przypadkowo przechodzących zakonnic i nagle narzuca mu się wrażenie, że „to przecież teatralna gra – i ileż tu umiejętności, ileż gracji i sztuki, jakże znakomity jest zasłonięty przez sosny reżyser, jak wszystko jest przewidziane (...)" (s. 432). Podobne rozważania, tym razem jednak już nie na użytek żadnego bohatera, tylko wyłącznie na własny, snuje Nabokov w szkicu *Puszkin albo prawdziwe i prawdopodobne* (1937, *Pouchkine ou le vrai et le vraisemblable*): „Ileż to razy byłem uderzony małym teatrem, który przez chwilę

---

[1] V. Nabokov, *Speak, Memory: An Autobiography Revisited*, New York 1970, s. 124–125.

[2] V.E. Alexandrov, *Nabokov's Otherworld*, Princeton, New Jersey 1991, s. 128.

rozgrywał swój ceremoniał na ulicach miasta, by zaraz zniknąć. Na przykład szeroką aleją poplamioną słońcem jedzie wielka ciężarówka z węglem, a węglarz z czarną umorusaną twarzą, podskakujący na wysoko zawieszonym siedzeniu, trzyma w zębach za łodyżkę niewiarygodnie zielony liść lipowy. Widziałem komedie, reżyserowane przez jakiegoś niewidocznego geniusza, jak wtedy gdy wczesnym rankiem spotkałem w parku drzemiącego na ławce grubego listonosza berlińskiego i dwóch innych listonoszy skradających się na palcach zza krzaka kwitnącego jaśminu z miną wesołych urwisów, by podsunąć mu pod nos garść tabaki[1]. Widziałem też dramaty: manekin krawiecki z nietkniętym jeszcze biustem, ale rozdartym ramieniem, tarzający się smutnie w błocie pośród zwiędłych liści. Nie ma dnia, by ta siła, to natchnienie jarmarczne nie urządzało takiego parosekundowego spektaklu"[2].

Zawarty w świecie element artystycznej organizacji, który przejawia się także w dostrzeganych w indywidualnych biografiach lejtmotywach, wzorach i deseniach i w logice, z jaką działa to, czemu nadajemy miano losu, każe postawić pytanie o skrytego poza światem reżysera czy twórcę. Jednak i w *Darze*, i gdzie indziej próby jednoznacznego określenia owego reżysera, scharakteryzowania go i opisania, skazane są na niepowodzenie. Reżyser jest „zasłonięty". Genialny artysta pozostaje

---

[1] Zestawiając ten opis ze scenką z *Daru* możemy podpatrzeć, jak Nabokov wykorzystuje swój talent przenikliwego widzenia, z niewielkimi zmianami przenosząc do fikcji powieściowej to, co pochwycił, zapisał i zmagazynował w pamięci: „Za mostem koło skwerku, dwaj niemłodzi funkcjonariusze pocztowi, skończywszy kontrolę automatu do sprzedaży znaczków, nagle rozswawoleni, na palcach, jeden za drugim, naśladując nawzajem swe gesty, podeszli spoza jaśminu do trzeciego, który przed dniem pracy ucinał sobie krótką drzemkę na ławce, ażeby kwiatkiem połaskotać go w nos" (s. 411–412).

[2] V. Nabokov, *Puszkin albo prawdziwe i prawdopodobne*, przeł. J. Lisowski. „Twórczość" 1987, nr 3 s. 17.

niewidoczny. Nabokov zdaje się sądzić, że o jego naturze nie możemy powiedzieć nic konkretnego, podobnie jak o naturze innego świata, świata zapewne hierarchicznie wyższego niż nasz. Przeczuwamy jedynie istnienie tego świata. Wymyślony przez Nabokova francuski myśliciel Delalande (jest on też autorem motta do *Zaproszenia na egzekucję*), cytowany w *Darze*, powiada: „W ziemskim domu zamiast okna jest lustro, drzwi aż do pewnego czasu są zamknięte, powietrze jednak przedostaje się przez szczeliny" (s. 388). To wizja zdumiewająco mocno przypominająca utwory symbolistów, ale pamiętajmy, że Nabokova w młodości niewątpliwie kształtowały dzieła rosyjskiego (a zapewne również francuskiego) symbolizmu. Czujemy powiew powietrza, ale zobaczyć nie jesteśmy w stanie nic. „Cóż mam począć z tymi podarunkami, którymi letni ranek obdarza mnie i tylko mnie?" – zastanawia się Fiodor tuż po opisie scenki z pracownikami poczty. – „Czy spożytkować je w przyszłych książkach? Czy użyć ich niezwłocznie, układając poradnik *Jak być szczęśliwym?* Albo głębiej, gruntowniej: zrozumieć, c o kryje się za tym wszystkim, za igraszkami, za lśnieniem, za gęsto kładzioną zielenią listowia? Coś tam przecież jest, coś jest! Chciałoby się więc dziękować, a tu nie ma komu. Lista przekazanych już darów: 10 000 dni od Nieznanego Dobroczyńcy" (s. 412). Komentując ten fragment Vladimir E. Alexandrov pisze: „Waga świadectwa całego *Daru* z pewnością nie pozwala interpretować tego stwierdzenia w ten sposób, że w ogóle nie istnieje nikt, komu można by «dziękować»; nie ma po prostu nikogo takiego, kto byłby w i d z i a l n y czy p o z n a w a l n y"[1].

---

[1] V.E. Alexandrov, *op. cit.*, s. 128, podkr. autora cytatu.

Nie każdy jednak potrafi wyczuć powiew przedostającego się szczelinami powietrza. Ta umiejętność to także szczególny dar. W tekście napisanym po śmierci Władisława Chodasiewicza Nabokov przypisuje podobną umiejętność wybitnym artystom słowa, mówiąc, że Chodasiewicz „odszedł tam, skąd być może to czy owo dolatuje do uszu wielkich poetów, przenikając nasze życie swoją zaświatową świeżością"[1]. Ci, którzy nie mają owego daru, popełniają błędy, jak choćby Aleksander Czernyszewski w godzinie śmierci:

„Następnego dnia umarł, przedtem jednak odzyskał przytomność, skarżył się, że bardzo cierpi, a potem powiedział (w pokoju był półmrok, bo rolety spuszczono): «Co za bzdury. Oczywiście, że potem nie ma nic». Westchnął, wsłuchał się w plusk i szmer za oknem, i powtórzył niezwykle wyraźnie: «Nic nie ma. To takie oczywiste jak to, że deszcz pada».

Tymczasem za oknem odbijało się w dachówkach wiosenne słońce, niebo było zamyślone i bezchmurne, lokatorka z góry podlewała kwiaty na balkonie i woda ciurkając ściekała w dół" (s. 391).

Sztuka, według Nabokova, umożliwia czasem zajrzenie pod podszewkę życia, poszerzenie szczelin, przez które przenika powiew. Musi to być jednak sztuka prawdziwa, sztuka najwyższej miary. Dopiero całe skomplikowanie *Daru* pozwala ujrzeć świat w jego złożoności. Nabokov, tak jak jego bohater, mógłby uczyć „wielopłaszczyznowości myślenia", wiedzy tajemnej i rzadkiej: „patrzysz na człowieka i widzisz go tak krystalicznie jasno, jakby to było szkło przed chwilą przez ciebie wydmuchane,

---

[1] W. Nabokow, *O Chodasiewicze*, (w:) *Sobranije soczinienij russkogo pierioda w piati tomach*, t. V: 1938–1977, Sankt-Pietierburg 200, s.590.

zarazem jednak, zupełnie tej jasności nie niwecząc, spostrzegasz uboczny szczegół – jak bardzo cień słuchawki telefonicznej podobny jest do ogromnej, lekko skurczonej mrówki i tu (wszystko to jednocześnie) wchodzi trzecia myśl – wspomnienie o jakimś słonecznym wieczorze na przystanku kolejowym gdzieś w Rosji, o czymś nie mającym żadnego rozumowego związku z rozmową, którą prowadzisz, osłaniając od zewnątrz każde własne słowo, od wewnątrz zaś – każde słowo rozmówcy" (s. 206). Przypomina to myśl Delalande'a o tym, że po śmierci przeistaczamy się „w jedno wolne i wszechogarniające oko, oglądające jednocześnie wszystkie strony świata" (s. 388). Prawdziwy artysta, zdaje się sugerować Nabokov, potrafi za życia ujrzeć jednocześnie wiele aspektów świata i potrafi jeśli nie zobaczyć, co jest po jego drugiej stronie, to przynajmniej wyczuć, że nie ma tam próżni. Fiodor w pewnym momencie czuje, że „plątanina przypadkowych myśli, jak i cała reszta, szwy i prześwity wiosennego dnia, powietrzne nierówności, szorstkie, krzyżujące się w różnych splotach nici niewyraźnych dźwięków – to lewa strona tkaniny; po p r a w e j stronie stopniowo narastają i nabierają życia niedostrzegalne dlań desenie" (s. 394, podkr. autora cytatu); nota bene podobną wizję tkaniny, której prawa strona jest dla żyjących ukryta, znajdziemy w epoce romantyzmu, u Juliusza Słowackiego (zresztą w tekście nieprzeznaczonym do druku, bo w liście do matki): „(...) ten świat jest to dywanik na wywrót widziany, gdzie różne nitki wyłażą i giną znów niby bez celu i bez potrzeby... z tamtej strony są kwiaty i rysunek"[1].

---

[1] List do matki datowany 8 XI 1845 r., (w:) *Korespondencja Juliusza Słowackiego*, oprac. E. Sawrymowicz, t. II, Wrocław 1963, s. 103.

Ostatnia rosyjska powieść Nabokova jest utworem o krzepnięciu daru artysty, jego talentu pisarskiego, ale i szczególnego daru precyzyjnej i przenikliwej obserwacji, daru „wielopłaszczyznowości myślenia", daru przeczucia innego świata. Utwór Nabokova to niewątpliwie Entwicklungs- i Künstlerroman, a także – jak na wpół żartobliwie zauważa cytowany już tu Lewin – swego rodzaju „powieść produkcyjna"[1], powieść o robieniu literatury. Bohater za swój dar dziękuje ojczyźnie, czyni to w wierszu powstającym na naszych oczach i przytoczonym później w ostatecznym kształcie. Istotnie, jego talent karmi się ojczystym piśmiennictwem, stąd tak istotna w powieści warstwa rozważań o jego historii. *Dar*, który jest przecież dziełem Fiodora, to – jak zauważa Johnson – z kolei jego dar dla ojczystej literatury[2]. Darem jest i sam Fiodor, jego imię – Teodor – znaczy przecież „dar Boga"[3].

Przeczucie istnienia innego świata wiąże się z pisarstwem bohatera jeszcze w inny sposób. Fiodor mówi w pewnym momencie: „To dziwne, ale jakby pamiętam swoje przyszłe rzeczy, choć nawet nie wiem, o czym one będą. Przypomnę sobie na dobre i wtedy je napiszę" (s. 243). Istnieją więc one już w innym, doskonalszym wymiarze. Podobnie myślał o swoich dziełach Nabokov. W innym wymiarze – czuje Fiodor – istnieją też komponowane przezeń problemy szachowe: „Gdyby nie miał pewności (jaką miewał także w twórczości literackiej), że jego zamysł znalazł już urzeczywistnienie w jakimś innym świecie, z którego on przenosił go w ten, skomplikowana i żmudna praca nad szachownicą stałaby się nieznośnym

---

[1] J.W. Lewin, *op. cit.*, s. 201.
[2] D.B. Johnson, *op. cit.*, s. 106
[3] Por. N.A. Piotrowski, *op. cit.*, s. 214–215.

obciążeniem dla mózgu dopuszczającego, że owo urzeczywistnienie jest zarówno możliwe, jak niemożliwe" (s. 216).

Największy urok problemu szachowego stanowi według Fiodora (i Nabokova) „cienka tkanina pozoru, wielość zwodniczych ruchów (...), fałszywych tropów, starannie przygotowanych dla czytelnika" (s. 217). Zwróćmy uwagę na słowo „czytelnika" – przecież powyższy cytat jest właściwie programem literackim. *Dar* to spełnienie tego programu. Wiele tu fałszywych tropów, sugerowanych odbiorcy fałszywych rozwiązań. Przykładowo wizja świata duchów, jaką obłęd podsuwa Aleksandrowi Czernyszewskiemu, to takie właśnie fałszywe rozwiązanie, fałszywa wizja innego świata.

Klucz (i tu pojawia się motyw kluczy) do rozwiązania problemu szachowego – czytamy w *Darze* - to pierwszy ruch białych zamaskowany pozornym brakiem sensu, miarę artystycznej wartości problemu stanowi właśnie „rozziew między owym nonsensem a oślepiającym sensem" (s. 216). Los podejmuje w powieści trzy próby połączenia Ziny i Fiodora. Dwie pierwsze są nieudane, dopiero trzecia, pozornie nonsensowna (wynajęcie przez bohatera pokoju w mieszkaniu straszliwego *poszlaka*, w dodatku pokoju, który wydał się „odpychająco nieprzyjazny", s. 181), przynosi sukces, jest kluczem pasującym do zamka, właściwym pierwszym ruchem białych. Nie tylko los, lecz także bohater, wykonuje w tym utworze właściwe i niewłaściwe ruchy na szachownicy życia. Dwie pierwsze próby zdobycia literackiego rozgłosu (tomik wierszy, którego prawie nikt nie zauważa, i biografia ojca, która w ogóle nie powstaje, bo do jej napisania – czy „przypomnienia sobie" jej idealnego pierwowzoru – Fiodor nie jest jeszcze wystarczająco dojrzały artystycznie) kończą się fiaskiem. Dopiero próba trzecia, pozornie arcynonsensowna (napisanie biografii kogoś absolutnie obcego Fiodorowi, wręcz jego przeciwieństwa) okazuje się udana. Jak zauważa Sarah Tiffany Waite[1] w *Darze* mamy też do czynienia z trzema próbami napisania biografii (biografia Jaszy Czernyszewskiego „zamówiona" przez jego matkę, biografia ojca Fiodora i biografia Nikołaja Czernyszewskiego; dopiero ta trzecia istotnie powstaje). Są też w powieści trzy próby osiągnięcia literackiego mistrzostwa: debiutancki tomik (powstały przed rozpoczęciem akcji utworu), „szargająca świętości" książka o Czernyszewskim (której tworzenie obserwujemy i którą *in extenso* otrzymujemy w czwartym rozdziale) i „klasyczna" powieść, która powstanie już po zakończeniu akcji, ale którą także poznajemy, bo jest nią *Dar*.

Te potrójne próby kojarzą się z Heglowską triadą, która według Nabokova „wyraża zasadniczą spiralność wszystkich rzeczy w odniesieniu do czasu"[2]. Spirala „jest uduchowionym kołem"[3], pozwala wyrwać się z koła, bo koło, stając się nią, otwiera się i przestaje być błędne. W drugiej imaginacyjnej rozmowie z Konczejewem Fiodor mówi o czasie: „Nasze fałszywe poczucie czasu jako swoistego wzrastania jest skutkiem naszej skończoności, która – zawsze na poziomie czasu teraźniejszego – zakłada jego nieustanne postępowanie między wodną otchłanią przeszłości a powietrzną otchłanią przyszłości. (...) Najbardziej pociąga mnie pogląd, wedle którego czas nie istnieje, wszystko zaś jest swoistą teraźniejszością, która jak blask istnieje poza naszą ślepotą, ale jest to hipoteza równie

[1] S. Tiffany Waite, *On the Linear Structure of Nabokov's „Dar": Three Keys, Six Chapters*. „Slavic and East European Journal" 1985, vol. XXXIX, nr 1, s. 58.
[2] V. Nabokov, *Speak, Memory*, s. 275.
[3] *Ibidem*.

beznadziejnie ograniczona jak cała reszta. «Zrozumiesz, kiedy dorośniesz» – oto najmądrzejsze słowa, jakie znam. Jeśli dodamy tu, że naturze, gdy nas stwarzała, dwoiło się w oczach (o przeklęta parzystości, od której nie ma ucieczki: koń – krowa, kot – pies, szczur – mysz, pchła – pluskwa), że symetryczność w budowie żywych ciał jest następstwem obrotów ciał niebieskich (bąk, który kręci się dostatecznie długo, zacznie może żyć, rosnąć, rozmnażać się) i że w porywie ku asymetrii, ku nierówności, słyszę krzyk wyrażający tęsknotę do prawdziwej wolności, chęć wyrwania się z kręgu..." (s. 430) – zdanie pozostaje urwane. *Dar*, jak już wspominaliśmy, jest kręgiem. Kręgiem jest też książka Fiodora *Życie Czernyszewskiego*: zaczyna się tercynami sonetu, a kończy jego czterowierszami; kolisty wzór widzimy też w tomiku bohatera poświęconym dzieciństwu: zaczyna się on wierszem o zgubionej piłce, a w wierszu ostatnim piłka się odnajduje. Poza tym historia Jaszy to dzieje tego, co on sam nazywa „trójkątem wpisanym w koło" (s. 56). Wreszcie, jak pamiętany, tytuł *Koło* nosi opowiadanie Nabokova będące swego rodzaju „odpryskiem" *Daru*[1]. Znajdziemy w *Darze* również symetrię, której osią, jak zauważa Karlinsky[2], jest biografia Czernyszewskiego: brak kluczy do mieszkania w rozdziałach pierwszym i piątym, imaginacyjne rozmowy z Konczejewem w tych samych rozdziałach, zbieranie materiałów do książki o Czernyszewskim w rozdziale trzecim i recenzje z tej książki w piątym itd. Obecna w powieści potrójność zestawiona z ową podwójnością jest może jednak jakąś szansą na wyrwanie się z kręgu.

---

[1] Wykorzystano analizę struktury kolistej w *Darze*, przeprowadzoną przez D. B. Johnsona: *op. cit.*, s. 95.
[2] Simon Karlinsky, *Nabokov's Novel „Dar"...*, s. 285–286.

Darując nam swój problem szachowy, to jest, przepraszam: swoją powieść, Nabokov ma nadzieję, że rozwiązując ją poczujemy powiew wyższej rzeczywistości. Bajeczny zwodziciel chce nam chyba darować przeczucie, że wprawdzie – jak mówi motto powieści (zaczerpnięte z podręcznika gramatyki języka rosyjskiego)[1] – „śmierć jest nieuchronna", ale jest również nieostateczna.

---

[1] „Dąb jest drzewem. Róża jest kwiatem. Jeleń jest zwierzęciem. Wróbel jest ptakiem. Rosja jest naszą ojczyzną. Śmierć jest nieuchronna" – tekst ten bez żadnych zmian został zaczerpnięty z ćwiczenia zamieszczonego w przeznaczonym dla gimnazjów *Podręczniku gramatyki rosyjskiej* (*Uczebnik russkoj gramatiki*, wyd. 17, Moskwa 1903, s. 78) Piotra Władimirowicza Smirnowskiego (1846–1904). Informacja za: A. Dolinin, *Primieczanija*, (w:) W. Nabokow, *Sobranije soczinienij russkogo pierioda w piati tomach*, t. IV, s. 639.

Książkę wydrukowano
na papierze Amber Graphic $70\,g/m^2$

wyprodukowanym przez Arctic Paper
www.arcticpaper.com

Warszawskie Wydawnictwo Literackie
MUZA SA
ul. Marszałkowska 8, 00-590 Warszawa
tel. (0-22) 827 77 21, 629 65 24
e-mail: info@muza.com.pl

Dział zamówień: (0-22) 628 63 60, 629 32 01
Księgarnia internetowa: www.muza.com.pl

Skład i łamanie: MAGRAF s.c., Bydgoszcz
Druk i oprawa: ABEDIK, Poznań